2016 中国好小说

小说选刊 / 选编

〔中篇卷〕

图书在版编目（CIP）数据

2016中国好小说·中篇卷/小说选刊选编.—北京:中国书籍出版社,2016.3
ISBN 978-7-5068-5446-7

Ⅰ.①2… Ⅱ.①小… Ⅲ.①中篇小说—小说集—中国—当代 Ⅳ.①I247

中国版本图书馆CIP数据核字（2016）第042157号

2016中国好小说·中篇卷

小说选刊　选编

图书策划　武　斌　崔付建
责任编辑　牛　超　成晓春
责任印制　孙马飞　马　芝
出版发行　中国书籍出版社
地　　址　北京市丰台区三路居路97号（邮编：100073）
电　　话　（010）52257143（总编室）（010）52257140（发行部）
电子邮箱　eo@chinabp.com.cn
经　　销　全国新华书店
印　　刷　北京富达印务有限公司
开　　本　710毫米×1000毫米　1/16
字　　数　480千字
印　　张　28.25
版　　次　2016年3月第1版　　2016年3月第1次印刷
书　　号　ISBN 978-7-5068-5446-7
定　　价　58.00元

后说了一句。完了，这一年有期徒刑怎么熬啊！郑小毛觉得浑身凉透了。

送郑小毛去金花山的只有一个司机。郑小毛相信，百十号人的镇机关，他就像一片树叶，微不足道，连保洁大妈一不小心都能把自己扫出门外。郑小毛报考的财政所，竞争激烈，十几个人报考，自己能胜出，实属不容易。早知道考上后要去金花山挂职，不听父亲的好了。之前他在一家民营会计师事务所当出纳，收入不错，但父亲一定让他考公务员。当了一辈子中学政治老师的父亲说："我当老师，一辈子就是个老师，为什么？因为教师的世界是一片平原，无论走多远，总是在地平线上。当公务员就不同了，公务员的世界是山一样的金字塔，只要肯攀登，总有一块更高的平台属于你。"父亲言之有理，加上金字塔的诱惑，年轻气盛，就报考了。

开车的司机姓牛，长得五大三粗，话少而硬，一句顶得上十句。这趟下乡，牛师傅明显不爽，两道粗黑的眉毛一直拧在一起。山路崎岖，吉利牌吉普像波峰浪谷里忽上忽下的舢板，把郑小毛颠得翻肠倒胃，几次要呕出来。两个钟头后，司机瓮声瓮气开口说了一句："这破道，下次谁愿意来谁来。"

郑小毛的胃给搅了一下："我也不愿意来，是胡书记让我来的。"

司机怪怪地笑了一声："胡小庆今年也报考财政所，砸了。"

"胡小庆是谁？"

"胡书记的千金。"牛师傅瞥他一眼。

报考名单里好像有这么个人，没进到面试，笔试就给淘汰了。办组织关系时，他问过党办的人，挂职是怎么回事？得到的答复是，新考录的公务员都要到村里挂职，可能挂职时间长短、挂职村子的条件有些差异。原来这挂职好比入行的一百杀威棒，没有谁难为自己，硬着头皮挨下来就是了。再说了，和全县唯一一个七十岁的村主任搭档，也是件稀罕事。

辽西的山，像在锅里熬过一样，骨肉分离，乱石嶙峋，难得有树木生长，偶尔可见几棵零星黑松。因为缺少土壤，都成了永远长不大的小老树，可怜兮兮的，不忍多看。行驶到金花山路段，植被丰茂起来，满山都是野生的橡树杨树。大概是造物主的疏忽吧，锅熬辽西时把金花山给落下了，它竟然肌肤健全地偷生在连绵的丘陵之地。

正是金花山最灿烂的秋季，远远望去，满山金子般的橡树，如同一簇簇凝固的火焰，美不胜收。百十户人家的金花山村坐落在山南，看上去恬静安宁，好像走进一个世外桃源。

牛师傅把车停在村委会前面，郑小毛一看傻眼了。如果不是挂着一块"金花

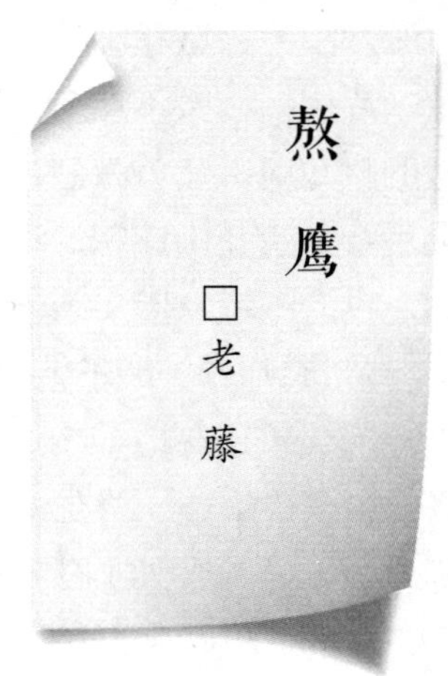

上　山

到庙西镇报到那天，还在金榜题名亢奋中的郑小毛，被兜头浇了一瓢凉水。主管人事的副书记老胡，让他马上去白狼河源头的金花山村，挂职村委会副主任。

金花山？一年？郑小毛倒吸一口凉气。一个全镇最偏最远的穷地方，连个公共汽车都不通，有急事想出来一趟只能干着急。“我考的公务员岗不是财政所吗，怎么当村官了？”郑小毛嘟哝着。声不大，老胡显然听到了。老胡端茶杯的动作停在半路，瞪着一双金鱼眼问：“什么？”

郑小毛知道自己失言了，咬住下唇不再吱声。放下茶杯，老胡的一双金鱼眼在郑小毛红格子夹克衫上扫来扫去，好像这夹克衫上每一个方格都是一面适合偷窥的窗户，看得郑小毛心里发毛。莫不是鲜亮点的衣服在镇机关里显得另类？

胡书记收回目光啜了口茶，似乎不想把谈话继续下去，冷着脸说：“金花山是偏远点儿，可金兆天是个人物啊，七十多岁了还是村主任，全县就这一人。回去准备一下，明天派车送你。”

8 月 22 日，一个稀松平常的日子，对郑小毛来说却是刻骨铭心。手机里有个软件，每天定时推送黄历信息。不是说“今天处暑，玉堂平日，万事可行”吗？自己兴冲冲去报到，结果却是下派挂职。

“在金花山好好干，一年转眼就过去了。”郑小毛转身离开时，胡书记在背

目录

山村民委员会”的牌牌，村委会那两间黑瓦石头房，不就是一个破败的山神庙嘛。

村委会大门紧锁，围着吉普车看热闹的孩子把他们引到村主任金兆天的家。

大概是听到吉普车的马达声，金兆天已经走出院子，站在门口的楸子树下迎候他们。老爷子穿一套 80 年代绿军装，身子骨硬朗。大脸盘儿，花白的络腮胡子，上连鬓角，下接喉咙，一双眼睛深邃有神。身旁立一条半蹲的黄狗，黄狗顺眼，无凶相，不声不响看着两个造访的陌生人。

牛师傅认识金兆天，握了下手说：“人送到，我回了。”

金兆天和郑小毛握手时，转头对牛师傅说：“不留了，路上小心。”

郑小毛看看表，已经是下午四点，走了五个多小时的山路，该让牛师傅吃了饭歇口气再走。郑小毛朝牛师傅喊了声：“吃了饭再走吧。”

“天黑路险，还是赶路吧。”

金兆天朝牛师傅挥了下手，看着牛师傅一脚油门儿开走了。

金老爷子的两句话简短强硬，郑小毛感到走进一个强大的气场之中，有一种被控制住的感觉。

“屋里歇吧。”金兆天冲郑小毛喊了一句。

屋子收拾得挺干净，地面是一块块火山玄武岩砖块铺砌的，防潮隔热，古朴实用。进到西屋，靠窗一面火炕，炕上铺的苇席，苇席上的紫色图案挺抽象。仔细辨认，是变体的寿字。炕梢两只水曲柳木柜，枣红色的，搓朱的木纹缜密耐看。柜子上，大红大绿的被褥叠得整整齐齐，被褥干净，像是刚拆洗过。

金兆天老伴慈眉善目的，让郑小毛想起自己的奶奶。

“叫金婶儿吧。”

金兆天声若洪钟，震得郑小毛两耳嗡嗡作响。

“你住西屋。”金兆天说。

对面屋西墙上，挂着三幅照片，都是黑白照，都是金兆天和人的合影。三幅照片仿佛三条时光隧道，通向三个不同年代。

金婶儿笑眯眯地一边拿笤帚扫炕，一边说：“乡下不比城里，就这个条件。老范这么住，老皮这么住，师长这么住，你来了也这么住，将就着吧。”

“金婶儿，老范老皮师长都是谁呀？”

金婶儿往木柜上方努努嘴：“穿中山装那个是老范，穿西装那个是老皮，穿军装那个官最大，是师长，现在是什么部长了。”郑小毛哦了一声，照片上的三个人都是人物啊。

金婶儿焖了一锅香喷喷的黄米饭，三个人盘腿上炕，摆上炕桌，一股家的氛围弥漫开来。

一桌子菜都是房前屋后自家院子里摘下来的，辣椒豆角茄子，没一点荤腥，倒是很合郑小毛的胃口。郑小毛天生不吃肉，父亲说他是当和尚的好材料。

金兆天拿上一瓶没商标的白酒，咕咚咚倒进两只白瓷碗里，对郑小毛说：“菜可以凑合，酒不能将就。”

“闻酒味就知道是好酒。”郑小毛说。

“你还挺内行，这是陈年高粱烧。”金兆天把酒碗递给郑小毛。

“能喝不？”

“一点点吧，酒量不大。”郑小毛很少喝白酒，又不好拒绝。

金兆天喝了一口，深深吸了口气，放下碗，夹一块辣椒，边嚼边盯着郑小毛。

“能喝就喝，别装假。”

对面这老爷子和自己爷爷差不多年纪，老爷子说话就是命令，不能喝也得喝。郑小毛端起酒碗，深深喝了一口。高粱烧甘洌纯正，回味香醇，郑小毛虽不善饮，也能品出这是好酒。

金兆天咧开嘴笑了，络腮胡子猛然绽放，脸庞变得阔而光润。

“行，吃菜！”

郑小毛从来没吃过这么好吃的茄子豆角，手里的筷子一直没停下来。金婶儿笑眯眯地看着他，偶尔和金兆天交换下眼神。

“雏鹰可造。”金兆天端着酒碗，突然冒出这么一句。

“拉你来的那个牛师傅，去年来金花山，吃饭时筷子都没动一下，嫌菜里没肉。”金婶儿对郑小毛说。

“还不是你得罪人家了。”金兆天瞥了老伴一眼。

“想吃肉没处买，总不能杀了下蛋的芦花鸡吧？再说了，你进山打只野兔回来也好呀。”金婶争辩道。

“当时没鹰，我咋能徒手逮兔子？”

哦，怪不得牛师傅不愿意来金花山。

吃过饭，郑小毛在村里转了转，金家的黄狗卫兵一样在前面带路，不时回头望一下。村里少有外人，一路惹起满街狗吠，只是这里的土狗并不凶，汪汪两声就过去了。郑小毛发现，金花山虽小，除了村委会破旧点，小学校、小卖部都有模有样，不像个落后村。村民的房顶多是红色铁皮，一抹抹红色让黄昏的村庄看起来爽心悦目。村民院子里大都栽的是楸子和棠棣，灯光初掌，透过疏朗的树影，洒在干净的沙石街道上，斑驳有致。郑小毛想，如果交通便利，金花山真是个好地方。

回到住处，在院子洗了把脸。老金走过来说，今晚我也睡西屋，和你做个伴儿。郑小毛想，自己这碗酒喝出效果了。

郑小毛和老金早早熄了灯。山村寂静凉爽，全没有秋老虎的燥热。一缕月光从窗外照进来，明晃晃地看见从棚顶吊下来一个秋千似的物件。定睛细看，果然是个篮筐大小的秋千。不会是哄婴儿的摇篮吧？老金也没睡，见他盯着头上的物件出神，告诉他这是熬鹰用的秋千。

熬鹰？这可是稀奇事。苏轼的一首词里有“左牵黄、右擎苍，锦帽貂裘，千骑卷平冈”的句子，当时还想，古代猎人威风凛凛，牵着猎犬，擎着苍鹰，一定很威风。至于鹰是怎么驯养出来的，郑小毛一概不知。

老爷子说，金家世代都有熬鹰的绝活，到了自己这一代遇到了难题。儿子在赤峰部队，将来转业也不会再回金花山，自己这绝活传给谁呢？不过，他也想通了，现在鹰是国家保护珍禽，捕鹰违法，自己就当个末代熬鹰人吧。

头上那根黄菠萝木棍已经磨得精光锃亮，有了包浆，不知道这秋千上熬过多少只鹰了。

“鹰好熬吗？”郑小毛问。

“熬鹰不易，熬心血。”金老爷子也盯着小秋千，若有所思地说。

“不过，当熬就要熬。”

“什么时候当熬呢？”

“寻出路的时候吧。”

郑小毛还是不明就里，扭头看了看老人。老人朝西墙上努努嘴，老范、老皮和师长都来过金花山，我替他们熬过鹰。墙上的照片在夜色里是模糊的，时光隧道的门仿佛虚掩着。郑小毛翻过身，沉默片刻说，讲讲这三张照片的故事呗。

火炕很硬，金老爷子的故事像一顶厚实的帐篷，把郑小毛围拢在里面。身下石头一样硬实的火炕似乎是一个气场，他被这个气场托举起来。

老 范

1959 年初冬，金花山上刚下了一场小雪。民兵连长金兆天臂肘擎一只苍鹰，正准备上山打猎，见三个骑马人来到村里。两个是公社武装部的，另一个是到金花山劳动改造的右派老范。老范比老金大三岁，梳分头，戴眼镜，看上去文绉绉的。武装部人没有更多交代，只说这人就交给金花山了，能干什么活就干些什么活，不能让他冻死饿死。

老金当时还没成家，虽然身为民兵连长，手下一个像样的兵也没有。山高皇帝远的金花山人口实在太少，这个老范就是金兆天手下的兵了。“你们放心，金花山还没冻死饿死过人。”金兆天对公社人说。

老范原来在省里一个建筑部门，专门设计高楼大厦。他父亲是大学教授，母亲是翻译。老范把规划中的省城图书馆设计成巴洛克风格，被喜爱苏式建筑的领导否决了。他争辩的几句话落下把柄，被打成右派，发配到金花山劳动改造。

刚来金花山时，老范经常莫名其妙地发脾气，有时夜里呜呜大哭起来。哭声穿透土墙，惊醒东屋酣睡的金兆天。金兆天想，这样下去不行，老范不会冻死饿死，可能会窝囊死。那时候，怎么向公社交差呀？

“走，我领你进山逮鹰。”这天，金兆天对闷闷不乐的老范说。老范白了金兆天一眼，老鹰高高在天上飞，你说逮就能逮？看老范不动窝，金兆天说，你不去我自己去了。提着两只鸽子进山了。老范躺在炕上觉得无聊，毕竟是精力过剩的年轻人，禁不住逮鹰的诱惑，起身追赶金兆天去了。

金兆天在林子里寻了一块开阔草地，支好鹰网，拴住鸽子的腿，麻利地布置好一切。两只鸽子大概常常被用作活饵，在草地上不飞不跳，只是悠闲地吃着金兆天撒下的谷粒。老范在一棵大橡树下坐着，口衔一截草棍儿，有一搭无一搭看山中光景，看这逮鹰的戏是怎么演的。

半晌过去，除了草地上两只不时咕咕叫上几声的鸽子，地上天上什么都没有。金兆天死死盯着远处的鸽子，好像担心鸽子随时会飞走。群峰耸峙的金花山景色迷人，远处的山岩像戴盔披甲的将军，傲视着草地上的一切。落叶未尽的橡树林里，好像隐藏着千军万马，不时发出沙沙声响。

老范吐出嘴里的草棍儿，正要起身，金兆天做了个手势，让他坐下。天上仍然不见老鹰飞来，金兆天的预测并没有结果。时间又过去了个把钟头，老范没了耐心。突然，草地上的鸽子躁动起来，扑腾起翅膀。无奈被拴住了双腿，任怎么扑腾，也飞不起来。

“来啦！”金兆天豹子一样警惕起来，一双鹰眼瞄向蓝天。

顺着金兆天瞄准的方向望去，老范简直不敢相信自己的眼睛。似乎有个放大器安装在自己的眼睛里，在高远的天空深处，一个火柴盒大小的黑点，越来越清晰，黑点背景中的蓝天越来越模糊。片刻之间，那黑点变成眼前的一只苍鹰，箭一般直扑下来。

惊骇间的老范闭上眼，听到一旁的金兆天大喊一声：“中啦！”两人跑过去，看见一只怒目而视的苍鹰被网罩包住，正在拼命挣扎，用弯而锋利的喙死死衔住网绳。

“青鹰！”金兆天惊喜地大叫一声。

有一定年龄的苍鹰叫青鹰。这只鹰的头顶、枕和头侧是黑油油的褐色，一抹项圈一样的白色羽毛装饰着枕部，眉纹线条优美，如同画笔描画出来的。苍青色的背部和翅膀结实有力。最难忘的是青鹰的眼睛，敏锐孤傲，尖锥一样凌厉，杀气逼人。

第一次亲历捕鹰，金兆天的机智和沉着让老范钦佩不已。青鹰捕到，老范的熬鹰生活也开始了。

熬鹰的关键是要熬去鹰的野性、锐气，一种古老而有效的办法是困。把鹰放在秋千上，不让它睡觉。看见鹰合上眼睛，就摇一下秋千。为了保持平衡，鹰必须立马打起精神，好在秋千上站稳。熬鹰人就是将来使唤鹰的人，熬鹰时一定要陪着鹰一起熬。鹰不睡，熬鹰人也不能睡。人看鹰，鹰盯人，大眼瞪小眼，就那么对视着，直熬到鹰的眼里有了自己的主人，熬鹰的目的就达到了。

老范性子急，熬鹰时喜欢手拿一根荆条，教官一样站在金兆天身边，青鹰总是目光凶狠地盯着他。老范对金兆天说，“这鹰看你和看我时眼光怎么不一样呢？看你时它的光是横的，看我时是竖的。”

“你拿根荆条做什么？”金兆天对老范说，“你拿根荆条，说明你没把青鹰当朋友，它怎么会接受你？”

“驯化动物就是一个条件反射原理，还讲什么人情？”老范不以为然，把荆条在手中弯了弯，就是不放下。

熬鹰是件苦差事，用一个“熬”字再恰当不过。老范跟金兆天熬了几天，两眼血红，头发干枯，人整整瘦了一圈儿。这是熬鹰吗？这是熬人呢。老范受不了了，揉着一双满是血丝的眼睛开始抱怨。

“鹰通人性，你对它好，它才肯为你出生入死。好鹰是熬出来的，好的感情也是熬出来的。你对鹰使性子，鹰也会对你使性子。”金兆天给老范讲了一个自己熬鹰的故事。

刚学熬鹰那年，他进山捕到一只雀鹰。那是只桀骜不驯的小鹰，趁他不备，在他肩头狠狠啄了一口，啄出一道血淋淋的口子。他气恼不过，用荆条抽了鹰一下。只一下，那鹰便记恨在心，宁死不站秋千。绝食，一直抗争到死。雀鹰的死，让他明白了熬鹰的道理。熬，就是磨去锐气和悷气，在人和鹰之间建立一种相互依赖的关系。人和鹰不是简单的主仆关系，而是一种兄弟般的信任，生死与共的友谊。

老范若有所悟，扔掉荆条。

青鹰熬成了，老范的性格也改变了。牢骚满腹、慷慨激昂的老范变得沉稳了，每天收工后，他擎着青鹰在村外的山坡上兜一圈。晚上，和青鹰久久对视，和它说话，甚至为青鹰背诵古诗。有时说得多了，青鹰也会嘹亮地叫上几声，掠走人的睡意。有一天，老范喜滋滋地告诉金兆天，说青鹰听懂自己的话了。金兆天问何以见得？老范说，我和它说话，它频频点头。金兆天笑了，心想老范入道了。

老范和金花山的父老乡亲成了朋友，谁家杀猪包饺子，都来请他。老范也热心起来，他把村小学几个有特长的孩子组织起来，教他们写生画画。搞建筑设计的老范画画好，金花山很多人家都挂着他的画。从省城探亲回来，他给村里年轻人捎回一大把牙膏牙刷，教村民刷牙。他在金兆天家的山墙上给金花山办起第一块黑板报。

看着老范的变化，金兆天满心高兴，两个人经常带着青鹰上金花山捉山兔。有时，两人拢一堆篝火，烤几只野兔，听虫鸣泉唱，说山南海北，在山里彻夜不归。

老范愈发离不开青鹰了。每天清早傍晚擎着鹰在村前村后转悠，村里孩子都叫他青鹰，走到哪儿，孩子就喊青鹰来了。这称呼让老范觉得自豪，有时他自己也以青鹰自称。

老范想把城里的未婚妻接到金花山，成个家，过一辈子散淡日子。他把这个想法和金兆天说了，金兆天没答应，只说金花山熬男人行，熬女人不中。

老范未婚妻没有来，金兆天是从老范和青鹰的对话里知道两人分手的。他安慰老范说："是你的跑不了，不是你的就是站在秋千上也会飞走。"

老范在金花山劳动了四年，赶上三年自然灾害，身在金花山的老范没挨着饿。省城的同事每月为了三两豆油望眼欲穿的时候，老范在金花山可以放开肚皮吃大碗的山兔肉黄米饭，这种待遇恐怕只有偏僻的金花山才能享受到。老范觉得自己幸运，四年右派权当养身体了，当然这是他后来说出的话。

回省城的消息是公社主任亲自进山通知的。当过兵的公社主任骑马走了半天才进到金花山，他跟金兆天抱怨说，再不修路庙西镇就把金花山开除了。见到公社主任，金兆天猜到肯定是老范的事出头了，要不他不会在马屁股上颠半天跑到这儿来。果然，公社主任传达了省里的电话指示：老范解除劳动，五天内回省里报到。那时，老范在村小学教书，一个人教全校的孩子。他稳重成熟，从不发牢骚。见人一脸微笑，哪怕是刚会走路的小孩。公社主任以为老范会激动一番，却见他一脸平静，喃喃地对青鹰说：“我去了，你怎么办？咱们可是歃血为盟的刘关张呀。”

金兆天拍了老范一掌，对主任说：“晚上请你吃兔肉，喝高粱烧。”

那晚，金兆天陪公社主任喝了不少酒，老范喝了一碗就告退了。金兆天知道他有心事，也不管他。主任酒喝得有些高，瞅着屋里那只目光凶猛的青鹰问金兆天，你咋让这东西随着你的指挥棒转？也靠专政吗？金兆天也没少喝，他指着青鹰说，它不是鹰，它是我和老范的兄弟。

主任哈哈大笑，你可小心点，别让兄弟啄了眼。

第二天，老范早早起来上山了，他要在离开金花山之前再放一次鹰。

正是山花盛开的春天，金花山的空气被花香滤过，吸一口，五脏六腑都滋润惬意。老范臂上擎着青鹰，在山中漫无目的地闲遛着。山坳里有一爿寺庙的废墟，废墟前立一截被敲断的残碑。碑上的字已经模糊一片，老范在残碑上摸索着，辨认出“路惠洲——空峒——林泉寺”的字样。忽然，手臂上摘下头罩的青鹰抖动一下翅膀，老范警觉起来，顺着鹰的目光望过去，远处废墟里，一大一小两只褐色山兔蹲伏在那边，竖起的长耳朵看得清清楚楚。

老范没有急着放鹰，定了定神，他才右臂一抖，青鹰振翅而去。让老范不解的是，小兔子逃走了，那只大的还在原处兜圈子。青鹰没去追赶逃走的幼兔，而是瞄准了守在原处的大兔子。它在空中展开双翅，以一个固定的姿态飞翔着。这是苍鹰捕兔的技巧。朗朗晴日的天空里，苍鹰一旦发现猎物，不是急于攻击，而是在空中展翅一照，把一个黑色的影子投在猎物身上，猎物便没了逃生的勇气，任苍鹰俯冲下来一掌抓住脖颈。因为是在清晨，青鹰展翅之下并没有影子投下来，那个可怕的黑影没有把山兔罩在里面。青鹰闪电般一头扎下来，在它张开利爪接近大兔子的刹那，山兔猛然翻过身来，两只后腿狠命向青鹰蹬去。

“啊！兔子蹬鹰！”

老范惊呼一声，只见青鹰扑下去的地方腾起一团褐色羽毛，山兔一个蹿高逃走了。

老范跟金兆天上山四年多，一直把兔子蹬鹰当成金兆天说的一个传奇故事。大的山兔为了幼兔能在鹰爪下逃命，不惜吸引青鹰，拼上性命，选择九死一生的一搏。如果成功逃命，不仅保住幼兔，英名一世的青鹰还将受到重创。

青鹰急促喘息着，煤精般的目光中透出不屈和惊惧，血迹染红了胸口处的羽毛。

惊慌失措的老范抱着青鹰往山下狂奔。他拼尽最后一点力气跑进金家院子，急声呼喊老金。就在那时，怀里的青鹰闭上眼睛，再也没有睁开。老范蹲在楸子树下，孩子一样失声痛哭。

从金花山走时，老范把死去的青鹰也带走了。他托林学院的朋友制成标本，一直摆放在办公室的书柜里。他去了建筑大学，后来当了校长。每次到辽西，都要到金花山去看老金。老范总说，老金啊，我是你熬出来的。

老　皮

老皮是个被开除公职的县领导。当年在工厂里，八级钳工干得好好的，忽然祖坟冒青烟，被上边选中结合进县革委会当了个副主任，一下成了县官。像当钳工一样，他抓工作一丝不苟，上边怎么布置他怎么抓，丁是丁卯是卯从不走样，在革委会班子中有强硬派一说。有同事劝他，当干部得悠着点儿，不能太猛。他说怕什么？大不了我还回厂子当八级钳工。

“文革”结束后老皮被撤职，出路比原来预想的惨。开除了党籍公职，老婆也离了婚，成了一个地地道道的无业游民。同事安慰他说，你捡着了老皮，别的造反派头头都蹲笆篱去了，就你还是个自由身。老皮说，我咋就成造反派了？我八级钳工干得好好的，是上边要我当这个官的。

当县官时老皮和庙西公社主任老于关系好。老于也是工人出身，是车工。车钳铆电焊，车工最牛，老皮格外敬重老于，为庙西公社争口袋办实事。县里开会时，两人碰在一起有说不完的话，没事就探讨钳车工技艺。老皮丢了饭碗，不想在县里当无业游民，跟老于提出想到庙西镇当个农民。安排老皮这么个敏感人物老于也为难，好在老皮当主任时没整过人，县里没有老干部揪着他不放，想来想去想到了金花山。金花山几乎与世隔绝，老皮去那儿不会有什么影响，派辆马车把老皮送到了金花山。

老皮来的时候，金兆天是金花山大队的大队长，安顿老皮的事自然落到他头上。老于让赶马车的人给金兆天捎了一句话：老皮不是坏人。金兆天让车老板给老于捎去两句话：不管好人坏人，到了金花山都是客人。金兆天安排老皮住在老范住过的西屋，自己一家三口住东屋，四个人在一个锅里吃饭。

老皮原本体格健硕，窝窝囊囊两年下来，身体垮掉了，瘦骨嶙峋仿佛就剩一副皮囊。金兆天问他，为啥非要到金花山这山沟里来？这里看县城就像看北京。老皮说，金花山让我想到花果山。金兆天一听就乐了，毕竟当过县领导，人家说话有水平。

来金花山的路上，老皮被颠簸的马车颠坏了坐骨神经。金兆天照顾他，让他负责看青，挣成年劳力的工分。看青是个美差，金花山无霜期短，主要种黍子，很少种容易被人偷掰走的苞米，看青的任务就轻松。老皮要看的是山里的野猪。常常有野猪下山糟蹋谷物，但这些野猪不是伤人的孤猪，大都是成群的小猪，老皮看青也没什么危险。老皮的武器是一面铜锣，发现野猪下山就敲锣。野猪胆儿小，锣声一响，掉头就逃回山里。自老皮来了后，金花山不时响起一阵锣声。村民开玩笑说，老皮敲锣，吓跑猪婆。当地习惯把母猪称作猪婆。

老皮少言寡语，一副忧心忡忡的样子，每顿就吃一碗黄米饭，吃菜也寡淡。每天晚上，老皮捧着本新华字典写材料，问他，也不避讳，说是写申诉信。镇上邮递员每星期来一趟金花山，每次老皮都要捎寄厚厚一封信，只是不见一封回信。金兆天知道他心里有解不开的疙瘩，就琢磨着让老皮别整夜整夜地写信，放下包袱高兴起来。自然就想到了熬鹰。

春天不能捕鹰。春天鹰在抱窝，这个季节捕鹰等于荒掉一窝鹰卵。夏天也不能捕，夏天雏鹰依靠老鹰喂食，捕下老鹰，雏鹰就会饿死。捕鹰只能在秋季。老皮到金花山这年的秋天，金兆天进山捕到一只鹞子。鹞子是捕鸟的高手，熬成后抓鸽子和鹌鹑最拿手。

金兆天请老皮到柴房里一起熬鹰，老皮爽快地答应了。半年过去，老皮的写作水平神速提高，可以撇开字典很快写完一封申诉信。写完信就没事儿可干了，和老金一起熬鹰，正好打发时光。

柴房里熬鹞子都在晚上。因为是初熬，鹞子还上不了西屋的小秋千。柴房里的秋千好比是树干，西屋的小秋千则是人的臂肘。柴房里熬鹰，重在挫其锐，钝其志，耗其精，劳其神，让鹰屈服于人。而西屋里熬鹰则在授其命，长其技，辨猎物，聚精神。待柴房里的鹰锐气熬尽，就可到西屋小秋千上做特殊训练了。为了让沉默寡言的老皮开口说话，金兆天想着法子和老皮交流。

“你说人和鹰谁自由？”金兆天问。

“当然是鹰了。想飞哪儿就飞哪儿，天王老子都管不着。”老皮说。

“拿这只鹞子说呢？”金兆天问。

“那就不如人了，它成了你的猎物。”

金兆天好一会儿没有说话，老皮问：

“我说的不对？”

“不对。”金兆天说：“我看还是鹞子自由。熬它这几个月，它只是暂时没有自由，可熬成了它，捕猎时它还是自由的，想抓鸽子就抓鸽子，想抓麻雀就抓麻雀，它就是消极怠工我也惩罚不了它。可是人就不一样了，每个人都装在看不见的笼子里。熬鹰是一阵子，熬人却是一辈子。”

“照你这么说，我老皮就不如这只鹞子。”

“我看你比这只鹞子强。只要能熬过去，你还有前程。”

“我还有什么前程？双开了，工厂回不去，当农民都不合格，只能敲锣看青。”马灯昏黄的光线里，瘦削的老皮萎靡疲倦。

“鹞子眼尖，可再尖的眼也有看差的时候。你说鹞子被网住怪什么？”金兆天盯着秋千上鹞子黑亮的眼睛。

“还不是贪图网中的诱饵。”老皮苦笑了一声。

“那你当初去当县领导，贪的什么诱饵？”

老皮一时无语。自己本来是个劳模，是收入比厂长都高的八级钳工。干得好好的，却稀里糊涂当了县官儿。当时地区一个领导找他，问他愿不愿意到县革委会为人民服务，他想都没想就说服从组织安排。要说诱饵的话，还不是骨子里爱慕县官的体面和虚荣。走到哪儿，哪儿就围着一帮人。他虽说是个八级钳工，就带一个徒弟。当然，这些都是当时他心里泥鳅一样乱窜的念头，他不说没人知道，这些念头也没影响自己的工作。他一封封写申诉信就是想申诉这个问题，他做的一切都是按上级文件要求办的，从来没有自作主张过。自己这点墨水，只能当个执行者，当不了主事的。他想不明白自己哪儿错了，不让当官就不当官，回工厂当钳工总行吧，怎么还一夜之间成了坏人？

“鹞子自投罗网，被熬不冤。你选择当官，也风光过，挨整也不冤。认了吧，别再写那些申诉信了，劳神费力的。人生就像上金花山，走上悬崖回头就是了，总不能逞强往下跳吧？”

柴房里金兆天和那只鹞子厮守了一夜，他让老皮去西屋睡觉。望着头顶上那个空空的小秋千，老范一直无法入睡。第二晚，老皮破天荒吃了两碗黄米饭，撂下饭碗用袖口抹了一下嘴，对金兆天说，你睡吧，今晚我熬。金兆天为他点上马灯，放心地回东屋睡了。

连续五天，老皮都坚持夜里他熬鹞子。金兆天问他不困吗？老皮说，我白天看青时候睡，反正野猪也不伤人。金兆天笑了，说，我要扣你工分了，谁让你上工时候睡大觉？老皮说，我整个人都是金花山的，把我扣了去也没啥。金兆天心想，老皮开窍了。

从熬鹞子开始，老皮不再写申诉信，那本新华字典还是没事就翻着看。他托镇里的邮递员买来几本钳工技术的工具书。深秋的金花山下，立起来一垛垛码得齐整的黍堆。老皮靠在黍堆上，一边肩臂驮一只鹞子，一手捧着书，成为金花山秋天的一道风景。

两年过去后，老皮的身体结实得像头牛。金兆天有次去公社开会，于主任悄悄问他老皮的情况。听说老皮长了一身膘，老于张大的嘴好一会儿没合上。他让金兆天给老皮带去两条握手牌香烟。老皮从金兆山手里接到烟，看着烟盒上的商标好半天没说什么。老皮不抽烟，金兆天却是个烟袋不离嘴的烟鬼。他把烟给了金兆天。

20 世纪 80 年代头一年，县里给老皮落实了政策，让他回当年的工厂当钳工。之后不久，赶上中美关系蜜月期，他以技术移民的身份去了美国。又经美国辗转去了加拿大，在蒙特利尔一家公司当工程师。90 年代初老皮回国一次，专程来金花山看望金兆天一家。他在金家的西屋炕上和金兆天喝了一天酒，车轱辘话说个没完。末了，老皮说他想捐点钱，把金花山的路修修，总忘不了当年他坐马车来的时候把坐骨神经都颠坏了。金兆天婉言谢绝了，两个人以连绵的金花山为背景，照了墙上那张合影。

师　长

师长是个远近闻名的英雄，曾领着部队扑救大兴安岭大火，上过报纸电视。他的部队驻防赤峰，离克什克腾旗草原不远。克什克腾草原是雄鹰的天堂，师长喜欢鹰，曾用半自动步枪打下一只老雕，部队官兵送他绰号“射雕英雄”。

师长玩鹰玩出了名堂，他把师侦察连命名山鹰连，养了一只很厉害的雀鹰，取名贝勒。在官兵眼里，贝勒就是部队的一员。蒙古牧民崇拜鹰，经常有牧民大老远跑到部队，看望这只训练有素的贝勒。玩鹰人好斗，和平时期和谁斗呢？英雄最痛苦的事就是没有可以施展雄风的对手，就像武林宗师，不打败各路豪杰就无法立棍服众。

师长姓师，别人问他贵姓，他回答，师长的师，似乎他天生就是当师长的料。据说他当团长时，下属喊他师团长觉得别扭，师团长是什么级呀？在日本鬼子那里，师团长是标准的正军级！他当了师长，大伙叫起来舒服多了。私底下又说，要是他当了军长该怎么叫呢？

师长不忙的时候，喜欢擎着贝勒，骑马到克什克腾旗草原上抓地羊。勤奋的贝勒每次都能抓上几只，运气好的话还能逮几只獭兔。师长父辈是南下干部，他出生在岭南，习惯吃些杂七杂八的东西，尤其喜欢吃地羊。地羊是一种草原鼠，个头肥大，肉味鲜美，当地农牧民的叫法是瞎目鼠子。

师长吃地羊肉，把皮毛给警卫排做护膝，地羊骨用坛子泡酒。师长说地羊骨泡酒赛虎骨，用军用水壶装上两斤高粱烧泡的地羊酒送人，是他待客的最高礼遇。

因为鹰，师长和金花山下两百公里外的金兆天成为莫逆之交。

一次下连队，小战士看到师长的鹰和战友咬起耳朵。说首长的贝勒和司务长家的鹰差远了，首长的贝勒充其量叫老鹞子，不叫鹰。战士的话音不大，却让师长听了个真切。他叫住小战士问，你们司务长是谁？

小战士吓坏了，结结巴巴报告说司务长姓金，听司务长说，他家祖祖辈辈都猎鹰熬鹰，他家玩的是大个头的青鹰。

这个司务长就是金兆天的儿子。

师长找来金司务长，说我要去会会你爹。这句话把小小的连司务长吓得尿了一个星期黄尿。

师长请了一周探亲假，没回岭南，带着司机、贝勒和几坛地羊酒，几箱牛肉罐头，走了两百多公里路，去金花山找金兆天。临走时他问金司务长给家里捎点什么东西，司务长说托首长捎封信吧。

见到金兆天，师长一句寒暄没有，盯着金兆天的络腮胡子看了好一会儿才说：“你儿子说你玩鹰，我也喜欢鹰，我想见识见识你的鹰。”说完，把那封信交给金兆天。

老金被弄了个丈二和尚摸不着头脑，好在随行司机把事情原委介绍了一番，老金才定下神来。心想，傻儿子显摆这个干什么？这个首长也挺有意思，跑两百多公里路就为了赌口气。

老金打开儿子的信，信里千嘱咐万叮咛，叫老爹看在他前途的分上，别折了师长的面子。

老金让老伴张罗饭菜，安顿师长到西屋坐下。师长走进西屋，看到小秋千上站着一只鹰。鹰见有生人进来，警惕地忽闪几下翅膀。

杀气腾腾的师长见到老金的这只鹰，底气有些下泄。老金养的是只岩鹰，体大凶猛，鹰的头部黑白分明，羽毛像漆过一样油光发亮。鹰眼过处，仿佛有阵阵冷风掠起，王者霸气不鸣自威。看着秋千上的岩鹰，身经百战的师长连咽三口吐沫。

司机捅了捅师长，小声说：“不是一个重量级的。”师长立起眼睛吼道：“妈了个巴子，先别灭自己的威风，是好是孬放出去遛遛才知道。”

老金把自己的鹰擎到柴房里，几个人简单吃了午饭。吃饭时师长不说话，但咀嚼的动静很大，甚至能听到他牙齿的切磨声。

师长和老金说定，一起带鹰上金花山，谁的鹰先捕到猎物算谁胜出。临上山前，老金对师长说，我一个草民和你这么大首长赛鹰，不合适吧。师长倒爽快："是鹰和鹰比，又不是我俩打架，你怕什么？"老金说："看上去是鹰比鹰，其实是比我俩熬鹰的本事。"师长道："那是。"说完精心捋了捋贝勒的翅膀。

贝勒翅膀上的羽毛是黄褐色的，像秋天草原上的枯草，这是贝勒的保护色。见老金从柴房里擎鹰出来，师长大喝一声："出发！"

跟班小司机借口上茅房悄悄告诉老金，师长的面子比他的命还要紧，赛鹰的事儿师长看成是一场战斗。老金听后暗自高兴，自己玩了半辈子鹰，终于遇上一个知音，而且是赶了两百公里路寻上门来的。

正是秋收结束的季节，村民闲着没事，听说有部队的大官来和金兆天赛鹰，呼啦啦跟着上山看热闹去了。

一群人来到金花山最高处的棋磐岩。棋磐岩是一块大且平的岩石，传说两个道士在这里对弈，连杀三天三夜不分胜负。最后两个互不相让的道士化成两尊山石，各居棋磐岩一侧。从山下望上去，真就像两个人在对弈。棋磐岩景色颇佳，站在岩石上，整个金花山大小峰峦尽收眼底。恰好午后时间，山谷沟壑雾气散尽，阳光照射下，连绵的金花山像一群揭开了面纱的少女，尽显万种风情。

师长手擎鹰，环视一下层峦叠翠的群山，对老金说，开始吧。老金点点头，两人同时摘掉鹰的头罩。

贝勒不愧是大草原上的天之骄子，在师长的手臂上显得跃跃欲试，喉咙里发出一种奇怪的声音，这声音在山间尤其清晰刺耳，让人毛发竖立。

老金手臂上的岩鹰显得稳健沉着，它不时转头俯瞰山谷，翅膀已经抖过两次了，但主人没有放鹰的意思，它也就依然在捕捉着目标。突然，师长手臂一抖，贝勒腾空而起。与此同时，老金也放飞了臂上的岩鹰。岩鹰在天空盘旋一圈，又飞回到老金的手臂上。贝勒则一个俯冲扑向山下开阔地，眼看着一只正要起飞的鹌鹑被它踩到利爪之下。

众人一片欢呼。

胜负已定，打道回府。

老金备了酒席，特意请看热闹的乡亲陪师长一起喝酒。村民从没见过这么大的军官，一时手足无措，连酒碗都不知怎么端了。师长也不客气，见桌上没有肉菜，搬出一箱牛肉罐头一坛地羊酒，嚓嚓嚓用匕首一个个切开，往大盆里一倒，招呼着："老乡们，来来来，喝酒吃肉。"

连喝五碗地羊酒，师长开始面呈酒色。陪酒的村民没喝过这么有劲的酒，一个个里倒歪斜，没了模样。老金倒是清醒，他知道地羊酒是药酒，只喝自己的高粱烧。众人酒足肉饱，到院门口围着军用吉普车透气闲扯，对柴房里的两只鹰评头品足，西屋炕桌上只剩下师长和老金。只看到两人你一碗我一碗，喝得满院子酒香。

师长在西屋炕上住了五天，天天和金兆天上山遛鹰，形影不离。走时给金兆天留下一坛地羊骨泡的酒。作为回报，金兆天要把岩鹰送给师长，师长坚决不收。

金兆天用蜡封上地羊骨酒的坛口，放在粮仓里。两人肩靠肩在西屋窗下照了墙上那张合影。

回到部队，师长把山鹰连的名字改了，还是叫侦察连。

后来，师长转业到北京，副司长、司长，一直到副部长。退休前，师长找了一家企业给金花山捐了些资金，把土坯房的村小学改建一新，村民习惯把村小学叫将军小学。

金老爷子讲完师长的故事，郑小毛不明白，老爷子的岩鹰怎么会输给师长的贝勒？岩鹰熟悉当地环境，捕猎应该更高一筹才对。老爷子若无其事地说，我在柴房里把鹰喂过了。当然，师长就是师长，这能骗过别人，骗不过师长。

风　鸢

金花山的夏天似乎还没舒展开，秋天就来叩门了。郑小毛穿着套头毛衣，或溜溜达达，或闷头上网，整天再无别事。金花山的网速慢得像牛车，待在网上也没多大意思。作为挂职的副主任，总得做点什么吧。问金老爷子，老爷子的回答倒简单：“待着就得。”

什么叫待着就得？郑小毛郁闷起来。挂职是来锻炼的，待着能锻炼什么？平心而论，金花山也真的无事可做。邻里和睦，用不着调解纠纷。没有谁家富得流油，也没有哪家穷得揭不开锅，日子都过得八九不离十。郑小毛认为村上只有两件事可做：一是翻修破庙一样的村委会；二是修路，让大小车辆顺顺当当地进山来。

他把翻修村委会的想法跟金老爷子说了。他说那个破村委会有损金花山形象，刚来的时候，一看那石头房子，心就凉了半截，以为是林教头的风雪山神庙。金老爷子捋一下胡子道：“古人有话，官不修衙嘛。”

郑小毛再笨，话还是能听明白。不过金老爷子也太高看村委会了，还真拿村长当干部了。村委会算哪家的衙门？但此后不再提翻修村委会的事。

他又说了修路的事。金老爷子问他：

“你知道金花山为啥能有这么多树，这么多野生猎物？”

“您老看护得好呗。”

“贼多不胜防，看是看不住的。金花山能这么囫囵个的原因就一个，不通公路。”老人深邃的目光投向村外那条羊肠小道。

“要是路通了，大车小车开进来，金花山可就毁了。”

“可是，要想富，先修路，这是电视里天天讲的经验呀。”

“富了又能怎样？多少钱是多？金花山祖祖辈辈不都这么熬过来了？平静才能长远，平静是福啊。”

金老爷子不理会电视上的好经验，他说人这一辈子，要守住闸，对金花山来说，路通就是闸开，闸开了，这块净土还不被淹掉？

郑小毛听出来，金老爷子要守住的金花山，不就是老子的小国寡民理想嘛。也难怪，与世隔绝的金花山，时光比别处慢了好几截，怎么会有城里开化？但金老爷子无形而又强大的气场惯力让他只能乖乖顺从老人的意志，有时他会产生一种时空穿越之感，觉得眼前的金老爷子就是古代那个骑牛出函谷关的道家祖师爷。

一日，端详着墙上的照片，郑小毛忽然想起老人说过秋季可以捕鹰的话，提出想学熬鹰的请求。金老爷子一听，络腮胡子绽放开来，兴奋地说：“就等着你提这个茬儿呢，不熬鹰，金花山不是白来一回？”

老人略做沉思，指了指金花山最高处：

“棋磐岩上有个鹰巢，是不迁徙的留鸟。这个季节，雏鹰都该出窝了，可以下手。”

“棋磐岩不是您和师长赛鹰的地方吗？怎么又有了鹰巢？”

“人进鹰退，人走鹰来。十年前，有个掏鸽子蛋的孩子在那儿摔死了，村里人认为棋磐岩犯邪，就没人再去，老鹰便在那儿筑巢了。”

棋磐岩上的留鸟是一窝金雕。捕获金雕对老人来说是个挑战，活了七十多岁，他还从来没捕到过这种翼展比人都高的鹰。金雕是学名，老人不这么叫，他管金雕叫风鸢，听上去是个很古老的叫法。老人听父亲说过，爷爷捕到过一只风鸢，这种鹰叫声凄厉，它一鸣叫，山上就会刮大风，爷爷叫它风鸢。

郑小毛兴奋不已。金雕也好，风鸢也罢，对他来说都是完全陌生的猛禽，他的好奇心被刺激到了极点。

第一次陪金老爷子进山捕鹰，郑小毛跃跃欲试。听过三张照片的故事，自觉捕鹰之事已不生疏，缺少的只是实战经历。金老爷子带上网具，拴好一只肥胖的芦花鸡递给他。郑小毛问：“怎么不用鸽子了？”

“风鸢看不上鸽子。”

郑小毛感到，他们要捕的鹰和照片故事里的鹰不一样，怕是个庞然大物。

进山的路上，郑小毛怀里的芦花鸡一直在发抖，喉咙里不时发出咯咯的叫声。郑小毛摸摸鸡冠，小声说：“没事，你只是诱饵，风鸢吃不了你。”走在前面的金老爷子头也不回地说：“谁说没事，风鸢利爪快如刀，莫说是鸡，就是狗，也能把脖子刺透。”话刚落，跟着一路小跑的黄狗竟然汪汪叫了两声。

来到老人熟悉的那片山间空地，支好网，拴好芦花鸡，把引线扯得远远的。两人在一棵粗壮的橡树下坐下来，懂事的黄狗也不作声地趴在身边，两只耳朵时立时伏。捕鹰时一定要隐藏在树底下，而且要选有树叶的大树，这样，空中盘旋的老鹰才不会发现你。深秋季节，橡树的叶子虽然已经枯黄，但还挂在树枝上，是隐蔽的好地方。

金老爷子背靠树干，嘴里衔着没点燃的烟袋，远远凝视着棋磐岩。棋磐岩上方，几只老鹰盘旋着。天空湛蓝，万里无云，缓缓飞翔的鹰是空中唯一的景致。这应该是惬意轻松的时刻，静谧的大山里，郑小毛依然感受到金老爷子的气场。他想给老人把烟袋点上，老人摆手制止了。也是，看见烟火，风鸢怎么会来？郑小毛感到自己的心率无法自控，明明坐在树下休息，但心脏还像刚才登山时那样发出急促的咚咚声。他知道，这是自己离金老爷子太近了，金老爷子的每根胡须，都能拨动他的神经。

芦花鸡在草地上紧张地转圈，两腿被绳索捆住，只能在半步范围内活动。它似乎知道自己身处险境，虽然金老爷子在网口处撒了几把谷粒，它并不去啄食眼前的谷粒，而是侧歪着头注视着棋磐岩的方向。

“鸡也知道害怕。”郑小毛自言自语。

两个人，一条狗，从上午等到黄昏，风鸢没有扑下来，一直在山峰最高处盘旋。

直等到黄昏时刻，金老爷子点燃衔了一天的烟袋，闷头吩咐一声，回家。

郑小毛不明白，风鸢为什么不过山坳里来，难道它发现了什么？

“明天还来吗？”抱着那只躲过一劫的芦花鸡，郑小毛问了一句。

“等下了雪再来。”

第一次与风鸢较量，风鸢没有接招。

郑小毛期待着下雪，但这一年的雪来得比往年都迟，直到大雪那天，金花山才迎来第一场雪。郑小毛第一次见识金花山的雪，尽管没有夸张到燕山雪花大如席的程度，但下雪持续的时间，雪的厚度让他大开眼界。雪下了一夜，堆在门外的雪堵得院门都推不开了。金老爷子站在院子里，望着棋磐岩方向，绽开络腮胡子，冲郑小毛下了一道命令："抓紧吃饭，吃了饭进山！"

黄狗在前，金老爷子随后。抱着瑟瑟发抖的芦花鸡，在没膝深的积雪上，郑小毛踩着前面的脚印，跟在金老爷子身后，深一脚浅一脚地进山了。他们在苍茫白雪上留下的足迹是雪后金花山上唯一的足迹。

还是那块山坳空地，还是那棵老橡树，只是空地里不见了荒草，唯有湖面一般厚厚的雪。老爷子带了扫帚和铁锨，两人一个铲一个扫，清出碾盘大小一块地方。支网，拴鸡，把引绳拉到橡树旁。又用扫帚扫平足迹，潜伏妥当，静等风鸢光顾。

这一次，棋磐岩上空并没有风鸢盘旋，两个凝固的道士还在那里端坐对弈。郑小毛冻得直哆嗦，问金老爷子风鸢会不会来。金老爷子定力十足，点点头，深邃的目光一直没离开棋磐岩。

金婶为他俩烙了油饼，老爷子没吃，郑小毛也没吃。风鸢不来，哪有心思吃饼？老人怀里揣了一小壶高粱烧，不时掏出来抿一口。锡制的酒壶，是家传的古董吧。老爷子把酒壶递给郑小毛，小毛摆摆手。他可没有这么喝酒的习惯。

天空阴郁，看不到日头。看看表，已经过晌了，郑小毛劝说金老爷子吃点东西，老人打个手势制止了他。郑小毛朝棋磐岩方向望去，一只风鸢由远及近，急速掠过来。这风鸢没有升空盘旋，而是从岩石上起飞直接俯冲下来。草地上的芦花鸡疯了似的挣扎起来，惊恐地叫个不停。金老爷子伏在雪地上，双手拽紧网绳，只要风鸢扑下来，就会进入罗网。

风鸢箭一般扑射过来，在离芦花鸡不远处的灌木丛里，嗖地抓起白乎乎一团，奋力飞走了。

郑小毛看傻了，这哪里是鹰？分明是能抓走人的九头老雕！

金老爷子也愣住了，他没料到，风鸢飞来不是为了芦花鸡，而是为了一只想来偷袭芦花鸡的白狐狸。可怜那小白狐成了风鸢的午餐。

"回去吧，风鸢今天不会再捕食了。"金老爷子有些气馁。

金老爷子不死心，郑小毛也不死心。风鸢难道对鸡不感兴趣？鹰抓鸡，天经地义，怎么到了棋磐岩，风鸢的习性就变了呢？

春节过后，金老爷子决定再次进山。这次，他没有带那只九死一生的芦花鸡，他选了一只小山羊。

郑小毛回城过年时查阅过资料，金雕这种猛禽可是不能小觑，强壮的金雕真能抓起一个小孩。金雕攻击的精度也非同寻常，能准确地抓住蛇的七寸，敢于攻击毒性最强的海蛇。如果能捕到一只金雕，再熬成猎鹰，那可是能一辈子吹牛的事。

“事不过三，这次风鸢肯定跑不了。”金老爷子摸着从邻家牵来的小羊羔说。

进山时，刮着生硬的小北风，老人让郑小毛多穿衣服。他灌一壶酒揣进怀里，把皮袄系得紧紧的。扛着网具的金老爷子信心满满。

还是那块空地，那棵大橡树。扫雪，支网，不同的是芦花鸡变成了小山羊。金老爷子说：“正月十五，好日子，捕到风鸢，晚上就开师长留的那坛地羊酒。”

一切安顿好，郑小毛扑落掉身上的雪，朝棋磐岩方向望去。一只风鸢在高处盘旋着。有戏！郑小毛心想，只要风鸢高飞，就能看到山坳里的小山羊，严冬里缺少食物的风鸢就不会不来猎食。

两人背靠橡树，目不转睛地看着那只盘旋的风鸢，趴在雪地里的黄狗看着前方那只可怜的小山羊。小山羊出生后就和黄狗厮混在一起，一狗一羊相处融洽。当然，再通人性的狗，也不会仰望天空，别指望黄狗能注视空中盘旋的风鸢。

时间已近晌午，小北风越来越硬，那只盘旋的风鸢在天空画着优美的曲线，舒展潇洒地翱翔着。金老爷子的眼睛有些花，他问郑小毛：

“棋磐岩上飞的，是一只还是两只？”

“就一只，大个头。”

金老爷子哦了一声，掏出酒壶深深扪了一口，揣好酒壶，紧了紧皮袄。风更紧了，风吹起山坳里的积雪，细沙一样打在脸上，空地中央的小山羊咩咩叫了几声。

“来了！”郑小毛喊了一声。他发现棋磐岩上的风鸢向山坳这边飞过来了。

金老爷子弓起腰，匍匐在地，紧紧攥住网绳。

风鸢飞得很慢，在山坳上方盘旋一圈，突然发出一阵凄厉的叫声。这叫声充满警示和威胁，还带着一种怨恨，让人心头一阵惊悸。风鸢盘旋了三圈，凄厉地鸣叫三遍，对地上的小山羊视而不见，回头飞向棋磐岩。

郑小毛傻了，不明白风鸢为何要到这里盘旋三圈，来了又不捕食。

“快，收网下山！”金老爷子的声音带着惊慌。

郑小毛疑惑地看了老人一眼，金老爷子大喊：

“鸢鸣风候，暴风将起，再不下山，就叫大雪埋山里了！”

老人话语未落，一阵风声由远而近，接着，山坳里狂风大作，地动山摇，地上的白雪蛇一样一条条扭动起来。橡树上的枯叶，像成片的麻雀，在头顶胡乱飞舞。这块金兆天猎鹰的宝地，成了最窝风的地方。刚才，风鸢在头顶鸣叫，叫声凄切，郑小毛就觉出不祥之兆，感到风鸢不会轻易落网。想不到天色骤变，而且他真切地感觉出来，这大风是从脚底下往上刮的，冰凌一样从裤管灌进来，嗖嗖地吸走身体里的温度。郑小毛心中发毛。

天地一片混沌，辨不清方向。那条沉默的黄狗此时发挥了天性，它认得来时的路。一老一少扛着网具，牵着小山羊，在狂风暴雪中，跟在黄狗后面，踉踉跄跄一路狂奔。黄狗不时回下头，看看风雪中狼狈的主人。

忽然，金老爷子脚下一滑，栽了下去。肩上的网具把他绊住，蜘蛛似的俯身趴在地上。趔趔趄趄的郑小毛扶起他，把网具从老爷子身下拽出来，扛在自己肩上。网具并不重，但很招摇，扛着网具行走的郑小毛忽然有了一种感觉：金老爷子的气场变弱了。

下 山

正月十五那场暴雪之后，金兆天性格大变，无论郑小毛怎么说，不再进山捕鹰。他烧掉网具，卸掉西屋挂了几十年的小秋千，金盆洗手不再熬鹰。

郑小毛问他何故金盆洗手，他并不多说，只是引用老父亲的话：不入陷阱，不入罗网，必是含仁怀义之兽，风鸢，捕不得。郑小毛查过资料，这话好像是孔子说的，典出西狩获麟的故事。

金老爷子不再熬鹰，郑小毛也对捕鹰失去了念想。他喜欢上棋磐岩上的风鸢家族，闲时，领着黄狗，到离棋磐岩近处的山坡上，坐在草地上看那群自由盘旋的风鸢。风鸢是猛禽中的猛禽，飞禽中以金字命名的不过两种，南半球有金刚鹦鹉，北半球有金雕。金刚鹦鹉虽然有金刚之名，但成了人类的宠物。而金雕，似乎没有谁能限制它的自由。

春天的金花山景色宜人，郑小毛用数码相机记录着金花山的花花草草。春季一过，他把相机对准了棋磐岩上的风鸢。他躲在棋磐岩下，守着风鸢，一待就是半天。他知道，不能打扰风鸢的生活，不能让它感到巢穴受到威胁，否则，它们会搬家飞走，金花山就会失去最宝贵的一道风景。

郑小毛拍了上千张风鸢照片，在摄影界引起小小轰动。省城一家出版社给郑小毛出版了一本风鸢摄影集。拿到摄影集，郑小毛兴冲冲地送给金兆天。老爷子捻着胡须仔细看了每张照片，直到看完封底上那张以棋磐岩为背景，风鸢展翅欲飞的特写，才说了一句：

“你熬鹰比我强。”

“我哪里会比您老强。”郑小毛不好意思了。

“我熬鹰，把鹰熬下地。你熬鹰，把鹰熬上天。”

第二年八月，郑小毛按规定开始写挂职总结。打开电脑，满脑子都是棋磐岩上飞旋的风鸢。他断断续续写了一些，无逻辑没层次，自己都不满意。

离开金花山那天，金兆天很动情，打开那坛地羊酒与郑小毛对酌。金兆天酒量大不如前，喝酒不再深扪一口，只是点到为止。郑小毛很伤感，与初到金花山时相比，老人强大的气场似乎被正月十五那场暴风雪吹散了。

郑小毛和金兆天以西屋窗户为背景留了张合影，和前三张不同的是，这张是彩色的。

郑小毛来到镇机关胡书记办公室。胡书记端端正正坐在宽大的办公桌前，一边读着县报，一边说，回来啦。

“听说你出了本画册？”胡书记问。

郑小毛点点头。办公室里满是烟味儿。大概没听到郑小毛的回答，胡书记抬起头，放下手中的报纸。

“小毛呀，根据你挂职期间表现出的文化才能，镇党委决定把你调整到镇文化站工作，下午到文化站报到吧。”说完，胡书记拿起报纸继续读报。

郑小毛把辞职报告放到胡书记办公桌上，转身离开了。

走出镇机关大楼，打开手机，看到屏幕上有条推送短信：处暑花，不归家。处暑分三候：一候鹰乃祭鸟，二候天地始肃，三候禾乃登。

这一天是处暑。

他给可能正在上政治课的父亲发了一条短信：我下山了，在平地上儿子能走得更远。

·作者简介·

老藤，本名滕贞甫，1963年冬月生于山东即墨，中国作协会员，辽宁作协主席团委员。出版长篇小说《樱花之旅》《鼓掌》《腊头驿》三部；小说集《没有乌鸦的城市》《无雨辽西》《大水》《会殇》四部；文化随笔集《儒学笔记》《探古求今说儒学》两部。

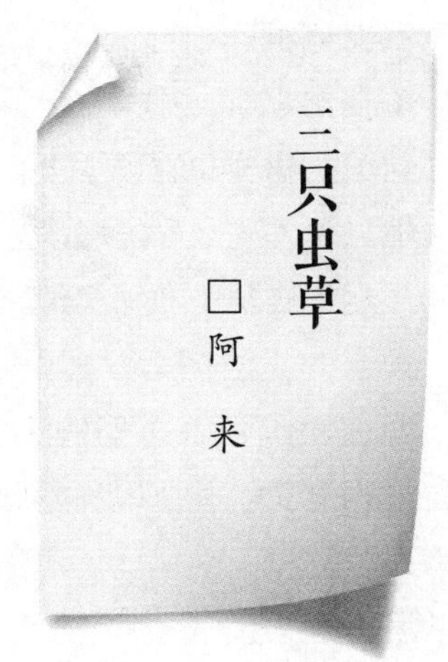

1

海拔三千三百米。

寄宿小学校的钟声响了。

桑吉从浅丘的顶部回望钟声响起的地方，那是乡政府所在地。二三十幢房子散落在洼地中央，三层的楼房是乡政府，两层的曲尺形楼房是他刚刚离开的学校。

这是五月初始的日子，空气湿润起来。在刚刚过去的那个冬天，鼻子里只有冰冻的味道、风中尘土的味道，现在充满了他鼻腔的则是融雪散布到空气中的水汽的味道，还有冻土苏醒的味道。还有，刚刚露出新芽的青草的味道。

这是高海拔地区迟来的春天的味道。

第一遍钟声中，太阳露出了云层，天空、起伏的大地和蜿蜒曲折的流水都明亮起来。第一遍钟声叫预备铃。预备铃响起时，桑吉仿佛看见，女生们早就安安静静地坐在教室了，男生们则从宿舍、从操场、从厕所、从校门外开始向着楼上的教室奔跑。衣衫振动，合脚的不合脚的鞋子噗噗作响。男生们喜欢这样子奔跑，喜欢在楼梯间和走廊上推搡、碰撞，拥挤成一团跑进教室，这些正在启蒙中的孩子喜欢大喘着气，落座在教室里。小野兽一样，在寒气清冽的早晨，从嘴里喷吐出阵阵白烟。

等到第二遍钟声响起时，教室里安静下来，只有男孩们剧烈奔跑后的喘息声。

第三遍钟声响起来了，这是正式上课的铃声。

多布杰老师或是娜姆老师开始点名。

从第一排中间那桌开始。

然后是左边，然后右边。

然后第二排，然后第三排。

桑吉的座位在第三排正中间，和羞怯的女生金花在一起。

现在，点名该点到他了。今天是星期三，第一节是数学课，那么点名的就该是娜姆老师。娜姆老师用她甜美的、听上去总是有些羞怯的声音念出了他的名字："桑吉。"

没有回答。

娜姆老师提高了声音："桑吉！"

桑吉似乎听到同学们笑起来。明明一抬眼就可以看见第三排中间的位置空着，她偏把头埋向那本点名册，又念了一遍："桑吉！"

桑吉此时正站在望得见小学校、望得见小学校操场和红旗的山丘上，对着水汽芬芳的空气，学着老师的口吻："桑吉！"

然后，他笑起来："对不起，老师，桑吉逃学了！"

此时，桑吉越过了丘冈，往南边的山坡下去几步，山坡下朝阳处的小学校和乡镇上那些房屋就从他眼前消失了。他开始顺着山坡向下奔跑。他奔跑，像草原上的很多孩子一样，并不是有什么急事需要奔跑，而是为了让柔软的风扑面而来，为了让自己像一只活力四射的小野兽一样跑得呼哧呼哧地喘着粗气。春天里，草坡在脚底下已经变得松软了，有弹性了。很像是地震后，他们转移到省城去借读时，那所学校里的塑胶跑道。

脚下出现了一道半米多高的土坎，桑吉轻松地跳下去了。那道坎是牦牛们磨角时挑出来的。

他跳过一丛丛只有光秃秃的坚硬枝干的雪层杜鹃，再过几天，它们就会绽放新芽，再有一个月，它们就会开出细密的紫色花朵。

挨着杜鹃花丛是一小片残雪，他听见那片残雪的硬壳在脚下破碎了。然后，天空在眼前旋转，那是他在雪上滑倒了。他仰身倒下，听到身体内部的东西震荡的声音。他笑了起来，学着同学们的声音，说："老师，桑吉逃学了。"

老师不相信。桑吉是最爱学习的学生，桑吉还是成绩最好的学生。

老师说："他是不是病了？"

“老师，桑吉听说学校今年不放虫草假，就偷跑回家了。”

本来，草原上的学校，每年五月都是要放虫草假的。挖虫草的季节，是草原上的人们每年收获最丰厚的季节。按惯例，学校都要放两周的虫草假，让学生们回家去帮忙。如今，退牧还草了，保护生态了，搬到定居点的牧民们没那么多地方放牧了。一家人的柴米油盐钱、向寺院作供养的钱、添置新衣裳和新家具的钱、供长大的孩子到远方上学的钱、看病的钱，都指望着这短暂的虫草季了。桑吉的姐姐在省城上中学。父亲和母亲都怨姐姐把太多的钱花在打扮上了。而桑吉在城里的学校借读过，他知道，姐姐那些花费都是必需的。她要穿裙子，还要穿裤子。穿裙子和穿裤子还要搭配不同的鞋，皮的鞋、布的鞋、塑料的鞋。

寒假时，姐姐回家，父亲就埋怨她把几百块钱都花在穿着打扮上了。

父亲还说了奶奶的病，弄得姐姐愧疚得哭了。

那时，桑吉就对姐姐说了：“女生就应该打扮得花枝招展。”

姐姐笑了，同时伸手打他：“花枝招展，这是贬义词！”

桑吉翻开词典：“上面没说是贬义词。”

“从人嘴里说出来就是贬义词。”

桑吉合上词典：“这是好听又好看的词！”

父母听不懂两姐弟用学校里学来的汉语对话。

用纺锤纺着羊毛线的母亲笑了：“你们说话像乡里来的干部一样！”

为桑吉换靴底的父亲说：“将来还是当老师好。”

桑吉说：“今年虫草假的时候，我要挣两千元。一千元寄给姐姐，一千元给奶奶看医生！”

奶奶不说话。

病痛时不说话，没有病痛时也不说话。

听了桑吉的话，她高兴起来，还是不说话，只是咧着没牙的嘴，笑了起来。

但是，快要放虫草假的时候，上面来了一个管学校的人，说：“虫草假，什么虫草假！不能让拜金主义把下一代的心灵玷污了！”

于是，桑吉的计划眼看着就要化为泡影了。不能兑现对姐姐和奶奶的承诺，他就成了说空话的人了。

所以，他就打定主意逃学了。

所以，他就在这个早上，在上学的钟声响起之前，跑出了学校。

钟声，他想，没有我，还没有这个钟声呢。

原来，学校上课下课是摇一个铜铃铛。当乡镇上来过了一辆收破烂儿的小卡车后，那只铃铛就从学校里消失了。那个被校长和值日老师的手磨得锃亮的铜铃铛把手上还系着一段红穗子，平常就放在校长办公室的窗台上。夏天的早上上面会结着露珠，深秋和初春的早上会结着薄霜。冬天，上面什么也没有，只是光泽都被严寒冻得喑哑了。

那辆收破烂儿的小卡车来过又消失，那只铜铃铛就消失了。

大家叽叽喳喳地说，是一个手脚不干净的同学干的。

传说他用铜铃铛换来的钱在网吧玩了一个通宵的游戏。他在电脑屏幕上打死了很多怪兽，打下了很多样子古怪的飞机。

听说老师们还专门开了一个会，讨论要不要把这个家伙找出来。后来，还是校长说："孩子，一个孩子，这种事还是不了了之吧。"

校长去了一趟县城，看自己的哮喘病，顺便从县教育局带回了一只电铃。电铃接上电线，安装在校长室的门楣上。从屋里一摁开关，丁零零的声音就响起来，急促、快速，谁去开它都一样。不像原来的铃声，在不同的老师手上，会摇出不同的节奏：叮——当！叮——当！或：叮叮——当当！叮叮——当当！

不承想，电铃怕冷，零下二十多摄氏度的冬天里，响了几天，就再也发不出声音了。

桑吉和泽仁想起了公路边雪中埋着的一个废弃的汽车轮胎，他们燃了一堆火，把上面的橡胶烧掉，把剩下的半轮断裂的钢圈弄回来，挂在篮球架上，这就是现在小学的钟了。一棍子敲上去，一声响亮后，还有嗡嗡的余音回荡，像是群蜂快乐飞翔。

放寒假了，钢圈还是挂在篮球架上。

那个县城里叫作破烂儿王的人又开着他的小卡车来过两三趟，这钢圈还是挂在篮球架上。

桑吉把这事讲给父亲听。

父亲说："善因结善果，你们有个好校长。"这个整天待着无所事事的前牧牛人还因此大发议论，说，如今坏人太多，是因为警察太多了。父亲说："坏人可不像虫草，越挖越少。坏人总是越抓越多。坏的东西和好的东西不一样，总是越抓越多。"

桑吉把父亲的话学给多布杰老师听。老师笑笑："奇怪的哲学。"

桑吉问："奇怪的意思我知道，什么是哲学？"

老师说："这个我也不知道。"

桑吉很聪明："我知道，这个不知道是说不出来的知道，不是我这种不知道。"

老师被这句话感动了，摸摸他的头：“很快的，很快的，我就要教不了你了。”

多布杰老师平常穿着军绿色的夹克，牛仔裤上套着高筒军靴，配上络腮胡子，很硬朗的形象，说这话时眼里却有了泪花。

他那样子让娜姆老师大笑不止，饱满的胸脯晃动跳荡。

现在，桑吉却在逃离这钟声的召唤。

奔跑中，他重重地摔倒在一摊残雪上，仰身倒地时，胸腔中的器官都振荡了，脑子就像篮球架上的钢圈被敲击过后一样，嗡嗡作响。

桑吉庆幸的是，他没有咬着自己的舌头。

然后，他侧过身，让脸贴着冰凉的雪，这样能让痛楚和脑子里嗡嗡的蜂鸣声平复下来。

这时，他看见了这一年的第一只虫草！

2

其实，桑吉还没有在野地里见过活的虫草。

但他知道，当自己侧过身子的同时也侧过脑袋，竖立在眼前的那一棵小草，更准确地说是竖立在眼前的那一棵嫩芽就是虫草。

那是怎样的一棵草芽呀！

它不是绿色的，而是褐色。因为从内部分泌出一点点儿黏稠的物质而显得亮晶晶的褐色。

半个小拇指头那么高，三分之一，不，是四分之一个小拇指头那么粗。桑吉是聪明的男孩，刚学过的分数，在这里就用上了。

对，那不是一棵草，而是一棵褐色的草芽。

胶冻凝成一样的褐色草芽。冬天里煮一锅牛骨头，放了一夜的汤，第二天早上就凝成这种样子——有点儿透明的，娇嫩的，似乎是一碰就会碎掉的。

桑吉低低地叫了一声：“虫草！”

他看看天，天上除了丝丝缕缕的仿佛马上就要化掉的云彩，蓝汪汪的，什么都没有出现。神没有出现，菩萨没有出现。按大人们的说法，一个人碰到好运气时，总是什么神灵护佑的结果。现在，对桑吉来说是这么重要的时刻，神却没有现身。多布杰老师总爱很张扬地说：“低调，低调。”这是桑吉作文中又出现一个好句子时，多布杰老师一边喜形于色，一边却要拍打着他的脑袋时所说的话。

他要回去对老师说："人家神才是低调的，保佑我碰上好运气也不出来张扬一下。"

多布杰老师却不是这样，一边拍打着他的脑袋说低调低调，一边对办公室里别的老师喊："我教的这个娃娃，有点儿天才！"

桑吉已经忘记了被摔痛的身体，他调整呼吸，向着虫草伸出手去。

他的手都没有碰到凝胶一样的嫩芽，又缩了回来。

他吹了吹指尖，就像母亲的手被烧滚的牛奶烫着时那样。

他又仔细看去，视野更放宽一些。虫草芽就竖立在残雪的边缘，一边是白雪，一边是黑土，像小小的笔尖。

他翻身起来，跪在地上，直接用手开始挖掘，芽尖下面的虫草根一点点显露出来。那真是一条横卧着的虫子。肥胖的白色身子，上面有虫子移动时，需要拱起身子一点点挪动用以助力的一圈圈节环。他用嘴使劲吹开虫草身上的浮土，虫子细细的尾巴露了出来。

现在，整株虫草都起到他手上了。

他把它捧在手心里，细细地看，看那卧着的虫体头端生出一棵褐色的草芽。

这是一个美丽的奇妙的小生命。

这是一株可以换钱的虫草。一株虫草可以换到三十块钱。三十块钱，可以买两包给奶奶贴病痛关节的骨痛贴膏，或者可以给姐姐买一件打折的李宁牌T恤，粉红色的或者纯白色的。姐姐穿着这件T恤上体育课时，会让那些帅气的长卷头发的男生对她吹口哨。

父亲说，他挖出一根虫草时，会对山神说对不起，我把你藏下的宝贝拿走了。

桑吉心里也有些小小的小小的，对了，纠结。这是娜姆老师爱用的词，也是他去借读过的城里学校的学生爱用的词。纠结。

桑吉确实有点儿天才，有一回，他看见母亲把纺出的羊毛线绕成线团，家里的猫伸出爪子把这个线团玩得乱七八糟时，他突然就明白了这个词。他抱起猫，看着母亲绝望地对着那乱了的线团，不知从何下手时，他脱口叫了声："纠结！"

母亲吓了一跳，啐他道："一惊一乍的，独脚鬼附体了！"

现在的桑吉的确有点儿纠结，是该把这株虫草看成一个美丽的生命，还是看成三十元人民币？这对大多数中国人来说根本不是一个问题，但对这片草原上的人们来说，常常是一个问题。

杀死一个生命和得到三十元钱，这会使他们在心头生出：纠结。

不过，正像一些喇嘛说的那样，如今世风日下，人们也就是小小纠结一下，然后依然会把一个小生命换成钱。

桑吉把这根虫草放在一边，撅着屁股在刚化冻不久的潮湿的枯草地上爬行，仔细地搜寻下一根虫草。

不久，他就有了新发现。

又是一株虫草。

又是一株虫草。

就在这片草坡上，他一共找到了十五根虫草。

想想这就挣到四百五十块钱了，桑吉都要哼出歌来了。一直匍匐在草地上，他的一双膝盖很快就被苏醒的冻土打湿了。他的眼睛为了寻找这短而细小的虫草芽都流出了泪水。一些把巢筑在枯草窠下的云雀被他惊飞起来，不高兴地在他头顶上忽上忽下，喳喳叫唤。

和其他飞鸟比起来，云雀飞翔的姿态有些可笑。直上直下，像是一块石子、一团泥巴，被抛起又落下，落下又抛起。桑吉站起身，双臂向后，像翅膀一样张开。他用这种姿势冲下了山坡。他做盘旋的姿态，他做俯冲的姿态。他这样子的意思是对着向他发出抗议声的云雀说，为什么不用这样漂亮的姿态飞翔？

云雀不理会他，又落回到草窠中，蓬松着羽毛，吸收太阳的暖意。

在这些云雀看来，这个小野兽一样的孩子同样也是可笑的，他做着飞翔的姿态，却永远只能在地上吃力地奔跑，呼哧呼哧地喘着粗气，像一只笨拙的旱獭。

这天桑吉再没有遇见新的虫草。

他已经很满足了，也没有打算还要遇到新的虫草。

十五根，四百五十元啊！

他都没有再走上山坡，而是在那些连绵丘冈间蜿蜒的大路上大步穿行。阳光强烈，照耀着路边的溪流与沼泽中的融冰闪闪发光。加速融冻的草原黑土散发着越来越强烈的土腥味，一些牦牛头抵在裸露的岩石上舔食泛出的硝盐。

走了二十多里地，他到家了。

一个新的村庄。实行牧民定居计划后建立起来的新村庄。一模一样的房子：正面是一个门，门两边是两个窗户，表示这是三间房，然后，在左边或在右边，房子拐一个角，又出来一间房。一共有二十六七幢这样的房子，组成了一个新的村庄。为了保护长江黄河上游的水源地，退牧还草了，牧人们不放牧，或者只放很少一点儿牧，父亲说："就像住在城里一样。"

桑吉不反驳父亲，心里却不同意他的说法，就二三十户人家聚在一起，怎么可能像城里一样？他上学的乡政府所在地，有卫生所，有学校，有修车铺、网吧、三家拉面馆、一家藏餐馆、一家四川饭馆、一家理发店、两家超市，还有一座寺院，也只是一个镇，而不是城。就算住在那里，也算不得“就像住在城里一样”。因为没有带塑胶跑道、有图书馆的中学校，没有电影院，没有广场，没有大饭店，没有立交桥，没有电影里的街头黑帮，没有红绿灯和交通警察，这算什么城市呢？这些定居点里的人，不过是无所事事地傻待着，不时地口诵六字真言罢了。直到北风退去，东南风把温暖送来，吹醒了大地，吹融了冰雪，虫草季到来，陷入梦魇一般的人们才随之苏醒过来。

桑吉不想用这些话破坏父亲的幻觉。

他只是在心里说，只是待着不动，拿一点儿政府微薄的生活补贴算不得像城里一样的生活。

即便是每户人家的房顶上，都安装了一个卫星电视天线，每天晚上打开电视机都可以看到当地电视台播出翻译成藏语的电视剧，父亲和母亲坐下来，就着茶看讲汉语的城里人的故事。他们就是看不明白。

电视完了，两个人躺在被窝里发表观后感。

母亲的问题是：“那些人吃得好，穿得好，也不干活儿，又是很操心很累很不高兴的样子，那是因为什么？”

桑吉听见这样的话，会在心里说：“因为你不是城里人，不懂得城里人的生活。”

每年春暖花开的时候，大城市来的游客就会在草原上出现，组团的、自驾的、当驴友的，这些城里人说：“啊，到这样的地方，身心是多么放松！”

这是说，他们在城里玩的时候不算玩，不放松，只有到了草原上，才是玩。但桑吉不想把自己所知道的这些都告诉父亲。他知道，父亲母亲让他和姐姐上学，是为了他们过上更好的生活，而不是为了让他们回到家来显摆那些超过自己的见识。

父亲想不通的还有一种打仗的电视剧：“那些人杀人比我们过去打猎还容易啊！杀人应该不是这么容易的呀！”

“那是杀日本鬼子呀！”母亲说。

父亲反驳：“杀日本鬼子就比杀野兔还容易吗？”

这时，桑吉也不想告诉父亲说，这是编电视的人在表现爱国主义。他在电视里看到过电视剧的导演和明星谈为什么这样做就是爱国主义。

父亲是个较真的人、爱刨根问底的人，如果你告诉他这是爱国主义，说不定哪天他想啊想啊，冷不丁就会问桑吉：“那么，你说的这个主义和共产主义，还有个人主义是不一样的吗？还是原本是一样的？”

他不想让父亲把自己搅进这样纠结的话题里。

现在，这个逃学的孩子正在回家。他走过溪流上的便桥，走上了村中那条硬化了的水泥路面。

奶奶坐在门口晒太阳，很远就看见他了。

她把手搭在额头上，遮住阳光，看孙子过了溪上的小桥，一步步走近自己，她没牙的嘴咧开，古铜色的脸上那些皱纹都舒展开来了。

桑吉把额头抵在奶奶的额头上，说："闻闻我的味道！"

奶奶摸摸鼻子，意思是这个老鼻子闻不出什么味道了。

桑吉觉得自己怀里揣着十五根虫草，那些虫草，一半是虫，一半是草，同时散发着虫子和草芽的味道，奶奶应该闻得出来。但奶奶摸摸鼻子，表示并没有闻到什么味道。

屋里没有人。

父亲和母亲都去村委会开会了。

他自己弄了些吃的，一块风干肉，一把细碎的干酪，边吃边向村委会走去。这时村委会的会已经散了。男人们坐在村委会院子里继续闲聊，女人们四散回家。

桑吉迎面碰上了母亲。

母亲没给他好脸色看，伸手就把他的耳朵揪住："你逃学了！"

他把皮袍的大襟拉开："闻闻味道！"

母亲不理："校长把电话打到村长那里，你逃学了！"

桑吉把皮袍的大襟再拉开一点儿，小声提醒母亲："虫草。虫草！"

母亲听而不闻，直到远离了那些过来围观的妇人们，直到把他拉进自己家里："虫草，虫草，生怕别人听不见！"

桑吉揉揉有些发烫的耳朵，把怀里的虫草放进条案上的一只青花龙碗里。他又从盛着十五只虫草的碗中分出来七只，放进另一个碗里："这是奶奶的，这是姐姐的。"

一边碗中还多出来一只，他捡出来放在自己手心里，说："这样就公平了。"他看看手心里那一只，确实有点儿孤单，便又从两边碗里各取出一只。现在，两边碗里各有六只，他手心里有了三只，他说："这是我的。"

母亲抹开了眼泪："懂事的桑吉，可怜的桑吉。"

母亲和村里这群妇人一样用词简单，说可怜的时候，有可爱的意思。所以，母亲感动的泪水、怜惜的泪水让桑吉很是受用。

母亲换了口吻，用对大人说话一样的口吻告诉桑吉：“村里刚开了会，明天就可以上山挖虫草了。今年要组织纠察队，守在进山路上，不准外地人来挖我们山上的虫草。你父亲要参加纠察队，你不回来，我们家今年就挣不到什么钱了。”

母亲指指火炉的左下方，家里那顶出门用的白布帐篷已经捆扎好了。

桑吉更感到自己逃学回来是再正确不过的举措了，不由得挺了挺他小孩子的小胸脯。

桑吉问：“阿爸又跟那些人喝酒了？”

母亲说：“他上山找花脸和白蹄去了。”

花脸和白蹄是家里两头驮东西的牦牛。

“我要和你们一起上山去挖虫草！”

母亲说：“你阿爸留下话来，让你的鼻子好好等着。”

桑吉知道，因为逃学父亲要惩罚他，揪他的鼻子，所以他说：“那我要把鼻子藏起来。”

母亲说：“那你赶紧找个土拨鼠洞，藏得越深越好！”

桑吉不怕。要是父亲留的话是让屁股等着，那才是真正的惩罚。揪揪鼻子，那就是小意思了。又疼又爱的小意思。

阿爸从坡上把花脸和白蹄牵回来，并没有揪他的鼻子，只说：“明天给我回学校去。”

桑吉顶嘴：“我就是逃五十天学，他们也超不过我！”

“校长那么好，亲自打的电话，不能不听他的话。”

桑吉想了想：“我给校长写封信。”

他就真的从书包里掏出本子，坐下来给校长写信。其实，他是写给多布杰老师的：“多布杰老师，我一定能考一百分。帮我向校长请个虫草假。我的奶奶病了，姐姐上学没有好看的衣服穿。今天我看见虫草了，活的虫草，就像活的生命一样。我知道我是犯错了，我回去后你罚我站着上课吧。逃课多少天，我就站多少天。我知道这样做太不低调了。为了保护草原，我们家没有牛群了。我们家只剩下五头牛了，两头驮牛和三头奶牛。只有挖虫草才能挣到钱。”

他把信折成一只纸鹤的样子，在翅膀上写上“多布杰老师收”的字样。

母亲看着他老练沉稳地做着这一切，眼睛里流露出崇拜的光亮。

母亲赔着小心说：“那么，我去把这个交给村长吧。”

他说：“行，就交给村长，让他托人带到学校去。”

这是桑吉逃学的第一天。

那天晚上，他睡不着。听着父亲和母亲一直在悄声谈论自己。说神灵看顾，让他们有福气，得到漂亮的女儿，和这么聪明懂事的儿子。政府说，定居了，牧民过上新生活，一家人要分睡在一间一间的房里。可是，他们还是喜欢一家人睡在暖和的火炉边上。白天，被褥铺在各个房间的床上。晚上，他们就把这些被褥搬出来，铺在火炉边的地板上。大人睡在左边，孩子睡在右边。父亲和母亲说够了，母亲过来，钻进桑吉的被子下面。母亲抱着他，让他的头顶着她的下巴。她身上还带着父亲的味道，她的乳房温暖又柔软。

3

去往虫草山的这个早晨，天上下着雪霰。

雪霰本是笔直落到地上，可是有风，说不上大，但很有劲道的风，把雪霰横吹过来，打在人脸上，像一只只口器冰凉的飞虫在撞击，在叮咬。

风搅着雪，把整个世界吹得天昏地暗。

这样的情景中，很难想象这个世界上还会在蓝空下面耸立着一座虫草山。一座黑土中、浅草下埋满了宝物的山。

桑吉把袍子宽大的袖口举起来，权且遮挡一下风雪，心想：“虫草山肯定不见了吧。”话到嘴边，变成了：“我们找不到虫草山了吧？”

母亲叫他放心：“虫草山在着呢。”

将近中午，大家来到了虫草山下。

雪停了，风也停了，天却阴着。云雾低垂，把虫草山的顶峰藏在灰暗的深处。只有那些长着虫草的土坡，立在眼前，像是一个巨人，只看见他腆着的肚子，却不见隐在灰云中的脑袋和颈项。

桑吉想，那些鼓着的肚腹一样的山坡，一定藏着好多虫草。

在风中搭帐篷很费了些力气。风总想把还来不及系牢的帐篷布吹上天空，桑吉就把整个身子都压在帐篷布上，让父亲腾出手来，把绳锚砸进地里。

帐篷架好了，母亲在帐篷中生火。

桑吉在河沟边的灌木丛中搜寻干枯的树枝。他不用眼睛看，他用脚蹬。

掉光了叶子的灌木看上去都一样，难以分辨哪些已经干枯，哪些还活着。可是用脚一蹬，干枯的噼噼啪啪折断，活着的弯下腰又强劲反弹。很快，他们家帐篷旁边的枯枝就堆成了一座小山。

邻居都来夸赞：“聪明的孩子才能成事呀！”

父亲却骂："你这么干，知道有多费靴子吗？"

母亲看着他把干枯的杜鹃树枝添进炉膛，脸上映着红彤彤的火光，说："他心里美着呢。"

桑吉知道，母亲看见自己能干顾家，心里也正美着呢。

这时有人通知去抽签，村里用这种方法产生每天六个人分成三组在各个路口封堵外来人员的纠察队员。

父亲起身，桑吉也跟在他身后。

山顶还是被风和雪还有阴云笼罩着，鼓着肚子的黄色草坡下面的洼里地，聚居点的人家都在这里搭起了自己的帐篷。

男人们都聚在村长家的帐篷前，村长就在帐篷边折了些绣线菊的细枝，撅成长短不一的短棍，握在他缺一根指头的手中，宣布规则："抽到长的人明天值班。明天晚上大家再来抽，看后天该谁值班。"

吹着冷风，男人们都把手插在皮袍的大襟里，村长握着那把短棍，把手举到众人面前。第三个人就是桑吉的父亲了。父亲没有把手从皮袍襟里拿出来，他看看儿子。

村长问："让桑吉抽？"

桑吉伸出的手又缩了回来。

因为前面三个人都抽了短的。他想起多布杰老师在数学课上说过的一个词：概率。那时，他没有听懂。现在，他有些明白了。前面三个都抽了短的，那么，也许长的就该出现了。

所以，他对村长说："先让别人抽，我要算一算。"

男人们笑起来："算一算，你是一个会占卜的喇嘛吗？"

桑吉摇了摇头："我要用数学算一算。"

他们家在定居点的邻居伸出了手："哦，这个娃娃装得学问比喇嘛都大了！"

村长手里有二十八根棍子，其中有六根长棍，已经抽出三根短棍。接下来，他们家的邻居抽出了一根长棍；接下来，是一根短棍；接下来，又一根长棍。抽到长棍的人连叫倒霉。虽然大家都愿意当纠察，保卫村里的虫草山，但谁都不想在第一天。谁都明白，第一天上山的收获，可能胜过后来的三四天。

这时，桑吉说："我算好了。"他出手，抽到了一根短棍。

晚上，父亲在帐篷里几次对母亲说："你儿子，他说他要算算，他要算算！"

桑吉躺在被窝里，听着风呼呼地掠过帐篷顶，又从枕头底下翻出来铁皮文具盒，摸到三根胖胖的虫草，把柔软的触觉传到他指尖。

他听见父亲低声问母亲："儿子睡着了吗？"

母亲说："你再不老实，山神不高兴，会让我们的眼睛看不见虫草！"

父亲说："山神老人家忙得很呢，哪有时间整天盯着你一个人。"

"山神有一千只一万只眼睛，什么都能看见。"

母亲起身离开父亲，钻到了桑吉的被窝里，她带来一团热乎乎的气息，她的手穿过桑吉的腋下，轻轻地怀抱着他。她的胸又软和又温暖，父亲还在那边的被窝里自言自语："算算。"

桑吉身子微微弯曲，姿态像是枕边文具盒里的虫草，松弛又温暖。他很快就睡着了。

他是被一阵鼓声惊醒的。

帐篷里没有人，外面鼓声阵阵。

他知道，那是喇嘛在作法。

天朗气清，阳光明亮。

草地被照耀得一片金黄。虫草山上方的雪山在蓝天下显露出赭红色的山崖和山崖上方晶莹的积雪。

人们聚集在溪边。那里已经用石头砌起了一个祭台，喇嘛坐在上首，击鼓诵经。男人们在祭台上点燃了柏枝，芬芳的青烟直上蓝天。喇嘛们手中的钹与镲发出响亮的声音时，仪式到了尾声。男人们齐声呼喊，献给山神的风马雪片般布满了天空。

虫草季正式开启。

被选为纠察的人们分头前去把守路口，全村男女都出发上山，每人一把小小的鹤嘴锄、一只搪瓷缸子。人们在山坡上四散开来，趴在草坡上，细细搜寻长不过一两厘米的褐色的娇嫩草芽。

桑吉手里也有了一把轻巧的鹤嘴锄。当一只虫草芽出现在眼前，他也学着大人们的样子，把周围的浮土和枯草拂开，从草芽的旁边进锄，再用劲撬动，他听到草根断裂的声音，看到地面开裂，再缓缓用劲，那道裂缝的中央，胖胖的虫草出现了。他鼓起腮帮，把虫草上的浮土吹开，小心拈起它，放进搪瓷缸里。做这所有的动作，他都小心翼翼，不让虫草有最微小的损伤。过些日子，虫草贩子就要来了，他们嘴里永远挂着一个词：品相，品相。第一是品相，第三还是品相。就像校长说的：第一是做人，第三还是做人。就像多布杰老师说的：第一是学习，第三还是学习。就像娜姆老师说的：第一是爱，第二是爱，第三还是爱。

在山上，比起自己和母亲，高个子的父亲就笨拙多了。

首先，他不容易看见细小的虫草芽。

第二，好不容易发现了，他的大手对付这个小东西，也是很无所适从的样子。

太阳当顶的时候，一家人停下来吃午餐，冷牛肉、烧饼、一暖瓶热茶。桑吉狼吞虎咽，父亲说他吃相不好。父亲端端正正坐着，一小刀一小刀削下牛肉，放进嘴里，细嚼慢咽。饮下热茶时，更要发出舒服的感叹。桑吉不管，三下五除二，很快就吃得有些撑了。他趴在地上，数三只搪瓷缸里的虫草。他的成绩是十九只。母亲二十三只。父亲最少，十一只。

父亲笑着说："小东西是让小孩和女人看见的。男人眼睛用来看大处和远处。"

母亲对桑吉说："你父亲年轻时，打猎和寻找走失的牛，很远很远，他就能看见。"母亲又对父亲说："可现在不打猎也不放牧了，挖虫草，就得看着近处细处了。"

父亲吃饱了，把刀插回鞘中，抹抹嘴，翻身仰躺在草地上，用帽子盖住了脸。

桑吉看着父亲，桑吉总是要不由自主地把眼光落在父亲和母亲身上。父亲用帽子盖着脸，耳朵却在一上一下地动着。这是他在逗桑吉玩，这相当于电视里那些人说我爱你。父亲不说，他一上一下动着耳朵，逗桑吉开心。

桑吉眼尖，在父亲耳朵边发现了一粒破土而出的虫草芽。

他把鹤嘴锄楔进土中，对父亲说别动别动，取出一只胖胖的虫草。

然后，他揭开父亲脸上的帽子，把那只虫草举到父亲眼前。

父亲很舒心，对母亲说："这个孩子不会白养呢。不像你姐姐的儿子呢。"

他们说的是桑吉十六岁的表哥。小学上到三年级就不上了。长到十四五岁，就开始偷东西，只为换一点儿钱，到乡政府所在的镇上，或者到县城打台球。他偷过一头牛，还和另一个混混儿偷卸掉停在旅馆的卡车的备用轮胎，卖到修车铺。也不远走，就在修车铺门口的露天台球桌上打台球，台球桌边放一打啤酒，边打边喝。打到第三天，就被抓到派出所去关了一个星期。

四处浪荡的表哥常常不回家，饿得不行了，还跑到小学校，来吃桑吉的饭。

星期天下午，学校背后的草地上，他曾经对表哥说："你来吃我的饭，我很高兴。"

表哥一边狼吞虎咽，一边说："那你是个傻瓜。"

桑吉很老成很正经地说："你来吃我的饭，说明你没有偷东西。所以我很高兴。"

表哥说："傻瓜！那是因为这地方又穷又小，偷不到东西！"

桑吉很伤心："求求你不要偷了。"

表哥也露出伤心的表情："上学我成绩不好，就想回去跟大人们一样当牧民，可是，大人们也不放牧了。有钱人家到县城开一个铺子，我们家比你们家还穷。你这个装模作样的家伙，敢来教训我！"

桑吉不说话。

表哥又让他去买啤酒。一口气喝了两瓶后，表哥借酒装疯："读书行的人，上大学，当干部。等你当了干部再来教训我！那你说，我不偷能干什么？"

桑吉埋头想了半天，实在没有想出什么好办法，就说："那你少偷一点儿吧。"

表哥很重地打了他一巴掌，唱着歌走了。那天，表哥把学校一台录音机偷走了。再以后，学校就不准表哥再到学校来找他了。

校长说："学校不是饿鬼的施食之地，请往该去的地方去。"

多布杰老师说："你信不信我能把你揍得把一个人看成三个人！"

表哥灰溜溜走了。多布杰老师的眼神变得柔和了，他对桑吉说："你现在帮不了他，只有好好读书，或许将来你可以帮到他。"

从此，表哥不偷东西了。他当背夫，帮人背东西。帮去爬雪山的游客背东西，帮勘探矿山的人背东西。最后，又帮盗猎者背藏羚羊皮，盗猎者空手出山，他却被巡山队抓个正着，进监狱已经一年多了。

父亲提起这个话头，让桑吉想起表哥。

他想起多布杰老师的话："你表哥其实是个好人。可是，监狱可不是把一个人变好的地方。"

他想等虫草季结束，手里有了钱，就去城里看表哥。表哥和姐姐在一个城里。不同的是，一个在学校，一个在监狱。他想给表哥买一双手套，皮的，五个指头都露在外面的。表哥戴过那样子的一只手套。那是他捡来的。但他喜欢戴着那样一只手套打台球，头上还歪戴着一顶棒球帽。对，桑吉还要给他买一顶新的棒球帽。但不给表哥买项链。表哥的项链上挂着一个塑料的骷髅头，表面却涂着金属漆，实在是太难看了。那是来自一个暴烈的电子游戏中的形象。

他坐在草坡上，坐在太阳下想表哥，表情惆怅。

母亲埋怨父亲："你提他不争气的表哥干什么？你让儿子伤心了。"

父亲翻身起来，摸摸他的脑袋："虫草还在等我们呢。"

这一下午，桑吉又挖了十多根虫草。

晚上，回到帐篷里，母亲生火擀面。锅里下了牛肉片和干菜叶的水在沸腾，今天晚餐是一锅热腾腾的面片。

桑吉拿一把小软刷，把一只只虫草身上的杂物清除干净，然后一只只整齐排列在一块干燥的木板上，虫草里的水分，一部分挥发到空气中，一部分被干燥的木板吸收。等到虫草贩子出现在营地的时候，它们就可以出售了。

父亲抽签回来的时候，面片已经下锅了。汤沸腾起来的时候，母亲就往锅里倒一小勺凉水，这样锅里会沉静片刻，然后，又翻沸起来，如是者三，滑溜溜香喷喷的面片就煮好了。

父亲又抽到一根短棍。

父亲对桑吉说："我也学你算了算。"

惹得桑吉大笑不止。

桑吉大笑的时候，帐篷门帘被掀开，一个人带着一股冷风进来了。来人是一个喇嘛。

女主人专门把一只碗用清水洗过，盛一大碗面片恭敬地双手递到喇嘛面前。喇嘛不说话，笑着摇手。

一家人便不敢自便，任煮好的面片融成一锅糨糊。

往年，虫草季结束的时候，喇嘛会来，从每户人家收一些虫草，作他们虫草季开山仪式诵经作法的报酬。但开山第一天就来人家里，这是第一回。喇嘛不说话，一家人也不明白他的意思，大家便僵在那里。

喇嘛开口了，也不说来意，却说听大家讲，这一家叫桑吉的儿子天资聪慧，在学校里成绩好得不得了。喇嘛说，这就是根器好。可惜早年没有进庙出家，而是进了学校。学校好是好，上大学，进城，一个人享受现世好福报。如果出家，修行有成，自度度人，那就是全家人享受福报，还不止是现世呢。

说这些话时，喇嘛眼睛盯着帐篷一角木板上晾着的虫草。

那些虫草，火苗蹿出炉膛时，就被照亮，火苗缩回炉膛时，就隐入黑暗，不被人看见。桑吉挪动屁股，遮住了投向虫草的火光。

喇嘛笑了："果然是聪明种子啊！"

喇嘛还说："知道吗？佛经里有好多关于影子的话。云影怎能把大山藏起来？"

桑吉心头气恼，顶撞了喇嘛："看大山要去宽广草滩，不必来我家窄小的帐房。"

父亲念一声佛号："小犊子，要敬畏三宝。"

桑吉知道，佛，和他的法，还有传他法的喇嘛，就是三宝。父亲一提醒，自己心里也害怕。在学校，他顶撞过老师，过后却没有这样的害怕。

父亲对喇嘛说："上师来到贫家，有什么示下，请明言吧。"

喇嘛说："年年虫草季，大家都到山神库中取宝，全靠我等作法祈请，他老人家才没动怒，降下惩罚。"

父亲说："这个我们知道，待虫草季结束，我们还是会跟往年一样，呈上谢仪。"

喇嘛脸上的笑容消失了："山中的宝物眼见得越来越少，山神一年年越发不高兴了，我们要比往年多费好几倍的力气，才能安抚住他老人家不要动怒。"

话到了这个份儿上，结果也自然明了。喇嘛从他家第一天的收获中拿走了五分之一的虫草，预支了一份作为他们加倍作法的报偿。

喇嘛取了虫草，客气地告辞。这时，他家的面片已经变成一锅面糊了。

第二天，他们上山时，喇嘛们又在草滩上铺了毯子，坐在上面摇铃击鼓，大作其法。

桑吉对父亲说："今天晚上喇嘛还要来。"

当天晚上，喇嘛没有来。

他们是第五天晚上来的。这回是两个小沙弥，一个摇着经轮，一个手里端着只托盘，也不进帐篷，立在门口，说："二十只，二十只就够了。"

桑吉禁不住喊道："二十只，六百块钱！"

母亲怕他说出什么更冒失的话来，伸手把他的嘴捂住了。

4

虫草一天天增多。

晾干了的虫草都精心收起来，装进专门在县城白铁铺订制的那只箱子里。箱子用白铁皮包裹，里面衬着紫红色丝绒。晾干的虫草就一只只静静地躺在那暗黑的空间里沉睡。一个星期不到，不算还晾在木板上的那几十只，箱子里已经有了将近六百只虫草。也不算躺在文具盒里的那三只。

明天是在这座虫草山上的最后一天。

在村长家帐篷前抽签时，父亲还是抽到了短木棍。父亲没有声张，心里高兴，嘴上却说："也该我去守一回路口了。"

回到家里，他却喜形于色，说："看来今年我们家运气好着呢。"

母亲说："要是女儿考得上大学，那才是神真真地看顾我们了。"

父亲净了手，把小佛龛中佛前的灯油添满，把灯芯拨亮。

这天晚上，桑吉躺在被窝里，又给他的三只虫草派上了新用场。

他想回学校时该送多布杰老师和娜姆老师一人一样礼物。他想起星期六或星期天，太阳好的时候，老师们喜欢在院子里，在太阳地里洗洗涮涮。多布杰老师涂一脸吉列牌的剃须泡，打理他的络腮胡子，娜姆老师用飘柔洗发水洗自己的长发。他想回学校时，买一罐剃须泡和一瓶洗发水送给他们。

三只虫草，一共才九十块钱哪！

为此，他心里生出小小的苦恼，怕因此就不够给表哥买无指皮手套的钱了。

甚至睡梦里，也有小小的焦灼在那里，像只灰色鸟在盘旋。

早上起来，父亲当纠察队员去把守路口了。桑吉和母亲上山去。这座山四围除了向西的一面属于另一个村子，其他三面鼓起的肚腹都被反复搜索过两三遍了。所以，这一天收获很少，他和母亲一共只采到十几只虫草。桑吉提议，不如早点儿下山，收拾好东西，明天早点儿转到新的营地。

母亲坐下来，让桑吉把头靠在她腿上，说："去那么早干什么？没有祭山仪式，谁都不能先上山去挖虫草。"

桑吉说："去得早，可以多找些干柴，多捡些干牛粪，我们家的炉火就比别人家旺。"

母亲说："有你这样的儿子，我们家怕是真要兴旺了。"

桑吉改用了汉语，用课堂上念书的腔调说："旺，兴旺的旺，旺盛的旺。"

他笑了，对母亲说："还能组什么词，我想不起来了。"

母亲爱抚他的脑袋："天神啊，你脑袋里装了多少我不知道的东西啊！"

回到帐篷里，桑吉把晾在木板上的三只虫草收进文具盒里——这是他脑子里已经派了很多用场的虫草。

然后，再去溪边打水，母亲说了，今天要煮一锅肉。大块的肉之外，牛的腿骨可以熬出浓浓的汤。

桑吉把牛腿骨放在帐篷外的石头上，用斧子背砸。骨头的碎屑四处飞溅，一些鸟闻声并不惊飞，而是聚拢过来，在草地上蹦蹦跳跳，争着啄食那些沾着肉带着髓的小碎屑。母亲倚在帐篷门边，笑着说："鸟不怕你呢，你能聚拢生气呢。"

桑吉更加卖力地砸那些骨头，砸出更多的碎骨头，四处飞溅，让鸟们啄食。

虽说是沾肉带髓，但到底是骨头，鸟们都只浅尝几口，便扑棱棱振翅飞走了。桑吉这才收了手，脱下头上的绒线帽子，头上冒起一股白烟。

母亲说："瞧，你的头上先开锅了。"

母亲从他脚边把那些砸碎的骨头收起来，下了锅。肉香味充溢帐篷的时候，桑吉把在这座虫草山上的收获清理完毕了——不算他那三只，也不算他要单给奶奶和姐姐的那十二只——他们一家三口在这座虫草山上的收获一共是六百七十一只。一只三十块。三六一万八，三七二千一，加起来是两万零一百，还有个三十，他对母亲说："哇，一共是两万零一百三十。"

母亲笑得眉眼舒展。

这时，父亲刚好弯着腰钻进了帐篷，说："你高兴是因为钱多呢，还是因为儿子算这么快？"

不等母亲回话，父亲又说："来客人了。"

果然，帐篷门口，还站着一个人。

这个人穿着一件长呢大衣，戴着一顶鸭舌帽，是个干部。一抹浓黑的胡子盖着他的上嘴唇。

这个人用手稍稍抬了抬帽子，就弯腰进了帐篷。母亲搬过垫子，请他在火炉边坐了。

这个人盘腿坐下，表情严肃地盯着桑吉："那么，你就是那个逃学的桑吉了？"

桑吉说："期末考试我照样能考一百分。"

这个人说："你不知道我是谁吧？我叫贡布。"

桑吉说："贡布叔叔。"

这个人说："我是县政府的调研员，专门调研虫草季逃学的学生。"

桑吉问："调研是什么意思？"他真的没有听到过这个词。

调研员说："你逃学的那天，我就调研到你们学校了。你逃学一星期了。你之后，又有七个人逃学。"

父亲插进来，想帮儿子申辩，但他刚张口，嘴里发出了一两个模糊的音节，调研员只抬了抬手，他就把话咽回去了。调研员说："你不要说话，我和桑吉说话。桑吉是一个值得与他谈话的人。"

桑吉还是固执地问："调研是什么意思，我没听说过。"

调研员从母亲手里接过牛肉汤时，还对她很客气地笑了一下。他喝了一口汤，吧嗒一下嘴，作为对这汤鲜美的夸奖。这才对桑吉说："视察。"

桑吉的眼光垂向地上："视察。你是领导。"

调研员哈哈大笑："这么小的孩子都知道领导！"他又说，"不要担心了，我不是来抓你回学校的。"

桑吉这才放松下来："真的吗？"

"你听听外面。"

这时，桑吉才注意到今天黄昏的营地有一种特别的热闹。一群孩子加入营地，带来了一种生气勃勃的热闹。学校确实放了假，各家的孩子都回到营地里来了。男孩子们身上带着野气，无缘无故就呼喊，无缘无故就奔跑。女孩子们跳橡筋绳：一二三四五六七！七六五四三二一！

桑吉冲出帐篷，加入了他们。

但他的同学们并不太欢迎他。他们怀着小小的嫉妒。他逃了学，期末考试照样会得一百分，而且，营地里都传说，他起码挖了一万块钱的虫草。大家围成一圈在草滩上踢足球，大家都不把球传给他。可是，当球被谁一个大脚开到远处时，就有人叫："桑吉！"

他捡了球回来，大家还是不把球传给他。

这使得他意兴阑珊，只想天早些黑，早点儿回家。

回家时，他看到父亲正蘸着口水数钱。数十张，交到母亲手上，再数十张。最后父亲笑了："两万零一百三十元。"

母亲却忧虑："村里商量过的，虫草要一起出手。"

调研员笑了，把钱袋裹在腰上："我这就去村长家吃饭，把他们家的虫草也收了。"

母亲从锅里捞了一大块牛肉，包好，要调研员带上。他说："留着吧，哪天我到你们家来吃就是了。"

那意思是他一时半会儿不会离开。

调研员拍拍桑吉的脑袋："这些娃娃放假回家挖虫草，我要在这里盯着他们，别在山上摔坏了，别让狗熊咬伤了。"

父亲说："您放心吧，山里没有狗熊已经十多年了。"

调研员提着他们家的虫草箱起身了："这只是一个比喻。你们家下一个虫草山的收获也给我留着。"说完，他一掀帐篷门帘，出去了。

桑吉说："他没有付箱子的钱！"

桑吉记得，红丝绒，加白铁皮，加薄衬板，加手工，一共花了差不多三百块钱。为了这只箱子，父亲在白铁店坐等三天，看着店里的师傅做出来的。每天下了课，他都到那个店里去陪父亲。第一天，师傅把剪出来的白铁皮敲打成了一个长方体，有了箱子的基本模样。第二天，又给箱子内部安上了木衬板和红丝绒。第三天，是盖子和箱子上的铁把手。最后，安装上了一只锁。这只锁是桑吉从捡来的一只破公文包上取下来的。常常，从外地来这个镇上的人，走后都会留下点儿什么不要的破烂货。开车的留下一只旧轮胎，驴友留下一根登山杖。也是一位来学校检查工作的干部，他留下的是一只四角都被磨得泛白的公文包。桑吉不知道自己为什么卸下了那只锁。那时，他并不知道父亲打算为装虫草而做一只讲究的箱子。但父亲告诉他，此行来镇上，是为了做一只装虫草的箱子时，他就拿出了那只锁。

桑吉说："虫草挖出来，在我们手上就十来天时间，为什么要一个箱子？"

父亲说："给我们带来一年生计的东西，不能就装在一只旧布袋里。"

三天后，一只箱子就做出来了。

还装上了那只锁。

白铁店老板嘲笑他们："装一只没有钥匙的锁干什么？"

父亲说："没有钥匙的锁也是锁，聋子的耳朵也是耳朵。"

真的，有了这只锁，不管有没有钥匙，那就是一只像模像样的箱子了。里面像是可以装着珍重的物品了。

可是，现在调研员拿走了这只箱子。

桑吉追了出去，在村长家帐篷门口，他从后面拉住了调研员大衣上的腰绊。

调研员说："我没有多付你们家钱吧。"

桑吉说："箱子，你不能带走箱子。"

调研员说："箱子？我只拿了虫草。"

桑吉说："你只能拿走虫草，不能拿走装虫草的箱子。"

调研员明白了："你得告诉我，这些虫草我是捧在手上还是含在嘴里。"

桑吉说："收虫草的人都自己带装虫草的东西。"

桑吉其实不知道调研员带着一只讲究的箱子，接上电就恒温恒湿。不是装虫草的，是城里人装雪茄烟的箱子。调研员的这只箱子就放在他的汽车里。他本来要在村长家吃了晚饭，再串几户人家，把收来的虫草装进汽车里的恒温箱里，明天早上再把箱子还给他们。

现在，调研员觉得他是个好玩的娃娃，便说："你在镇上的超市里买过东西吗？"

桑吉说："买过。"

"说说你买过些什么东西。"

"糖，还有墨水。"

"对了，超市的人让你把包糖的纸和墨水瓶还给他们了吗？"

桑吉摇了摇头。

调研员说："嘿，小伙子，你是在摇头吗？你不知道黑夜里我看不见吗？"

桑吉说："你只付了虫草钱，没付箱子的钱。"

调研员笑了，他不进村长家的帐篷，转身往他停车的地方走。隔着老远，刚看得见车窗玻璃上的反射光，他按一下手里的钥匙，车灯闪烁的同时，还吱地叫了一声。

调研员打开车子的后厢门，车里灯亮起来，照见一只箱子，闪着黑黝黝的金属光泽，箱门上还有两只手表那么大的表盘。调研员说：“小伙子，开开眼，这样的东西才配叫箱子。”

他打开箱子，从里面取出一只塑料盒，把虫草装进里面，塞进了那只漂亮的箱子。

桑吉以为调研员这下该把白铁皮箱子还给他了。但调研员没有这个意思，他问桑吉：“用完了墨水，你把瓶子还到超市了？”

这回，桑吉不说话也不摇头，他不敢说，他和同学们把空瓶子放在学校围墙上，当弹弓的靶子了。

调研员说：“我知道都被你们打碎了，围墙外，满地是玻璃碴子，当我不知道吗？好小子，你来追我，我以为你要为逃学交一份检讨书呢。是的，我不要这只破箱子，但我告诉你，这是我买虫草买来的包装。”

桑吉终于露出了请求的口吻：“你有这么漂亮的箱子，把这箱子还给我家吧。”

调研员点了一支烟，脸上露出要为难人时的表情，说：“看在你是个成绩优秀的学生的分儿上，我没让你为逃学写检讨，总不成又让你白拿回箱子吧？”

桑吉知道，他脸上露出这样表情的时候，不意思意思，那是拿不回这只箱子了。

他咽了口唾沫，有些艰难地说：“我给你虫草。”

调研员弯下腰：“虫草，你给我虫草？”

“我换这只箱子。”

调研员说：“多少？”

桑吉提高了声音：“三只，三只虫草。”

调研员把烟头扔在地上，用脚把那一星火踩灭了，说：“成交！”

桑吉抱起了箱子，调研员说：“小伙子，你既然开始学习交易了，就该先把虫草拿来。”

桑吉跑进帐篷，从枕头下拿出了那只铁皮文具盒。回来时，调研员又燃起了一支烟。他看着桑吉打开文具盒，看到了里面躺着三只白白净净胖乎乎的虫草，他细心地把三只虫草拈出来，放进了那只箱子里，和这几天一家人换了两万多块钱的虫草们混在了一起。

桑吉抱起了白铁皮箱子。

调研员在他身后说：“等等。”他从车上拿出一包糖果，还有一个漂亮的笔记本，掀开桑吉抱在怀里的箱子盖，放进了里面。他啪一声合上箱盖：“祝贺你交易成功，一份奖励。”

调研员拍拍他的脑袋，往村长家的帐篷去了。

桑吉抱着箱子回家，在星空下，他的泪水流了下来。他想着那三只白白胖胖的虫草。想着他打算送给表哥的无指手套，想着他得空着双手去看望表哥。想着也不能买剃须泡和飘柔洗发水送给两位老师，他的泪水就下来了。他望望天空，星星在他的泪眼中，闪烁着更动人的光芒。

他在晚风中站了一阵，等泪水干了，才走进自家的帐篷。他对父亲和母亲说："我把箱子要回来了。"

5

第二天，各家收拾帐篷时，调研员发动了车子。他特意把车开过桑吉身旁，摇下车窗，像对大人一样和桑吉打招呼："我过几天还回来，把你们家的虫草给我留着。"

桑吉别过头去，不想跟他说话。

桑吉这个样子，让他父亲很着急："领导在跟你说话。"

调研员这才对父亲说："我喜欢这个孩子，我回来时要带份礼物给他。他喜欢什么东西？"

父亲说："书。"

调研员转脸对桑吉说："一套百科全书怎么样？"调研员压低了声音说，"那你可大赚了。知道一套百科全书多少钱？八九百呀！告诉你吧，当你喜欢一个人，就意味着要在买卖中吃大亏了！"

他一脚油门，汽车在草滩上摇摇晃晃地前进。桑吉看到过汽车开上草滩被陷在泥里的情形，他想，这辆车要被陷住了。更准确地说，是桑吉希望这辆车被陷住。但是，这辆车摇晃着，轰鸣着，冲出了地面松软的草滩，上到了路上，调研员又向他挥了挥手，车屁股后卷起尘土，很快就转过山口，消失了。只把尘土留在天幕之下，经久不散。

父亲用责备的口吻说："人家喜欢你呢。"

桑吉说："我不喜欢他像个了不起的人物和我说话。"

但是，他心里已经在想象那套百科全书是什么样子了。这是他第二次听见有一种书叫百科全书了。有几个登山客来过学校，送了他们班的学生一人一只文具盒，还和他们拍了很多照片。他们说，回到城里后，最多不过两星期，他们就会寄来这些照片和一套百科全书。可是，两年过去了，学校也没收到这些人许诺要寄来的东西。

在新的虫草山上，桑吉老是在想这套百科全书。

这时，调研员正在赶路。路上，遇到了堵车，他骂骂咧咧地停下车来。

他骂骂咧咧是因为心里不痛快。

前不久，他还是县里的副县长。干部调整的时候，人们都说他会当上县长，再不济也能当上常务副县长。可是，调整后的结果是他成了这个县的调研员。都知道，一个干部快退休了，需要安顿一下，就给个调研员当当。他才四十出头，就成了调研员。当调研员的第一件事，就是调研乡村学校虫草季放假的情况。调研员也是配有司机的。但他心里不痛快，自己开着车就到乡下来了。也是因为心里不痛快，他一到桑吉上学的学校，就说，虫草，虫草，学生的任务就是好好念书，挖什么虫草。结果他把学校的虫草假给取消了。一周后，他的气消了许多，朋友打电话告诉他，弄些虫草，走走该走动的地方，至少还可以官复原职吧。于是，他又给学校放了一周的虫草假。他说，不放怎么办？草原上的大人小孩，都指望着这东西生活嘛。

在桑吉他们村的虫草山下，他收了五万块钱的虫草。眼下，他正开着车，急着把这些新鲜虫草送到一个地方去。因为路上堵车，他是天黑后，街上的路灯都在新修的迎宾大道两旁一行一行亮起来的时候，才进到城里的。这个夜晚，他敲响了两户人家的房门，村长家的虫草送给了部长，桑吉家的虫草送给了书记。

桑吉的虫草在书记家待了三个晚上。

第三个晚上，书记回来晚了。书记老婆便提前把放在冰箱里的虫草取出来。

她细细嚼了一根，觉得是好虫草。

这时，书记回家了。

书记老婆说："今年的虫草不错啊！"

书记说："那就包得漂亮一点儿，哪天得空儿给书记送去。"

老婆笑说："书记送给书记。"

书记老婆教书出身，这几年不教书了，没事，喜欢窝在家里读书。所以，才说出这样的话："怎么没人写一本《虫草旅行记》？"

书记也是在职博士，论文虽然是别人帮忙写的，到底大学本科还是亲自上的，回家还要上上网，他在电脑前坐下，鼠标滑动时，随口说："你读不到，本地经济文化都欠发达，没人写小说，更不要说官场小说。"

老婆收拾好虫草，却留下了几十根，仔细装在一只罐子里。书记摇摇头说："小气了。算算管着多少座虫草山，算算这时节有多少老百姓在山上挖这东西，总得有三五万、十来万人吧，还怕没有虫草！”

老婆说：“就图个新鲜，补补气。”

“我中气十足！”

“那就再提提！”

早上，车到门口来接书记上班。老婆把茶杯递给秘书：“第一遍水不要太烫了。”

秘书说：“可是新虫草下来了。”

到了办公楼，第一个会，就是虫草会。虫草收购秩序的会。合理开发与保护虫草资源的会。

书记坐在台上讲话，他面前放着透明的茶杯，茶杯里浮沉着茶叶，茶杯底卧着一只虫草，好像是想探头看看下面的人。下面的人面前桌上也放着茶杯，有些茶杯里也卧着虫草。麦克风里的声音嗡嗡响着，杯底下的这些虫草似乎都在互相探望。

桑吉的三只虫草在书记家被分开了。

两只进了一只不透光的塑料袋，躺在冰箱里。一只躺在书记的杯子里。开完会，书记回到办公室，一口气喝干杯子里的水，又捞起那只胖虫草，扔在嘴里嚼了。嚼完，他一个人说：“这么重的腥气。”

正好秘书进来，接着他的话头：“原本就是一根虫子嘛。”

书记说：“虫子？你是存心让我恶心？”

秘书赶紧赔不是：“老板，我说错了。”

书记的恶心劲过去了：“我还用得着你来搞科普啊！”

这时的桑吉正在山上休息。

他用手臂盖着脸，在阳光下睡了一会儿。刚一闭上眼，他就听见很多睁开眼睛时听不见的声音，青草破土的声音、去年的枯草在阳光下进一步失去水分的声音、大地更深处那些上冻的土层融冻的声音。然后，他睡着了。他又梦见了百科全书。他醒来，揉揉眼，回想那书是什么样子。但他想不起来了，怎么都想不起来，这让他懊恼了好一阵子。在又挖到了五六只虫草后，他想通了。他甚至咯咯地笑了起来，他对自己说：“你只是梦到了一个词，一个名字。你怎么会梦到没见过的东西的样子呢？”

天气越来越暖和，草地越来越青翠，雪线越升越高，虫草再长高，下面的根就干瘪了。这也意味着这一年的虫草季该是结束的时候了。

虫草季结束的这一天晚上，一个收虫草的贩子还在营地为大家放了一场电影。电影机把光影投向银幕的时候，满天的星斗就消失了。那是一部什么样的电影呢？这些挖虫草的人是无从描述的。几乎没有他们可以清晰描述的电影。电影里的几个人说着这里大多数人听不懂的汉语普通话，从一个房间到另一房间，从一部汽车到另一部汽车，从一座楼到另一座楼，说话，不停说话，生气，流泪，摔东西，欢笑，然后接吻。对于挖虫草的人们来说，那些人生活在一个不真实的世界。一个与他们毫无关联的世界。但是，既然虫草季已经结束，每户人家挖到手的虫草都一根根数过，这一个虫草季挣到的钱都已经算得一清二楚，在帐篷里是坐着，在电影屏幕前也是坐着，那就和大家一起在这里坐着吧。看到后来，观众群中甚至发出了一阵阵笑声。因为什么事也不为，就喋喋不休地说话、奔跑，也真有些好笑。接吻的时候，因为碰到鼻子，而得伸出舌头才够得着别人的嘴唇也真是好笑。再后来，起风了。受风的银幕被吹成了半球形。银幕向前鼓，那些苗条的美女都向前鼓起了大大的肚子。风转一个方向，银幕往后鼓，银幕上所有人不管在哭还是在笑，都深深地往前弯下了身子。这情形，同样惹得人们大笑不止。风再大时，银幕和银幕上的人们被撕来扯去，这样，电影晚会便只好提前结束了。

回到自己家的帐篷，炉子里燃着旺火，肚子里喝进了热茶，母亲突然笑起来。母亲边笑边说："那个人……那个女人，那个女人……"

父亲也跟着笑了起来。

桑吉没笑，他不会为看不懂的东西发笑。

他又打开那只箱子，那只让他付出了三只虫草的箱子，把里面的虫草数了一遍。这一个虫草季，他要写一封信，告诉姐姐，这一个虫草季，他和父亲、母亲三个人挣到了差不多五万块钱。

他不在纸上写信。他要等回到学校，在多布杰老师的电脑上写。姐姐给他留下了电子邮箱的地址。姐姐的学校有计算机房，她可以在那里的电脑上收到信。他要告诉她，只差两千多元，他们家这一个虫草季就收入了五万块钱。他要告诉姐姐，趁这个时候，就是向父亲一次要两千块钱他都不会心痛。

这天晚上，帐篷里来了两拨人。

一拨是放电影的人。他们来放电影是为了收虫草。

一拨是寺院里的人。

这两拨人都没有从他们家收到虫草。

寺院的人问："那卖给放电影的人了吗？"

父亲说："要不是上面的干部要，我们家的虫草一定是卖给你们的。"

寺院里的人不高兴，骂道："这些干部手真长。"

这时，外面响起了汽车声。

是调研员，他把汽车直接开到了桑吉家帐篷跟前。

这一回，他带着一个虫草商。

虫草商是他的朋友。

以前，虫草商是个副科长。他也是个副科长。

虫草商辞职下海时，他成了教育局局长。虫草商发了，他当了副县长。虫草商请他吃饭喝酒，说：“这也是共同进步之一种。”

可是，一不小心，他就成调研员了。虫草商发了更多的财。他又找虫草商吃饭喝酒，他说：“这回，我掉队了。”

虫草商打开大冰柜，拿出一包虫草：“那有什么？跑跑，送送，一下又追上来了。”

那天，他去送了自己买的虫草回来，找到还住在县城的虫草商：“跑了，送了，真的管用吗？五万多块钱啊！”

“你不知道别人也送吗？”

“我没亲眼看见过。”

“人家收了吗？”

“收了。可是我没有钱了。”

虫草商是他朋友：“再收二十万的虫草，不就赚回来了？”

“我没有钱了。”

虫草商从床下拖出一只脏口袋，踢了一脚：“从里面取二十万。”

脏口袋里沉沉的全是钱。一万元一扎。调研员取了二十扎。虫草商又把袋子口扎好，踢回了床下。

虫草商说：“我跟你去，收了，卖给我，给你五万块。”

调研员说：“还不是变相受贿？”

“我找你办事了？”

“没有。”

“如今我真要办什么事的话，你的官小了。”

就这样，两个人一起下乡来收虫草。

两个人来到了桑吉家的帐篷跟前。

看见调研员，桑吉真还露出望眼欲穿的样子。

调研员不慌不忙地数虫草，然后看着桑吉的父亲带着心满意足的神情一张张数钱。

然后，调研员和他的朋友又钻到别人家的帐篷里。

很晚了，桑吉还不想睡。他心里记挂着调研员要送他的百科全书。

父亲说：“睡吧，干部没有压价就很好了，就不要指望他还送你东西了。”

桑吉不肯睡。他把头埋在两腿之间，失望快把他压垮了。

这时，夜已经很深了。父亲说：“我要睡了。”

桑吉不动。

父亲过来叫他睡觉，他摇摇肩头，把父亲的手甩开了。父亲叹口气，自己躺下了。

这时，他听到吱的一声叫唤，他知道那不是动物，那是调研员打开了汽车遥控锁的声音。然后，是明亮的灯光晃动。

桑吉出去，调研员和他的朋友正在车边搭帐篷——游客们露营时搭的那种登山帐篷。

桑吉看着他们戴着头灯，在帐篷里铺上防潮垫，打开睡袋。

调研员准备要睡下了，这时，头灯照亮了桑吉的脸。

他拍拍脑袋，说：“看看，我这记性。”

调研员钻出帐篷，说：“就让你看一眼，看我是不是说话算话的人。”

他带着桑吉来到汽车跟前，说：“知道吗？我待在你的学校那几天，把你的作业全部看了一遍，我跟你们校长说，这个地方，一时半会儿是不会出这么出色的好学生了。”

然后，一个纸箱出现在桑吉面前。就在汽车后排的座椅上。调研员把车顶灯打开，让他看见了纸箱上就写着“百科全书”的字样。调研员拿出一把小刀，把封住箱子的胶带拉开一条口子。桑吉拉开胶带，扒开盖子，眼前是整整齐齐的一排书烫金的背脊。

调研员摸摸他的脑袋：“我没有食言吧？”

桑吉点点头：“你没有。”

“你老爹没对你说干部说话都不可靠吗？”

桑吉说：“明年我要再给你十根虫草。”

调研员笑起来：“十根虫草就能换来这些书？不用了，反正这些书也没人读。”

桑吉爬上车去搬书箱，调研员把他的手按住了：“不行，明天我把这些书放在学校。你回去上学就能得到这些书，不回去，你就得不到。懂吗？我要你好好上学。”

桑吉说：“我现在就想看。”

调研员从后座上翻出一件大衣，扔在他身上："那就在车上看吧。"

桑吉就留在车上看书。

这些又厚又沉的书上字又小又密，却又有那么多的照片。这个晚上，他靠着这些照片几乎看遍了整个世界。看见了巴黎的埃菲尔铁塔，看见了南极洲的冰和企鹅，看见了遥远的星球，看见了雪花放大后的漂亮模样。他还知道了草原上几种花好听的名字：报春和杜鹃和风毛菊。只是，他没有找到虫草。书是外国人编的，他想，一定是他们那里没有虫草。但想想又不对，他们那里也没有南极洲和企鹅，但书上有。后来，他在车上抱着书睡着了。

早上，车窗上结满了霜花。

桑吉对打开车门的调研员说："我爱这些书。"

调研员说："现在，把它们装回箱子里，你回到学校就会得到这些书。"

桑吉往箱子里装书时，还舍不得不看那些图片。所以，人家把帐篷拆了，收拾进车的后备厢里，他还有两本书没有装回箱子里。

汽车摇摇晃晃开动起来，他还在车后追出去好长一段。

那一天，全村的人都拆了帐篷，都带着卖虫草的钱准备回家。

所有人都显得喜气洋洋。

快到中午的时候，来主持感谢山神仪式的喇嘛们才来到。他们说，是因为在别村的仪式耽误久了。但村里人都知道，是因为这一年，他们在这个村没收到多少虫草。所以，仪式结束，村里人都给了喇嘛们比平常多一些的供养。

全村人高高兴兴回去，桑吉却一心只想早点儿回到学校。

百科全书对他不再是一个词，而是一个实在的丰富无比的存在了。

百科全书里有着他生活的这个世界所没有的一切东西。巨大的图书馆，大洋中行进的鲸鱼、风帆，依靠着城市的港口，港口上的鸟群与夕阳。

回到村里，新修的定居点，看着那些一模一样的房屋整齐排列在荒野中间，桑吉心里禁不住生出一种凄凉之感。他心下有点儿明白，这些房子是对百科全书里的某种方式的一种模仿。因为住在这些房子里的人并没有另外的世界中住着差不多同样房子的人那样相同的生活。

桑吉知道，那是百科全书在心里发生作用了。

奶奶拄着拐杖立在家门口等候他们归来。

桑吉把自己的额头抵到奶奶的额头上时，他闻到一种气息，一种事物正在委顿时所散发的干枯气息。

父亲解开腰带。

他腰带上结着的每个疙瘩中都是一扎钱。父亲从中取出一张，让桑吉到齐米家去。

齐米家开着一个小卖部，出售电池、一次性打火机、方便面、啤酒、香烟、糖果和鸡蛋糕。

他用五十块钱在小店里买了啤酒和鸡蛋糕。

一家人就在暖和的阳光下坐下来，父亲享受啤酒，奶奶和妈妈享受鸡蛋糕。

桑吉趴在草地上，看着奶奶瘪着嘴，嘴唇左右错动着，消受软和的油汪汪的鸡蛋糕，心里生出比晒在身上的太阳还要暖和的感觉。他在想，一颗牙齿都没有了的人，直接用牙床磨动是什么感觉。

奶奶还不断扬手，把手里的糕点抛撒给在周围叽叽喳喳起起落落的小鸟。

桑吉开心地笑了。

他对着奶奶大声说："奶奶，我明天就要回学校去了！"

奶奶对着他不明所以地微笑。

他又说："奶奶，我有一部百科全书了！"

奶奶当然听不懂什么是百科全书，但她依然咧着嘴，把眼睛眯成一条缝向着他微笑。

6

可是，桑吉没有得到百科全书。

回到学校，他就问多布杰老师，调研员是不是真的把书留给了他。

多布杰老师表情严肃："还是认识一下你逃学的事吧。"

他知道自己心里对此并没有什么认识，只是像所有犯错的学生那样，低下头假装害怕与后悔，抬起左脚用靴底去蹭右脚的靴子。然后，用蚊子哼哼一样的声音说："我错了。我检讨。"

多布杰老师说："别人认错我相信，你认错我不相信。"

这是他爱多布杰老师的重要原因。于是，他抬起头来，把询问的眼神投向多布杰老师。

老师说："如果你觉得是错的，你一定不会去做。"

桑吉从书包里把作业簿掏出来，他把逃掉的那些课上该做的作业都做完了。

多布杰老师在画画儿，他用画笔把递到跟前的作业簿挡开："不上课也能完成作业，你是想让我知道你有多大的天才吗？"

桑吉又从书包里掏出一大把糖果，放在调色盘旁边。

多布杰老师放下画笔，剥开亮晶晶的玻璃纸，扔了一颗在嘴里："你劳动挣来的，味道不错！"

桑吉这才敢说话："我的百科全书。"

多布杰老师说："原来这书是你的啊！"

"我的书在哪里？"

多布杰老师说："那个人架子可是有点儿大，他还送书给你？"

桑吉说："我的书在哪里？！"

多布杰老师说："他就到我办公室来了一趟，说要看你的作业。他夸奖你了。"

桑吉着急了："老师！"

"对了，你的书是吧。他倒是交了一箱书给校长。"

桑吉不等多布杰老师把话说完，就冲出了房间。出了房门，拐弯，第三间房，就是校长办公室。桑吉见门虚掩着，便一头冲了进去。

校长坐在一张插着国旗的办公桌后面，背后是一张世界地图。听到脚步声，他抬起头来，不等桑吉开口，就挥挥手，说："忘了进门的规矩吗？出去！"

桑吉退到门口，把虚掩的门小心推开，喊："报告！"

校长拖长声音说："进——来。"

桑吉进去，以立正的姿势站在校长的桌前。

校长抬头说："原来是你。"

桑吉说："我的书，我的百科全书。"

校长说："你是不是送检讨书来了？"

桑吉说："我已经在多布杰老师那里检讨过了。他说调研员送我的百科全书在你这里。"

校长用笔敲打着桌子："对，是有一套百科全书，我以为调研员是送给我们学校的。我们整个学校都没有一套百科全书，他怎么会送给你呢？"

听了这话，桑吉的泪水便冲破了眼眶。他根本没料想到事情会是这样。等到泪水冲出眼眶，他才想起警告自己不能哭，但这警告来得太迟了，他只能抑制着自己不哭出声来，但泪水却止不住哗哗流淌。

这下，校长有点儿不知该怎么办了："好好说着话，这娃娃怎么就这样了！"

桑吉觉得很丢脸，便转头冲出了校长办公室。他也不敢回到寝室，怕这样子让同学们看见，他转头冲上了校门外的山坡，一直到泪水停在了眼窝，不再往外流淌，才又回到学校。校长正在给办公室的门上锁。

桑吉说："我的书。"

校长一边说话，一边往家走："正说话你跑什么跑，又想逃学吗？回去交份检讨书上来！"

这时，天上响了两声雷。这是这一年最初的两声雷。然后，就有点儿要下雨的意思了。

校长站在屋檐下看着天边云朵疾速地堆积，他说："不哭了？你说是天帮着我吓你，还是帮着你吓我？"

桑吉说："调研员说他要把送我的百科全书放在学校，让我回学校时取。"

校长说："那他为什么当时不给你？"

"他怕放在牛背上驮，会把书弄坏。"

天上噼里啪啦降下了雪霰而不是雨水。校长站在屋檐下，桑吉站在露天里。雪霰落下来，落在他肩头和身上的，都蹦跳到地上，落在他头上的，就窝在头发中不动了。

校长说："站上来。"

桑吉不动。

校长说："他是放了一套百科全书，可没说要送给你。我还以为是配发给学校的。说了那么多年，每所学校都要建一所图书室，终于见到一箱书，居然有人跑来说是他的。"

"就是我的。"

"等他下次来调研时，我们当面问个明白。"

桑吉真是又要哭出来了。

校长身后的玻璃窗上，现出一张有些浮肿的脸，那是校长老婆的脸。那个女人没有工作，包洗全校学生的被褥。她不犯哮喘的时候，被褥半个月一换。要是她哮喘发作，那就没准儿了。当她的脸显得如此饱满的时候，说明她的呼吸又被憋住了。

桑吉说："校长你回去吧。"

校长说："亏你好心，不缠着我了。"

桑吉说："等调研员来再问他吧。"

"我不就是这个意思嘛！你回去吧。"校长把家门推开，又回过身来，说，"就算是学校图书馆的，你也可以借阅呀！"

桑吉进了校长家。

校长让他在燃着炉火的客厅里等着，自己进了里间的房子。桑吉站在火炉边，烤冰冷的双手，鼻子闻到满屋的草药味，耳朵却听到了里屋传来哮喘声。校长很快就出来了，手里拿着一本百科全书："这是第一册，我知道你爱书，可不能耽误了考试啊！"

桑吉抱着书，冒着雪霰，奔跑着穿过老师宿舍和学生宿舍间的那片空地。回到宿舍，爬到床上，他迫不及待地打开了厚厚的书本。直到晚上十点，灯灭了，他才依依不舍地合上了书本。这个晚上，他久久不能入睡。听着高原上强劲的风掠过屋顶，听着起码是三四里外镇子边缘的藏獒养殖场里那些野兽一样的猛犬在月光下低沉的咆哮，他眼前却晃动着那本书中所描写的宽广世界。

第二天早上，虫草假后学校重新开学。

全校学生排队集合，广播里播放着国歌，因为音响的缘故，雄浑的音乐显得有些单薄，升旗手把国旗在校园中缓缓升起。校长讲话。

校长讲了一个故事，一个学生爱书的故事。这个故事听到一多半，桑吉才听出这似乎是在讲昨天自己追着校长如何讨要百科全书。不同的是，在这个故事中，昨天那种不愉快的情形消失了。而是一个学生听说学校有了一套崭新的百科全书，等不及学校图书室正式建成，就缠着校长要先睹为快。

校长的结束语是："同学们，我们为什么要等待？难道图书室建不成我们就不会产生对于书籍的渴望吗？"

操场上整齐排列的学生队列中响起了嗡嗡的议论声。每个人发出一点点儿声音，混同起来，就像是有一大群看不见的虫子在天空中飞舞。待到大家都把眼光投到他身上时，桑吉才意识到校长讲的是自己。那么多眼光投射聚集到他身上的时候，他禁不住浑身颤抖。

他没有想到，因为书，自己竟然成为一个故事中的人物。

这得以让他用一种不是自己的眼光来看待自己。

这有点儿像从镜子里看见自己。

桑吉看见了一个人站在故事里。

校长讲完话，操场上的人散去了。这一天的风很小，懒洋洋地有一下没一下地吹着。假期结束后新换的国旗在微风中轻轻翻卷。教室里学生们拖长着声音朗读课文。桑吉不喜欢用这样的腔调念诵课文，他喜欢按自己的节奏在心中默念。在他自己的节奏中，藏文字母像一只只蜜蜂轻盈飞翔，汉字一个个叮咚作响。这一节课，他没有念诵课文。

他坐在一教室拖长声音朗读课文的同学中间，他看见了故事里的那个桑吉。

那个桑吉穿着一件表面有些油垢的羊皮袍子，袍子下面是权充校服的蓝色运动衫，赭色的面庞，眼睛放射着晶莹的光亮。这两年，这个六年级学生个头的生长猛然加快，原先宽大的皮袍，缠上腰带，拉出一两道使袍子显得好看的褶子后，都盖不住膝盖了。当然，他也可以只穿校服。但那蓝色的运动装，在这个季节却显得过于单薄了。桑吉看见故事中那个桑吉，眼睛里燃烧着热望。真像忽忽闪闪的炉膛中的火苗一样灼人、一样滚烫。百科全书中说，那些面临大海的冰川，有朝一日就会震天动地地崩塌下来，在海洋中激起巨大的波浪。百科全书中相关的词条还说，那些海里有巨大的鲸鱼，那些冰山上有成群的企鹅。相比于其他学生，桑吉有一个特别的本事，他能把那些看起来本不相关的词条连接起来，就像他能把一篇又一篇课文连接起来。他恍然看见海上冰山崩塌时，鲸鱼愤怒，企鹅惊走。桑吉恍然看见这世界奇景的眼睛如星光一样闪烁。

上午的四节课很快就过去了。挂在操场的那个破轮胎钢圈敲响的时候，同学们奔向饭堂，他却跑出学校，奔向了学校背后的高冈。此时的桑吉觉得，那些正被春草染绿的连绵丘冈，丘冈间被阳光照耀而闪闪发光的蜿蜒河流，也像百科全书一样在告诉他什么。

那一刻，他两腮通红，眼睛灼灼发光。

这时，一匹马晃动着的脑袋伸到了他面前。马背上坐着一个喇嘛。

喇嘛翻身下马，坐在了他身旁。

桑吉还沉浸在自己营造出来的那种令人思绪遄飞的情绪中，所以不曾理会那个喇嘛。

受惯尊崇的喇嘛不以为意，文绉绉地说："少年人因何激越如此？"

桑吉抬手指指蜿蜒而去的河流。

喇嘛说："黄河。"

桑吉说："它真的流进了大海？"

喇嘛说："是啊！生长珊瑚树的大海，右旋螺号的大海。"

喇嘛又赞叹："一个正在开悟的少年！"

喇嘛劝导他："聪明的少年，听贫僧一言！"

桑吉说："你说吧。"

喇嘛说："河去了海里，又变成了云雨，重回清静纯洁的起源之地。所以，我们不必随河流去往大海。"

桑吉说："我就想随着河流一路去向大海。"

喇嘛摇头："那一路要染上多少尘垢，经历多少曲折，情何以堪！情何以堪！少年人，你有这么好的根器，跟随了我，离垢修行吧！"

桑吉站起身来，跑下了山冈。

不一会儿，他又气喘吁吁地抱着那册百科全书爬上了山冈。他出汗了，整个身体都散发着皮袍受热后腥膻的酥油味道。

喇嘛还坐在山冈上，那匹马就在他身后负着鞍鞯，垂头吃草。

桑吉把厚厚的书本递到他手上。

喇嘛翻翻书说："伟大的佛法总摄一切，世界的色相真是林林总总啊！"

桑吉说："我不当喇嘛，我要上学！"

喇嘛起身，摸摸他的头，桑吉觉得有一股电流贯穿了身体。

桑吉说："三年了，我在收虫草、祭山神的喇嘛中间没有见过你。"

喇嘛翻身上马，声音洪亮："少年人，机缘巧合，我们才在此时此地相见。"

桑吉心中突然生出不舍的感觉，因此垂头陷入了沉默。

喇嘛勒转了马头："少年人可是回心转意了？"

桑吉摇了摇头，抱着书奔下山冈。

这时，他觉得饿了。同学帮他留了饭。他端着饭盒狼吞虎咽的时候，还从窗口望了一眼山上，那个喇嘛还骑在马上，背衬着蓝天，是一个漂亮的剪影。

同学说："乖乖，我们都以为你要跟他走了。"

多布杰老师也来了："就跟班觉一样。"

桑吉问："班觉是谁？"

"以前的一个学生，一个跟你一样聪明好学的孩子。"多布杰老师说，"不过，也许你比班觉更聪明。"

多布杰老师拿着装着长焦距镜头的照相机，靠到窗口想拍一张山丘上那个马上喇嘛的剪影，可是那个人和他的马都消失了。山丘上，青草的光亮背后是蓝天，蓝天上是闪闪发光的洁白云团。

桑吉接过相机，从长焦的镜头里瞭望天空。镜头把天上悬垂的静静云团一下拉到面前。镜头里，远看那么静谧的云团是那么不平静，被高空不可见的风撕扯鼓涌着，翻腾不已。

一个星期后，星期六，桑吉看完了第一本百科全书。他没有回家，他走进校长家去换第二册。他没有想到，校长拒绝了他。校长说："就这么几本书，大家都想借，你说我该借给谁？我只好一个人都不借。等着吧，等图书室办起来你再来吧。"

桑吉说："本来就是我的书。"

校长冷笑："你的书？调研员来，我代表学校请他吃肉喝酒，他连谢谢都没说一声，扔下这几本书就走了。他没说声谢谢，更没说这书是给某个学生的。”

桑吉心里冒起了吱吱作响的火。

校长说：“回去做作业吧，马上要小升初考试了。”

桑吉想说我恨你。但他想起，父亲和母亲都对他说过，不可以对人生仇恨之心。

校长问：“你想说什么？”

桑吉脸上露出微笑：“我不怪你。”

校长说：“你——不——怪我？”

桑吉肯定地说：“我不怪你。”

校长说：“你是想说你不恨我吧？”

桑吉说：“等上了初中，我到县城问调研员去！”

其实，那时桑吉是有些恨意的。因为临出门时，他听到内室里传来校长家那个三岁多的孙儿的啼哭声。然后，那个哮喘病的奶奶，就把他还去的那本书放在了那个哭泣的孩子跟前。孩子不哭了，用一双脏手去翻动书中那些图片。

校长并不尴尬，说：“将来他肯定比你还爱书。”

桑吉不忍再看，因为那孩子脸上挂着的鼻涕眼泪正慢慢下滑，就要滴落到他心爱的书上了。

那个身心俱疲的奶奶，把身子靠在床上，闭目休息。

桑吉跑出了那间房子。

他很愤怒，他跑到多布杰老师房子里。

多布杰老师不在。他肯定是到乡卫生院找那个新来的女医生去了。

于是，他去了娜姆老师那里。

老师静静坐在窗下的阳光里，表情严肃。

录音机里放着仓央嘉措的情歌：“如果没有相见，人们就不会相恋，如果没有相恋，怎会受这相思的熬煎。”

老师听着歌，眼望着窗外，连他进屋都没有看见。

桑吉改变了主意，悄悄退了出来。

7

桑吉决定马上就到县城去找调研员。

桑吉所在的这个小乡镇离小县城有一百公里远。他在多布杰老师房门前贴了张条子，说他回家去看奶奶了。

然后，他跑到街上，到回民饭馆买了两只烧饼。

第一炉烧饼已经卖光，他得等第二炉烧饼出炉，于是就在附近的几个铺子闲逛。美发店的洗发女坐在店门前染指甲。银饰铺的那个老师傅正对小徒弟破口大骂。修车店的伙计们看他晃悠过来，就把橡胶内胎收拾起来。他们这样做不是没有理由，学校里调皮的男学生喜欢这些橡胶皮，自己做弹弓，或者割成长长的橡胶条，用来送给女生们跳皮筋。那些嘴碎的女生就在水泥地上蹦蹦跳跳：三五六、三五七、三八三九四十一！或长或短的辫子在背上摇摇摆摆。在这个中国边远的小乡镇上，还流行着一句话。一句在这句话的发明地早被忘记的话。桑吉见修车店的伙计用警惕的眼光看着他，并把破轮胎内胎收拾起来，便说出了那句话："毛主席保证，我从来没有拿过这破烂玩意儿！"

那些人说："原来你就是那个爱说大人话的桑吉。"

桑吉知道，自己作为爱说大人话的桑吉和一看书就懂的桑吉的名声，已经在这小镇上广为流传。

桑吉满意地点了点头，然后来到了白铁铺前。

铺子里，敲打白铁皮的锤声叮当作响。

老师傅用一把大剪子把铁皮剪开，他的儿子手起锤落，那些铁皮便一点点儿显出所造器物的形状。最多的是小火炉子。也有人拿来烧穿了的铝锅，在这里换一个锅底。现在，这位师傅是在做一只水桶。桑吉喜欢白铁皮上雪花一样的纹理。老师傅认出了桑吉，停下手中的剪子，拿下夹在耳朵上的烟卷，点燃了，深吸一口，像招呼大人一样招呼他："来了。"

桑吉说："来了。"

"这回又要做个什么新鲜玩意儿？"

看来，铺子里的人还记得他和父亲来做的那只箱子。

桑吉摇摇头："我就是看看。"

"是啊，你不会再要一只同样的箱子了。"老师傅说。

他儿子也停下了手中的活计，说："我还以为很多人学着要做一只那样的箱子，可就只做了那一只。"

桑吉坐下来，仿佛看见两年前来做这箱子时的情形。又想起这只箱子引出来的这些事，这才有点儿像个故事的样子了。

这时，隔着几个铺子，回民饭馆戴白帽子的小伙计用擀面杖嘟嘟地敲打案板，这是在招呼桑吉，烧饼好了。故事还在继续。桑吉在店里讨张纸，把两只烧饼包起来，装进双肩包里，就上路了。他的脚前出现了一只空罐头盒子，他便一路踢着这破铁盒子往前走。直到镇外的小桥上，他把这盒子踢到了桥下。两只黄鸭被从河面上惊飞起来，在天上盘旋着，夸张地鸣叫。

后来，桑吉遇到了一个骑摩托的。摩托车后座上坐着一个姑娘。姑娘的手臂紧紧环抱着骑手的腰。摩托迅速超过了他，等他转过一个弯道，看见摩托停下来在等他。

骑车人问："你就是那个桑吉吧？"

桑吉说："你说是那就是吧。"

"你这是要去哪里呀？"

桑吉回答得很简洁："县城。"

"我到不了县城，但我可以带你一段。"

桑吉看看那个姑娘，说："坐不下，你请走吧。"

那个姑娘笑笑，从车后座上下来，拍拍坐垫。

桑吉骑上去，那姑娘又推他一把，让他紧贴着骑车人的后背，自己又骑了上来。

摩托车启动了。

他本该感觉到风驰电掣带来的刺激。

多布杰老师骑摩托时，有时会带上他，让他不时发出又惊又喜的尖叫。

但这回他全没有飞驰的感觉。他只感到自己被夹在两个壮实的身体中间，都要喘不上气来了。那个姑娘坐在他身后，伸出双臂抱住骑手的腰。姑娘一用劲，他的脸就紧贴到骑手的背上，而姑娘富于弹性的胸脯紧贴在他的背上。摩托在坑洼不平的路上每一次颠簸，都让他受到那软绵绵的撞击。他当然知道那是什么东西。终于他开始大叫："我受不了了，我要下去！"

摩托车停下，桑吉终于从两个火热的身体间挣脱出来，站在路边上大口呼吸没有这两个人身体气息的新鲜空气。

摩托车手拍一下姑娘的屁股，跨上了摩托。摩托车载着两个哈哈大笑的人远去了。

桑吉边走边想了一个问题，长成大人后，是不是每个人都要让身体把自己弄得神魂颠倒？他当然不能得到答案。

一只盘旋在天上的鹰俯冲而下，抓起一只羊羔飞到了一堵高崖之上，让他结束了对那个无聊问题的思考。

走了差不多两个小时，他遇到了一辆拉矿石的汽车。

卡车司机往他手上塞了一个打火机，往他面前扔了一包烟。桑吉每十五分钟给司机点一支烟。

点第一支烟，桑吉就给呛着了。他还把香烟盒上“吸烟有害健康”的字样念给司机听。司机大笑：“妈的，又当婊子，又立牌坊！”

桑吉大致知道婊子是什么，比如是镇上美发店门前染着红指甲，总对着镜子做表情的懒洋洋的年轻女人。但他不知道牌坊是什么意思。

他问卡车司机，司机皱着眉头想了好一阵子，说：“妈的，我说不出来。就像一张奖状吧。”

司机为此还有些恼怒了：“你这个小乡巴佬都没见过那东西，我怎么给你讲？”

桑吉不服气：“多布杰老师就可以！百科全书也可以！”

司机转怒为喜：“看不出来，你还是个爱读书的娃娃！那你可以对没见过那东西的人说出那东西！”他还问，“等等，你刚才说什么书？”

“百科全书。”

“那是种什么书？我儿子就爱看男女乱搞的书！”

桑吉带着神往的表情说：“百科全书就是什么都知道的书！”

“你有那样的书？”

桑吉有些伤心：“我现在还没有。”

司机把才抽了一半的香烟扔到窗外，摸摸他的头：“你会有的，你一定会有那样的书！”

桑吉笑起来：“谢谢你！”

司机说：“有人让你不舒服，有人让你起坏心眼，但你是个让人高兴和善良的娃娃！你一直是这样的吗？”

桑吉想了想，说：“我也有不高兴的时候。”

“哦，人人都有不开心的时候，在这个世界！要多想好事情，让你自己高兴的好事情！”

桑吉想：“这个叔叔说话一直都用感叹号。”

在一个岔路口，一个巨大的蓝色牌子指出了他们要去的不同地方。司机要去省城，把矿石运到火车站。姐姐上学的那个学校，夜深人静的时候，可以听到远远的火车汽笛声。而他要去拐向左边的县城，他的旅程还剩下二十多公里。

司机从驾驶室伸出头来，说：“你会得到那个什么书的！”

桑吉回报以最灿烂的微笑。

他又走了多半个小时，后来，是一台拖拉机把他带到了县城。

桑吉问他在县城里遇到的第一个人："调研员在哪里？我要找他。"

那是个正在恼火的人："我要找一个局长，一直找不见，你还来问我？我去问谁？"

桑吉问第二个人："我是桑吉，请问调研员在哪里？"

那个人问街边柳树下立着的另一个人："什么是调研员？"

那个望着柳树上刚冒出不久的新叶的人摇头说："我不知道那是什么东西！"

倒是另一个坐在椅子上打盹的人说："是一种官。一种官名。"那个人睁开眼睛，问桑吉，"你找的这个官叫什么名字？"

这时，桑吉才想起自己并不知道调研员的名字。

那个人摇摇头："这个冒失娃娃，连人家名字都不知道呢！"

桑吉想起来，调研员自我介绍过自己的名字，但他却想不起来了。

又有一个人走来，说："找官到政府嘛！政府在那边！"

果然，桑吉就看到了县政府的大院子。气派的大门，院子里停着好些亮光闪闪的小汽车。

可是保安不让他进到那个院子："你都不知道找谁，放你进去，我还要不要饭碗了？"

桑吉想说央求的话，却就是说不出来。

这时，他看到了调研员开到虫草山下来的那辆车。他有过目不忘的本领，所以，现在看到那辆车的号牌，他就清清楚楚记起来。桑吉对保安说："就是坐那辆车的调研员！"

保安说："是他！昨天刚走！高升了！"

桑吉和保安当然都不知道，这个人由副县长而调研员，又调到另一县任常务副县长去了。

桑吉问："他什么时候回来？"

保安说："回来？回来干什么？不回来了！"

这时，调研员已经坐在另一个县政府会议室里了，上面来的组织部长正把他介绍给参加会议的一百多个干部。部长说了很多赞扬他的话，接下来，他又说了些谦虚的话。

天边霞光熄灭的时候，路灯亮起来。

桑吉走在街上，双腿酸痛，他得找个过夜的地方。

桑吉不知道，他的三只虫草，一只已经被那位书记在开会时泡水喝了。

那天，喝了虫草水的书记精神健旺，中气十足地讲了一个多小时的话。讲资源开发与环境保护的辩证法。讲了话，他转到后台的贵宾室，对秘书说，讲这些话真是累死人了。这时，坐在下面听报告的主管矿山安全的常委进来报告，开发最大矿山的老板要求增加两百吨炸药的指标。书记说，我正在讲对环境友好，你们却恨不得把山几天就炸平了，他要增加炸药指标，那得先说税收增加多少！

常委出去了，书记回到办公室，拿起杯子，发现杯子里水已经干了。身边没有人，秘书见常委进来，自己回避了。书记也不想起身自己从净水机中倒杯水，就把杯子里卧着的虫草倒在了手心，送进嘴中，几口就嚼掉了。

卧蚕一样的虫草有一股淡淡的腥味，书记想，这东西就是半虫半草的东西。即便是嚼碎了，仍感到肚子里有什么东西在蠕动，这使得他突然恶心起来。

这时，又有人敲门，他忍住了恶心，坐直了身体。

晚上回家，书记显露出很疲倦的样子，他老婆说，某常委陪着个矿山老板送来了五公斤虫草。

书记说，前些日子不是还有人送来一些吗？合到一起，叫个稳妥的人给省城的领导送去吧。书记又踌躇说，现在关于他要栽的传言多起来了，巡视组又要来省里了，你说这个时候送去合适不合适？

书记老婆说，年年都送，就这一回，送，不送，有什么分别？

书记举起手，做一个制止的姿势，要权衡，要权衡一下。

他老婆冷笑，读过《红楼梦》吧，一损俱损，一荣俱荣，不在这一次了。

于是，桑吉的那两只虫草，和别的上万只虫草一起，从冰柜里取出来，分装进一只只不透光的黑色塑料袋，躺在了一只大行李箱中。

分装的过程中，两只虫草被分开了，分别和一些陌生的虫草挤在一起。这些虫草都在从虫到草的转化过程中。也就是说：在秋天，卧在地下黑暗中的虫子被某种孢子侵入了，它们一起相安无事地在地下躲过了冬天的严寒。春天，虫子醒得慢，作为植物的孢子醒得快，于是，就在虫子的身体里开始生长。长成一只草芽，拱破了虫子的身体，拱破了地表，正在向着被阳光照耀的草地探头探脑，正准备长成完完全全的一棵草，就遇到桑吉这样挖虫草的人了。那只僵死的充满了植物孢子的虫子便进入了市场。

袋子里这些虫草挤在一起，彼此间甚至有些互相讨厌。虫子味多的，讨厌草味多的。草味浓厚的，则讨厌那些虫子味太重的。

这些虫草先坐汽车到了省城，却没有进省城领导的家。门上的人就拦了路，说这些日子，领导不在家里见人了。送虫草的人说，以前他都是要过过目的。回说，什么时候了，走！走！烦着呢，过目就免了。所以，这些虫草只到了人家院子里，停在楼门口。这部车加了一个司机。老规矩，车上的货直接送到机场。在机场停车场，司机打开行李箱，从中取出了一包。更多的虫草坐上飞机，从省城去往首都，然后进入一个深宅大院中的地下储藏室。

这个房间有适合这些宝贵东西的温度与湿度。

这个房间里已经有了很多很多的东西，光是虫草，起码就在五万根以上。这是去年的光景。2014 年，情形不同了。手机微信里，老百姓的言说中，有种种的传言。司机在望得见机场候机楼的地方停下来，坐在车里看了一阵飞机的起起落落。一个司机开口说，送不送到，他多半是不会知道了。两个司机就掉转了车头。

这时，天大亮了，进城的时候，太阳从他们的背后升起来，街上的树影、电线杆影都拉得很长。司机停下车，敲开了一家小店的门，把一袋虫草递进去。这一袋足有一千多只虫草。小店老板说，好几万呢，没有这么多现钱，还是打到你那张卡上吧。

司机说：不会又拖拖拉拉的吧？

小店老板说：哪能，银行一开门马上就办。

老板离开店去银行前，从屋子里把一个灯箱搬出来。上面写着：回收名酒、名烟、虫草。

这也是往年的老规矩，今年却有些不同了。司机一把拉住那店老板，到了车尾，打开后车门。店老板一看那么多虫草，唰一下白了脸，我店小，我店小，你们还是去找个大老板吧。两个司机焦灼起来，一时间哪里去找一个稳妥的能吃下这么多货的大老板？立时站在当地，急得满头大汗。

桑吉不知道正在发生的这些虫草的神秘旅行。桑吉不知道，他的那两只虫草被分开了。一只本该去某个地下室，不见天日，这回却落在两个司机手里，等待一个新老板。这些虫草如何出手，如何继续其神秘的旅行，又是另外一个离奇故事了。

桑吉在县城的街道上晃荡时，黑夜降临了。

他饿了。他很饿了。他花了六块钱，在一个小饭馆要了一碗有牛肉有香菜叶的热汤，吃自己带在身上的两个烧饼。那个小饭馆里的服务员笑话他：“你这个傻瓜，带两个冷饼子干什么？我们这里有热烧饼！”

老板娘把服务员骂走了。老板娘又往他的海碗里盛了大半瓢汤，说：“慢慢吃，不要理他！”

饭馆靠墙的桌子上，放着一台电视机，里面正在播放县电视台的点歌节目。当一个个点歌人的名字出现时，饭馆里稀稀拉拉的几个本地顾客就说："妈的，这也能叫歌！"

为某某某和某某新婚点歌。

为某某新店开张点歌。

为某某某生日点歌。

喝汤吃烧饼的人就笑骂："这孙子是给他的局长点歌！"

然后，是某某虫草行为众亲友和员工点歌。

歌是当地人都听不懂、只能看懂字幕的闽南语的《爱拼才会赢》。

饭馆里的人开始谈这个虫草行老板。说，原来就是个街上的混混儿嘛。说，刚去收虫草时，被人把牙都打掉了嘛。说，英雄不问出处，人家现在是大老板了。

这时的桑吉面临的是另一个问题，自己身上只有一张十元钱，掏出来付了牛肉汤钱，就只找回来皱巴巴的四张一元钞了。

老板娘把这四张零钞从围裙兜里掏出来，拍到桑吉手上，他马上意识到，在举目无亲的县城，靠这四块钱，他肯定找不到一个过夜的地方。

高原上，一入夜便气温陡降，桑吉没有勇气离开饭馆，走上寒冷而空旷的县城的街道。

店里的顾客一个个离开了。

服务员关掉了电视，老板从里屋的灶台边走出来，坐在桌子边点燃了一支烟。他看看桑吉，对解下围裙的老板娘说："逃学的娃娃。"

老板娘便过来问他："娃娃，说老实话，是不是偷跑出来的？"

桑吉不知怎么回答，只是使劲地摇头。

老板娘放低了声音："是不是偷了家里的东西想出手啊？"

桑吉更使劲地摇头。

"是不是带了虫草？"

提到这个，桑吉的泪水一下就涌出了眼眶："调研员把我的三只虫草拿走了，说换给我一套百科全书。可是，校长说，那是给学校的。我来找调研员，可是他调走了，当县长去了！"

"是他啊！他怎么会要你三只虫草？"老板娘脸上突显惊异的神情，"什么，你用虫草换书？！"

老板站起身来，把燃着的烟屁股弹到门外："这个世道，什么事都要问个究竟，回家！娃娃今晚就睡在店里吧。"老板指指那个服务员，"跟他一起！"

老板和老板娘出了门，哗啦啦拉下卷帘门，从外面上了锁。

那个孩子气的服务员先是做出不高兴的样子，把桌子拼起来，在上面铺开被褥，自己躺下了。等老板和老板娘的脚步声远了，消失了，才问桑吉："你真没有带一点点儿虫草出来？"

桑吉说："我真的没有。"

服务员拍拍被子说："上来吧。"

桑吉脱下袍子爬上床。

服务员说："滚到那边去，我才不跟你头碰头呢！"

桑吉就在另一头躺下了，他刚小心翼翼地把腿伸直，那边就掀开被子，跳起身来："妈的，你太臭了！"

桑吉还不知道怎么回应，小服务员却弯下腰，脸对脸兴奋地说："给你看样东西！"

他踮起脚，把天花板顶起来，取出一只小纸盒子，放在桑吉面前："打开！打开看看！"

桑吉打开了那只纸盒子，里面整整齐齐睡着一排排紧紧相挨的虫草："这么多！"

"我两年的工钱！一共两百根！每根赚十块，等于我给自己涨工资了！"

服务员又把虫草收起来，把天花板复原，这回，他自己把枕头搬过来，和桑吉躺在了一起。他说："等着吧，几年后，我就自己当虫草老板！"他望着天花板，像是望着一个遥远的地方，"我今年十五岁，等着吧，等我二十岁，收虫草时就让你给我带路，介绍生意！"

桑吉笑了："那时我都上高中了。"

"妈的，我还以为到时候可以雇你呢。"

桑吉问他另外的问题："你不用把钱拿回家去吗？"

这个十五岁的小服务员用老成的语气对他说："朋友，不要提这个问题好吗？"

小服务员要关灯睡觉了。

桑吉提了一个要求："我想再看一会儿电视。"

小服务员说："爱看看吧，我可不陪着你熬夜。"说完，用被子盖着头睡了。

桑吉拿起遥控器，一个频道一个频道按过去。他惊奇地发现，县城里的电视机能收到的台比乡镇上的多多了。当然乡镇的电视机又比村子里的电视收到的台要多。

这个晚上，他从县电视台收到了央视的纪录片频道。画面里，蔚蓝的大海无尽铺展，鱼群在大海里像是天空中密集的群鸟，军舰鸟从天空中不断向着鱼群俯冲，人们驾着帆船驶向一个又一个绿宝石一样的海岛。这部片子放完了，是下一部即将播放的新片的预告。一部是战争片，飞机、大炮、冲锋的人群、胜利的欢呼。一部是关于非洲的，比这片草原上的人肤色更黑的人群、大象、狮子、落日，还有忧伤的歌唱。

桑吉想，原来电视里也有百科全书一样的节目。

接下来，广告。桑吉没有想到的是，这是一条关于虫草的广告。一个音调深沉的声音在发问："你还在泡水吗？你还在煎药熬汤吗？你还在用小钢磨打粉吗？"

桑吉这才知道，人们是如何吃掉那些虫草的。泡在杯子里。煮在汤锅里。用机器打成粉，再当药品吃下。

这样的结果让桑吉有些失望：神奇的虫草也不过是这样寻常的归宿。

早上，桑吉醒来时，那个小服务员已经在通炉子生火和面了。

桑吉又多睡了一会儿。他躺在床上想家，想学校。直到老板夫妇开卷帘门的声音响起，他才赶紧起身穿上了袍子。吃完早饭，老板吩咐小服务员把桑吉带到汽车站。老板娘把一张十块钱的钞票塞到他手上，说："买一张汽车票够了，回学校去好好念书吧。"

老板又给他两只刚出炉的烧饼，说："算算，两只烧饼六元，一顿早餐十二元，一晚上住宿费二十元，一共欠我四十四元。"

小服务员插嘴说："还有我的被子钱十元！"

老板笑着望望天花板："那就用你赚的钱替他还，我想你们已经是朋友了。"

8

回到学校，桑吉问多布杰老师："为什么县城的电视里有那么好的频道？"

多布杰老师说："你的问题太多了！你只要好好读书，考到那些大地方去，就没有这些问题了！"

桑吉知道，多布杰老师说的是对的。

马上要小升初了，他也不问百科全书的事了，一门心思按老师的布置认真复习。

然后，考试。

然后，什么也不干，等待考试的结果，和录取通知。

这期间，被省里老大家司机卖到回收店的那只虫草，被一户普通人家买去了。他们一共从那个小店买去了二十只虫草，价格是五十块一只。这家的老人被医院宣布已无药可救。他们把老人接回家里，请了中医来看。中医的意见是提气，提气的药都是很贵的，人参和虫草。这家人就买了二十只虫草，每次两只，炖在汤里，给老人提气。桑吉的那一只，炖成了第八碗汤。那碗汤，老人没有喝完。他头一歪，嘴半张着，汤却慢慢从嘴角淌下来，顺着脖子流到了胸脯上。

这个桑吉不知道。

那时，他回到家里等通知。有一天，他突然要父亲带他上山去。他想看看真正长成了一株草的虫草是什么样子。

父亲笑了："我只知道挖虫草时虫草的样子，我想没有人知道长成草的虫草是什么样子！"

桑吉不相信，但他问遍了全村的人，真的没有人认得出长成草的虫草是什么样子。

桑吉想，明年虫草季，他要留下一株虫草，做一个鲜明的记号，隔一段时间就去看一眼，这样，自然就知道虫草后来长成什么样子了。他就带着这么一个想法回学校去了。

考试成绩下来了。

桑吉考出了这所学校办学以来最好的成绩，被自治州的重点中学录取了。

姐姐寄来了一张漂亮的明信片，预祝他高中时可以考到省城的中学。

后来，是毕业典礼。

父亲穿着干净的白衬衣，牵着马来接他。

桑吉去多布杰老师和娜姆老师那里告辞，还带上了父亲带来的新鲜乳酪。

多布杰老师把那包用新鲜的橐吾叶包裹着的乳酪塞到他手上："作为这个学校最好的学生，你该去看看校长。他会高兴的。"

桑吉有点儿不情愿，但他还是去了校长家。

见到他，校长真的很高兴，拍着他的脑袋说："有出息，有出息。我来这个地方还是个刚从师范学校毕业的年轻人，现在老了，要退休了。你考得这么好，我很高兴，很高兴。"

桑吉被感动了，把乳酪放在校长面前的茶几上，认认真真地对校长鞠了一躬。

他直起身来的时候，看到校长里屋的床上，他那患哮喘的妻子倚在床边，看着他们的孙子高高兴兴坐在床上，面前摊着一本百科全书。那孩子正伸手把一张纸从书上撕下来。孩子举起手中带着画片的纸，高兴地摇晃。

桑吉转身跑出了房间。

多布杰老师对桑吉说："你要原谅他。"

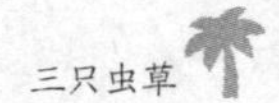

桑吉不知道，自己会不会原谅校长。

直到新学期开始，桑吉踏进新学校的图书室。他说："我要借一套百科全书。"

图书管理员告诉他："百科全书是工具书，不外借，但可以在图书室查阅。"

桑吉便在桌子前坐下来，等人把那厚重的书本放在他面前。

走出图书馆时，他说："我明天还要来。"

晚上，他从学校的计算机房给多布杰老师发了一封电子邮件。他在信里说："我想念你。还有，我原谅校长了。"

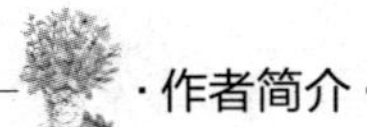

·作者简介·

阿来，藏族，1959年生。上世纪80年代开始文学创作。以出生成长于边疆地带而关注边疆，表达边疆，研究边疆。著有中短篇小说集《旧年血迹》《月光里的银匠》，长篇小说《尘埃落定》《空山》，非虚构作品《瞻对：终于融化的铁疙瘩》等。曾获茅盾文学奖，华语文学传媒大奖等奖项。

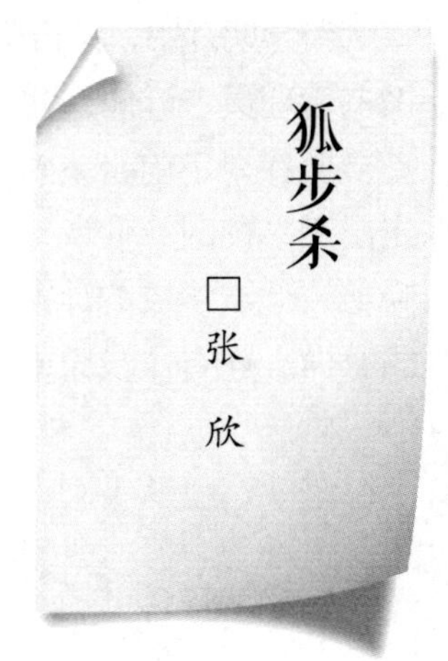

狐步杀

□张　欣

1

鸳鸯。走糖。

鸳鸯是广式茶餐厅特有的饮品，一半咖啡一半红茶，一半是火焰另一半还是火焰。配合在一起是熊熊燃烧的口感。走糖是不加糖，走盐是不加盐，全走是不加葱姜蒜。全走那还吃个什么劲儿？泡面不放调料包吗？

经济不景气，茶餐厅的老板娘芦姨更加没有表情，跟她拜的关公相貌仿佛。广式茶餐厅都有挎大刀的关公彩雕，意在牛鬼蛇神不要进来。收款台有招财猫。店很旧了，一直说要装修，好像也没钱装，黑麻麻的卡座伸手都可以撑住天花板，回头客不离不弃。芦姨说，怀旧？不好意思说省钱，当然怀旧啦，便宜味正而已。不装修也就没法提价，所以云集着一票不景气的人。

当然，周槐序除外，他其实是一个时尚青年，喝咖啡至少是星巴克，茶餐厅也得是永盈、表哥这一类香港人开的店。时代不同了，香港人也向大陆同胞低下了高贵的头，先搞起了豪华版的茶餐厅，WiFi 无限用。来到这种随时会关张的老旧茶餐厅，主要是前辈忍叔喜欢这里。

离分局近，抬脚即到。便宜就是硬道理。这是忍叔的价值观。

槐序喝了一口鸳鸯，把粗笨的白瓷杯蹾回桌上，“全是共犯，我一个都不原谅。”他气呼呼地说道。

忍叔喝的是柠檬茶，他永远喝柠檬茶，冬天是热柠，夏天是冻柠。芦姨说，你都不闷吗？忍叔目光祥和，微笑道，“白坐在这里，你肯吗？”言下之意是图便宜买个座位。芦姨白他一眼走了。对于这两个便衣警察，芦姨从来没有好脸色，她儿子丢过一辆摩托车，报案了也没有找到，于是得出警察都是饭桶的结论。禁摩都多久了？找回来又怎样？她还是记仇。

忍叔哼了一声，慢悠悠道，“你原谅人家，人家的人生就开出花来了。”

曹冬忍。这个人就是这样，整天说些让人顶心顶肺的风凉话。他老婆都说，好好说话你会死吗？忍叔回她，他们死，好过我死。潜台词是他心情不好会得癌。所以他升不上去，刑警老狗。他的徒弟都像“长二捆”，唰唰唰地飞上天，只有他剩下一张大蒜嘴。

槐序没有说话，他常和忍叔搭档办案子，早就习惯他轻慢不屑的语气。

忍叔清瘦，慢性胃炎，总是一副阴沉的表情，但目光中的疾恶如仇还是没有消失殆尽。

最近发生的一起命案，死者是一个七十八岁的老干部，痴呆症，但是身体非常健康。据说长寿都是和痴呆联系在一起的。他居然死在医院的病房里。不可思议，那么安全的地方。对于老干部之死，院方支支吾吾，老干部的家属和子女果断报警。当时头儿就特别嘱咐大家把该带的都带上，估计心里也是觉得老干部的家属和子女最难惹，必须让他们抓不到任何把柄或说辞。结果每个部门都好多装备，勘查车上坐满了人，好像是去医院大比武。

正经八百拉了警戒线。

老干部姓王，住单人病房。护工是一个中年西北男人，不说话的时候表情凝重。人死了，他更加表情呆滞。这个人称老严的人，第一时间被侦查员带走作笔录。

每个部门的工作都做得周到细致。大家都戴好帽子、口罩、手套和脚套进病房干活，拍照，甄别出物证。虽然大家心里都明白十有八九是医疗事故，因为不像有不相干的人进来过，老王全身上下又无伤痕，神态是一种解脱后的坦然；但是医患双方无法对话，该做的事情就一件不能少。

老严一遍一遍地回忆，死者老王前一晚还好好的，两个人看完电视，洗洗睡。半夜并没有什么动静，不过老严也承认，虽然没动静但似乎有一只手拍过他的额头，他以为做梦，翻身又睡过去了。他的陪床紧靠着老王的病床，首尾的方向一致，估计老王曾经有过本能求救的信号。但是说这些都太迟了，待他早上六点打好水准备给老王洗脸时，才发现情况不对头。

有经验的医生说，老王大致是凌晨三点至四点走的。

值班的医生护士也有责任，但又可以证明，一晚上老王的病房并没有按过急救灯，护工也没有报告有何异样。反而是其他危重病人忙得他们团团转。

初步判断，既不是自杀，也不是他杀。想要得到进一步的结论就要做尸体解剖。老王的老婆和两个儿子以及儿媳商量了一阵，铁青着脸同意了。

尸体被抬到本院的解剖科，由科里的大夫和法医共同参与，以求结果公正。

忍叔掏出一盒红双喜牌香烟，小周便起身到茶水柜处拿来一只烟灰缸。茶餐厅另外一个特色是偶尔服务自理。芦姨的脸色分明写着：又没有什么消费，还差着服务生走来走去。

“可以结案了吗？”小周望着忍叔问道。

“不知道。”

“根本问不出什么来啊，就算我觉得他们是共犯。”

“人心案讲的是道德，又不归我们管。”忍叔的鼻子嘴巴一起冒出白烟，香烟顿时没了半截，他说是企图戒烟时落下的毛病，复吸就像报仇一样。所以做不到的事情还是不要许愿。

“死者家属好像不肯罢休似的。”

“他们当然想敲医院一笔。”

“扯皮啊？”

“一定的。”

两人都不再作声，烟雾环绕着。

周槐序是单眼皮男生，典型的五官端正，头发剃得很短，右侧一边的鬓角上方还剃出一道闪电的纹路，配合他小麦色的皮肤，外加两成天然呆萌，还真是帅得惊动了党中央。他一米八七的个子，一直坚持铁人三项的训练，六块腹肌、人鱼线什么的都有，一眼看上去醒目标青。

小周的年轻不在于岁数，虽然已近而立，但眼中的世界只有黑白两色。所以是早晨的阳光，灿烂通透。一个人，若是明了了这个世界大致的状态是灰色，那得多老？多沧桑？像没有朋友的忍叔。

虽然高大威猛，小周也有心细如丝的另一面。他第二次来到医院之后，就发现了护工这个群体比较复杂，自成江湖。

首先是人物众多，应该是大量的需求决定的。内部又分两类人，一部分是病人自带的，属于生护，只占少数；另一部分是护士长手下的护工队伍，这个队伍才是真正的生力军。通常人们因为各种疾病住进医院，一时间到哪去找有一些护理常识的保姆？求助科室理所当然，护工队伍也就日益成熟。他们看似松散却有无形的组织，有统一的价格，当然医院要抽成，拿不到全额报酬。好处是熟护，知道医院的各种规矩和门路，有欺生的本钱。

护士长并没有时间管人，这样就有一个熟护头目上通下达。而具体到死者老王这个科室，熟护的头目是护士长的远房亲戚，因为工伤跛足，干不了重活只好做小头目，吃点小钱。但他能量还蛮大，沾亲带故地招呼来好多人。这些人看上去并不怯场怕生，自在很多，可以互相照应，以院为家，跟城里人的关系有点反客为主。生护的出路，要么巴结熟护，请求指点；要么搞不清状况，处处碰壁。

老严是熟护这边的人，但是刚来不久。

而且他接手老王才第三天。之前的男护工是生护，据说跟着老王五年了，陪着住院也有两年上下。人称老刀，不知是姓刀，还是脸上有一道疤痕的缘故。有疤痕就一定是刀疤吗？这个想法曾经在小周的脑子里一闪而过。当然这并不重要，只是便于记忆，尤其是对一个不曾谋面的人。老刀回老家四川了。

尸检报告出来了，结果出人意料。

老王是急性肠壁坏死、穿孔、破裂大出血，整个腹腔都是屎。说白一点就是憋死的。后来，听说解剖科的走廊恶臭了三天，气味始终挥之不去。

跛足人说，老王生前的护理，有一项就是要用手给他抠大便，因为他有严重便秘，都是老刀做这件事。但是老刀因为工资的问题跟老王的儿子小王大吵了一架，就生气说不干了。本意是想拿住小王，逼其让步。没想到小王转身找到跛足人，叫他另找一个护工。老刀当然生气，两天没给老王抠大便，然后就走了。新接手的老严，是那种失去土地刚刚进城的农民，不怕苦活累活，就是大老爷们儿抠大便，自己过不了这一关，虽然戴一次性塑料手套，也不是一般男人能干的活啊。于是也两天没抠，人就憋死了。

小周对跛足人道，“你这不是知道得挺清楚的吗？为什么不跟医生说啊？”

跛足人道，“也没有人问我啊。”

“也可以跟护士长说啊。”

不语。

护士长也说，这是太简单的事了，如果我们知道这个情况，就会给老王灌肠，不至于搭上一条人命。

老王的家人对于这个结果非常愤怒，医院这一头当然是护理和管理上的责任，另一头牵扯出护工这个群体的黑暗、复杂。可以说熟工部分的人，多多少少都知道这件事，但是他们一律闷声不响。就是仇富心理嘛，报复城里人，情绪杀人嘛。一开始，小周觉得病人家属悲愤交加，言重了。但是找熟护工一个一个了解案情，还真让他无语。

科里有会议室，宽大的黑色实木桌椅，小周和忍叔并排而坐，面前摊着笔记本，神情严肃。隔着办公桌，对面孤零零地坐着调查对象，应该有一种无形的心理威慑力。第一个正式谈话的就是跛足人。

可他表现得很轻松，眼珠乱转，嘴角还有一丝隐蔽的笑意。

问他老刀的情况，他说，这有什么意义啊，难道找到四川去问他抠大便的事吗？问他为什么知情不报，他说，每天发生那么多事，谁知道哪些该报，哪些不报？不按时给病人翻身就会长褥疮，报不报？一次两次死不了，但总有一天伤口会恶化感染，人也一样死掉。还不是跟你们一样，民不举，官不究。

乡里乡亲的，你就不怕老严吃官司？

怎样？过失杀人啊？

而且你还连累了护士长，说不定要查你们这一块儿到底怎么回事。

怎样？间接杀人啊？

小周一拍桌子，火道，你想怎样？到底是谁在办案子啊！人都死了，你们怎么一点都不愧疚呢？

跛足人翻了个白眼，闷头不语。

忍叔用眼神制止了小周。他从头到尾一言不发，好像小周在和跛足人演对手戏似的。

后面进来的人，就是那些沾亲带故的熟护工，也是满脸的讳莫如深，装无辜、冷漠、沉默，看到别人家倒霉莫名惊喜的那种表情，关我屁事的死样子等等。仿佛他们的人生充满暗语和故事。对面的那两个人才是傻瓜蛋。

这个社会，还有善良的劳动人民吗？

一股咖喱特有的香味飘了过来，这让小周从沉思中回过神来。

茶餐厅的壁挂电视正在插播新闻，有一段视屏触目惊心，只见一个原配夫人把一桶汽油泼在小三身上，打火机一闪，当街爆出一个火球。所有的人都目瞪口呆。原配夫人干完这事，歇脚一般地坐在马路牙子上，喝下一瓶“毒卒”，然后口吐白沫，一边失去意识，一边亢奋地喋喋不休。因为拒绝救治，在急救室里，两个警务人员还分别按住该夫人的左右手。

太过决绝，众人已经忘记评判和谴责，统一的神情是傻掉。

隔了好一阵，只听见忍叔咕咚喝了一口柠茶。

凝结的空间终于恢复了嘈杂。这样的社会新闻已然是咖喱里面的薄荷叶，绝配的谈资。无论是食客还是服务生都有自己的感慨。女的一边，大多认为应该把那个男的也烧死；男的一边认为那么神经质的女人怎么可能不离婚？

半天不出声的芦姨突然一声叹息，熟人们都看着她等待高见，她欲言又止，又不愿辜负大家，只得小声又无奈道，“好多事，也不是你们看到的那样。”

忍叔咕咚一声又喝了一口柠茶，抹了一把嘴对小周说道，“听到没有？不要相信你看到的。”

小周愣了一下，以为自己听错了。

2

微信上说，赖床是对周末最起码的尊重。

一觉醒来已是上午十点四十分，柳三郎仍旧不想起身，紧闭双眼沉浸在自己的伟岸之中。

昨晚做了一个美梦，自己摇身一变成为西门庆西大官人，丽春院的粉嫩名妓一脸娇羞地对他哭诉，自他走后小女将息了半个多月都还不能接客呢。三郎莞尔，但内心狂喜而醒。

微软还是松下？

大夫头都没有转过来，这样说。柳三郎只能看到电脑的侧面，他的眉头微微皱起，不过很快又平复了。他没有作声，心想，开什么玩笑，我跟你很熟吗？大夫还是没转过头来，好像是要敲完最后几个字。

公立医院人满为患，这里又太过冷清。公立医院总有一堆患者围着医生，根本没有人有隐私观念或意识。医生都是当着人问，大便干不干？小便黄不黄？有公费医疗吗？有钱吗？有家族史吗？

这些问题都让三郎困扰。

因为他是一个内向的人，相比起时兴的各种晒，他认为他们有暴露癖。生活中无处不在的光和影，他都厌恶。

他从来不跟人讨论自己的私生活，包括用什么品牌的牙膏、护肤品、枕边书，订阅什么类型的报刊，吃的、喝的，更不要说那些深度忌讳的问题。家族史？当众宣布我来自癌症之家阳痿之家心血管短命之家吗？但是更多的人觉得，这没什么。

如果不是鸡汤，人们歌颂的一直是野草和胡杨，裸露着生命忍受沙化的环境，那种枯竭之美一直是被夸张的。可是从一开始，柳三郎就希望自己精致、隐蔽，不被任何东西打扰，像死去一样活着。

像他这样的人，在公立医院的诊疗室根本没法开口。

但是坐在这间明亮整洁的诊室，三郎已经后悔了——也不是看病的地方。男科医院，应该是被它铺天盖地的广告洗了脑，终于出现质的转变。

“抱歉抱歉。”大夫终于忙完了，他转过头来，长得有点像马季，一张充满喜感的脸，“说说看嘛。”他鼓励地望着三郎。

“不太好。”三郎不便马上离开，只好含糊其辞。本来他幻想碰到一个极有职业尊严的大夫，可以坦荡地交流一下医学问题。

“当然不好。太好你就去东莞了，怎么会到我这里来呢？问题是怎么不好法？早泄还是不举？所以啊……”他没有说下去，耸了耸肩膀。总之他说话做事，包括他的长相都像开玩笑一样。

谁的痛苦在别人眼里都是一个笑话。

三郎的婚姻，开始是黄金档的正剧，后来以惊悚恐怖片收场，令人始料不及。他跟苞苞是相亲认识的，父母之命，媒妁之言。双方的家境、背景、财力都还匹配，小两口也是郎才女貌，两家人体体面面沟通顺畅。于是在四季酒店宴开二十席举行了隆重的婚礼。

照说这本不是内向的人喜欢做的事，三郎的意见就是去一下马尔代夫，躲开这种雷同的表演。但女方的家长不同意，风光嫁女关系到颜面问题，对于中国人来说从来都是重中之重。另外，就是三郎的母亲坚持大办，她张罗这些事累得开心，三郎的处事原则就是凡事要让母亲开心。直到婚礼现场，三郎还一直看着笑逐颜开的母亲。三郎工作室的成品推手朱易优曾经俯首低语，注意你的表现，今天不是娶你母亲吧？

医生开始讲男性生殖泌尿系统是一个装置极其精密的器官，这些还用他说吗？三郎都百度过。

苞苞皮肤白皙，身材娇小玲珑，照说也是个美人。如果光溜溜地躺在身边，正常男人应该都会有所反应吧？本来，三郎认为按照正常人那样过日子是没有问题的。可是不知为什么，一开始他的身体就没有任何动静。以为诸事繁乱累的，苞苞也好生安慰。结果一直不行下去，苞苞也有点无精打采起来。

三郎的反应没有想象中那么焦躁，也许是苞苞的父母太俗气了，一直开口要这要那，永远都能提出想要的东西。直到婚礼当天收份子钱还是严防死守，生怕三郎的朋友把红包交到三郎母亲的手上。三郎看在眼里，心里只有冷笑。

不过病还是要看的，每个男人心里都住着一个西门大官人。

“你们家有日本人吗？”医生突然问了一个专业以外的话。

“没有。”

“那怎么起这个名字？”

“我爸起的。”

“希望你成为拼命三郎吗？”

是的，他认为我一定会有出息。三郎没有说出来，定睛看着医生，眼光有些凌厉，明确表示不想谈这个话题。医生也没有问家族史什么的，只是东拉西扯问一些住在哪里、开车来没有这一类的话题。

火力侦察。

在一楼的计价处，这些单据打出来的药费共计一万八千元，有口服、外涂和静脉吊针。三郎的嘴角上扬了一下，把单据揉成一团后扔进垃圾箱。再想一想刚才医生的样子，感觉他满身铠甲坐在诊疗室里开药方，背着两把交叉而立的青龙偃月刀。

终于可以离开这个地方了。三郎暗自吁了口气。

从门诊大楼到医院门口还有大约一百多米的距离，大楼修得像个没有节制的胖子，肚子部分就是门诊大厅，俗称“土肥圆”。花园里的树木倒是修剪得有形有款、错落有致、青翠欲滴，像一个傻帽刚从理发店里走出来。然而三郎无暇多想，只是快步向医院大门外走去。跟来的时候一样，他微低着头，惴惴不安怕遇到熟人。反正只要离开这里就永不回头，没有理由会碰到鬼。

男科医院门外就是一条车水马龙的主干道，高分贝的噪音不绝于耳。这时三郎感觉有人拍他的肩膀。

他愣了一下才转过头来。

是小叔叔柳森，一脸惊讶地看着他，“看着像，还真的是你。”柳森说。

三郎感觉脑袋在飞速空转，想不出一条合适的理由说明自己为什么会在这里出现。然而不等他说话，柳森用眼神示意他跟着走。之后柳森自顾自地在前面走，头都没回。

三郎只能紧随其后。

临街有一间清吧，是自助服务。三郎去买了两杯拿铁，端着托盘看见小叔叔已经在角落位坐了下来，神色严峻。

三郎刚一坐下，小叔叔的宽脸就逼到近处，声音不大却咬牙切齿，“三郎啊，你怎么能得性病呢？”

又说，“没女人也不能胡来。”“你这样对得起谁？对得起你爸吗？”

三郎心想，为何那个喜感大夫一眼就知道我是不举呢？应该也有两把刷子吧？都不治病那土肥圆是怎么建起来的呢？

“是尖锐湿疣吗？”柳森叔叔还在追问，又翻他的包，“怎么没有药？就知道你面子薄，开不了口。”他拿出自己包里的药放进三郎的包里，“都要吃先锋。”他对他这样解释。

镇定下来之后，柳森叔叔开始自我解围，“我就算了，你也知道我就好这一口。可是你不行，你的前途不可限量，我还指着你过好日子呢。”

三郎开始放心地喝咖啡。

的确，从年轻的时候开始，柳森叔叔就色瘾不断。如同有些遗传病经常犯，怎么治又都断不了根。奇怪的是，这一习性并不妨碍他有情有义，比如他对小婶婶，工资上交，任其乱骂，家里的脏活重活抢着干，星期天带孩子上动物园，陪小婶婶逛街也都任劳任怨，还鼓励抠门的小婶婶买贵的东西，说贵东西穿得用得久。他跟单位的会计好，东窗事发，女会计就像算账一样把过错都归在他头上，他一句都没反驳，挨了个处分。和小保姆有一腿，被小婶婶发现，把小保姆赶回乡下，小保姆还写信跟他要钱顶下一个小卖部。他汇了钱又忘记毁尸灭迹，被小婶婶拿到汇款凭证追杀他。这样差不多闹了一辈子，小婶婶也只是没收了他的工资卡。但当时小叔叔在民政局负责复员或转业军人的安置工作，是个肥差，断不了红袖添香。时至今日，比起用公款养情妇的官员，这点爱好就连小瑕疵都算不上。三郎就听到小叔叔的手机里总有一把女人的豆沙喉说，“你有没有挂住我啊？”据称是一个开糖水铺的女人，还是挡不住他流连欢场，否则不至于得性病吧。

父亲一直看不上小叔叔，一提到他就如坐愁城，满脑门官司。见到他就是训斥，有一次长达两个小时。曾几何时，三郎对小叔叔也有所鄙夷，抬着下巴跟他说话。可是好人有什么用呢？

只有烂人才能救命。

幸亏有柳森叔叔的资助，三郎才读完了理工大学。

“不要让你妈妈知道，不然她会怎么想？”分手的时候，柳森这样叮嘱三郎，还拍了拍他的肩膀。

“嗯。”

傍晚，三郎去母亲那里吃饭。

不仅因为是周末，平日里也会时常回去。他曾希望母亲搬到珠江新城来住，但母亲总是婉拒。她目前还是住在老城区，那一片叫作教员新村，位置是在越秀山脉的西侧，陈旧的红砖平顶楼房，没有电梯。不过附近的店铺林立，生活起来还是很方便的。

这是父亲当年分到的房子，他是一所中学的校长。三郎十二岁的时候，父亲因病故去。在这之前，三郎有一个灿烂的童年，似乎一切都顺风顺水，主要是父亲对他毫无要求，只是说你要多看一些经典名著。

三郎至今记得，在父亲小小的书房里，仅有的一扇窗户永远敞开着，因为窗外就是越秀山脉稀疏的绿树，偶尔还能听到越秀公园游客的嬉戏声。父亲是个教育家，他性情温和，是因为正直才对柳森叔叔不满，恨铁不成钢。对于三郎则是寄予厚望，是真正的素质教育。成绩，其实没有那么重要。父亲这样对他说，你要能够找到你自己，才是独一无二的。他们还讨论政治和时事，父亲还总是问他的观点。

他才多大？能有什么自己的观点？母亲当时这样说。父亲就会微笑地说一句，我们三郎是最棒的。

父亲的教育是只摆事实，不讲道理。

父亲的教育是发自内心的平静和自内而外的两袖清风之感。

但是他的工作繁累，走出家门也还是有压力的。然而他不说，也没有人知道他的繁累和压力有多大。他得的是肝癌，从发现到住院，3 个月就走了。

也许是父亲的气息尚未散尽，每当内心烦闷的时候，三郎都会到母亲这边来坐一坐。说来奇怪，同样都是一个人居住，三郎住的是高级公寓，偶尔会感觉犹如烟火置顶，有一种说不出的灼热感。只有见到母亲，他才能平静下来。

一如过往，母亲见他进屋，端出饭菜。不会特别准备什么，盐水菜心，蒸一碟马蹄咸鱼肉饼，还有一个豆腐。就是这样。

当然会有一个老火汤，今天是西洋菜煲生鱼。

甚至也不说什么话。

电视机开着，都是电视在说。

三郎知道，对于他和苞苞的离婚，母亲受到极大的打击。但是她什么也没说，不问也不责怪，只接受结果。

“妈，你快过生日了，”三郎说道，“我想给你做一件衣服。”

“这样啊。”母亲笑了。

她不可能不笑，因为母亲就是一个裁缝。从小，三郎就看见母亲脖子上挂着一条软尺，就像其他女人的项链一样。

自父亲走后，三郎都是在缝纫机脚踏板类似小马达的声音中入睡。

以前，母亲只是正常地做衣服，她还在服装研究所工作过，可见有过成为设计师的梦想。但是要以做衣服为生，这种梦想必须破灭。

父亲是大哥，四个弟弟妹妹中，也只有父亲最看不上眼的小叔叔成为他们孤儿寡母的庇护人。其他的亲戚都渐行渐远，很快就没有了来往。

三郎现在也是裁缝，往好里说是时装设计师。不太有名，但还是蛮有钱的。比较起盛名但是缺少银两的人，目前的状况更合适三郎的性格。

他起身给母亲量尺寸，袖长、领口、腰身等等一项一项记在纸上。这让他想起小时候，他跟着母亲到顾客家里去量尺寸，顾客一家大小都被喊到母亲跟前。母亲拉下脖子上的软尺，一边量一边报出尺寸，三郎便将那些数字记下来。那时候他习惯紧跟母亲，买菜、做饭、到顾客家里去，只要是放学在家，母亲必须在视野之内，生怕一不留意，母亲也走掉了。

小小的内心充满了恐惧。

甚至有过不再去上学的念头，被母亲锋利的眼神制止了。

一旦精确地量尺寸，才能感觉到母亲的清瘦，含胸、后背微弯，个子也明显矮了不少。

近距离看到白色的鬓发，脸上细密的皱纹，胳膊上没有张力的塌陷的皮肤，手上暴起的青筋和寿斑。她才多大年纪啊，即使熟悉如母亲也还是惊心动魄的。曾有一瞬间，三郎很有抱住母亲痛哭一场的冲动。当然他没有。

一切都平静如水。

在父亲的葬礼上也是如此，他很想抱住沉沉睡去的父亲，想亲吻一下作最后的道别。当然他没有，甚至也没有哭。

之后。好像是太阳落山的时候，借着暮色，他一个人在公园围着北秀湖疯跑，一圈又一圈不知跑了多久，只记得眼泪不是唰唰唰地往下落，而是从两侧横着飞了起来。

3

如果不是见到这个女人，周槐序并不相信一见钟情。

除了精悍俊朗的外表，家世是现代人的另一副容颜。如果有一个大款爸爸，儿子们没有不张狂的。狗屎一样的组合，得到的是黄金一般的仰慕。小周不是，小周的家世是非常体面的富贵。父亲是一个眼科专家，母亲是一个歌唱演员，才华和才华，儒雅和美丽在一起的组合也是可以相当富有的。这是一个现实，却又是一个秘密。

私营医院请父亲做一台手术的费用，也不会比演员走红毯少吧？

都是别人对他一见钟情。

八台跑步机上全部有人占着，从背后看这些奔跑的人，身材还都健美匀称。偶尔见到一个胖子，通常一周之内就会消失。意志这个东西还真不是想有就可以有的，向这些背影保持敬意吧。

小周所住小区的马路对面，是一家正宗专业的健身会所。标准就是所有设施和场地都还朴素适中，面对跑步机的是整面的落地玻璃窗，窗外是宽阔的庭院，绿色的灌木中有一个标准的长方形游泳池，池边是成片的耐水木平台，四周散落着深玫红色的遮阳伞和白色的躺椅。

音乐就差一点，不是《向前冲》，就是《爱天爱地》，听得人想吐。

小周找到与跑步机并排而立的“云中漫步”，手脚并用地划拉起来。反正要热身二十分钟才可以做增肌训练。

这时，他的私人教练小赵笑嘻嘻地走过来，赵教练是那种师奶们尤其喜欢的英俊暖男，倒三角的身材，两臂是饱满的腱子肉，运动装和运动鞋什么时候看都是一尘不染。

“最近好像没有那么忙了吧？”赵教练说。

“嗯。”

“一会儿上课吗？”

“当然。”

“那你热身吧，我去把你的训练表格拿过来。”赵教练转身离去。

小周心想，连赵教练都能感觉出他来健身会所有些勤了，以前他一个月也就来个一次两次，他又不想当肌肉男，而且忙，通常是在雕塑公园夜跑，十公里下来，汗出得像从水里捞出来一样，有一种酣畅的快感。

坚持健身绝对不是为了更帅，而是对职业尊严的守护。像发糕一样怎么追得上犯罪嫌疑人？

然而就在两个月前，那是一个星期天的下午，天色阴沉，有零星小雨，这种天气在户外干什么都不方便，小周来到健身会所。

可能是因为下雨，那天人不多，一排跑步机只有两个人在用。

小周把白毛巾搭在脖子上，开始枯燥地跑步，自然而然望着玻璃落地窗外。只见游泳池的左侧，搭着一个临时但还标准讲究的弓道场，唯一的女学员，上身穿一件棉布和服领的白衣，下身是及踝的黑色折裙。手上的弓大约有两米多高，黑箭笔直，屁股上有三根羽毛。女学员的右手戴着护指护腕的护手袋，箭上弦后，只见她以两只手分别把搭好位置的弓与箭高举过头，然后缓缓地一手托弓，一手拉箭，直至把弓箭拉到自己的视线水平。

就是这个女人，当时就把小周惊着了。

她的头发一丝不乱，全部向后束成马尾，神情因庄严肃穆而更显精致。上身微微前倾，襦袢式筒袖双双退下，露出柔软纤细的手臂。凝眸间的片刻，远观更似一幅水墨丹青。

那种遗世孤立之美，令小周足足跑了五十分钟都不觉得。

赵教练走过来说，可以训练了，吃大餐了吗？有罪恶感吗？跑了这么久。

哦。小周惊醒，笑笑。

后面的训练活动，小周都尽可能掩饰自己语气里面的好奇心。

他说，原来你们会所还有弓道，以前好像没有。

赵教练透过玻璃窗望了一眼弓道场，示意那个瘦高个子的女教官从日本留学归来，要求在会所包课。小周这才发现还的确有一个女教官，对唯一的女学员有时说教，有时比画。刚才他居然没有意识到她的存在。

赵教练道，刚开始还有八个人报名，现在就剩下这一个学员了，那些人交了钱，买了弓道衣，也不来了。

为什么？

非常的枯燥和乏味啊。一个基本动作要千百次的重复练习，直到“矩”得精确无误，其实是心的磨炼。

也是静功的一种吧。

嗯，属于安静的运动，没有对手，是自己跟自己较劲。通过强身健体来进行精神修行，提升自己的人格品位。说是这样说，可是谁做得到？我就一个女学员都没有，虽然带她们不费力，挣私教费容易，可是我嫌烦。她们根本不训练，几乎是找个陪聊。所以这个女的，我还蛮佩服她的。

话说到这个节点，小周极想顺势问问女孩的名字，在哪儿工作？话都到了嘴边还是咽了回去。男人之间也有敏感区域，或者开不了口的理由。现在想来是心里有鬼。

他开始做“TRX”训练，两脚被尼龙带吊在半空中，双手着地，但因为腰部没有半点依托像蛇身一样绵软无力。这个训练几乎是全身发力，尤其侧腰。几分钟，人就汗如雨下。

其实小周平时都很少做这套训练，难道要扮演007吗？就算隐瞒心意，有必要做成这样吗？

然而回到家之后，这个年轻女子的身影挥之不去。她习射的动作总是在脑海里徘徊，动作沉稳，节奏清晰。

周槐序至今没有女朋友，以他的条件，都说他是挑花了眼。也只有他自己知道不是那么回事。目前社会上最受欢迎的两种女人，对他来说都是超免疫。一种锥子下巴配两个铃铛眼的萌萝莉，另一种前凸后翘风情万种的性感女郎，他都毫无感觉，一点兴趣都没有。唯有全神贯注，神清气定专心于一件事的女人，会让他产生追随的敬重和情欲。

只有男人明白，冲动是怎么一回事。

所以在那次惊鸿一瞥之后，小周到健身会所的次数明显增加。

只是在游泳池畔看到的与游泳不相干的活动，两次朋友聚会，一次生日聚会。白天水池绿树，晚上烛光水色，都还颇有情调。唯独那个弓道场再也没有重现过。今天也是一样，游泳场一个人也没有，异常安静。

走了二十多分钟的“云中漫步”，小周开始根据赵教练的示范做引体向上。他暗自下决心，待会儿必须开口问问到底什么时间开弓道课？不可能所有的时间段都撞不上。

经过委婉的东拉西扯，赵教练说，会所开设每一个项目的原则是三个学员以上才开课，跆拳道、肚皮舞、瑜伽、民族风等等全部一视同仁。于是弓道课的老师、学员只好一块儿撤离，合并到其他会所去了。

具体的去处，赵教练也不太清楚。

这个结果令小周非常失望，可以说实在有些沮丧。

看来一见钟情还真不是空穴来风啊。

晚上有一个聚餐，是跟警校的同学吃火锅。班长马达喜欢张罗，仿佛一日班长终身班长，大家也就助兴在一起热闹热闹。

周槐序在会所洗了澡，少有的，他的白色蓝边的健身提包里，一早起来就放进了行头，看上去是普通的休闲装，米色配深灰，但因为纯棉的质地好，筋道，越旧越立得住，不会软绵绵地趴在身上。这个牌子是小众中的小众，品牌名称叫作“死人杰克”，没有实体店，只能在网上购买。长处是没有什么设计感，柔软，还有就是对穿它的人有要求，如果体格健美，乘十乘百的舒服、顺眼。反过来说，你差劲它就什么都不是。缺点是小贵。

作为时尚青年，小周从来不喜欢满身“搂够”的大品牌，上次抓两个坏人，全是爱玛仕金扣的皮带，又假又碍眼。

不过不是一律不喜欢大牌，手表就是绿表盘的水鬼。

所以从盥洗室出来，小周焕然一新，头上还抹了点发胶，清新俊朗，脚上是一双黑白回力球鞋，属于武中有文的混搭品位。

好吧，的确是以为今天或许会有艳遇。

离开的时候，小周锲而不舍地扫了一眼游泳池畔，有一群孩子跟着游泳教练在水里扑腾。他想见到的场景似乎从来没有发生过。

火锅店的名称叫作四方九格，是重庆风味的，也比较好找。

周槐序到达包房的时候，同学们大致聚齐，都在互相热情地打招呼。因为是穿便衣，感觉还是制服比较有说服力，否则就变得高矮不齐胖瘦不等，还不止一个人穿假名牌，放眼望去，情调是一塌糊涂。不过彼此之间的感情还是一如既往的好，大伙说话还是嘻嘻哈哈口无遮拦。

班长马达最后一个赶到，他群发通知的时候说要一醉方休，所以谁都不许开车过来。结果只有他一个人是开车来的，可以理解，赶时间嘛。

他带了两瓶“闷倒驴”。

大伙开怀畅饮。酒过三巡，加上正方形的多格锅底，除了一个格子免辣涮菜用的，其他均是从微辣到劲辣，可以涮的牛羊肉海鲜之类五花八门，所以聚餐很快就进入了高潮，有激动的，有发牢骚的，有伤心落泪的，有滔滔不绝的。马达的毛病是喝多了就近抄椅子，人瘦得像吸毒人员，力气却大得惊人。也只有坐在他身边的小周能够抱紧他。想当年在警校擒拿散打的专业课，期末考试实战对打，挡不住大伙同室操戈，相煎凶残，不见红哪来的好成绩？小周和班长打红了眼，眼冒金星，鼻血飞溅，班里也只有他们两个人90分。

情感肯定是一个话题，有人说小周需要私人定制，有人笑话他“也只有小周还相信爱情”。马达说，你们懂个屁，也只有我们小周配相信爱情，就像我们没有青春只有岁月一样，相亲也只能谈条件。只有我们小周，任何一个物质女孩在他面前都会清纯可人，没有婚戒也想嫁他。他不相信爱情还有谁配相信爱情？周槐序笑，反正每次他们都会这么说。

只是马达心里不痛快，他的第一任女朋友，因为十二万的见面礼金，被丈母娘生拆了，还到处说马达不配她的女儿。这令马达没面子。

照说，礼金也就是行价，并没有多要，据说随后也都会花在小两口的身上，属于正常的民间习俗。可是公序良俗也要命，马达没有十二万，又不肯去借。然而说得出来的理由是抄椅子。

你想干什么？你想敲死我吗？你是警察还是流氓？你一直都有暴力倾向

吗？总之在准丈母娘的厉声呵斥下，什么花好月圆都没有了。两个人山盟海誓地分手，都说彼此在心里扎了根，永不相忘。有什么用啊，小周的爱情观里没有这种深灰色，要么深爱，要么路人。

马达现在已经结婚了，跟一个各方面都平庸的女孩子。女方家曾住在城中村，属于当年的郊县菜农，国家征地补了不少钱，所以日子过得相当殷实。

不知为何，小周的脑海里居然飘过那个练习弓道的女子。

却又没有什么现实感，如梦似幻，仿佛有人在他的生活里轻轻吐了一口烟雾，造成迷离的效果。

他突然有些落寞。麻辣香锅浓重的味道，在空气中积累、飘散直至饱和，嘈杂的声浪喧嚣起伏不绝于耳。然而，热火朝天一瞬间对他不起作用了，似乎那些人都不存在，只是一些欢快绚丽的影像在四处翻飞。

他远远地看见他一个人守着一口大锅狂涮。

片刻，他又变成了一杯闲置的清茶，没有人要喝。

或者是失物招领处落满尘土的旧皮夹。总之他以前从来没有这种感觉，一直是明亮、阳光、元气满满的。

人有心事，就像破案找不到思路。

散场之后，大伙匆匆道别。周槐序扶着深醉的马达下楼梯，这时他抬起手腕看了看水鬼，将近晚上十二点钟了。

夜幕浓重。街道上仍旧车水马龙。

饭店的门口有一个女孩子背对着他们站着，穿灰蓝色百伦运动鞋，洗得发白的破洞牛仔裤，淡粉色的棉衬衫松松垮垮地塞进裤腰里，衣袖高挽，露出纤细的手臂，头发随便低束在脑后。白色的耳机线令人联想到她可能在专注地听音乐，又有一点点特工上身的味道。

女孩转过头来，小周当场就惊着了。

他感觉虎躯一震。

“是你们叫的代驾吗？”女孩见到两人的模样，迅速摘掉一侧的耳机，微笑着柔声说道，还报了一串车牌号。

周槐序不知所措，嗯啊一番显得茫然愚笨。

他也喝了酒，但仅两三杯而已。女孩又重复了一遍刚才说过的话。

没错，就是那个练习弓道的女孩。他太记得她瘦削的脸颊和刀锋一样挺直的鼻梁。而且她休闲的素颜让人惊喜，清薄干净，眼睛就更显得碧水深潭。也许是因为大喜过望，小周感觉比喝了酒还要眩晕，脑部缺氧，有窒息感。一时间更不知道说点什么。

马达的车是一辆悦达起亚，女孩熟练地开车，小周负责指路。

幸亏马达住在市郊，这样车可以开得远一点，久一点。并且目前马达是昏死状态，也不可能搅局。可是小周就是不知道说点什么，而女孩也是个少话的人，只专注地开车。

不过小周的内心还是礼花频频，称心如意的感觉真好，如果他穿着一身运动服就过来了，再如果他也喝得不省人事，或者他没有坚持送马达……总之一切都恰到好处。顺便，他也想到了几个自然场景，他和女孩停好车，把马达交到他老婆手上。之后两个人一块儿去搭地铁，地铁本身就是许多故事发生的地方。再如，两个人都想走一走，边走边聊也很不错。

如果住的大方向背道而驰，小周想好务必说自己跟女孩同一个方向。这次绝不能让她溜走了。

没有人说话，显得车轮沙沙作响。

小周嘴角上扬地望着窗外，少言，安静，也是他喜欢她的原因之一。夜晚原来可以这样温柔。

4

柳三郎的设计工作室在耀中大厦二十三楼，轻奢风格，一侧是体育中心，这样避免了鳞次栉比的林立楼群恐惧症。窗外相对空旷，俯瞰是绿色的草坪。工作室陈设简洁，基本是黑白灰的基调，没有其他色彩。

除了一个与乒乓球台大小相近的硬木桌子之外，其他的书架、文件柜、窗棂等处都挂着木制衣架，上面是成衣或者半成品成衣，下面是裤子，还有鞋。不同的崭新精致的鞋子永远都在高高摞起的书堆上。有些衣领上还挂着墨镜或饰物，鞋子旁边有不同的箱包，总之搭配得当，独具整体感。又仿佛总有一个人准备出发或者刚刚归来。

门口的标志是一张黑桃尖，扑克人闭着眼睛。

感恩。

三郎一直这样告诫自己。他的同行们如今还都在红砖厂、东方红等创意园苦苦挣扎呢，就因为那些远离市中心的地方房租便宜。而他，也曾在那里打拼。只不过他凡事不强出头，默默坚持自己的主张。

首先他是一个本土设计师，从未有过远赴重洋欧洲求学的经历。不过他追随山本耀司，赞成他的酷毙风格，对面料执着的讲究。母亲也曾经说过，好菜是吃食材，好衣服是穿面料。三郎寻找面料非常挑剔，像普洱茶一样必须陈年，经年的棉布如同山本所说，是有生命力的，放上一两年，经历自然收缩后，日见生长、成熟，呈现出深藏不露的美丽。其次就是技术上有挑战性细节，在最不起眼的地方精工细作，然而整体无设计，设计师就像不存在一样消失在细节里，哪怕是一粒扣子，或者一个褶皱，必须亲密而体贴。

这也是他对自己的期望，在他制作的衣服上看不见时间、价格和对手。

在流花国际服装节上，三郎也坚持不用模特儿，或者说也没钱吧，就电召那些买过他们服装的普通人，直接走T台。反正他的衣服只做到中号，能穿的粉丝应该身材都不差。

他还是蛮幸运的，有风投公司独具慧眼，认为他有走出国际范儿的潜力。

眼下，三郎端坐在电脑前工作，他的工作台就是“球台”的一隅，不再有另外的桌子，他一直喜欢大而无当的工作台面。

朱易优则坐在同边的球台上，两条腿因悬空而摇摇晃晃。

“不以盈利为唯一目标，我当然同意，也是别人没法取代的特色。但也不能以赔本为目的吧？”朱易优说道。

“我们赔本了吗？没饭吃了吗？”

“可是她是豪客啊，又兼时尚杂志的艺术总监。”

“那又怎样？”

“网开一面啊，难道把所有的路都堵死吗？”

朱易优提到的女豪客，非常喜欢三郎做的衣服。但是三郎的品牌成衣，全部只做到中号，没有大号，加大更是天方夜谭。朱易优作为营销推手当然要跟方方面面的人打交道，而且市场这个东西，有残酷的另一面，叫好不叫座的东西多了去了。多一个有能量的脑残粉不能说不重要吧。

但是三郎不肯破例，“好的品牌是对客人有要求的，”他这样解释自己的坚持，“她完全可以减肥，这样才可能把喜欢的衣服穿得漂亮。这有什么不对吗？”并且，三郎还真不是针对哪个人，他亲眼所见的一个还不错的品牌，居然答应顾客做出四个加的大号成衣，“你认为这衣服还能看吗？”很快，这个同行辛苦打造的品牌就消亡了。

三郎很害怕经受这种惨痛的教训，再说坚持，曾经让他尝到甜头。

然而对方也是坚持的人，她手上不但有一本时尚杂志，还有一个会员制的高级会所。她提出可以让会所的工作人员全部穿三郎品牌的制服，这是什么含金量的订单？朱易优没法淡定。

“拜托，制服？”三郎用鼻子哼了一声。这个肥女人有什么时尚水准？主动制造撞衫现场？

朱易优当然知道三郎在想什么，冷眼相对。

这一眼意味深长，好吧，市场最需要的不就是傻子吗？朱易优熟悉三郎的不妥协，但也不能让他觉得一切都那么理所当然。三郎明白他的意思，所有的品位其实都是商品，设计师千万不要以艺术家自居。

三郎嘴角上扬似笑非笑，“你还是考虑给大号女顾客找一家靠谱的减肥中心吧。玛花？必瘦站？”

“你知道的还真多。”

“那个人很难缠吧？”

“你有多讨厌，那个人就有多讨厌。”朱易优没好气地回道。

不过两个人还是会心一笑。

三郎和朱易优是高中的同学，严格地说，朱易优也是单亲家庭，他父母离异后，父亲又给他找了个后妈，后妈对他还可以。但这并不妨碍朱易优性格谦让平和，幼年时就懂得察言观色，做事情也是身段放得最低的那种人。虽然两个人性格迥异，但是形成互补也颇为合拍。最困难的时候，两个人在红砖厂一间简陋的厂房里，自己粉刷工作室，深夜席地而睡，盖着厚厚的报纸。

那时候吃了多少泡面和包子？

据说泡面都比包子有营养，怎么有人会做这么无聊的研究？

这时有人敲响了工作室的门。

朱易优跳下球台去开门，进来的两个男人都穿着警察制服，令朱易优颇感意外。这两个人分别是老曹和小周，三郎认识他们。只是仅有的几次见面都是在警局，他们突然到工作室造访还是头一次。

这两位的出场是典型的老少配，枯黄嫩绿，阴阳相济。

老曹是那种不叫的狗，眼神犀利但又猜不透他在想什么。这个人总是故作漫不经心，第一次见到他时，他手里卷着一本《科学之谜》杂志，这不是儿童科普读物吗？

那个小周毫无城府，倒是可以忽略不计。

三郎站了起来，双方微笑地打招呼。朱易优见他们互相认识，也松了口气，为两位客人泡好茶之后，就知趣地到另一个房间去了。

三郎并不知道这两个人专程跑来的用意，尤其是他昨晚在雕塑公园夜跑，还碰上了小周，两个人都跑得大汗淋漓，还搭讪了几句。小周什么都没有说，也没有问，今天却一本正经地出现在工作室。

谈话其实相当轻松，老曹就是问三郎有没有端木哲的消息？还有就是苞苞的消息？三郎一律回说没有。也的确是没有。

其间，小周一直在环视工作室里的陈设与环境。

黑色的水晶吊灯和整整一面墙的设计图纸，对于时尚感十足的小周来说，仍有被瞬间征服的威慑力。这从他微张的嘴巴可以看出来。其实三郎见过小周穿他设计的衣服。

终于，小周忍不住指着黑桃尖说，“是死人杰克吗？”见三郎点头，小周有点兴奋道，“衣服的里面都有这个标志呢。”他指的是闭眼睛的扑克脸。

老曹背着手四周巡视，信手翻看了挂在衣服纽扣上的价格牌，有点吃惊的表情。小周没头没脑地说道，“好品牌是骄傲的，连用户都是骄傲的。”老曹横了他一眼，哼了哼鼻子，“问你了吗？”

小周尴尬地笑了笑，还挠了挠脑袋。

两个人坐下来后，老曹仔细品茶，“嗯，不错，金山时雨。”

我靠，他怎么什么都知道？这种安徽茶应该是小众茶吧。三郎在心里骂了一句，他其实没有原因地非常不喜欢老曹，阴森森的一个人，似乎每句话都是陷阱，让人防不胜防。

果然，他不经意道，“听说端木哲和苞苞并没有在一起。”

“怎么会？”三郎的眉毛挑了起来，难以相信的神情。

接下来是好一阵莫名的沉默，三郎以为老曹会接着说下去，但是老曹并没有说话，好像在等待三郎会说点什么。

我该说的都重复无数次了，三郎这样想着，目光露出明确的漠然。

两年前，三郎发现了新婚半年的妻子苞苞在跟端木哲幽会。

那天苞苞在洗手间打电话，门虚掩着，刚好三郎路过，听见苞苞压低嗓音说，讨厌。讨厌是个语气词，如果女孩子柔软娇羞地说，什么意思不言而喻。后来苞苞进了衣帽间，手机随手放在客厅的茶几上。三郎回拨过去，是一个既熟悉又陌生的男声，又怎么了？宝贝儿，等不及了吗？

三郎挂断电话，这才看了一眼来电显示，通讯录上只一个字“哲”，自然是端木哲无疑。

端木哲曾是苞苞的前男友，是个凤凰男。以苞苞父母嫌贫爱富的本性，根本不可能答应这门婚事，百般抗争而仍无结果的苍茫时刻，端木哲主动打电话给三郎希望见一面。

两个人约在丽兹酒店的咖啡厅，空气中弥漫着复调的玫瑰加野柑橘的香气，耳边环绕着塞内维尔和图森的钢琴曲《秋日私语》。五星级酒店的茶具总有一种装腔作势的洁净高雅。

三郎点了水果红茶。

端木哲来得稍迟一些，一眼看上去，他还真不像农家子弟，虽然是休闲的打扮，但是颜色的搭配恰到好处。他是一位化学老师，聪明和知识的熏陶令他变成去掉憨厚气息的闰土。看来他很重视这次见面，神情稍稍有些凝重，但又不想在气势上输给对手，便努力做出不在乎的样子。

我就直说吧。他这样说，显现内心的自信和力量。

三郎定定地望着他。

端木哲讲了他与苞苞的相识相恋直至如胶似漆，重点在于他们已经同居了一年又八个月。这种事情哪个男人听了都不那么好受。

他的目的很明确，希望柳三郎悔婚。一切就变得简单了。

三郎平静地听着端木哲的述说，像是在听跟自己毫不相干的故事。直到端木哲讲完，三郎仍旧安详地看着他。

讲完了？

这种平静显然超出了端木哲的生活经验，他下意识地点了点头。

那就埋单吧。三郎扬手示意了一下服务生，并且掏出一张银行卡放在雕栏玉砌的花梨木餐桌上。

令他印象深刻的是，一丝狠毒的怨恨之光在端木哲的眼中闪过。

发现他们又搞在一起，三郎没有想象中那么愤怒。毕竟，只结婚而不圆房是对女人的一种精神摧残，令她们自愧性别模糊，欠缺吸引力。苞苞就穿过性感内衣，满身蕾丝却又三点毕露。在昏暗朦胧的灯光里，他也努力把她想象成自己喜欢过的人，但是身体不配合，始终是休眠状态。

三郎也想过离婚，这对他来说算不上特别痛苦。

不过苞苞虽然物质，并不是没有优点，她的天性活泼善良，遇事也不会纠缠不清，而且她非常孝顺，对待老人是无条件的周到体贴。结婚之后，每次回家去探望三郎的母亲，她都待在厨房里能跟老人聊两三个小时，叽叽咕咕还常有笑声溜出来四处回荡。每当此时，三郎都对苞苞心存感激。

离婚对母亲的打击肯定会更大。

再说离婚也要有所准备，脑门一热的结果可能是无法穷尽的收尾、善后等事宜，心思缜密如三郎，他当时就想到，如果苞苞不承认红杏出墙，那么分财产就变成了一件麻烦事。

他决定此事按下不表。

但是在客厅和卧室，他都安装了隐蔽的针孔摄像头，只要拍到这两个人在家中幽会的画面，就什么都不用解释了。

渐渐地，他出差的次数增多，潜意识里是给他们创造机会。有时是真的出差，有时则是假借出差其实住在工作室里。当然他也去看过正规的中医院，那些昂贵且神秘的小药丸对他没有半点功效。

然而端木哲最终出事，并不是被三郎拍到了艳照门。

那一次三郎“隆重地”出行，漂洋过海去观摩伦敦时装周，那里有众多独立设计师引领的前卫、实验的品牌，又独具充满活力和创意的极致魅力，相比纽约、米兰和巴黎等地时装周的过度商品化，还是最老牌的资本主义更懂得天马行空和优雅清新并不矛盾。

他发出大量的现场图片，也包括景点和美食。

归来之后，并无斩获。每次查看录像都是既忧心又失望，干净的画面就跟洁本的《金瓶梅》一样。

也许是受了刺激，端木哲太想挣到钱了。他利用自己的化学知识，在网上购买药粉、原料、合成机等，经过周密调制做成一款减肥胶囊，取名叫作绿色闪电，简称“绿闪”，意思是绿色减肥瘦成一道闪电。一系列的包装和营销之后，他把这些成本低廉的胶囊批发到各地的减肥网站，由那些人卖药。价格奇高却还受到热捧。

怪不得他根本不屑跑到三郎的家里来，而是在外面租了个小公寓，从此告别学校的集体宿舍，在那里一边制造假药一边密会女友。

然而，梦到好时容易醒。浙江某高校的一位二十一岁的女大学生，由于服用了“绿闪”意外死亡，尸体解剖查出胃容物里含有氟西汀，这是一种抗抑郁症的药，有明显抑制食欲的作用。谁都知道，减肥的要素就是和旺盛的食欲做斗争。但就是因为氟西汀对身体的毒性大，会造成全身器官衰竭，所以国家明文禁止将它加入减肥药之中。但是绿闪里氟西汀的成分惊人，服用者也瘦得飞快，自然卖药的网站频繁进货。后来死了人，也纷纷剑指。经过警方查明，“绿闪”就是端木哲一个人、一间房、一台电脑，配制后贩卖。这一结论在他租住的小公寓内被勘查和证实，却没有抓到人。

端木哲人间蒸发。

同时消失的还有苞苞。

在调查这两个人的社会关系时，三郎被请进警局协助调查。他表示知道他们过去的关系，但并不知道苞苞婚后仍与端木哲有染，当然也不可能知道苞苞的去处。对于当众戴绿帽这件事，三郎显然感到大失脸面。所以他超出寻常地寡言，回答问题多是点头或者摇头，没有一句废话。

为了尽早抓到犯罪嫌疑人，也为了拯救广大嗜瘦成癖的文艺女青年，此案被拍成电视节目播放，并悬赏提供重要线索者。

热闹了好一阵子，各个方向的侦查思路全部此路不通，折回原点。

警方初步判定，这一对野鸳鸯无论是私奔还是逃离，已经浪迹天涯，其中端木哲这个人具备一定的反侦查能力。

整整两年零三个月，苞苞到哪里去了呢？又是怎么被警方翻出来的？

三郎当真有些好奇。

5

这是一个街内的酒吧，又是下午时分，所以相当冷清。

推门进去，最为醒目的是废置的旋转木马台，镶嵌镜面的圆顶还在，下面换了桌椅，但是飞奔姿态的小马都在，蛮抢风头的。

音响里放着一首经典的狐步舞曲，旋律摇曳虚渺，让人想到狡猾的舞步你退我进我进你退煞是湍急。只见小王先生独自坐在一张旧得发毛的皮沙发上喝啤酒。离他最远的吧台是旧红砖砌成的，分行挤满了奇形怪状的酒瓶。年轻的酒保坐在金属支架的高凳上看 iPhone 刷屏。

周槐序向小王走了过去。

老实说，小王打电话给他约见面，实在出人预料。

或者说简直令人愤怒。前一天晚上，小周和神秘代驾顺利地把马达送到家，马达的老婆早早地就在楼下等候，小周把马达架下车来，这时他的手机响了，小周依稀记得女代驾从驾驶室跑出来帮忙扶人。于是小周接了这个电话，正是小王先生打来的。

总共说了三五句话。小周挂线之后，发现身边空无一人，马达的空车停在路边。小周上楼敲开马达的家，马达的老婆说代驾并没有上来，她付了钱之后，代驾就走了。

下楼以后，小周在悦达起亚旁边发了一会儿怔。

随即拿出手机打给同学，问代驾的电话号码。

当时他极有冲动，必须找到这个神秘代驾，约她第二天晚上见面，随便找个地方把自己喝高不就好了。

同学说，我发给你吧。

隔了两分钟，短信来了，是一个400开头的服务电话。

所以今天见到小王，小周还是在心里骂了一句妈蛋。之后他暗自做了一个深呼吸，和颜悦色地走了过去。真是内心戏够多。

虽然有些背光，但是小王颓废加劳累过度的神色还是令小周有点吃惊。老王的死亡原因查清之后，应该没有警察什么事了，但是无论老王的家属还是院方，都希望警方不要撤离得那么彻底。因为现在医患矛盾日益恶化，沟通不畅就会动手。有警察在场彼此略为安心。

然而短短几天时间，小王就已经被折磨得胡子拉碴，憔悴不堪，眼神显得格外浑浊无力。本来就不年轻的他一下子又老了十岁。

这也难怪，他们家四处找人，同时也请了律师，要跟医院打官司。院方感受到压力，最终让步到私下调解，医院付十万元人道礼赔金。但是这个数目离小王的心理预期相差太远，所以老王仍旧没有火化。双方还得坐下来进一步商讨，小王先生变成这样也就不奇怪了。

小周坐了下来，点了一罐苏打水。

小王懒洋洋地抬起眼皮道，“我是没有力气了，就直接讲重点。”

这当然也是小周希望的，于是认真地看着小王。

“这么说吧，”小王挺了挺腰身，似乎要把自己调整地更舒服一些，“我终于想明白了，其实是我哥杀死了我爸。”

周槐序愣了一下，脑海里浮现出大王先生的模样，他们两兄弟长得还挺像，中间相隔四岁。大王不太爱说话，有点闷闷的，相比起来小王更灵活，样子也更讨喜一点。

小王说，本来家丑不可外扬，但现在也没办法了。主要是父亲死得蹊跷，令他深受打击。说到家里的状况，一直是大王在外面闯荡江湖、结婚生子，而小王则离了婚，陪着父母住。后来母亲的身体也不太好，家里的财政大权就交到小王手里，一切由小王支配。

最初的几年一切安好，看上去一片祥和。后来搬进了新房子，整层楼的面积就有二百多平米，地段是寸土寸金的天河商圈，父亲的工资补助又都有所增加。大王的心理就开始不平衡，回家的次数也多了，又带母亲外出旅游什么的。

母亲马上就说房子太大，不如让你哥也搬回家住吧？小王坚决反对才没搞成，但却埋下了祸根。总之，当大王发现父亲以什么方式活下去，他都沾不到半点光，自然一直怀恨在心。于是整天跟老刀在一起嘀嘀咕咕，肯定是他跟老刀策划了整件事。

小周心想，这不就是家庭矛盾吗？跟案子没有半毛钱关系。

当然他不能这么说，便道，“当时你为什么事跟老刀吵了一架？”

小王沉默了片刻才道，“这个人抠门，每一分钱都恨不得挤出水来，我明明给他发了当月的工资，他非说没有。好几大千交到他手上，红口白牙地说没有。这跟明火打劫有什么区别？仗着我们家离了他不行，现在穷人都变得很坏，我看他当时手上有刀非砍了我不行！”

小周也不好发表意见，只能不作声。

小王又呷了一口啤酒，把跷着的二郎腿交叉换了一个方向，涣散的眼神流露出老牌公子哥儿的一丝余韵，或者说就是落寞。

他说，这就是一根导火索，大王看准了时机，自掏腰包给老刀补上了那个月的工资。按正常人的想法，老刀是不是应该风平浪静地干下去？但是没有，他说辞职不干了。这不就是大王的授意嘛。

“这只是你的想法，但不是证据。”小周听完述说，这样解释。

“你们只要抓住老刀，先打他两个耳光，一审，必定是这个结果。”

其实，苍老的小王给小周留下的印象就是一个自说自话的人，这种人是没有临床症状的自闭者。

凌晨四点钟，会议室里云蒸霞蔚，几乎每个人都在冒烟。没办法，提神。例行的，出完现场铁定开会，小现场小会，大现场大会。假币案当然是大现场，机器还是热的，上千万的百元大钞堆积如山，据称以每张三毛二分的价格出售，颇有市场。但警方赶到时这里已作鸟兽散，所以各个部门分别汇报、分析、探讨，然后领导布置下一步工作。

忍叔是不抽烟的，闭着眼睛养神。

散会之后，头儿又把小周和忍叔留了下来问端木哲的陈案。

忍叔仍旧半闭着眼睛，小周汇报了案情：整整两年，有关端木哲和苞苞的踪影没有丁点儿线索。终于，技术部门传来消息，尘封已久的苞苞的银行账户有了动静，并没有取钱，而是一个查询余额的客服电话操作。经查，电话是由银川市区打出的，是一个公用电话。

小周和忍叔赶往银川，在当地警方的协助下，根据这条线索，查到了苞苞的行踪。她投奔了住在这边的一个同学，目前在一个小区内的幼儿园当老师。案发前苞苞就是幼师，她在小区内租了房子居住。

为了找到端木哲，小周和忍叔并没有惊动苞苞，而是日夜蹲守监控。但是将近一周都是苞苞独往独来。

只好把她带回广州协助调查。

问来问去，苞苞坚称两年前就没有跟端木哲一块儿逃离，他去了哪里她完全不知道。既然把自己说得这么无辜，为什么还要跑到那么远的地方藏匿起来？苞苞的解释是她也在躲端木哲，不想让他知道自己的下落。

为什么？

沉默。

长时间的沉默之后，苞苞说是她和端木哲之间的感情出了问题，她不想多说，也跟任何人没有关系。

最终只好放人。监视居住。

明知道去柳三郎的工作室不会有什么收获，但还是去了，果然是徒劳。但忍叔坚持这么做，他说办案的法宝就是不厌其烦，你永远不知道在下一个路口会遇到什么。

说了半天等于什么都没说。头儿板着脸坐着，微微侧目，表情就是这个意思。

“这个案子上升到督办，要查出端木哲的下落。目前外省发生的一起大案，有证据表明，端木哲做绿闪只是面子工程，重点是他在感冒药里提取冰毒，然后通过秘密途径卖到外省去。”

头儿说到冰毒这两个字的时候，忍叔的眼睛睁开了。

头儿也见怪不怪，冲他们厌烦地挥了挥手。

出了工作大楼已是旭日东升，两个人先去芦姨的利群茶餐厅吃早饭。忍叔径自找到一处卡座坐下，小周去了收款台点了两个套餐，分别是粥粉和馄饨。芦姨收款时不抬眼皮道，“日子过得好喧嚣哦。”

小周愣了一下，“什么意思？”

“夜生活啊。”

小周脸一沉，夜你妹啊差一点脱口而出。

不等他说出话来，芦姨懒洋洋道，“不要告诉我开了一晚上的会。”

小周也懒得解释，自己拿着托盘领取两份套餐。总之，男人晚上不睡，在芦姨眼里都是去了夜总会。

要忍耐，出来混就是让人误解的。忍叔一直这样教导小周。

吃饭的时候，小周问道，“一会儿回去看‘大片’吗？”

“大片”是指监控录像带，苞苞说她最后跟端木哲约在一家建设银行的门口见面，但是她并没有赴约，而是自己去了长途汽车站离开了。有关端木哲最后出现的录像带他们反复看了多次，从家里出来之后上了出租车，但完全是那家建设银行相反的方向。也就是说端木哲同样没有赴约。

这都是什么情况啊。

“不，一会儿去大王的单位，看他怎么说。”忍叔说道。

小周嗯了一声，心里又觉得有些多余，小王约他的事告诉忍叔之后，他当时什么都没说，似乎并不重要。小周同感，毕竟是他们的家事，此案也只好搬个板凳备好瓜子看热闹了。这是小周的真实想法。

看似无用的走访和询问，忍叔比较坚持，而且一丝不苟。

每一个细微的发现，存在着上千种可能的原因。刑侦工作不是想当然的推理，只有多角度多层次的观察，线索才可能慢慢显露出来。

这是忍叔坚持的一贯风格。

和小王先生完全不同的是，大王先生可以说是一位成功人士。他在一家大型国有企业做资金部部长。到达他们公司之后，有秘书模样的人把忍叔和小周带进小型会客室，为他们倒好香茗。

不一会儿，大王先生就匆匆赶来了，穿着正装，彬彬有礼地打招呼。

待他坐定之后，忍叔先开口询问他对父亲事件最真实的想法。大王先生表示他是同意十万元的协调费的，并且都给妈妈和弟弟，他不参与分配，只是希望父亲尽快火化，入土为安。

关于家庭矛盾他只字不提，包括他跟老刀的关系他也不想解释。

最后他说，我父亲这辈子太不容易了，尤其是脑萎缩以后，每次见到他其实都是一种折磨，现在他走了，还要继续折磨他吗？

他说不下去了，微低着头，眼圈微红，看得出来，他在竭力克制自己。

小周的鼻子有点酸酸的。

兄弟两人的品行立见高下。他想。

对于任何问题，大王先生的回答都是终结式的，绝不展开，直奔结果。所以谈话期间会有一些小冷场，直到忍叔和小周不得不客气地起身告辞。

重新回到大街上，两个人沿着骑楼往回走。

“你相信阴谋论吗？”小周问道。

“当然不信。”

小周没有接话，只是看了忍叔一眼，意思是有必要跑这一趟吗？

忍叔道，“我也不知道为什么要过来。可是有一个人说话了，总要听听另一个人怎么说。好多事都是这样，你以为结案了，结果是刚刚开始。”

小周点头。

“只是一种预感，说不清楚。”忍叔下意识地回头望了一眼大王工作单位伟岸的大楼，“这个人的性格还蛮刚烈的，但是刚则易折。”

“嗯，我也觉得他挺正直的。”

“真困啊。”忍叔捂着嘴打了一个哈欠。

雨滴撞碎在玻璃窗上，像一场奋不顾身的爱情。

晚九点的中山大道两旁，因为下雨行人稍少，但是霓虹灯和滴水灯依旧相映生辉。太古汇像一只巨大的丝绒首饰盒，灰白的颜色沉默富丽。在它对面的正佳广场前，汽车商修了一个英伦范儿的摩天轮，整整一圈的各色 MINI 轿车登高落低地旋转，给人的信息是豪华生活触手可得。一条充满欲望的大道，由于夜，由于雨，也由于玻璃的幻化，加上一定角度时各种灯光十字形闪耀，宛如一节堂皇深邃意味无穷的电影片断。

苏而已开着一辆辉腾。这车结实、厚重，就像开着一所小型住宅。

找她代驾的是一对年轻的热恋男女，估计都是富二代，穿着时尚而不廉价，这从女孩脚上的香奈儿茶花拖鞋上可以看出端倪。女孩是插画师，喜欢下雨天夜游车河激发灵感，而且是酒后。苏而已已经不是第一次为他们服务了，除了车技的平静平稳，主要是苏而已设计的自选路线总是能让女孩满意。

上一次，她选择了花城大道区域，可以看到博物馆如月光宝盒一样晶莹剔透，有层次地散发酒红色的光芒，纯白色的音乐喷泉时而曼妙时而舒缓，引而不发是为了直上云霄。苏而已带来的音乐碟片是席琳·狄翁的《爱的力量》，配合辉腾在夜幕下驶上猎德大桥，有一种临风海上的穿越感。当席姐姐飙高音的时候，车已经驶到大桥的中央，是乘风破浪一般的豪迈与超然，灵魂出窍。

女孩拉开天窗，把头伸出去哇啦哇啦乱叫。富二代的品位也不过如此。

桥上桥下，各种桥的循环，真感谢这座城市有那么多桥，可以给心灵枯乏的都市人一点点微妙的刺激。

那一晚的代驾费是一千元。

代驾，首先是需要钱。这当然没有问题，但是对苏而已来说，还有一个原因是不想丢掉开车的技能，她是在国外考的驾照，回来以后没有车，她认为总也不做的事情就会机能退化。

再说，她还蛮喜欢开车的。

雨天配巴赫的音乐比较合适，旋律重复，略显沉闷，但是会让人心安。麦斯基的大提琴对巴赫的演绎浑然天成，混搭在“电影片断”里是西红柿炒鸡蛋式的经典。

车内的后排座上，两个年轻人开始卿卿我我，发出非同一般的声响，应该是那个男孩子更主动一些，他的样子干净而青涩，有着英俊的脸庞和令人捉摸不透的吸血鬼气质，格外喜欢这个大眼睛细长腿又有点心不在焉的女孩。

如果苏而已不在车上，估计得来一场车震吧。

但这丝毫不会引起苏而已的不适，或者脸红心跳。好吧，她承认自己患有“爱无能”，对 A 片情节缺少正常的生理反应。

她也有过甜蜜的过往。

当时在华南理工大学读纺织与制作专业，年轻貌美还是次要的，关键是她有一个殷实的家庭背景，她的父亲从事印刷业，生意颇有规模。有钱令苏而已可以像男孩子一样，想干什么就干什么。

大二的时候确定了男朋友，当然是同班同学，他的样子平常，性格怯懦。可是他有才华，他的作业或考试每每都是于无声中听惊雷。

两个人的理想是一块，去伦敦读中央圣马丁学院，据称那是时尚鬼才频出的地方。但就个人风格，苏而已非常喜欢川久保玲，就是那个“乞丐装”的妈祖，她的理念反叛，大胆强暴了斯文得体的高级品位，以宽松、立体、破碎、不对称、不显露，以至于无美感而胜出。其实还是一个先有鸡还是先有蛋的问题，是修饰肉身还是想象人体的千古一问。自然令川久饱受争议又备受推崇。

如果顺理成章，那应该是另外一个故事，另外一种写法。有时候，要想成为一个庸俗的人，一个大团圆结局里的配角，是相当不容易的。

二十二岁那年，大学毕业前夕，作为奖励，苏而已参加旅行团去了巴黎。这一直是她的夙愿，感受真正的时尚气息。就像大陆的文艺青年没去过北京，操着家乡口音怎么谈艺术啊？而一个有情怀的设计师没去过巴黎，也是不可思议的吧。

在左岸喝咖啡，在普罗旺斯采集薰衣草。然而那一年的法国对于苏而已来说，不再是每一天都生活在电影里的游人心态，不再是一掷千金买下圣罗朗配饰的公主情怀，罗浮宫的堂皇和地中海黄金一般的阳光都在瞬间黯然失色，变成浮云。留下的只是沉重的伤痕。

旅行即将结束的时候，她接到父亲的电话，叫她不要回国，就在法国找个学校念书。父亲说会通过香港的朋友给她汇钱。

父亲说，家族生意已经彻底破产了。大环境是一个方面，金融风暴就像龙卷风一样，所到之处洗劫一空，几乎无人幸免。偏偏父亲不甘心，又一直太过自信，听不进劝说，犯了一个又大又低级的错误——去地下钱庄借了高利贷。以为自己靠苦撑就能力挽狂澜，结果可想而知。

苏而已大三的时候，家里的经济已经出现问题，但父母怕影响她的学业，对她一瞒到底。性格粗枝大叶的她竟全然不知，还吵着欧洲游。

父亲是深爱她的，希望她能够实现自己的梦想。

她当时就哭了，她说，我没有问题，我要和你们在一起，我也可以不当设计师，打工赚钱帮补家用。

父亲说，别傻了，又不是演电影，在一起只会产生怨恨。

他说，本来以为可以陪你久一点，走得远一点，现在不行了，到此为止。你自奔前程自求多福吧。

事实证明父亲是对的，他卖掉公司、工厂和几处房产，包括自住的大房子，跟母亲去了乡下投奔远房亲戚，却仍有讨债的人千里迢迢找上门来。他也只能东躲西藏，最终彻底失联，直到现在都下落不明。

母亲从此一病不起。

父亲只汇过一次钱而且数额有限，谁都知道在国外读艺术是最贵的。苏而已来到法国高级时装艺术学院，在校园里伫立良久，算是向这所 1841 年创办的号称时装界的哈佛致敬，并且痛悼自己玫瑰色的梦想。

她还没有傻到真以为靠自己打工就可以把艺术文凭读下来，她的人生遭际了巨大的转折，从此认识到钱的重要性，也知道了钱被万人膜拜的原因。以往她对钱几乎没有概念，态度无比轻慢。

她决定把自己安置下来，打工赚钱，幻想着有一天腰缠万贯回国搭救父母。

然而生活的课业，就是先养活自己都困难重重。在一个陌生的国度，语言不通，没有亲人，两眼一抹黑。所幸她是一个男孩子的性格，她找到唐人街，找到教会，寻找面善的同胞请求帮助和指点。她相信人在异乡多少都会滋生出一点恻隐之心，是“沦落人”之间特殊的情愫。

即使如此，没有身份，她也只能做最底层的工作，洗碗，看护老人或者残疾人，在艾滋病患者专诊牙科负责挂号，为此患上洗手强迫症。

她洗碗洗到腰都直不起来，被残疾病人暴吼，甚至扔东西砸破了头。所有这一切摧残的都不是她年轻的身体，而是崩溃和坍塌了她的精神世界。她的梦想，她的文艺小心灵，她的自尊心，包括爱情或者貌似爱情——她也想过用婚姻来解决困境，所能碰到的对象除了老者、中餐馆的胖厨子，还有一个流浪汉（法国人，可以解决身份）。每一次的答案都是绝望。

常常在深夜里惊醒，尤其是寒冷的冬天，老旧的出租房间里跟没有暖气一样。在她脑海里飘过的全部是被训斥、被咆哮，然后是无边的茫然和无助。

她学会了忍耐、麻木、硬冷和顽强。

某一天，她走在香榭丽舍华丽的街道上，看到一个中国游客在边走边吃肉夹馍。不知他是从哪里买来的，应该是不雅的行为，但是他吃得十分泰然。这原不是南方的食物，面饼烤得焦黄，夹在馍里的腊汁肉色亮红润，肉香扑鼻，突然就让苏而已热泪盈眶。

想家。面对离着最近最清晰的实物，随之而来的不是食欲，而是掏心挖肺一般的思念。

她一夜无眠。猛醒自己为何要待在这里？贵妇还乡的美梦早已渐行渐远遥不可及，然而在内心深处，她无颜面对过往的一切，也不想面对。哪怕留下的只是一个远在巴黎的背影，还是希望能撑住这个面子。

两年前，她回国了，用存下的钱租了房子，又租了车子连夜接回住在乡下亲戚家的母亲，改名苏而已，悄无声息开始重新生活。

不希望再有债主上门，她原来的名字叫苏立。

她开了一家网店卖童装，隔三岔五地去白马批发市场背回名牌高仿制品，这在内地还算走俏，而且为孩子花钱是年轻父母最容易想通的一件事。那些带有她审美理念的童装寄往全国各地。

母亲也在她的精心照料下，身体慢慢好些了，至少胖了一点。刚见到母亲的时候，见她瘦得惊心动魄，只剩骨架子。亲戚说，因为没钱，她不肯去医院看病，熬成这个样子。苏而已惊骇地哭不出来，根本没有眼泪，心想幸亏自己赶回来了，否则母亲该有多凄惨多可怜！

对于她在国外的一切，母亲一无所知。还问她文凭拿到没有？她平静地回说拿到了。这是许多大陆父母的误区，认为还有勤工俭学这么一回事。

母亲也很少抱怨父亲，她说，都已经这样了，还有什么好抱怨的？

实际上，她是连抱怨的力气都没有了吧……

这时，苏而已感觉到有人拍了拍她的肩膀。她转过头来，是那个男孩，他说他们要去吃私房菜，喝红酒。他说了一个餐厅的名字。苏而已掉转车头，向着那个餐厅的方向驶去。

滚滚的商业狂潮中，速度与激情肯定是不俗的经济增长点。但是，人都会饿啊。爱情是不可能饮水饱的。

恰似复古、精致、美轮美奂的蕾丝花边，爱不释手又无处安放。

那间私房菜深藏在一个普通小区拐角的民房里，门口没有醒目的招牌，细雨中可以看见一只昏暗的灯箱，映着“私享”二字。除了一只粗笨的风铃在风雨中纹丝不动，其他如常，半点装饰也没有。这家店以虐心出名，没有菜单，以店家当天的采买为准。食客对于食品必须如初恋情人一样全盘接受，不能挑肥拣瘦妄论咸淡。不合口味，请滚，下次就不用来了。他家只做晚餐和消夜，适合小资与文青。

两个年轻人一头钻了进去。

苏而已坐在车里，一边吃自制的蛋腿三明治，一边喝矿泉水。每每这样宁静的雨夜，都让她有一种苦尽甘来的庆幸。心如止水，拼命赚钱又没有一个熟人的日子，就是她希望的幸福生活。

她最不害怕的就是孤独，因为受过严苛的训练。

友谊这个东西，说得好听一点是累赘，实际上根本不存在。父亲的朋友还不够多吗？春茗美点，菊花蟹宴，无穷无尽的狂饮或雅聚，还不是一个人亡命天涯不知所终。当然这也怪不得朋友，本来就是吃吃喝喝的一群人，哪里经得起托付？在这个铜墙铁壁的世界，还是别作幻想，独自上路。

直到深夜两点，那两个醉醺醺的摇摇晃晃的身影才重新出现。

6

中午吃饭的时候，周槐序接到医院科室里打来的电话。是护士小李，她的声音里明显带有情绪，“周警，你赶紧过来一趟吧，小王把我们护士长打了。”

小周三口两口吃完饭，本想好好享受一下食堂并不多见的红烧带鱼，但明显费时间，因为带鱼小，刺太多，只能随便吃两口就倒了。他打电话跟忍叔说了一声，就直接开着警车去了医院。心里对小王越发不满意，啃老还不够，还要啃死人吗？吃了父亲一辈子，最后还要吃个大的，老爷子还躺在冰冷的柜子里，你钱钱钱的还有完没完？居然还敢打人，简直无法无天了。

这一次绝不客气，要好好教训他几句。

高干科的氛围有一些怪诞，本来应该出现的吵得不可开交的场面完全没有。科主任办公室的门开着，周槐序一眼就看见了小王，因为脑袋上的绷带像包粽子似的五花大绑，所以格外醒目，包扎也绝不是夸张，额头还有些渗血。

办公室里除了主任和医生，还有院长和医务处的工作人员。小王沮丧地坐在桌边，桌上放着冒气的热水，还有人在他身边小声劝着。

到底谁打了谁？

小周出现以后，也没有人理他。大概是已经脸熟就习以为常了。

幸好打电话的小李护士在走廊路过，见到小周使了个眼色。小周出了办公室，在走廊拐弯的地方，小李对小周说，本来是小王推了护士长，护士长没站稳坐在地上了。跛足人肯定不干了，就把小王给打了，但是小王也没有示弱，用椅子砸了跛足人。

人呢？

于是小李带着小周去护士值班室。路上她小声跟小周说，并不是因为打架的事院长才到科里来，是小王托了人，老王的一个老部下，目前位高权重，亲自过问这件事，院长当然坐不住了，只能硬着头皮来处理这件事。

值班室的门虚掩着，小李在前面推开门，两个人都进去了。本来就不大的值班室顿时满满当当。护士长躺在床上，面色苍白，见到小周勉强坐了起来，还叫了一声周警。床前的一把椅子上坐着跛足人，脸上有抓伤，一只手臂全部是瘀青，他闷着头不说话。

没有人开腔。

小周想起刚才走进科室，碰到的医生护士都是一副远远地谨慎观望的神态。

只好还是小李说情况，她说，因为老王的事，护士长已经压力很大，院里科里都有点埋怨她，因为再怎么说，这也是护理方面的问题，加上跛足人喊她六婶，八竿子打不着也是沾亲带故，总有说不清的嫌疑。而另一头，小王又不是省油的灯，善后工作变成烂尾。这还不算，小王的妈妈身体不好，护士长也怕她在这个节骨眼上出什么意外，每天还要利用休息时间跑到夫人住的地方给她吊水，总之精神和体力都严重透支，累出了二型糖尿病。

其实小王妈妈也同意十万元和解费，尽快让老王入土为安。她自己的身心也拖不起了。今天小王带着律师又要继续扯皮，护士长就多说了一句，小王顿时就咆哮起来，还激动地推了护士长一把。小李说完，垮着一张脸不再作声。

护士长低垂着眼帘，始终一言不发。

跛足人突然说道，“他爸爸过世，能怪别人吗？每次我们一把屎一把尿的，他们都离着一米远捂着鼻子，他们是真有感情吗？当他爸是银行吧。”

“大王先生也是这样吗？”小周问道。

跛足人哼了一声，“不是这样还会怎样？不然他爸会死吗？他有揭开被子看

过一眼老人吗？摸过老人的肚子吗？胀胀的硬硬的像门板就是有问题。他们碰都没碰过老人，他们都这样，还想要求护工怎样？都是狼崽子。”

“你摸到老王肚子硬硬的，为什么不报告护士长？”

“我讨厌他们，怎样？”

“你给我闭嘴。”小周给噎得没说出话来，护士长及时冲着跛足人呵斥道，“你还嫌不乱吗？”她因为生气，脸色更加苍白，但是目光犀利，恶狠狠地瞪着跛足人。

跛足人一声不吭地低下头去。

小李走过来碰了碰他的胳膊，把他带出去了。

值班室里只剩下护士长和小周。护士长叹道，“什么六婶七婶，就是老家一个村的，我都不知道为什么管我叫六婶。乡政府不是把地都卖了嘛，他们没有地了，只好到城里来讨生活，一个托一个，蹲在医院里不走，我能怎么办？不出事还好，出了事还以为我在里面做了什么手脚。护工抽成也是交到科里，跟我没半点关系，现在可好，所有的压力都得我一个人扛。”

本来护士长是一个温柔、谨慎的人，估计实在被搞疯了，才终于开口抱怨。谁都有下雨天没带伞的时候，在雨地里奔跑难免不狼狈。

小周回道，“这事的首尾还真是长，也牵扯我们好多精力。”

“但是上面很小心，总是嘱咐我们工作过细，不知道哪只脚会踩到雷。”小周又补充了一句，算是一种安慰。

果然护士长脸上的神情有了稍稍缓和。

这时小周问道，“就算儿子都靠不上，老王的夫人难道对他也不关心吗？”

“关心还是关心吧，就是没那么细致入微。”

小周一脸的问号。

护士长道，“老王是个文化程度很高的官员，据说是手不离卷的读书人。样子又那么周正，你说这样的人能没有红颜知己吗？”

小周抿着嘴点头。

“那个女的在少年宫教画画，早年离异，长得挺漂亮，又会弹钢琴，这不就是妖孽吗？把老王迷得神魂颠倒的。夫人也知道这个女人的存在，可是人家根本不要名分，也没逼过老王离婚，你能拿她怎么样？老王当然就觉得对不起她，给她换过一架三角钢琴，发票叫夫人看到了。你说没看到的，男人为了女人把家搬空了也不奇怪吧？”

诛心之痛，夫人也是“不用心”杀人啊。

“那老王病了，那个妖孽出现了吗？”

“怎么可能出现，你傻呀？”护士长鼻子哼了一哼。

“不是老相好吗？难道没有一点感情？”

“有又怎样？游戏规则就是没有名分，不问生死。”

原来护士长每天到夫人的住所输液，女人之间说一些贴己的话也是很正常的。小周暗想，这件事情从老刀开始，卷进去不少人，环环相扣仿佛神的周密安排，哪怕有一个人稍微走点心也就天下太平。

可惜没有，没有一个人那么做。

从科里出来，已经是下午四点多钟。

了解的情况就是这样，既杂乱琐碎又罗生门，每个人都有自己的立场和说法。但既然都来了，小周还是问小王是否和跛足人一块儿去警局作笔录？

小王说算了，就带着律师离开了。

周槐序有点纳闷，本以为小王又会大做文章不依不饶。还是医务处的一个男助理点醒了他，他望着小王的背影叹道，“这件事总算结束了。”

“怎么讲？”

“院长一锤定音，和解金赔四十万。高干科所有的护工一个不留，全部开掉，另外再组织人。这下小王就彻底满意了。”

小周哦了一声，虽然也不满意小王的敲诈勒索，但一想到这个荒诞的案子终于收尾，从此不再麻烦，也算长吁了一口气。

想到这里，两条腿像明白他的心意一样，轻松了不少。

高干科离停车场还有好长一段距离，其间要穿过大大小小以白色为主的若干楼房，如果不是来过几次，说大医院像个迷宫也不为过。接近大门口的地方，还有一节长长的曲曲折折的回廊。

到处都是人，医生、护士、护工、陪人，还有来探视病人的亲朋好友等等。明显是病人的身穿白底竖道的病号服，走得缓慢，也有陪人举着竹竿，上面挂着输液瓶。若不是这些人的出现，把医院说成庙会也恰如其分。回廊两旁也坐着病人，或是停着轮椅。

小周想到跛足人刚才对大王的评判，大王先生的形象又开始减分，主要是没有自己想象的那么好。

跛足人也说，夫人不常来，来了神情也是没油没盐，不见得多么挂心。

怎么可能摸老王的肚子？

满脑子都是一些无聊的感慨，不得不说忍叔是过来人，过来人都不滥情，迅速整理掉与案情无关的枝枝蔓蔓，也不相信眼睛看到的。这才是好警官必备的素质吧。

周槐序感觉自己动不动就天人交战感情戏太多，面对无奈和冷漠总是无法平静接受。是不是成熟了疲惫了就好了？

这时，他突然感觉有人抱住了他的双腿。

低头一看，是一个小男孩，五六岁的样子，仰着头忽闪着大眼睛巴巴地看着他，估计是认错人了。缓过神来的小周，看到面前有几个成年人在笑。这里是回廊到头的地方。

那几个人说，这个小孩肯定是病人家属，跑出来玩找不回去了，一个人在这里抹眼泪。碰到这几个好心人就问他要不要帮助？他不但死都不说话，还抱着回廊柱子不跟任何人走，防范意识还真强。现在见到警察叔叔了，急忙扑过去求救。不管是家长还是幼儿园教的，应该是成功的教育成果，现在拐卖儿童的事件太多也太可怕，这孩子够聪明。

小周向那几个好心人道谢，然后牵着小孩子的手，去了医院门诊大厅，离下班时间还有一小时二十分钟，居然这里还是人流滚滚。父亲的眼科医院他都没去过，也是这么多人吗？震撼。

小周在服务台找到医导小姐，其中一个弯弯眼睛总是笑模样的小姐走出服务台，蹲下身去跟小男孩沟通，没说几句话就起身告诉小周，小孩子的家长应该在泌尿外科。

小周道，“这么快就问出来了？够专业啊。”

医导小姐回道，“他说他姥姥开刀，开刀肯定是外科嘛，我又问他开哪里，他说是胆，那就是泌尿外科嘛。我们有五个外科。”说完之后，又告诉小周泌尿外科在工字楼。

一路上，男孩都紧紧拉住小周的手。

“你叫什么名字？”小周不希望他那么紧张。

“大溪。”

“大河的大，西边的西？”

“大海的大，小溪的溪。”

“那你到底是大海还是小溪？”

“不知道。”

“你爸妈够纠结的。”

“我没有爸爸，只有妈妈。”

“你爸爸呢？”

“我妈妈说他是一个很好的人，但是不能跟我们生活在一起。”

“你见过他吗？”

“没有。”

又是一个失婚女人的悲情故事。小周暗自神伤，所以他才更相信爱情吧，没有爱情的婚姻能维持多久啊？

小周的脑袋里又一次飘过练习弓道的女孩，本以为彻底放下的念头总是这样漫不经心地被想起。也许她就是一个妖孽，甚至都不知道他的存在，却又一直在他的头顶盘旋。

“你几岁？”

“六岁。”

“你的防范意识是谁教给你的？”

“什么是防范意识？”

“就是不要随便跟着生人走。”

“姥姥教我的，她说我们家就我一个男子汉，以后就全靠我了。”

大溪不仅没有爸爸，也没有姥爷。想到这里，小周心里酸酸的，他侧过头去看了一眼大溪，孩子神情平静，长长的睫毛覆盖着眼睛，一派呆萌令人格外怜惜。

他握紧了孩子的小手。

寻找工字楼，小周牵着大溪走走停停，又问了两个人才找到。靠一个小孩子的记忆力是不可能找回去的。

起风了。

两天前，各大媒体都在预警台风的到来，“舍琳娜”号台风小姐并不矜持，果然如期而至。

小周用钥匙打开家里的门，母亲的歌声飘了过来。母亲黄莺经常在客厅边弹钢琴边唱歌，有时也要带一带学生。所以客厅的装修材料是吸音墙壁，还装有厚厚的隔音玻璃，以免影响他人。

今天并没有学生，黄莺在自弹自唱《塞北的雪》，歌声舒缓动人，她冲着小周点点头，算是打了招呼。

终于唱完了，但她仍坐在琴凳上。她穿一件酒红色旗袍领的短袖衣，下面是黑色的合体的绸裤配绣花鞋。骨子里文艺的人都不觉得自己文艺，她家常的时候就是这个样子。

母亲和气地问道，“这是谁家的孩子？”

“同事的，家里有人做手术，顾不上他。”

“哦，欢迎欢迎。来唱个歌吧。”黄莺弹起了《我爱北京天安门》。

周槐序苦笑道，“谁还唱这个歌啊？”

“那唱什么？”

小周看着大溪，“你会唱什么？”

大溪想了想，道，“《小苹果》吧。”

什么小苹果？黄莺不仅不会弹，连听都没有听说过。她去了厨房，跟保姆说多蒸一个炖鸡蛋给孩子吃。母亲就是这点好，性格温柔又没有什么废话。就那么口吐兰香，父亲待她也是恭敬有加的。所以小周内心柔软，本质上是个暖男。幸福的家庭都同样幸福。

家里并没有孩子的玩具，小周跟母亲说完话，正准备给大溪开电视，却见大溪双腿跪在窗前的椅子上往外看。小周走过去，窗外也没有什么好看的，就是狂风恣肆，即使有隔音窗户也仍然依稀听到一声紧跟一声的呼哨。所有的树枝大幅度地前仰后合，一些轻的纸片或者塑料袋迎风飞舞，飘得老高。舍琳娜小姐还是发威了。

遇到这样的天气，来到一个陌生的地方，孩子都会想妈妈吧？

小周不知道该怎么安慰大溪，而大溪突然开口说话了，“风的嘴在哪里？”他眼睛一直盯着窗外，这样说。

“什么？”

“风的嘴在哪里？”

“你还真考住我了。”小周想了想，还是无从解答，因为也没有研究过风的产生。是啊，它乱叫一气，它的嘴到底在哪里？

小周给忍叔打电话，“风的嘴在哪里？”

“说人话。”

“风是怎么产生的？”

“我怎么知道？”

“你不是科普达人吗？”

“嗯，让我想一想。”他想了片刻，“通俗地说应该是空气在运动吧，总之风的形成就是空气流动的结果。怎么了？突然这么无厘头？”

“没什么。”

“你刚才在微信里晒咱们的二手警车，说跟开飞机一个动静，有那么破吗？”

“还不破啊？”

“要有集体荣誉感，别有的没的都往外说。”

“嗯。”小周关上手机，心想，忍叔就是提拔不上去，还是爱岗敬业如初恋。容易吗？头儿都知道吗？都不感动吗？

父亲因为工作的关系，按时回家吃晚饭的时候比较少。所以晚饭的餐桌上相对轻松，保姆有意特别照顾大溪，事实上完全不需要，大溪规矩吃饭，只夹面前的菜，掉在桌上的饭粒主动捡起来放在嘴里，一看就是有家教的孩子。但是他也真饿了，吃了三碗饭。

“看把孩子饿得。”母亲怜惜地说道，又不满意地看了小周一眼，“同事的孩子都这么大了，你看看你。”

小周莞尔，“就是要找像妈这样的媳妇，才不容易啊。”

“不要乱说话。”母亲笑道。

与韩剧场景不同的是，我们的保姆都上桌吃饭而且还插话，“我看也没有谁配得上我们周警官。”保姆笑嘻嘻地说道。

大溪看上去不那么紧张了，小孩子其实很会看脸色。

躲过了下班堵车的高峰时段，小周还是要把喷气式二手警车开回刑警大队。一路上飞沙走石风雨交加，天也黑得墨团一样，跟这种大动静的破车还真是遥相呼应，再没有那么匹配的了。

说是过了高峰时段，但因为天气恶劣路况变得更加糟糕，由于害怕立交桥下的积水，所有的车都在立交桥上挤着，根本开不动。

雨刮器跟疯了似的来回摆动，前挡风玻璃仍没有片刻的清晰。

小周想不到自己会如此平静。

看来还真是——人生所遇到的每一个人都不是闲笔，只不过和有的人没来得及展开一段故事，而与有的人是注定要悲欣交集的。

即使是一个孩子。

是的，周槐序牵着大溪的手到达泌尿外科的时候，大溪明显地恢复记忆，非常熟悉这里的环境，变成他拉着小周的手，快捷准确地找到病房。

是一个八人大病室，每个床上都有病人，加上护工和前来探视的访客，以及推着治疗车的护士，感觉满眼凌乱尽是进进出出的人流，病房内显得拥挤不堪又互不冒犯。

进门靠墙的位置，一位老人躺在病床上，双目紧闭，像是睡过去了。

有一个纤瘦的女人在给老人用湿毛巾擦手，非常细心的样子。大溪叫了一声妈妈，那个女人转过头来，当时小周就给惊着了。

竟然就是那个他苦苦寻觅芳踪的女生，是的，那个练习弓道的女生。

准确无误，是她。只是比见到她时还要瘦，同时满脸疲惫，额发凌乱，有几缕低垂至脸颊。但不知为何，这张脸对于小周来说有一种魔变的效果，仍感觉她美丽如初。

大溪告诉妈妈他迷路了，是警察叔叔带他找回这里。练习弓道的女生急忙向小周致谢，完全没想起他们曾经见过。代驾的那个晚上，小周穿的是便衣，正常情况下应该是没有记忆的。

“天都黑了，你都没找他吗？”小周开口问道，心里想的却是居然以这样的方式相遇，真是想不到啊。

练习弓道的女生温柔地看了看大溪，摸着他的脑袋，有些惭愧道，“我妈妈一会儿手术，今天满脑袋都是手术的事。”

“这个点手术？”

“开刀房空不出来，上一台还没有开完。”

“哦。”

“可能是不太顺利，护士说也常有这种情况。”

小周想都没想就脱口而出，“如果你相信我，就让大溪到我家住两天吧。”

显然她愣住了，“这样真的可以吗？”紧接着她小声道，“我妈妈手术后的护理，还真是没有人跟我换班。”

小周拿出警官证，“我叫周槐序。不是坏人。”

她还真把警官证拿过去看了看，然后递还给小周，“应该是阴历四月出生的吧，嗯，槐序。”

“是，爸妈当年都是文艺青年。”

她莞尔一笑，伸出手来，“苏而已。”

他们握手，算是正式相识。

那么浪漫瑰丽的开头，让人想不到会是如此充满烟火气的重逢。网上怎么说的？距离产生的不是美，是现实的不堪一击。

于是周槐序把大溪带回了家。

说来奇怪，遇到这样的情景，十个男人十个都会默默走开吧，所有的幻想都在瞬间破灭，一个有六岁孩子的母亲身上，业已发生过多少悲欢离合的故事？再美好纯真都有限吧。周槐序也觉得自己应该默默走开，理智这样告诉他，人的正常反应也这样告诉他。

可是他的行为就像例牌行动中突然脱离指挥中心的命令那样，在需要危机处理的时候脑子空白。

在塞车的路上，他一直安慰自己，这也没有什么，就像在非上班时间非管辖区域抓了一个扒手，或者扶一个老奶奶过马路一样，只是为群众排忧解难。不必想那么多，自然地结束就可以了。

不过转念即是，我这是在说服自己吗？谁要听我的解释啊？

应该是没有缘分，否则怎么会一次又一次错过？可是她是唯一知道槐序是阴历四月别称的人。

又有些庆幸于如此情境下和她相识，那么可以自然地显现出自己的英雄本色。转念又想，她怎么比自己还要自然、淡定？难道他对她就没有半点杀伤力吗？这让他的自信心大打折扣。

脑袋里乱七八糟的，周槐序决定什么都不想。

刑警队所在的办公楼灯火通明，周槐序停好了车，只见大雨已经变成了小雨，他懒得撑伞，几大步冲回楼里。

果然忍叔还没有下班，在办公室重看几乎翻烂了的端木哲的案卷，包括一些当年有限的视频。估计是累了又毫无斩获，小周进门的时候，他正在点眼药水，想不到干这行还真费眼睛，而且小周从父亲医院拿回办公室的眼药水，总是被忍叔藏得谁也找不到，没人的时候自己享用。

小周把医院的情况三言两语说了个结果，忍叔嗯了一声，表示知道了。

忍叔仰头靠着椅子背，闭着眼睛等待药水的吸收，道，“老王总算可以入土为安了。”

“是，今天我看小王还挺满意的。”

“不说他了，还真够难缠。”

“可以集中精力对付端木哲了。”

“还是零线索，我就奇了怪了，如果不是水汽蒸发，怎么可能一点生活的痕迹都没有？何况还有贩毒的嫌疑，就算为了赚钱也该浮头才对。”

“我觉得苞苞不可能不知道端木哲的下落。”

“我觉得她还真不知道，因为听说我们找了他两年，她一脸茫然，这是装不出来的。她不想说的是他们两个人的爱情故事，实不相瞒，我还真没什么兴趣，我就是想抓到端木哲这个嚣张的家伙。”

忍叔睁开眼睛，滴过药水的眼睛显得明亮了许多。

桌上散落着几张端木哲的照片，其中一张应该是刚参加工作不久，还不知道时世艰难，有一点意气风发的味道。他穿了一件白大褂式的实验服，白口罩吊在一侧的耳边，面前是各种烧瓶、各色溶液和实验架。嘴角机敏地微微上扬，无论从哪个角度看都能感觉眼神相交，标准的小镇青年野心照。

小周拿起这张照片端详一阵，感觉端木哲正在对他说，笨蛋，你根本找不到我。小周把照片扔回桌上，暗自叹了口气。

前前后后，光端木哲的老家就去了三次，那个稳戴贫困县帽子的广西小县城。这家伙大学毕业以后就没回过家，工作挣钱了也没给家里寄过钱，十足的白眼狼。情感线索根本无迹可寻。

忍叔什么也没说，整理案卷后放进铁皮文件柜。

“饿了。”他说，“去吃碗云吞吧。”

两个人撑着一把大黑伞去了利群茶餐厅，因为下雨，餐厅里人不多，芦姨难得空闲，支着下巴在看壁挂电视。

感情剧，女演员哭成一个大花脸。

“就这么好看吗？”忍叔说道，既像打招呼又像是自语。

芦姨的眼睛没离开电视，回了一句，“不然看你吗？你又没什么看头。”

忍叔自讨没趣地笑笑，找到平时难得有空位的卡座坐了下来，适时闭嘴，否则又是摩托车失窃案发布会。

小周去买了两份双拼饭，都是叉烧拼油鸡，利群最贵最经典也最可口的招牌碟头饭。忍叔见了，一副好饭不怕晚吃的样子，“吃这么好，今天有什么好事吗？”又看到另一份饭是打包，奇怪道，“你不吃吗？”

“现在不饿，一会儿当消夜。”小周答道。

“哦。”忍叔低下头去，吃得津津有味，转眼间就消灭了半盘子。

病床空着，周槐序有些意外，他抬腕看了看手表，已经是晚上十点四十二分了，难道苏而已的妈妈还没从手术台上下来吗？

他找到护士站询问。

护士也是一脸无奈地解释，医生和患者都有够悲催的，先是患者已经打好麻药，可是医生突然要处理一个急诊，赶回头麻药都过劲了，又打了一次麻药，手术一直拖到现在。

她陆续说完之后，给小周指了手术室的方向。

雨一直也没停，风雨之夜总让小周决心过来看看，但其实买双拼饭的时候，很确定是给谁买的，真是既纠结又拧巴。

手术室的红灯亮着，外面是空旷的走廊，贴墙的两侧都是金属的长条椅子，雨夜的日光灯显得格外阴森清冷，偌大的走廊里，只有苏而已一个人坐在长椅上，单薄并且安静。

周槐序走过去，把饭递给她，“吃点东西吧。”

她看着他，仿佛知道他会来似的，并不显得十分意外。她接过饭盒，却没有马上打开。

周槐序道，“胆切除也不是什么大手术，何况还是微创，你就放心吧。”

“如果有意外发生，还是要做传统手术的。再说时间有点长了。”

“不会有事的，大溪在我家挺好的，晚餐吃了三碗饭，我妈在家，还有阿姨，估计现在已经睡了。”

“谢谢。”她有气无力地说。然后慢慢打开饭盒。

为了避免她的尴尬，小周故意走到窗边去看外面的雨。其实是他自己尴尬吧，在她面前总有些不自在。

身后一点动静也没有。

等他回过身来，看见她在慢慢吃饭，但是吞咽动作有点生硬，或者说艰难，一颗泪珠掉了下来被她飞快地抹去了，她咽下去的不是饭菜而是哽咽。的确，送亲人进手术室如同上战场，没有人知道下一分钟会发生什么，也许刀锋起舞却安然无恙，也许细微闪失却夺走性命。

恐惧与担心无异于一种煎熬。而她只能承受，没有人可以分担。

就在这一瞬间，周槐序有股扑过去搂住她的肩膀的冲动，接过她身上一半的担子，传达他心底的意志和力量。当然，他没有。

但是他相信了，这个世界上真的有奋不顾身的爱情。

7

鹿儿岛的卤猪肝看上去干燥、紧实，暗沉而让人放心的颜色，切成薄片之后可以看到肉质的细密，像大理石的切面。刚一入口是一派木然，渐渐地，猪肝特有的香气会在嘴里缓缓散开。与肉质轻盈、入味透彻然而有些偏咸的西班牙黑椒火腿肠，堪称一对就红酒的优质小菜。

每隔一段时间，柳森就会约三郎到珠江新城吃富隆酒膳。这个店的风格并不张扬，私密度比较高，虽然没有会员制，但无形中只接待熟客。

店里的面积适中，装修洋派但不虚华，一楼除了迎宾的柜台，便是整齐密集的酒架，恒温的酒窖在地下，可以随意参观。二楼才是品酒吃饭的地方，隔成大大小小的房间，统一的巴洛克风格，没有厅堂也不造成干扰。

他们被安排在一个熟悉的小间，一侧的落地玻璃可以看到繁华的街景。

好的下酒菜就跟老情人一样，不见会想。这是小叔叔柳森喜欢说的一句话，而且他这个人豪迈，通常都是对着装笔挺、相貌堂堂的经理说，根据今天的食材看着办吧。彼此都给足了面子，还可以享受到贴心细致的服务。

今天自然也是如此。

又上了一瓶红酒，是按照“渐入佳境”的路数安排的。经理戴着白手套，神情恭敬地倒酒，又狠狠说了一通这一瓶的身世、来历和特色，几乎让人穿越到阳光明媚的法国瑰丽的葡萄园中。在他的引领下，三郎谨慎地喝了一口，依旧是微酸微涩的感觉。再怎么高级的红酒，对他来说就是这种境界，太甜或者拉扯嗓子就是不好，但说什么好的红酒口感层次分明，舌尖味蕾绽放翩翩起舞之类的简直就是扯淡。

当然，这也许是他一个人的问题。

他讨厌所有的装腔作势，有一次朱易优提醒他，接受采访不要跟媒体说喜欢吃红烧猪大肠，这不是一个艺术家该吃的东西；要说吃素，偶尔清修辟谷。他终于明白自己是怎么变分裂的。

但大家都这样，若不拿着水晶夜光杯晃圈儿，这个世界就不对了。

所以啊，只有面对沉默的布料，他才会真正心动。肃穆的质地和纹理，对他而言是魔、是妖，是一生唯一的伴侣。

一股清新的蒜香味道扑鼻而来，紧接着，侍者便呈上了两盘煎烤得恰到好处的日本带子，乳白色的肉身硕大肥美，浸在精心调制却并不着色的料汁里，十分诱惑。柳森一边用刀叉切开带子，一边说道，“一个都没看上吗？”

“没什么特别。”三郎假装想了一下，这样回答。

自从在男科医院偶遇之后，柳森开始了新一轮给三郎介绍对象的狂潮。他曾经把三郎约到美术馆，观察一个知性女孩的背影和体态，介绍他们认识。也拉着三郎一块儿去看内衣模特儿展，完全可以找到一览无余的性感女生。他的理论是男人心底的欲念其实高度一致，就是开着奔驰，旁边坐个大胸模特儿。

还有公关公司最新的录用人员简历，厚厚一沓放在牛皮纸的卷宗袋里。但其实三郎根本没有打开，数日之后又原封不动地还给了柳森。

柳森开始吃带子，美味却不能抵消伤感，“我觉得特别对不起你父亲，你这么优秀，为什么最基本的问题解决不了？”

“有点累了。”

“所以才说找个平常人过日子。”

“苞苞还不平常吗？”

柳森停下手中的刀叉，正色道，“不要提她好不好？”

沉默。餐刀在陶瓷盘子里发出细微的声音。

打破沉默的还是柳森，“你还想着她吗？”停了片刻，他才说下去，“我说的是苏立。”

“哪有？”他这样回答，显得漫不经心。手中的刀叉把带子切成一小块一小块，却没有一块放进口中，索性把刀叉放下。

苏立是他在大学时的初恋，他至今还记得她的经典特色的样子——紧贴头皮的马尾，松松垮垮的运动服，麦色的皮肤，一字眉。然而一切寻常都挡不住她的明亮和俏丽。

也许是由于家庭条件优渥，她的性格一派爽快透明，没有半点杂质，三郎第一次见到没有忧伤和烦恼的人，她的善良、快乐、乐于助人，自然天成。重要的是，苏立没有看中本班或者别班上的高富帅，而喜欢他这个相貌平平又有些腼腆的男孩子。

那段时间，在每个月第一周的星期日，他们在学校附近的小区广场上摆“自由空间学生墟”，几乎全系的同学都会拿出自己的手工作品出来卖，做法是简单的席地摆摊，或者自带绳索、木架，把各种衣物挂起来展示。有衣服、裤子、裙子、饰品，也有明信片、皮具、香熏、手工皂等等。三郎那时候做的衣服就深得人心，不仅本校的同学，就连路过的居民也会停下来左挑右选。只要有人还价，三郎的脸就成了红布并且说不出一句话，都是苏立出面解围，谈恋爱也好，谈钱也好，她都无比坦诚、直来直去。

学校里号召给地震灾区捐款献爱心，各个班集体闻风而动，她偷偷塞给三郎二百元钱。她知道他爱面子，也只有她能看出来他已经两周不怎么吃早餐了，每次递给他馒头、包子或者粽子，她都会说吃不下了，别浪费好不好。

母亲也喜欢她，说她是好人家的好女孩。甚至有时候，得知她节假日不到家里来，便放弃买鱼，只买一节猪肠子回家。毕竟鱼还是太贵了，她只想买给苏立吃。

大二的一个暑假，他们结伴去了西南云、贵、川一带的边远山区，以最节俭质朴的方式，调查和认知了中国民间传统手工艺。农民身上老土布的缝缝补补的旧衣服，充满了故事和诉说，坚持着一种内心深处永恒不变的东西。那时候的苏立就有这样的认识：一件衣服的价值不在于动用的科技手段有多高，只有体现出它的精神价值才是真正的奢侈和昂贵。

他们住在农民家里，夜晚在黑暗中听着隔壁传来织布机单调而有力的声音，会让人产生无以言说的感动。在他们到来的之前之后，这声音伴随了人类数千年，并将依旧陪伴下去，是代代相传的儿女心头永不磨灭的记忆。

她曾说过：我非常迷恋手工，将来我们一定要有自己的品牌，我们所有的产品全部是纯手工制作，包括从纺纱到织布，从缝制到最后的染色，全部采用手工和纯天然方式。目的就是坚持和传承传统技艺，让人们从对于华丽、奢靡与性感的渴望，转向对含蓄、原生态以及细枝末节的体验。

她是一个坚定的理想主义者。

这让他相信年轻时的富有，有时候反而可以抵御金钱对于人性弱点的侵蚀，反而可以并不需要沾染过多的铜臭气。

他对她的仰慕之情超过了爱，后来他的创业之路，一一见证了她果然是他的缪斯，有着旗帜一般的感召力，包括以放弃的姿态进入，像死人一样没有观点绝不做作，无一不是来自她的灵感。

她就像钻石一样，其中有一面的光芒竟然是与父亲旗鼓相当的那种关怀。那种发现太奇特了，是自从父亲走后再也没有出现过的，令他发自内心的自信。

他们也是在那样的深山老林里自然地在一起了，日出而作，日落而息，满心憧憬地相拥而眠。他喜欢看她织布、绣花、坐在火塘边添柴的样子，歪着头，聚精会神，直到额头一边的头发慢慢垂落下来，她却仍可以一动不动，脸上升起淡淡的温柔。

她不化妆，甚至连口红都不搽。头发也因为疏于打理梳成一根毛茸茸的辫子，猫尾巴一样低垂或者趴在她的肩上。在他的眼里却是少有的干净、清秀，令人无法忘怀。

当然，他也要去打柴、挑水，她总是夸奖他真不愧是裁缝的儿子，每一件格衫都那么合身，因而干粗活的时候也韵味无穷呢。

用现在的话说，就是标准的技术宅男或暖男吧。

仿佛从天而降，如回归田园的董永和七仙女，你耕田我织布，相视一笑万物生辉。原来那些艳俗的成双成对的喜鹊、牡丹并蒂而开的图案，也是源于生活高于生活，是真实心境的写照。

那时候以为，幸福和美好是绵绵无期的。

可是突然，她就从他的视野和生活中消失了。开始只是说利用假期到法国旅游，后来变成游学，最后听说直接在法国的时装学院留学了。他一直觉得她会跟他联系的，而且学校里的同学突然离开出国留学也不是什么新鲜事。奇怪的是，她一直都没有跟他联络。教室里她经常坐的位置总是空着，如果坐着女生，背影又有一点像她，他的心会一阵狂跳，手脚却动弹不得。

一个学期很快就过去了，他忍不住跑到她家去找她，他知道她父亲是个成功的商人，果断并且严厉，他只在她父亲出差的时候去过她家两次。

然而，她家住的一线江景的复式豪宅已经卖掉了。

直到大学毕业，他才确认，她的确是用断崖式的决绝方式与他彻底告别。也只有这时，他才警醒他是那么爱她，就是那种单纯的男女之爱，因为曾经像空气一样，所以没有珍惜，以为她永远无处不在。

“爱是可以杀死人的。”柳森冷冷地说道，并且刀叉并用，在切一块侍者刚刚呈上来的牛排，应该只有四成熟，每一刀切下去都沾有血丝。柳三郎尽可能不去看那只盘子，有一摊红色的黏液让他反胃。他点的是小羊排，要求烧透并且入味。后厨做得不错，真的是入口即化。

柳森微皱着眉头，切好牛排才抬起头看了三郎一眼，“我说多少遍了，要面对现实啊，就是她甩了你。富人家的孩子都这样，可以任性啊，可是你当真了。干吗要当真？她就是玩玩的，别说她找不到你，现在资讯那么发达。”

因为心又死了一次。当然他什么也没说。

“什么爱不爱的，找个人结婚、生孩子，总比胡来强吧？你不要看着我，我心里分得很清楚。”

“难道我不想吗？”三郎无力地说道，索性放下手中的刀叉，眼睛望向窗外。夜幕降临，对于许多人来说生活刚刚开始，一群红男绿女路过，夸张地打闹；一个老男人牵着两只不同品种的宠物狗出来遛，其中一只泰迪张开后腿撒尿，男人停下脚步等待，一边听电话。三郎继续说道，“我现在羡慕任何一个人，哪怕是一条狗，因为有权利庸俗。”

“把过去的一切都忘掉。”柳森几乎是用命令的口气打断三郎的话，他目光如炬盯住三郎，直到他重新拿起刀叉。柳森的口气和缓下来，“被一个姑娘甩了，你看看你那副样子，你正常过吗？我说的是大学毕业以后，千万别跟我说你是什么艺术家，先把日子过起来再说。你知道我这辈子听到的最深刻的一句话是什么吗？”

三郎抬起头来，望着柳森，洗耳恭听。

“节哀顺变，处理后事吧。”柳森有些蔑视地扫了三郎一眼，把一块饱蘸黑胡椒酱汁的牛肉块送进嘴里。

有时候，人生就是一个接一个的饭局组成的。

星期五的下午，柳三郎和苞苞在街道办事处办理了离婚手续。之前两个人相约、碰头都很平静、准时。但是因为排队，还有一些拉拉杂杂的程序，办完之后已经是下午五点四十分，因为是小周末，下班高峰提前而至，大马路上已经铁流滚滚，远观几乎是水泄不通。

柳三郎有密集型恐惧症，加上也许事情办得比较顺利，心情不错。最重要的是，无论苞苞这个人多么不堪，但是口风紧却是许多女人做不到的一个长处。至少她跟柳森那么相熟，关于他们的私生活她都没有漏过半个字。

“在附近找个饭馆吃饭吧。”三郎对身边准备离开的苞苞说道。

很明显，苞苞愣了一下，估计感觉实在是意外吧。但很快她看了他一眼，微微点了点头。

这还是他们两年后的第一次见面，说好在街道办事处的宣传窗处碰头。当时三郎暗自吃了一惊，因为苞苞小脸蜡黄，眼神也相当萎靡。要知道当年的她脸色红润，思维简单快乐。有一次她在家里放录音机，给小朋友编舞，一本正经跟着音乐跳幼稚的舞蹈。三郎很想笑，说，怎么从头到尾就一个动作啊？她回说，哪里是一个动作，分明是四个动作啊。一边还分解给他看。

他其实并不后悔娶了她。人都是这样，如果不能如愿以偿，就选择最不累心的生活方式。苞苞有时候还蛮可爱的，若能够十指相扣手拉手地睡觉该有多好？然而年轻的身体里情欲涌动，谁会陪着谁岁月静好？

终于有一天晚上，苞苞打扮成童子军模样，一身蓝白相间的海军服短打扮，刻意营造制服诱惑。在这之前她也穿过透明蕾丝扮性感，总之足以看出她用心良苦。熄灯之后，她抱住他，亲吻他，还轻轻咬他的耳垂。他也很想做点什么，内心翻江倒海，然而万事向衰无药起，一身躺倒任花埋。

什么都没有发生。苞苞转过身去。

她在黑暗里说出了一直没有勇气说出的话：我知道你不爱我，但没想到你还嫌弃我羞辱我，跟我结婚但是不圆房，对我性封锁。我觉得我都不是女人了，就像做了变性手术一样，长出了胡子和喉结，就连最后一点自信心都没有了。她越说越伤心，忍不住失声痛哭，之后她用被子蒙住了头，哭声变成了哽咽。他冲动地伸出手去抱住她，可是他能说什么呢？

幸亏他们都是最好的演员，联袂演出默契地秀恩爱。本来嘛，人活的是一张脸，一个面子，一副令人羡慕的景象。越虚幻便越逼真。

白天他是多金的才俊，晚上扮演冷漠的国君。

尽管后来发生的事不可收拾，但无论如何冲着曾经的抱歉与愧疚，三郎还是开着他的宝马车进入了最近的一家五星级酒店停车场。

酒店的三楼是潮菜馆，贵到空无一人。装修风格是潮式的亭台楼阁，利用小桥流水作为间隔，夹杂着展示潮绣、木雕和陶瓷。一个女孩子在凉亭里弹奏古琴，音色暗沉如梦中自语，亭匾草书着两个字——尽南。

一个穿着黑制服的女部长微笑着走过来，“柳先生，您来了。”

三郎心底一惊，他真的不记得自己什么时候光顾过这里，根本一点印象也没有。女部长提醒了两句，还说酒柜里存有他大半瓶洋酒“杯莫停”。三郎哦了一声，做出想起来的样子，但其实脑袋里仍旧一片空白。有一段时间跟着朱易优为了风投出入各种酒场，具体的地方他是绝对想不起来的。

但是女部长的记忆力实在了得。

两个人在大堂靠窗的位子坐下，三郎点了鲍鱼和冻蟹，“杯莫停”自然也拿上了桌。经过了一番磨难如今终于分手，反而可以聊一些家常话了。苞苞问了他母亲的近况，身体可好？他问了苞苞，警察找她都问了什么？她又是怎么回答的？但是并没有提到端木哲的名字，他不想提到那个肮脏的名字。

其实柳三郎并不喜欢喝洋酒，对于他来说，无论多贵的洋酒都是后劲十足，快速上头，令他萌生醉意。

“真是让人难以捉摸啊。”酒过三巡，苞苞也微微泛红了脸颊，她望着眼前的酒杯，不禁感慨起来。

“什么意思？”

“我说的就是你啊，还以为你一辈子都不会原谅我。”

“现代人没有隔夜仇。”

“还请我吃这么贵的潮菜。”

三郎想了想，脱口而出道，“感谢你的不杀之恩啊。”

这无疑是酒后真言，两个人同时都吓了一跳。三郎当然不会再说下去了，苞苞的脸色也从苹果变成了秋梨。

短时间的清寂、沉默。

“我承认我出轨，但是，我真的没有……”苞苞没有说下去，因为三郎用手势制止了她。

他不想听任何解释，如果看着她当面撒谎就更加不堪。他在针孔录像机里看到了她的一举一动：她谨慎地往他的曦露香槟里下药。在他看来，香槟原不是酒，口感就是肤浅芳香，用它开胃也还好。

他从来就不是一个君子，在此之前趁她洗澡时偷看过她的手机，本以为都是一些油腻腻的男女情话，然而没想到的是，苞苞和端木哲之间的短信量少字也少，有一点惜字如金的味道。其中有一条令他印象深刻，“勇敢一点，全部都是我们的。”当时实在想不明白是什么意思。

结合她的行为，一切都变得简单明了。

一开始，他的确是不同意离婚的，因为保全面子，也因为母亲的心情。但是后来他想明白了，向苞苞表明态度同意离婚，但是苞苞开始兴高采烈，不过后来就变得态度迟疑暧昧。看到她的举动，恍然大悟之后惊出了一身冷汗。一连数日他无法成眠，但白天仍旧要装得若无其事，只有深夜在床上望着她的背影，没有一点真实感。然后有一团东西在胸口聚集，慢慢膨胀直到塞满胸口，顶住咽喉，极端的愤怒和仇恨令他喘不过气来。

然而最终，这一瓶曦露香槟都没有出现在餐桌上。

他再一次发现它的时候，是在一个黑色的垃圾袋里，整个袋子里都是空置的瓶瓶罐罐，有些是酱油瓶、咸菜罐，而有些是护肤品、洗发液、香水瓶之类，猛一看，这一类生活遗物出人意料地繁多而庞杂。这个酒瓶便置身其中，但里面已经没有酒，估计是倒掉了。

他将最后一个底儿的液体，倒进另一个茶色的小药瓶里。朱易优找到一个熟人，在某大学司法鉴定中心工作，请人作了化验。结果是含有大剂量的甲基苯丙胺类的毒品。

当时他就傻了，跌坐在沙发上。

本来离婚这种事，为争夺财产撕破脸也不出奇。端木哲是疯了吧，一个穷疯了的钱串子，居然要置他于死地，或许还有夺妻之恨。

良久，恢复意识之后他才想明白，那条励志的短信“都是我们的”是什么意思，为什么急于离婚的苞苞后来又不提离婚了，而一个披着艺术家外衣的服装设计师嗑药过量导致死亡，是再正常不过的一件事了。

实在要感谢高科技，冰冷的电子产品有防身衣般的温暖，就像 DNA 测试拯救了整条公安战线。

三郎家客厅的墙上有一幅油画，画面是一正一反两个金发碧眼的天使，他们在花园里飞舞，肩膀上长出毛茸茸的翅膀，正面的那个肉肉的男孩，肚脐眼就装着针孔录像机，俯瞰着这个布置典雅而温馨的房间。

油画的品位乏善可陈，是苞苞买的。可见那时候的心情，她是希望尽快生孩子的。她喜欢孩子。

在酒精的作用下，三郎的意识开始渐渐模糊。但他仍旧记得，在他轰然倒下之前，苞苞再也没有喝酒，只是怔怔地看着他，眼神中充满狐疑，意思是这一切你是怎么知道的？

她瞪大了眼睛，但根本想不通。

那种样子，还是蛮讨喜的。

凌晨一点十分，苏而已赶到了酒店大堂的门口。服务生把车钥匙交到她手里的时候，埋怨了一句，“迟到了五分钟啊，客人都等好久了。”苏而已点头致歉，抓过车钥匙向轿车奔过去。

她打开驾驶室的车门，一股刺鼻的酒气扑面而来。她也顾不上这些，急忙把头伸进去说了句，“不好意思，叫你们久等了。”

说完这话，她顺势坐在驾驶的位置上，这才着实一愣，刚刚反应过来轿车的后座上坐着什么人。她忍不住再一次回过头去，由于轿车被服务生停在大堂门外，在酒店大堂内辉煌的水晶灯的映照下，后座上的两张面孔清晰可辨，一个是柳三郎，双目紧闭地靠在一位年轻女人的肩膀上，那个女人则目光平和地望着窗外，似乎在想自己的心事。

世界真小，小到一抬头便看见了你喝醉的脸。

苏而已这样想着，尽可能从容不迫地打开引擎，一系列熟悉的规定动作之后，豪华轿车悄然无声地驶离酒店。

身后的女人说了一个地址，苏而已嗯了一声，表示明白。

深夜的道路清静了不少，只要正常行驶就好。随着道路的细微起伏，只有好车才懂得在平稳中顺势呼应随即还原，让人感到知性、贴心的抚慰。没有声音，整个世界都知趣地静默。

苏而已抻了一下脖子，这样便可以从后视镜里清楚地看到后座上的那两个人。柳三郎一直在睡，年轻的女人则一直看着窗外，她的轮廓柔和，眼梢微微上翘，鼻梁挺拔，细看是个美人。为何在看到他们第一眼时没有惊到手忙脚乱？那是因为苏而已并不是第一次看到这一对璧人了。

回国之后，她曾经一个人去过一次教员新村，只是想去柳家看一看。她做好了充足的思想准备，柳三郎或许已经结婚生子，那是再正常不过的一件事，他们应该是互不相欠的吧？作为老同学登门探访，她说服自己的理由是，走完整理好情感的最后一步，凡事都应该有始有终。

她承认有过一些时间节点，她想过联络他，可是她又能说什么呢？而他，又能为她做什么呢？特别年轻的时候，他们就是性别置换的一对情侣，遭遇一个大时代便经不起任何风吹草动。

那是一个星期天，她抱着承受一切现实的心态前往柳家，没有提任何礼品、果篮之类，只带了一瓶法国葡萄酒，希望自己显得优雅而礼貌。私下里，应该是跟岁月有一个了结。

但当她看到柳家的那座陈旧的楼房时，还是犹豫了，是近乡情怯的那种体会。说句老实话，如果不是因为大溪，她一定选择一个转身就是一生的结局。这便是她的性格，她的决绝，她就是这样一个人，曾经多么恣意生长无所顾忌，如今就有多么淡然处之不谈风月。

然而大溪是她和三郎的孩子，她到法国之后才发现自己怀孕了。以她的性格，身处那样的困境，打掉孩子是唯一的选择。她去的是一个华人诊所，那个女大夫为人友善，她说，你确定拿掉孩子吗？她还说，你的子宫严重后倾，以后再想怀上孩子也不是那么容易的事。

苏而已诉说了自己的难处，女医生思考了一下，决定把她介绍到有教会背景的庇护所。可以说是大溪指引她走上了一条生路，她在庇护所里住下，并找到可以维持口粮的工作。先是在庇护所做清洁，后来身子重了就去厨房，总之那里的人都很友善。她也是在生下大溪之后，才知道女医生是一个虔诚的基督教徒，但这已经不重要了，包括她的子宫是否后倾也不重要了。

有了孩子，父亲这个称谓就绕不过去。

也不是没有侥幸的心理，万一他还记得她，或者因为各种原因依然单身。总之那一天内心里百味杂陈。

也就在这时，一对年轻的夫妇从她的身后走过，熟门熟路率先进了单元的门。说他们是小两口，因为自然地挎着胳膊，男人的另一只手提着精致的参茶礼盒。女的不知道在小声说什么，两个人都笑嘻嘻的。

苏而已一眼就认出了那个男人是柳三郎，女人的正面没看清楚，穿了一件玫瑰红的外套，肩上背着一只圣罗兰的坤包，黑色的透明丝袜紧包着纤细修长的小腿，脚上是一对经典款的黑色高跟鞋，鞋面的标志是口字形金属大扣，是女明星的最爱。

女人一身名牌，也一身的喜气洋洋。

也许刚结婚不久吧，怎么看都是高度和谐、相称的一对。苏而已感觉自己若此时上楼拜访，不仅不合时宜，简直有点像来砸场子的小丑。回到家里，心情仍然失落，就把法国红酒给打开了。

母亲说道，闲着没事，喝什么酒啊？不过，隔了一会儿，也拿了个杯子过来跟她对饮。深夜里的母女在酒精的作用下有些怅然失神，但是什么也没有说，更没有长吁短叹，氛围是闺蜜一般的心心相印。

所以今天再一次看到他们，苏而已并没有想象中那么吃惊。

轿车驶进一个高尚小区，是风格沉稳绝不张扬的小型楼盘，只区区 4 幢相似的公寓楼。停车的那一栋，透过玻璃门可以看见门厅的仿古灯、油画、黑皮沙发连同男管家一应俱全，毫不含糊。

三郎的太太在车上就掏出皮夹子把费用付了，她这一次的装束虽然没有上一次那么醒目，倒是一身黑更令她显现几分雅致。

她架着三郎，腾出手来接过苏而已递到面前的车钥匙。

“谢谢。”她说。

“需要帮忙吗？”

“不用。”

他们走了，三郎的步子深一脚浅一脚，重量几乎都压在太太身上。苏而已在黑暗中站了好一会儿，直到男管家见状跑过来搀扶三郎。他为什么喝那么多酒呢？而太太也是异常的平静，可见是他们生活的常态。然而，所谓的醉生梦死不这样又哪样呢？被人们羡慕又肯定的人生不这样又怎样呢？

其实在这之前，苏而已在网络上已经看到了三郎的成功，他已经成为这个时代货真价实的青年才俊。

三郎居住的小区在优质地段，临街是一条主干道，沿着人行道独自行走并不会感到不安全，反而因为深夜人流和车流的减少，别有一番清静。苏而已决定步行回家，好在离她家也不太远，大约四五站的距离。

至于她的心情，她想起那次跟母亲对饮之后，她们乘着酒意聊了两句从不愿意触碰的话题。

“你想爸爸吗？”

“想有什么用？可能没有消息反而更好吧。”

“我想爸爸了。”

“只有亲人才会把事情搞得一团糟，”母亲浅浅地呷了一口红酒，眯起眼睛，半晌才道，“其实妈妈最感激的人是你，要不我可能就病死在乡下了。”

“你恨他吗？”

“谈不上，就是耽误了你。”母亲的眼圈微微发红。

“哪有，我这不是很好吗？”

“找个合适的人吧，我可以跟你分开住。”母亲淡淡地说道。

她的内心陡然一阵酸楚，但也只是一滑而过的忧伤。这个世界从来都不相信眼

泪，当时她什么也没说，甚至莞尔。但在心底决心做一个女汉子，照顾好母亲和大溪。

疏星点点的夜晚格外清明幽寂，然而在她的眼中却是一片肃杀。回想起昔日的轻狂甜蜜，爱，根本什么都不是。

苏而已开始慢跑，希望尽快离开那些“草色遥看近却无”的记忆。

手机传来信息进入的提示音，她边跑边打开手机，“睡了吗？”是周槐序发过来的，他知道她晚上常有代驾的工作，所以不太忌讳时间有多晚。而且，他是唯一没有对她做代驾指手画脚的男人。她也被某些男人追求过，一听说上有老下有小立刻闪人。如果是小老板，一定说，才挣几个钱？一个女人家不要做了，需要多少我给你。她总是在心里冷笑，我凭什么要你的钱？接受周济也是面子，我凭什么给你这个面子？

苏而已想都没想就关掉了手机，继续慢跑，后背可以感觉到一点水蒸气般的细汗。

就让他觉得自己睡了吧。不然呢？一块儿去消夜？喝一碗虾蟹海鲜粥在漫漫的雾气间四目相望？然后手拉手地走一段夜路？她不是不知道他的心意，但是那又怎样？就算她在他心目中是一朵白莲花，在他的那个锦绣家庭里，在众人的眼光中也还是“拆烂污”。

她再也不要演悲情剧，哪怕是当女主角。

母亲手术后只观察了一晚上，没有发现意外，就决定立刻出院，回到家里休养，等到伤口拆线的时候再到医院去处理一下即可。毕竟住院的费用太高了，每天送到病房来的打印的医疗支出一览表，密密麻麻，长的时候单据可以拖到地上。苏而已还好，母亲根本躺不住了，一心只想出院。

这就是现实的焦虑，她要卖掉多少童装才能把手术费用赚出来？想到狭小客厅里一地的等待快递的包装盒，满桌子的等待填写的邮件单，她根本没有一点力气用来感伤。去年的“双十一”，他们一家三口忙了整整一天，母亲累得胳膊都抬不起来了，大溪到楼下买的盒饭。

把母亲接回家安置好以后，苏而已便买了果篮去周槐序家拜谢并接回儿子。对于素昧平生的周警官的帮助，在她的内心除了深深的感激，而后升起庄严的敬重，似乎那些非分的理解都是一种轻慢。

苏而已也很喜欢小周的妈妈，感觉她优雅、和善。

这是一个典型的锦绣家庭，就像高尚小区的样板房一样，供大家观摩、仰慕和学习。

当时的大溪正在玩着遥控器，指挥空中的鹰嘴热带鱼氢气球游来游去，眼看着圆滚滚的氢气球越来越不受控制，飘到了阳台上，再飘就有可能随风而去。大溪大声喊着：小周小周！陪坐在客厅的小周只好起身去搭救大溪。

在回家的路上，苏而已批评儿子太没有礼貌了。

大溪默不作声，只是诡异地笑了笑。

你笑什么？

没什么。

照说，这种“无下文的回应”她也不是第一次做了，可是周槐序还是会像老熟人那样偶尔给她发个信息。尽管她对他印象不错，但也绝不会接受他抛过来的任何一个彩球。

她想。

并且她一直也没有停止奔跑。

8

他努力想睁开眼睛，但是眼皮就像岩石一样，一动不动。

是延续性动弹不得的沉睡。其实周槐序感觉自己早就醒了，而且意识相当清晰、活跃，完全知道是跟忍叔在外面执行任务。他们轮流开车，可是后半夜他实在困得抬不起头来，忍叔已经开了超长时间，陈旧的二手车开得累心累人，他必须尽快替换忍叔。

就是睁不开眼睛。

一周前，技术部门传来令人振奋的消息，端木哲的手机沉寂两年之后，居然开机启用了，虽然只打了一个电话，还是被查到是在广东汕尾陆丰打出的。这是一条有价值的信息，因为那里有猖獗的“毒品村”，当地甲子、甲西、甲东三镇已形成产销一体的“毒品经济产业链”。去年年底，广东方面还出动三千多警力清缴毒品，仅一个博社村就查获冰毒近三吨。然而深层的制贩毒网络并未被彻底铲除，如果端木哲万人入海一身藏，应该算是最安全的地方。

于是忍叔和小周立刻开车奔赴汕尾。

端木哲的这部手机，只在他失踪后的一个月，给他堂哥发过一条短暂的信息，说他只是外出避一避债务，希望堂哥帮他照顾一下自己的父母。信息是在东莞发出的，此后一直关机。这让忍叔和小周在东莞一无所获。

现在信号重新出现，想是端木哲以为避过了风头，可以浮头了。

根据这一信号的指引，忍叔和小周一路追踪日夜颠簸到山西临汾，最终查到这只手机在一位运煤的载重卡车司机手里。他承认是运煤至汕尾，其间曾经有过两男一女搭过顺风车，具体是谁把手机掉在他车上了，他也不知道，因为那三个人互不相识，在不同的地段搭车。他捡到手机的时候是开机状态，见里面还有钱他便照常使用。

忍叔把协查通缉上的端木哲正面免冠照片拿给开车的师傅看，师傅肯定地说，搭车的两个男人都不是这个人。

同样这张照片，初到陆丰的时候，也在当地作过调查和研判，并没有搜集到有价值的线索。得知陆丰近一年来抓获制毒贩毒的犯罪嫌疑人共三百二十二名，其中也没有端木哲。

不过忍叔还是耐心询问了两个男人的长相，又问了他们分别从哪里上的车，又从哪里下的车，认真地记在笔记本里。

小周的眼前再一次浮现出端木哲那张小镇青年的脸，仍旧是嘴角上扬挂着隐秘的笑意，双目低垂却暗藏野心。一身白色的实验服令他超有自信。你们绝对找不到我。他的神情就是这个意思。

他们收缴了这部手机。

归队。

终于，周槐序被自己剧烈的咳嗽惊扰得坐了起来。汽车里弥漫着一股浓烈的辣椒的气味，是他们在车上用来醒神的，想必是忍叔为了让他多睡拼命地嚼辣椒。所以啊，那种公安干警雷霆出击的场面，实在是征婚广告。而他们真正的生活就是奔波、蹲守、日夜兼程、饥一顿饱一顿，总之是辛苦的煎熬。

周槐序干搓了一下自己的脸，“让我来开吧。”

“我还以为你死了呢。”

“不好意思，这回我开到底。”小周胡乱地抓了抓脑袋。

忍叔两眼布满血丝，道，“算了吧，马上就到加油站了，找点吃的吧，我饿昏了。”

“哪有钱啊？这些地方又不刷卡。”

“我有。”

“不可能啊。”

“警官证夹层。”

周槐序急忙扬手抓过后座上揉成一团的忍叔的外套，摸出警官证，果然找出二百块钱来，当即恨不得亲吻一下半旧的纸币。现金总是最好用的，他身上的现金早用完了。内地的吃住小店，只认钱不认卡。借记卡也不行，据称发现过假卡，也能打印出凭条，但是钱永远不会到账。

"嫂子监管不力啊。"

"是她给我放的，每次没了就会放两百，说是救急，总会用得上。"

"好女人啊。"

"有什么用？跟着我也没过上好日子。"

"听说新调来的正头儿是你的老同学，鸿运当头啊，你不是还教导我人生就是低头服软吗？"

"可是人生也要自在啊，我懒得开会。每天一大早，吹个大背头正襟危坐，讲些有的没的，真的假的。还不都是狗屎人生。"

小周笑了起来。

一直以来，小周都视忍叔是一高人，平平淡淡过着草根生活，又与世俗保持着有效距离。他的话未必细思极恐，却总有一种盛世危言的味道。两个人一路闲聊着驶进加油站，里面停着大大小小的车辆，从车况看也可以想见开车或乘车的，业已是人仰马翻。

离加油站不远的地方，有一家无名大排档，门口醒目地贴着招摇的大红纸，上书"农家菜，柴火饭"，对于饥饿的人来说具有强烈的吸引力。

大排档肯定是占道经营，档内档外全是简易的折叠桌、塑料凳，能省即省。虽然不是饭点，但食客委实不少，全都吃得热火朝天百无禁忌。店主与小二也是神情冷漠见怪不怪，看到他们的表情就知道此处别无分店。

两个人找位置坐下来，小周点了一个农家小炒肉和一个炒土鸡蛋，问忍叔还要不要点个青菜？忍叔说青菜回家吃。这也在意料之中，有一次两个人在外面执行任务，也是吃大排档，一碟青菜和一条清蒸鱼的价格一样，忍叔就点了两条清蒸鱼，还是这句话，青菜回家吃。

店里的柴火饭装在一个大木桶里，放在店中央的地上随便添。有些人吃饱以后还装一些在自带的饭盒里，店家也熟视无睹。

也许是饿的原因，小周感觉这一顿实在是人间美味，并且转眼间就吃了三碗饭，自然是狼吞虎咽。相比之下，忍叔就吃得从容不迫，一边还若有所思，吃完饭的碗和碟子干净如洗。

小周再一次想起他们有一回一整天没吃上东西，最终碰上一家麦当劳，小周吃汉堡包吃得差点咬到自己的手指，实在是太饿了。忍叔居然不吃洋快餐，坚持要找面条吃。真够能忍的。

他说自己天生是干一线警察的料，说到破案抓人，无非是比谁更沉得低，耐得久，忍得住。

沿着 107 国道一路狂奔，下午四点十分，泥猴子一样的二手车驶进了市区。周槐序感觉周遭的车流明显稠密了不少，主干道呈现微拥堵。

身边的忍叔一直以后仰的姿势闭着眼睛，但不知道他睡着了没有。他睡眠不太好，有时候越累越睡不着，所以有养神的习惯。这时他的手机响了，他摸出手机接听，听了一会儿才睁开眼睛。

是支队的萧锦打来的，萧锦是队里唯一的警花，竹竿一样的身材，性格细致高冷。她告诉忍叔目前正在处理一起命案，骨干全部都在现场。片刻，她把命案地址发到了忍叔的手机上。忍叔立即打开导航仪搜索到位置，并叫小周在前一个路口掉头。

“马上就是下班高峰了，必须尽快穿过天河北路。”忍叔说道。

“嗯。”小周向左打着方向盘，心想，千万别在天河北卡住，上下班高峰时这条路水泄不通，如果是在附近聚餐，午餐变晚餐，晚餐变消夜。本来，按照他们的打算，是想把车放回队里，然后回家洗澡睡觉休整一下。但从忍叔瞬间肃穆的眼神中，可以感觉到事态的严重。

“你都想不到是谁把谁杀了。”好一会儿，他才开口道。

小周侧目，看了忍叔一眼。

“大王把小王砍死了。”

小周吃惊地睁大眼睛。

隔了一会儿，眉尖拧在一块儿道：“是小王把大王砍死了吧？”

忍叔的表情也开始含糊，回想是不是自己听错了？“去了就知道了。”他也只能这么说。

“这事还没完了？”小周嘟囔了一句。

“针大的孔，斗大的风。”

“看上去还都是体面的人。”

“暗物质啊。”

“什么意思？忍叔，我现在跟你比起来就是文盲啊。”

“现有的物理学假设认为，人类目前所认知的物质世界大概只占宇宙的 4%，暗物质却占了 23%，还有 73% 是暗能量。”

“什么是暗物质？比如——”

“是一种人眼看不到的物质。在 1930 年左右，科学家就发现有一些星系团中的物质，产生的引力要比其他可以看到的星系多一些，但是这些物质不发光也不发热，所以就起名叫暗物质。我相信证明它的存在是早晚的事。”

“你是说没有犯罪可能性的人犯罪，不会比指纹库里那些有前科的疑犯更少。是这个意思吗？”

“你说呢？”忍叔透过前挡玻璃直视前方，“无论是谁砍谁，本来他们都是这个社会的上游家庭，也是离我们工作职守最远的家庭。”

小周想了想颇以为然，不觉带有敬佩之意地点头。

然而不知为何，他的脑海里突然飘过端木哲那一张欠扁的脸，本来嘛，他老家的乡下，好像就出过他这么一个大学生，光宗耀祖，父母亲很有面子，十年寒窗都已经熬出头了，成为受人尊重的化学老师，却要去碰毒品。他应该也属于暗物质那一类的人吧。

车轮飞转，二手车又开始像喷气式那样喘着粗气，轰鸣作响。

还好，因为反应迅速，他们的车顺利地通过天河北路，然后一路向北又行驶了将近四十分钟，到达了目的地“芳慧苑”。

这个小区最大的特点就是宽敞气派，园林打理得十分考究。相同的6幢楼房看着中规中矩，外墙颜色陈旧暗淡，虽然是老房子但仍旧气势伟岸，超大阳台最少也有十几平米，透着昔日特权的优越感。不用问，是老王生前分到的房子，相比之下，普通的商品房格局永远是小鼻子小眼儿。

其中的一幢楼房下面拉着警戒线。

有警车和值勤警员。

死者是小王没有错，他横躺在客厅的中央，地毯、茶几、沙发上全部都是血迹。忍叔打开裹尸袋，小周看见那张曾经相当俊朗的面孔已被砍得面目全非。“公子金貂酒力轻”，这样一张脸毁于乱刀之下，尤显触目惊心。

大王显然不是职业杀手，没有一刀毙命的本事。

斧子就扔在尸体的左侧，萧锦跟在忍叔身边小声报告，说小王上下共有37处伤口，有的部位露出了骨头。

勘查现场的工作已经收尾，完成工作的部分同事陆续撤离。

客厅里呈现出激战后特有的冷清，品位上乘的青砖地上，推倒的、破碎的、翻天覆地的，所有的一切统统是静止的状态。由于是老派、西式的装修风格，场景反而显得有些不真实，有一种老电影的制旧和隐晦。又仿佛事件之外，有一双眼睛在静静地注视，暗含忧伤。

虽然行凶后大王没有离开，并且是自己报的案，然而第一现场仍旧需要保留，需要解释杀人动机。

大王被带到另一间小会客室里，他有些木然，神情松懈地坐在那里，一言不发。

讯问笔录上一个字也没有。

萧锦对忍叔说，唯一知道的信息是出事的前三天，大王小王的母亲因心脏病复发住院，目前还在监护病房，不方便告诉她实情。

至于事态是怎么恶化的，接手的刑警一无所知，一头雾水。

是头儿交代给忍叔打电话，尽快让此事有个头绪。

忍叔用眼神示意萧锦离开小会客室。萧锦走后，忍叔把讯问笔录纸卷了卷插在上衣口袋里。他四下环顾小会客室，小周也感觉到隐形图案的壁纸是米色的三叶草，西式餐桌上的英国陶瓷茶具等细节，都显示出曾经的主人希望过精致生活的良苦用心。

家庭装修的风格也坚持整旧如旧，小周这还是第一次见识到。内心感慨老王的审美情趣。

屋子里有一丝时隐时现的檀香，清淡而绵长，餐桌下的丝质地毯是粉蓝的底色盛开着白百合，与客厅里厚重的羊毛地毯不同，小会客厅散发着私密的温馨。墙上的油画是一位正在梳妆的裸露背部的女人，从她丰腴的腰身和凝脂般的肌肤可以想见是个美人，她卷曲的长发瀑布似的倾泻。

“这套房子真的不错。”忍叔望着天花板上的羊皮吸顶灯，由衷地感慨道，还一边微微颔首。

大王先生下意识地四下里望望，并无惋惜之色，满脸仍旧写着：不用审了，我什么也不想说，就把我直接毙了吧。他的眼神里有一种无所畏惧的光芒。

空气越来越沉闷，整个房间像一张满弦的弓，绷得紧紧的，似乎时时刻刻都可能“嘭”的一声断裂或坍塌。

萧锦重新走了进来，与忍叔低声耳语，但因为房间里异常安静，她的话小周听得一清二楚，想必大王先生也同样听得真切。萧锦说医院给大王的母亲再一次下了病危通知单，已经是入院后第三次下达了。

这时大王突然冷笑了一声，面色铁青却轻松道，“死了也好，老王家就可以销户了，挺好。”

忍叔和萧锦怔怔地看着大王，周槐序感觉后背一阵凉意。

小王的尸体被运走了，勘查现场的工作也全部结束。但是忍叔和小周还是等到上下班高峰过去。押解大王的警察下楼后才给他戴上手铐，坐进警车离去。

直到晚上十一点多钟，大王的情绪才渐渐从制高点回落下来。他被带进提审室之后，忍叔并没有让人在椅面上锁住他的双手，反而亲自递给他一杯热水。这让大王的脸色有些缓和，毕竟这么长时间了，急火攻心，嘴角一圈燎泡，从中可以看出他内心的煎熬。他连续喝了大半杯水。

忍叔又叫小周去买了三个盒饭，三个男人不言不语埋头吃饭。

是四大民间名吃之隆江猪手饭，另外三样是兰州拉面、桂林米粉和沙县小吃。开店开得全国上下遍地开花。白米饭上肥美的猪蹄肉搭配解腻的酸菜异常美味，犹如羽泉不能分离。房间里飘散着猪油特有的香气。

“世界上还有这么好吃的东西，我怎么不知道？”大王突然说道，还笑了一下，整张脸像暗灰的顽石突然裂开了一道缝。

忍叔和小周吓了一跳，下意识地互望一眼。

“隆江猪手饭你没有吃过吗？很出名的。”忍叔道。

“我连听都没听说过。”大王眯缝着眼睛，显现出享受美食后的陶醉。

小周心想，这个世界有太多的不可思议，无论科技多么发达，人类膨胀到以为自己无所不能，还是找不到一架失联的客机。大王所生活的阶层不仅没有民间疾苦，同样也没有世俗之乐。

他活在自己的世界里，情绪失控也不出奇吧。

饭后，大王开始诉说，他的语气平淡，像是在另一个空间遇到了另一个自己。

按照与医院达成的协议，小王顺利地拿到了赔偿款，科室里的护工，当然主要是以“跛足人”为首的熟护也全数遣散，据说另外组织了新护工。这些都是护士长对老王夫人说的，希望夫人宽心，早日恢复健康。

老王的遗体告别仪式设在殡仪馆的青松厅，遗体上覆盖着党旗，他十分庄严地走完了自己的人生历程。

全家人都感觉松了一口气。

这时老王单位老干处的工作人员来找老王的夫人，说老王大约在五年前，还没有脑萎缩的时候，曾经写了一份遗嘱，由老干科的科员陪同去了市里的公证处，不仅对遗嘱作了公证、存放，还全权委托了老干处负责在他死后，通知家属并且共同查阅遗嘱。

于是某一天的下午两点，全家人跟着老干科的工作人员去了市公证处，在那里排队叫号，等了一个多小时才叫到号，可见业务之繁忙。

公证处的工作人员郑重其事地拿出了老王的遗嘱。

遗嘱的内容想象不到的简单，就是那套芳慧苑的房子归大王所有，由大王带着妈妈居住，但是芳慧苑书房里全部的书都归小王所有。

其实老王的房产并不止芳慧苑一处，只是这边算是祖屋，最大也最讲究。

其他的房子投资也好自住也好，分散在不同地段，当然不如芳慧苑。而且大王小王各有居所，老王患病期间，夫人也是住在离医院最近的自家的小单元投资房。芳慧苑一直闲置在那里，静如处子。

轮流看完遗嘱之后，大王和小王都惊得说不出话来。

大王先生感到意外的是，从小到大，父亲都深爱风流倜傥的小王，嫌弃他的木讷愚笨，怎么可能把芳慧苑留给他呢？所以他去公证处的时候没抱任何希望，一切顺其自然。父亲给什么就拿着，不给也在意料之中。

当天晚上，在家里的餐桌上，小王就炸了。在公证处时，他还算顾及有外人在场，忍住怒火没有爆发。

他劈头就说，这个遗嘱是伪造的。

他说，爸爸一直最爱我，怎么可能给我书？都什么年代了？谁还要书啊？直接拉到废品站都嫌累得慌。好吧，就算遗嘱造假也拜托有点专业精神，文件也写得逼真一点，不要烂成一个笑话。

大王实在听不下去了，因为小王显然不是针对妈妈说遗嘱有假，目标非常明确，是冲大王来的。大王当然急了，就说，你有证据吗？

小王说，还用证据吗？从一开始你就跟老刀搞在一块儿，从精神到身体胁迫了父亲，一手导致了父亲的死亡。面对明显存在过失的医院，面对那些有邪恶心态的护工，你没有作过半点抗争，包括对医院赔偿的四十万不屑一顾。现在一切都合理了，因为你希望这份假遗嘱早点兑现，你等不及了。

小王对大王说，这根本就不是爸爸的思维，是你的思维，你要羞辱我，你要报仇。对于小王的狂想症，大王无言以对。从此，家庭大战不宣而战。那段时间每天都是在吵架、动手或者推推搡搡中度过的。

大王的性格也有倔的一面，他把母亲接回芳慧苑，心里想着，父亲生病前，心里还是非常明白的，只有把母亲和房子交到他的手上，这个家才不至于败干净。他的内心充满了对父亲的愧疚，那些曾经令他伤感的往事仿佛作了一道柔化处理，变得温馨和意味深长，里面其实有他没有发现的浓浓爱意。他想，他绝不会辜负父亲的重托。

至于小王的指责，他说，既然我们吵不清楚那就打官司，怎么判我都没意见。小王没有证据，官司没法打，就一直胡闹。

由于小王不分昼夜地前来骚扰，大王换了芳慧苑的门锁。小王提着斧子就来把门和锁都砍烂了。

这样的事小王干了三次，大王对那把斧子简直太熟悉了。

因为巨大的动静，因为报警，也因为呼叫的救护车拉走晕倒的母亲。在整个芳慧苑里，王家成为人们议论的中心事件，成为茶余饭后最好的消遣，是且听下回分解的连续剧。就是这一点深深地刺伤了大王的心。

他一直是个内向的孩子，脸皮薄，面子大于天。哪怕是晋升、职称、利益这一类别人无比看重的事，只要伤及面子，他都会选择隐忍。对于暗恋的人，无论多少机会降临，他都开不了口。

可是现在他成为电视剧的男主角，口口相传，任人评说。

终于，他决定妥协。

他对小王说，遗嘱的事先放一边，你也搬到芳慧苑来住，反正房子够大，我们还可以一起陪伴母亲。

但是小王并不同意。小王的意见是他和大王还是各住各的，母亲也住回那个小单元。芳慧苑由他抵押给一个朋友，他要跟人家成为合伙人一起做生意，肯定发大财。大王当然不肯，因为自改革开放之后，小王涉足过的若干生意，结局总是惊人的一模一样，那就是血本无归。

卖掉祖屋是绝对不能应承的一件事。钱，没有人不计较，更重要的是这样的行为如同农村砸锅一样忌讳。大王尤其讲究这一点，相信做伤害祖辈的事会殃及家人和孩子，大家都过不好。

战争进一步升级。

压倒大王的最后一根稻草，是一天傍晚，小王又找上门来闹得不像话。一直缄默不语的母亲实在忍不住说了他两句。小王不仅顶嘴还用力推倒了母亲，母亲摔倒在地，额头碰到茶几上鲜血直流。急救车再一次哇啦哇啦开进芳慧苑拉走了母亲，这一次医院下达了病危通知单。

大王最后一次换了芳慧苑的门锁，然后像武士道中的“士”一样，神情肃穆，正襟危坐，等待小王提着斧子上门。

周槐序不记得大王什么时候停止了诉说。

因为讯问室里异常寂静，没有人说话，只有一点淡淡的隆江猪手饭的余香。

9

眼前一片漆黑，黑暗中，一首节奏分明，铿锵有力的狐步舞曲飘然而至，音量如寒汀竹影般影影绰绰，时而流畅时而渐消，更增添了些许神秘。那是一个巨大空旷的舞台，一束柔和的追光亮起，紧跟着起舞的男女，他们礼服加身，妆容精致到可以看清楚每一根上翘的睫毛，光洁的额头大理石一样平滑，下颏微微扬起，神情漠然如结起薄冰的湖面。

怎么看都是绝配型佳偶。

他们的腿部也密不可分，潇洒灵动之中杀机四伏，你进我退，我退你进，心思缜密却波澜不惊。将所有的刀光剑影暗藏于无限优雅之中，一切算计都在步伐的方寸之间，慌者输，乱者杀。音乐声渐渐震耳欲聋。

三郎惊得一下子坐了起来。

都是端木哲种下的祸根，他在心里骂了一句。

更让三郎吃惊的是，在一侧台灯的微光里，苞苞安静地靠在床头，慢慢地吸着薄荷烟。

挂钟指向凌晨四点三十六分。

什么情况啊？三郎的脑袋一片空白。直到这时，他才发现自己赤身裸体，一丝不挂地坐在被子里。

床下的衣服裤子凌乱地摊了一地，全数带着当时急于扒下来时的痕迹。

他懊丧地闭上眼睛，缓缓地倒回床上。

最近发生的事只能说是一连串的不可思议，他的记忆开始慢慢恢复，头脑清晰如刚刚清理过的抽屉。昨晚也没有喝酒，发生的一切都在自我掌控之中。苞苞对他的怨恨和失望也都是必然。

数天前的一个下午，他在 24 小时银行自助服务厅里取钱，那是一幢大厦的一楼，并不当街，要拐几道弯才能见到。但是令人称奇的是门前少有的自备停车位，居然常有空置，所以他常到这个服务厅来，算得上驾轻就熟。自动提款机吐出钱之后，他数都没数就卷进口袋。机算永远大于心算，这是他的信念。最后一个动作是收回银行卡。

刚一转身，他就愣住了。

排在他后面的站在黄线之外的人居然是苏立，他当时就石化了，以为自己出现幻觉，或者穿越到了不知什么地方。

但真的是苏立。

苏立比他平静多了，因为等待操作个人业务的人还有六七个，他们在苏立后面排队，其他的机器前面也有若干人，总之这是一个公共场所。所以苏立微笑地示意之后，还有条不紊按照语音提示取了钱，收回了银行卡。

淡定啊，取钱还重要吗？他暗自想到，像移动的泥塑一样走出服务大厅，在门外等待苏立。

满脑袋疾风骤雨，九级狂澜。

他曾经无数次地设想过他们的重逢，最称心如意的，是在一次国际春季时装发布会上，他们都带着自己的作品，在繁忙的后台意外相遇。当时无比混乱的后台陡然间静默无声，进入默片时代，时间变成固体，形成抽象的雕塑，在他们的身边勾勒挺立。他们四目相望，彼此熟悉而又惊讶，然而那是激战前夕，他们只是用眼神、气息、温情，还有他们的淳朴无华、高级灰色调的作品相互关照。其实什么都没有改变，他们心灵相通。只有华丽的相见才不枉当初在深山老林里的缠绵，名利的确让他们变成了当今时代的楷模。

没想到他们的重逢这么平常。

他们都穿着休闲装，神情散淡，俗气地取钱，跟这个世界交易。

还是她先开口说道，你……还好吗？

他想说，不好，或者很不好，或者你到底跑到哪儿去了？为什么不跟我联系？难道我就那么不重要吗？这一句就算了，有点像韩剧台词。你知道我等你等得多辛苦吗？他妈的生活简直来源于港台剧。

凌乱。

最终说出来的是：还好吧。

他看着她，目不转睛。仿佛她会瞬间消失，“你呢？”他说。

我还好。

他想说我们找个地方坐下来聊一会儿吧。可是他看见她飞快地看了一下手表，他马上说，你赶时间吗？我送你过去。顺手指了指停车场上的宝马。

她说，不用了，我搭地铁很方便。

哦，他只好这样说，不过并没有忘记互留手机号码。只是苏立报号的时候有一丝不为人觉察的迟疑。

就像清风拂面，只有片刻的欣喜。

后来的若干小时，他都不知道怎么过来的。没有办法工作，也没有办法集中精力，翻杂志那些华服红唇变得惊悚，溢美的辞藻像聚集在一起的苍蝇，在脑袋里嗡嗡作响。喝咖啡烫了嘴。然后莫名其妙地希望天黑，好像天黑就能掩盖什么似的，或者带给他多大的勇气。

最终他忍不住给苏立发了信息：“今晚八点之后我在花园酒店大堂吧等你，你慢慢来，我会一直等下去。”

花园酒店的位置就在地铁上面。

苏立没有回复。

三郎还是推掉了晚上的应酬。他感觉她会赴约，否则她就拒绝了。但是她有些犹豫，或许她有家庭、孩子了，不想再翻陈糠烂芝麻。但是他不行，必须知道她的一切，至少对自己是个交代。否则他就完了，他陷在一片看不见的沼泽里，她是他的光。

五星级酒店有一种独有的香氛，属于暗香浮动，借以启动客人神秘的大脑，记住每一次的入住，像幽会一般贴心又不动声色。

三郎点了一杯软饮料，坐等苏立的到来。

八点四十五分，苏立的身影匆忙地出现在玻璃门处，她下意识地四处张望。三郎站起来对着她挥手。

还没等她坐下，三郎便省略了所有的寒暄，直道，“我离婚了。”苏立的表情明显僵住了，一时不知该怎么接话，她望着他，慢慢坐下。“我其实过得很不好。”三郎补充了一句，有一种如释重负的坦然。苏立点了榨鲜橙汁，静静听着三郎的陈述。三郎说，“我跟前妻就是不合适，责任主要在我。”其中的细节当然不提，也没有必要提。

然后满脸写着：你呢？该你了。

苏立想了想，好像不太想谈自己，沉默了片刻才淡淡说道，“我们家破产了，我爸欠了高利贷，现在还不知道躲在什么地方。”说到这里，她居然笑了，“怎么这么不真实？像剧情简介一样。”她不往下说了，或者是说不下去了，笑容变得苦涩，清澈的眼神掩饰着沧桑。然后她就闭嘴了，什么都不想说，她脸上写的就是这个意思，眼睛望着别处。

他特别有抱住她的冲动，然后对她说，你的情况还能更糟糕一点吗？好让我能够配得上你。当然，他没有。他们是熟悉的陌生人，是高冷的羞于表达情感的都市人，必须坚强到牙齿。

“一个人吗？”他小心翼翼地问道。

她点了点头。

他的内心一阵狂喜。以前的事就不提了，让我们从现在开始。当然他仍旧沉默，但是已经感觉到久违的激情与冲动正在重生。

男人对这种能力需要病态的认可。

这也是三郎深感对不起苞苞的地方，昨晚给母亲过完生日，那是一个完美的夜晚。他回到家中依然兴奋不已。这时的苞苞正在卧室收拾她的衣物，她自己有单独的柜子，两年了，他碰都不想碰。终于在平静分手之后，苞苞可以把她的东西全部拿走了。三郎也是想等这之后再把大门的锁换掉，所以他并不知道苞苞会在这个晚上来收拾衣物。

一个巨大的黑箱子摊在卧室的地上，猛地看上去满床满地都是女人的各种衣服、裙子，还有轻薄质地的性感内衣，带有情趣意味的小护士制服。苞苞在低着头收拾，见到他，用无奈的眼神打了招呼。

几乎是在一瞬间，他冲上去抱住了苞苞。

二话不说，将她按倒在地，在那一堆垃圾品位的衣服上，苞苞显得颇有诱惑力。他像疯了一样，把这件事做得地动山摇。实木的大床轻飘如一叶扁舟，肆意撞击在墙上发出咚咚的声响。苞苞完全是被吓住了，任其摆布，没有呻吟也没有喜极而泣的机会，意想不到的风暴将她彻底淹没了。这时候的三郎像换了一个人，没有理智，没有思维，脱缰野马一般地奔驰。

身体的语言却在提醒他，一切的症状都是心因性的，他不能停止，他可以，他完好如初。

“这算什么呢？”苞苞在他的身后幽幽地说道。

薄荷烟的味道一重又一重地袭来，既清凉又刺鼻，“就算是夫妻一场吧。”她仿佛自言自语道。

幸福使人慈悲。昨天傍晚，母亲的每一条皱纹都是舒展的。此时他最希望自己做的就是转过身去，对苞苞真诚地说一句，以后无论碰到什么困难，都可以来找我，我们的恩怨就此扯平。当然，他没有。他一动不动背对着她躺着，这个世界没有也许，没有以后，即使是所谓周济，你乐意，别人未必乐意。所以，他什么也没有说，什么也没有做。

天快亮的时候，三郎又沉沉地睡去。

再一次睁开眼睛，天已经大亮，阳光从月白和雪青相间的厚厚的窗帘缝里挤进来，令静美优雅的融色披上了霞光。三郎还是第一次感觉到日光并不是那么可憎，他起身拉开了窗帘，仿佛拉开了新生活的序幕。

苞苞并不在床上。

地上的大黑箱子也变魔术一般收拾妥当，靠墙肃立，外加两个大环保手袋。这么大的工程他毫无知觉，可见睡得多么死。

天色湛蓝。

远处，以西塔为代表的一重又一重的高楼大厦像青山峻岭一般错落有致，看着让人心里踏实。如果是晚上，就变成集成电路板那样星星点点光束密布。三郎喜欢繁华，没有繁华就没有繁华中质朴的自己。

洗漱完毕之后，三郎换上干净的衬衫来到客厅，听见厨房里传来炸鸡蛋的声音。看来苞苞也不准备兴师问罪，他也想把这个尴尬的早上礼貌、谦和地混过去，从此劳燕分飞各奔东西。正是因为从此再无挂碍，现在才要表现得体面一点，不必面目狰狞。

三郎在餐桌前坐下，像两年前任意的一个早晨。

所不同的是，此刻他的脸上，挂着一丝智障人士特有的那种既诡秘又发自肺腑的笑容。

手机的铃声响了，果然是母亲，只有她会这么早打电话。

“我一晚上没睡。”她说，“当然是高兴的，大溪跟你小时候一模一样，就像饼印，想不认都不行。”

他仿佛看见母亲的笑容。

昨天傍晚，他回家给母亲过生日，母亲穿上他亲手做的衣服，稀罕地来回摩挲，这布料太好了。她赞叹道。你儿子是布痴啊。他说。手工也周密，是个好的手艺人。这已经是母亲对他的最高夸奖。他很想说，这里面有爱。当然，他没有说，如果心里有千言万语，那就什么都不用说了。

母亲盛好汤，就是普通的胡萝卜玉米排骨汤。她是一个家常惯了的人，不喜欢夸张。她说，做衣服就是不要夸张，布料好、沉静的颜色，哪里需要设计？加上纯手工，就是上等的货色。

吃饭也是，不会夸张地操办。

这时有人敲门。

会是谁呢？母亲的眼睛在问。这时三郎才说，我还约了苏立，妈，你还记得苏立吗？

母亲有点吃惊，但还是点点头。

想不到苏立带来了大溪。看到大溪第一眼的时候，母亲就热泪盈眶，所谓血脉相连是最骗不了人的。这是苏立送给母亲最大的礼物，也让三郎如坠梦中，根本无法相信这个世界上会有如此神奇的事，并且不偏不倚就降临在自己的头上。所以，他的目光从始至终都没有离开过大溪，满脸写着不可思议。因为这件事完全超出了他的经验，他的想象。

母亲一夜未眠是很正常的。

“我记得苏立是有钱人家的女儿。”母亲一直絮叨，她的担心可以理解。她与其他母亲不同的是，总觉得自己的孩子不够好，家境不够好，特别是苞苞坚决要离婚，应该是对母亲最沉重的打击。

“她家破产了。”他只能这么直接地安慰母亲。

"哦，那就好。"

怎么能这么说？母亲也真是的。所以说这个世界上根本没有客观的母亲，只要对自己的孩子有利，哪怕天崩地裂洪水滔滔。

"她也一直没结婚，你看大溪教得也很好。"他继续给母亲吃定心丸。

母亲一连串的嗯嗯嗯。

这时，一碟煎鸡蛋、培根和涂好花生酱麦包的盘子放在了三郎面前，三郎急忙向苞苞点头示意。

"妈，您放心吧，我会把事情处理好的。我还要上班，挂了啊。"

苞苞一言不发，平静地倒奶。两只玻璃杯变成宁静的白色。她在三郎的对面坐下，面前放着同样的西式早餐。

两个人默默地吃早餐，刀叉的声音反而有些刺耳的锐利。

"一会儿我开车送你吧。"三郎打破沉静。

"嗯。谢谢。"

"还是回你妈那里吗？"

"嗯。"

"如果你不嫌弃，就到淘金路那套公寓去住吧。"

三郎当年曾经投资一个62平米的小套房，因为地段还不错，放租比较方便。

"不是租给人家了吗？"

"租约到期，那个客人搬走了。现在空着，不过要自己整理一下。"三郎是真心同情苞苞，她那个妈，怎么一起住啊。

"真的可以吗？"苞苞沉默片刻，看着盘子说道。

"都说了你不嫌弃就去住，客人不租了就是说那条街上住了黑人，还有好多洗脚妹。"

"没关系，我想去住。"

"那一会儿我们就过去，我帮你把箱子提上去。"

"房租怎么算啊……"

"房租就算了，你想住多久都行。"三郎也看着盘子说。

"哦，那就谢谢了。"

吃完早餐，苞苞洗完杯子和碟子。两个人提着箱子出了门。临走的时候，苞苞环视了一下客厅，三郎装作没有看见。

车子开在环市路上，没有人说话，静悄悄的，再往前开右转就是淘金路了。苞苞坐在后座，一直用手撑着脸颊望着窗外，这时像是偶然想起一样突然说道："两年前的五月十二号，你跟端木哲见过一面吧。"

"怎么可能？"三郎脱口而出。

苞苞没有理会他，继续说道，"五月十二日很好记啊，是汶川地震纪念日，你用我的手机给端木哲发过一条信息，叫他到我们家来一趟。

"那两个警察又来找我了，他们不知道在哪里找到了端木哲的手机，里面有我发给端木哲的信息，我告诉他们那不是我发的，他们不相信。我只好告诉他们，当我知道端木哲要害死你的时候，我害怕了，想到他有一天说不定会杀掉我，再说他搞的减肥药又吃死了人，警察到处抓他。所以说好一起逃跑，但是我并没有跟他约好碰面的地方，就更不可能给他发信息了。"

"谁能拿到我的手机发信息？你还是想好怎么跟警察说吧。"

三郎一个急刹车，苞苞的脑袋碰到前座椅背上，啊了一声。因为听得太过入神，汽车差点追尾。

她是幼儿园老师，但不是幼儿园智商。永远不要小看任何一个人。

三朗本能地开着车子，右拐后驶进淘金北路。许久没有过来，曾经充满小资情调的街道和铺面有一种时过境迁的破败。

他再一次想起了薄荷烟细腻的慢慢弥散开来的烟雾，像花一样在眼前绽放，生机勃勃的太阳蛋在白色瓷盘里微微摇晃，苞苞最后环视客厅时目光中的淡淡忧伤。为什么每一个画面都显得意味深长？

本来，这是一个轻松、休闲的周末。

为了去听晚上的音乐会，黄莺女士从下午就开始梳洗打扮。傍晚出门的时候，她穿着香奈儿的外套，佩戴镶嵌山茶花标志的珍珠项链，整个人还要香喷喷的，打上蝴蝶结就可以送人那种。每次都是这样，除了盛装，晚饭还要去西餐厅。她老人家的意思是这样的享受才算完整，要对得起这个美丽的夜晚。

周槐序陪母亲去了三兄弟西餐厅，这个店铺并不精致奢华，反而有些过分随意，桌椅、桌布、布置、摆设都是有年头的陈旧感觉。然而菜式非常地道。如果用餐时兄弟中的老大一高兴，还可能拄着拐杖慢悠悠地走过来奉送一道价格不菲的甜品，然后聊上几句。每次黄莺女士都可以享有殊荣，因为老大喜欢老派而盛装的女士，感觉与他的铺面相映生辉。

是苏格兰交响乐团在大剧院演奏古典音乐。

他们的位置在楼座一排。小周也喜欢交响乐，至少可以闭上眼睛休息脑袋。最近发生了太多的事。

观众在陆续进场，各色人等。有人平静，有人异常兴奋。有女人化着大浓妆，穿着比黄莺女士夸张多了，也有人随便得像上街买菜一样就来了。有人一直歪着头在欣赏大剧院的建筑特色。

这时他的眼神停留在楼下大约十五排的位置，他看见了苏而已和柳三郎，中间的座位上坐着大溪。

苏而已在看节目单，柳三郎的一只手搂着大溪，不知在说什么。

小周掏出手机打给苏而已，他看见苏而已接听了。

“你在哪里？”他说。

“我在大剧院，准备听音乐会。有事吗？”

“跟谁在一起？”

“大溪的爸爸。”

“哦，没什么要紧的，我再找你吧。”

周槐序收起手机，他可以绝望了吧——她甚至连骗他的心都没有，如实秒回他的问题。就像他因公调查柳三郎，很正常地牵扯到苏而已，苏而已也必须回答他和忍叔提出的问题，哪怕是触及隐私。

那天他们就约在利群茶餐厅谈话，一人一杯柠檬茶，都是公事公办的表情。因为不是开饭时间，所以店里清闲，客人不多。他和苏而已非常默契地表现出素不相识的样子，事实上他们也的确没有什么可圈可点的交往。这是他们唯一可以选择的最佳态度，必须承认，小周的内心不可能波澜不惊，也有一点点掩饰良好的尴尬。不过苏而已还是平静地回答了他们所有的问题，包括她和柳三郎的情史，以及柳三郎是大溪生父的事实。

小周暗自叹了口气。

“嗯，她的确是个好女孩。”这时黄莺女士在他身边感慨了一句。

“你说谁？”

黄莺女士往下努了努嘴。原来她也看到了苏而已。

“你跟她又不熟，怎么知道她好？”小周有些丧气地说道。

“因为她不接你的球啊，你喜欢她，谁都看出来了，可是她装傻，而且装傻到底。”

小周的内心大为惊讶，但还是假装若无其事，却又不知如何作答。

母亲说道，“她来我们家的第一天我就看出来了，你看她的眼神很不一样。你懂什么叫母子连心吗？傻儿子，是你以为别人都不知道。”

小周一直以为妈妈是思维简单的女人，喜欢鲜花、香水、唱歌、听音乐会的女人就简单吗？这是偏见，要改变。

“可是你们不合适。”

“为什么？比起那些世俗的想法，真爱才最难求吧。”

“爱情非常短暂，但是人最终都是普通和现实的，你的条件那么优秀，应该想得长远一些。”

“那你还说她好，言不由衷，这不是你的风格。”

“我真心觉得她不错，只是她不合适你。”

“听不懂。”

“因为她也喜欢你啊，傻儿子。”

“哪有？她根本不太理我。”

“如果她喜欢你，就会跟你谈一场轰轰烈烈的恋爱。可能是她真的爱你，所以远离，她希望你好，希望你完美，世俗的东西总是更长久。”

不知为何，小周像是被点中穴位一样，鼻子一酸。

“再说了，人家是一家三口，你不觉得你是多余的吗？”

死结。

灯光渐渐暗去，在海潮一般的掌声里，满脸慈祥的老外指挥走出前台，与首席小提琴家拥抱致意。随后，他站上指挥台，背对观众。良久，他才确认身后如沙漠一样空廓冷寂，指尖一点，音乐声响起。

周槐序对于音乐的天然感受力应该来源于黄莺女士，从小到大，因为陪伴母亲，他成为优质听众。他可以清晰地感受到旋律中的乡村、田野、雨过天晴、翠堤春晓，也有疾风骤雨、悲痛和哀伤以及克制的叹息。但是此刻，他闭上眼睛，交响乐的宏伟磅礴化作绵柔的背景音乐。

他的脑袋里只有一个问题，那就是坐在楼下的柳三郎到底是一个什么样的人？

技术部门恢复了端木哲手机上的数据。

苞苞不承认她给端木哲发过信息，理由令人信服。那么谁比较容易拿到苞苞的手机，在苞苞离家前发信息给端木哲？当然是柳三郎。

他为什么要发这个信息？他叫端木哲到家里来想说什么？

这些疑问都很正常，但是忍叔后面的话，令小周的后背有一种触电的感觉，只有零点二秒钟，但绝对是惊着了。

忍叔说，老王的案子里，谁最不可能杀人？小周回答，大王。忍叔说，对，小王或跛足人都是有理由激情犯罪的，一个贪财，一个被砸了饭碗，但是没有。那么，忍叔继续说道，端木哲的案子里，谁最不可能杀人？

小周没有说话，但是给电了一下。

忍叔说，我想了很久，这一次端木哲手机的出现，和他两年前发给他远房亲戚的短信，有同一种故意，就是提示我们端木哲在逃。但事实上，端木哲这样一个上了大学就不认父母的人，工作这么久，有钱没钱都从来没有回老家探望过父母，而且有一次他父亲病重，亲生父亲啊，给他打电话，他都没有回家看一眼，你说这样的人，怎么可能想到把对父母的挂念托付给远房亲戚？根本不可能，完全是另一个人的思维推论。

这一次手机的出现，显然是有人放到货车上的，这个人知道我们一定会以此为线索追踪这个案子。

生的对面是死。

活跃的在逃对面是什么？是彻底的消失。

端木哲这个人有野心，像他这样贫寒又欲望强烈的人，上了大学，有了文化，有时反而是罪恶助推器。他不可能跑到非常偏僻的地方隐姓埋名地做苦力，他想过好日子，也吃不了那份苦了。他如果去制冰毒反而是合理的，去寻找苞苞也是合理的，怎么可能连一点生命的迹象都没有？

串案思维，逆向侦查。忍叔说这是他认同的一种思考案子的方式。

毫无关联的人和事，看似两个独立的案子，有时候会突然打通脑袋里的死疙瘩。每一个职业里的人都会修炼出特有的直觉，其实他一直都在否定这个直觉，但是它仍旧顽强地冒出来。

这种感觉有点像下盲棋，这也是小周最佩服忍叔的地方。他不动声色，但是前棋走的每一步从未忘记，后棋无论如何是一种下意识的关照。虽然不知道对手是谁，棋路却一直都在他的心中。

小周想了想，觉得有道理。而且他跟柳三郎夜跑时撞上还不止一次，发现他还真是穿衣显瘦脱衣有肉那种，绝对不缺力量。不过转念想想还是不对，好吧，就算大胆设想柳三郎杀了人，怎么处置尸体？这可是个技术活，应该是一个人不可能完成的任务。

秘密搜查柳三郎的家和宝马座驾并不是一件难事，但结果像用漂白粉擦过一样，就算过去了两年的时间，还是有可能发现微量证物。然而事实证明想法就只是想法，多半是站不住脚的。

忍叔轻易不下判断，一旦认准的事就会直奔南墙。他决定秘密调查柳三郎所有的社会关系。

于是，柳森浮出水面。

柳森是柳三郎的亲叔叔，自柳三郎的父亲过世以后，柳森对柳三郎疼爱有加，视如己出，资助他完成学业包括他的毕业典礼，都是柳森热泪盈眶地参加，两个人感情深厚。

柳森现任民政局副局长，两年前曾任殡仪馆的支部书记，这是一段让人浮想联翩的经历，以往不为人知的杀人焚尸案在这一类人手上也发生过，并不出奇。

于是，忍叔和小周去了殡仪馆，调查了两年前端木哲失踪那段时间的火化名录，反反复复，每一个死者都进行了核准。误差率是零。关于柳森的性格和为人，他们也调查了他曾经的同事，都说他这个人还不错，豁达开朗，乐于助人。优点是果断，有能力也有魄力，很务实的领导；缺点是好美人美酒，见到漂亮姑娘迈不开腿，喝酒容易喝高，有一次喝高了放狠话，说他一辈子不印名片不主动跟人握手，但是谁敢惹他就只好风烟滚滚送英雄了。

柳森的酒后戏言加深了忍叔对他的怀疑。可惜疑案从无。

终于，潮水一般的掌声让周槐序睁开了眼睛。黄莺女士一边鼓掌一边斜了他一眼，表达了心中的不满。

“这都是第三次返场了，你才睁开眼睛。”

“三次了还要别人演奏？买白菜一定要白搭萝卜吗？”

“讨厌。”黄莺女士嘬起小嘴，继续鼓掌。

外籍指挥还是被热情所屈从，《茉莉花》的旋律宛如湖心的涟漪，缓慢地静如莲花般地荡漾开来。

10

为什么年轻的妈妈们都是半夜买童装？也对，只有半夜熊孩子才是没法折腾的，妈妈们才有时间逛淘宝。

深夜两点，苏而已还在电脑前处理订单。只要起身决定睡觉，就有一声猫叫的提示音把她拉回来。订单这种事就是这样，你不处理，妈妈们可没耐心傻等，转眼就找下一家，海淘呗，不缺你那一件。所以一听到猫叫，苏而已就没法睡觉，乖乖坐下来处理订单。

房间里总算暂时安静下来，苏而已得空急忙站起来伸个懒腰，然后重重地倒在沙发上。

腰部被硌了一下，她用手一摸，抓出来一只毛绒叮当猫，张着嘴傻笑。是大溪从三郎家里揣裤兜拿回来的，洗衣服时她把它扔在沙发上，现在依然是扔到脚下那一头。

需要这么拼吗？她想。换作任何一个人都会关上电脑睡大头觉吧？她应该学习那些游手好闲的女人，吃茶点，做头发，涂涂指甲，买买名牌才对。自从三郎来找过她之后，几乎是一天一个头彩，所有的担心和麻烦都烟消云散。三郎成功地挤进了成功者的队列，他是真正有才华的，他离了婚，关键是他对她的感情没有变。这样的一家团聚是她从不敢想的结局，完美得让人害怕，更像是一个精心策划的圈套或者陷阱。

更没想到的是，问题竟然出在自己身上。

不知为什么，她没有想象中的那么高兴。

人生中注定要遇到什么人，真的是有出场秩序的吗？看似不经意的一个相识或者相遇，或者成为故事，或者变成沉香，以一种美丽伤痕的形式在心中隐痛地变迁。人的一生都有一些说不出的秘密，有一些触及不到却又忘不了的爱，总是在夜深人静的时候轰然来袭。

这个发现很不好，在跟三郎共同奔向幸福的日子里，苏而已发现她的莫名的心虚和烦躁都是有原因的，她无法抑制地爱上了周槐序。

这种感觉太奇怪了，她发现是小周治疗了她的“爱无能”。这个阳光干警的小宇宙够强大，而且没被污染过，总是清澈透明的。他的笑容可以灿烂到刺痛她内心最柔软的部位，让人失神落魄，让人无力挣扎，无处逃遁。

也许是她厌倦了，厌倦了她和三郎苦哈哈的、年纪轻轻就历经沧桑守着一颗千疮百孔的心，努力要过上人见人羡的生活而付出的那种沉重。她可以感觉到三郎也是冷血的，尽管他对自己的过去不愿多说，但完全可以体会到他阴郁的另一面，她常常看着他望着窗外发怔，并没有发自内心的苦尽甘来，或者突然紧紧地抱着大溪，令大溪有些不适应。

小周什么都没有，可是他保留了一个男生最纯正的天性，善良、自然、不会算计地去爱。

她的手机就扔在桌子上，如果再收到小周的短信，哪怕是深更半夜，她一定会打过去，然后相约一起去喝砂锅粥、去吃云吞面，一起去江边散步。即使什么都不说，只要可以在一起，感觉他白衬衣一般的洁净，春天一样的温暖，也是她所盼望的。

但是她知道，她再也不可能收到他的信息。他从来就不是一个暧昧的人，自从知道她与柳三郎的关系之后，他便没有给她发过任何信息。而在他的眼神里，她看到了只有她明白的忧伤和做错事似的自责。

本来以为一切都结束了，没想到却是另一个排山倒海的开始。

她怎么会不明白，每个人的面前都有两条路，一条是想走的路哪怕山高水远，而另一条是对的路，是必须往前走的路。她跟三郎曾经那么相爱，时至今日，所有的障碍都像变戏法一样化为乌有，走下去就是花好月圆。

可是爱这个东西太不可靠了，时空、心境、际遇，甚至出场先后都可能产生无法控制的化学反应。

她知道她应该走对的路，可是精神出轨对于女人来说既可怕又残酷。并且所有的力量都在迫使她远离那个虚幻的所谓真爱。黄莺女士满脸都写着“不”，她只要有半点不淡定都会被视为“侵入者”。还有母亲和大溪，人生之旅不是江湖古道，不是铁剑柔情快意恩仇，而是扶老携弱，慢吞吞地倚杖前行。

缺乏美感的都不是爱，更像是一种无奈。而挫折和变迁也可以把曾经相爱的人变成铁哥们儿。

苏而已在沙发上昏沉沉地睡了过去。

一觉醒来，天已大亮。她的身上盖着毯子，耳畔听到细碎的压低嗓音的说话声。她坐起来揉眼睛，看见母亲和三郎坐在餐桌前剥豆子，不知在说什么，还是笑模样，大溪坐在地上，在玩三郎给他买的游戏机。阳光从窗外射进来，这样的场景有一种油画般的质感。

母亲对于三郎的现状自然是十二分满意，尽管过去对这个腼腆的不起眼的穷小子压根儿都没正眼看过。财富可以重新雕塑一个人的气质，两周前，三郎登上时尚杂志的封面，母亲买菜时在街上的报刊亭发现，郑重其事地买回家，放在苏而已的工作台前。

杂志封面上的三郎微低着头，侧光，冷漠的神情，酷。封面称呼他极简大师，介绍他的品牌“死人杰克”，风格是干净、沉默、举止高贵。

封面上还印有他的金句：少，就是多。我从不谀媚客户。

母亲说，她现在每天的心情都像过年，下雨天也都觉得天是光的、亮的。又夸苏而已当年的眼光神准。

总之每一句夸张的话都让人接不住。

见她坐起来，母亲笑道，“三郎都等你两个多小时了。”

“干吗不叫醒我？”

三郎道，“反正也不着急，今天我带你去个地方。”他走过来，捏了捏她的脸蛋，“你到底醒了没有？”他总是记得当年他们在山村调查的时候，叫醒她，看着她坐起来他才离开，可是她又倒下去睡了。

她只好笑了笑。

三郎继续道，“本来想给你一个惊喜，可是今天天气太好，就改变主意了。”

苏而已还是笑笑，并不想作好奇状。她走到窗前，天气果然很好，蓝天四挂，连半片云朵都没有，美得无法无天。

洗漱之后，已经快中午十二点了，两个人吃了苏而已妈妈下的面条，然后开车离去。一路上，都是三郎在说话，东拉西扯的。但是苏而已从心里感谢他，如果让她演，该是一件多么辛苦的事。

驾车往连州的方向开了两个多小时，便到达粤北山区。这一带虽然贫穷，但还是山清水秀，深藏在山里的某一处农庄，三郎说已经被他用合适的价格盘下来了，这地方还真不错，山上遍种毛竹，还有一圈荔枝树。蓝天之下，清风掠过，远远望去就像一幅清新的水墨画卷。

空气如矿泉水一般没有杂质，负离子爆表，深呼吸的时候有醉氧的感觉。

住人的平房修得朴素、宽敞，除了厨房和起居室，还有一处庭院。庭院的设计偏暖色，空间层次丰富，将人们的活动空间从室内延伸到室外，完全是自然过渡。室内有生态棚架，藤蔓植物，高挑的房梁上，原色系的手织布倾泻而下，在日光中纹理细密，柔软绵长。

室外是三十亩有机农业体验区，另外还有有机蔬菜种植园和精品水果采摘园各五十亩。一派小富即安自给自足的田园景象。

农庄里还有小溪，若是美女蹲在溪边也可算作“西施浣纱”写真版。据说曾经的庄主是个文化人，但三郎给的价钱好，时髦的解释是有钱才有资格任性。并且三郎提着一皮箱的现金作为诚意定金，庄主思来想去，就以托孤的心态含泪把这里卖了。三郎说，在合同上签一个数字和见到现金，感觉完全是两回事。真心想得到什么，不要调情，直接开房。

永远不要小看现金的震撼力。

苏而已承认这个地方令她眼睛一亮，但是派什么用场一时也想不好。不见得现在就来这里养老吧。

农庄里的另一侧正在大兴土木，朱易优穿着一身工作服带着工人盖厂房，见到三郎和苏而已，笑嘻嘻地走过来，“我跟民工站在一起还分得出彼此吗？”他看上去的确又黑又瘦，跟农民工没什么两样。

他管苏而已叫苏局长。

原来，三郎要把农庄改建成工厂，死人杰克的出品就是用最商业的手法来包装纯天然的手工制作，他将从西南山区请来一些掌握传统女红技术的手工艺人，从纺纱织布的组织纹样开始，通过手工缝制和植物染色，令那些手造之物成为真正的有生命的衣裳。

其实，人们对于商业的理解有失偏颇，商业不一定是快，也可以是慢；不一定时尚而流行，也可以精良成为少数人的恩物。时代不同了，工业机制品永远不可能同时兼备深厚的情感和用心的灵性。随着人类的欲望急速膨胀，华丽的炫耀的稀奇古怪的衣服已经堆积如山，分秒之间就可能失去价值。无论如何，纯手工和纯天然的方式已经成为这个世界真正的奢侈品。

三郎知道苏而已迷恋手工，迷恋用心，不想当设计师或者艺术家。她需要的是清晨鸟儿的鸣叫，风穿竹林沙沙作响，细雨无声，屋檐上的积水滴滴答答。她需要的是不想说话的时候可以寂静无声。

这里取名华南织布局，将作为礼物送给苏而已。

苏而已的内心不是不感动的，但是她不敢看三郎一眼，很怕跟他的目光对上，不然她会对他说，你干吗要对我这么好？我并不值得你对我这么好。当然她什么都没说，只是双颊渐渐地泛起桃花。

这是沉浸在爱情里的女人才有的美丽，是这个时代的稀缺物质，犹如干净的空气和水可遇而不可求。

然而只有苏而已自己知道，她的内心非常羞愧，所以才会脸红，才会不敢看三郎的眼睛。对于自己的精神背叛，她深深地自责，同时也深深地明白，在这个世界上，三郎绝对是最懂她的人。

清晨，也只有清晨你才能感觉到这个城市在沉睡。

只要是夜幕降临，它永远是不夜、不眠、不休，多晚都不算晚。天亮了，它便开始沉沉睡去。

不到早上六点钟，小周就饿醒了。昨晚跑完现场又开会，晚了，他和忍叔都睡在队里。昨晚吃的是盒饭，根本不顶事。他起身穿上衣服，忍叔翻过身来说了一句，“这么早？”他们昨晚快四点才睡。

“我饿了，你要吃什么我给你带过来。”

忍叔起身道，“算了吧，我跟你一块儿去利群喝碗皮蛋粥，再来一碟牛肉拉肠。别跟我提包子，听着都饱了。”

小周也不想吃包子，吃伤了。

街道上的交通早高峰要到七八点钟才开始，所以到处都还是沉睡状态，一切安静有序。洒水车叮叮当当走走停停，路边的灌木和柏油路一片一片地湿了。城市也需要苏醒和洗脸，这种感觉还不错。

两个人走在去利群茶餐厅的路上，因为辛苦和晚睡，都是面色灰暗，目光呆滞。怎么这么饿？不是得糖尿病了吧？小周想。

此时忍叔懒洋洋道，“你看我们混的，跟犯罪嫌疑人也差不了多少。”

“什么意思？”

“他们背着命案，不就是我们背的命案吗？他们打劫金店，我们就背着黄金首饰要多沉有多沉。就说那个假币案，现在连点头绪都没有，不还得我们扛着，逃都逃不掉啊。”

“怎么听着有点沾沾自喜啊。”

“我哪有。”

“别管多么现代化的城市，都少不了我们呗。”

“你不觉得吗？”

忍叔就是这样一个人，内心跟福尔摩斯一样骄傲，像公安局长一样威风，嘴上死也不肯承认。把自己说的，多么微不足道似的。

但只要是风餐露宿艰难困苦的时候，他总是会说，我们是心里有蛟龙的人。算是最励志的一句话了。

茶餐厅里已经有不少食客了，都是一些年纪偏大的老者在吃早餐。因为是相熟的街坊，又大声地打招呼，个个都好精神。小周只想吃饱肚子再去睡一觉。

两个人找了位置坐下，因为离收银台近，小周喊了一句，“报告芦姨，两个A 套餐。”

芦姨眼睛都没抬地嗯了一声。

她在包三鲜馄饨，守着一盆馅，一摞面皮，一只手一捏一个。反正她不是包馄饨就是剪虾须虾线，很少看她闲坐着，老百姓讨生活着实不易。客人多的时候才专事收银。

不一会儿的工夫，服务生就送上来两碗皮蛋瘦肉粥，两碟牛肉拉肠，外加每人一个热柠茶和一个煎鸡蛋。实在是豪华早餐。

两个人闷头开吃，吃得有滋有味。

再平常不过的一个早晨。

也就在这时，发生了意想不到的事。

只听见芦姨“嗷”地叫了一声，随即大喊，“假币啊——”小周抬起头来放眼望去，芦姨拿着一张百元大钞指着门口，只见一个穿白衣服的精瘦青年已经闪出茶餐厅的门外，拔腿就跑。小周下意识地从座位上弹起，扔了筷子追了出去。但此时的忍叔一声未吭，带倒了两张椅子，跑在小周的前面。

白衣青年一路狂奔，丢掉了手上一兜子的菠萝包，这是一种茶餐厅最受欢迎的面包，酥皮，里面夹一片黄油，菠萝包滚了一地。

白衣青年风一样地飞跑，他回望了一眼，发现紧随其后的忍叔并没有停下的意思。这时，更加意想不到的事情发生了，只听“砰”的一声枪响，忍叔应声倒下。小周当即就傻了，想不到用假币的小毛贼手上有枪。

他俯下身去一把抱住忍叔，子弹打在忍叔的大腿根部，鲜血像打翻的红油漆一样在地上弥漫开来。

就在这仓皇的一瞬间，小周听见忍叔冲他喊道，“追啊！”

是竭尽心力的一声呐喊。

顿时，小周像得到指令一般放下忍叔，冲着白衣青年奔跑的方向追了过去，他不顾一切地跑着，第一次感觉到灵魂出窍，天和地，偶尔的人群，早班的车流，所有的一切都在晃动，拼命地晃动，他什么也听不见，只有自己呼呼的气喘声十倍百倍地放大，什么也挡不住他疾风骤雨般的奔跑，根本忘记了白衣青年手中有枪，心里只有一个念头—— 一定要抓到他。

这样不知跑了多久，眼见着白衣服飘在眼前触手可及，终于，小周像猎狗那样飞扑了上去。

几乎是同时，又一声枪响划破漫长的迷惘。

这个城市，醒了。

周槐序醒来的时候，发现自己躺在医院里，满眼都是白花花的，几张影影绰绰的脸庞全部关切地面向他，有父亲、母亲、身穿警服的大头儿和小头儿，为什么这么混搭呢？一时想不明白。

他又昏睡过去。

再一次醒来，已经是晚上，不知道几点钟，窗外一片漆黑。

只有萧锦一个人在病房陪伴他，见他醒来，给他喂了水，吞咽的动作都会带来刀割一般的腹痛。

“你伤到肚子了，”萧锦轻声道，“好在是肚子受伤，不危及生命，就是流了太多血，所以你会感觉到意识模糊。”

“不过你好厉害，”她继续说道，嘴角满含笑意，“受伤之后还踢飞了嫌疑人的手枪，把他和自己铐在一块儿。”

听她这么说，小周才渐渐恢复了一点记忆。

印象最深的还是那一摊红油漆似的浓厚的血，快速地漾开。

“忍叔怎么样了？”他的声音十分微弱。

“还好。”萧锦答道，同时背对着他拧了一把热毛巾，然后转过身来，走近床边，慢慢地给他擦脸和手，又道，“医生说你要少说话，睡吧。”

他也觉得忍叔应该没事，腿伤，离心肺还那么远呢，肯定没事。

萧锦告诉周槐序，白衣青年是个吸毒人员，当时吸食的毒品是新型麻果，这种毒品会令吸食者产生幻觉，或者精神异常。这个人就是这样，吸食之后相当兴奋，揣着枪出来买吃的，还敢大模大样用假币。

据称他们那个窝点买了几大箱假币，正是队里在追查的批号，应该是很有价值的线索。

这一伙人，假币是在网上买的，仿77式手枪是在网上买的（三把，子弹六十二发），就连毒品也是网上买了之后快递（量大，一公斤以上），甚至同伙之间都不太知道真名和底细，因为也是靠网络纠集在一起的，全部是年轻的男性，其中两个人是艾滋病毒携带者。

那个白衣青年，吸食麻果之后，曾经跟父母动过刀子，还把家里点火烧了。四次强制戒毒，这次复吸之后更是变本加厉。

周槐序并没想到案情会这么复杂。

这时，病房的门被推开了，只见黄莺女士带着保姆走了进来，保姆手里提着装汤水的保温壶，还有夸张的果篮。黄莺女士直扑到床前，见到小周醒了，虽然舒展了眉头，但是眼圈还是红了。

趁着萧锦端着脸盆出去洗毛巾，黄莺女士小声埋怨道，“当初就该听你爸的话学医的，多么现成的条件。你看看你这一行，也太危险了，真是太可怕了，跟警匪片里演的一样……”

小周没有说话，用眼神制止了母亲。

黄莺女士仍旧忍不住道，“这一枪真是打在妈妈的心上，如果再往上面偏一点点，哎呀我都不敢想……以后妈妈都随你，你想干什么都行，我说的是真的，绝对不当你的对立面。”她又是一副要哭的样子。

小周轻声回道，“你别在萧锦面前说这些，很丢脸的。”

“我知道，我知道，我有那么傻吗？”黄莺女士一个劲地点头。

正说着，萧锦又端着脸盆回来了。黄莺女士急忙客客气气地跟小萧寒暄了几句，主要是感谢她日夜守在小周的病床前。

萧锦说，“这是应该的啊，阿姨，我和小周有战友之情，保不准以后还是搭档呢。”

当时听到这句话，小周并没有觉得有任何不妥。

仗着年轻的身体血气方刚，三天之后，小周就可以下床了，虽然走路缓慢，但毕竟可以下床走路了。

第一件事自然是要去看忍叔。

萧锦没有办法，只好告诉小周，忍叔已经牺牲了，吸毒者的那一枪打在忍叔腹股沟的主动脉上，救护车到达的时候已经血尽人亡。但是医院还是坚持心肺复苏术四十多分钟，其实心电监护显示器一直是一条直线。

周槐序不敢相信这一切都是真的，神情甚是迷茫。

所谓搭档，通常是指因为各种原因而在一起密切合作的两个人的工作关系，看上去毫不相干，事实上血脉相连，是荣辱与共的兄弟，是比和家人在一起的时间还要多得多的人。

何况，他们是没有代沟的两代人，在一起的感受是自然舒适，犹如一个人的两只手。

深深的自责感乌云压顶一般向着周槐序的心头袭来，他如果当时不去追人，而是替忍叔包扎，叫救护车，忍叔就不会走吧？那些小毛贼还是会冒出来的，他相信还是可以抓到他们的。可是……他们也仍然带着枪啊……并且，那真是忍叔希望的吗？他的耳边还响着“追啊”那一声泣血的呐喊，忍叔就是那种不抓到坏人比死还难受的人啊。

心里面翻江倒海，腹部的伤口开始隐隐作痛，后背也冒出了一层虚汗。

看见他面色苍白，神情黯然，萧锦道，“不如我陪你去看看忍叔的爱人吧，嫂子听到消息，当场就昏过去了，三天不吃不喝……”萧锦说不下去了。

她扶着小周来到走廊顶端的病房，忍叔的爱人半靠在病床上，两眼并未落泪，而是枯槁地望着窗外。也有一名女内警陪伴忍叔的爱人，她坐在病床边上，握着忍叔爱人的一只手，默默无言。

小周一眼看出嫂子披着一件忍叔生前的旧毛衣，榨菜色，天冷了，忍叔永远是这件起球的旧毛衣。

我们是心里有蛟龙的人。想到这句话，小周忍住了要滴落下来的眼泪。

嫂子见到小周，什么话也没说。她只是看着他，是他熟悉的，每一次嫂子看着忍叔的眼光，是淡淡的深情。

嫂子的床头，放着忍叔的遗物，没有什么值钱的东西，居然还有眼药水之类的杂物，有一本黑色人造革面的老土笔记本，的确是忍叔常用之物。时代发展到今天，有电脑有苹果 6，但是忍叔一直有记工作笔记的习惯。小周拿起这个笔记本下意识地抱在怀里。

嫂子轻声说道，“你留个念想吧。他这样的笔记本有 16 本。”

小周点头，内心一派凄惶。

原来，以前那些再平凡稀松不过的日子，才是山水同宽日月同辉的灿烂时光，是夕阳无语壮志凌云的默默相守。身边的人，只有走了，离开了，没有了，所有的珍贵与珍惜才会涌上心头。

小周出院以后，又在家休息了一个多月才归队上班。

办公室里一切如故，什么都没有改变。只是没有了忍叔，这里再也不会出现他的身影，难免又是一阵阵茫然。

他现在跟萧锦搭档，还有些不习惯。

小周变得有些沉默寡言，这一点大家都能理解，也不在他面前提前尘往事。对于小周来说，最大的改变是忍叔治好了他的失恋症。以前再怎么克制，总会有一些想法飘过，现在彻底断了根，什么想法都没有了。一想到忍叔用手捂住伤口，鲜血洪流一般从他的指间涌出，而他只大喊了一句，追啊——！这一幕铭心刻骨，令他永生难忘，如何还能够风花雪月，想那些有的没的？

那应该是对忍叔最大的不敬，如果他真的从心里悼念他，最该做的，就是把他未做完的事情做好。

他最后一次见到苏而已是在健身房，当时远远看到赵教练陪着一个女孩子打拳，女孩子背对着他，瘦削的一条，戴一双大红色拳套，并且每一拳都打得发泄一般的有力量。赵教练的两只手臂上都戴着长方形的足有6到8寸厚的拳靶，一边后退一边抵挡，嘴里还念念有词，纠正动作。

他走了过去，意外发现女孩是苏而已。好好的，为何又不练习唯美的弓道了？是要发泄什么样的情绪呢？

苏而已见到他，像不认识一样，扭头就走。

小周问赵教练，她怎么了？赵教练笑了笑，做了一个不知道的表情。

所有的欲念成灰。

周槐序一个人拿着忍叔的黑色笔记本去了天台，天台空旷，有一些粗生粗养的植物和石桌石凳，经得起风吹日晒。

偶尔，会有一个半个犯瘾的警察跑上来吸烟，今天还好，一个人也没有。是一个常见的阴霾天，月朦胧，鸟朦胧，远处的楼群和街道犹如罩在一个毛玻璃的罩子里。

有时候天气就是心灵的写照。胸闷，气短。

他找了一条石板凳坐下，打开黑色的笔记本。

这是一本工作笔记，笔迹仓促、潦草，陈述简单扼要，没有半点抒情和感

慨。但因为是共同经历的案子，那些熟悉的平凡的日日夜夜扑面而来，忍叔的音容笑貌栩栩如生，竟然比他活着的时候生动一百倍。他是大忍之人，却因为有情怀，有担当，一双眼睛格外清澈。

周槐序忍不住泪如雨下，伤心之余又深感天地庄严。

良久，他的心情才平复下来。

他把工作笔记翻到有字的最后一页，只见上面写着：端木案，周边？深圳、佛山……

什么意思？

想了一会儿，无解。再想，还是无解。

另外一页，没有写字，只有一个电话号码，后面写着一个人名，高首谦。小周想了想，也不认识这个人。

他拿出手机，把电话打了过去。

铃声响了三次长音之后，有人接听了，是一把朝气蓬勃的男声，“你好，这里是上书房藏书馆。”

“藏书馆？是书店的意思吗？”

“也算是吧，请问有什么事吗？”

“我想找一下高首谦先生。”

“哦，高首谦是我爸爸，我是他的儿子高飞，我爸每周只上两天班。请问你是哪位？”

“我是分局刑警大队。”

“哦，请问是曹警官吗？”

“不是，我是曹警官的搭档周警官。”

“你好，你好。”

“你好。请问你知道曹警官找你父亲什么事吗？”

“不知道，只知道他们约好了要见面，我父亲一直在等他的电话呢。”

“对不起，非常抱歉，曹警官出差去了，因为走得急，一时还联络不上。他要办的事情由我接手。”

“哦。”

“请你帮我联络一下你的父亲，尽快见个面。只要他有空，我随时可以配合他的时间。”

“好的。我再联系你。”

周槐序给高飞留下了自己的手机号码。

高首谦是一个童颜鹤发的老头，相貌和善，精力充沛，头发稀疏，全部向后梳得一丝不苟。周槐序按时来到上书房的时候，他已经泡好了陈年普洱茶，茶水醇厚、端庄，而且温度刚刚好。

他戴一块老版的超薄浪琴，是个讲究人。

上书房藏书馆在市中心步行街第二个路口，门脸很小，收拾得古色古香，一点都不着急的样子。这在寸土寸金的黄金地段并不出奇，出奇的是招牌比手掌大不了多少，上书店名，字体是魏碑，旁挂在店门一侧，存心让人看不见似的，属于那种多迈一步便一定错过的店铺。

不过走进店里还是给人别有洞天的感觉，比想象中大很多，外间全部都是书架，各种不同版本的书，大部分是旧旧的颜色。高飞介绍说，书店虽小，也还是按照经史子集排列。进门处还有一溜可以随便翻的书摊，大部分也是旧书旧杂志，其中还有外文画册。居然一个客人也没有。

内间便是办公场所，全部都是红木家具，打扫得一尘不染。

高首谦介绍说，铺面是他很早以前买的，所以压力不算大，否则以现在的租金看，根本是撑不下去的。

并且，他这里就是一个中转场所，有朋友拿东西过来，无论是旧版书、书画或是其他，无外乎请他掌掌眼，因为他做这一行资深，加上认识的人多，有时候一个电话就有客人飞过来见宝，寻个下家什么的，他也赚一点差价。不过坊间对他的口碑还行，大伙也比较相信他。喜欢古籍书的人倒是越来越少了，现在的知识分子也不好这一口，靠买卖古籍书吃饭纯粹是中国梦了。

落座之后，两个人相对品茶。

高老先生说道，曹警官来电话，主要是想了解老王藏书的事，因为是在老王的书柜里看到过高首谦的名片。曹警官的意思是谨慎处理老王的遗物，也是对死者的尊重和交代。只是后来可能曹警官一直忙，也就没来电话。

小周没作解释，就说是曹警官出差了，交代他把这件事做好。

高首谦介绍说，他跟老王的确是二十多年的老朋友，是老王到店里淘东西，一来二往就熟悉了。后来有了交情，就会偶尔喝茶聊天，但是高老的习惯是从不打听客人手上有什么东西，反正说多少听多少。若是在名人手上收了东西也不外扬，越是威震江湖的人，他越是不提。五俗之首，他就是这么认为的。老王是个官员，自然喜欢口紧的人。

近几年老王生了病，慢慢就断了联系。现在人都过世了，也是不胜唏嘘。

高老说，古籍善本的收藏大致分为刻本、墨迹本、碑帖、信札和其他文献。墨迹本一直比较抢眼，又分抄本和校本两类，并且墨迹本大多是孤品，如果出自名家之手就会引起激烈争夺。平时与老王聊天，他倒是对墨迹本颇有一番心得。高老就猜他是收藏墨迹本的。

但是他对于文人画也深有研究。高老吃不准，又认为他是杂家。

时间长了，才慢慢了解到，老王是典型的"干部收藏家"，早年在部队，当过营部文书、指导员什么的，转业以后待过图书馆、银行、文化官员，就因为有文化，没有辜负那些收藏的黄金时代。他的收藏法则就一条：眼界高。但也只有他这样走南闯北的人才做得到啊。

小周忍不住插话道，"收藏这些东西，真的有盈利空间吗？"

"以前还是默默无闻，但是千禧年上海图书馆斥资四百五十万美金从美国买回翁万戈家藏的八十种五百四十二册藏书，应该是触动了市场神经。2012 年过云楼藏书的拍卖，使古籍善本一步就迈进亿元时代。"

"这么厉害？"

"举个例子，就'广东题材'而言，梁启超 1916 年作的《袁世凯之解剖》，成交价是七百一十三万，成为那一场拍卖会的标王。"

"那老王到底是收什么啊？"

"我也不是特别清楚，但是他的视觉涵养很高是没有问题的。不过……"

高老突然停顿，半天没说下去。

小周看着他，并没有催促的意思。

高老继续说道，"不过同时，老王还有对特殊收藏品感兴趣的癖好。"

"特殊收藏品？"

"嗯。"

小周直直地瞪着眼睛，不明白是什么意思。

高老说，特殊收藏就是想法奇特异类，不同于普通人。譬如国外就有藏书家，分类是符号学、奇趣、空想、魔幻、圣灵，总之涉及隐秘和虚假科学就是收藏的标准。

"这有什么深奥的意义吗？"

"没有意义就是意义。"

"老王也有这么不靠谱的一面吗？"

"那倒不是。"高老解释说，他之所以跟老王的关系比一般朋友还要密切、绵长，是因为一直有人托他在老王手里买具有收藏价值的前苏联色情作品。

20 世纪 20 年代，布尔什维克初创时期，将曾经的鲁缅采夫艺术博物馆改为国家图书馆，其中收藏了有伤风化的材料，来源于充公的贵族图书馆。热爱淫秽内容是当时上流社会的一种风潮。1910 年的俄国老百姓对色情作品也是情有独钟，比如《十日谈》的插图小册子，还有 1927 年的“性罪犯的社会构成”图表，都是当年的抢手货。

这些珍稀的俄国资料，至少具有社会学价值。

“请问有过成功的交易吗？”小周问道。

“有过两单，其中一单还是 18 世纪的日本版画。不过我也没有见过东西，东西全部是密封的，两头不见人，一切意愿都由我来传达。那时候银行还没有实名制，汇款都用假名，避免出事和尴尬。”

“这叫视觉修养高吗？”

“海咸河淡，鳞潜羽翔，收藏就是收藏，跟随心性，肯定有高下之分，但那是客观标准，不是道德标准。退一万步，也是李银河说的，耻感也是快感的一部分，至少不是洪水猛兽。”

“是极度的压抑感造成的特殊癖好吗？”

“那是社会学家的事吧，我们就活在当下。”老人的语气散淡，倒是蛮有职业尊严的。

离开的时候，高老把小周送到门口。

小周突然停下脚步，想了想道，“高老师，我还是有点晕乎……怎么跟听故事一样，不像真的。”

高老没有说话，等着小周往下说。

“比如，我听我爸妈说，过去有很多政治运动，还有文化大革命的洗劫，这种东西怎么可能保存下来？”

“是个好问题，”高老下意识地抚住小周的肩膀，“你说得没错，当年私藏一本外国书籍就会被送往古拉格劳改营，怎么可能收藏这些物件？但是也总有人小心翼翼把藏品套入有共产主义意识形态的文章中，还有《毛泽东选集》里，黑胶革命歌曲唱片的封套里，密封在大缸里埋在后院。总之——”他又一次停顿下来。

这时他们已经不知不觉走到步行街口。

小周歪着脑袋看着高老。

“有需求就一定有暗度陈仓。”老人语调平静地说，但是脸上闪过一丝诡秘狡黠的笑容。

暗物质啊，忍叔的话在小周的脑海里划过，留下印痕。

他把所了解的情况如实向队里领导做了汇报。

领导商量了一下，决定由高首谦父子为主导，带领助手来完成老王藏书的清理工作。高飞是北京大学图书馆系古典文学编目专业毕业的，无论家传和深造都可以胜任这项工作。

作为收藏家的老王的确是一个杂家，他的书房整整一面墙的顶天立地的书柜，全部装了锁。透过玻璃柜门，里面并非有条不紊，而是横七竖八堆积着各种各样的书籍，但是混乱中自成体系，别有一番气场，令人生畏。诚如高老先生所言：纸寿千年，一是寂寞，二是壮观。

在一个不起眼的地方，小周看到了玻璃门里面用透明胶粘贴的高老先生的名片。暗黄的底色上有一本打开的线装书。

也是公安局长期合作的开锁佬上门配了钥匙，算是打开了尘封的历史。经过整整一周夜以继日的清理工作，高老和高飞都累得疲惫不堪，负责搬书的助手共计三人，登高爬低，尘粉一身。

一天，高老先生对小周感慨道，老王还真是有城府之人，他在我面前从来不提刻本，但实际上他就收藏了宋刻巾箱本，简直让我大吃一惊。要知道刻本现在可是按页码计价的。

小周茫然。高老先生戴着白手套拿出一套书给他看，小周感觉品相一般，实在没看出有什么特别。高老先生解释说，巾箱，是古人放置头巾的小箱子，巾箱本指开本很小的图书，意谓可置于巾箱中，携带方便，也可以放在衣袖中。老王私藏的这套宋刻巾箱本，由于名字太长，小周没记住，共十三卷，此书甚是珍罕，为铁琴铜剑楼旧藏，一函六册。2003 年，嘉德公司的古籍专场秋季大拍，高老先生曾经有幸见过这套书，但因自己鼠目寸光而失之交臂。记得当年的成交价是一百七十万，现在想来便宜到难以置信。

小周听了，更加云里雾里，真是隔行如隔山啊。

高老先生脸颊泛红，目光如炬，可见他的兴奋程度。他笑言，每一个藏书家心里都有一个梦想，就是找到一个老太太，她要卖掉家中的一本书，可是她根本不识字，而要卖掉的这本书竟然是古登堡《圣经》。在告知实情和自我珍藏之间，无论经历怎样翻江倒海和涅槃重生的内心戏，藏书家最终选择后者是独一无二的答案。

两个人都笑了起来。

不过小周当时并不知道那本《圣经》的珍贵程度，后来到网上去查，才知道这本书世界上现存不足五十本。

高老先生说，收藏古书和收藏其他艺术品有很大的不同，除了价格，还有一段过往的时光，书籍里的印章、批注、钤印和不同的刻本，里面全是故事，蕴含了无数经手人的精神世界。

为了慎重起见，最后两天，高老先生请来某资深拍卖公司古籍善本部的职业经理人，对于老王的藏品一同鉴别和判断。这个经理人年富力强，超爱嘚瑟，满嘴挂着名人后代，不吓死你不算完。

艰巨的工作终于告一段落，共整理出包括刻本、墨迹本、信札、文人画、特殊收藏品等在内的重要分档，共计一百四十六件，总价值初步估算为三千七百万元。

这个结果让周槐序暗自吃惊。

书中自有黄金屋，书中自有颜如玉。一个父亲的苦心孤诣也莫过于此了。老王难道不知道小王的品相吗？然而正如鸡汤君所言，不设前提的宽容，就是爱啊。他还是希望小儿子读书学习吧？还是希望他不要不学无术吧？希望他在发现珍宝的时候理解父亲的期许吧？

大王杀小王的案子还在审理中，这样的结果实在让人无语。

但是老王还是爱小儿子多一些吧。

队里的人都在议论这一起杀人案的戏剧性，周槐序又是一个人去了天台，又是一个阴霾天，虽然没有下雨，一切尽在烟雨中。

有几个警察围成半圈吸烟、闲聊，见到小周，有人递给他一支烟，以往他会夹在耳朵后面，他是不抽烟的。但是这一次，他点燃了，浅浅吸了一口就咳起来，但他还是又吸了两口，走到天台的边缘，怔怔地站了一会儿。

怀念忍叔。

11

星期天，小周在房间里补觉。

周末的晚上又是加班，他是清早回到家的。黄莺女士刚起床，他对妈妈说，不要叫我，包括吃饭都不要叫我，睡到几时是几时，实在是太困了。

黄莺女士一个劲地点头。

所有的警察都一个毛病，缺觉。

周槐序的脑袋一挨到枕头，顿时昏死过去。人像掉进了黑洞，消失在无边无际的银河系。

岁月静好。

不知过了多长时间，有人轻轻说了一句，“周边……”

周槐序的眼睛像听到指令一样，唰地一下睁开了。前一秒钟他还睡得跟铅块般沉稳。尽管脑袋并未清醒，甚至在几秒钟内不知自己身在何处。但是他敢肯定，他听到了一个神秘的指令。

他开始习惯性分辨。

他房间的门虚掩着，床头柜上有一杯水。肯定是黄莺女士进来送水，走时门没有关实，留有一条缝隙。

小周从床上跳起来，冲出门去。

坐在客厅沙发上的母亲，刚好挂断电话，有些惊奇地看着儿子。

“醒了？”她说。又看了看挂在墙上的时英钟，是下午两点十分，“吃点东西再睡吧。”她继续说道。

“你刚才在说什么？”

“没说什么，跟朋友通了个电话，是马阿姨。”

“跟马阿姨说什么？”

“说皮肤护理的事，她知道一个美容店，店里用的产品和小姐的手法都非常地道，价格也合适……”

“不是这些，还有？”

“还有？嗯……他们的面膜是黑色的，据说是火山泥……”

“不是，你刚才说周边什么的，周边。”

“哦，那个店离我家太远了，不方便去。她说这是一家连锁店，我们家周边肯定有，我正说要百度一下呢。”

那种感觉又出现了，小周的脊背仿佛触电一样，电流直达头顶，背部渗出细汗。参悟一瞬，刹那花开。他一声不响扭头回到自己的房间，穿好衣服。穿裤子的时候，用脖子夹着手机打给萧锦，叫她开着二手车立刻过来接他，并说好在楼下的银行门口碰头。

萧锦最大的优点是不啰唆，从不多问一句，也不会大惊小怪，像机器人一样按照指令行事。

黄莺女士说，“我给你下一碗面条吧？”

“不用。”

“就算是警车也飞不过来啊。”

不是时间的问题，他心里有事，胸口就会满满的，什么东西都吃不进。他还是摇手，穿好鞋子走出家门。

他站在银行外面的马路牙子上等待萧锦。

街道上车流滚滚，穿梭不息。

每个人都在忙着发财，或者糊口。他想起一个僧人的话，我们的结局都是奔赴死亡。他终于明白了忍叔提示的意思，殡仪馆是全国唯一一家最正规最繁忙也最烟火不熄的连锁店。

柳森在周边地区的殡仪馆肯定也是驾轻就熟，每一个系统都是一个坚不可摧的圈子，在中国。

和估计的时间差不多，萧锦开的车停在了小周面前，小周打开门跳上了副驾驶的位置。这么短的时间，萧锦还给小周买了一杯咖啡和一份辣鸡翅，怎么做到的？真是贴心服务。“去哪里？”萧锦面无表情地问道。“深圳。”小周答道。萧锦一踩油门，二手车向着广深高速的方向绝尘而去。

在当地警务人员的配合下，工作开展得十分顺利。

但是深圳殡仪馆里，一无所获，并没有任何异常。

疑点，出现在佛山殡仪馆，两年前那个特殊时段登记死者的花名册里，有一个名字引起了小周的注意。

这个死者的名字叫仇知，三十四岁，中山大学在校博士生，死于脑癌。

一模一样的登记，小周曾经在广州殡仪馆的花名册里见到过，因为查过若干遍，几乎每个名字都有印象，尤其是年轻人，越是低龄便匆匆告别人生，越是让人印象深刻，难以忘怀。他记得当时还跟忍叔交流过，“怎么会起这种名字，仇恨知识吗？”

“那个字念‘求’。”

“哦。”

“是求知的意思吧。”

“这么年轻，真是可惜啊。”

“嗯，谁说不是呢，当了父母就更见不得这样的事了。”忍叔一边说着，一边在笔记本电脑里寻找仇知的户籍资料。

这是内部掌握的综合信息查询系统，他们核对每一个死者的身份，必须准确无误。

当时换小周起身点眼药水，长时间看着屏幕，眼睛真是又干又涩。

离世的人可真多啊，当他们变成密集的名单和数字，让人感觉生命好虚无，轻松如黄泉路上的结伴而行。

仇知的户籍资料中，的确有死亡、销户的记录，但是他的照片还在，看上去英气逼人，青春不可方物。

想到这里，小周打开笔记本电脑，核对广州殡仪馆留存的资料。果然，他的记忆准确无误——仇知的记录一字不差地赫然在目。

难道他被烧了两次吗？

当然不是。

第二天，小周和萧锦一起走访了仇知的家，仇知的母亲是一位机关干部，端庄而有礼，不到六十岁的年龄，银发如雪。她家客厅的墙壁上，并没有挂着仇知的黑框照，而是一幅放大的生活照，照片上的仇知在绿草茵茵的球场上，一身运动服，手里还抱着个足球。

蓝天白云之下，他神采飞扬，微笑着看着这个世界，洁白整齐的牙齿在阳光下闪闪发亮。

“我只想记住他完美的样子。”说这话的时候，仇知的母亲显得十分平静，然而仍旧可以感觉到话语后面的不易察觉的颤音。

小周和萧锦齐齐望着照片，不知如何回应。

“我们每天都在一起。”仇知的妈妈慈祥地看着儿子，淡淡的辛酸，淡淡的深情。两年了，对于一个母亲浩瀚的思念实在是微不足道啊。

仇知的母亲确定孩子的后事是在广州殡仪馆办的，她拿出了骨灰证，也的确是广州殡仪馆签发的。

两个人重新返回佛山殡仪馆，继续寻找相关资料。

毕竟是两年前的事了，查起来没那么容易，新人问老人，不断重复简单的需求，还要耐心等待。还好工夫没有白费，终于找到了死亡证明，派出所销户证明，当然全部是仇知的资料，领取仇知骨灰证的原始记录也找到了，经办人一栏里写着——柳森（代）。

可以想象他是不经意的。

也可以想象他是托熟人办事，因为这么近的距离要异地火化，总得有些理由，也不方便用假名。

但是这一切都不重要了。

火化车间的烧人师傅说，这个年轻人他确有印象，倒不是因为年轻，黄泉路上无老幼嘛，而是这个仇知满头都缠着绷带，后来说是脑癌也就合理了。比较奇怪的是家人都没有来，说是在国外，告别室里只有一个兄弟，不知是哥哥还是弟弟，神情呆如木鸡，所以给他留下印象。

“仇知”火化的这一天是五月十三日，正是端木哲收到苞苞信息的第二天凌晨五点。有这么巧合的事吗？

然而，就算柳森在两年前私烧了一具无名尸，也不能确定那就是端木哲。

一只黑色的、体格健硕的重磅哑铃，被高高举起，向着那个年轻男人的头部猛然砸了下去，动手之狠，之没有丝毫的犹豫，之坚定果敢，让人倒吸一口凉气，根本无法相信自己的眼睛，以为是在看恐怖片。

苏而已当时就傻了，片刻间石化。

她依然是在深夜处理童装订单，累了就靠在沙发上，一只手揉捏着叮当猫，一边想着三郎跟她商量结婚事宜时的情景。

说是商量，语气毋庸置疑，就是织布局开张的那一天，请来有限的小范围的家人和好友，用农场菜园里的菜做沙律，请“胜日门”的法国厨师去做西餐，包括牛扒和甜点，畅饮葡萄酒，田园露天的形式。

两个人也都是白色手纺、样式简单的布衣布裙。用纯色纪念我们单纯的爱情。他说。

不是不动心，旧病痼疾，是没有那么动心。

苏而已叹了口气，三郎的兴致和情绪让人不好意思打击他，真的是痴情和天真。苏而已说过，不需要任何形式。三郎说，为什么不需要？有时候形式就是内容，不是吗？我们记住的几乎都是形式。

每当此时，思绪就像营养不良的发梢，开叉。

最后一次见到周槐序是在健身房，她打拳是因为有深切的罪恶感，看上去是发泄，其实每一拳都打在自己身上，希望减轻内心的不安和自责。见到小周就更让她无地自容迅速离开了。

她没法面对。

还是赶紧结婚吧，人生总有一些矛盾或者问题是无解的，一生永无答案。如果你的心足够柔软，那么每一拳都砸在棉花上。

这时她捏到叮当猫坚硬的心。

仔细一看，叮当猫还真是有心的，圆圆的肚子上有一条细致的拉链，拉开，一个优盘露了出来。

她有些好奇。

把优盘插进电脑，显示出来的视频是三郎家的客厅。

过了一会儿，看见苞苞在编舞，一看就是儿童舞蹈，动作简单、重复，苞苞跟着音乐一遍一遍练习。

接下来的一段还是苞苞，她在往酒瓶里放白色粉末一样的东西。

神色十分紧张，不时张望一下门口。

最后一段，就是三郎用哑铃砸人的情景，他的脸上一点表情、一点畏惧都没有，那个人吭都没吭一声就倒下了。但他仍然在砸，一下一下的，只是那个人倒下时就离开了画面，三郎也跟着离开了画面，只有那个黑色的哑铃，一扬一扬的，下面砸成什么情况，看不见。

苏而已倒过去辨认了一下，确定被砸的人是端木哲，三郎跟她说过这个人，说他是个化学老师，苞苞的前男友，说他制造假的减肥药吃死了人，也制造过冰毒。他的样子，苏而已是在网上追逃通缉令上看到的。

木然的脑袋慢慢像要炸开一样。

苏而已一夜未眠，本想找到三郎家里去，又没想好说什么。应该怎么做？她倒在沙发上，烙饼一样辗转反侧。清晨迷糊了一会儿，醒来心里野草丛生，还是一片混乱。

然而她再也待不下去了，心被提在嗓子眼儿随时可以蹦出来。

所以电话都没打，直奔柳三郎的工作室。

离开家门口的时候突然脚软，差点没坐在地上。

朱易优到纺织局搞基建以后，工作室这边多请了一个窗口小姐，主要负责接待客人，端茶倒水。

小姐告诉苏而已，三郎在办公室里跟客户谈事，好像是要决定进口哪一家的织布机。最近这段时间一直都在忙这件事，因为代理商很多，价格的差异也很大，还真不好做决定呢。

苏而已在会客室等了三个多小时，一口水也没有喝。

将近中午一点钟，三郎才送客户出来，见到苏而已，眉毛跳了一下，实在感到意外又有些惊喜，赶紧送走了客人，拉着苏而已进工作室。

关好门之后，先是一个大大的拥抱。

苏而已的手迟疑了一秒钟，但还是紧紧抱住了三郎，不知为什么，眼泪不受控制地滴落下来。

“你怎么知道我也在想你？”他低声说道。

她什么也没有说，埋头在他的胸口，唯一害怕的是他突然消失，从此再无踪迹。过了好一会儿，她才把头探出来。

越过他结实的肩膀，工作室最醒目的是一块大面积的吊装，感觉成百上千的空衣架升浮在空中，偶尔会挂上一两件最新设计的衣服，绝大部分是空置，给人虚位以待的期望值，那些木质的，沉甸甸的超宽衣架悬挂着他任意驰骋的梦想。三郎是前途无量的设计师啊。

她的心一直往下沉，她是唯一可以安慰他的人。

当然，她知道她不是来温存的。她竭力平静心情，轻轻地推开他，“我们去吃饭吧。”她说。

“我还真是饿了，早上就没吃东西。”

“走吧，就去二楼吃自助餐，不用等。”

“算了，叫比萨吧。”他转身打开门，吩咐接待小姐打电话叫一份十二寸的海鲜比萨。关好门以后笑道，“我一分钟也不愿意离开你。”

“那我来泡茶吧。”苏而已莞尔，虽然有一些勉强，但也不落痕迹。

她到烧水的吧台前洗杯子，找茶叶，把电水壶里灌满纯净水烧上。三郎再一次从后面拥抱了她。

除了爱，那是一种深深的依恋。

曾有若干次，在三郎的家中，夜晚，他恳切地央求她留下来。她有些抱歉，推说单身的时间太久了，还没有准备好。三郎笑道，我们还需要准备什么？大溪都能上街打酱油了。但即使如此，还是高高兴兴地送她回家，仿佛又格外喜欢她的自重和矜持。

而她，也喜欢这样的三郎。

看来他真是饿了，大口大口吃着比萨，一时噎着了，苏而已帮他拍着后背，又把茶杯递给他。可是她自己，吃不进任何东西。

“说吧，什么事？”三郎用纸巾擦了擦嘴，一屁股坐在工作台上，微笑地看着苏而已，“我知道你不会轻易来找我，而且是上班时间。”

苏而已拿出叮当猫，放在工作台上。

时间突然像混凝土搅拌机，滞重而缓慢。工作室里没有一点声音，两个人仿佛同时被吓住了，都屏住了呼吸。当然仅是片刻。

“看过了？”三郎看上去并没有情绪失控，像是说看过一本时尚杂志，或者一场时装秀。

苏而已点了点头。

长时间的沉默。海鲜比萨浓厚的烘焙香味还没有完全散去，俗世的人间烟火前所未有地令人眷念。

“你想我怎样？”他说。

无语。

“想让我自首，是吗？”

还是无语。

“我最讨厌你这个样子，干吗不看着我的眼睛？每次都是这样，拒绝交流，你在逃避什么？”

她看着他，他的脸色暗沉，死灰，“我问你，苏立，你还爱我吗？”

迟疑了半秒，“当然。”

“当然个屁，你早就不爱我了，从我们相遇开始，我做了我所有能做的事。你呢？你做了什么？”这时的他完全变成了另外一个人，高高在上，恶气满盈，还有一份对全世界不满的凛然。

“如果你爱我，”他继续说道，“你根本不会来找我，而是为我保守这个秘密，帮我扛住身上一半的担子。”

他逼视着她，一字一句道，“一辈子都不说出来。”

她实在有些吃惊，他竟然是这么想的，而且理直气壮。

“我们真能跑得掉吗？”

“坚信，就可以成功。”

他越是坚定，就越是令她惊恐。

“如果当初我怀疑自己的设计，也不会有今天。”他的脸上浮起一层浅浅的笑意。

“可是这个世界是有是非的。”她说。

“有个鸡毛是非，贪官污吏横行，全民腐败猖獗，我们都在一个臭水沟里混着，傻逼才仰望星空。”

“可是我们心里是有星空的啊。”

“我没有，你也没有。你爸爸欠人钱跑了，你怎么不去举报他？”

“你知道这不是一回事，如果你觉得这样说话痛快，那我可以跟你一起去，我可以举报我的父亲。”

“你什么时候变成一个正义的人了？”

“我从来没有怀疑过，我们是一样的人。你知道吗？三郎，我们的心每天都会受到煎熬，就像生活在地狱里。”

“别说得那么诗意，你为什么就不能承认已经不爱我了呢？为什么不能够诚实一点。”

“这是两回事。”

“就是一回事。”三郎脸上的笑意变成了一丝冷笑，肯定地回了一句，突然又话锋一转道，“我知道你喜欢周警官，大溪跟你说小周叔叔为什么不是我爸爸？我都听到了。什么意思？什么意思都有了。大溪住过他们家，好身世啊，富贵之人，所以一脸的无欲无求。”

“我和周警官之间，什么事情都没有发生过。”尽管没有底气，但是苏而已只能这么说，她不希望三郎的处境雪上加霜。

“发生过什么，你知我知。”

“如果你愿意，我们现在就去登记。”

“干什么？爱情大放送啊。”

“三郎，你非要这么说话吗？”

“然后呢？我们度完蜜月，你送我去自首？少演这种舍生取义的戏码，真让人恶心。你成全的是你自己，不是我，你知道吗？苏立。”

“那你希望我怎么做？”

“你出局了，没有任何机会了，你那么冰雪聪明，会不知道怎么做吗？”

“乱世是有乱象，但是也真的是有是非的，我们跑不掉。”

“没有是非，只有立场。你不想那么做而已。”

苏而已彻底蒙了，这才是最真实、最赤裸裸的柳三郎吗？

“我才不会去自首，你死了这条心吧。是端木哲要杀我，我自我审判了一万次也是防卫过当。你可以去举报我啊，去跟那个周警官，说不定是我成全了你。”说这话的时候，他还有一点沾沾自喜，并且，看了看工作台上的那只叮当猫。

她真是痛彻心扉，她知道这个世界丑恶，万没想到是她心爱的三郎，为她演绎了这个可怕时代的一代人的写照——决绝的自私，冷漠兼无情，把以暴制暴当作替天行道。他再也不是那个穿着格子衬衣给老乡挑水的憨厚青年，不是那个遇到还价的人就会脸红的学生哥。他那么成功，又那么可怕；那么热情如火，又那么冰霜似铁；那么坚持，又那么脆弱。

才华并没有使他更快乐，也没有使他更高尚，而让他平添了一股为所欲为的勇气。

她再一次泪如泉涌，唯一的愿望就是走过去紧紧地抱住他。

他不是这样的，这不是他。其实他的内心害怕极了，胆怯极了，他被这件事折磨了整整两年，根本就扛不下去了。

但是，她知道她不能走过去，目前的他像一个爆炸物，发热发光极度膨胀，吱吱冒着白烟，随时都有可以四分五裂。

“我们都冷静一下，好吗？”她轻轻说道，让声调尽可能平缓，“其实我也没想好应该怎么办。”

“你走开，滚！”他也是语气平缓地说道，没有再看她一眼。

一连数日，柳三郎每天晚上都泡在“酒幕”。

是两个台湾人开的酒吧，男的老老实实开店，女的是半仙特质的说话软绵绵的无龄妇人，名字叫作泓禧，人称禧姐姐。她会算紫微斗数，在巫术界有一点小小的名气。

三郎喝着金门高粱，一条火龙直钻肚肠，着实过瘾。社会飞速发展，绝望的时候也还是古老的酒朋友最贴心，最牢靠，不离不弃。卤猪蹄、香豆干和盐水煮花生米，一切都是现成的。

不知是不是想赚三郎的酒钱，禧姐姐皱着眉头算了几天“紫斗”，还是没有结果。

三郎独斟独饮，心情烦闷。

他对自己的表演非常羞愧，又没有喝雄黄酒，为何暴露出自己是蛇蝎之人？就连他自己都不知道竟有这样惊人的一面。犹如端木哲附体，他终于理解了他的敌人，他们是一样的，无论是为了钱，还是为了报复。他们的成长之路，应该说都是成功和幸运的，但是也都没有办法超越自己。

他怎么会不知道自己穷途末路？唯一能抓住的就是苏立，他的女神，他的缪斯，他的“父亲”，他的才智和力量的源泉。

偏偏就是她，他看着她渐行渐远。

像风一样，抓不住。

“才俊，你喝得慢一点，”不知什么时候，禧姐姐走过来，她管年轻的酒客都叫才俊，亲切而温暖，“不然会烧坏胃哦。”

她笑嘻嘻地坐在三郎的对面。

她的妆容精致，你永远想象不出她洗尽铅华的样子。她多少岁？别猜了，她也永远不会告诉你。禧姐姐穿一件铁灰色的对襟中装，盘扣，两只宽大的马蹄袖上绣着艳丽的玫瑰红色的牡丹花。女人总是觉得带一点点风尘气会更吸引男人，其实狗屁。

男人心底的选择永远是纯真。女人就是八十岁了，如果眼白仍有淡淡的蓝色，还是可以令男人动心。

禧姐姐给三郎倒酒，“是失恋了吗？”

“嗯。”

“没有在酒幕里痛哭过的人不足以谈人生。”

“非要现在植入广告吗？”

“我不是那个意思，男人嘛，没失恋过怎么叫男人呢？”

一千万只草泥马从三郎的胸口奔过，赚酒钱还不够，还要谈人生啊。真他妈的想吐。

“你到底给我算出来没有？”三郎的舌头已经大了，木木地问道。

“当然算出来了，才俊，我就是过来告诉你结果的，你有白手起家之相，少有的聪慧多艺，财富可以迅速积存，已经挤到富人堆里去了。”

“完了？”

“要注意肝火旺盛，还有泌尿系统的毛病。”

三郎抬起头来，醉眼矇眬，茫然四顾。

“总之是四个字。”禧姐姐的眼神吊诡。

“哪四个字？”他的眼睛一动不动地看着禧姐姐。

“风鬃雪蹄。”

三郎有些不解，禧姐姐用食指点了一点金门高粱，在桌子上写了笔画多的那两个字。

三郎还是不解，“我是马吗？”

“你是不一般的马哦，所以说你是真正的才俊啊。”

到底什么情况啊？他的意识渐渐模糊，禧姐姐那一张猩红色的肉嘟嘟的嘴唇也开始模糊，她说了什么，完全听不见了。

等他清醒过来，已经是深夜时分，他躺在自己卧室的床上。

床边的椅子上坐着柳森，阴沉着一张脸，两只手臂在胸前扭成一个麻花，没有表情地注视着他。

三郎硬撑着坐了起来，头很沉，隐隐的炸裂的那种痛。“抱歉，又让你送我回来。”记忆中，他似乎拨过柳森的手机号码，但是没有意识，舌头木到动弹不得，根本说不出话来，应该是禧姐姐叫叔叔柳森把他接走。

柳森叹了口气，“去喝一点蜂蜜水吧。”

他把三郎扶到客厅，给他倒了一杯调制好的蜂蜜水，“还要这样下去吗？周期性发作。”

“对不起。”

“我明天还要上班。”

三郎看了看挂钟，子夜一点五十五分。他低下头去。

“这样能解决什么问题？”柳森的语气异常冷静，“我们能不能就事论事，不要演得这么累？”

“我想去自首。”三郎冷不丁地冒出这句话。

“你说什么？你疯了吗？”

“我扛不下去了。”三郎的话音未落，脸上就挨了狠狠一巴掌。

柳森厉声道，“那我怎么办？跟着你一起去死吗？我上有老小有小，还有好多女朋友是跟着我吃饭的，你替我想过吗？”

脸颊一阵火辣辣的又麻又痛，三郎说不出话来。

“拜托你醒一醒吧，扛不住也得扛，是狗屎你都给我吞下去！”柳森厉声道，怒不可遏地看着三郎。

三郎也没想到事情会变得这么糟糕，自他知道端木哲要害他以后，整个人都不对了，因为生性自卑、敏感、玻璃心，不然也不可能做设计师。应该就在那段时间，他几乎患上了被迫害妄想症，开车、吃饭、坐电梯，哪怕是散步，无不感觉有人要加害于他。

在大街上，行走在人群中，无数穿心裂肺的目光，全都令人生疑。或者在不经意的片刻，有他不知道的跟踪，更不知道下一分钟会发生什么。

他开始拧巴，内心一直恐慌不定，本来被风投看中，品牌意外成功让他产生过暴发户的焦虑，感觉忽然而来的财富也会忽然消失。现在又多了一重恐惧，每一次离开家和工作室这两个熟悉的地方，心里就开始七上八下，如果就此别过，再也没有回来，也不一定吧。

这种感觉对他来说是致命的，严重影响了他的工作和生活，尤其是他根本没有办法思考和设计。于是从记恨到憎恶直至愤怒，可以说端木哲深刻地激怒了他，这一切化作一股强大的力量如火山爆发，终于上升到你死我活的程度，满脑子都是“干掉他”这三个字。

“我是真的知道错了，我也说不清当时为什么会那么疯狂。”他气若游丝，出现濒死的状态。

“因为你认为自己神圣不可侵犯，但其实，你又有什么不能侵犯的？那就是你爸爸一直坚持的精英教育啊，只有他的价值观是正确的，别人都不入流。这一点也深深地影响了你。可是你想一想，你爸爸他一辈子看不上我，难道不是一种冒犯吗？我难道就没有自尊心吗？可是那又怎样？我还不是那么爱你。没有谁是不可侵犯的，要懂得做人的卑微，每个人在别人的心目中，都可能被杀死一千次、一万次了。”

的确，柳森叔叔对他是极好的，出事以后，他冷静下来，才感到害怕、恐惧和不知所措。面对着血淋淋的现场，他瘫软在地板上，不可收拾。也只能给柳森叔叔打电话，他来了之后，当然也惊到了，可是他没有埋怨他一句，而是想尽一切办法令他摆脱干系。

“如果当初你能忍一忍，不那么做……”柳森叹道，“现在警察不是在满世界找他吗？会放过他吗？”

可是当时的他，认为干掉端木哲是对自己的“靶向治疗”。

三郎悲从中来，失声痛哭。

片刻，柳森才呵斥他道，“你给我打住，哭有个屁用，这种事当初就不能做。做了，刀架在脖子上也不能往后退。”

“真的能扛过去吗？”

“别忘了端木哲是一个坏人，警察抓到他也不会放过他。”

“可是我心里越来越没有底……”

“事在人为，人定胜天。”

“难道这个世界真的是我们来定义是非吗？”

“命都没有了，是非有什么用？能扛过去的都不是事，能回头的都不是浪子。有些事，查不出来就是没发生过。”柳森语气坚定地说道。

柳森走了以后，三郎的心境渐渐平复下来。

相信我，一切都会过去的。柳森叔叔的话言犹在耳，也许这就是血亲的力量，令他重生。

他回到卧室，靠在床上。客厅里的灯有意没有关掉，仿佛柳森叔叔还在那里。他睡意全无。

手机里面有一串留言，他慢慢看着。

其中一条是酒幕的禧姐姐发过来的：“才俊，其实一共有七个字，风鬃雪蹄狐步杀。想来想去还是告诉你，请好自为之。禧。”

什么意思？

是说他和端木哲吗？然而他们谁是风鬃谁又是雪蹄？还是禧姐姐不想明说，她已经看到了一场阻止不了的血光之灾？

酒醒之后，三郎再也睡不着了，他不是害怕，他知道苏立并不会去告发他；告发不是她的哲学，也不是她的性格。叮当猫肚子里的秘密也已经被他删除干净，当初他为什么会留下证据？他想证明什么？不知道。但是他明白，他彻底失去了苏立，没有周警官，这也是他们的结局。

所以他才会恼羞成怒。

沉默，是苏立对他最后的守护。今夜始知，所谓最好的时光，就是回不去的陈旧时光。寻常、缺憾、不完美，才需要回忆去雕琢和升华。

他躺下来，侧卧并蜷曲着躯体，这样会感觉安全。

突然，他非常想念父亲。

12

空灵缥缈的旋律仿佛从天际款款而来，袅袅娜娜，似有若无。远远望去，丹峰林立，满眼苍翠。

这是小周熟悉的班得瑞乐团演奏的《寂静山林》，以来自瑞士一尘不染的音符而著称。真正的寂静并非全然无声，名曲之外，这里有来自阿尔卑斯山原始森林的鸟鸣，还有罗亚尔河的溪流声，令人瞬间温和下来。

山林的确是寂静的，田野、山谷和清清的溪水，是天然的露天广场，一群年龄各异的瑜伽和太极的舞者，穿着简朴的全无装饰的原色系土布衣裙，随着纯净辽远的音乐，在落日余晖下冥想般缓缓起舞，宛如身处梦境中的东方净土。甚至连一丝多余的表情都没有，素颜而端庄。

今天是华南织布局开业，首场秀的名称是——清贫的奢侈。

小周在山庄的门口，看见了电视台时尚栏目的采访车和录像车，于是叫萧锦把警车停在了山庄外面，两个人徒步走进华南织布局。

艺术家从来都不缺朋友，这里云集着数目不少的豪车，自然也有相貌姣好的俊男美女，他们的气质和风采，总是散发着古玉一般的光芒，吸引着平凡普通的路人希望与他们亲近。

小周和萧锦是来逮捕柳三郎的。

他们在柳森的别克房车上，在前排椅背的最下方勘查到了陈年的血滴，经过 DNA 鉴定，确认是端木哲的血迹。

逮捕柳森之后连夜突审，他承认是柳三郎砸死了端木哲，他去帮忙处理尸体，没有乘坐电梯而是从楼梯把端木哲背下来的，放到他的别克车上离开的。那个楼梯的出口，隐藏在不起眼的楼侧，只有清洁工会偶尔出没，这也是所有小区监控录像并没有拍到任何可疑画面的原因。

为什么没有换车呢？

柳森的解释是，因为刚换了别克房车，突然又换车担心会引起关注。一切如常反而是最安全的。

对于端木哲的手机所发出的信息和游走汕尾，柳森并不知情，只是冷漠评说：多此一举。许多事都是死在多此一举上。

不过柳森强调，柳三郎的举动是他授意或者暗示的，当他得知端木哲要加害于三郎，他不止一次在三郎面前提出过必须干掉他。他深感自己太不冷静了，即使是对待恶棍，也应该相信法律，相信天网恢恢，疏而不漏。完全没有必要从一个受害者变成一个加害人，实在辜负了党对他多年的培养和教育。

从始至终，柳森的神情都异常淡定。

逮捕柳森的那天下午，他还在办公室里处理公务。他的办公室用间隔柜分成接待区和办公区，办公区在里面，有大班台和文件柜，因为间隔柜上端是通透的格子，所以看得见里面的大致摆设。外面的区域是一套深棕色的皮沙发，茶几擦得纤尘不染，上面摆着水果托盘。

沙发旁边另有茶水柜，杯子、各种茶叶以及饮水机，排放得井井有条。

秘书叫小周和萧锦两个人坐下，正要泡茶，被小周打手势制止，便礼貌地离开了。

柳森在办公区背对着门口打电话，听上去是让他批一块墓地，“……我真的没有这个权力，要再等两个月我们会统一放号，根据网上报名的秩序排位……一切都是透明的，经得起检查的……现在没有，真的没有。红线女旁边还有？你去现场看过？拜托，那是统战区和社会名流的位置，那是不可能的……不能这么说，不能这么说，都是党的好儿女，盒子上都盖着党旗，简单地说就党员和党员在一块儿呗……”

解释了好一阵，他才挂上电话走出来，嘴里嘟囔了一句，“人都走了还跟我讲级别。”这时才定睛看到今天的客人非同一般。

但也没有惊慌失措。

一起离开之前，还有下属进来请他在文件上签字。他的手并没有抖一下，在茶几上一笔一画签好交给下属。从侧面看，他方脸目深，有官气。虽然眼光阴鸷却又有一种革命者的祥和。

这种神情，给小周留下了深刻的印象。

舞者的表演在一片热烈的掌声中结束了，这时天色已暗，陡然间，一串串，一团团，还有隐藏在树梢和灌木丛中的射灯依次亮了起来，在人们的惊呼声中，露天广场一时间明亮如白昼。

这时，柳三郎走到了广场的中央。

他戴着精巧的耳麦，穿着也十分简洁、利落，这种风格反而突显了他的俊朗和与众不同的气质。

“我希望让服装回归它原本朴素的魅力中，回归平凡中再见到的非凡。奢侈不在其价格，而应该在其代表的精神，所以才会有清贫的奢侈。”他说。

他还说，“如果我们能跟大自然的关系好一点，如果我们对周遭的万物珍重和友善，如果我们能从高度的自我中出离，那就是我想表达的一种生活态度。谢谢大家。”

三郎深深地鞠躬。

他得到了更加热烈的掌声，周槐序也忍不住鼓起掌来，萧锦侧目看了周槐序一眼，面无表情。

小周也感觉到自己的荒诞，秒回到先前的状态。

“但是你必须承认，他是一位优秀的艺术家。”周槐序小声说道。

萧锦点头，但仍旧不以为然道，“那又怎样？他现在是犯罪嫌疑人，只不过更让人惋惜罢了。”

“不瞒你说，我一直粉他，买过不止一件他设计的衣服。”

“相比之下，我会喜欢柳森多一点。”

“那个人啊，为什么？大叔控？”

“比较现实版，这个柳三郎更合适待在杂志里。你看他那些朋友，哪有一点清贫的味道，他也蛮享受被他们包围的嘛，总之他是个矛盾体。”

“人生本来就是很纠结的啊。”

“都说奢华没办法掩盖品格的缺失，清贫也一样吧。”

他们的目光并没有交流，脸上保持着职业的肃穆，一直并肩看着眼前这个精心策划，设计一流的名利场。

现场又一次出现惊喜，重重叠叠摆成塔形的高脚杯在一个四轮车上，被朱易优推了出来，每一个玻璃杯里都注满淡黄色的香槟，人们围拢上去，形成一个新的小高潮。

这时小周发现，整个山庄并没有苏而已的身影。

秋天最干燥的时节，利群茶餐厅进行了整体大装修。大概用了两个多月的时间，装好之后重新开张，小周还曾远远看到门口放着半圈花篮。

可是他一直没有时间过去坐一下。

柳三郎归案以后，他写完案情报告，须臾间想起了忍叔，于是决定去利群茶餐厅坐一坐，喝一杯鸳鸯。

芦姨又是在剪虾须虾线，见到他像是见到鬼，有一种夸张的热情，急忙擦擦手，亲自从收银台跑出来接待他，把他带到最好的卡座。一路念念叨叨，“不用说了，我知道你是鸳鸯走糖。你先坐，歇一下，马上就给你端过来。”

说完屁颠颠地去张罗饮品，大叫了一声，“飞沙走石。”

“改名字了？”

“不改怎么涨价。”她小声解释。

小周在卡座坐下，环视焕然一新的茶餐厅，收银台的上方挂着“财源广进”四个大字，下方的关公牌位和招财猫一应俱全。鲜红色的人造革座椅，窗户上镶嵌黄绿蓝三色的仿古玻璃，有一面墙壁的贴纸是旧广州骑楼的景物，始终追求怀旧的理念。整体风格尽显市井风格，俗得丝丝入扣，夺人心魄。

有人穿着拖鞋进来喝一杯奶茶，实在是浑然一体。

店小二拖着成箱的啤酒和饮料进店卸货，后厨有采买出出进进，都是新鲜的鱼肉鸡蛋蔬菜等十分丰富，可以判断生意比从前好了许多。

芦姨端了一杯鸳鸯走过来，放在小周面前，又放了一杯热柠茶在他对面的空位前，什么都没说，走了。

热柠茶的水蒸气虚虚渺渺地飘浮起来。

怀念忍叔。

他是一个专注到极致的人，尽可能穷尽的拆分，直到案情成为粉末状态。他说，我不是神探，我只是有一颗匠心。直觉从不撒谎，反而是聪明会混淆我们的合理判断。

他还说，我对于犯罪嫌疑人没有偏见，每个人的处境不同，有犯罪心理的人未必会犯罪，我只是要搞清楚，你做了没有？做了就跑不掉，没做，也绝不会冤枉你。最需要警惕的应该是那些没有犯罪心理的人吧，如果他们无法控制自己的激情，有可能铸成大错。

这个社会有贪污，有贿赂，有迫害，有谋杀，却几乎没有诗歌、音乐、品质和纯粹的爱，没有远方和梦想。但是无论如何，请不要触及底线，因为总有一些笨人是忠于职守的，总有更多的人选择正直、善良、是非分明。

这是一个特殊的时代，每个人都在跟自己斗争。

他说过的话还有很多，时不时就会闪现在周槐序的脑海里。然而此时，他一言不发，只是默默地坐着。

茶餐厅的音响里播放着美国乡村歌曲，正是抒情王子汤·威廉姆斯的经典曲目《你是我最好的朋友》，低沉的音色如阵阵钟鸣，清澈时如墨绿色的石头沉在溪底，温暖时如冬天燃烧着蓝色火苗的壁炉。

他们就这样，默默地诉说。

小周一口一口慢慢喝着鸳鸯，沉思良久。

人，都是要盖棺定论的。忍叔这个人，有信念，所以活得充沛从容，忠于职守却不强求他人，一直与这个时代保持着不对称的物质匮乏和经济拮据，但其言行举止，尊贵而有尺寸。是真正的奢侈的清贫。

现在他走了，如蛟龙归海。

每年春天，季节转换的乍冷乍热，使街道两旁的大叶榕树居然落叶纷纷，仿佛秋天一样，但其实是嫩绿的新叶挡不住地要冒出来装点春天，几乎一夜之间新叶足以遮天蔽日。

所以，周槐序看到满地的落叶，这才意识到三月份已经落幕了。

这是一个春风沉醉的夜晚，依然是小周架着醉得不省人事的马达，站在路边等待代驾司机的到来。还是那辆悦达起亚。

时间过得真快，新一轮的同学聚会如期而至。这一次的聚会地点是在禄鼎记，不吃麻辣火锅你们会死吗？小周说，这也太重口味了。马达非常讨厌粤菜，他说清水菜心、清蒸排骨，吃这么清淡那还叫下馆子吗？在家吃不就好了？你看这健康老油，满满的朝天椒挑战味蕾，那叫一个辣得荡气回肠。

这一次的聚会，是小周拿了父亲的一瓶三斤装的轩尼诗，搞不清多少钱，反正不便宜，大家喝得畅快淋漓。

许多往事和牢骚都在一遍一遍重复，然而日光之下，能有什么新鲜事？都是彼此的见证人，都要抓住转瞬即逝的存在感。

代驾司机还没有来。

都说时间可以抹平一切，可以淡化所有的伤痛。但有些伤痛却会随着时间的延伸，不知在什么时刻隐隐袭来。

小周不由得想起上一次同学会后与苏而已的相遇，不知她现在人在哪里？过得还好吗？思念像一只小手在远处轻轻摇摆，像一个孩子眼中没有落下的泪珠，柔软中是尖锐的思念。原来在他的心里，她并没有离开。

可是爱情需要奇迹。

奇迹并没有发生，匆匆赶来的代驾司机是健身房的赵教练，两个人都感到有些意外。

“你也兼职了？”小周一边把马达扶进车的后座上，一边问道。

“我老婆生孩子了，要赚奶粉钱啊。”

赵教练手脚麻利地坐进驾驶室，发动了引擎。

小周坐在后座上，一边的肩膀扛着马达沉重的大脑袋。

两个人开始聊一些闲话。赵教练这个人最大的优点是不多嘴，不多话。小周不开口，他就默默地开车。

“苏小姐还去打拳吗？”小周自认为不经意道。

“再没来过，自从上次你遇到她，就再也没来过。”沉默了一会儿，赵教练继续说道，“她在我这儿买了一组课，是付了费的，我打电话想叫她来上课，可是电话是空号，也不知道是怎么回事。”

车内一派安寂。

虽然不是小周打的电话，但心里还是有些落寞。

花叶千年不相见，缘尽缘生舞翩跹。一直以为，即使断了联系，在这个偌大的城市，在熙熙攘攘的繁华中，电话的那一头始终有一个熟悉的人，一个他喜欢的女子。

原来那一头是什么都没有啊。

或者她会迁怒于他，憎恨于他也不一定。

鸡汤君说，没有理由的心疼就是爱。那么，当他知道她的全部，还是想念她，也是爱吧。小周望着窗外的街景，灯红酒绿。夜色甚是温柔，心底却是遗珠失璧般的怅然和无奈。

车速变得越来越慢，终于彻底停了下来。

半个多小时仍然一动不动，小周把马达的脑袋放在后座椅背上，这家伙早已呼呼大睡，鼾声震耳。

小周下车，向前方走去。

大约一百米开外，便看见车祸现场，是令人吃惊的惨烈，根本混乱到看不出情况是怎么发生的。

满地都是玻璃碴子，还有各种汽车零件的残骸或碎片，另有一个孤零零的汽车轮子躺在马路中间。说这里是爆炸现场也不为过，挂彩的当事人惊魂未定，看上去衣衫不整，狼狈不堪。

小周给值勤的交警看了一眼警官证，交警解释说，一个十六岁的小男孩把他爸的大奔偷开出来，高速驾驶，因为避让其他车子，从对面车道撞烂护栏飞了过来，这边七辆车被他撞得乱七八糟。

“不过大奔还是结实，烂掉也没起火。”

“人呢？”

“这个家伙死不下车，说要等他爸爸来。”

熊孩子。

小周跟着交警去看那辆奔驰，小孩半开着车窗，一脸不知天高地厚的倔强。小周道，“他哪有十六岁，最多十二岁。”

“满嘴瞎话，我也要等他爸过来。”

“又是把油门当刹车了？”

交警撇了撇嘴，耸耸肩膀表示无可奈何。

小周说道，“伤亡情况怎么样？”

“还好没有死人，但也有人伤得不轻。”

小周回望了一眼，伤者七零八落分散在路边，席地而坐，肯定衣衫不整，目光呆滞如刚从噩梦中惊醒，而且或多或少都挂了彩。道路中间还有一部分人靠在侧翻、稀烂的越野车前等待救援，估计是无法搬动的人，他们互相照顾，看上去情绪已渐平稳。

“我现在能为你做什么？”小周收回目光。

交警把一个哨子放到小周手里，“刚把通道清理出来，你就把车流疏导过去。我到对面叫同事警车开道把救护车引进来，好多伤员都是简单包扎的。”

另一个交警一直在拍照。

小周说，好。开始吹哨子打手势指挥车流尽快通过，其中也包括赵教练开的车，小周打手势叫他先走，赵教练心领神会，驾车全速驶过现场。忙活了好一阵，情况总算得到缓解。

这时三辆救护车都已经赶到现场，医务人员各行其职，救护伤员。

周槐序束手而立，终于感觉筋疲力尽，恨不得席地而坐喘一口气，正想用手背抹一把额头的汗。

这时，他的左手像被电了一下，电流迅速通遍全身，是有一只手握住了他的手。低头一看，现场所有汽车的大灯都开着，但还是灯下黑，眼前的担架上躺着的人竟然是苏而已，她的脑袋被一个方框一样的医疗器械固定着，大夫说她胸骨骨折不能说话。

她握着他的左手看着他，星星般玲珑的眼神，柔情似水。

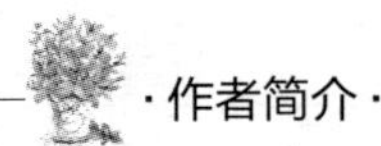

·作者简介·

张欣，女，江苏人，生于北京。1969年应征入伍，曾任卫生员、护士、文工团创作员，1984年转业。1990年毕业于北京大学作家班。现任广州市文学创作研究院专业作家。中国作家协会全委，广东省作协副主席，广州市作协主席。主要作品有长篇小说《深喉》《不在梅边在柳边》等。

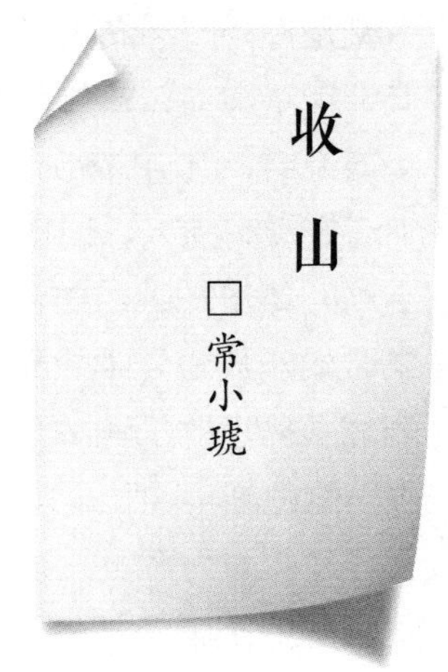

1

万唐居里面的院子很深，西边辟出的几间耳房，建了水饺部，小吃门市和面点也是新设的。后院临街的六间背阴铺面房，紧贴道林的仓库，筒瓦卷棚，道士帽门，清水脊，一溜街门自上而下刷成青黑色。原是住家搬走前留给政府的逆产，公私合营后被店里将门脸封死，两两打通，改成鸭圈，一直用到现在。

按今天的论法，杨越钧应该算第三代总厨，可在七几年那会儿，我们要叫掌灶，也就是大厨师长和热菜组组长。他宽厚的身板上，总配一件簇新的白色号衣，下面是炭黑的制服呢工裤。头上一顶带松紧的豆包帽，也戴得正正方方。记得那天，支部齐书记在我们旁边，也没有多讲，只给了我三个字，叫师父。

当时万唐居的厨子平均工资二十块，我师父一人就拿一百五。不论谁家婚丧嫁娶，认不认识的，他一律随十块钱份子。人肯定不会去，但是钱一定要给到。想那年月，谁肯掏出八毛来，算俩人交情不错了。

不过有位爷，工资却比杨越钧，还高出五块钱，他就是烤鸭部的葛清。凭着独创的技艺和配方，这人竖起了宫廷烤鸭的招牌，连着救活好几家店。杨越钧是花了大钱，从大栅栏把他挖过来的。葛清是个活儿极细的人，他在后院的鸭房，别人不能踏进半步。他说过，老杨，这摊事儿交我，钱你绝不白给。但我挣的只就这份工资，旁的事，你也别找我。以前店里有个公方经理，存心让他黑白着干，连烤带片，填鸭扫圈，一肩挑不算，还要他切墩上灶，亲自走菜。气得老头抄起手勺，站后院柿子树下，当所有人面，骂对方是杂种操的。

杨越钧担心葛清为这事被人上纲上线，便问齐书记，能否将那个经理请走。接着他叫来我，说分你头一项差事，就是把你匀到鸭房。我自然不乐意了，因为师父的烧鱼是一绝，谁不想跟着掌灶，长些本事？刚进店就被支开，那不成了晓市里扔满地的烂菜叶，有人丢，没人捡。可杨越钧不管，派我去的时候，他连一盘菜也没教过我，只扔给我八个字：打不还手，骂不还口。

现在是有人说，你屠国柱命真好，一口气就拜在两位高人门下。可当时不是这样，去劳资科领工服时，那里的人看我，就像在看一只翻了盖的乌龟。传达室的老谢来换新锁，想跟我逗会闷子，他说你也要去鸭房了？我听了，便把衣裤一撂，梗着脖子问他，怎么着。他笑着摇摇头，说不怎么着。科里的人像捡着钱一样，笑翻过去。我转过身，来回瞧了他们两遍，拿起东西就走。老谢在后面伸着头喊，可别惹你葛师傅不高兴。

一个清凉的、阴郁多风的下午，我站在烤鸭房门前，点上一支烟，想抽完再进去。这是个马蹄型的院子，两侧各栽着一棵老柿树，褐色树皮，沟纹严密。一片接着一片，有许多殷红色的柿叶飘下来，在明暗交接的斜晖下，如同烧着的纸钱。

烟抽完后，我又在风里多站了会，散散烟味。然后呼一口气，把腿迈进了屋。

一股臭烘烘的苜蓿味，差点将我熏一跟头，我捂住鼻子，看见一团镂花般交互覆叠、朵朵丰满的白烟。用手扇了扇后，总算辨出眼前有一轮黑线。我对那道黑线说，葛师傅，我是屠国柱，杨师父派过来的。他继续抽着手里的卷烟，没有答话。我又重复了一句后，他把烟灰直接弹在地上，张起眼瞪我。我很自觉地向后退，直到被他瞪出屋外。

我原想在院里找个下脚的地方，坐下来，等他喊我。结果是我像尿裤子一样，一直被晾在院墙下面，看着前院的人，和我初来时一样，伸着脖子往我这里瞧。

我希望他们同样瞧不到这里，更不会认清我的样子。

这一晾，就是半个月。

这半个月的时间里，每当天刚蒙蒙亮，我便来拍店门，把老谢从被窝里喊出来，让他放我进去。我说要签考勤，老谢鼓起眼睛说，记考勤的都还没来，签屁。我径直走到后院，看见那个精瘦的老头正拿着镊子，择鸭头上的细毛，就好声好语地向他打过招呼，然后和其他新徒工一样，我开始扒炉灰、添火、砸煤、拾掇灶台。我会往老头的茶壶里倒一丁点热水，闷上半杯高末儿，等他一找水，再续满，那时喝起来，不凉不烫，正合适。

结果无论我怎样表现，也换不回他的一句话。

于是我的下手活一干完，就像要饭的一样，自觉地找个背阴处，歇脚。我发现街面上，总有人透过铁栅门，往院里看。我就假装找东西，在院子里转圈。当时万唐居的人，一提店里新来了个驴师傅，就是说我呢。那些天我总想，假如葛清真能打我，骂我，该有多好。

葛清照看鸭圈时，人手一件的蓝蚂蚁工装，被他潦草地搭在肩上。耳边，还总别着一根皱巴巴的卷烟，有时摘下来，嘬一口，叼在嘴上，也不耽误给鸭子填食。

风日渐凉了，院子里那些老树上的枝枝桠桠，被吹得慌促。他却面如平湖，握着破茶壶，放腿上，往把角那么一窝，瞧着那群呆头呆脑的东西。

其实远远看上去，他自己就像一只垂老的兀鹫。

自从来烤鸭部上班，我就没进过正餐部的大厨房，为了不给老谢添麻烦，平日我改从白广路电影院直奔后院进店。店里能上二层的楼梯共有两个，东为上，挨着店门，留给客人。通常内部职工会走西侧的那个，从后厨踩着直接就能去楼上财务科。按规定，早九点营业，晚八点关门，中间两点到四点，师傅们想干点什么都行，还能回趟家。正是这时人少，连老谢也在打盹，我才来楼上领工资，只为快去快回。

说出来很多人都不会信，刚来万唐居的时候，我最怵领工资的日子。我总觉得，这份钱如果领了，那和要饭的可真没什么区别了。偶尔几回，在车棚里碰见杨越钧，他老是和和气气地问我，在鸭房适不适应，上手了没有，缺东西就说。后来我就躲着他走了。一个人的时候，我跟自己念过，这个工资我还是得领，否则会有人说，驴师傅终于撂挑子了，这对于店里的管理，也不是好事，到头来难堪的，还不是我师父么。

那天留下值班的会计，年纪很轻。她上身套了一件大夫才穿的白大褂，两条细瘦的小臂上，戴着一对蓝套袖。她头也没抬，就递来一张表让我签字。

在一排铁柜后面，她掏出钥匙，开明锁，从抽屉里数钱给我。我把气球线踩在脚下，腾出手写好名字，听她噼噼啪啪地又过了一遍算盘。我瞥见，她不像那些老会计，留一头齐肩油亮的波浪大卷，而是梳了两条乌黑的麻花辫。白润细滑的肤色，更是比苗家人做的鱼冻还透亮。

“你再这样看下去，我数错了钱，算咱们谁身上？”她一句话问得我无言以对。“你下去后，帮我叫下一个人过来领钱。”

“我不回后厨，我是鸭房的。”

她扬起脸，看了看那两枚气球，又看了看我，冰澈的眸子，像初秋里盈满露水的荷塘。

“你就是跟着葛清的驴，屠师傅？都说你没半个月准跑，想不到能熬到领工资的日子。”

我瞄了一下她胸前的名牌，清楚地印着邢丽浙三个字。

钱点好后，我往兜里一塞，没搭她这个茬，想走。

“回鸭房也要这样神气，让你带个话会死人的？”她用橡皮筋在一捆钞票上利索地绕了三下，搁好。“等到你把葛清的本事学到手，当上前厅总经理，搞不好我们还要给你跪下的。”

我把工资又拿出来一甩，拍在她面前。

“这种话，你应该对着大喇叭去说，让葛师傅听见，我他妈吃不了兜着走，还领工资？”

“你把钱拿走，跟我抖威风算什么本事。”她摆出洋梨一般的冷脸，“空长个五大三粗的样子，脑袋也是块铁疙瘩，派你去烤鸭部，能比前面两个好到哪去。葛清的手艺传给谁，谁就当前厅经理，这是掌灶早定好的，又不是搞特殊化。你以为没人说，葛清就不知道吗，老家伙比猴子还要机灵。”

她们科里的窗玻璃可真干净，那些柳枝，看上去像是长在屋子里一样。

见我还在愣着，她的两道弦月眉，轻轻一蹙。

“你没仔细看，楼梯口的黑板上写着什么？区里要评涉外饭庄，万唐居和对面的道林酒家，只能上一个。”

我点了点头，想了半天，问她，那又怎么了。

“你先给我一句话，还要不要跟着葛清学了。要，就把耳朵伸过来，我教你一招，不管用，连我的工资一起，倒贴给你。”

她的话叫我很难为情，但我还是弯下腰，凑到她跟前。她身上有股淡淡的雪花膏味，指关节处嫩红的肌肤纹路，令我看得入神。

“怎么谢我？”她说完后，立刻又问。

“你喜欢吃鸭肉吗，我求葛师傅给你片一盘儿，这点儿小事他还是肯的。”

“干什么，他烤的鸭子，我又不是吃不起。”

见我点头要走，她顺手拿出一摞四方棉纱，叫我领走。

“劳资科上次发口罩，没给到你们那边，我手头留了几副，你要不要，点炉子的时候正好用上。”

2

不论哪一路厨子，师父再尽心尽力地教你，也要埋下一道偷手，以防东家和徒弟抄自己后路。为此，有的甚至不怕手艺断在自己身上，也要一起带进棺材。所以有人说，勤行这点活儿，免不了一代不如一代。

有时候我想，是不是在葛清的心里，就有这个顾虑。

那天我干脆走进鸭房，想找他问清楚。当时他嘴里正叼着一支天津产的战斗牌香烟，皮围裙系在身上，毛线手套套好，准备入炉前最后一步，开膛取脏。他攥着刚打过气的鸭坯翅膀，扬起下巴，示意我帮忙划根火柴，我忙举到他嘴边。看着星星散散的烟叶，卷缩，燃起，他徐徐地合上眼睛。

老头随后握紧鸭脖，将鸭背靠在木案上，提起一把五寸长的尖刀。为了胚形不破，他习惯刀走腋下，先开一月牙形小口，凭食指即可将内脏一下勾出。

“杨师父让我到鸭房学徒，您总要派点儿活给我吧。”

“别拿杨越钧来压我。”葛清掏完鸭肺后，拧开龙头。他的烟酒嗓，伴着水声，从咬着烟的牙缝里钻出，像一张砂纸，碾擦着屋内喑哑的水泥墙。

“没那个意思，就是觉得，这样在店里白拿工资，烫手。”

老头回身看我，一双被信封拉过似的倒三角眼，在我身上扫了个遍。他乐了，棱角分明的脸，如茶褐色的鸡皮般，密密层层地裂开。

他没再理我，倒是取出一根高粱秆，一头被削成三角形，一头是叉形，放入鸭腹内后，向上撑住鸭脯的三叉骨。我将目光挪向远处，这间十平方米的鸭房，紧里面有个小单间。我面前是个半张床大小的工作台，用白铁皮包好的木头案子，底下安了俩板凳腿，牢牢架住。

葛清很快从单间里提出一只刚烤得的鸭子，站到案前，躬身片肉。杏仁片是最传统的技法，他抄起一把精巧的直刃片鸭刀，先在鸭胸刺出一道小缝，肉里迅速渗出星星点点的汁液。他又在这道缝的上方，再划第二刀、第三刀，接着绷直拇指，按住切下的鸭肉，左手跟紧接肉。随着皮肉吱吱脆脆地应声错开，一枚一枚，轮廓艳亮的扁平薄片，温顺地躺下来，微微散着热气。很快，鸭皮上流出的油挂到托盘，慢慢又汇成云朵般的油花，莹澈平滑。

老头叼住烟嘴，将光亮香脆的鸭肉拈起，码出四周环绕、中间收口的葵花形入盘。

“走菜。”他把烟一弹，擦刀，耳边变戏法似的又取出一根，再塞嘴里。

“这样就想把我糊弄走？”

“爷们儿，你什么意思？”他取出一块豆包布，在手上来回揉擦。

“我就是想学开鸭之后，片肉之前这点东西。单间儿里到底什么样，您得让我开开眼。”

“想开眼是吧，刀就搁在那儿，有多大能耐，使出来。”

他朝案头上剩的那半只鸭子一瞥，我也不再废话。部位不同，片法自然不同，内行不用多看，头一下便猜出你几分内力。我侧身下刀，切出五厘米长，两毫米厚的柳叶条，连皮带肉，一段段细匀工整，薄而不碎。我没学过摆盘，只将切好的鸭肉朝刀背上一搓，腾到一个七寸碟上。

“可以，至少鸭皮不皱不缩。只是这么切，看的就是摆盘。”他把烟捏在手上，认起真来，“你跟谁学的？”

“雕虫小技。”

“杨越钧想干什么？”他仔细盯着我，好像师父正躲在我身后，“那俩草包滚蛋以后，我讲过，事不过三，他还敢把你发过来。”

我这才想起邢丽浙交代过的话，回头看后院并无一人，便跟老头说了。

他没听见一样，自顾自转身又走回单间，却没有让我跟进去的意思。

“回去吧。”他耳朵上又多出来一支烟，“嫌钱烫手，就买一条儿红梅，下次再空着手来，学他妈屁。”

谢天谢地，邢丽浙看人比点钱还准。

第二天，两个人在道林大堂的一张桌子旁，坐好。

“你请我来道林吃饭，不怕被人撞见？谁不知道，这两家店在抢指标。”

葛清用左手解开两颗梅花扣，右手在尖脑袋顶，来回胡撸着短碎斑斑的一层灰发。他说打从“四人帮”倒台，就再没进过这家馆子。我跟着点头说，别看长这么大，能坐进道林里吃饭，自己也是大姑娘上轿头一回。当然了，还要看这顿饭和谁吃，怎么吃，比如要跟您面对着面，耳听心受，才算是福运不浅。

老头并不搭话，只管纵目四望。顶楼的飞檐斗拱下，是绘着五福献寿的横梁来做吊顶天花。堂内林立一片漆红大柱，墙面贴了米色的直纹壁纸，底部则用柚木的饰面板包好。配上苏绣竹帘、明式宫灯和嵌着冰花玻璃的落地屏风，极压得住阵脚。

“说什么福运不福运的，到这种金镶玉裹的地界儿，人模狗样往我面前一坐，话也跟着漂亮起来了。别忘了，店大欺客，奴大欺主，椅子再贵，你也是用嘴吃饭，不是屁股。”

“千好万好，不如万唐居的鸭房好，行了吧。咱们，点菜？”

我拿起一张三叠小册的菜谱，绿底白边，浮印着描金的梅竹与纱灯，青红相映。里页用蝇头小楷手写的菜名，如幽花美士般，个个出落得婉丽飘逸，骨秀神清。

“您看人家，落款不仅盖着印章，侧栏还用宣纸贴上今日宴会的冷菜和小吃，分行布白的，拿在手里，贺年片儿一样。”

“来道林点菜还用这玩意儿？”他掸了掸鞋面，不用正眼瞧我。“看着膀大腰圆，坐下来却像个娘们儿。既然来了，就别白跑一趟，带你粗长些见识还是应该的。”

我眨巴着眼，不作声响，只等看老头如何行事。

葛清抬手朝一个女领班打个招呼，对方闲悠悠地走过来，取笔拿纸夹，候在一边。

“丫头，我是宁啃仙桃一口，不吃烂杏一筐。今天专程带刚入行的小子来这，学习学习。”

我猜不出事态轻重，仍举着菜单，看了又看。勤行有个不成文的规矩，行合趋同是大忌，各家即便有同一道看家菜，做出的口儿也绝不一样。比如同是鲁菜馆，又都做葱烧海参，但吃同和居的，跟去丰泽园的，不会是一拨人。换句话讲，客人来你店里是吃这儿的师傅，所以厨子之间没有互相串的。

女领班仍摆出一副六根清净的样子，我感觉即使刀架脖子，她都未必知道死字怎么写。

“我们是国营大店，坑您又不给涨工资。北京饭店里倒有的是仙桃，进得去么你。”

我一听就知她是外行，饭店重规格，饭庄重风味，两者登记在执照上的功能不同，并无高低之分，在吃上真懂的人不会这样信口乱讲。

“那就好。”葛清不再多言，“先来盘儿凉菜，怪味鸡。”

这道菜，入嘴后百味交陈，调味繁复，容易试出功夫深浅。

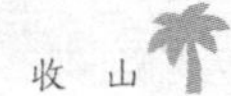

女领班听后却是一怔，没有下笔去记。

“精雕细刻的房子能建，直截了当的菜做不了？那换四川泡菜。”

老头变来变去的，如同在打麻将。

“您真会逗闷子，专拣单子上没写的点。”她的笑像是腊月里的冻柿子，几乎结出霜来。

葛清应该清楚，这菜他是吃不到的。泡菜制法简单，却消耗巨大。当年道林只为这一道凉菜，必须单开一屋，宽如车间，全封闭消毒。别说人，一丁点油气不能进。可如今，却连菜名都找不见了。我将菜单立好，低头冲着银白的提花桌布愣神。

“热菜还用点么？道林不就那几样。一个宫保鸡丁，一个干煸牛肉丝。”老头有些厌了，“可着整个餐馆，里外里都算上，数你认字儿最多，是么？”

一听这是冲我来了，我赶紧放下手里的菜单。

“来只樟茶鸭子。”我紧跟着说。

女领班连连应声，一边倒好水，一边摆齐碗筷，极认真。

“店里新添的五柳鱼，您尝尝？”听音儿，她底气还有，总想把面子扳回来。“这家店刚装完，才开业，二位吃条鱼，也好讨个彩头。”

葛清手指转着杯口，像是在圆包子褶，不说什么。我接过话，答她，照你的意思办吧。

趁着等菜，我想探探老头口风。

“照您看，这回区里评涉外单位，两家店，谁上谁下？”

“你问得到我头上么，谁上谁下我都有钱拿。再说这事我拍板儿也不算数，问你师父去。”

“当然有您能拍板儿的地方，比如让不让我进鸭房，杨师父当然希望我能帮您分担分担。”

话讲一半，菜来了。金字招牌的宫保鸡丁，汁红肉亮，香气吐绽，一厘米大的肉丁像量过似的。葱粒蒜片、腰果杏仁、去皮花生，料配得也全，浸在棕色酱汁上，如同焦金流石一般。另一道干煸牛肉丝，也是酥嫩筋道，我闻了闻，豆酱所散发出的咸辣之气，虽略重，却很正宗。女领班让人先摆在葛清面前。

“你这菜不对。”老头没动筷子，把正在布菜的女领班喊来，“按规矩应该是锅红、油温，爆上汁，你得让我只见红油不见汁。你这个，也叫宫爆？沙司滋汁熬得又黏又溶，根本就是糖溜，糊弄谁呢，拿走。”

女领班赶紧看我。

“先搁着吧，挺好的东西。”我说。

她用公筷，夹了一小碟干煸牛肉丝给葛清，谁想老头根本不吃，用手指一掐，压在桌上，竟挤出水来。

“道林没人了？这菜本是无渣无汁，要吃出干香滋润入进去的味。你们倒好，干煸和炸都分不出，把主厨请出来。”

“现在都是这么做的，您就凑合吃吧。”她开始有些抵赖。

“都这么做，也是错的。”他把盘子都堆到一起。

我夹了两条刚上桌的樟茶鸭。

“好赖您也动一动筷子。”

他直接取了中段的一截鸭胸，闻了闻，放进嘴。

“凉的。”这回他直接把肉啐了出来，“这菜从冰箱里提出来，热一热就端来了，看着皮脆肉嫩，实际没炸透，外边酥，里面硬。姑娘，你自己吃吃看。”

我不再劝和，告诉她，想请主厨露个面，都是干这个的，谁也不会为难谁，她自然没话好说。

“葛师傅来怎么早不打招呼，哪有让您在一楼吃散座的道理？我这就给您安排一下，三楼雅间是刚装好的，您给瞅瞅，有四出头的官帽椅，博古架。”

那人笑眯眯倒先开了口，我见他满是好意，互相点了头，心中替他不忍。

老头端起一杯茶清口，当众人的面，吃下一勺鸡丁。

“我牙口不好，官帽椅，博古架，怕嚼不动。”

“那您感觉，这菜吃着，哪儿不对？剞花刀的丁儿，仔公鸡的嫩腿肉，您是行家，全看得见。火候讲的是刚断生，正好熟，都是传了几十年的规矩。”

“这话搪塞外人，倒也不差，但你不用给我背书。说起宫保鸡丁，我只服两位。一个，是四川饭店的陈宫如，一个，是道林第一代厨师长伍先生，是他令你道林出的宫保汁，十拿九稳。刚才你提规矩二字，很好，可为什么我没吃就说不对？就是你的技法，不合他定的规矩。”

主厨一听老头翻起家谱，就知道没了还嘴的余地，只好安静等话。

“单说这菜的模样，首先它是爆荧菜，伍先生炒不会一味过油，他是用煸的。这是川菜唯一的技法，有他才叫宫爆，不是说搁鸡丁，搁辣椒搁花生米，就是宫爆。这个你不能丢，丢了就是打自己脸，懂吗？”女领班见老头的话重了，赶忙朝他杯里续水，息怨气。

主厨像个被袭了营下了枪的副官，纹丝不动。

“既然你认识我，话如果不中听，全当我摆资历。”老头捡起一根筷，伸到菜上面，戳标枪似的比画着，“世人皆知你家这菜，吃进嘴，应化成五味。先甜，后微酸，再略有椒香，跟着是咸鲜还带点麻口儿。这五味，一个压一个，各层有各层的目的。好比逢辣必甜，麻在最后，吃热吃腻时，要用泡好的花椒粒来化解，再张嘴呼气，才能清爽。哪像你这个，全是满嘴生辣。”

窗外的斜阳像绢布抖下的落尘，越发稀散，疏少。穿堂风跑进屋内，菜开始稍稍发凉。老头紧了紧衣襟，从内兜抽出一支烟，在桌上磕了磕，搁在嘴上点好火。

“是不是让你难堪了，爷们儿，报个名吧。”

“严诚顺。”主厨走近了些。

“你叔在街南美味斋管面点？”

“您真行，一下就知道。”

“有意思，遇见熟人了。容我多问一句，你这儿打着伍先生的旗子，去过他家里吗？”

“逢年过节的，都会去看看。”

“给伍先生磕过头没有。”

“没有。”

严诚顺说完后，脸上仿佛撒下了一把红椒籽，汗珠淌下来，都透着辣味。

半路，葛清像怕丢了户口本一样，手按着襟衫两侧的底边。

“当年伍师傅，手把手地待过我。店里一赶上义务献血，他就派我躲到堆房踩蒜。”

出了南运巷的巷口，天色已显出昏沉。暮晚前的青苍与冷寂，会令上了年纪的人，想起许多空悄的旧事。老头拖住步子，对我讲起他年轻时，是做清真菜起家，中途手紧，才入了汉民馆子，行话管这叫“换带手”，是丢大人的事。可他想的只是不挨饿，有钱拿，上了岁数才知道，一辈子遭人白眼，是什么滋味。

“准我进鸭房吧，你不喜欢拜师那套，我也不求虚名。教会我东西，我帮你把宫廷烤鸭保全。”

“我这点儿手艺，凭的全是一招鲜，吃遍天。从搭鸭炉、制鸭坯，外带酱糖葱饼，全部家伙事儿，这层窗户纸，我不点，只怕会叫你想破了头。但早早晚晚，一家通，家家通，等到遍地开花之日，也是我走投无路的一天。那时，谁赏我饭吃？”

我僵立在街上，接不上话。

“再不走，路就黑了。”

街灯初上，原来两个人又兜回到万唐居斜对面的白广路商场。

作别后，我远远注视着他，像是在看一颗绽裂的顽石，在街面被吹到哪儿，就是哪儿。

3

一连数日，我也没回家，晚上干脆睡在店里，堵葛清。

早晨，我会沿着61路公共汽车的站牌，从白广路，慢跑到宣武门。回来前，要先穿进北面的天缘市场，市场南墙的前半圈，是布匹柜台和缝纫部，理发店则被卖玩具的货架挤到犄角，只有一位身材浑圆的老师傅，套了件素色长衣，站在缠着蓝带子的金箍棒、铁皮公鸡和木块军棋后面，被我找见了。老人让我坐上仅有的一个白漆铸铁的升降皮椅，然后使劲将座椅摇低。我面前那扇镜子，钉在墙上，硕大无比。他也不多问，按住脑瓢，先拿推子横平竖直过一遍，再用美发剪细针密线地修整。我嘱咐老人剃短一点，他说青皮都出来了，再短就得上刮刀了。放心，保你一个月不用再来。我说，再来也不怕，很久没坐过这么舒服的椅子了。

从市场里出来后，额头上还渗着豆渣般的汗液，淹过皮发，风一吹，痛快。

那一晚，和平常一样，我拼了六把高背椅躺在一楼大堂，正对门口的位置。我仰起头，瞅着挂在檩条上的管灯，穿堂风一吹，马上就睡沉了。不知过去多久，感觉有人咣咣地踢我椅子腿，揉开眼后，见一道黑影向后院移去。跟过去细看，才认出葛清。他站在青色的拱形砖炉前，脚边放着一铁桶热水，盯着我看。那算不上是一张脸，更像是一把插紧的铜锁。

两个人，面对面站着，老头还不及我肩膀高，但他不发话，我不敢动。他踢了踢铁桶，嘴朝墙上的摆钟一努。

“这都四点半了，你每天跟这儿躺尸，挺美的是吧。鸭房的规矩，杨越钧就这么教的你？”他摘下耳后的那支烟，送进嘴里，却并不点上。

“什么规矩？”我现在挺烦这两个字的。

“见我身后的鸭炉了么，它就是规矩。”

那桶水正飘着醉醺醺的热气，我二话没有，就把炉里的劈柴拣出来，抄起扫地笤帚、劳动布手套和麻袋片，沾了水往身上一绑，拎着水桶便钻进鸭炉。

趴在炉口时我忽然又停下来，想起邢丽浙拿给我的口罩，于是又翻起里兜。

“手里拿着什么？”

“口罩，发的。”

“你他妈见过有厨子戴口罩的吗，给我扔了！”

葛清太坏了，这么窄的炉体，按说他进去才合适。我的个头太大，就算生往里挤，也很难施展开腿脚。烤完的炉子要趁热刷，可三百度的火气没散尽，如同钻进火焰山。黑灯瞎火里，我蜷着身子，进退不能。炉壁上敷的全是凝成块的灰和油，我举起高粱条扎成的笤帚棒，蘸一下桶里的碱水，用尽气力去搓，却看不见任何轮廓。污垢化成水汽后，稍一扫动，便裹着烟尘，喷得我浑身上下，跟鬼似的。那种炙热和憋闷，令皮肤仿佛开芽一般，由内而外松动出难耐的瘙痒感。

等一出来，天已见亮，套在身上的麻袋，成了被浇散的蓑衣，工服沾满烟灰后像是生了锈。水房里有很多搓板，我脱下来撒一把碱面，搓洗好几遍，又抠了半天嗓子眼。

回来后，正巧瞅见葛清的工服正闲搭在椅背上，也不看大小直接便往身上一套。

八点整，我像条狗一样，蹲坐在鸭房门口倒着气。很想眯一会，可胸口一阵阵泛起干呕。厨子都吃过折箩，第一道箩最干净也最好吃，通常会被服务员先分掉。能进我们嘴里的，说白了就是泔水，渣菜。吃起来不能多想，使劲往嗓子眼倒就对了。说不清道不明地，我越要吐，折箩就越在眼前晃，越是晃，就越要吐。肚子里咕咕直叫，可嗓子眼却像涨潮一样不断往上涌酸水。

过不久，循着一缕面香，我侧头去找，见储物柜上竟搁着四个热乎乎的缸炉烧饼。那味道和街上卖的全不是一回事，一闻，心里咚咚直蹦。我扶住门框，偷着起身去够。

“杨越钧是这么让你孝顺我的？”葛清的话，永远是一根挂炉上被烧得通红的鸭钩，专刺别人喉颈。他当着我的面，从炉里取出早上烤得的第一只鸭子，噌噌两下，片了一半，油酥酥的连皮带肉都被塞进烧饼里，再撒上点盐花，用一张黄褐色的薄牛皮纸包了两个，递过来。我这一口，险些连指甲盖一起咬掉。

剩下的他自己并不吃，只是收好。我不明就里地看着他，两人都没有再作表示。

“吃完把你的工服给我换回来，在这儿的事，别到前院儿给我瞎散去。”

拿烤鸭垫肚子，这什么待遇？据说全店只有葛清一人的早点敢这么吃，我是第二号。打那天起，面案老大派人送来的烧饼，就有我一份。

小邢儿时家住台州温岭，她最爱和女同学守在东海湾，玩绷绷绳。

大姐织毛衣剩下的一节褐色线绳，被她要走，结绳套、编花样。全班只有她，能翻二三十种出来，五角星和降落伞，只算大路货色。如果她愿意，编个蜻蜓、青蛙，甚至钻石出来，也不算奇。各种料子、颜色和长短不一的细绳，穿行在她纤柔的十指间，从哪里来，该到哪里去，不曾错过。

有一天她在石塘镇，等父亲从钓浜港里收船回家。他上岸后，望着破旧的堤头，对女儿讲，丫头，要歇网了，家里有你姐妹三个，再想生，也养不起了。是南下广州，还是上北京，你说说看。是啊，姐妹三个，偏要小闺女拿主意，仿佛一家子的营运，像是根蟠节错的层层细绳，全挂靠在她手上。咱家这样的，去了广州，我和姐姐倒能活了？北京吧。

有时候，我甚至觉得，我和小邢之间，也有一根细线，不松，不紧，令她刚刚好能够到我。我告诉她，很多人一辈子也吃不到正宗的烤鸭，因为要走进后厨里，趁着鸭肉烫嘴的时候吃，才香。但是她不听。万唐居的服务员都是出了名的水灵，腰肢长，嘴甜，手也软。哪个师傅看上了，来，新出锅的拔丝土豆，趁热夹一口，小心烫。有这意思的，就势吃了，再贫两句，便是你情我愿。日子稍久，师傅能为你开小灶。给客人走完菜，单为你留出一盘，再朝出菜口一喊，谁谁进来。一来二去，就出双入对了，坐上师傅的车，下了班，被驮回家。

小邢嫌这些人，吃相难看。她好歹是带着专业来的，在科里哪怕活再碎，也晓得干净两字有多重。如此，她倒觉得我在鸭房，跟着葛清干，总好过在她眼皮底下，窃玉偷花，分人家荤腥吃。用她家乡话说，我将来是能在万唐居撑门头的。

所以，她不许我和大厨房里欠教养的馋嘴猫一样，在她上下班的半路上，等她，拍她。更见不得我拿着两个鸭油烧饼，无端端地送给她。这个空子，她绝不留的。

讨了没趣后，我再回后院，正看见鸭场的胖经理，立在一排阴瓦之下。

我过去拍他肩膀，发现这人面如霉墨。

“不卸车，自己罚站玩呢。”我见满满当当的三轮车，歪七扭八地撇在鸭圈前，“还是想程门立雪，让老爷子把你也收了，用我替你递个话么。”

这人拼命点头。

“你没病吧。”

他搓着手说，你也别多管，只求进屋把老头请出来。这车，是我天没亮就从玉泉山的农业合作社蹬来的，不容易。我说，你站这儿他肯定知道，愿意出来早出来了。不想出来，就是市里区里的领导来请，也不给这脸。又随便找个由头，说圈里已经压了一礼拜的鸭子，就把他打发走了。

我换好衣服，刚迈过门槛，就见老头不知由哪里，找了一张横格纸，在指尖不停地抖搂，发出啪嚓啪嚓的声响。

见势不妙，我脑袋一热，后悔过早放走了鸭场经理。

“觉得我这摊事儿扔个烧饼，狗都能干是吧，那以后我喊你师父得了。反正我是头一回给学徒写月度评定，没轻没重。杨越钧看了这个，他脸上要还能挂得住，你就接茬跟这儿耗。”

见老头念起紧箍咒了，我赶紧撸起胳膊，咬牙托起一口头号大铁锅，去烫鸭食。他将烟屁股往鞋底一蹭，弹到地上，便不再动身，只是一旁看着。

铁锅是活的，我要先在锅底垫两块砖，支在地上，同时用吹风灶单烧一桶开水。一面续水，一面用一根比铁锹棒还粗的木棍，在锅里搅。那要把全身力气都拧在一处，绷到两只臂膀上。速率一起，我真想把工服扔掉，露出下乡时练出的八块腹肌，也让他见识见识。

“我不说，你也不知道问。”一听老头这话，我感觉臂上的劲，正一层一层往下泄。“锅里搁多少高粱，多少非罗面，你没仔细看过？鸭食关键就在软硬，三碗面配一碗高粱，这活你到底干得了干不了。”

我呼呼地喘着气，提醒自己今天绝不能招他。

“我们这一级填养鸭子，就是要催肥，比例搭不好，鸭子就不长肉，那你瞎折腾什么呢？”

我拼命点头，接着赶快把一盆盆烫好的鸭食搬出院子，只为能躲开他。

还好他始终待在鸭房里，没跟出来。

我又拎起一个浅底竹筐，蘸水去搓盆里那堆稠密的蜡色鸭食。等搓成六七厘米长，两厘米粗的鸭剂子，再工工整整码进筐里时，我多留了一个心眼，特意挪到太阳光下晒，以免鸭食过潮，老头明天填鸭时，不会一泡就碎。

“赶明儿，鸭场那孙子再来，让他先过你的手。”我听了一惊，回望过去。偏偏这时，他眼中那缕短暂的默然与空荒，被我触到了。

“只一样儿给我记住，但凡有半只不够格的被你挑进来，您受累，给我滚蛋。”葛清又低下了头，回到里间。

后来我才懂，葛清眼里，他的手艺，就是命。别人眼里，买卖嘛，四个字，随行就市。你好捏鼓，他便软硬兼施，你有斤两，他便可丁可卯。在不撕破脸的前提下，进退有据，尝尽甜头。所以换我挑鸭子时，一掐脖子，再摸背后，马上就知道了。我告诉鸭场经理，填鸭没下过蛋，肉嫩得跟小孩儿屁股蛋似的，可是柴鸭呢，一斤才几毛钱。你四十只填鸭里，能往里掺五分之一的柴鸭，拿走。再欺负我，就是花果山蹬来的，也别想再进这个院子。这人却不像前日那般张皇，只是点头，只是笑。

4

很快，又是国庆节了。经过事的老师傅们，总借这个由头，讲起当年发生在这座城市里的“大串联”。他们说那时南城很多刚分进厂的技工和学生，个个像虎目圆睁的小鸡仔一样，闯进先农坛，里面堵得跟马蜂窝似的。干餐饮的，谁也别再想经营的事，几百万个学生串联，就是几百万张嘴在街上，你喊什么不要紧，要紧的是你吃什么。小馆子烙牛舌饼、火烧，大饭庄就捞米饭、蒸馒头。菜也炒不成了，大批量腌咸菜，然后像盖房时筛出的细沙子一样，密密丛丛地摞着。师傅们说，那几年，也就咸菜这东西不用放卫星，别说吃进嘴里，光是看上几眼，都要齁嗓子的。

今年是大年，运动不搞了，摊子却收不得，各家店照旧要给演练庆祝仪式的学生，备好吃食。老人们又说，记得 1966 年，他们送过去好几大铁桶的白菜肉片。刚抬进临时搭建的席棚，数不清的手，像钉耙似的朝他们拢过来。所以这次店里通知，凡是名册内的人，等老谢一早开门，就要蹬着木板车，打条子，然后把蒸好的硬气馒头，拉到街口的六十三中。该校师生共计两千五百人，每人一顿饭按两个馒头算。齐书记已提前和校长打过招呼，让他们布置操场，配合发放工作。

当店里派出去的人，紧锣密鼓地赶向学校，在操场上铺好炕席，把五千个馒头，分批码在上面晾的时候，也在名册之上的葛清和我，却刚结束鸭房的日常扫除。仅一站地的远近，老头却反从后院出来，挂好锁，然后走到街边一个窄束的小饭铺里，把鸭架子搁下，再去 19 路车站等车。三截车厢，像手风琴一样，牵牵扯扯着，穿过一条种满榆树和银杏的棕黄色斜街。我和他顺着墙根，溜了进去，站在无数热火朝天的屁股后面，看人家忙。

我瞧见人群中央，有个身体单薄的小师傅，站在课桌上，维持秩序。

葛清不会碰这些馒头的，他自己带了个马扎，一坐，把烟卷上，背朝着人，歇脚。

再有口令，再有纪律的青春，也还是青春，鲜活而飒爽，英气勃发。

葛清怕见这个，别人不明白，我明白。

校长是文化人，只会拣好听的说，你看这二两馒头就五分钱，一共得要多少粮票啊，国家真是不怕被咱们吃穷了。一边的团支书接过话，永远都是国家想着你，靠个人？谁支使得了谁，不给学生们甩脸子，就是你积德了。

面点的老师傅偷着讲，葛爷这根烟一抽，咱们一上午白干。

我用身子将老头挡住，便越发挪走不开。

操场地形呈井字，像一口寿木，上面敷着灰土，还有新描的一道一道石膏线。

风乍起时，土渣会迎面扑来。

土渣飞进嘴里是一回事，落到馒头上，吃进嘴里，就是另一回事了。刚才还站在课桌上的小师傅，急忙忙钻进后方，翻找盖馒头用的屉布和铁夹子。

等馒头发得差不离了，几位师傅把家伙事儿敛齐，躲到排球网侧面的假山池边，扯闲篇。有一位说，近来发现百叶鲜不鲜，也看这牛是不是清晨五点宰的。还说鸿宾楼里的炒百叶，不用火碱，而是用水来发，颜色偏黄。短时间触火问题不大，但超过三分钟，立马牙碜，所以这火候准不准特重要。另一位点头说，这清真菜是有意思，早年回民的大师计安春，做过一道汤菜，羊肝先顶刀切薄片，去烫，快捞出来。再用清鸡汤下锅，调好味，烧开，重新放羊肝。最后黄瓜切好搁碗里，用这个汤浇，千万别煮，这么一浇，黄瓜的脆，羊肝的面，加上汤的清淡，才周全。可惜老先生不做了，现在压根没人知道，这菜的扣儿在哪。

等周围慢慢消停下来，我挪到他们身边，蹭话听。见大家有要走的意思，我忍不住打了个招呼，说计师傅那道菜，其实是用小乳瓜。这是一道快火菜，看似简单，却对选料和火候的掌控极严。否则，乳瓜和羊肝的香味，出不来。他们伸眼瞅了瞅，见葛清还嘬着烟，只是把身子转过来了，就连说不错，跟着你葛师父好好学，好好学。

傍晚，若是在后院仰头望，太阳正浸没在冉冉飘摇的碧云里，映射出淡蒙蒙的一层梨黄。晚秋的凉意明显见浓，我便记挂着靠窗而坐的小邢，别受了风。我朝她楼上张望，只看到空空亮亮的绿玻璃，被霞光浸得如蜜蜡一般。

“卤瓜汆羊肝，那道菜的年头，可不短了。”掏炉灰时，我听葛清在身后说话，于是放下了手里的火筷。

他绵弱的话音，像是炉子里不断打晃的火苗。

“没事您就少抽几口，我长这么大，还没见过谁的烟瘾凶成这样。”

我继续朝炉子里捅着已断成贝壳状的煤球，跟他打岔。心里却明白，他一定会问到底的。

“你什么时候认识的计安春，早不和我说，杨越钧知道么？”老头果然坐近过来。

“您心里有数，做师父都不碰半路出家的徒弟。再说，打着别人旗号，为自己讨方便的事，我也不干。”

“好一个半路出家。”老头边咳嗽边笑，“没人告诉过你，计安春是我师哥？”

葛清像是故意不看，我那张讶异到扭了形的脸。

“人家是好好先生，听我要进汉民馆子赚钱，也没说跟我翻脸。以前他抽不开身，会托我给他闺女烤个烧饼鸭肉吃，后来连小丫头的面儿也见不着了，这点儿意思我会看不出来？”

老头又变出一支勤俭烟，递给了我。他不知从哪儿找来很多的碎黄烟叶，捋去烟筋，切出细丝，亲自晒，亲自用烟纸去卷。

“照这样看，计师傅对您也算不错了。”

老头并未答我，只是眉头一纵，像开裂的地缝。他起身攥着一把铜壶，攥住圆柄，朝一只被刷得油亮的乳色鸭胚里面淋花椒水。接着又拿出一根预实的檀木烤鸭杆，头部包着三尺长的铁筒，垫上抹布，往鸭钩上的小环一伸，紧紧扣住，把鸭子带下来入炉。

“这鸭炉里，为什么非烧果木，弄点儿别的木头块不是一样么，火够旺不就结了。”我歪着头看他，又问。

“果木紧实，耐燃，点着后且不过去呢，这种木头烟都少。你看松木、柏木跟杉木，烟特别多，一燎就过去了。”他的嗓子叽里咕噜的，像是一锅熬得很稠的米粥，“而且果木烧完后，木炭且不化粉呢，这样一来底火就冲，炉子的温度就能保住。另外你注意不到，果木一烧，香气扑鼻。不信你到鸭炉前闻，这火能透出一股果木特有的香味，自然会带到鸭子身上。”

我听了立马跑到鸭炉前，把鼻子凑上去想感受一下。谁想正赶上火苗轰的蹿起，差点连眉毛都给燎着了。葛清说就等着看这一出呢，他用手撑住操作台，一边咳，一边嘎嘎地笑。

我半捂着脸，连说好悬。

“这就是个第一感觉，猛一闻才明显，你跟鸭房待久了，闻不出来很正常。下次再吃，你只蘸些盐粒，白嘴去嚼鸭皮，果木的原香全附在上面，到鸭肉就止住了。”

葛清说完，一双铁蚕豆似的小眼，仍不挪开。

“计安春跟你把那道菜，都聊得那么透了，你还不拜他，你们俩到底什么交情？”

趁我不备，老头旧话重提，声音像刀片似的，割了我一下。

“看，火势起来了。”他说。

我站在他身边，一言未发。

5

那天小邢和我的倒休难得对上，她把我领到崇文门瓮城月墙附近的菜市场。

在那栋像体育馆一样高大的圆拱形建筑里，我们像摇煤球一样，被挤到蔬菜部的柜台前。

她指着一筐冬瓜和土豆，光是问价，也不掏菜票。伙计拿着杆秤，不耐烦着说，都是凌晨从张家口刚运来的，保证新鲜。我见身后提着尼龙线网兜的人越排越多，就赶快拿了半斤蒜苗，拽她走了。

她兴奋地说，让给我行吗，不让你白买，请你吃好吃的。

我们从崇文门大街的石子路上，向西走出两站多地，过了新侨饭店，又过了巾帽胡同的锦芳小吃店，她都没有推门进去的意思。

她看上去，格外有兴致。

后来走到台基厂，她终于进了一家叫三元梅园的店。

“新开张的乳酪店，你吃得惯吗？”

我看这个店挺素气的，就问她，单卖这个还能开店呢？她没理我，直接找服务员去了。

“同志，要一盘松仁乳酪，再来个燕麦双皮奶。”她流利地说着那些拗口的名字，就像初次见面时，在她手里噼啪作响的算盘珠子。我喜欢听她清澈见底的声音。

她脖子一扬，告诉我，这次店里调岗，把核算菜品利润的工作，分到她头上了。我说难怪，你的脸上，仿佛贴了喜字。她收起笑脸，定了定神，轻声说，我就是让你一起高兴高兴。

我们背后有一扇木雕的镂窗，阳光刚好能晒进来，又暖又痒的。她问我，你那碗什么味道，让我尝尝，我说不行，她低下头说我还不喝呢。两人就这样，好容易才安静下来，坐了很久。

不知怎的，我又说起了葛清，她跟着听，不讲话，直到双皮奶顺着瓷勺边，滴到了她印着菊花瓣的尖领衬衫上。

她拧着眉，反复擦拭。

女人似乎都不愿在一个话题上，耗太多的神，她又说起一直在她家门口修车的一个男的。

“前天我换个闸盒，这人说找不开钱，我告诉他不要紧，下次碰上再给我，一样的。结果直到今天，我都没再见到他！”她一连啧啧好几声，“真是的，你们北京人，就为这点钱，值不值？我们台州，卖奶的男人，把奶分装成一袋袋，塑料盆底下放好零钱，只留个牌子，便去忙了，你猜怎么着？”

我没有理会她，她推了我一下，继续说，“他晚上收摊时，奶全卖光了，钱是分文不差的，十几年，大伙全凭自觉。他自己盛奶，也要往里多加分量，这就是台州人。几万块，十几万块的生意，我们欠条都不打的。可见人和人之间，最看重的就是信任。”

我说她，能不能别张嘴闭嘴的总是“我们台州”。她说你还不是一样，三句话不离葛清。

我说我们这儿做生意，十几万块也不打欠条的。她问为什么？我直接说，因为大家都穷，打了也没人借给你。她听了，脸都气成了紫茄子。

我被杨越钧通知，下午去三楼宴会厅读报。

《工人日报》被师傅们用茶缸子垫在案头，敲三家的敲三家，下象棋的下象棋。

这天有眼福，赶上面点的两个老大，趁着醒面，没事闲的，一人拿一根打荷叶饼的擀面杖，面对面坐好，敲鼓点儿。噼了乓啷的节奏，好听不说，还令人振奋，竟围了有两圈的人争着看。

杨越钧铁青着脸，和齐书记两人，墩墩的一起走进来，所有人赶紧找位子坐。

这一趟果真不白来，这个会的议题是征求店里对鸭圈的处理意见。谁都清楚，葛清从不在这种场合露面，我就顺理成章地成了烤鸭部唯一的与会代表。

我把头往正中央的方向凑，想从师父的脸上，读出半丝半缕的暗示。可我却听到齐书记抢先开了口，他说这事我带头表个态，新上任的副区长，姓车，以前和我家在一条胡同住过，两家人打一口井吃水。人家是干科教文卫出身的，现在全区上下谁不狠抓安全生产？出一点岔子，关张，永远不要再起来。眼下评涉外餐馆的事，他也是负责人之一。所以我说，鸭圈不是臭不臭的卫生问题，而是能不能紧跟政治形势的觉悟问题。

他的指关节朝桌面一扣，口水四溅地说，况且这鸭圈确实是臭了点。连老谢都反映，不要说巷子里，走到当街，车一过，风一卷的，茅房都显不出自己来。

更多双眼睛同时看向我，我感觉有一口气顶在前胸，血压好像也高了。

风势吹得这么好，按套路，该是各人发言的时间了。

我眼睁睁看着，鸭圈的卫生问题，是如何转移到作风问题上来的。

有的说葛清在店里，嘴上总叼着烟，一根接一根的，影响太恶劣了，被外人看见很不好。还有的说他对组织上的任务态度轻慢，国庆前配合共建校的学生演练，就很说明问题，都在热火朝天发馒头，只有他和……那人瞥了我一眼，把话跳了过去。就他搞特殊化，谁还记得，当天对方校长怎么说的？

甚至有人说，亲眼瞅见他私自往外倒腾鸭子，卖到别的铺子里。

这种场面一旦撕了口，收是收不住的。

讨论会要是这么个开法，我倒可以一个字都不用说了。

“没人叫你们开批斗会。”杨越钧终于发话了，在我勉强能看到他的位置，“你们私底下谁比谁干净，我看那几个小服务员的体型儿就知道了，后厨的菜有那么养人？”

我直着脖子，朝窗外看。老实说这层楼的视野不错，从水利部大楼，一直能眺望到五四一印钞厂那个虎皮色的储水塔。

“问题，是有的。但不要让人家觉得我们不讲道理，独断专行。”老人终于将询问的目光，对准了我，“是不是也请区领导和街道的群众，过来看一看，鸭圈天天都有人在扫。凡事要有个论证的过程嘛，找到妥善的修缮方案，在评比前尽快实施，才是当务之急。”

小邢告诉我，多少人为这事都堵到区政府门口了，你别傻儿呱唧的不知深浅。鸭圈到底怎么处置，就算会上拍了板，也要由店里正式下通知，让领导去跟葛清谈，轮不着你。你嘴要是真痒痒，就躲没人地方使劲撕。你就当自己那天不在场，反正这件事从头到脚，跟你扯不上关系。

后来我才懂，杨越钧说请外人检查鸭房，不过是一句台面上的套话。人们只在乎烤出炉的鸭子，吃着香不香，没有谁会钻到鸭圈里，找那股味闻。小邢说，你要会听，你师父后半句话，才是重点，尤其是"评比前"和"快实施"。

谁有心，自然清楚该怎么做。

有天下午，葛清逮着空，少有地叫我跟出去吃口饭。我问他，去不去煤市街的致美楼，从店里一直走到取灯胡同，刚好可以松松心。

他说犯不上跑那么远。

出门前，老头面对着三个鸭圈，站了好一阵子。这些祖宗，还是雏鸭时，便由他照看，如今个个挺拔丰满，胸骨长直，许多羽毛已呈出纯白的奶油光泽，喙和蹼等处，皆是滑亮的橘红色。他一回身，进屋换了件浅灰色的缺襟马褂，又配了一条人造棉灯笼裤，缠好玉田的垂柳牌绑腿带，脚上的筒式千层底棉鞋一蹬，叫我快走。

走到街对面的市第四幼儿园后门，那间蚌埠老夫妻开的饭铺门口，戳着个长方形的红漆木牌，上面刻着"应时小卖"四个字。老头在人家玻璃窗户下，搭了个矮桌。然后他走进铺子里，把怀里揣着的一包鸭架子，掏了出来。

我不知当看不当看，便把头转向当街。

老头和掌柜说，拿给家里尝尝吧，自己养的，不知以后还有没有了。

对方接过去说，哪里来的造化，总让葛师傅惦记。

老头没有言声，出来和我坐下。掌柜端过来半斤烙饼，麻豆腐和炒豌豆也一样拨了一点，搁在五寸碟里。他把烟掐了，掰开饼，嚼起来。

他越嚼越用力，连脖子上的夹肌和筋节也突露出来。

风从胡同口刮起时，土渣子和落叶被吹进碗里，我用一张草纸盖在上面。

我说，再喝口茶，就回去吧，他也不理我。

直到我坐得两脚酸麻，他却掏了钱，说可以走了。

他的步子很快，我一瘸一拐地跟在后面。当我一路扶着墙，进到后院，却看见原先那几间被打通的小房，在是在，却已不是鸭圈了。

它们在极短的时间里，被人清空、拆平、抹石灰，再填满。

鸭圈被改成了库房。

我觉得我当时的反应是正常的，站在空空冷冷的院子里，我张着嘴，等谁来给一个说法。

葛清才不正常，他像是什么都没发生过一样，头也不抬，推门进屋。

说法当然是没有的，倒是贴在公告板上的一张通知，算是对这事作了交代。今后烤鸭部的鸭子，会从郊外的大红门屠宰场，连夜往店里运。相关岗位人员，要认真负责地做好检收工作，好钢使在刀刃上，提升效率，安全生产。

我总是讲，杨越钧是一位宅心仁厚的好人。

如果你看到他那张宽大厚实的圆脸，你也会认同我所说的。

我还要讲，我师父是店里唯一敢在这个时候走进鸭房，来看葛清的人。

他很懂得事体，只站进门内，方便说话就好。

“老哥哥，你现在松快多了。不用择毛，不用烫食，更不用宰牲，原先辛辛苦苦填养活鸭，现在人家直接把白条鸭子送到您屋里，这是福气。”

“掌灶的，你最拿手的干烧鱼，原料也用外面买的死鱼吗。听说万唐居好几位管事的，都被叫到区里谈话。杨师傅，为什么跟鸭房不相干的人，倒有了说话的份儿，唯独对我不闻不问。怎么，连我也脏，也臭？”

杨越钧一点不恼，反倒笑着说，以后这烟，能少抽还是少抽一些吧，这样也是为你好。

葛清撂下手里的活，回过身，他瞅见我也站在师父身后，就没再开口讲话。

师父走之前，依旧忘不了对我嘘寒问暖一番，还嘱咐着，短了什么，尽管找他。

“凡事切勿瞒我。”

6

鸭圈虽然改成库房，但位置变不了，照旧在鸭房斜对过，这也意味着，谁想取个白瓜西芹，葱姜鸡蛋的，免不了要跟葛清打个照面。出来进去，不招呼一声总没道理的。被支使过来的伙计，很快想了个辙，他们会先找到我，拿什么拿什么。久了，更有人干脆列好单子，我再拎着箩筐、推车和起货钩，急急忙忙地从库房里现拣好，给前院拉过去。有时候小邢在楼上瞧见了，也会说，这人到底还是个驴师傅。

有天葛清从木箱里拿出一瓶鲜牛奶，炖了一锅鸭架子汤。

他假模假式地，递给我一碗鸭汤。我说不喝，他说得喝，里面有姜片，天越来越冷，去去寒。我忍不住问他，到底什么事。

他拿出一支自己卷的烟，知道我抽不惯，假意让让，然后反问我，知不知道，区政府哪个部门，专门能受理他写的信。

我一怔，便提醒他，您不识字的，写什么？他说，我不识，你也不识？我说你写呗。

“哪有伙计背着店里，私自给区里寄信的事。”我立起来，把汤搁回台子上，“您写什么先不说，白纸黑字的人，可是我。”

“没你，我就办不成这事了？我是想看你，到底算不算我鸭房的人。鸭圈一没，那我在万唐居算什么，烤羊肉串的？保不齐下次连鸭房也是公害，一起填了。”

他干瘪的脸，像一只被车轮轧断了筋的老狗。

“到底还是跟杨越钧一条心。”

我不理他。

“他是你师父，他教过你怎么烧鱼吗？你不是想学宫廷烤鸭么，我就能教给你。”

老头的眼力，一个字，辣。

我重新端起那碗已经微凉的鸭汤，仰脖喝下去。

那天他说了很多话，很多很多，从他入行时的规矩说起，一直到填鸭对这行有多重要。他还让我写，外人说我葛清一辈子只认钱，不认人，其实不让我养鸭，我反而松快。但照这样下去，这行以后有的是地方偷工减料。一只鸭子，本该一百二十天出栏，有人能缩到六十天，甚至更短，那吃起来，就是肉鸡味。过去鸭还要先吹气，脂肪像泡沫一样，才好皮肉分离。入炉一烤，油从毛眼往外冒，相当于自炸，那样肉才酥脆，这是几代人的经验。如今这些工序都捡不回来了，听说有的国营老号，正研究用喷火取代鸭炉，更有人敢拿卤鸭真空包装来卖。如果这种头也可以开，你们不如先碾死我这把老骨头，倒也清净。

老头虽不识字，但他每说一句，会掐算好字数，看我一一写出来，才肯再往下讲。

他卷的烟，呛得我眼泪横流。

我从没写过这么多的字，那天我感觉自己像个为民陈情的状师。后来我告诉他，太晚了，我很累，骨头好像被挤扁了一样，还特别困。他又点了一支烟，想自己的那些话，也不理我。

我担心第二天他会赖账，一宿没睡踏实，好容易熬到早上，却一不小心眯着了。凉风伴着细诉的微声，由脚心直灌进小腿肚子，吹得我一惊。醒了一看，倒是他先来找的我，他说你昨天写的还真没掺水分。

我问他，说过的话，还算不算数。

他只是将那封齐齐整整的信，轻轻放我跟前。

等葛清靠在椅背上，把腿一搭，卷烟一点，脸可就变了。他说怎么烤鸭子，就算告诉你，你也用不上。三年后，这杆儿一挑，你心里自然有数。

我顿时感觉要坏菜，信反正写了，他随便糊弄我几句，能有什么话可说？

“杆儿一挑，稍稍发飘，就是熟了。特别飘，就过火了。还沉着，压着你，便是不熟。再一个，就是颜色，烤出来的鸭子是老红，浅红还是嫩红，你如果不瞎，能看出来。”他的拇指尖蹭着窄小脑门，咳嗽很久，又吐出一口痰，才把话连下去，“还有一关是把鸭子挑下来，放汤。它里面不是灌水了么，塞子一拔，红的，就有六七成熟了，因为水里带血嘛。如果发白，九十成熟错不了。啪一拔，全是油，那就是过火了。”

我凭着这些话，像是踩着脚手架一样，使劲去够他所描绘的色彩与形状。

他用鼻子把烟气醒了出来，说慢慢来，一下子讲太多了，你也消化不了。

我心里一热，问他，现在我就亲自烤一只试试，你准不准。

他赶紧摇起手说，你快放了我这点儿鸭坯吧，满打满算，也没几只是我自己养的了。

小邢叫我去食堂找她，我坐下后，她也不说话，清润的一双眼睛，看得我心里，甜丝丝的。我说我有好事，她说我也有，你先忍一忍，听我讲。她从手边的塑料袋，掏出两个深红色的石榴，里面还堆着许多指甲盖一般大的青菱角，一起推给我说，北京天气干，吃一些，败火的。我说一大老爷们，掰石榴，啃菱角，出来进去的，不像样子。她问，你吃不吃。我说心领了。她又问，你吃不吃。我说，吃，吃。

她把一小部分划走了，说要送给谁谁谁，人家不会像你这样没良心。专门从老家捎来的特产，你还不稀罕，我和姐姐从小就吃这个，你也看不上？她差一点把自己的气给勾上来，我忙按住塑料袋子，打结收好。

“我的好事，你听不听？”

“你说就听，不说，我听什么。”

“葛清终于松嘴了，愿意让我烤鸭子。”

“什么时候的事？”

“什么时候不重要，重要的是，他要我先代笔，给区领导写了一封信，信里有他的……”

“你别告诉我，我不想听。”她的口气像裁纸刀一样，削下来。

“你应他了？”她又问。

我想一想后，便点了头。

“你在鸭房烧柴火，脑袋烧成灰了吧。宫廷烤鸭值多少钱，你的前途又值多少钱？葛清把你拉下来垫背，他当然是光脚不怕穿靴子的。”

我告诉她，那上面不过是些技术上的建议。

“信还是这封信，关键看是谁送，什么时候送。你可是杨越钧的徒弟，还有，下月初就是评比的日子。要是店里所有人的努力，最后栽在你这封信上了，你就是宫廷烤鸭的传人又怎样，哪家店还敢用你？”

她打扫完饭菜，提起一个暖瓶，朝铝饭盒里倒热水，然后用铁勺在里面刮了起来。

“这都什么年月了，还没结没完的。难得他这么信我，除了我，他还能差使谁？”

她将饭盒里的热水一口口喝下去，还有那些饭粒、菜叶和油花，都混在一起，被冲进嗓子眼。“他信你？他信你能值几个钱？”

回到葛清身边，我先看到了一地烟头。

风起来时，花白色的余烬扑面而至，分不清是炉灰还是烟灰。

“店里正狠抓工作纪律，您不怕被人撞见，我还怕，也不瞅瞅这都什么节骨眼了。”我找了笤帚，赶紧把烟头撮进簸箕里，“连师父也让您少抽些烟，怎么他的劝也不听了？”

“鸭房是我的地盘儿，谁敢管？是，你师父会说话，会做人，要不人家当领导。”

他想了想，又说，“我那封信，怎么还搁点心匣子里呢？”

“您见我哪得着工夫了，这么重要的信，不得仔细打听好，到底哪个部门收，负责人是谁，才敢往那边送。否则，查无此人倒还好，真落到不搭界的人手里，您心里踏实？”

他不好再说什么。

7

小邢常对我抱怨，万唐居哪里都好，唯独缺个澡堂子。所以她总去姨夫工作的五四一印钞厂，才可以痛痛快快地洗上一顿热水澡。我进不去，便坐在厂区北门兵营外的一串矮石栏，等她。偶尔，我会看见厂区上方的天，那清缈的游云，变成一种很透亮的落霞，又高又远。

“有心事？”她出来了，发梢仍在滴水，但是显得黑亮，密实，非常漂亮。“厂子里在放《邮缘》，陈燕华和郭凯敏演的，可惜你进不去。”

她的声音颤巍巍的，嘴唇轻抖。

“你带我去广安门电影院看吧。”

她站在电影院门口，望着上面彩绘的宣传牌，犹豫看哪部片子。

“这儿没《邮缘》，有《大桥下面》，你看不看？”

我说看什么都行，站着没动。

“为了那封破信，葛清又难为你了吧？”

我露出苦笑。

“看不出，你还有心慈手软的一面。换我，扭脸就把信给撕了，不，压根儿我就不会写。”

“你真的这么想？”

小邢正要取出一张晚报看，听我问她，点了点头。

“你是怕不把信寄出去，他不教你真东西？”

我没有答她。

“我在问你话。”她轻轻推了我一下，“你只需告诉我，是不是担心这个。如果是，好办，包在我身上。”

我傻里傻气地，注视着她的脸。

“看什么看，掏钱买票。”

初冬的北京，空气里总有一种冷冽的薄荷味。

葛清这几天有些喘，我想去半步桥的鹤年堂，抓几副生地黄、麦冬和苦杏仁这种润肺的回来，熬汤剂。路上我想，那封信实在不行，寄就寄了吧，里面无非是在专业上较较真，也不碍着谁，反正鸭圈填都填了。

我独自沿盆儿胡同往南走，半路碰见一个半熟脸。他站住问我，认不出来了？道林的严诚顺呀。我停下步子，不知该说什么。

他说没事，两家店的师傅都是老交情，别因为争个指标，把彼此弄生分了，值不当。

严诚顺掏出一支烟，给我点上。

“道林搬来搬去多少回，就没远过，为什么，区里咱有人。”他向胡同深处望了望，低声又讲，“但要说在市里，还是你们的声望大，这次涉外餐厅的指标，就是市里拍板。如果没有‘涉外’二字，上级根本不给你批原材料。谁戴了涉外的帽子，鳜鱼、茅台酒就进哪家的店里。输了的？想经营点啤酒还要跟‘二服局’打批条，连鲜货都短。搞不好一家店就此增收，另一家要关门的。跟个人有没有关系，你自己想。”

“你们领导说了吗，怎么安排的？”我直接问他。

“安排什么，道林的菜，你尝过啊，我手下那几块料，给他们一斤上脑肉，都不知怎么改刀。”严诚顺把烟往地沟一弹，“所以道林才在设施、装潢上面砸钱，你们店的就餐环境也太次了点儿，算是给我们留了个空子。可惜市里一向看好你们，什么时候市里不管万唐居了，那我敢说，道林的胜面比你们大。”

那一整天，我的身体里都跟咽了个弹球一样，叮叮咣咣的。

这信千万不能送。

后来小邢告诉我，她趁我倒休回家，自己带两袋密封饼干，两瓶桂花陈，偷着去鸭房见过葛清。起初我还不信，后来却听她描眉画目，讲得真细，才知不假。

那天老头怕着了风，在门外加挂了一条棉毡门帘。她刚掀开要进，就被叫住。葛清说他正在盗汗，怕交叉传染。她便识趣地端了把藤编的小坐凳，看葛清抽烟。

“常听小屠念，说您烤的鸭子香，一坐进来，果真是。炉子里飘出来的鸭油味，怎么闻，都嫌不够。”她讲话历来都目不转睛地直视对方，以证言之凿凿，“从前他想片些鸭肉让我尝，我还说公家的财产，动不得。现在看，原来是我不知道珍惜。”

葛清吐了口烟，重复着那三个字，“公家的”，然后一乐。

“听说您祖籍张北？跟掌灶是老乡。”见葛清仍不搭话，她继续说，“我家原也不是北京的，我很小就跟大人住进了槐柏树街。北京干，春天暴土扬尘，夏天满街的树上都是‘吊死鬼’，秋天气燥，一入冬，能冻死个人。我和姐姐年龄隔着远，若不是小屠在，这店里店外的，还真是连个说话的人都没有。”

“厨子都贱，爱找前厅女服务员闻腥。你是喝墨汁儿的，屠国柱能和你处，是他有福气。”老头冷不丁一句话，令她听了暗喜，脸上却越发犯愁，倒不吭声了。

“他在鸭房跟我，除了一身的馊臭，什么也没摊上。你们江浙姑娘都是仔细人儿，能忍他到今天，我这个做长辈的，应该谢你能有个多担待才是。”

听到这里，她心里反而有些发沉，实没指望过，这种话会从他嘴里讲出来。

“您这样讲，就见外了。店里都说，杨师傅对小屠，恩如再造，情同父子。若要我论，什么是父子，朝夕相处，才担得起，是不是？”

葛清掐了烟，不知是不是真被感冒闹的，总之眼角好似磕了一样，渗出淤红。

“我们台州老家，子女多的家庭，孩子成家后还能合着过日子的，会有人夸撑门头的人，调教有方。说做父亲的，是明眼人。早年一家子在生产队挣的工分，还有小钱，都交给撑门头的主持每月开销，打点娶嫁、人情，集市日提篮子去买菜。”小邢一松下来，口里会流露出半生不熟的吴越语，像在唱小曲，“阿娘对我讲，从前村里有户人家，由父亲撑门头。老人节省得很，上街只会买小鱼来当菜，结果家里粮食反倒不够吃。小儿子看不过去，主动要当撑门头。他头一天上街就买来猪肉，次日又是猪肉，父亲慌了，后面的日子还怎么过。哪知第三天起，家里人都吃不下饭了，干活也有力气。原来小儿子知道鱼咸开胃，猪肉会把胃口吃腻，反而省粮。依您看，这个撑门头的，谁来当合适？”

当时小邢也没想到，老头会一直听下去。

“小屠看上去明白，实际是个实心眼。我们台州人管里外都会做人的，叫刀切豆腐两面光，我知道，小屠不是这块材料。我这样说，您能理解吗？”

“姑娘，你嘴里噼里啪啦的，跟含了个金算盘一样。”

“是不是？小屠也这么说我。”她扶了扶桌角，提起身，“我给您倒碗温水吧。”

“不劳您驾，快坐回去。”老头喉里有痰，讲话也不敢放声说，“姑娘，你这人说话，我爱听。别看屠国柱天天跟着我，我们爷儿俩一天下来，也不一定有句整话。有时候我宁肯跟鸭子嘀咕，也不爱告诉他。”

后来她要走，葛清说什么也要片一盘鸭胸肉，码进一个蝴蝶牌的铝合金饭盒里，叫她带走。我还是不信，说鸭肉呢，她说吃了。我说，我追着屁股后面喂你，你正眼都不瞧，现在却上赶着到鸭房去偷嘴。她伸手要撕我的嘴，咬牙切齿地说，若不是为了你，我会坏了规矩？

8

考评的当天早上，下起了入冬后的第一场雪。冰碴泻到街面，很快融成了黑绿色的卤汁。万唐居这侧的砖路陡斜起翘，院里又是坑坑坎坎的土道，枯叶落在泥淖里，像是打了一半的枣糕。眼瞅门脸变成堰塞湖了，杨越钧急忙调店员在胡同口清积水，垫砖块。

后来齐书记托熟人捎来一句话，情况有变，上面说这次不看前厅就餐环境，直接进后厨，检视制作工艺。我终于知道，万唐居在市里，果然有人。

齐书记一边把领导往操作间引，一边介绍，这位是市办公厅的肖主任，那位是区里分管食品卫生的车区长，还有“二服局”局长丁铁峰，完后他特意挽过来一位小脚老太太，说是宣武饮食公司总经理兼党委书记，叫高玉英，据说从前是董必武的秘书。

肖主任对杨越钧一个人讲，你店里那些破桌子，是不是该换一换了。道林新砌了青石高台，拓路基，区长有光，亲自题匾，那是什么阵仗。这次若真将环评算进考察项里，你岂不要先折一阵。老人说我们的匾是溥杰先生真迹，多少年没动过，前厅可是上好老榆木刨的桌面，结实，耐热。肖主任笑着回过身，带人从初加工开始看。

这几位是有备而来，别说解冻池和双通调料台，连木柄手钩、钢码斗和竹笼连盖，都要亲手摸过才算数，肖主任中途还蹲下去看排水沟。

进入演示环节，杨越钧稳稳扎扎的，好像真给他一支队伍去防汛，也不难。

“重新布局的大厨房，每个区域都实行了国外的海湾式排列法。最大限度利用贮藏区的空间，从热菜间到出菜口的流动线，清晰顺畅。”

“杨师傅这个岁数了，还亲自上灶？”高老太太的声音略尖，每个人都能听清她说的话，“家有一老，如有一宝，有您在，这响堂雅灶的门风，就不会丢。刚才我留心看了备餐间的洗手盅和面点的刀具柜，干净。还有那些新灶台，是不错，当年我头一趟来这里，还是用青灰加麻刀抹的沙子搭的呢。”

“您老好记性，那是从我张北老家请的炉灶曹，他搭灶敢用足料。可惜，手艺人的这点儿孝心，不是谁都能看到的。”

肖主任听了，朝老人肩膀上拍了拍。

“入正题吧，道林能把宫保鸡丁做出荔枝口来，国际友人来了，张嘴要吃的第一道菜，就是这个。”车区长直截了当，“你们呢？”

杨越钧将所有的人，全领在后院，跟雪汤子里站着。

鸭房却寂然不动，门都没开，像是一座不愿外人打扰的土地庙。我刚钻进队伍，就被师父拉了过去，我直冲他摇头，示意真不知情。

风是越刮越烈，站队首的肖主任和高老太太，华发乱飞。听见丁局长在咳嗽，杨越钧让我进去问问，葛清什么意思，想不想干了，不想高老太太却先开了口。

“葛师傅啊，我是老高，我们来看你了。”她合紧刚换上的雪花呢厚毛大衣，走近房门，“你开开门。”

所有人都等在原地，继续看。

“葛师傅，你还好吗？”为了盖住风声，老太太铆足劲说着。可惜她嗓子再尖，话音飘到鸭房前，还是冰消云散。

“我们是联合考评组，专门评定涉外单位资质的。葛清同志，宫廷烤鸭是最后一环，希望你配合工作，把门打开。”车区长拿出手绢，挡住嘴说，“总不能让我们为了等你，一起守在大雪地里，多难看！”

高老太太抚了抚头发，决定亲自敲门。

师父脑门已急出汗来，几步跨过去，我也只好跟着。

“老葛，先把门打开，让领导同志把正事办了，等参观完，随便你怎么折腾。”

老人先用手板拍着门，再一挥臂，让我推门。

“葛师傅，你的信我收到了，你反映的情况，我都清楚。正好今天人也全，你的意思，就让我们站在这里，理论清楚吗？”风势小了，高老太太的尖嗓，把站在雪地里，被吹得晕头转向的我们，惊了一跳。

杨越钧正要走下小石阶，听了一时动弹不得，形如泥塑。

“收到就好，我这人嘴拙，非要一笔一画写在纸上，看的人才清楚。也别再挑我，说什么只会耍混蛋，不讲道理。”葛清终于吱声了，还很清楚，“鸭房是工作间，不是景点儿，没什么可参观的。我让徒弟搬把凳子出来，给您坐。”

“多久以前的事了，还提。”高老太太冲我们张望着，“葛师傅收徒弟了？那我可要认识认识，哪位是？”

我朝她点头。

“你师父不识字，信是你写的？”周围人都在看我怎么说。

“代笔。”我强作镇定地答。

听这里还有我的事，杨越钧干瞪着我。他之前交代过的，凡事切勿瞒他。

“你别为难他。”高老太太对我师父说。

门锁一松，我两步跨进鸭房，往里寻，老头正站在鸭炉前。

他今天没有抽烟，脸是刚刮的，两手一背，不知从哪找了件灰色的棉线工服，披在身上。

“天气冷，多加件衣裳吧。还会自己送信了，深藏不露啊。”

“支使不动你。墙头儿立了个折叠桌，连凳子一起，拿出去。”

我一边夹起一个，朝外走。屁股刚腾出来，葛清紧跟着就把门摔严。

院墙上几根光不出溜的老柿树树枝，让雪水压着，几滴冰豆子掉我脖子里，怪凉的。

“你让我坐外面，我就坐外面。”高老太太让了一让，要肖主任坐，主任哪肯，忙扶她坐稳。“不过葛师傅，有些事，是不是你也该习惯习惯了。你们店改建仓库，杨师傅是问过我的，我说这是万唐居自己的事，轮不到外人说话。你把信寄到我那，我有多为难，你知不知道？”

鸭房里，一声不响。

“不仅是万唐居，全市很多店的鸭子，都由定点的家禽屠宰场统一配送。在卫生、成本和管理上，能够实施标准，我们对质量也好提要求。再说你鸭圈里那个味儿，多少住家找到居委会，写信告到区里，最后都找到我办公室了。哪回杨师傅不是因为你挨说，他回来跟你掰扯过吗？要说你葛清在鸭房的自主权，我在哪家店也没见过。”

后院显得异常宁静。

“你想开点，何苦计较眼巴前那一丁点得失。你信里提到的那些通病和恶习，就很到位嘛，这才是你这种老师傅该讲的话。也请你相信，我们的领导有这个觉悟，更有这个能力，将本市的餐饮行业，做到推陈出新，精益求精。”

车区长跟着喊起了话：“葛师傅，高老太太这些话，我们平常都听不到的。大风天里，她掰开揉碎了做你的思想工作，咱不能不领情啊。总以为谁还要害你似的，有这个必要吗？”

“你们是穿官衣的文化人，有阶级立场，有政治觉悟。这还是站在门外，真全进来，能有我说话的地方？”

葛清的语气，像那扇榆木门上，通直而粗涩的条纹，被磨淡了，总要渐渐隐去。

我很想再进去一趟，看看他。

“各位大老远赶来，无非是想知道，宫廷烤鸭的招牌到底够不够分量。这样，鸭肉烤得了，你们叫人端走，吃完再说。”

车区长立刻派了个穿制服的，进屋取菜。

“这才是我最乐意看见的。”高老太太回头看向我师父，“老杨，我就说，你不会白熬这么些年。对万唐居，葛师傅这心里，有本账。”

又一记摔门声后，几碟散着热气的杏仁片鸭肉，被端出来。

齐书记叫人把酱料、卷饼和碗筷码齐，卷好后分别拿给领导们品尝。

几位干部，从肉色，到切工，反复看，反复说，怎样吃，才是内行。

“趁还热，快进嘴。”齐书记提醒他们。

高老太太单夹了一片薄肉，送进嘴，嚼完咽了。她放好筷子，等别人怎么说。丁局吃得最热闹，五六片肉，卷在一张饼里，一口吞下。车区长打趣说，烤鸭我吃得多了，说说心得。吃烤鸭，就要吃鸭脖下面，连着鸭胸的第四刀，又细又嫩。至于口感，好与不好，八个字足够：肥而不腻，瘦而不柴。否则，我沾嘴也要吐出来的。葛师傅这盘鸭肉，光八个字，还不够，我再给他四个字：入口即化。这样说，总没有人怨我拉偏手了。

“屠国柱，进来。”葛清叫我。

进了屋，我问老头，门还关吗，他说关。我照做后，等他吩咐事情。

老头的脸被火熏红了，他说里间的炉子都点好了，你自己烤一只鸭子出去。

此刻火势正壮，我抬头去瞧挂鸭钩，又把灌了汤，上过色的鸭坯，挂上去。撑挑鸭杆的时候，我还在想，要是别人的鸭房，现在市办公厅主任和区长，早站我身后，边看边鼓掌了。运气好，还要拍照，要登报的。

“夸人的话，都带钩儿，听了挠得心里痒。那盘鸭肉也对味儿？领导说对，那就对吧，可惜那鸭子不是我烤的。下班我就去对面小饭铺传话，说领导们尝了你家的鸭子，说这肉啊，入口即化。”

老头又嘎嘎地坏笑起来。我转着鸭身，见鸭脯呈橘黄色时，快速用杆挑起鸭坯，贴近火去燎底裆，令鸭腿也一起变色。心里却随着葛清的话，时紧时松。

我无从想象，门外的人，会做何感想。

我烤鸭背时，掐着时间，好久好久，未见任何动静。

葛清也真沉得住气，不再讲一个字。整个万唐居，合着全在等我一人。

“着色后，你刺一刀儿看看几成熟了，再叫我。”

当浅白色的汤油从腔内溢出时，老头将我赶回操作台。我洗手时，他把鸭肉片好后，在上面扣了一副鱼盘。

他看着我，小心托着盘子出去，然后慢慢将门在我身后磕上。

我在老太太面前摊开盘子时，鸭肉还很烫手。

高老太太反复打量着我，再次拿起筷子，利落地夹了两块肉，吃了进去。

其他几位，脸如泥色，不知是冻的，还是气的。

“宫廷烤鸭起根儿上，所用原料，就是我亲手挑、亲手养的北京鸭。除了鸭食由我和徒弟来做，还要定期喂它们小鱼儿吃，和它们说话。我讲话脏，人不爱听，但它们听。”

我垂着头，退回杨越钧身边。

“鸭圈没了，我是难受，为什么？因为我知道这门手艺，我快守不住了。”葛清的声音似乎离近了，我猜他正紧挨着门讲话，“你们位高权重，图的是管理方便，一支笔，一张纸，就把我几十年的规矩给败了。但你们哪一位能告诉我，一只鸭从饲养到出炉，要经多少道工序。您几位连好坏都分不出来，这眼光，如何放长远。所以我写信，不是跟杨越钧较劲，也不是为自己谋好处，我是想告诉你们，管这行的人，不懂这行，可悲。但愿有朝一日，您再来跟我谈管理，那时我一定请您进门。但愿有朝一日，我还活着。”

高老太太见话已说尽，只轻叹了口气。

走之前，她客气地望着我，然后跟杨越钧说，不管怎样，这门手艺有了传承，总归好事一件。她还当着我师父的面，把一个牛皮纸包，亲自交到我手上，说是前些日子从怀柔老家，亲戚捎过来的核桃和干蘑，本来想当面送给葛师傅的，现在转托给你吧。

9

万唐居被评为涉外单位的那天，店里搞了个简短的挂牌仪式，杨越钧和齐书记并排站在正门口。门檐上方，是新擦亮的墨黑旧匾，三个手工阴刻的瘦金大字，仿若枯树生花，越看越有味。两位老人，同将一个松木衬底、磨砂铜精刻的方形奖牌，工工整整地摆在门脸上。

我依旧和葛清，守在鸭房里。看灶上的火盖，燃起一圈青焰，正汆着一砂锅的羊头。

腾起的蒸汽，漫在小砖房里。

葛清朝锅里兑了鸭油，盖严后，叫我去看屋门关死没有。

他支好马扎，点上一支烟，让我也坐下，问，闻出什么了？我深吸一口，猜，红塔山？他紧咳嗽半天，手掌来回地扇，将烟赶走，又说，是锅里。我笑着说，没闻出来。他指着橱柜上放的半碗牛奶，叫我倒进去。我掀开陶盖，一边倒，一边看，里面还搁了好些豌豆苗、南瓜蓉和扯成丝的干贝。

屋子暖烘烘的，两人像泡在澡池的厢座铺位里。

我咂了一口浅黄色的羊头汤，顿觉由心窝到脾胃，阵阵绵滑温热，舒坦极了。

“月牙刀长成什么样子，能把羊齿骨的牙花都刮净了。”我捏起一片肉，举在灯下照，薄可透光。

老头找出一把一尺二的、带弯的长片肉刀，往我对面一撂。

睁眼细瞧下，刃口锋亮，如缟衣挂身。匀称的弧弯，更似硬弓横卧。

我攥住硬木刀把，颠来倒去地看。

“喜欢就拿走。”老头把烟一掐。

“我可不敢拿。”我听了赶紧放下。

“不会再让你为难的，况且这把刀也不是我的。是我师哥计安春，当年亲手做的，先头说借，后来一直搁我身边了。”

听见计安春三个字，我老老实实地坐好。

“盐花撒得如雪飞，薄薄切成与纸同。”他胡乱念了两句，“拿去吧，愿意留下，就留下。”

我仍不肯动。

老头还想说什么，两只手在身上乱搜，找烟。

“计安春总觉着事事都能放得下，却在收徒上面，跟自己过不去。两天前，他终于把手艺带进了棺材里。有些菜，你们永远都吃不上了。”

我听到后，脑袋咣当一下，被锤了个满天花。

“我知道，烤鸭的配方，你们贼着很久了。没关系，以后我讲，你听。”

那柄弯刀就躺在我眼前的木案上，我却不敢再碰。

“涂在鸭腔内壁里的调料，是我花几十年工夫配的，添了蔻仁、官桂和甘草这样的药料。我可以把要目和成分，一一背给你听，你自己琢磨去。”

我抬起了头，却高兴不起来。

“你和我师哥有过交情，现在咱爷俩坐在这里，也是缘分。我把丑话说在头喽，多前儿我没有亲口提退休，这些东西，你不能露。只要我还干得动，你就算什么都知道，烂也要给我烂肚子里。”

高处，灰白色的玻璃窗外，几道树影正来回飘晃。

风见紧了，被我撞上的屋门，噼噼啪啪直响。我被惊了一下，刚回过神，忙说规矩我懂。

“小子，你是个想在这行干出名堂的人。可惜这行最得意、最体面、跟金子一样闪着光的好年份，那是靠一批老师傅养出来的，早过去了，连我也只赶了个尾巴。以后会不会再有，我不好说，但肯定不会在你这一辈。”他的双手搭在膝盖上，哆哆嗦嗦着，“勤行里你这样的苗子，不多，但单凭你一人，撑不起的。任你钻得再深，学出精来，也不过是保住这一行的香火，别断下去。有朝一日，能给后人当一块垫脚石，便是你功德一件。”

葛清站了起来，找出一条热毛巾捂了捂脸。然后他背着身，叫我快取笔纸，仍是他讲一字，我便写一字。

有天早上，葛清去买蔗糖，要回来兑米醋，给鸭皮打糖色。他让我去里间的墙角处，仔细辨认各种调味料在味道上的差别。

我刚解开麻袋口，捧起一小撮广皮和胡椒粉，就听见有伙计站后院拍门。

我问他，又做什么。

他说，杨掌灶正在长椿街的东来顺里，专等你一人。

那是一座嵌绿镶金的清真饭庄，几何纹样的拼砖花和彩釉的棂花格窗，配上标志性的穹隆顶，为整条街都添了几分纤巧华丽。我一进来，老人就开始往铜锅里放爆肚，等我一落座，过了水的肚仁儿刚好能吃。他布到我碗里，我赶紧点头答谢。

“以前吃火锅，一桌子人，互相不认识，锅里每人一小格，你吃百叶也好，散丹也好，只管涮自己的。你葛师傅刚进店时，我带他吃过一次，他只要一盘白菜帮子，涮着涮着，就看出小格下面是松的，他就把筷子伸到别人那边，涮进去的是菜，结果夹出来却是肉。直到抹嘴走了，也没被人逮着，你说他厉害不厉害。”

我估摸不出好坏来，只是笑着点头。

“动筷子，怎么不吃？这家店的二把手，和我是把兄弟，当年师父让我们站大盆上，一上午，要切出六钩子羊前腿。黄天暑热的，汗沤在裤裆里，全淹了，可这是师父交代的话，你敢拗老人的意思吗？还不就为一个孝字。”

“葛清寄信的事我真不知道，之前他叫我代笔，没有汇报给您，是我犯了糊涂，毕竟这种事还头一回碰上。”我终于听出意思来，赶紧解释。

“每年市里的各类考评，从旅游局到商业部，再到烹协的‘十佳’，全评下来牌子能挂满一山墙。这个评不上，评那个，总有我拿的。我怕的，是你心眼太实。”热汗从他瓷实的脸盘，滑滚而下。

老人喘了一口气，想歇一歇再讲。

“万唐居的字号，最早是山东人打下的，两代掌灶，都是福山帮的，福山人抱团啊。开山时留的规矩，掌灶只给本地人，我们河北的和其他师傅一样，想也别想。那时勤行里，压根还没你们北京人。”他又用筷子，把好多肉往我这边赶，“我学徒时，就管倒泔水、运煤球，那时候临解放，万唐居离关张只有一口气。掌灶有一天把我叫去，说孩子，那儿有笤帚，扫扫地吧。那屋子不大，我就扫吧，谁知道在犄角扫出一沓子五万块钱。我农村的，哪见过这么多钱，看着都怕。我捧着这笔钱，说师父，这儿有五万块钱，师父说哪儿呢。现在想想，他搁的他能不知道吗？”

杨越钧闭起了眼，我以为是锅里的热烟熏着他了，就想把紧底下的风门关上。

他说不要关，还得吃呢。

“第二天，他在另一个地方又搁了两万，那阵儿万唐居一天卖不了百八十万，哪有那么多钱让我捡。我又还给他了，他什么也没说。到晚上九点，店门口的玻璃上都有钩儿，我挂好木头板，再把底下的穿钉穿进去，锁死。这时掌灶却把我叫了出去，他问，你行李在哪，我说我没有行李，只有一个农村的毡子，破被单儿。他叫了两辆三轮车，他坐一辆，让我把东西搁上车，坐另一辆。”

“是不是觉得钱数不对，想讹您。”

“他把我送到东单车站，说店里艰难，对不起你。然后又把那捆钱掏出来，算是贴补我。我说不要，您管吃管住，我还图什么，连工钱都不要。他一听，又把我送回来了，教我做鱼。后来我琢磨，这些都是提前商量好的，想收我，又怕我多要钱，才整这么一出。”

“您师父这心眼儿，可比葛师傅还多。”

“你得叫师爷。后来他说传你可以，但是你不能进工会，不能进共青团，因为那时候资本家都怕这个。”

“那您后来怎么连党员都当上了，我师爷现在人呢？”

杨越钧低下眼皮，不说话了。

因为不是饭点儿，整个大堂都很安静，就连铜锅里咕噜咕噜的冒泡声，都听得清。

“后来五二年‘打老虎’，人没的。”

讲到这，他的脸色更不好看了，我想是不是该劝他歇一歇就回去吧。

“在万唐居干了一辈子，我永远忘不掉师父一句话。那时候店里食材短，出不来活，也没人吃你的。他又把我叫到跟前，说你想上灶么。我以为他又逗我。”我倒了杯水让老人喝，他缓缓抬起眼皮，“他说规矩是金子，店是筐，盛金子的筐漏了，你的规矩再值钱，也守不住。等你出息了，记着不是你本事，也不是规矩保了你，是店。这个店在，比什么都大，懂了吗。”

我别过头，瞥见街上有孩子用手指，在覆满哈气的玻璃上，画下一个大大的“傻”字。

“不如我换个问法，宫廷烤鸭里里外外这点儿事，你到底拿不拿得起来。”

我把头回正，略有吃惊地望着老人。

“小字辈里，你最体谅我。你体谅我，就是体谅这个店。我们这帮老家伙，总是要收山的，可等位子留给你们时，这个店也得在才行对不对？”他停了一停，我连连点头，表示听着呢。“烤鸭部攥在一个人手里，我这心口就像被谁掐住了。如果你说，这样挺好，那行，将来我就这样把店交给你。真遇到过不去的坎儿，你再来见我，看到时是你哭，还是我哭。”

那一刻，我恍惚觉得自己就是一把枪，子弹总是要出膛的，你卡壳，大不了就换另一把。

对我来说，开不开枪不是问题，谁流血才是问题。

“我只能说，宫廷烤鸭的配方，以前全长在葛师傅脑子里。可如今白纸黑字的，落我手上了。我答应过他的，不露。可您不问，我也不会说。”

杨越钧合了一下眼，再张开。

“你小子，会讲话。他肯传给你就好，东西可以一直留在你身上，没有人会为难你。下面的事情，我去做。”老人吃下两片手切羊肉，他满足的样子，像是在嚼干草的骆驼。

“我跟市里、烹协许过愿，烤鸭的手艺一定要往下传，什么是往下传？这样才是。”他摸起肚子，用筷子拌起调料，“服务员同志，你们暖壶都冻住了吗？给锅里加点水呀，再烧下去，肉全沾烟囱上了。”

我坐在杨越钧对面，仿佛我也捡到了他老早放好的一沓钱，他一直在等我还给他。

我想从那天起，万唐居就像一个紧箍咒，一部忏悔偈，师父随时念，我随时疼。

10

天冷得有些不像样了，屋外站一站，手脚便要发麻。我把衣服裹得像缝死一般严实，进了院门就往鸭房里钻，结果葛清还是不在。

小半个月了，他不和连我在内的所有人张口说话。

我不清楚杨越钧是怎么找他谈的，反正，老头没再踏进鸭房半步。

他会到对面那家小饭铺坐一坐，大多数时间，则是收拾那点枣木的劈柴。我和他，仿佛又回到初识的疏离与阻隔中，不过是换成我在屋里，他在屋外。

透过门缝，我瞅见他总猫在柴火堆里，能跟自己耗完一整天。

时间久了，我更难受，只要没事，我也能走就走。有回我在天坛公园里跑步，因为脚心凉，每踩一脚在地上，都硬邦邦的直震牙根。经过旻园饭庄后门，看到一个开生的师傅，正在剥鹌鹑。他的身后放了两大铁笼子，随手拽出一只，另一手连毛带皮，一把扯落。刚还满身草黄色羽衣的成鸟，手一过，只剩血亮亮的白肉，被抛到路边的铝制洗澡盆里。盆里堆了一片剥好的鹌鹑，叠成小山，疼得全在噼噼啪啪打哆嗦。

我正要加速，忽然被人按住肩膀。

小邢呼哧带喘地说，就为追上你，差点把肺给颠出来。我问怎么了，她瞪大眼睛说，葛清人都被派出所带走了，昨天晚上有人撞见他，要放火烧店，人证物证两全。

我的腿脚如同抽掉了大筋一样，竟迈不开步子。她半推半架着我，抄近路，上了一辆有轨电车。进店后我直接被齐书记叫进办公室，他端过来一个铁皮壳，绘着雏燕反哺的彩漆暖瓶，倒热水给我。

“你先听我讲，中央立秋刚做的决议，全国严打，这刚过去几天，咱们店就出了这种事。”

“葛师傅烧店，谁信啊。”我打断他。

“谁让他那么晚不走，还要在后院划火，被逮个现行。”齐书记把杯子嘣噔一盖，“便衣说，早盯着他了，天一黑就开始搬柴火，全码在鸭房门口。”

“他每天都搬柴火，不然第二天拿什么点炉子。”我轻笑着说，“人家糊涂，您也跟着糊涂。”

“到底是谁糊涂，眼下这个形势，抓还是不抓，要看指标的。”我挤了挤眼睛，想听懂他的话。“他人肯定回不来了，轻判还是重判，看造化吧。眼下被拘在团河劳教所，你师父找了个托儿，叫你来，是问你，要不要代表店里，拿上他的东西，送过去，也让老头这几天，好过一些。”

“当然得去了，我现在就去。”

齐书记伸手把门打开。

“下了中班再走，要那边托到的管教值班时，你才进得去。”

我回去想把葛清厚一点的衣裤都找出来，却只搜出一件土黄色的平纹布棉衣。

在点心匣子里，还有一摞钱，用猴皮筋捆好的，里面还存着几根他自己捻的卷烟。

我捡出一根，抽了起来。

院外温淡的天色，悄变成一件韭黄色的罩衫，朝这间冰清水冷的小房上一挂，仿若万籁俱沉。我回想起老头的样子，和我答应过他的话。

在一面青色的高墙外，我被人从铁门侧边的小门里领了进去。到一个小单间，我把葛清的钱和衣鞋交上去，对方把扣子剪掉，鞋带收走后，和钱一起记在表上，我就去了隔壁的接见室。那儿有一张长桌，我被要求坐在这一头，另一头放有两把木椅，一前一后。

不多久，葛清被管教提了出来，在我对面坐下，他穿着深蓝色的短坎，嘴角起了个燎泡。

暮晖洒在窗上，将他的影子拉成山坳。因为离得远，我朝他放声问好。他并不理睬屋里闪现的回声，却先回头看管教。因为探视时间紧，我也顾不上什么该问不该问的，一着急全都端上桌面。老头却只充耳不闻，心底怎么想的，一句也不对我说。

后来小邢劝我，道上管这叫“坦白从宽，牢底坐穿；抗拒从严，回家过年”。见我仍不放心，她又说杨越钧找人托付过，分到葛清手里都是最柳儿的活。我问什么活叫柳，她说也就是喂鸡，种枣树。每天打方桩子，建鸡圈，给一百多棵枣树施肥。

几经说情后，我又见到了葛清，还攒了很多别的事，讲给他听。比如小邢嫌我吃饭口重，总为这个和我掐架。还比如，大红门送来的鸭子，白是白，就是没味儿，也小。我每说一句，就盯着老头的脸看，他始终像个泄了黄的鸡蛋，眼神浑浊，默无可答。

店里人都说，屠国柱这孩子，仁义。万唐居和葛清的雇佣关系早解除了，他还要大三九天的，每礼拜从店里蹬到大兴，给老头送饭。

只有我知道，这不是仁义，是债。

每见葛清一面，就发现他又瘦了一圈，直到他的脸，像是削劈了的木衬条。我会想，这债怕是还不清了。

这样差不多过去一年，渐渐地两人也习惯了，我讲我的，他听他的。有一回我告诉他，最近戴大檐帽的天天来查后院，说烧木头总是不安全，问能不能改成液化气，要咱们适应新生事物。我说我坚决不答应，所以这阵子可能顾不上来看您了。老头听了，脑瓜僵住半天，下巴颏鼓成了核桃，也没有讲什么，只是紧紧望着我，点了下头。

有天下午，难得暖和一些，小邢下班后便拉着我，去逛北线阁菜市场，她想亲手蒸几个菜团子让我给葛清送去。我正看她蹲在一排竹编筐前，掐胡萝卜叶，然后放秤上约分量。这时有人敲我肩膀，回过头，齐书记也推一辆自行车，来买菜。

他跟我说，葛师傅要出来了，你指定想不到你师父托了多少层关系，他才全须全影的没出意外。刚讲一半，小邢靠了过来。齐书记问，兄弟，借一步说话？她白了我们一眼，又去隔壁摊位继续挑。我说您别见笑，说多少回了，劳教所又不是病房，再好的吃食也不让送，偏不听。书记脸一晃，说不碍事，又从车筐的公文夹里，抽出一张盖着红章的文件纸。

“街道刚发下来的，你看看。”

我接过手里。

“店里也同意了，遣回原籍，可了我一桩心病。”

“雇佣关系都没了，店里还给得着意见？”我问。

“档案还在我这儿，怎么给不着。没有再好的结果了，否则这块烫手的山芋，你拿？”他瞧了瞧不远处的小邢，把嘴贴到我耳边，“我们一致研究，都知道葛师傅一直是你照料，后面的事，怎么把他送出去，还得劳你多费费心。请神容易，送神难，要紧的是，别让老头，节外生枝，就像上次写信的事。他一走，将来掌灶的位子，你师父还不是要留给你？功劳摆在这儿呢。”

我正不知该说什么，就听小邢在远处喊：“屠国柱你眼睛是用来出气的？我拎这么重的东西也不知道过来帮忙！”

葛清被人带到南站时，天空飘下来很多雨，有花椒粒那么大。

他要坐够十八个小时的车，第二天才能回到老家。

这趟车有很多人等着被一起遣送，他只是其中一个，最瘦的一个。

那节车门两边，守着一队民兵。

老头不抽烟，也不东问西问的，只等着站好队，拿上票，就上车了。

他孤单地走上月台，像一张包糖用的糯米纸，仿佛沾上雨水，就会消失掉。

摸着良心讲，我当时肯定希望老头留下一句话再走，什么话都好。可是他没有，我也知道，所以等我挤到车厢里，站他面前时，也没准备什么客套话。他缩在一个靠窗的座子上，面前放着别人的铺盖卷。他仰起脖子，惊栗的目光，我现在都还记得。我伸出胳膊，告诉他，人可以走，档案留下，赶紧拿给我。他没明白什么意思。我感觉火车有点动晃了，就直接用手掏向他的怀里，生生把他一直揣着的档案袋抽走了。

我回去找到杨越钧，告诉他，葛师傅虽然走了，可他的档案还在我手里，他的关系要不先店里放着，毕竟市里领导还没表态。将来老头回不回北京，也能留个缓儿。有人问起来，咱也不至于太被动。

老人眼睛半动半不动的，想过半天，才点头说，我看可以。

后来杨越钧带我参加烹协的一个碰头会，说要执行恢复与保护传统老字号经营的决议。结果市里派来列席的一个秘书上来就问，杨越钧，万唐居的葛清劳教完出来了，是不是？老人说是。秘书又问，那怎么还没结没完的，要遣回原籍。现在全市都在保护老字号，那是抢救文化工程的重要一环，你们店倒好，先把老师傅给保护丢了。杨越钧站起来说，要恢复老字号在餐饮界的地位，我第一个双手拥护，可遣送葛清是派出所下的文，我用人单位能说什么？对方马上反问，好，再让你重新说一次，葛清到底回得来回不来。杨越钧有些蒙了，他低头看看我，赶紧说，万唐居如果有说话的份儿，当然能回来，他档案至今还留在店里。

路上，老人腿脚不太灵便，迈上路牙后把步子停下。

“当年破四旧，谁家祖上开过店，恨不能跟亲爹都断绝关系。现可好，一个老字号的帽子，都成金疙瘩了，请的那几块料，不是干木匠就是进工厂的，只因为沾亲带故，全继承下来，平起平坐了。”我知道这是气话，不好多劝。

“葛清葛清，本以为你走了，我能少受点刺激。”他看了看我，没把后半句讲完。

一个人待在鸭房的日子，地上没有那么多烟灰了。但我照旧要把挂鸭杆、水勺和锅盆收拾利落，炉子也得每日刷洗一遍。等把笤帚往椅背上一搭，坐下来，再用手顺着脸皮往下抹，感觉自己老得很快，力气也亏，恍恍惚惚中，还打起了盹。

不知过去多久，一睁眼，葛清竟然就站在门口。我起身请他进屋，老头不动，只是来回张望。我又错开身子，让他好好瞅一瞅。

“您的东西，以前挨哪儿，现在就挨哪儿。连当初择毛用的鸭镊子，也放您随手能找见的地方。”我取出他的点心匣子，在他面前打开，“喏，烟也在。”

老头走近两步，看了看，却没伸手拿烟。我见他仍没有要说话的样子，心中难受，但还是笑着拽了把椅子给他坐。

我知道，他是不坐的。

他穿的粗纺布衫，单薄不说，袖扣还崩没了，只能挽起来。我想把自己的棉工服拿出来，他反将我胳膊一握，身子下沉，就地屈膝。我急忙把他架住，抢先单膝跪地，活像举起一道圣谕，两手半天不敢动弹。

“咱要是这样，可没法说话。您怎么寒碜我，我都认，唯独这样，不认。”我不敢抬头。

葛清松了劲，慢慢立好。接着他去里间看了看，枯瘦的脸挤出一道沟，算是在笑。他又拍了拍我的衣服，就走了。

我和小邢打了饭，坐在一起吃。

“你是真没看见，还是故意装的。”

“我装什么了，你说清楚。”我放下饭碗。

“咱俩好几次下班，半路有个老头儿，躲设计院宿舍的花园儿，远远站着，瞅你，那不就是葛清么。”她用筷子头捅了捅我的胳膊，“我说话，你听没听见？”

“你别在这儿瞎话溜秋的，我怎么没注意，你看仔细了没有，是他？”

“你这样说，八成是真没看见了。他呀，估计是怕走过来，反倒给你添事，怪可怜的。听道林的人说，老头儿把档案取走后，没一家店要他，就算有，他也不干了。就在街上推小车，捡个碗，你知道那个漏鱼凉粉么，剩下的芝麻酱汤子，他就吃那个。”

我听了把眼一闭。

“咱不说了行么？”

“道林的人亲眼撞见的，哪能有假？他在车上搁一个箩桶，把芝麻酱全刮进去，然后拿那个东西往火上熥，等水熬干，光剩下干酱了，用这个拌饭吃。”

我听了不信，便把自己和葛清相见的经过，转述给她。

“你那是做梦呢。”

“做梦？”我边否认，边回想当时的情景，“我还碰过他，那是实实在在的。”

“我要是葛清，跪什么，大嘴巴扇死你。”她伸出手掌，假装拍在我脸上。“白云观一到年根儿就有道长上香祈福，与其这样疑神疑鬼，不如跟我去那里，求个心安。”

那日子，外面的天，像孩子刚哭过的脸，冷云冻雪的，嵌在亮蓝的空中，随时能化成一帘青雨。小邢站在真武庙路西的山门前，等我买好票一起进去。我们是趁下午不忙偷跑出来的，所以观里香客很少。她非让我去摸券门上浮雕的巴掌大的石猴。我不愿意，她就拉住我，生生按在上面，两个人的手叠在一起，蹭了又蹭。

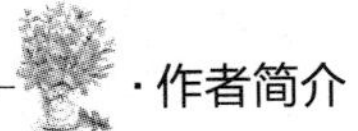
·作者简介·

常小琥，1984年5月生于北京市宣武区，曾因创作小说《琴腔》获得台湾“第四届华文世界电影小说”首奖，在《收获》《上海文学》等刊发表小说若干。

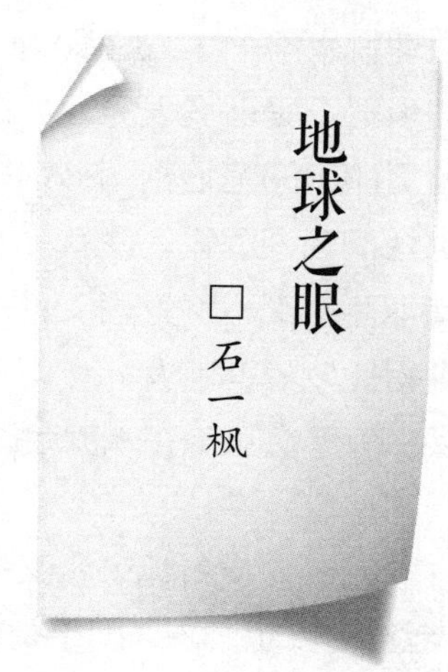

地球之眼

□石一枫

1

在我大学时认识的那些狐朋狗友里，后来混得最差的叫安小男，混得最好的叫李牧光。这本来没有什么值得多说的，人嘛，都有混得好的和混得不好的。尤其是如今这个年头，两个阵营之间的差距越拉越大，几乎有变成两个物种的趋势了。不过我想指出的是，混得最差的安小男原来可没有那么差，相应地，混得最好的李牧光原来也没有那么好。他们在学校里的状况和后来的境遇恰好相反。当然，这也没什么奇怪的。社会嘛，通行的标准肯定不是上学时的那一套，否则“混”这个词也就没有那么准确而传神了。

那么我想说的究竟是什么呢？恐怕是安小男和李牧光之间那段奇特的雇佣关系。

还是先介绍一下安小男。他本来跟我不是一个系的，念的是“电子信息和自动化”，但是宿舍离我很近，就隔着一个水房。对于理科生，我们这些读文科的往往有一种偏见，认为他们大脑发达但是思维狭隘，生活很没有情趣。当我们像孔雀开屏一样每天不知道瞎咋呼些什么的时候，他们却在实验室里吭叽吭叽地埋头干活，课余时间也就是守在电脑前面打游戏或者下“毛片”。埋头干活是为了拿学分，打游戏是为了放松大脑，下载“毛片”是为了在右手的帮助下抚慰肉体，他们所做的一切事情都有着简单而明确的目的。也就是说，做什么事情都必须要“有用”，这是他们普遍信奉的生活哲学。然而安小男却好像和大多数理科生不一样，他跟我熟起来，恰恰是通过讨论一些“没用”的话题。

当时正是盛夏天气，学校的考试季快到了，我闲散了一个学期，如今只好捧着复印来的笔记到图书馆里死记硬背。这种工作是很折磨人的，往往还没有背上两条名词解释，我就会不停地打哈欠、流眼泪，然后不得不跑到楼下去抽一支烟。一支不够就两支，两支不够就三支，其间还要喝汽水买零食，再瞄两眼穿得比较暴露的女同学，一个晚上下来，浪费的时间肯定要比背书的时间长得多。有一次正坐在水泥台阶上发呆，背后忽然有人叫了我一声：

“这位同学。”

一回头，便看见一张又瘦又黄、胡子拉碴的脸，让人想起北京人用来搓澡的老丝瓜。我想了想，似乎是在宿舍楼道里见过这人的，便问他：“有事儿吗？”

“你是历史系的吧？”

“是啊，咱们共用一个厕所。”

“你对中国历史一定很有见解。”

“至今还比较懵懂……期末考试可能会挂。”

他又说：“那么就是说，你主要在研究中国社会的当下问题喽？”

我有点儿被搞晕了，但也只好敷衍道：“这就更不是区区不才所能关心的啦。”

这人却热情地一拍我的肩膀：“你太谦虚啦——咱们谈一谈怎么样？”

说完就一屁股坐在了我身旁的台阶上，瘦膝盖尖锐地顶到下巴上，脸却四十五度角上扬，呈现出一副很有情怀的样子。我更加惶惑了，同时还稍微有了一点不安，不自觉地把身体往另一侧挪了挪，问他：“你想谈什么呢？”

“谈一谈中国的历史、现状，以及中国会向何方去？”

“这也太宏大了吧。”

“那么就谈谈中国人的道德问题好了。你觉得当前的形势是不是很严峻，我们这个社会的道德体系是不是失效了？”

面对他那诚恳而热情的目光，我吭叽了半天，说：“这又太抽象了。就算我想谈，你又让我从何说起呢？”

“怎么会抽象呢？我的问题非常具体，而且离每个人都并不遥远。”他说着，突然把手往半空中的某个方位一扬，“比如说那里，很可能就存在着严重的道德缺失。”

我顺着他的手，也朝斜上方四十五度角望了过去。我看到远处的围墙之外，一幢碉堡般的建筑物耸立入云。那是我们学校的“三产”，一个在中关村乃至全北京都很著名的电脑城，里面每天川流不息着形形色色的高科技二道贩子。而现在已经是晚上八点来钟，电脑城通体黑黝黝的，只留下顶端的一圈儿航空警示灯正在有规律地明灭着，仿佛这幢大楼正在呼吸。分明是指路明灯，他是怎么看出道德问题来的呢？

“恕我肉眼凡胎……”

那人一拍膝盖，“咳”了一声，语速飞快地对我讲解起来：“国家规定，离地高度九十米以上的建筑物航空警示灯，其闪光频率应为每分钟二十至六十次之间，有效光强不低于一千六百坎德拉——坎德拉也就是一种光学上的计量单位。然而根据我的实地测量，这幢大楼上的警示灯是每四秒钟才闪烁一次，也就是说每分钟只有十五次。更危险的是，光强也根本没有达标，在下雨或者大雾天气，很难对几百米上空的飞机起到提示作用。我还查了一下，国内生产信号灯的厂家很多，达到法定标准也并不需要多么先进的技术，那么采购的人为什么非要选择这种不合格产品呢？这分明就是拿了回扣嘛……这不是腐败又是什么？而腐败的根源难道不是道德败坏吗？”

作为一个高中“分科”以后就没有再翻过物理课本的人，我固然对他的那些技术用语感到糊涂，而好不容易听明白大概意思之后，糊涂的感觉却越发加剧了。我仍然想不出来几盏劣质信号灯有什么值得大书特书的。说句不好听的，就是真有一架飞机晕头转向地撞上了我们学校的电脑城，那儿离我睡觉的宿舍也还远着呢。进而，我不得不把眼前这位仁兄归入了“校园神经病”的行列。在我们这所号称兼收并蓄的大学里，这类人还是比较常见的。其中的女神经病症状倒还温和，顶多是到比较英俊、比较有风度的老师（比如中文系的一位著名诗人）课上去发发春，当堂朗诵几首题为“翡冷翠”或者“我的爱人”之类的诗歌什么的。男神经病就要激烈得多，我在上“中国思想史”这门课的时候，曾经见过一个长相很像弗拉基米尔－伊里奇的“超实用主义民间哲学家”，他提出了一个论调，说的是应该把社会上那些“没用的人”统统消灭，肉做成罐头，脂肪用来生产力士香皂，皮拿去做鞋。他宣称，如果国务院采纳了他的建议，那么中华民族的伟大复兴也就指日可待了。然而所谓“校园神经病”大多数是一些半流浪状态下的旁听生，还有那些考了几年研究生都没考上的落榜者，年龄也都在三四十岁上下，而这人明明是个热门专业的在校生，他发哪门子神经啊。

更加让我纳闷并且懊恼的是，图书馆门口进进出出这么多人，他干吗非要找我来“谈一谈”呢？难道我看起来比别人精神不正常吗？

于是我截断了他的话头："打住打住，我可没工夫听你瞎咧咧。"

"我知道你是个谦虚而低调的人。"他居然露出了委屈的神色，"如果你觉得我的分析不够深入，没有触及本质，你可以反驳我，但不能把我扔下不管呀。我确实很想听听你的见解。"

听起来好像我对他、对中国社会负有多大的责任似的。我差点儿急了："凭什么呀？你想跟我聊天我就必须得陪你聊吗？这不是牛不喝水强按头吗？你把我当什么了？三陪？你给我钱了吗？"

对于我的一连串问话，眼前这人却不慌不忙，从随身携带的旧帆布包里拿出一摞书来。上面的几本分别是《中国大趋势》《中国可以说不》《中国何以说不》，而压在底下的那本则名叫《谁敢不让中国说不》。看到那色调花花绿绿，仿佛刚拍扁了一只老鼠的图书封面，我突然傻了眼，又好像明白了什么。

"这难道不是你的著作吗？我在楼道里见过你连夜整理书稿。"

他没说错，那本跟风烂书的确出自我手，但这么说又有点不全面。事实的情况是，我在上个学期想和女朋友郭雨燕去九寨沟旅游，顺便在路上把她给"办了"，便经人介绍从一个书商那儿领了这个活儿，打算用挣来的钱支付路费、门票和宾馆的房费。书里面的内容全是我到网上扒下来，再胡乱拼贴到一块儿的，至于署名，我给自己取了个颇有"民国范儿"也颇有自知之明的笔名，叫"老放"——比起"老舍"和"老残"，我所干的事儿和通篇放屁也没什么区别。顺便说一句，这本《谁敢不让中国说不》刚一上市，雇了我的书商就破产跑路了，说好的报酬也没给我。又过了没多久，郭雨燕认为我这个人既无能又言而无信，一怒之下把我给踹了。真是赔了夫人又折兵，还导致我在考试的紧要关头遭到"热心读者"的滋扰，这都是什么事儿啊。

与此同时，我又想到了前女友郭雨燕那小狐狸般的眉眼和一对大胸，不免感到了真诚的哀伤。我站起来，茫然四望，想找个由头甩开身边这人。恰好这时，我的身后又扬起了一个清脆的声音：

"咦，你怎么会认识他这种怪胎？"

我再次回头，看到的却是我的表妹林琳。她是比我低两级的数学系学生，长了一张白白嫩嫩的娃娃脸，眼睛又黑又亮，眼窝还有点儿异族风情的凹陷，看起来好像用气枪"砰砰"两声，把两颗葡萄打进了一坨奶油里。兄妹两人都考进了同一所著名的大学，这很可以被传为一段佳话，也说明我们家族的基因比较优秀——可能主要来源于我姥爷那边儿，他当过"反动学术权威"嘛。然而我这个表妹自打入校伊始，就对我鼻子不是鼻子眼睛不是眼睛的，几乎见面如仇人。当然，我也有做得不对的地方，我曾经以林琳为诱饵，勒索那些暗恋她的傻小子们请我泡酒吧、打台球、到小西天的中影公司放映厅看进口大片，甚至还打算召集全体有姐姐妹妹的男同学，组建一个“换亲俱乐部”，把“因为太熟而不能下手的资源”转化为“可以下手的资源”。林琳在毫不知情的状态下，已经被我同时许配给七八个人了。

而这时，我的第一反应是，难道林琳也认识这人，并且也认为他是一个怪胎吗？可再一打量，她说话时的眼神明明是看向我身旁那人的。也就是说，她在向对方宣布我是一个怪胎。我不由得气哼哼地说：“我好歹也是你哥。”

“狗屁哥。”林琳同样气哼哼地说，“摊上你这种哥，我算是倒了血霉啦。”

然后忽闪着大眼睛对那人说：“你是安小男吧？我在去年的高数冬令营里见过你。你解开那道函数方程的思路，我一直都没有想明白……”

那人却露出了和刚才的我如出一辙的惶惑，然后又转换成了乏味。他把我的著作和其他几本书一起放进包里，站起来说：“问我也没用，我也讲不明白。你自己查查书去吧。”

说完拍拍屁股就走了。

作为一个长期被本系男生像狗似的围着“嗅”的漂亮女孩，林琳遭受到这种待遇，恐怕还是破天荒头一回。我心里升起了古怪的快意，顺便问她这个安小男是什么来头，脑子到底有没有被驴踢过。林琳却鄙夷地瞥了我一眼，说：“就你，还看不起人家呢？”

据林琳介绍，安小男的确是个“神人”，这里的“神”是神奇的“神”，而非神神道道的“神”。他简直可以被称为近几届理科生中的传奇：高中曾经获得过奥林匹克数学竞赛的金牌；从来没上过高等数学、理论物理的专业课，但考试的时候随随便便一写就是满分；可以背诵小数点后一千多位的圆周率……他还是个电脑高手，不管多复杂的计算机编程语言，只要看一遍就无师自通。据说电子系的系主任，一位年近七十的老院士曾经摩挲着他的脑袋，笃定地说：

“这里面装着半个硅谷！”

这话说得，倒令我感到那位“民间哲学家”的思想应该修正：需要活体利用的其实是安小男这样的奇才，只要把他的大脑像杏仁豆腐一样一勺一勺地挖出来，就够中科院之类的单位忙活上几十年的了。

林琳又问我：“他找你做什么？”

我矜持地说：“事实上，他有一些问题向我请教。”

林琳的眼神更加鄙夷了，仿佛在看《围城》里自称“被罗素请教过几个问题”的野鸡哲学家褚慎明。而我也的确疑惑起来：安小男为什么会对《中国可以说不》《中国何以说不》以及《谁敢不让中国说不》这样的狗屁玩意儿感兴趣呢？经过一番思索，我的答案是：这恰恰可能是因为他太聪明了。作为一个不世出的奇才，“自然科学”这个确定性的、答案一望可知的领域令安小男感到了乏味，而“人文思想”的本质则是混乱的、含糊的，想不明白的东西更能容纳他那无穷无尽的智力，也就更让他觉得有意思。就像老鼠特别爱啃桌子腿一样，是因为桌子腿好吃吗？不不不，只是由于老鼠的牙齿过于发达。这样一想，我在感到滑稽的同时，又有了那么一点肃然起敬。

总而言之，经过那天晚上的一面之交，我和安小男就熟悉了起来。一个楼道里低头不见抬头见，我在此后又被他频频骚扰，请教一些历史学以及有关于“中国社会”的问题。他的请教常常发生在厕所里，有时我们正在并排尿着，他突然就撇过来一句：

“农耕文明是否终将被海洋文明打败？”

或者我正在蹲坑，他从隔板外面撇过来一句：“官僚体制是否扼杀了中国社会的创新能力？”

他那虚心向学的态度令我越来越不好意思了，而在这期间，又发生了一个让人哭笑不得的小插曲：我表妹林琳写了一封信，逼我转交给安小男。那封信我毫不犹豫地拆开来偷看了，内容很简洁，说的是她有几道数学难题一直没解开，想请安小男帮她讲解一下；还说希望安小男能和她结成“对子”，在晚自习期间一起探讨、共同进步。言辞虽然纯洁，可是其心昭昭——对于文科生而言，恋爱的发端是借书，对于理科生就变成解习题了。

“你是不是对他有‘意思’啦？”我直截了当地问林琳。

林琳还想抵赖：“你管得着吗？”

“当然要管，狗屁哥也是哥嘛。”我苦口婆心地劝她，“我知道在你看来，安小男有很大的优点，这个优点就是聪明。可是找男朋友又不是数学比赛，聪明不是唯一的标准，否则你直接找台 586 去谈情说爱不就得了吗？对于男朋友，还是需要看看长相，看看性格，看看他有没有……魅力嘛。”

“可我恰恰觉得他有魅力。”林琳涨红了脸说，“他那副呆头呆脑的样子再配上聪明得冒尖儿的脑袋，让我觉得帅极了。”

这个小书呆子，对男性的口味也真够古怪的。我劝她不动，只好冷笑两声，抱着看热闹的心态把信交给了安小男。而安小男自然是看不出林琳的潜台词的，他吭叽了几声，极不情愿地说：“我是看你的面子才去的。”

当晚他便离开了男生宿舍，到理科楼后面的小自习室去和林琳会面了。这两个家伙待在一起会闹出什么样的笑话呢？我躺在下铺饶有兴致地猜测着。到了晚上九点多钟，安小男回来了，他敲开门告诉我“任务已经完成”，我表妹的数学难题全被他解开了。

“除了数学题，你还解开了别的什么没有？”我相当下流地问。

他好像没听懂一样，继续汇报道：“不过其他的事情，她让我很为难。”

我更加好奇并且焦急了：“她让你干吗了？”

安小男说：“我们从自习室出来的时候，她突然对我说，大家都是爱学习的人，所以不要在勾勾搭搭上浪费时间，如果我喜欢她，那么就亲她一下好了。”

“你怎么做的？”

“她把脸一仰，眼睛一闭，我就趁机跑了……这不直接回来了么。”安小男摊摊手说。

我“咳”了一声，穿鞋出门往外就跑。安小男居然把一个向他求吻的漂亮女孩孤零零地扔在了大街上，这他妈的是人干的事儿吗？好找歹找，我总算在食堂斜对面的冷饮店里找到了林琳，这时候她已经咕噜咕噜地喝下去了三瓶酸奶。好在林琳并没有因为羞辱而大哭，她只是眼神儿发直地盯着呈等边三角形排列的瓷瓶，幽幽地说了一句：

“他比我更不愿意浪费时间。”

后来林琳就再没动过谈恋爱的念头，一心念书，考GRE，没过两年就出国留学去了。而经过这件事情，我对安小男倒有了点儿模模糊糊的好感，对于他在人文学科方面的兴趣，也不得不郑重对待了起来。为了不至于误人子弟，我劝他扔掉从地摊儿上买来的“说不”系列，转而到图书馆里找几本“有营养”的书籍进行深入学习，比如汤因比的《历史哲学》、斯塔夫利阿诺斯的《1500年以后的世界》和费正清的《剑桥中国史》之类的。那些书我只是听说过却压根儿没看过，但是既然被公认为名著，那么想来应该是不错的。况且它们还有一个共同的优点，就是厚，都是能压弯一根勃起的阳具的大部头，这有利于更多地消耗安小男的时间和精力，让他少来烦我。

在这么做的时候，我本人也承受着一定的思想压力。我有时会想：我间接地助长了安小男把他那得天独厚的大脑浪费在“没有用”的事情上，这会不会导致我们国家错失一个诺贝尔奖，甚至让整个儿人类的科技进步都将蒙受巨大的损失呢？再举个历史八卦作为例子，抽水马桶是英国女王伊丽莎白一世的侍臣哈灵顿爵士发明的，但如果女王在当时勒令爵士先生去研究点儿别的，那么我们今天就还得忍受厕所里的臭气熏天。但我也安慰自己：万一安小男本来会变成一个邪恶的科学家，发明出一种能够毁灭地球的机器、电磁场或者计算机程序呢？那么我的所作所为就相当于把全世界人民给救了。

在跟安小男的接触中，我倒是越来越有科学精神了。

就这样又熬过了一个学期，暑假来了又走，我们这茬儿学生迎来了大四学年。重新回到学校之后，我特地昼伏夜出了好几天，为的是躲开安小男。躲他有着另外的原因：按照他的认真劲儿以及智力水平，那几本大部头应该全都“啃”完了吧，如果他再来缠着我“谈一谈”，而我却一问三不知可怎么办？那人可就丢大了。事实上，随着阅读的深入，他上个学期问的那些问题已经让我越来越头疼了。身为安小男在人文领域的指路明灯，我既感受到了荒唐的虚荣，又不知不觉地心虚了起来。我担忧自己这个“伪劣产品”会像电脑城顶端的引航灯一样，被他有理有据地揭穿。

然而躲是躲不过的，我总得拉屎撒尿嘛。那天晚上十点多，我夹着本书溜出了宿舍，正好在厕所门口撞上了同样夹着一本书的安小男。只不过我手里的书是看了第三遍的《笑傲江湖》，而他的则是法国历史学大师布罗代尔的《十五至十八世纪的物质文明、经济和资本主义》。狭路相逢，我心下一凛，在那一瞬间多么希望他考一考我东方不败的男朋友叫什么名字，或者华山派共有几人为了修炼《葵花宝典》而把自己给阉了。

那当然不太可能。安小男的眼神依然热切，拉住我说：“跟你说个事儿。”

“你问吧。”我又瞥了瞥他的书，心里绝望地打着鼓。

安小男却说：“我想从低年级的专业课听起，把历史系的所有课程都听一遍，你说怎么样？”

我吃了一惊：“你图什么呀？”

“当然是解决问题喽。”他用食指指了指太阳穴，但那动作却像是朝着自己的脑袋开了一枪，“你给我推荐的那些书我全读了……都很好。但是对于我心里的那些疑问，它们似乎都说了点儿，但又都没说清楚。再来问你呢，恐怕也不是个事儿。说句不怕得罪你的话，你和我一样年轻，和你探讨一下问题，共同进步是可以的，但要想答疑解惑，恐怕还得求助于教过你的那些老师。他们都是真正的专家，我想我有必要系统地接受一下他们的思想。”

也许安小男已经看出我是个不学无术的混混儿了？他的话让我一阵失落，同时却又感到释然。但随后，我却真切地为他担忧了起来：“可是咱们都已经大四了啊，马上就要找工作或者考研究生了，哪有时间去听外系的课呢？况且你还要听全本儿的。”

“那就申请延期毕业嘛。”安小男挥了挥手说，“实在不行我就转系，从历史系的大一开始念起。我查了学校的规定，这在理论上来说是可行的。”

他那既淡然又决然的态度，简直让人想起弃医从文的鲁迅先生。也许一个天才的脑袋，就是和我们这样的俗人不同。但我仍然本着一个俗人的善意，继续劝解着他：

“这恐怕有些不妥……你应该三思而后行。没必要为了爱好把专业都扔了啊，那可是你将来吃饭的手艺。”

安小男却说：“我意已决。”

说完，他就错开身子走了出去，而我也没再说些什么。这一来是因为我感到自己至今仍然缺乏和他这样一个“神人”沟通的能力，二来则是因为我已经快憋不住了，再废话裤衩上就要多出一个“柿饼”来了。后来不出我所料，安小男的延期毕业和转系申请果然闹出了不小的风波，他本人也成了我们毕业季里一桩奇闻的主角。

首先是安小男的母亲，一个肉联厂洗肠工，从河北 H 市赶到了北京。她冲进我们学校的校务办公室，怒斥有关责任人“没有抓好学生的思想教育工作”，导致她的儿子眼看就要自毁大好前途，去钻研“连猪屎都不如的没用学问”。她质问校方，如果安小男真的转了系，那么谁能为他注定穷酸到底的未来负责？又有谁能为一个含辛茹苦的寡妇的晚年生活负责？如果只是学生家长闹一闹，那还不算什么，但是经由这一闹，安小男的问题就演变成了电子系和历史系两个团伙之间的矛盾。没过几天，电子系的系主任，曾经断言安小男的脑袋“装着半个硅谷”的老院士也向学校施加了压力。他表示，一般的学生倒也罢了，但是如果把安小男埋进了故纸堆，那实在是一种资源的浪费。老院士的言辞固然委婉，但也使得我所在的历史系深受侮辱，老师们抗议说，你身为一个知识分子的楷模，怎么说话的逻辑也像家庭妇女一样呢？这不还是在说历史作为一个冷门学问，不如电子、信息、自动化之类的“格致之学”有用吗？进而不又是在说人文学科的人不如理工科的人有用吗？你们这些理工科也太欺负人了，盖大楼你们先盖，拿项目经费你们比我们多几十倍上百倍，连买汽车都能从项目里面报销，到了这时候还不忘踩我们一脚，让不让人活了？

本来是一个学生的一厢情愿，只要稍有阻力，那么说不要也就可以不要的，但是本着不争馒头争口气的精神，历史系的老师却怂恿历史系的领导，跟电子系“杠”上了。他们向校方递交了一份意见：学生选择专业，本是个人自由，又所谓失之东隅，收之桑榆，焉知损失“半个硅谷”，换不来一个范文澜、陈寅恪或者钱穆？进而又大谈历史学乃至全体人文学科之重要性，并上升到了国家民族的高度。搞文科的人都是善于言辞之士，那份意见写得冠冕堂皇，让校方也不好反驳，于是决定破例为安小男举行一个多方面试，大家来决定一下这个学生到底待在哪个系比较好。

没承想，那个面试会议又把风波推向了新的高潮。在会上，电子系的班主任先代表老院士发了言，说的还是人尽其才那一套。安小男表情呆滞，无动于衷。接下来，历史系颇有名气的商教授便闪亮登了场。我们系的老师里，能在学校外面混得开的人物不多，这位商教授就是其中之一。他入选了好几个政府机关的参事，为不少级别相当高的领导干部写过讲话稿，隔三岔五还会在党报的头版“刷”上一篇社论；而给他带来最大名气的事儿，当然还是登上过央视的《百家讲坛》，讲的好像是“中国宦官干政考”。大家公推这样一位人物出面，可见是想先声夺人，让对方知道我们历史系也不全是碌碌鼠辈。

商教授保持着他在电视机里的一贯做派，先轻轻胡噜了一下毛泽东风格的大背头，又抖了抖西门庆风格的“五彩洒线揉头狮子”对襟唐装，然后才循循善诱地开了口。他问道：“这位同学，你贵姓？”

“姓安。”

“那么我可以叫你小安子吗？”

不得不指出，这话说得实在有些轻佻。而商教授这个人，向来的确是轻佻的。对于轻佻，他还专门发表过一番解释：既然我们这个社会的风气，就是把轻佻当有趣，而人在任何时代都在追求有趣，都在尽量活得不那么沉重，那么轻佻一下又何妨呢？他还引证说，许多历史上的名士，譬如阮籍、金圣叹和唐寅，骨子里都是些轻佻的人。这么一说，他的轻佻好像就有了传承与深度。再加上这套做派在电视上和领导干部的圈子里都很受欢迎，那么商教授更可以理直气壮地插科打诨下去了。

果不其然，商教授一开口，原本凝重、尴尬的会场气氛登时轻松了下来，许多人脸上不知不觉地泛上了一丝笑意。有些人就是有这样的本领，他们很善于改变周遭的“气场”。现在，全体教职工都在等着欣赏这位电视名人的表演了。

对于商教授的问话，安小男的反应是愣了几秒钟，然后磕磕巴巴地说：“这不妥吧。”

过了一会儿又补充道：“您又不是慈禧。”

此言一出，现场的人们就真的忍俊不禁了。不要说学校教务处的领导，就连电子系那两个满脸“常量函数”的教师代表都互相看了一眼，嘴里“扑哧”一声。本来嘛，地球又不是围着一个学生转的，搞得那么兴师动众干什么？而得到了安小男不经意间的“配合”，商教授就更加胸有成竹了，他笑容一敛，将谈话引入了正题：

“还是说说你平时都看一些什么书吧——我指的是在课余时间里。”

安小男便将我开给他的书目一一报上名来。要知道，这些书连许多历史系的研究生都是没有读完的，就像很多中文系的研究生却没有读过《红楼梦》一样。商教授眼睛一亮，有些惊奇也有些技痒，便当堂考问起安小男的学问来。

一考之下，令人惊奇，安小男对答如流。他不仅能够把商教授提到的具体章节精确地复述下来，而且对于关键的段落还能全文背诵。他原本是木木讷讷的模样，一谈到书本却像插了电一样，眼珠子里往外喷射的全是精光。如果不是商教授及时打住，那么他可能会孜孜不倦地说下去，直到两个嘴角下方越积越多的白沫流到脖子里去。

“大家都看到，情况已经很清楚了。”商教授轻轻地吁了一口气，转向了校方代表，“这位小安……同学在历史方面达到了相当的造诣，虽然他的阅读稍嫌不成系统，还有点凌乱，但是他对重要著作的熟悉程度已经超出了我的想象。兴趣才是最好的老师，我想如果不是对历史有着浓厚的兴趣，他是不可能付出这么多的时间与精力的。而学校作为一所人才培养机构，为什么要扼杀学生的兴趣呢？这是不负责任的。当然，搞教育的都有爱才之心，电子系诸位同仁的心情，我们历史系也能理解。不如由我个人来提一个折中的方案：我们给予小安同学电子系和历史系的双重学籍，他继续在电子系读研究生，同时还可以到历史系来念本科，由我本人亲自担任辅导老师。现在的大学教育不是提倡打通、提倡跨学科吗？历史上那些真正的大师也都是通才：笛卡儿既是一名数学家，同时也是一位哲学家；爱因斯坦发现了相对论，同时也热衷于演奏小提琴；杨振宁获得了诺贝尔物理学奖，同时也爱好着古典诗词以及翁帆女士……”

商教授好不容易正经了片刻，终于又在发言的结尾流于轻佻。但这轻佻却是恰到好处的轻佻，它让在座的众人哄堂一笑，有了皆大欢喜之感。既把安小男的人留在了电子系，又保全了历史系的面子，多么完满。只要这种长袖善舞的人物在场，那么什么问题都不是问题。校方的领导们满意地点了点头，宣布“再回去研究一下”，假如对学生好，对学校好，“特事特办也是可以的”。

大家欠起屁股，已经准备离席了。但没想到，安小男却在这时候又开了口。他的话是对商教授说的：“我还没决定去不去历史系。”

难道今天的会不是为了你转系才开的吗？这时候说这种话，不是消遣人么。商教授不免一愣："什么意思？"

"我是说，在系统学习历史之前，我想再问您一个问题。"安小男说。

"你也想考考我吗？"商教授饶有兴致地笑了，"一个问题够吗？"

"就一个。"

"那你说。"

"历史到底有什么用？"

商教授又一愣，但过了半晌，笑容便重新圆熟起来："历史当然不如电子有用啦。但是兴趣嘛，喜欢嘛，如果再纠缠于有用没用，是不是有点儿俗了呢？"

"您没听懂我的意思，可能我没表述清楚。"安小男舔了舔嘴唇，直视着商教授说，"研究历史是否有助于解决中国的当下问题？"

"比如说什么问题？"

"比如说中国人的道德缺失问题。"

"明史鉴今当然也是一种思路……但是我想，没必要把历史学理解得这么直接吧。"

"可是有些问题明明是绕不过去的。或者我再换一种问法，您对中国社会的腐败和道德缺失有什么看法？想过怎么解决它们吗？"安小男说。

"这就是另一个问题了。"商教授的眼神便开始迷离了。他一定感到了和我当初一样的惶惑。

"在我看来，这是一个问题。"

在安小男的锲而不舍之下，商教授又吁了口气，看了看与会者中有着领导头衔的那些人。历史系的党委书记还没有走出门去，据说这人有可能要提成主管文科教学的副校长了。于是商教授陷入了另一种逻辑，这种逻辑就是容不得轻佻，但也容不得过分郑重的了。

"你可以去看一看上个月《新华文摘》上的一篇文章，是我今年刚写的，其中也有一部分谈到了知识分子应该如何面对今天的现实。"商教授说，"我认为我们应该分清主流和支流，比起繁荣的、蓬勃的历史主旋律，这样那样的问题都是小小不言的。"

"也就是说，可以不关心吗？"

"我们更应该关心的是主流，或者潜心于自己的专业……"

安小男一字一顿地说："我认为您很无耻。"

他说话的声音并不大，但在会场上却有如炸雷。一些人被定住了，另一些人则逃也似的加快了脚步离开。商教授着实是懵了，他半张着嘴，瞪着安小男，僵在了原地，连话也说不出来。

接着，安小男便抬起了一只手，手指尖利地指着商教授的鼻子，开始了滔滔不绝的大鸣大放大批判。他质问道，中国社会已经沦落到了怎样的一个地步，难道您没有看到吗？难道您不忧虑吗？如果是一般的人也就罢了，但您作为一个学者，一个在公共领域拥有话语权的知名人士，居然选择了鸵鸟策略甚至是睁着眼睛说瞎话，这是何种用心？安小男还说，他之所以对历史产生了浓厚的兴趣，正是由于认为比起中文、哲学和社会学等等其他人文学科，历史最有希望解决他的“核心问题”，但今天看来他错了。中国的历史学家并没有他所希望的那样高大，他们归根结底还是一群“没用”的家伙。

谁能想到，安小男的历史研究之路沿着汤因比、费正清和布罗代尔等等大师绕了一圈儿，又绕回了在那个盛夏之夜和我讨论的领域。他挥斥方遒地发表了十来分钟的演说，直到商教授也面色铁青地溜走了，会场上空无一人，才喘息着停下来。据说此时的他已是满脸热泪，他居然哭了。

毫无疑问，转系的事儿被彻底搞砸了，而安小男也在文科生之中出了大名。再顺便说一句，那位商教授曾经把我们折腾得不善，他自己忙于上电视和走穴，基本上不给学生上课，但到了考试的时候却摆出铁面无私的架势，把题目出得非常难，一定要“挂”掉一批人才过瘾；他还把系里比较漂亮的几个女生招致麾下，通宵达旦地为他整理新一期《百家讲坛》栏目《中国秽乱宫闱考》的讲义。基于这个情况，大家虽然认为安小男有可能疯了，但也不得不感到大快人心。一时间，大家争相到电子系的宿舍去瞻仰、声援安小男，每天都有人隔着门帘对他挥挥拳头：

“干得漂亮！”

按照众人的理解，安小男之所以突然发飙，正是因为那个“小安子”的玩笑——那让他觉得受到了侮辱，进而失去了自控能力。再细一想，他对商教授的指责虽然突兀，但又来得多么刁钻，多么让对方无所适从。一个研究过西方现代主义思潮的同学阐释道，按照福柯的理论，疯子虽然和正常人驴唇不对马嘴，但是他们的思维其实有着严密的内部逻辑，一旦进入那个逻辑，正常人的经验和智慧便丧失了作用，甚至也有可能会被搞疯掉。这也是以商教授之机智老辣，却被一个小毛孩子诘问得张口结舌的原因。

在这种时候，我却越发感到自己有必要躲开安小男了。作为一个骨子里很“怂”的人，我对于那些具有狂暴因素的人与事，向来抱以本能的敬而远之。

然而还得怪学校宿舍的布局以及我们排泄系统的生物钟，躲了一阵，我终于又被安小男堵在了厕所里。

那是一个清晨，我刚冲完水，正迈着发麻的两腿从隔扇里挪出来，正好撞上安小男也站在小便池前。他迅速抖了一抖，提上裤子拦住了我的去路，眼里满是悲伤。

我抠了抠眼屎，仍旧不知说什么才好。安小男却先开了口："我想，你应该理解我。"

"理解你什么？"

"我的初衷并不是想去故意捣乱，更没有针对商教授个人的意思。"他的一边嘴角抽搐了两下，"我很真挚，的确是希望历史学，希望研究历史的人能够帮助我解决困惑。"

"对不起，我们都让你失望了。"

"怪我，我不该强人所难……我太幼稚了。"

安小男说完，抛下我转身走了。而我却沉默地站在原地，生出了一种类似于羞愧的心态。那感觉，就好像急匆匆方便完了，才发现自己闯进了一间女厕所一样。

2

相比于安小男，后来混得最好的李牧光虽然和我是一个系的，住得也离我近得不能再近，但我对这个人的印象却一度是模糊的。这倒不是说他没有特点，恰恰相反，李牧光正是由于特点太过鲜明了，才导致我最初和他的交流极其有限。

第一次见到他，是在新生入校的时候。因为我属于北京生源，所以不必提前几天赶过来安家，而是卡在了录取通知书上规定的最后一天，才背着铺盖卷走进了宿舍。当时屋里看似没有人，大家或许都去参加"入学教育"了。我草草铺好了褥子，又到水房涮了涮脸盆，突然瞥到窗台上摆着一只"爱华"牌双卡收录机，还是那个年代最新的款式呢。我一时手欠，便按了播放键，喇叭里随即传出了鼻音浓重的"牛津腔"英语：

约翰先生，今天的培根煎得怎么样？

爱丽丝小姐，我们来跳一曲华尔兹吧。

看来这台收录机主人还真爱学习。我无言地笑了笑，把机器关了，这时却听见一声呻吟从我床铺的上方传来。然后，上铺的被窝里钻出了一个人脑袋：

“哥们儿，几点了？”

这人一嘴东北腔，同样也是鼻音浓重。刚才居然没发现自己的脑袋顶上就躺着一个活人，这让我先被小小地吓了一跳，随后便不好意思起来。人家正在睡觉，我却在宿舍里东搞西搞，太不合适了。

我抬手看了看表：“下午四点多了……吵到你了吧？”

“没事儿没事儿。”那人长得倒还周正，是一张东北人里常见的国字脸，肤色也颇为白嫩，只不过睡得有点儿肿胀了。他把一条光溜溜的胳膊也拔了出来，指了指双卡收录机，“你要听就接着听，抽屉里还有磁带，音乐的也有，相声小品二人转的也有。”

看来他是那台机器的主人，我就更不好意思了：“那多吵呀，你怎么睡觉？”

“我不怕吵，在哪儿都睡得着。”他说完，把身子往被窝里一蜷。

我看了看他杂草丛生的天灵盖，又扭脸望了望窗外，轻声叫他：“那我先出去，你知道别的同学在哪个教室吗……哥们儿，哥们儿？”

上铺无声无息，这人居然一转眼就又睡着了。

到了晚上，和宿舍里的其他同学见了面，才知道我上铺这人名叫李牧光，是从赵本山的故乡“铁岭那旮旯儿”来的。同学们又啧啧称奇地介绍道，自从到校以来，他就一直在睡觉，已经连睡了两天两夜了。何以要睡这么长时间？这时李牧光终于不情愿地起了床，他一边睡眼惺忪地刷着牙，一边对大家解释，这是因为报到之前，他们家人带他到欧洲和澳大利亚玩了一圈儿，偏巧地球又是圆的，纵横几万里，时差把他的生物钟统统搞乱了，所以需要用睡觉调整过来。这个理由有些牵强，但却暴露了李牧光的另一个情况，就是他的家庭条件很不错。我考上大学以后，父母只是给我买了块手表，并且还不是瑞士的，而是日本“精工”，就算“以资鼓励”了；其他两个来自广西和贵州的兄弟更惨，拿到录取通知书之后的第一件事情就是走亲串邻地借债。再瞧瞧人家这日子过的。

一个同学问：“欧洲什么样？”

李牧光打了个哈欠说：“上车睡觉，下车拍照，全忘了。”

有一个同学问：“你爸是老板吧？”

“算不上，也就是给国家打工的。”

说到这儿，李牧光咂吧咂吧嘴，又从柜子里拽出一只沉重的纸箱子来。嚯，那里面真是五花八门：真空包装的酱鸡腿、卤牛肉、整只鸭子，进口蛇果、红提、山竹和哈密瓜……这些大概是李牧光的父母给他留下来的，难道他们怕儿子吃不饱饭吗？李牧光嚼了两块饼干，然后又看了看我们，招招手说：

“愣着干吗，大伙儿一块儿呗。”

我们这些没出息的家伙便一拥而上，吭哧吭哧地吃了起来。这个聚餐会刚进行到一半，李牧光突然又伸了个懒腰说：“你们慢用，我就不陪了。”说完爬上床，不到半分钟，又没声儿了。

谁也没见过这么爱睡觉、这么能睡觉的人。此后的日子里，我更加为李牧光在睡眠方面的造诣而惊叹。每天早晨大家出门去上课，他正在被窝里酣睡；中午大家回来，他仍在被窝里酣睡；勉强被我们拽起来，极不情愿地到食堂扒拉两口饭之后，他总算有了一点精神，于是便会在园子里东逛逛西逛逛，到球场去看人家打会儿篮球，但才过晚饭点儿就又困了，火急火燎地跑回来睡觉，好像刚上了一个大夜班似的。课他自然是不怎么上的，不管是本专业还是公共课，考勤表上缺席的记录都占了大多数。大二的时候，全体学生被拉出去军训，李牧光正在太阳底下站着“军姿”，突然就像一段枕木一样拍在地上，不省人事了。教官被吓了一跳，以为他中暑了，休克了，然而我们几个同宿舍的人却一点儿也不着急。我们知道，他只是睡着了。

这基本上就是李牧光大学生活的常态。套用一句伟人的名言来说，一个人能睡觉不难，能天天睡觉也不难，但要是能天天都睡得像李牧光这样惊世骇俗，那可就难了。日子久了，对于宿舍里永远有一个人在睡觉，我们从不适应到适应，又从适应过渡到胡思乱想，甚至还有了一种恐怖的感觉。大家都担心突然有一天，李牧光会无声无息地睡死在被窝里。于是我提议，每天早上出门之前，都要有一个人去探一探他的鼻息，如果不幸真的发生了，那就赶紧通知校医院的太平间。我们不能允许他臭在屋里。

这个习惯一直保持到了大学毕业。

我也不免好奇：难道李牧光一直都是这么嗜睡吗？假如中学时代也是这么睡过来的，他又是如何考进我们这所赫赫有名的大学的呢？难不成他像电子系那个传说中的安小男一样，也是一个天才型的人物，而学校为了保护天才，才特批了他不需要上课、写论文，甚至不需要考试吗？

事实当然并非如此，天才怎么会像那些抱着小孩卖黄色光盘的妇女一样，你走到地铁A口冒出一个，走到地铁B口又冒出一个。有一次班级聚餐，我们的班主任老师被灌醉了，才吐露了李牧光背后的真相：他父亲是东北一家重工业大厂的一把手，专门在厂里为我们学校设立了一个理工科的“创新基地”，说白了就是赠送一块地皮，供学校在当地开办形形色色的收费班，贩卖注水文凭；而这么做的条件，是学校要给李牧光一个免试入学名额，并且保证他顺利毕业。换句话说，李牧光虽然不是天才，但是他爸却是天才——搞钱的天才、搞关系的天才，而那些天才要比智力上的天才更加畅通无阻。

不过这个信息流露出来，我们虽然在理性上感到了不公，但却对事不对人。再看到李牧光安然高卧的时候，并没有谁会真正地讨厌他。平心而论，李牧光其人除了舍生忘死地爱睡觉之外，身上并没有一点儿“各色”的、让人不愉快的东西。他的脾性随和极了，压根儿没显露出过公子哥儿的骄娇二气。有的时候大家闲得无聊，就用报纸卷成小棍，去捅他的鼻子，捅得他喷嚏连天的，但人家却一点儿也不生气，打完喷嚏哼哼两声“不要搞我，想吃什么柜子里有”，然后就继续睡过去了。还有一次，我对面床上那位兄弟也不知怎么弄的，把半壶热水浇到了李牧光的被子上，他被烫得嗷的一声坐了起来，愣了片刻，憨笑道：

“我尿炕了吗？”

除此之外，自然还有物质上的收买。如前所述，李牧光那装满了吃食的百宝箱，大家是可以随意享用的；他那台“爱华”牌双卡收录机也早被宿舍里的两个英语狂人霸占，练听力用了。世纪之交，个人电脑在学生中间普及了起来，别的宿舍都是大家凑钱集体购买，还有为了你掏多点我掏少点而打架的，李牧光却大手笔地一人买了两台，一台厢式机，一台笔记本。这两台电脑，他这个长睡不醒的人几乎从来没有摸过，而我们却可以用台式机打游戏时用笔记本下“毛片”，或者用笔记本打游戏时用台式机下“毛片”。

说来也惭愧，我吃着李牧光的，用着李牧光的，心里还不止一次地嘲弄和诋毁过李牧光，但整整四年，我却从来没跟这个人进行过深入的交谈，更别提交心了。我对他说过的话，仅限于“你果然还在睡”“你居然也会醒”和“给我用”“给我吃”这样的层面，而他的回答则基本上是“哦”“嗯”“好”以及无声无息。我毫不怀疑，只要大学一毕业，我就会把李牧光给忘了，就像他同样会在睡梦中把我也给忘了。然而临到毕业时的一件事，却使得李牧光认定我是他“最好的朋友”，而交到我这样一个朋友，是他大学期间唯一的收获——当然，作为一个永远长眠的人，他也不可能有别的收获。

那又是在盛夏季节，我再次迎来了一年中最繁忙的时候。只不过以往是忙于应付考试，这时却在忙于投简历、找工作。我们历史系的毕业生可比不得理工科，到各大招聘会上稍微一扫听，就会发现自己的出路少得可怜。而我的成绩本来就不怎么样，又不是党员和学生干部，形势便更加不容乐观，也就更加需要勤勉。有一天夜里十二点，我才刚刚结束了一个位于昌平县城的企业面试，坐着长途车赶回城里。这时宿舍已经熄灯了，屋里充满了此起彼伏的鼾声和臭脚丫子味儿，我本想直接脱了衣服上床，却忽然听到咯吱一响，李牧光的脑袋探了下来。

“小庄……庄博益，你睡了吗？”他问我。

四年以来，我只见过李牧光在不该睡觉的时候闭着眼，可从来没见过他在该睡觉的时候睁开过眼。我不由得哆嗦了一下，甚至觉得天有异象，马上就快地震了：

“你他妈的要吓死我？”

“对不住对不住。”李牧光的眼睛在黑暗中闪闪发亮，“不过我的确睡不着……也有个事儿想找你帮个忙。”

难道李牧光也在为找工作的事儿发愁吗？我没好气地说：“我能帮你什么忙？你应该找你爸说去。”

“这事儿他也帮不了我，只能找咱们同学。”他的语气突然变得可怜巴巴的，“我也问过宿舍里的别人，可他们都不愿意。”

“别人不愿意，我为什么会愿意呢……到底什么事儿？”

李牧光就磕磕巴巴地说了。原来他爸按照很多成功人士的育儿之道，决定送他去美国留学。为了办这事儿，老头子亲自跑了趟得克萨斯，给他联系了一所州立大学，并且以慈善家的身份留下了一笔不菲的捐款。按说这已经足够把路“蹚”平了，然而快办手续的时候，外国佬那种特别“死性”的毛病却又犯了。他们提出，李牧光就算可以不参加入学考试，但总得提交一篇本专业领域的论文，否则没法儿向所谓的“学术委员会”交代。

“你们学校的委员会，难道不是归你们这些校领导管的吗？实在不行我就跟你们书记谈。”李牧光他爸什么时候受过这种刁难，他一怒之下，简直口不择言了。

对方表示，那个委员会还真是有权把任何学生拒之门外的；而他们已经对李牧光很宽松了，如果不是因为这两年财政吃紧，哪能随便糊弄一篇文章就可以入学。至于“书记”这个说法，对方问道：“那是什么东西？”

于是压力就转嫁到了李牧光的头上。他爸打来电话，让他火速“攒”出一篇论文来，再翻译成英文。这让李牧光感到很无辜：“我又没想出国，是他们非逼着我去的。这时候事情没有完全搞定，却又来折腾我，有这么不负责任的父母吗？”

我只好顺着他说：“就是，他们太不知道心疼你了。”

“可是我也只好给他们擦屁股。”李牧光又说，“我这个着急呀，上火上得牙床子都疼了。今天我已经问了好几个人，但他们都说正在找工作，根本没时间替我动笔。”

“可我也在找工作呀，我的牙床子也在疼。”我说。

“别人不管我可以，但你可不能不管我。”李牧光急道，“谁让你是我的下铺呢，咱俩睡得最近，交情也就应该最深。再说我不会让你白干的……我给你钱。”

“不要说得这么赤裸……”我眨眨眼，“多少钱？”

他说了个数：“两万够吗？”

我仰着头，像一只坐井观天的青蛙，和李牧光对视着。过了半晌，我说：“够了。”

我之所以答应了李牧光，首先是因为两万块钱对于一个学生来说，实在是一笔无法抗拒的巨款，而第二个原因，就是我突然想到，那篇文章其实并不需要我来写——再说我也不认为自己有能骗过美国佬的水平。说定之后，我和李牧光分头安然入睡。第二天他照常没有起床，而我则披上衣服，蹲在厕所门口守候安小男。

七点来钟的时候，安小男果然出现了。这时候却是我追着他问了：“你对历史还有兴趣吗？”

“实话实说，已经没有了。”

“话不能这么说。”我开导他说，“你其实只是对历史系以及历史系的那些人没有兴趣了，但对于历史本身，你一定仍然是乐于思考的……否则也不能解释你为什么一口气读了那么多书啊。”

“可我正是因为历史系的人而对历史丧失了兴趣，我不认为那些人所搞的学问，能够解释我的困惑。”安小男把逻辑拽回到自己的轨道上，然后看了看我说，“你到底想说什么？”

“我想说的是，凡事应该有始有终，你可以写一篇文章，谈一谈你前段时间研究历史的心得。”我进而扯起了谎话，“我正在给出版社编辑另一本书，是《谁敢不让中国说不》的姊妹篇，名叫《中国想说不，谁也拦不住》。你对历史学的思考，是我见过最独特也最终极的，仆未尝闻有为道德而研究历史者。我认为这本书里如果没有你的文章，那么将是一大遗憾。”

安小男的眼神陡然凝聚起来：“你真这么认为？”

我点了点头，他也随之点了点头。

然后我补充道：“对了，稿费五千。”

半个月后，安小男果然交给我一篇洋洋洒洒，长达几万字的雄文。那篇文章我大概扫了一眼，所用的材料和大多数论点都注明来自我向他推荐过的那些书，但安小男对它们进行了重新整合，从而指向了一个终极的天问：中国人的道德水准是如何不断降低的？他从秦王扫六合、五胡乱华和竹林七贤一直写到了五四运动，写到了“文化大革命”。在他看来，中国原本是有道德的，但中国的历史却是一个不断击穿道德底线的过程。一穿再穿，时至今日，我们的民族已经相当于穿着开裆裤上街了。客观地说，安小男的文章存在着严重的硬伤。首先，他将历史解释成了一个有目的、有意志（也即消灭道德）的过程，这已经近乎阴谋论了。要知道，吾国吾民除了败坏道德之外，还在春种秋收，男耕女织，需要忙活的事儿多着呢，谁那么有闲心专门和道德这个劳什子较劲。其次，他絮絮叨叨地说了八百多遍“道德”，但却并没有对道德进行起码的辨析——是儒家道德还是法家道德？内心道德还是社会道德？在他看来，“道德”似乎是一种先验的天成之物，在人类的蒙昧阶段保存完好，一进入文明社会就腐化变质了。但据我所知，原始社会不说别的，起码婚姻制度的基本形态是：看上哪个女的就“给丫一闷棍”，哥儿几个把她扛到山洞里轮流上——这道德吗？

看来天才也是有局限性的，安小男在理工科方面的智慧并没有平移到人文社科领域。或者说，他那种一根筋、特别“轴”的性格恰恰说明老院士制止他转系是正确的。我有些担忧这样一篇文章是否能够通过美国学校的审查，但转念一想，我又何必替李牧光那么尽职尽责呢？再说了，也许美国人会非常喜欢这种中国人自爆家丑的态度——就像他们很喜欢张艺谋的《大红灯笼高高挂》一样。于是我没有耽误，又拿着文章找到了我的前女友，外语学院的郭雨燕，请她将其翻译成英文，翻译费五千元。挟着巨款之威，我顺便企图和郭雨燕重修旧好，并且再次提起了去九寨沟旅游的计划，但是郭雨燕干脆利索地请我滚蛋：

“你这种人，一起玩玩儿倒是挺有乐趣的，过日子就太靠不住了。”

“谁也没说要奔着过日子去呀。”我说着“香”了她一记，又揽住了她的腰，“我们就是玩玩儿也可以嘛，纯娱乐。”

郭雨燕脸色泛红，一对大胸起伏了两下，但随即却嘤咛一声，将我推开。她正色道：“这就是你的爱情观吗？太不道德了。”

他妈的，怎么又是道德。安小男不是已经得出结论，中国人早就全无道德可言了吗？可见他那篇文章的确是大谬特谬。

随着我的彻底失恋，我们这茬儿学生也最终毕了业。朋友或仇人们像狂风里的杂草一样飞向天南地北，转眼之间大部分都成了陌路人。李牧光如愿以偿地拿到了美国的入学通知书，连最后的聚餐都没参加就上了飞机。临走之前，他给我们留下了两台电脑、一台双卡收录机、几身簇新的西服，还单独交给我一个装满了钱的厚信封。我有点好奇，帮助他通过审查的，究竟是安小男那篇旁征博引的文章呢，还是郭雨燕那流利而精确的英文翻译？抑或这两者都不重要，美国佬既然拿了他爸的钱，所谓提交论文仅仅是走个过场罢了？当然，对于既成事实，我们也没有必要像历史学家那样一味追寻原因，否则生活将会变得更让人疲倦，也更让人难以适应。

讽刺的是，出国之后的李牧光倒是与我交往得日益密切了起来，并且真的发展成了他所谓的“朋友”。恨不得刚一下飞机，他就开始给我写信，告诉我自己在美国的见闻和生活状况。这也能够理解，人毕竟是需要回忆的，到了陌生的环境里，往事就会焕发出原先所不具备的温馨色彩。而李牧光的大学四年几乎都在睡觉，可供他回忆的，似乎只剩下了和我之间的那点儿交往。于是他美化了我们的一手交钱一手交货，将我给他“攒”文章说成了两肋插刀的朋友之义，又把他给我两万块钱说成了自己的仗义疏财。他的信上没有一点儿美国气息，反而发散着越来越浓厚的东北味儿：

咋说呢？咱们兄弟就啥也不要说了。

自从我有了手机之后，他和我的沟通方式就变成了打越洋电话。每周起码一次，一打就是一个小时，先声称“啥也不要说了”，然后说的话却比我们睡在上下铺的四年还要多。这个期间，李牧光的谈话主题变成了抱怨。他抱怨美国的白人看不起他，黑人居然也看不起他；中国留学生里比他更富的看不起他，那些穷得连二手“丰田”都买不起的家伙居然也看不起他。作为一个肤色、体格和智力都不占优势的外乡人，他在美国可真是受够了委屈。更加让他忍受不了的，是他在中国都可以尽情享受的自由，在美国却受到了粗暴的干涉：

“他们还不让我睡觉。”

“谁？”

“我那个印度导师，还有美国房东。”说到这儿，李牧光都快哭了，“有一次我在屋里睡了三天，房东就报警了。他们说这是病，必须得治。”

我想了想，第一次给了他真诚而善意的忠告：“我也认为你应该配合治疗。”

再后来，也许是度过了初来乍到的不适应阶段，李牧光的电话总算渐渐少了下来，每次通话的时间也变短了。但这并没有影响到我们的“交情”，当他父母来北京，我总会跑一趟他们下榻的豪华饭店，为他们磕磕巴巴地讲解一遍美国补药的说明书——都是李牧光寄过去的，其实也就是些深海鱼油和褪黑素什么的，想来“吃错了药”也没什么危险；而过了两年，我的表妹林琳考入了美国名校斯坦福大学，我指派李牧光开着他的“凯迪拉克”横穿了几个州，去接林琳入学、给她安顿住处、采购生活必需品并且由他埋单。能交上这么一位有钱有闲，又傻乎乎地热心肠的朋友，这也是我在表妹面前唯一一件有面子的事儿了。

林琳专门打电话感谢我，说的话和《围城》里赵辛楣对方鸿渐的评价刚好相反：“你这人虽然讨厌，但还有点儿用处。”

3

直到这个阶段，安小男和李牧光之间还没有发生直接的交集。我想介绍的发生在他们之间的雇佣关系，指的也绝非安小男那篇被我克扣了大半稿费的文章。一个“枪手”有什么稀奇的呢？在我毕业之后，找到的头一份差事，是在一个市属机关当秘书，工作内容就是给副局长写发言稿。而像我这样的编制内“枪手”，在各级单位里面数不胜数。

再说一个笑话，我所“跟”的那位副局长本来是一平谷桃农，普通话不太标准，总是把“我们”说成“碗们”，而恰好我们的局长又姓郭，于是他朗读稿件的时候就变成了：

“碗们要团结在锅的周围，坚决解决好老百姓的副食供应问题。”

这份工作我干到第二年，就死活坚持不下去了。坐在单位的会议室里，我感到自己真的是一只碗，叮当乱响地空空如也，只等着从锅里分出一点肉汤来。然而锅身边积极踊跃的碗又太多了，他们有的会往锅里倒米，有的是从更大的锅里空降下来的，还有的镶着金边妩媚多姿，并且不惮于随时和锅跳到同一个水槽里去洗澡。看起来，我这只缺了口的破瓷碗是很难熬到出头之日了，于是我咬了咬牙，放弃了这条许多人眼里的“人间正道”，跳槽去了一个地方电视台下属的节目制作公司。

随着广电系统的市场化改革，如今的制作公司完全采用项目制，拍一个片子拿一份钱，不想干活的时候，在家躺半个月也没人管你。虽说碗们和锅的关系仍然颠扑不破地存在着，但在这个管理相对松散的单位，我的生活状态总算轻快了一些。我先是当记者，跑了一段时间的社会新闻，然后又转入了编导岗位，很快混上了一个导演的头衔。只可惜我这个导演和动画片导演、动物世界导演一样，都是没机会和女演员们“深入说戏”的。我干的是纪录片，所表现的内容不是边远山区的孩子走几十里路去上学，就是挺着大肚子的女支书都“破水”了还坚持带领乡亲们抢修养猪场。

斗转星移地又过了几年，我的某部片子得了一个奖，进而和公司签订合同，成立了自己的工作室。随着财务上的宽裕，我在通州买了房子，接手了一个朋友的二手“大切诺基”，染上了把玩檀木佛珠和沏工夫茶的爱好；为了让自己时时刻刻“更像个导演”，我还留起了络腮胡子，每天出门之前都给自己扣上一顶镶有红五星的绿帽子。总而言之，我终于变成了自己既向往又厌恶的那般模样——一个满嘴跑火车的文化混混儿。

大概是北京刚开完奥运会的时候，我的不知第几任女朋友，一位社会学专业的在读研究生向我建议了一个新选题：中关村和学院路一带的“校漂”人群。这个群体和那两年受到大量关注的“蚁族”又有不同，他们之所以不是学生还赖在大学周边，原因是多种多样的：有人纯粹是毕业之后收入低，贪图食堂的价格便宜；有人是因为还保持着华而不实的精神追求，喜欢隔三岔五去听听讲座什么的；还有人是因为怎么也跨越不了从学生到社会人的心理转变，索性就拒绝长大了。凭着直觉，我感到这些人里也许能挖出点儿什么东西，弄不好还能再骗个国际上的二流奖呢。况且，我也迫切需要拓宽题材。

说做就做，我“撒”出去几个聘来的实习生，让他们为我搜集汇总了一批“校漂”的典型人物，然后带着摄像扛着长枪短炮，逐一进行采访。工作进行得出奇的顺利，那些“素材”形形色色，但有一个共通的特点，就是都不把自个儿当凡人，表现欲也特别强。他们对着镜头手舞足蹈，或抒情或明志，令我不得不临时调整思路，将一部绷着块儿装深刻的纪录片改换成了喜剧风格。我还特地留心寻找了一下当年见过的那个“民间哲学家”，很可惜，留校任教的同学告诉我，那人因为偷窃了几十件女生内衣，已经被移交公安机关了。

几天以后，前期采访工作大致告一段落，我在母校的留学生餐厅请全组人员吃了顿饭，准备回去整理录音。但在席间，一个比较负责任的实习生小张告诉我，在她搜集到的采访对象中，还有一个没有“采”到。

“不是都没落下吗？”我翻了翻名单说。

“那个人比较孤僻，不愿意透露自己的名字，也死活不愿意上镜。”小张说，“不过我总觉得这人身上有故事。他没工作，也从来不到学校的课堂去听课，每天就是在学生宿舍里蹿来蹿去，保安把他当成捡破烂的，往外撵了好几回，但每次撵出去，没两天他又回来了……”

“没准真是个捡破烂的呢？或者在倒卖偷来的自行车？”

“我见过他一次，绝对不像。”小张笃定地说。

我时常腆着脸教育手下的孩子们，干活儿一定要有始有终，哪怕一个镜头没拍到也不能收工。我也对他们说过，真正有意思的素材往往是锲而不舍地“抠”出来的，而非随便拍一拍就能捕捉到的。小张的态度倒好像将了我一军，于是我让其他人先吃，自己跟着她走出了餐厅。

小张所说的那人的住处，就在我们学校西门外的“挂甲屯”一带。那儿的居民把平房加盖成摇摇欲坠的简易小楼，再按间甚至按床位租给住户。这么多年过去了，这个城中村仍然又脏又破，熙熙攘攘，土路的两侧摆满了卖鸡蛋灌饼、麻辣烫和羊肉串的摊子，不时有戴着厚厚的眼镜、满脸木然的年轻人夹着书本匆匆而过。小张带我穿街过巷，拐进了靠近圆明园西路的一个小院儿。她在一扇紧闭的门上敲了敲，半天无人应声，又不甘心地透过窗帘缝往屋里打量。

“干吗的？”一个穿花睡裤的矮胖女人拎着一网兜蔬菜进来，警觉地看着我们。她大概是小院儿的房主。

“这儿的住户不在家吗？”我指指那扇门说。

“我出门的时候还在呀。”房主说，“难道又被抓走了吗？”

“什么人抓他？警察？”

“不是警察，是学校里的人。”房主撇撇嘴，“给我惹了不少麻烦呢，要不是看他孤苦伶仃的挺可怜，早把他撵出去了。”

我对小张努了努嘴，和她走出了小院儿。院儿门对面，是一间污水横流的公共厕所，从刚才起，那股恶臭已经把我熏得很烦躁了。我没好气地对她说：“八成就是个小偷什么的。我上学的时候，就在宿舍里撞上过一个，哥儿几个撵着他满学校乱跑，最后差点儿没跳湖了。”

小张却瞪大了眼睛，朝我身后望去，同时抬起了随身携带的微型摄像机：“就是他就是他。”

我不由得回过头，看见一个又黄又瘦的人。他的头发长可及肩，脏得都打绺了，身上穿了件分不出颜色的双排扣西服，脚踩一双塑料拖鞋。他的手里攥着一卷卫生纸，卫生纸耷拉下来一截，随风摆动着，倒是这人周身上下唯一鲜亮的颜色了。

我像被什么奇异的情绪击中了，半晌没说出话来。他却在红五星绿帽子和络腮胡子之中努力地辨认着我的脸，片刻之后，眼睛里流露出了单纯的、近乎天真的惊喜：

“你是庄博益？”

“安小男？”

他扭头看了看小张，伸出一只因干枯蜕皮而处处斑驳的手，急促地摆动着：“念及同学的情分，你就别拍我了行吗？”

真没想到，我和安小男久别重逢，居然又在厕所门口。我让小张关了摄像机先回去，自己跟着他走进了那间小平房。房屋低矮，进门时必须得低头，否则会蹭一脑门子灰；屋里有一床一桌一椅，看起来都是二手市场淘来的旧货，此外再无他物。坐在二十五瓦灯泡的下方，安小男便显得更加肮脏，也更加瘦弱了，但如小张所言，他绝不像个捡破烂的和小偷。如果让我说，他倒像个80年代的流浪诗人兼过度手淫犯。

他那手足无措、局促不安的模样也让我心酸。要知道，我们可是名牌大学的毕业生；作为改革的同龄人，我们虽然没占到什么改革的便宜，但是比起那些更年轻的后辈，吃改革的亏也还算吃得比较少的——起码找个相对体面的工作不难做到。那些和我一样不学无术的家伙都已经有资格在办公室里大搞性骚扰了，而安小男可是理科生里公认的天才，脑袋里据称“装着半个硅谷”，他怎么会混到这般田地？

因为害怕刺激到他，我没有直接发问，而是延续拍纪录片的思路，迂回着和他谈起了眼下的学校生活——都是些琐碎细节。安小男告诉我，学生第一食堂那著名的冬菜包子已成绝唱，图书馆地下室的录像厅也停业了；原来被我称为“肉香阁”的澡堂子却还开着，尤其是女部，飘出来的香味儿越来越浓了，“但洗澡的早已不是原来的人了吧”，他咂吧了一下嘴说，那一瞬间居然显得有些风趣了。

总之，学校是雕栏玉砌应犹在，我是前度刘郎今又来，安小男则已经乡音不改鬓毛衰。看到他的状态倒还平和，我终于开口：“毕业之后就再也没见过面……我还以为你留在电子系读研究生了呢。”

“也是命，也是活该。”安小男垂下头去苦笑了一声，“我还得感谢你呢，当初刚毕业的时候，是你那五千块钱帮我在北京安了家。”

我扫了一眼他的“家”，脸上发起了烧。幸好安小男没有察觉，他自顾自地讲了下去。当初本科毕业以后，他固然没有进入历史系，而电子系力邀他继续读研究生，还开出了免试英语、政治的条件，却也被他拒绝了。之所以做出这样的决定，和兴趣、追求之类的东西无关，起作用的只是一个简单的因素：生计。在安小男十岁出头的时候，父亲就去世了，他是靠母亲在肉联厂洗猪肠子拉扯大的。天长日久，母亲的手已经被碱水烧坏了，眼睛也被熏得迎风流泪，视力大大下降，眼瞅着这份活计都做不下去了；幸亏熬到了儿子大学毕业，手里攥着的又是一份热门专业的文凭。供养安小男上学读书，在他母亲看来就是为了改变家里的生活状况，只要能实现这一目标，那么就算回了本儿，含辛茹苦没有白费；相反，如果不能立竿见影地赚出真金白银，那么再多的头衔也是扯淡。

“我真是干不动活儿了。”他母亲对他说，“手像咬了几千只蚂蚁，这我能忍，但眼睛要是瞎了，拖累的反而是你。”

在此后的择业过程中，也是母亲的意见起了主导作用。安小男没有进入对口的通信公司或者大型国有电子管厂，他母亲的理由是，前者不是有保障的铁饭碗，而后者的效益不好，工资太低。选来选去，她主张让安小男去银行上班。一个纯粹的理工科，到银行又能做什么呢？这是因为刚好在这期间，金融机构开始大力推进数字化办公，他们需要安小男这样的人才提供“技术支持”，说白了也就是当局域网的设备管理员。

于是安小男穿上了黑西服，胸口别了一只镀金领带夹。本来这份工作还是很实惠的。首先工资可观，旱涝保收；其次活儿也不多，办公室里遇到的技术问题在他看来都是小儿科，最麻烦的不过是重装系统和恢复硬盘，实在不行还可以开单子重买一台电脑，反正单位有的是钱。那段时间，安小男的生活过得相当滋润，他在西单附近分到了一间精装修的宿舍，宿舍里堆着工会发的鱼、肉、水果、成袋的大米，他还能每月定期往家里寄一笔钱，不仅足够母亲在H市衣食无忧，而且还能攒下来“将来结婚用”。

但是变化发生在三年以前。某一天的午休时间，安小男所在的那个支行行长突然打来了电话，想约他谈谈。这还是他头一次受到顶头上司的单独召见呢，安小男有点懵懂，但还是准时推开了行长办公室的大门。

支行行长正在屋里看文件，他抬起手来向里摆了摆，示意安小男进屋，又向外摆了摆，示意安小男把门关上。安小男把半个瘦屁股坐在写字台对面的沙发上，眼巴巴地看着领导给他倒了杯茶，给他拿出了一包中华烟，又将写字台上那只沉重的水晶烟灰缸放在了他身旁的沙发扶手上，这才意识到了什么。他立刻跳起来，慌乱地躬着腰说：

“我不渴，我也不会抽烟……要不您喝吧，您抽吧。”

行长被他那拘谨的样子逗得哈哈大笑：“我就喜欢你们这些搞技术的人——实诚，心里没那么多道道儿。”

然后又草草问了安小男的工作以及生活情况。安小男一一答了：“谢谢您的

关心。”

支行行长话锋一转：“向你咨询一个技术问题。”

安小男说：“您说。”

支行行长说：“通过你那台主机，能否掌握行里每个人的电脑数据，以及他们都用电脑干了些什么——比如聊天、转账、炒股……”

安小男说：“从理论上来说，只要使用特定的软件，那么就是可以做到的。因为行里的网络是通过我这台服务器对外连接的，这就相当于我这里是公共汽车的调度站，每一辆车的行驶速度快慢虽然有差别，但是路线和停靠站点全都被我记录着。”

支行行长满意地点了点头：“那么交给你一个任务吧。”

安小男说：“什么任务？”

“去搞一个你说的那种软件，花多少钱我给你报。”支行行长说着，又把一张打印纸递到他面前：“这个名单上的人，你从今以后把他们上班期间收发的所有邮件、用通信软件和别人说的话都保存下来，每周拷贝给我过目。”

安小男就傻了。他不知道行长让他做这个是为了什么。这是在严肃工作纪律，落实考勤制度吗？可门口分明已经安装了指纹打卡机，办公室里也设有不留死角的摄像头，总行还会定期派出检查人员，一旦发现谁用单位的电脑玩儿游戏或者炒股票，立刻通报批评。再说所谓的纪律和制度，说到底都是执行给上面的人看的，又何必那么较真儿，非得将监控细致到每一封邮件和每一段聊天记录呢？

“我当时首先的反应，是这个领导吃饱了撑的，多此一举。”安小男对我说。

“你太稚嫩了。”我笑着回答他，“他给你的那个监控名单上都是什么人？肯定有一个是单位的其他领导，比如副行长什么的吧？剩下的都是这个领导的直接下属或者有裙带关系的员工吧？这哪儿是执行纪律，明明就是在搞人嘛。你们行长想要通过你的技术优势，把他的对头们搞串联的动向掌握在手里，如果还能抓到什么黑材料，那就更好了……”

“还是你聪明。”安小男由衷地说，“我当时就没有想到这一点。”

“后来想明白了吗？”

“想明白也晚了。”

“你是怎么答复你们那位行长的呢？”

安小男当时的举动是——凝视了行长片刻，像垂死的鱼一样“波”地吐了个泡儿，然后说：“您这么干很不道德。”

行长同样凝视了安小男片刻，然后抬起手来，往外挥了挥，示意他出去，又向里挥了挥，示意他把门关上。但是我也猜到，事情当然不可能这样过去。在行长眼里，安小男就算没被对立面提前收买，也已经属于那种“知道得太多的人”，如果不能加入自己的阵营，那么就万万留不得了。没过多久，上面来了一纸调令，将安小男调离了技术部门，发配去总行直属的信用卡中心做推销员了。

而我突然问道：“对了……那个时候，你是不是还在看书呢？”

“什么书？”

“历史书。还有那些思想神棍写的骗人玩意儿。”

“当然不了。”安小男说，“不是告诉过你嘛，我已经对历史学失望了。”

“那你又何苦扯什么道德啊。”

“我也不知道。”安小男在昏黄的光线下垂下了脑袋，油毡一般的长发散发出一股霉味儿，“我当时只是觉得特别别扭，特别难受，好像被人掐着脖子，往肚子上擂了两拳，如果再不说点儿什么就要喘不过气来了。于是我就说了。”

我又想起了他在商谈转系事宜时，对商教授的那次发飙。安小男虽然对历史学失去了兴趣，但促使他去研究历史学的终极目标，也即“中国人的道德问题”，却还像华老栓的那包洋钱一样，往腰间一摸，硬硬的还在。调动了工作岗位之后，他的生活就走上了下坡路。信用卡中心属于新组建的市场部门，人员构成大多是编制外的合同工，效益考核也纯粹是计件工资，拉进来一个客户算一分钱。为了多拿提成，大家各显其能，有到各种展会门口摆摊的，有到人多密集的场所扫街的，还有像出租车司机一样隔三岔五到机场趴活儿的。但无论在什么地点面对什么人，你都必须要放得开，要有一张好嘴皮子，让目标客户在极短的时间内对你产生亲和感。而这恰恰是安小男的劣势，他实在不知道应该和那些人说些什么，更不知道如何让人对一样他不感兴趣的东西产生兴趣。他也曾经把同事们的那套推销词汇记在心里，一蹴而就地对着目标客户全文背诵，但还没等他把书背完，人家却早已带着莫名其妙的表情走开了。连续几个季度的考核下来，安小男始终是单位里的最后一名，他不仅工资被扣得所剩无几，还要遭受同事们的奚落乃至敌视，因为他的推销成绩严重地拖了别人的后腿，连累大家一块儿跟着挨批评、扣奖金。

终于，在信用卡中心新一轮的竞聘组合即将展开时，安小男又一次承蒙领导单独谈话了。这次仍然有茶，有中华烟，有水晶烟灰缸，而当他再一次如梦方醒地客气起来时，领导的话却是：“两条道儿你自己选：要不你自己走，要不我们请你走。咱们这儿任务太重，竞争也激烈，不是养大爷的地方。”

就这样，安小男被迫从银行辞了职。

“然后你没再找别的工作？”我问他。

“找了，但没找着。推销的岗位肯定是干不了了，我说我还能做技术，但人家都不信，因为原先那个行长给我写的鉴定是‘业务水平无法胜任’。”

“那么你回到学校来，是打算重新考研究生吗？”

“考上也念不起呀。”

“你现在靠什么生活呢？”

“感谢母校，还是有办法。”

安小男告诉我，他失业之后，单位的宿舍自然也没了，于是便来到这里租了间小平房。茫茫北京，他真正熟悉的地方只有学校，走投无路之时也只能回到学校附近。几乎所有的学生在上学期间都恨过自己的学校，但毕业之后一旦混得不如意，却又把学校当成了避风港。他们甚至是在自我欺骗，感觉只要回到当初的状态，那么生活就还有希望。这也是我在拍摄这部“校漂”的纪录片时总结出来的共性。总算是天无绝人之路，安小男闲散了半年，手头的一点积蓄差不多快花光了，却意外地发现了一个在学校里靠山吃山的新门路。以前银行的人事干部给他打来了电话，吞吞吐吐地求他代替自己十九岁的儿子参加高等数学考试：

“我看过你的成绩单，理科全是满分，所以请你千万不要谦虚。”

前同事愿意为“这一单活儿”支付“市价”，也即五千块钱，恰好和我当初把李牧光的论文“转包”给安小男的价格是一样的。由此可见，那时候的李牧光的确是一个睡糊涂了的冤大头，想找枪手也不先打听打听行情，从而给我留下了巨大的利润空间。没过几天，安小男拿到了用自己照片制作的假学生证，走进了考场。他第一次干这种勾当，固然紧张得满头大汗，但实际的操作过程却波澜不惊。公共课都是好几个系的学生混考，几百人的阶梯教室里基本上谁都不认识谁；况且大家都在埋头答题，即便是同班同学之间，也不会留意谁该来没来，谁不该来却来了。他只用了半个小时就做完了卷子，并故意答错了几道题——这是出于雇主的要求：

“我们只要七八十分就够了，太高了容易暴露目标。”

有了良好的开头，后面的路也就平坦了。通过成绩不好的学生们的口口相传，安小男变成了中关村一带几所大学中赫赫有名的“枪手”，雇主们对他的评价普遍是：待人诚恳，业务精湛，要价合理，不留后患。还有人在校内论坛上主动为他打广告：小男小男，考试不难。他的名气甚至传到了外地，就在去年，一个上海富商的孩子专门为他买了头等舱的机票，请他过去为其斩获了复旦大学微积分竞赛第一名的奖杯。这个行当的经营周期和地坛庙会上卖羊肉串的有相似之处，都属于干三天顶一年，安小男只会在期末的考试季里马不停蹄地赶场，其他的时间则都在学校周边闲逛，或者干脆窝在屋里。

不过作为一个枪手，安小男也有着明显的缺点。首先是他的穿着和外貌越来越不修边幅了，身上还散发着呛人的霉味儿，这导致他很容易在考场上引起怀疑；其次就是他过于注重“售后服务”这个环节，每次从考场出来拿到钱，都要苦口婆心地把考试题目向对方讲解一遍，然后再进行一通思想教育：

“连这都不会，你对得起父母吗？”

听到这里，我不禁哑然失笑，但才笑了一声就生生咽住了。我看到安小男的脸上浮现出了货真价实的痛苦，他讲到自己的失业和窘迫困境时都是心平气和的，但现在却两眼湿润了起来。如果只看那双眼睛，你甚至会把安小男当成一个不慎失足的纯情少女。

“我知道你觉得我虚伪，我也知道替人代考本身就是弄虚作假。”他打着磕巴说，“所以我每次劝那些学生好好学习的时候都是真心的，如果他们都能用功点儿，也就不用把父母的辛苦钱花在这种事情上了……”

“那样的话，你就连这碗饭也吃不上了。”我打断他，扯开了话题，“你妈怎么样？”

“暂时还过得去。”安小男舔了舔嘴唇告诉我，他的代考收入除了维持最基本的生活开销，其余全部寄回了 H 市，并且是分月寄的。他至今没有把失业的消息告诉母亲，因此反倒庆幸母亲的眼睛越来越不好，已经没法儿坐火车来北京看他了。而每年春节回家的时候，只要临时换一身西服，也能大致搪塞过去。这么大的事儿，居然被他瞒了个严实。

“所以说嘛，别再把道德什么的当压力。”我顺势替他开脱道，“道德的标准也不是绝对的，得视情况而定。你的处境是饥寒交迫而不是衣食无忧，你面对的又是赤裸裸的生活而不是宗教审判，况且你还有一个母亲要赡养——凭什么要求你的灵魂像那些有钱人的后脖颈子一样雪白呢？那反而不道德也不公平。”

“你真是这么想的？”

“那当然，而且一直都是这么实践的。”我说，“只要警察不来找你的麻烦，那你就是一理直气壮的良民。日子已经过得不容易了，咱们都得活得尽量轻松一点儿，也务实一点儿，对吧？”

安小男这时却咧开了嘴：“可是警察没准儿已经盯上我了，上次替人家考完力学出来，有个助教带着保安跟了我一路，还把我叫出去盘问了半天……他们说以后再看见我就报警。”

“那也不用怕，咱们再想想别的出路。”

那天一直聊到了傍晚，我带着安小男离开挂甲屯，到以前开在学校东门外的胡同里、后来又移师到海淀体育场一侧的“千鹤”餐厅吃了顿日本菜。没有想到，如今的安小男也开始喝酒了，而且量还不小，我们一共要了五六瓶糯米酿制的清酒，差不多都被他一个人给喝了。酒足饭饱，我又提出找个地方“咯吱咯吱洗干净”，便强拽着他打车去了一家洗浴中心。酒劲儿被冷风吹上了头，安小男的情绪也终于开朗了一些，他跟跄着走在门口的几个“罗马人”中间，手四处乱指着，像小孩儿一样卖弄着学识：

“这孙子叫屋大维，这孙子是恺撒。”

他身上的泥都快结成壳儿了，搓澡师傅表示必须得收双倍费用。趁他正在搓着，我便穿好衣服走出了洗浴中心，到街拐角的自动提款机上取钱。先取了一万，这是当年我利用安小男的文章从李牧光那儿赚的；又加到一万五，这是把给我前女友郭雨燕的那份儿也添了进去；最后又加到了两万，这是每天的提款上限。我从脚边捡了个塑料袋，将那摞钱胡乱包了，揣进洗浴中心里递给安小男。

他正坐在休息间，赤身裸体地摩挲着两扇瘦排骨，好像一只洗干净又煺了毛，只等下锅的菜狗。看到袋子里的是钱，他惊慌地推回来：“这怎么使得……你已经对我够好的了。”

我感到了辛酸，脸上再次发烧，硬是将钱推回去：“都是同学，客气什么。你先换一个像样点儿的地方去住，再给我留个联系方式，我看看能不能帮上你。”

安小男的嘴像鲶鱼一样一瘪一瘪的，似乎马上又要哭了。我的心里五味杂陈，不禁动情地胡噜了一下他的满头杂毛，又用力搂了搂他的肩膀。这个举动倒惹得旁边两个膀大腰圆的汉子好奇地打量了过来，在他们眼里，我们也许很像一对正在上演爱情悲剧的同性恋人。

4

在此之后，我又断断续续地找过安小男几次，有时候请他吃顿饭，有时候给他送几件剧组里配发的工作装。那两万块钱他没有用于换房子住，而是都寄回了 H 市，支付他母亲治疗眼病的费用了。他继续住在挂甲屯厕所边上的平房里，等待着下一个考试季的来临，并提心吊胆会不会被校方抓个现行。

我也帮他找过工作。很遗憾，我们那个工作室的经费非常有限，因此才只能剥削那些“有志于艺术”的实习生，而要想添加一个全职的岗位基本上是不可能的。至于我问过的其他同学那里，情况就比较气人了。那些家伙平常都吹得天花乱坠的，可是真赶上事儿，却一个比一个缩得快，给我的答复不是“能力不济”，就是“掣肘奈何”，还有人反过来开导我：

“为了那么一个人，你犯得着吗？”

这固然也没什么不正常的，世上有贫贱之交，有富贵之交，但最让人无法想象的就是富贵与贫贱之交。让我不舒服的是，他们对我的义举也揶揄了起来。“上次我想在你的片子里插俩‘软广’，你张嘴就要十万，这时候却他娘的扮演起了爱心大使——”一个自己开了个小公司的同学刻毒地挤对我说，“告诉你，就你兜里那俩钢镚儿，想沾染真正的富人癖好还早着呢。”

更让我不适应的，反而是和安小男的交往本身。他看我的眼神已经不对劲了，刚开始是羞怯和感激的，后来就渐渐地变成了崇敬。那崇敬之中似乎又藏着什么严肃、高远的东西，仿佛崇敬的并非我这个人，而是我所代表的某种抽象观念。他不会认为我对他的关切是出于什么伟大的情怀，进而把我看成“道德”的楷模了吧？

“我在大学期间所做的最正确的一件事，你知道是什么吗？”在五道口一个挤满了韩国人、“西巴”之声不绝于耳的串儿吧里，安小男奋力地用嘴撸着一根烤火腿肠，喷散着酒气问我。

“是当众痛斥了商教授吗？”

“不不不，是那天在图书馆门口和你打了个招呼。”

“这实在不敢当。”我躲着他的目光说，“事实证明，我帮助你学习历史什么的，明明都是浪费时间。”

“那些都是鸡毛蒜皮的小事儿，不值一提。”安小男用竹签子“点”了我一记，“我的意思是，我很庆幸能交到你这个朋友，这让我不再那么孤独了。”

我忍不住打了个寒战，突然有一种冲动，那就是向安小男坦白，我之所以愿意帮助他只是因为“黑”过他的钱，如今心里突然过意不去了——假如非得把这种情绪称为“负罪感”的话，其性质也仅仅类似于一个立志减肥的胖子在酒足饭饱之后的后悔与自责。但我又在话要脱口之际憋住了。告诉他实情又有什么用呢？当务之急，其实是寻找到一条门路，改变安小男的处境，帮助这个已经被现实逼到墙角的人“跳出来”。

恰恰是在这个当口上，另一个曾经把我视为“唯一的朋友”的人空降到了北京。

李牧光回国之前并没有通知我，但降落之后的第一件事，就是给我打了电话。从那鲸鱼腹腔一样拥挤、杂乱的波音777机舱内，我先是听到了乱糟糟的美式英语、澳洲英语、印度英语和粤语、上海话，随后，在一片全球化的南腔北调之中，一个东北铁岭口音抑扬顿挫地宣布：

“惊喜不？我南霸天又回来啦。”

事实上，我已经有两三年没怎么和李牧光通过信儿了，偶尔在网上聊两句，也是浮皮潦草地匆匆而散。看起来，李牧光已经完全适应了美国的生活。他建立起了新的交往圈子和业余爱好，更重要的是看似弄明白了自己在那边应该干点儿什么，以及能够干点儿什么。而这样一想，他能够念及旧情，首先找到我，就足以令我受宠若惊了。

我立刻放下手头的事儿，奔向机场接他。在一群因为不熟悉新航站楼而晕头转向的海外赤子中，我一眼就发现了李牧光。他正穿着一身80年代华侨风格的白西服和花衬衫，精神矍铄地东张西望。看见我之后，他高呼了一声小沈阳味儿的“long time no see”，张开双臂将我淹没在“迪奥”男士香水的气息中。

“先看看这几个宝贝吧，他们是贝贝晶晶欢欢莹莹和妮妮。”我被呛得喉咙发痒，挣脱出来指着远处广告牌上的五个“福娃”介绍道。这就有点儿没话找话的意思了：我突然对眼前这个李牧光感到陌生。

“网上不是说还有丫丫么，她没来？”

“这不你丫来了么……”

李牧光哈哈大笑，用力地拍着我的肩膀：“兄弟，你还是那么风趣。”

开车回城的路上，我递给他一张剧组长包的酒店房卡：“还没订房的话就先到我那儿歇会儿吧，想必你也累了……”

“不累不累。”李牧光挥着手说，“我在飞机的头等舱里都没睡，好几年没回国了，太兴奋。”

我惊愕地睁大了眼睛。难道李牧光还有睡不着觉的时候吗？睡不着觉的李牧光还是李牧光吗？突然间，我总算反应过来他哪里令我感到不对劲了。一个一天到晚都在睡觉的人是萎靡的、淡漠的，就算站着，好像也已经完全垮塌了；过去的他就是这种样子。而今天的李牧光却是如此的亢奋、躁动和兴致勃勃，身上除了香水味儿之外，还散发着既强烈又炽热的能量。他俨然已经脱胎换骨了。

我自然问到了他是怎么治愈嗜睡症的：“他们电你了吗？给你注射什么药了吗？”

“电倒是没电。药吃了不少，不过也没什么用。”李牧光不堪回首地摇了摇头，随后又笑了，“倒也真奇了，本来所有人都觉得我那毛病是治不好的，但是突然有一天，我自己反而不想睡觉了。好像我已经把一辈子的精神都养足了，突然就想去吃、想去玩儿、想去找女人、想去干点儿事业了。”

“就那么自然而然地——好了，没有什么具体的契机吗？”

李牧光歪了歪脑袋，好像思索了一会儿：“如果说契机，可能是我爸退休吧。退休了也就是没权力了嘛，我妈打电话告诉我的时候都哭了，说他们不能再像以前那样什么事儿都照顾我了，还说我也该长大了，以后就得靠自己了……他们还给我寄了笔钱，让我学着投资去做点儿生意。打这之后，我总感觉身后有一群狗撵着我，日子过得快了，人也有精神了。”

这倒是个合理的解释：地无压力不出油，人无压力爱犯困。别说李牧光了，我们所有人身上的精气神，又何尝不是被狗撵出来的。只不过在有些人屁股后面追着咬的，是一群得了狂犬病的疯狗，个中滋味就与李牧光这种公子哥儿不同了。不管怎么说，我还是要祝贺他，并且尽量利用好和他的交情——从那身“阿玛尼”西服和“瑞摩瓦”旅行箱看出来，他很可能已经是个相当成功的买卖人了。

随后的几天，在李牧光的要求下，我开车带着他满北京地找乐子。这些年，从世界各地尤其是欧美窜回来的中国人越来越多，我身边的不少朋友都会隔三岔五地接待一批外国还乡团，并且把这种事情当成了负担。他们抱怨说，有一类从海外回来的人很难伺候，那些家伙既像原来一样爱面子，又新学会了斤斤计较，既什么都没见过，又要装作什么都见过，既要蹭吃蹭喝从来不掏钱，又要指桑骂槐地暗示国内的种种不好。总而言之，他们同时具备着中国人与外国人的双重没出息和双重不满意。但李牧光可绝不是这样的人，他的做派与其说像个海归，倒不如说像个土财主：

“只要是国内有而在美国享受不到的，你就尽管带我去。”

于是我们去了“大三元”吃佛跳墙，去了朝阳公园的“八号公馆”做泰式按摩，还去了昆仑饭店附近那家当时尚未查封的夜总会喝了场花酒。每次折腾完，都是李牧光抢着结账，我和他争过两回，他差点儿跟我急了：

“看不起我是不是？看不起美国人民是不是？”

还训斥我：“别以为世界上的钱都被你们中国人挣了。”

我问他：“你入了美国籍么？”

“那当然，现在国家荣誉感正强着呢。”

能够这样爱美国，可见李牧光的确在那边混得很开。几天吃吃喝喝下来，我便开始打探他“发的是哪一路财”，这一趟回来又是做什么的。

“中国人在美国还能做什么生意，无非是老三样：餐馆、洗衣房、倒买倒卖。”李牧光爽快地回答我，“我是最后一样，只不过玩儿得比一般人大一点儿。刚开始，我在洛杉矶的一家玩具批发公司干活儿，老板是我爸的朋友，他带了我两年，教会了我一些门道，然后就收手不干，搬到迈阿密去享受生活了。我趁机买下了他的公司，又扩大规模，在一个‘帽儿’里新开了家玩具城，占了整整一层楼。这趟回来当然是跑货源，中国是世界工厂嘛。我过两天就要到义乌去了，如果能跟那边的商业协会谈好，绕过中间商直接发货，一个芭比娃娃就能省下十美元呢。”

我仿佛看到成千上万个芭比娃娃身穿着一模一样的花裙子，浩浩荡荡地跨过太平洋，前往天使之城，走进了李牧光的玩具大观园。接着，他又向我介绍了正在经手的各种玩具的产地、价钱和受欢迎程度：小丑鱼尼莫、机器人瓦力、凯蒂猫、胡迪和巴斯光年……看来他这个老板的管理风格是亲力亲为，事无巨细都要了解和掌握的。他谈论起生意的精明劲儿，也让我再次感到恍惚，怀疑眼前这人和当年在我头顶长睡不醒的李牧光究竟是不是一个人。

也就是在这时候，我动了把安小男引荐给李牧光的念头。我尚未想明白在李牧光的生意里，安小男那样一个人到底能有什么用处，但既然李牧光看起来不像大多数同学那样势利，又“做人正在兴头上”，那么就算他不能帮安小男谋个职位，出于同学之谊施以援手也是很可能的。但我并没有立刻采取行动，而是鞍前马后地送走了李牧光，又耗过了一个多星期，等到他从义乌回来，才打电话约上了安小男。

那天算是我为李牧光回美国而设的送行宴，除了安小男之外，还叫上了以前历史系的几个同学。大家都惊愕于李牧光的巨变，但也旋即就适应了全新的李牧光，进而拿出场面上那一套，驾轻就熟地和他套起“瓷”来。在纷飞的名片和酒杯中，安小男表现得比那天面对摄像机时还要无所适从。他佝偻着腰，深陷在沙发椅里，下巴都快与桌面齐平了，歪着脑袋一会儿看看这个，一会儿看看那个。别人说话他插不进嘴，别人问他什么也完全接不上茬儿。或许他一直搞不明白我把他弄到这种场合是为了什么。

“这哥们儿不是那个——那个谁么？”菜走了大半，李牧光仿佛才发现了饭桌上还有一个安小男。他睥睨着，把酒杯举了过去。

“咱们着实不认识。”安小男颤颤巍巍地举起酒杯，却没跟李牧光碰，径自干了。我知道，他的举动并非有意失礼，只是因为面对陌生人的紧张。

“庄博益的兄弟就是我的兄弟。”李牧光不以为意地笑着，又问，“哥们儿在哪儿发财呢？”

“失业。”安小男小声地如实答道。

“实业救国吗？具体是哪一行？”

“不是实业是失业，没工作。”

“那就是自由职业者嘛——你太会开玩笑了。”李牧光还替他打了个圆场。

但安小男认真地纠正道：“的确是失业。”

他的态度好像在和谁负气，更加与酒桌上的气氛格格不入了。旁边的几个人侧目而视，已经不加掩饰地冷笑了起来。李牧光倒被闹了个大红脸，讪讪地起身去了卫生间。

我趁此机会跟了上去，在走廊里拦住他：“刚才那人，你觉得怎么样？”

“哪人？”

“失业那人啊。”

“他失业也不能赖我……不过看起来倒是个老实人，不像其他几个人那么滑头。”

“这就对了，你果然是块干事业的料，很有识人之明。”我恭维了一句，随后介绍起安小男这个人来：他是我们的同级校友，他是理科天才，他恰恰是因为太“老实”才被打压成了一个失业人员，他还要供养一个两眼昏花的母亲……自然，我略去了李牧光去美国学校的入学论文是安小男捉刀这一环节。现在再提这事儿，对我们三个人都没什么好处。

“那么你的意思是……”李牧光迟疑着问我。

“能不能扶他一把，帮他撑过这个难关。”

“这种事儿干吗找我？你也知道，我是个买卖人，不是开粥棚的。”

“但你是我所认识混得最好的人。”我赤裸地说。

这恐怕也是我能想出的最义正词严的理由了。我说完，就像真的站在了某种道义那一边，以审视的眼神直勾勾地看着李牧光。自从在心理上变成了一个成年人以来，我就很少如此诚恳而郑重地对人说过什么事儿了。

李牧光却淡淡地笑了。

“你这不是要挟我么？”他耸了耸肩膀说，“我招谁惹谁了，混得好什么时候也成罪过了。”

在那个瞬间，我很想向他阐述一个逻辑：如果这个世界的运行规则就是零和游戏，那么混得好也许还真是有罪的。就像墙角里只有一撮面包屑，胖老鼠吃了，瘦老鼠只能眼巴巴地看着；还像这两只老鼠只够一只猫填饱肚子的，黑猫吃了，白猫便只能饿肚子。但李牧光那慵懒的笑容又让我心虚了一下，随后换上了习以为常的、漫无边际的微笑。这可能是条件反射，但也可能是深思熟虑的结果——前面说过，我很害怕变成一个偏激的人。我还怀疑自己是不是被安小男身上那种既沉郁又凄凉的气质给催眠了，这可不是个好现象。

于是，我们寡淡地咂吧了一下嘴，肩并肩地回到席上，继续吃，继续喝。那天的晚饭一直持续到了夜里，很多人都喝得语无伦次了，安小男则是自己把自己灌高了。他到卫生间里吐了两趟，皱巴巴的衬衫上粘着来历不明的液体，脸却越来越白，两只眼睛泛出血丝来。幸好有两个人的老婆打来了电话，异口同声地威胁他们“再不回来就甭回来了”，李牧光这才把杯中酒一干，瞥了瞥我说：“就这么着吧？”

大家出了餐馆的大门，又在几根朱红的仿古柱子之间疯癫地熊抱了一番，口中说的无非是“何日君再来”“常回家看看”或者“狗富贵，猪相忘”之类的套话。等别的鸟兽都散了，我凑近李牧光，拍了拍他的肩膀：

“再去喝壶茶？”

“要喝就到我那儿喝去吧，别再单找地方了。”李牧光仍然懒洋洋地笑着，又对不远处正在发怔的安小男歪歪下巴，“你要叫上他也可以。”

李牧光的确变得很精明，他已经料到了我接着想要做些什么，而他的意思分明是那桩事情还“有缓儿”。我欣慰了一下，赶紧过去拉住安小男。

“我就算了吧……”安小男两眼往地上溜着说。

我硬生生地扯着他：“你就权当再陪陪我吧。”

李牧光的住处离餐馆不远。我们溜溜达达，影子被路灯拉长复又缩短了几个来回，一起走进了长安街畔的那家老牌五星酒店。记得李牧光的父母来北京的时候，常住的也是这一家。喝了两杯客房服务送来的“锡兰伯爵茶”，大家很快气定神闲下来。抓住这难得的清静时刻，我又把话头拽回到刚才的主题上，对李牧光反复强调安小男是多么的需要帮助，又是多么的值得帮助。但我已经学了乖，不再企图论述这种帮助是一种责任，而是将它渲染成了一种乐善好施、一种只有李牧光这个级别的成功者才配拥有的美德。我的有些话已经说得很肉麻了，就连“你拔一根毛比我们的腰都粗”这样的名句都引用了出来。

“哪个部位的毛呢？”李牧光还在打哈哈，脸上却泛上了颇为享受的神色。

“任何部位。”我一挥手说，“只要你舍得拔。”

说这些话的时候，我是一点羞耻之心也没有的。反正我是在替安小男央求着李牧光，出卖的也不是我的自尊心。而安小男的头却一再地低下去，几乎低到了地毯的羊毛里去。他的手还在用力地抠着皮沙发的边角，发出轻微的啵啵响声。他的这副样子让我觉得自己有点儿残忍，但又不得不时时扼杀着自己那令人反胃的同情心。

说到底，我是为了他安小男好。

终于，李牧光逗够了闷子，瞥了安小男一眼："别光人家说呀，你的态度呢？"

安小男歪头看了我一眼，没有说话。他站起来，为李牧光把茶杯斟满，又从写字台上拿过一只"高希棒"牌南美雪茄，连同水晶烟灰缸一起放到了李牧光的手边。这是安小男在社会上混了那么一遭，学会的唯一的"礼数"。做完这些，他对李牧光近乎羞惭地笑了。

李牧光点燃了那根狼烟弥漫的屎状物，轻轻地感叹了一句："你呀，还真是个老实人。"

"咱们谁也不忍心看着老实人受委屈，对吧？"我赶紧说。

李牧光点点头，站起来说："再说了，庄博益的面子我也不能不给。"

"你的意思是——"

"给我看仓库，你能吗？"李牧光对安小男说。

我心里升起的悬念顿时坠落了下去，甚至觉得李牧光是在开一个恶意的玩笑了。我一个没忍住，叫了起来："这也太屈才了吧？要看仓库你找一老头儿找一残疾人不就行了吗，用得着找安小男吗？再说了，你在国内又没有厂子，你让他到哪儿看去，把他带到美国去吗？"

"你听我解释嘛。"李牧光摇着雪茄，不紧不慢地娓娓道来，"我说的看仓库，可不是一般的看仓库，而且正因为不用去美国，所以才非得找个过硬的技术人员不可。还是从头说起吧，我公司的仓库有两个篮球场那么大，地方就在洛杉矶港口附近的一个物流基地里，是一次签了几年的合同整租下来的，不光我的货得从这儿进出，同时还租给其他人用。这么重要的产业，当然得找人看着啦，但是美国那鸟地方，劳动力的质量实在令人担忧，所有的穷人都是被宠坏了的家伙，又懒又滑。我曾经一次性地雇了两个黑人、一个白人和一个墨西哥人，让他们两人一组双班倒，结果差点儿被气死。有一次物流基地里闹水老鼠，他们却喝多了睡大觉，导致几箱芭比娃娃被啃得七零八落的，简直像遭到了集体奸杀似的；还有一次，他们居然串通一伙越南流氓，把我的一批玩具给偷出去卖了……就这样的货色，我他娘的居然还要给他们发福利、上保险，而且要像伺候大爷一样伺候他们。尤其是那俩老黑，连训也不敢训他们一句，否则他们就要上法院去告我种族歧视。这他妈的是什么世道，还有没有天理呀？比来比去，还是咱们自己的同胞靠得住，世界上再没有人比中国人更勤劳勇敢的了，所以我下定决心，一定要把仓储这一块的业务外包到国内来。”

说到这儿，李牧光的语调就激愤了起来。但我仍然没听出个所以然来，忍不住插嘴问道：“你的意思是把仓库挪到国内来吗？”

“那怎么可能。”李牧光像看傻子一样扫了我一眼，“我的玩具都要在美国卖，吃饱了撑的在中国盖什么仓库？仓库还在美国，但看仓库的人要在中国。”

“这怎么可能？”

“这并不难。”一直像闷葫芦一样的安小男这时却突然开了口，“我们只要通过互联网建立一套可视系统，把摄像头安装在美国的仓库里，监视器则设置在中国，完全可以实现远程监控。不光是监控，如果把电子报警器和美国的保安公司、警察局对接，一旦仓库里出了什么意外，报警也完全可以通过网络来实现。”

“对啦。”李牧光一拍巴掌，激赏地看了一眼安小男，继续对我说，“在这方面，他就比你灵光得多。其实我这个想法也是受别人的启发，现在美国的很多行业已经这么干了——比如那些推销电话，常常就是雇了一帮印度阿三从新德里打过来的；还有我前些天新换了一辆林肯车，号称有真人实时导航系统，结果接通了一听，妈的，马来西亚口音。一个马来西亚土鳖教我在美国怎么开车去比弗利山庄参加安吉丽娜·朱莉出席的新款服装发布会，多神奇。不过我在美国也咨询过专家，他们说如果要实现我的这个创造性计划，就必须在中国找一个技术过硬的人，因为这边的监控终端得由他来建立和调试——你行不行？”

他的最后一句话就是问安小男的了。而安小男眨了眨眼睛还没说话，我就已经代为回答了：

“当然行。”

“那么恭喜你。”李牧光笑着向安小男伸出了手，“从今以后，你就是外企雇员了。”

5

随后的两天，李牧光痛快地和安小男签订了劳务合同，然后又痛快地和我告别，登上如同鲸鱼插了翅膀的波音777，返回美国了。没过多久，他往国内汇了一笔钱，让安小男租房子、买设备，将他们商量好的那个“监控中心”的中国分部建立了起来。他还专门给我打了个电话，让我帮他“看着点儿那小子”：

“如果他想从我这儿揩油的话，那就打错主意了。美国的财务制度和你们中国可不是一码事儿。”

这个态度令我隐隐地感到不快，但也只好担保道：“安小男你又不是没见过，那就是一榆木脑袋，让他在钱上做手脚还得现教呢。再说你让我监督他，但又焉知我是不是个老实人呢？”

“知人知面不知心啊。我爸他们单位以前有个干部，日子过得节俭极了，连过年也舍不得炖一锅肉，可后来一查才知道，人家在北京和上海买了七八套房子——那钱又是从哪儿来的呢？”李牧光哼哼冷笑两声，但大概听出了我的不满，又安抚我说，“至于你，我是一百个放心的，咱们是朋友嘛。”

他干净利索地挂了电话，却把我留在一派类似于懊恼的情绪里，莫名其妙地生了会子闷气。在和李牧光接触的这些日子里，我一边重新对他熟悉起来，一边却又感到他比以前更加陌生了。他的神态和语气里有了一种毫不掩饰的倨傲之气，并轻而易举地重新定位了和以往故交的关系，把人与人之间的平视一律改为俯视，那架势不言而喻——我和你们不是一个阶级的。与此同时，他又展示出了令人直打寒战的精明。就以他和安小男之间的雇佣关系为例吧，这个念头李牧光也许早就盘算好了，但他一直不说，而是在我反复央求之后才以施舍的姿态答应，如此一来，便可以顺理成章地开出那些苛刻的、对他大为有利的条件了：安小男是拿不到各种保险的，如果需要加班也没有加班费，工资更是只有李牧光原先雇佣的一个黑人保安的三分之二，仅为区区一千美元出头而已。李牧光对此的解释是，黑人看仓库是需要上夜班的，而安小男人在中国，美国的夜晚恰好就是中国的白天，夜班补助也就可以免了。这样算下来，安小男每个月就要替他省下几千美元的人工成本，李牧光真是赚大了。

当然，我并没有把李牧光的这些变化理解为加入美国籍的结果。决定人身上某些特性的，往往不是国籍而是阶级。在全世界的无产者联合起来之前，全世界的资产者已经率先联合了起来，他们的嘴脸也大抵如出一辙。试想换成一个中国富人同学，就会对我保持平等，对安小男出手大方吗？情况恐怕更甚。所以不管怎么说，我还是应该替安小男感谢李牧光，正是因为他的创意和实践精神，才让安小男重新有了工作。再考虑到中美两国之间货币以及“人”本身的价格差异，这份工作甚至称得上差强人意。

如今的安小男终于搬离了挂甲屯，结束了校漂生活。在我的帮忙张罗下，他在中关村以北的上地附近租下了一个写字楼里的开间。房间大概有三四十平米，里屋的墙上挂着七八台液晶屏幕，此外还有保证时时畅通的网线以及高性能电脑主机；外屋则是洗手间和一张单人床，他下了美国的班，足不出户就可以睡中国的觉。在设置那套监控系统的时候，安小男再次显露了一个理科高才生的素养。他指挥李牧光那边的技术人员将摄像头安置在最合理、最精确的位置，保证偌大的仓库不留一个死角；他还修改了软件程序，升级出一套可以迅速切换视角的操作方法，这样一来，同一个屏幕可以分别显示几个摄像头的视角，当某一个摄像头损坏或者被挡住之后，它附近的摄像头也能及时填补空白。总之，这套系统的精髓正是：让安小男像身临其境一样，在那两个篮球场大的空间里明察秋毫。

监控屏幕里每天显示着什么样的内容呢？无非是一个又一个庖丁解牛般的黑白图像：水泥地、墙角、货架、通向走廊的安全门……把这些切片拼合起来，就得到了仓库的全貌。只不过是一个单调呆板的巨大长方体而已，但再一想到这个长方体位于太平洋的彼岸，位于上万公里以外的我们的脚下，就不由得让人心里生出一种奇妙的感觉。

在高清晰的微观摄像头里，我还见过工人们往玩具包装盒上打价签：一个芭比娃娃十四点九九美元，一个 HelloKitty 十六点九九美元，一个会摇头晃脑的机器猫略贵一些，是十九点九九美元。美国的物价的确令我们眼红，我曾经给一个亲戚的孩子买过一模一样的“进口”芭比和 HelloKitty，国内商场的售价几乎高了一倍不止。而据我所知，我们国家东南沿海的打工妹们忍受着化学原料的毒气，冒着手指和整张头皮被机器绞掉的危险，生产出了这些人见人爱的小玩意儿，出厂价也就是二十几块人民币。

很显然，安小男非常珍视这份工作。他几乎变成了一个网上所说的“技术宅”，周一到周五的整个儿白天都坐在监控台前，两眼聚精会神地盯着美国夜晚的仓库。这其实不是一个轻松的活儿，那些图像几乎永远是寂静的、一成不变的，我曾经替上厕所的安小男盯过一会儿，才不到五分钟就心烦意乱地走起了神儿。别说是水泥地和货架子了，就是换成哪位性感女演员的艳照，让你直愣愣地盯上几个钟头，恐怕也得看吐了。

但是安小男却能做到绝对的忠于职守，永远不会审美疲劳，并且很快就立下了一件奇功。那是在一个中国的正午美国的子夜，一个弯腰驼背的白人老头儿溜进了仓库，先是蹦脚乱跳地自言自语了一阵，然后又哆哆嗦嗦地拿出一只打火机，企图引燃货架上的纸箱子。安小男利用网络报警系统接通了物流港的保安室，片刻就有两个屁股像八仙桌面一样大的胖子冲了进来，上演了美国警匪片里才有的场面：掏枪顶着嫌疑人的后脑勺，将其按倒在地双手背后拷成了一条肉虫子。

“那人就是被安小男顶替的老保安，因为失业了，所以丫疯了，妄想报复我。”李牧光兴冲冲地给我打电话，“这套监控太管用了，所以我总是说，干活儿还是中国人靠得住。”

我向安小男传达了李牧光的褒扬，但对被抓住的那个老头儿的身份，我却缄口不言。

这事儿过后，安小男的工作积极性更高了。当他再坐到那排昆虫复眼一般的监控屏幕对面时，脸上几乎泛起了少女怀春般的红晕。他是如此的专注和激动，就连呼吸都变得沉重了。这人从来就没在人际关系中扮演过强势的一方，更没有支配、掌控过谁，但通过这套监控系统，他一定获得了巨大的心理满足——那也是一种权力的滋味。

俯瞰一切，全知全能。毫不夸张地说，在那个仓库里，安小男扮演的角色简直可以比拟上帝。

这一切也令我获得了莫大的成就感。安小男其人能够重新走上正轨，和我对他的关心不也是密不可分的吗？再扯得远一点儿，我所从事的纪录片工作，说起来是以“记录人生、改变社会”为宗旨的，我们这个行当的人假如说还有一点儿职业理想的话，也应该是给寒冷者以温暖，给绝望者以希望。但这个观念几乎没有实现过，在操作的过程中，我所做的无非是不停地退让、妥协、谄媚，乃至于一个庙一个庙地拜菩萨，从那些头面人物的手指头缝儿里抠出一点项目经费来，说白了和要饭也差不多。然而在安小男身上，我却意识到自己还有着影响别人生活的力量，意识到自己似乎还是一个有用的人。在这种信心的激励下，我或许也将有勇气去结婚、生孩子、承担起一个家庭的责任来——当然，前提是得在那些急功近利的小娘们儿里发掘出一个值得我“爱”的。

而当安小男的状态彻底安定下来之后，我便不得不离开北京，到外地跑了一圈儿。“校漂”那部片子粗剪完成，有个教育主管机构提出了意见，说我的作品里“亮色”太少，然后拨了笔钱，让我着力反映一下几个近年新建的“大学城”的风貌，从而和方兴未艾的“教育产业化”改革挂上关系。对于那纸批文，我在同行圈子里极尽嘲弄之能事，但一扭脸就包了辆“依维柯”摄像车，叫上组里的几个得力人手准备动身。

“你怎么竟依了？”一块儿去的实习生小张问我。

“你不晓得他们的力气有多大。”我和她对了句鲁迅在《祝福》里的台词，

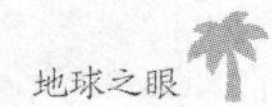

然后无耻地辩解道，“反正我不答应他们也会收买别人，这种好处与其便宜了那帮王八蛋，还不如自己抢在手里。”

出发之前，我专门到上地的办公室看了看安小男，给他带了一盒从楼下“屈臣氏”商店买的眼药水：“敬业归敬业，也不要太废寝忘食。”

安小男“嗯”了一声，捋了捋仍如乱草一般，但总算干净了一些的头发，从怀里掏出一个牛皮纸信封递给我：“里面是这两个月的工资，李牧光给我打过来的是美元，我已经换成了人民币。你路过河北的时候，能不能顺便弯到 H 市一趟，把这些钱给我妈带过去？她眼睛不好，去银行取钱很不方便。”

我自然一口答应，并在两天之后就把这事儿给办了。紧邻 H 市不远，就有一片刚刚竣工的大学城。那儿基本上就是一块镶嵌在华北平原上的水泥疙瘩，到处都是明晃晃的道路和操场，连一棵树也见不着。大学城里聚集着省内几所三流学校的低年级本科生，他们因为被发配到这种地方而心情颓丧，像一群走错了门的鸡一样仓皇地闲逛。在取景的时候，我们还遇到了一个突发情况：几个农民工攀登上大学城的主楼，悲愤地呼号着什么，频频作势欲往下跳。一打听，才知道是开发商一直没给建筑方付清尾款，导致他们的工钱也被拖欠了。但在当地政府工作人员的陪同下，这样的场面肯定是没法抓拍的。

晚上又被几个头头脑脑拉进宾馆狠“撮”了一顿，到了晚上九点左右，我才有了空暇，下楼拦了辆出租车开往 H 市的老城区。这地方在很久以前还作过一个诸侯国的国都，并流传下来诸如“纸上谈兵”“一枕黄粱”等等名声不太好听的成语，但如今已经看不出一点儿王城的气象了，整个儿就是一个巨大的工厂宿舍区。安小男家坐落在一条格外破旧的巷子里，车都开不进去。我下车步行，因为没有路灯，几乎在坑坑洼洼的土路上崴了脚。

由于提前打了电话，安小男他妈并未惊讶，热情地接待了我。这个当年勇闯校办公室的肉联厂洗肠工衰老得很厉害，头发像七八十岁的人一样苍白而稀疏，软塌塌地贴在天灵盖上。她的眼睛一翻一翻的，明显是在努力地看却又看不清楚，在狭窄的斗室里必须摸索着桌沿才能行走。

我把装钱的信封放在桌上，本想客气两句就走，但她却死活不依，非要让我喝壶茶。她摸到厨房去烧水的时候，我便只好歪在塌陷的布面沙发里，打量这间兼做客厅和卧室的房间。像所有独居的老年人一样，安小男他妈在屋里摆满了杂七杂八的破烂儿，床脚的夹缝里居然塞着一台竹制的老式婴儿车，难道她正期待着用它给安小男看孩子吗？而在一只矮柜上方的白灰墙上，我看到了密密麻麻地悬挂着的奖状和照片。

“你是有出息的人，能拍电视……”安小男他妈的声音从满是中药味儿的厨房传来。

“安小男更不赖，挣的都是美元了。”我敷衍着她，起身踱到那扇墙边端详。

红底黄边儿的奖状自然都是安小男获得的，来自于五花八门的数学和物理竞赛；照片则是他们一家人在过往的不同时期拍摄的，在昏黄的灯光下具有浓郁的复古意味。有两张八寸的合影吸引了我的注意，照片的主角是一位四十上下的男人，穿着笔挺的西装，戴着一副金边眼镜，长相也很精神。他不是在主席台上领奖，就是正向某位年迈的大人物进行讲解，俨然是那个时代报纸上频繁报道的“青年改革家”或“科技标兵”什么的。这人无疑是安小男他爸。在另一张生活照里，他正在给儿子过生日，父子俩一人捧着一块奶油蛋糕，满嘴白胡子明媚地笑着。

我突然想：如果这男人还活着，那么一家人的生活就不会是现在这副模样吧，或许安小男的脾性也不会发展成后来那样。从心理学上讲，许多性格有明显缺陷的人，都是少年时代没能生活在一个完整的家庭里造成的。

安小男他妈沏好茶，又絮絮叨叨地拉着我聊了很久。她感谢我这么长时间来一直照应着安小男，并让我提醒安小男除了埋头干活儿，还得注意和领导、同事搞好关系。“他现在跳槽到美国公司去了，我觉得挺好，听说那种地方的人际关系单纯一些，更适合他这样的人……他爸当年就是在这方面吃了亏。”说到这儿，安小男他妈的神色有些凄然，又有些恍惚，但马上岔开话题：

“他也该找对象结婚了——还有你也是。别光顾着挣钱，多少钱也买不来一个家。”

我走的时候，她还给我带上了好几张下午烙好的糖饼，让我路上吃。她坚持将我送出门外，又陪着我在漆黑的巷子里走了一小段，走的时候手扒着墙，小步慢慢挪着，仿佛每一步都不知道应该先迈左脚还是右脚。

那是我第一次以辛酸的感情理解了“邯郸学步”这个成语。

离开安小男家后，我们的剧组一路南下，途经郑州、武汉、长沙，边走边拍，终于在深圳结束了工作。至此已经在外面奔波了两个月有余，每个人都蓬头垢面，乍一看很有漂泊感。在这期间，我的生活发生了两个小小的变化，一是原先那个女朋友跟着一个搞金融的跑了，二是我导致了组里的实习生小张受孕。奇妙的是，这两件事之间并不存在逻辑上的因果关系，所以我们三个当事人谁也不觉得亏欠了谁。小张的妊娠反应很强烈，才两周就开始哇哇大吐，恨不得把苦胆都清空了，而且还有小产的迹象。到了深圳之后，我只好让剧组里的其他人就地解散，自己陪着她到医院保胎。我们已经商量好，等她一毕业就结婚，把孩子生下来。做出这个决定之后，我的心情倒是颇为激荡，乃至于充满了初为人父的悲壮之感。记得夜里躺在宾馆的床上，我拉着她的手说了好多煽情的话，有几次把自己都快感动哭了。

小张一句话就戳穿了我："不要试图给自己的每个举动寻找意义——累不累啊？我和你别的那些女人相比，唯一的特殊性就是恰好在你即将折腾不动了的节骨眼上插了进来，相当于击鼓传花的最后一棒。"

比我们小十岁的那代人都是天生的现实主义者，早早儿就把什么都看透了。她们让我欣慰，也让我惭愧。

又拖拖拉拉地磨蹭到北方的天气暖和了，我才带着小腹微微隆起的未婚妻回到了北京，但也不再出去和各路魑魅魍魉厮混，而是把自己那套房子好好布置了一番，过起了深居简出的生活。小张的研究生论文答辩在即，一旦通过就可以和我去"扯证儿"了。她在正式上任之前便已经很进入状态，不但把我饲养得越来越肥嫩，而且还严格地限制了我能跟什么人交往、不能跟什么人交往。她也算在我那个圈子里混过，对我周围人的品行相当了解，好几个德高望重的老艺术家都被列入了黑名单。

"你那群所谓的朋友里，也就安小男还算个老实货色。"她如是评价道。

但即便是这个老实货色，我也有很长日子没见面了。就连美国仓库放假休息的周六周日，他也忙得团团转，根本没工夫出来和我消磨时间。正所谓天将降大任于斯人，安小男在沉沦数年之后，终于迎来了事业的"黄金期"，这还得益于李牧光那敏锐的商业嗅觉：他让安小男为洛杉矶那个物流港里的每一间仓库、每一条过道和每一间办公室都设计好"跨国监控系统"，再由自己出面推销给附近的企业主们。他还有个长远而宏大的计划，就是把那些设备贴牌批量生产，行销到所有人力成本高昂的国家和地区去。不管在中国还是美国，什么东西一旦沾上了"高科技"又沾上了"国际化"，利润都会像苹果手机一样打着滚儿地往上蹿，李牧光迅速地在玩具生意以外拓展出了新的滚滚财源。而在这一轮的雇佣关系里，他对安小男也变得仁慈多了，答应每售出一套监控系统，便返给他五千美元的提成，当然这也只是整个儿销售额里的小小零头罢了。

安小男甚至不必前往美国进行实地考察，只需要对着那些房间的3D图形，把监控系统的设计方案做好，再用网络传给李牧光就算大功告成。至于监控终端设在哪个国家、哪个地区，也可以由购买系统的美国老板们自行决定。在短短的几个月时间里，地球的各个角落如同雨后春笋一般，冒出了十几二十个和安小男干着同样工作的人，他们端坐在印度、马来西亚、菲律宾、墨西哥或者中国的电脑屏幕之前，注视着美国一隅的风吹草动。闭着眼睛想一想，这是多么壮观的场景啊。

“不要老说我们美国人在监控全世界，”李牧光给我打电话时说，“全世界人民也在监控着美国嘛。”

又过了不到两个月，李牧光再次乘坐着鲸鱼一般的波音777，声势浩大地空降到了北京——对于这种行程，他现在已经不再称之为“回国”，而是改口叫作“访华”了。仍旧是到了机场，他才给我打了电话，但这一次却不再叫我出去鬼混。跟在他身旁东跑西颠的人变成了安小男。

他们先是结伴去了西安的高新区，然后又依次到华北的几个大中型城市溜了一圈儿，此行的目的是为投资建厂选址，有可能的话还要跟当地政府洽谈一系列相关事宜。既然监控系统已经打开了销路，就需要找一个国内的厂家进行规模化生产，把采购来的摄像头和主机贴上统一的商标。美国发明出来的玩意儿总是要在中国制造，这条法则就像地球总是自西向东旋转一样不言自明。然而我却想不明白，要建厂干吗不去东北啊？那儿是李牧光的老家，他爸虽然退了，但想必余威还在，再加上和他们家沾亲带故的人非官即商，办起事情来总是要方便得多。

“恰恰因为父母和亲戚都在那边，所以才多有不便嘛。”对于我的疑问，李牧光解释道，“越是家门口越要注意影响——你这个人还是幼稚。”

我也算在中国的江湖混迹过一些年头的人，如今却被一个美国人训斥为“幼稚”，这不免让人啼笑皆非。而没过两天，又有一个消息传了过来：李牧光为厂子初步选定的地址就在H市。这就不能不说是一个巧合了。据说当地的官员常年苦恼于经济发展和钢铁绑定在一起，污染大不说，这几年的销路也不大好，一吨钢材才赚十几块钱。他们早就叫嚣着要“转型升级”，却拉不来合适的项目，如今正好和李牧光一拍即合，不光口头承诺了税费方面的优惠，而且就连地皮也是可以低价出让的。李牧光他们在H市盘桓的时候，我特地打了个电话，请他去安小男家里拜访一下，最好再拉上一两个政府里的干部作陪。我的用意很简单，是想让安小男的母亲见证到儿子的确“出息了”，而且对老人以后的日子也有好处——哪怕能招徕一伙儿学雷锋标兵，逢年过节给她刷锅刷碗擦擦玻璃也是好的。

“这个也不用你说。”李牧光回答我，“你这朋友既然跟着我干，我就亏待不了他。”

但不久之后，安小男却先一个人回来了。打电话时一问才知道，他到H市只是作为“技术总监”走个过场，向当地的有关领导“汇报”一下监控系统的功能以及原理。而当洽谈涉及股权、地皮和人员安置等等关键阶段时，就得李牧光亲自出面了——那想必是个漫长而艰难的扯皮过程，尤其是在李牧光打定主意让自己的叔叔出任新厂长的前提下。

我再次见到安小男，就是在自己的婚礼上了。小张的肚子已经骇人地鼓了起来，如果再不早点儿办事儿，恐怕将来就得让亲儿子来给我们当伴童了。好在现在的婚庆公司很高效，服务也很周全，还能定做用钢丝把裙子高高地撑起来的孕妇婚纱。婚礼的地点是在一个酒店的露天花园里，我与小张并肩走过草坪，感觉自己正挽着一只雪白的蘑菇。来宾们自然对着她那奉子成婚的肚子指指点点，被请来当证婚人的一个“央视”春晚副导演更不靠谱，他摇头晃脑地指导我们互相戴上戒指，然后宣布：

“祝福你们仨！”

好歹把仪式进行完，我还得在人群中不停地穿梭寒暄、被人打趣。转到同学的那一桌时，我一眼就看见了被几个人勾肩搭背地簇拥着的安小男。人们对他的态度明显变了，那副亲热劲儿就好像在对待熟识已久的老朋友。这也是可想而知的。安小男“咸鱼翻身”的消息经我添油加醋地扩散出去，几乎成了一个现实中的小小奇迹，一个美国梦的中国翻版。

“啊呀呀，你放了道台了，还说不阔？”有个家伙正狠捶着安小男的肩胛骨说。而安小男一定还不习惯这样的恭维，他双手交叉抱在胸前，茫然失措地四处望着。直到看见了我，他的眼睛才亮了一下。

我过去和那帮人喝了杯酒，解围地把安小男揽出了人堆儿，在一蓬浓郁的月季花边聊了起来。

“李牧光还在 H 市吗？”

安小男舒了口气说：“还在。他投资的条件挺苛刻，两边还在僵持。”

我又说：“你怎么不趁机在老家多待两天？你妈还好吗？她烙的糖饼料真足，咬一口能烫后脑勺。”

“你要喜欢吃，下次让她再给你做……我爸活着的时候，每次听完高英培的相声都要吃糖饼。”安小男笑了笑，又吸溜了一下鼻子，“李牧光让我先回来，一是因为公司的仓库还得有人看，二是让我再改进一下那套监控器材，现在的成本还有点儿高。”

“得加班吧？”

“昨天又熬到三点多钟。”

李牧光果真是疑人不用，一旦用了就往死里用——还是那句话，他们那个阶级的人大凡如此。这时我如果斥责他“剥削”，反倒显得矫情了。于是我说：“累点儿无所谓，能挣着钱就行。既然荣升了什么总监，他给你的工资也该涨了吧？他答应的那些提成兑现了吗？”

安小男近乎难为情地点了点头。

“那就好。”我说，“手头宽裕的话就赶紧买套房子，现在北京的房价涨得厉害，人家都说晚买俩月白干一年……还有，你妈让我劝你找个对象。我老婆有几个同学正好闲着呢，比如那个，我看就还行——”

我朝隔壁桌边一个把自己涂抹得如同雕花萝卜的姑娘指了指。那姑娘正在奋力地对付着一堆冷盘，看见我们粲然笑了，嘴里差点儿蹦出俩潮州肉丸子。

我也扑哧了一声，正想认真地寻觅出两个可以被称为“果儿”的姑娘，安小男忽然说：“你结婚了，给你备了份礼。”

“搞那么‘虚’干吗，”我笑道，“要是钱的话就直接塞前台那捐款箱里吧，美元也收。”

“除了钱还有别的。”安小男匆匆跑回座位，从桌子底下抱着一个纸箱子出来，“我亲手做的，你们的孩子生出来之后也许用得着。”

这时小张也好奇地凑了过来，我们两个打开箱子，看见里面分门别类地绑着几个摄像头和数据线什么的。分明是一套仓库监控系统的具体而微者嘛。

“这有什么用呢？”我不免感到荒诞。

安小男解释起来：“你想呀，你很忙，小张学历这么高，也不可能不出去工作吧？到时候孩子放在家里，只能请保姆来照顾。可现在信得过的保姆太不好找了，她万一要是不给孩子按时喂奶呢？要是给孩子吃安眠药呢？所以我就专门给你们设计了这套婴儿用的监控系统，环绕着小床三百六十度无死角，而且还有体温遥感器，孩子发烧的话也能报警。你们在外面一开电脑，就可以随时掌握孩子的情况了……”

他那认真的样子让我们同时哈哈大笑了起来。小张向安小男道了谢，然后又指着我说：“你还不如帮我把他也上了监控呢，他那个行当里不三不四的女的太多了，这人意志又不坚定，他每天上班我都提心吊胆的。”

“这就是所有正房的通病——刚扶了正就过河拆桥，也不想想当初是怎么‘扑’我的。”我笑着跟小张“逗”，“但是归根结底还得怪我，魅力太大了无法抵挡。”

小张反唇相讥：“咱俩谁‘扑’谁呀？谁在器材间里痛哭流涕地哀求人家‘暖一暖我的灵魂’呀？当时就应该把这段儿给你录下来。”

我们两个你一言我一语，但安小男却茫然地抬起了眼睛，看向了北京阴沉沉的天空。他好像正在走神，从周围的气氛里“间离”了出去。小张便有点儿讪讪的，对安小男说了句“多喝点儿”，然后就挺着肚子找她那帮女伴去了。

我拍了拍安小男的肩膀，换上了诚恳而体贴的口吻：“谢谢啊——看到你能越过越好，我也很高兴。”

但这时，安小男却舔了舔嘴唇，说出了一句让我目瞪口呆的话：“我不想干了。”

6

安小男的话虽然让我惊诧，但却又有似曾相识之感，就像一出彩排了几遍的拙劣话剧。只不过第一次和他演对手戏的是商教授，第二次是那个银行行长，第三次就变成了我。但我招他惹他了？我可以说是唯一真心想帮他的人啊，他怎么就这么不让我省心呢。

“为什么啊？”带着近乎委屈的情绪，我叫了出来。

“我有心理负担……”安小男的眼神游移起来，仿佛正在斟酌词句。

我突然想到了被安小男协助逮捕的那个酒鬼老头儿：“难道你是因为不忍心抢了美国老弱病残的工作吗？这就是妇人之仁了。咱们第三世界国家人民哪儿配同情美国人啊？那国家的福利好得很，当个失业的穷人幸福着呢。”

“不是这个原因。”他说。

“那么就是李牧光逼你干过什么事儿……比方说除了仓库以外，还监视监听什么人？”

“也没有。”

“那你抽什么疯啊？你的心理负担是从哪儿来的？”我索性任由酒劲儿发作，指着安小男的鼻子质问道，“别身在福中不知福了，你这份儿工作多让人羡慕自己知道么？挣钱多少都不提了，姑且谈谈尊严，谈谈人生价值吧。你知道咱们那些坐机关的同学十年如一日打水扫地擦桌子上级放个屁都得叫好越讨厌谁越得冲谁乐乐得脸都抽筋了是什么滋味吗？你知道我为了拍个片子骗完项目骗赞助骗完审查骗观众这活儿干得有多没劲吗——制片人都改叫‘只骗人’了。再跟你说个玄的，我有个前女友是开皮草行的参观了一次活剥水貂皮就开始夜夜做噩梦梦见自己也被开了个口子然后‘啵’的一声从皮里拽了出来，因为这事儿她信了佛结果还让一假冒‘仁波切’财色通吃了。谁没压力呀，谁活得容易呀？也就是你这种干高科技的，一不用缺德造孽二不用自毁人格站着就把钱挣了——你还有什么不知足的？”

对于我这番泄愤式的长篇大论，安小男似乎无话可说地点了点头。但他随后却又说道：“工作本身当然没有问题，只不过……”

“只不过什么？”

安小男猛然直视我，目光炯炯，“你知道李牧光的钱是哪儿来的吗？”

“不是卖玩具挣的吗？”

安小男的口齿也加快了，但却远比我要冷静、清晰得多：“我看过他的入库单和出货单，他那个公司处于整个儿玩具流通环节的末端，利润已经被其他公司瓜分得差不多了。就以一个芭比娃娃为例，中国出厂价大约三美元，到了他手里已经涨到了将近十五美元，而他还要应付税收、场租和每个季度一轮的打折促销，再刨除美国那昂贵的人工成本，能打个平手就算万幸。还记得他曾经跑到义乌，想要绕开代理商低价拿货的事情吗？当地的商会害怕得罪几家垄断性的贸易组织，根本没敢答应他。总而言之，李牧光靠他玩具生意的营收，根本不可能赚出现在这么多的钱——你知道他在 H 市谈的那个项目投资有多少？连厂房带地皮他都想买，起码要拿出几千万人民币。”

我尽力跟着安小男的思路，大概听懂了他的意思，突然又含糊了一下，打断他问道：“你说你……看过李牧光的流水单据？”

安小男“嗯”了一声。

“他怎么会让你看这种东西？你一个技术人员，他吃饱了撑的才会请你查公司的账。”

“说起来也是凑巧。那些材料李牧光本来是不可能给我看的，他每次核对完货物，都会把单据放回仓库旁边的办公室里。但这一阵他不是回国了吗？他待在 H 市而我又回了北京的那几个白天——也就是美国的夜里，我继续在办公室监控着仓库。恰好这期间，公司到了一批货，是他手下的一个业务经理接收的，那人大概比较马虎，签完字就顺手把一摞单据都扔在了货架上，结果被风卷了一地。而等到我上班打开摄像头的时候，看见仓库里乱七八糟都是纸张，还以为出了什么事儿呢，赶紧用摄像头的放大功能拉近了看，结果就大概了解了李牧光公司的经营情况。”

我这个技术方面的白痴又提出了新的疑问：“摄像头都在天花板上，那些进货单和出货单上的字迹想必又很小，离得那么远能看清楚吗？”

“对于专用的高清摄像头来说不是问题。”安小男笑了笑，“没听说过吗？在伊拉克战争期间，假如一个萨达姆军营里的士兵正在吃橘子，美国卫星能够清楚地拍到他手里的橘子有几瓣。类似的技术早就开始转入民用了。”

“再过两年，我们剧组的器材没准儿也该更新换代了。”我跑题道。

但安小男板起脸来问我：“咱们还是说回李牧光吧，既然现在的公司利润很薄，他的钱到底是哪儿来的呢？”

“也许是他在开玩具公司以前挣的呢？”我含糊道，“再说李牧光家里也给了他一笔启动资金……”

“可他告诉过我——你一定也知道，李牧光在做玩具生意之前患有神经性疾病，他一直在被强制治疗嗜睡症。”安小男敏捷地打断了我，“倒是你说的后一件事情可以作为解释，但那恰恰是让我怀疑的地方：李牧光的父母再怎么混得好，也是国企干部，他们的收入保证全家丰衣足食并不奇怪，然而聚积出那么大的一笔财富就说不通了。”

“你的意思是……”我几乎是在明知故问了。

“这里面有问题。”安小男笃定地抿了抿嘴，“道德问题。”

时隔多日，我再次听到他的嘴里迸出了那两个字。此时给我的感觉，“道德”这玩意儿简直就像一种罕见的隐疾，它蛰伏于宿主体内，无形无迹，但一有机会就会不可避免地发作。在这喜庆的、觥筹交错的婚礼现场，我从安小男身上嗅出了前所未有的不合时宜的气味，仿佛他不是地球上的一个活生生的人，而是从哪个遥远的、未知的世界流窜过来的。他站在草坪上，却好像两脚悬空，只是一个飘飘然的人影。

接着，我的心里升起了一团厌恶。这厌恶并非针对安小男，但恰恰因为没有具体指向而让我格外恼火。我瞪着安小男，一字一顿地说：“你这是病，得找个心理医生看看。”

“你说的是道德吗？”

“不是道德，而是你这种把一切都和道德扯上关系，再和一切较劲的怪癖。这和卫道士有什么区别？搁一百年前你是不是也得哭天喊地地阻止女人天足寡妇改嫁呀？你刚过上几天安稳日子啊，这么快就好了伤疤忘了疼了？”我冷笑了一声又说，“而且你刚看出李牧光他们家有问题呀？告诉你，我早就看出来了，从他刚一入校上大学就看出来了。但我们能怎么办——你又能怎么办？不为他那五斗米折腰吗？那好，你要有骨气的话就抡圆了抽丫一大嘴巴，搬回你的小平房里去，你妈的眼睛也干脆甭治了省得看着你糟心……我也懒得再管你了，我管够了。”

在我的逼视下，安小男的脑袋便低了下去。他的嗓子里发出了“吭、吭”

的声音，好像一个挨了批评正在吮泣的小学生。片刻以后，他才重新扬起脸来，表情却很平静，甚至称得上淡漠：“你说得也对。”

我乘胜追击道：“我对在哪儿了你错在哪儿了——不要口是心非，要深刻反省。”

“日子得过下去，而且得好好儿过下去，你说的就是这个意思吧？”他嗫嚅道，“可我老管不住自己，成天都在乱想……我辜负了你对我的好意，我以后不这样了。”

他的声音很细小，让我一下子就心软了。于是我不知是叹了还是舒了一口气，搂住了安小男的肩膀。我挟着他往人群中走去，路上调整情绪，又掀起了一轮场面上的高潮：

“请允许我敬你们一杯！”

“为什么不呢？”大家雀跃着拥了上来，间或还有砰砰的开香槟酒的声音在半空中回荡。

那天我用七八种酒连续干了无数杯，但不知为何根本没有喝多。和身边那热火朝天的气氛相反，我的心里只感到空寂、落寞，甚至有一丝寒意在周身游走，让我不时像刚撒完尿似的打个哆嗦。安小男大概提前走了，不知何时我一回头，就发现他的座位上已经没有人了。到了下午三点多钟，折腾够了的宾客们才零零落落地散了个干净，我终于也疲了，叉着两腿坐在椅子上一边抽烟一边看着满地狼藉发呆。小张则在当场开箱盘点收上来的份子钱，不时向我通报一声谁给多了下次得找机会把人情还上，谁比较“鸡贼”红包里的票子还不够自助餐的人头费呢。

过了一会儿，她走到我面前，递过来一个沉甸甸的纸包：“你看看这个，也没写名字。”

我打开一看，里面居然是美元，而且都是百元大钞。小张说她大致点了点，足有五千之多。

这五千美元大概是安小男从监控系统上获得的第一笔提成收入，而他也没换个信封，就给我送来了。我把纸包还给小张：“甭管谁的，来则收之，收则花之。你不是一直想出国玩儿一圈儿么？留着那时候用吧。”

“我是真没看出来，你们那群人里面居然还有这么值钱的友谊。”

“要是友谊犯得着用钱来衡量吗？”我惨笑道，“也许这是宣布跟我绝交呢。”

这之后的很长一段时间，我便再没见过安小男，就连电话也没通过一个。他仍在上地附近的那个写字楼里为李牧光工作着，同样没有再来找过我。分析一下我们互相敬而远之的心态，从我这边来讲，是因为他那顽冥不化的“道德感”令我感到疲惫和无所适从，而他呢，则是为了不得不继续端着眼下这个饭碗而羞愧，并害怕来自于我的冷嘲热讽吧。所以说人呐，真没必要把自个儿的调子定得太高，除非你已经做好准备和生活决裂了——这也是义士们只有在刑场上的那两句豪言壮语才具有说服力的缘故——没有功德圆满的最后一枪，其他时候再怎么喊也做不得数。

实话实说，我这些年也没少“掰”过朋友。有些人是因为利益上的纠葛而翻了脸，还有些人也没什么具体的冲突，仿佛突然之间就话不投机了，然后互相在背后说对方“俗”。我本想用以往的经验来处理和安小男的疏远，宽慰自己“谁离了谁活不了”，但我居然没有做到。每当看到什么有关于我们母校的新闻，甚或在夜阑人静无法入睡之时，安小男那张老丝瓜般的脸总会无声无息地浮现出来，不动声色地搓着我心里的某个污痕累累的部位，搓得我的灵魂都疼了。安小男如芒在背，安小男如鲠在喉。但这样的感受我也不好意思对任何人提起，就连和小张都没说过，因为我无法接受自己对安小男的古怪感情被她往“基情”方面引申——这丫头怀孕期间闲得没事儿，看了不少日本电视剧，特别热衷于在男人与男人之间捕风捉影。按照她现在的理论，世界上根本就不存在同性的交情这码事儿，远到陈胜吴广，近到希特勒和墨索里尼，无不是尽心竭力地“卖腐”的结果。

“你注意点儿胎教行不行，我们家可是三代单传。”我怒斥她，“再说对于龙阳这事儿，你不认为教唆和歧视一样可耻吗？”

又捱了些日子，我们的儿子终于顺利出生并且满月了。四面八方的闲杂人等咸来相贺，我索性又到外面摆了几桌，给了他们凑在一起说吉利话的机会。小张的奶水很足，那天饭还没吃到一半就又快喷了，于是赶紧抱着孩子离席。我也愈发觉得正常的繁殖能力似乎没什么可值得显摆的，对那些有口无凭的祝福更是提不起道谢的兴致，便默默地喝起了闷酒。我就这么成了一个孩子的父亲，但是除了把他制造出来之外，我还为他做了些什么呢？我是否曾经尝试过使他大驾光临的这个世界变得更美好一点呢？这样的疑问让我感到沮丧，越发地不想搭理人了。

正在低着头若有所思，身边似乎有人站了起来，朝着包间大门的方向打招呼：“你怎么才来？”

“这么大的喜事儿，你也不早点儿告诉我。”进来的人热情地嗔怪我。

我抬起头来，赫然看见了李牧光。他穿着一身簇新的西服，越发显得身材高壮挺拔，方脸上挂着温润的笑。我赶紧对他解释：“也不知道你是在外地还是外国……”

“甭管在哪儿也得专程来一趟——我可不像你那么薄情寡义，觉得我这朋友可有可无。”李牧光在我身边坐下，从皮包里掏出一样东西，“给咱们儿子的。”

他递过来的是一枚巴掌大的纯金长命锁，我一接，被那分量吓了一跳——居然是实心的。这些金子足够换一辆越野车的了。

我下意识地推让着：“太重了，这要挂上对小孩儿颈椎不好。”

“没劲了啊，看不起我是不是？”

我只好把那块金疙瘩揣进兜里，和他寒暄了起来。除了这份大礼，今天李牧光的态度也让人觉得奇怪：他那种居高临下的语气不见了，哼哼哈哈的样子几乎可以称得上谄媚，全然不像一个少年得志的国际“新贵”。我打量着他，他也打量着我。我们的屁股一个比一个沉，直到把所有的客人都耗走了，李牧光站起身来，把门关上，回来后掏出烟来，双手笼着火儿为我点上。

我还在没话找话地试探他：“H 市那厂子筹备得怎么样了？”

“还行，土地批文已经快拿到了，他们还准备以我的这个厂子为试点，在H市城区打造一个高新产业园。”李牧光宣告着好消息，语气里却陡然没了喜色。

“那应该恭喜你才是——可惜我拿不出那么厚的礼。”我作势要举杯。

他摇了摇手，两眼迟疑地眨了眨：“但我有点儿别的事儿想请你帮忙。”

帮什么样的忙能值得上偌大一个金锁呢？我郑重起来：“什么事儿？”

“安小男的事儿。”

我心里怦然一跳，说：“我也很久没跟他联系了。”

“但这种事儿还非得你去跟他谈谈不可。”李牧光下意识地往别处瞥了瞥，压低了声音说，“我怀疑他正在查我。”

“查你什么了？你什么时候发觉的？”

“就在最近。以前我觉得他就是一傻乎乎的理科生，现在才发现这人太阴了。自打我从 H 市回到北京，他就老套我的话，问的全是他不该问的事儿，比如我在美国的哪个银行存过钱，我洛杉矶的房子是全款还是贷款，还有我和供货商的结算周期。这还不算最过分的，就在上个星期，东北那边的亲戚突然告诉我，他居然还在刺探我们家里的情况……”

“他跑到东北去了吗？”

“那倒没有。他通过电话和网络联系上了咱们分配到辽宁工作的那些校友，还拐弯抹角地找到了我上高中时的几个朋友，说什么他是公司人力资源部的，要为我建立信息档案。这借口也太他妈拙劣了，美国是最尊重个人隐私的地方，哪个外企的人事部门需要掌握老板他爸担任过什么职务、交往过什么人、经常到哪个球场打高尔夫打完球到哪个会所洗澡啊？好在我这人平日里手面还算大方，因此那些人就算嫉妒我也不愿意得罪我，扭脸就把这事儿告诉了我……而我一猜就猜到了是安小男。我爸都退下来有些日子了，除了他，早已经没人对我们家的事儿感兴趣了。”李牧光越讲越激动，又烦躁地咬了咬牙，咀嚼肌像马一样涌动着隆起，“到现在我都不知道这孙子这么干究竟有什么目的，而身边潜伏着这么一个人，实在太让人难受了。就跟裤裆里盘了条蛇似的，谁知道它哪天不高兴了会照着你最要命的地方咬上一口。我已经好几天都没睡好觉了，早上醒来一把一把地往下掉头发……你知道我现在最怀念的是什么时候吗？就是大学的时候躺在你上铺——完全没有烦心事儿，想睡多久就能睡多久……”

这时候我突然想，也许李牧光治愈了嗜睡症真不是一个明智之举。人醒了就要折腾，从而把自己折腾进无穷无尽的麻烦之中，但折腾一圈儿的结论，往往不还是那句“浮生若梦”吗？早知如此，何必要醒。然而我也知道，现在可不是抒发那些旧式文人感想的时候。又不知是怎么搞的，李牧光所说的事情让我产生了某种暧昧、含混的好奇，但他那火燎屁股般的焦虑模样却引不起我丝毫的同情。

于是我盯着他的眼睛说：“这有什么难办的，你是老板他是员工啊。如果他让你不舒服，让他卷铺盖卷儿滚蛋不就得了么——也不必在意我的面子，我对他已经仁至义尽了。”

李牧光嘟囔道：“事儿恐怕还不能这么说……我现在还不好解雇他。”

“为什么呢？”

“一句半句也说不清。”

“你该不会是怕打草惊蛇吧？”我嘿嘿干笑了两声，仿佛是在为自己那极其有限的逻辑推理能力而得意，“可不可以这样理解，安小男没准儿已经掌握了你——或许还有你家里——的什么事儿，而这些事儿又是不大适宜让太多的人知道的，所以你既讨厌安小男又害怕安小男，怕他被惹急了反倒会把事情捅出去。至于你想让我帮的忙呢，自然就是说服安小男别找你的麻烦，你甚至还打算让我出面替你收买他，用钱堵住他的嘴……”

李牧光的额头上冒出一排虚汗，他抬手擦着，趁势挡着眼睛说：“可以这么理解。”

“那么好了，”我两手一摊，“你还应该告诉我，你害怕被安小男知道的到底是什么事儿。”

“有这个必要吗？怎么你也调查起我来了。”李牧光梗了梗脖子，白了我一眼。

我不慌不忙地又对他说：“你要搞清楚情况，你既然想请我帮忙，那么总得对我坦诚一点儿吧，把我蒙在鼓里当枪使算怎么回事儿？再打个不一定恰当的比方：犯人的作案过程可以瞒着法官，但绝不能对他的辩护律师说假话。”

李牧光张开手指顶着太阳穴，好像在忍受头痛，喉咙里忽然发出了小狗一般的呜咽声。现在我算看出来了，这人从来就不是一个心理强悍的狠角色，他曾经摆出来的精明和傲慢，只不过是仗着有钱虚张声势罢了。只要面临足够大的外部压力，他便会像孩子一样乱了分寸。果然，李牧光又磨叽了两下，随后便吞吞吐吐地向我交代了起来。正如安小男所推测的，他从来就没在玩具生意里赚到过什么钱，而他也并没指望靠做正经买卖发家致富；开那个公司只是个幌子，其作用是把他爸积累下来的财富转移到美国去，说白了就是利用国际贸易来“洗钱”。而追根溯源，李牧光家里的钱又是从哪儿来的呢？积累财富的过程往往要比转移财富更加简单粗暴：无非是提成回扣、资产贱卖那一套，相当一部分曾经辉煌过的国有大厂都是被这些人生生玩儿垮的。

当然，这都不是什么新鲜事情。就连李牧光也委屈地说：“不是好多人都这么干么。”那语气就好像我的询问都是多此一举似的。但我的心里却冒出了一种酣畅的、简直可以称之为快意的情绪。这倒不是因为曾经不可一世的李牧光终于又在我面前服软认小，而是因为，这是我第一次听到在中国发了不义之财的那一小撮儿人亲口认账——此前从来没有过。

“该知道的你也知道了，那么你是不是可以……”李牧光满脸涨红地问我。

我眯着眼睛看了看他，缓缓地把那枚金锁拿出来，咚的一声拍在桌上。然后，我尽量铿锵地对自己做了个评价：“我这个人吧，缺点是做人的底线偏低，但优点是还有点儿底线。”

李牧光反而笑了：“真没想到，咱们俩的交情这么不牢靠。”

“在这种事儿上你跟我扯交情，本来就显得居心叵测。”我用贾惜春的台词反诘他，“我清清白白一个人，不想被你这样的人带坏了。”

我的态度不仅坚决，而且颇有几分豪壮。按照我的脚本，李牧光应该窘迫地、耻辱地离开，或者当场撕破脸，对我大发雷霆也可以。而不管哪种情况，我都将会成为某种意义上的胜利者——就像上中学时戒除手淫一样，哪怕满脑子里肉体横飞，可我最终“守住了也就光荣了”。

但没想到，李牧光非但屁股纹丝不动，而且把身子往椅背上一靠，坐得更加舒展了。他又点上了一支烟，透过浓郁的烟雾似笑非笑地打量着我。他的神色反倒让我不由自主地感到了虚弱，并且对刚才的那番表态自我反省了起来：我有想象中的那么昂然而坚定吗？我把李牧光“崩儿”回去，是出于自己的本意吗？另外，难不成我在潜移默化中受到了安小男的洗脑，因此处事态度也开始“安小男化”了？

我正在颠三倒四地踌躇着，李牧光却幽幽地撇过来一句话：“就算咱们两个人的交情不值什么，你还是要考虑一下三个人的交情嘛。”

“怎么成了三个人的事儿……还有谁？”

“你表妹林琳啊。”他轻巧地说。

我的眼睛仿佛往外鼓了一鼓：“跟她有什么关系？”

“我们已经结婚了，就在我上次回美国的期间。”李牧光再次对我亲热地笑了，“论起亲戚来，我现在得管你叫表舅子了，难道林琳没告诉过你吗？”

没想到会插进来这么一个突然性的消息，我的头都大了，猛地抓住了李牧光的衣领子：“她从来没跟我提过……这丫头只跟我说过，她正在斯坦福大学读博士。你妈的王八蛋，居然敢勾引我表妹。”

“都是一家人了，别把话说得那么难听。”李牧光把我的手拨开，脸却凑得离我更近了，“再说我也没勾引她啊，是你表妹自己来找我的，她哭着喊着想嫁给我，拦都拦不住。”

“别扯淡了，我表妹是个女学霸，她怎么可能看上你这种暴发户。”

“可我是个国际暴发户啊，拥有美国国籍。”李牧光说，“说白了吧，林琳除了一门心思念书之外，还一门心思想留在美国，而她的留学签证又马上就要到期了，所以她突然找到我，想要跟我假结婚——你也不要太吃惊，这种事情很常见，唐人街还有专门的中介在做这种生意呢，只不过给留学生们介绍的都是美国孤寡老人。所以说，哪怕是名义上的丈夫，林琳能找上我还算不错呢，且不提钱，哥们儿起码体健貌端，比那些肯德基上校似的洋老头儿可强多了。”

难道不找他李牧光，我表妹就要嫁给肯德基上校和麦当劳叔叔吗？我憋着口气说：“照你的说法，你娶了她还是帮她的忙啦？”

“这首先当然是看在你的面子上喽。而且我也不是白帮忙，如果林琳成了我的妻子，我可以用她的名义开个银行户头，用来处理我的那些……款项。她家底清白，无论是中国还是美国政府都不会怀疑到她头上。”李牧光说，“还是说回你表妹的情况吧。我再给你普普法，按照美国的现行规定，结婚之后必须通过两年的审核期而不被移民局发现破绽，她才能拿到独立绿卡。而这期间如果我向美国政府揭发她，会发生什么情况呢？对于我这个美国人来说无非是罚点儿款，大不了再交点儿律师费罢了，而她呢，驱逐出境都是轻的，并且还有可能因为婚姻欺诈而被判一年监禁——你可以自己到网上去查，最近有一拨儿串通美国水兵假结婚的东欧女人就被这么处理了，这案子在美国很有名。”

我都快听不下去了：“李牧光，你他妈的威胁我是不是？”

“我是想提醒你血浓于水，不过你要是把这理解为要挟也无所谓。”说到这儿，李牧光终于露出了优雅的、全然无耻的笑容，“我知道我的做法有点儿不地道，但对于你来说，眼下的当务之急应该是和我这个妹夫搞好关系，否则你表妹的苦日子可就来了。试想林琳要是真坐了牢，你们一家人尤其是你姥爷得有多伤心啊……据我所知他老人家都八十多了，这两年身体还不太好。而我想让你做的事也并不难，你对安小男有恩，他又把你看成唯一的——朋友，你的话他一定听得进去。”

接着，李牧光伸出两根指头，轻柔地推着那枚长命锁，让它像一只金光灿灿的小乌龟一样爬到了我的近前。我低头盯着那坨金子，看得头晕目眩，而李牧光却拍了拍我的肩膀，再没说什么就走了。

那天回家之后，我所做的第一件事就是尝试着联系林琳，但她在美国的手机居然停机了，再打她在斯坦福附近租住的公寓电话，一个外国老太太告诉我，她几个月之前就搬走了。于是我又去找林琳她爸，我的前姨父。这儿要补充一句，我表妹的父母早就离婚了，她爸娶了自己的女秘书，她妈没过多久就心肌梗死去世了，我们一家人都认为林琳她妈是被她爸给气死的。而那位老花花公子对女儿的情况知道得比我还少，他连林琳进了哪所大学读博士都没搞清楚：

“她在斯坦福吗……这么说我女儿和克林顿的女儿还是校友呐。”

“嗯，您和克林顿也有相同的爱好。”我说。

把亲戚们问了一圈儿，居然是从我姥爷家固话的来电显示里找到了林琳的新手机号码。她曾经给我姥爷打过一个电话，也没提她结婚的事儿，只是简短地问了个安。但或许是“隔辈亲”的心灵感应吧，我姥爷一口咬定林琳是心事重重的，并让我一定要劝她“凡事看开点儿，实在不行就回来”。我哼哼哈哈地答应着，出门用手机拨通了林琳的电话。

电话通了，中国的傍晚连接了美国的黎明。林琳半晌才开口，她这一次没叫我“怪胎”，也没叫我“混混儿”，而是低低地唤了一声：

“哥。”

记得我最后一次见到林琳，还是在机场送她去留学呢，那时她还是个俏皮的小甜姐儿，临走前狠狠地扯住我的耳朵揪了一记。而现在，她连个招呼也没打，就把自己给嫁了。我也沉默了一会儿，才说：“才知道你结婚的事儿，但你别指望我会恭喜你。”

“李牧光告诉你了？”

“嫁得好呀，挑了个有钱的主儿。”

“你应该知道，我和他结婚可不是为了钱。”林琳的口气随着我一起变冷了，“再说他对婚前财产做过了公证，就算我们离了，我也分不到他一毛钱。”

“只为了个美国户口，就把自个儿嫁了？”

“可以这么说。美国经济不景气，大学和研究所的预算都削减了一大截，我熬了八年才熬到一个博士学位，可还是找不到工作，要想继续留下也只能通过结婚办个身份了……比起雇来的人，你这个同学还算靠得住，更重要的是愿意帮我的忙……我想，干脆就别浪费时间了。”

林琳的话让我想起了当初她与安小男的那场约会闹剧。“别浪费时间”，那时候她也是这么说的。她到底是聪明还是傻呀。

我问她：“然后你允许他使用你的名字去开账户什么的？”

“反正我名下也没钱，随他怎么使去。”

“你这是图什么呀？混不下去了回来不就得了吗？”我恶狠狠地说，“是不是人一到那边脑子都变笨了？现在不比以前了，美国有的中国也有，这边儿挣钱的机会没准儿比那边儿还要多呢。别跟我说你是为了民主自由才死乞白赖留在那儿的，在国内的时候也没见你好过那一口儿……”

林琳却没跟我吵，而是缓缓地对我说：“我也有我的难处。家里的情况是一方面，我没妈了，爸也等于没有了，当初之所以决心要走，就是这个原因。其实快毕业的时候也不是没想过回国，但事到临头又犹豫了。我已经不年轻了，回去的话得重新习惯中国的空气、交通，得重新学习那些明规则潜规则还有想想就让人头疼的人际关系，还得打起精神来和那些比我年轻得多的孩子们竞争，这对我来说实在是太难了……我是个两头不靠的人，如果回去的话仍然没找到出路，那就算彻底失败了，可我承受不了失败，只能硬着头皮在美国扛下去……站在我的处境想一想，你说我还能有什么办法？”

说着说着，林琳就抽泣了两声。我和她隔着一个太平洋，却仿佛看到了她的眼泪亮晶晶地滑落了下来。我又想起了我们小的时候，因为家里大人都忙，一到寒暑假就被送到姥爷家相依为命。那时候林琳老和我大吵大闹，还曾经为了半根糖葫芦把我的脸挠出过一片血道子，但我要是真的烦她了，不跟她说话了，她就会一声不吭地跟在我身后，脸上默默地滚着泪水。她说我不理她就是欺负她。

我的鼻子一酸，对林琳说：“不管怎么说你也是我妹。如果李牧光趁机欺负你，你就告诉我，我他妈坐着飞机到美国跟他拼命去。”

林琳更加响亮地抽了抽鼻子，想对我咯咯笑两声，但却完全笑跑了调。她又说："别担心我和李牧光的关系。假结婚嘛，我们只是走了个手续，其实还是互不相干，更没在一块儿住。我已经搬到了西雅图，在这边的大学里找了份短期代课的工作，而且跟他说好了，一旦拿到绿卡，就跟他离婚。"

我愕然了一下："你还挺坚贞。"

"我只是求他帮忙，但绝不想把这事儿变成卖淫。"林琳说。

7

再引申一下我对李牧光所说的那句自我评价：假如我这人的优点是还有点儿底线，那么缺点却是底线偏软，随便被什么外力一捅，往往便汤汤水水、乌七八糟地漏了一地。既然不仅低而且软，那么再奢谈底线不仅形同放屁，而且还会给自己带来许多不必要的困扰。和李牧光的那番对峙反倒令我更加明确了这个道理，因此受他之命去说服安小男的时候，我尽量把自己调整成了漠然的、就事论事的心态。我一再提醒自己不要再被安小男的情绪所蛊惑。

随着北京路面的大拆大建，上地那地方几乎变得令我认不出来了。原先窄小、坑洼的柏油路被大幅度拓宽，路边新增了许多奇形怪状的建筑，有一栋大楼竟然像是正在缓缓降落的飞碟。越来越多的高科技公司把总部搬到了这里，原先的那些近郊农民则摇身一变成了房东，和新迁入的外来者们既互相羡慕又互相蔑视着。安小男所在的那幢写字楼显得旧了一些，但他的办公环境却经过了扩充和改造，面积达到了一百多平方米，俨然是个相当正规的跨国企业驻华办事处了。毛玻璃门上悬挂着李牧光公司的名头，屋里的空间分成两块，一块仍是联通着美国仓库的值班室，另一块则是"产品研发部"，还新雇了两个技术员，在安小男的带领下对监控设备做进一步的调试。

我推门走进办公室的时候，安小男正举着一只摄像头，对一个二十多岁的小伙子讲解着什么。这场面倒令我对完成任务有了信心：看起来他仍然是很在乎这个饭碗的。而当安小男扭过头来，我们的见面还是不免尴尬——毕竟相互冷落了不少日子，这时都不知道该怎么打招呼了。

我搓了搓手，讪笑道："正好到这边来办事，想到好久没见你了……"

"我挺好。"安小男僵着脸说，"你也挺好？"

"瞧瞧你，真像个领导了。"

"卖出去的产品得做售后，李牧光怕我一个人忙不过来，就又找了两个帮

 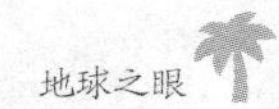

忙的。”安小男放下手里的东西，抄起工作台上的外套说，“这儿太乱，咱们到楼下的咖啡馆聊吧。”

“不用专门招待我，给我杯白水就行……”

他却没理我，径直领我走出了办公室，来到电梯间。铁门合拢，短暂的失重感从下半身袭来，他忽然又说：“我怀疑那些人是李牧光派来监视我的。”

员工和老板之间互相提防到了这个地步，所以才会苦了我这个中间人。我感到自己就像三明治里的那片奶酪，在两块面包之间夹得紧紧的，横竖躲不过被咬一口的厄运。而酝酿好的那些话却不知从何说起了。

在咖啡馆里坐定之后，安小男直接抛过来一句：“你也是李牧光请来的吧？”

他再怎么不通人情世故，但果然还是个聪明人。我坦诚地点了点头，反问他：“你真在调查李牧光？”

安小男没说话，这就等于了默认。

我说：“何苦来哉呢？”

“最开始就是因为好奇吧。”安小男说，“你也知道我这人有点儿……怪癖，对什么事儿都爱刨根问底。”

我问到了关键性的地方：“那么你掌握了什么……信息了吗？”

安小男清脆地嘬了一记牙花子：“很抱歉，这就不能告诉你了。”

他那警惕的样子，明显是彻底把我当成李牧光的人了。我脸上红了红，但也只好硬着头皮继续说：“我知道你眼里揉不得沙子，特别有原则和——道德。我这个人呢，没什么骨气，但是非好歹还是分得清楚的，所以能和你做朋友，我感到很荣幸。但我也想问你一个问题——假如世道真的出了问题，我们又能怎么办呢？跟丫死磕吗？那好像也改变不了什么。人生下来不是为了当斗士的，我们要吃饭，我们的家人也要吃饭，能当个好儿子、好丈夫和好爹就已经不容易了。让李牧光他们那些人富去吧，反正他们黑的是全国人民的钱，平摊到咱们头上顶多相当于俩钢镚儿掉下水道里了，不值得心疼。再说个你举过的例子，咱们学校电脑城楼顶上的那圈儿灯，它就算不合格，大楼不还在那儿戳着么？可见个人觉得天大的事儿，其实并不影响世界照转……”

“处在你这个位置，当然可以事不关己高高挂起了。”安小男突然打断我，“但你有没有想过，一旦李牧光那样的人祸害到我们头上会怎么样？谁能承受得起啊？”

“你……具体指的是什么呢？”

安小男说：“上次参加完你婚礼之后，我也用你的话劝过自己，但事情随后的进展让我忍不下去了。你知道他在 H 市的厂子选定了哪块地址吗？就是我妈现在住的那片宿舍区。政府早就想要拿那块地方开发房地产了，正愁找不到由头，恰好他的项目就来了。他们的计划是把附近几平方公里的民房统统拆掉，一小部分用来建科技产业园，其余的都盖成商品楼往外卖。至于以前住在那里的退休工人，只能被赶到郊区的安置房里去，那里基本上就是一片孤零零的荒地，连公共汽车都不通，上医院要徒步走上十几公里。这些老工人招谁惹谁了？他们苦哈哈地干了一辈子，许多人都落下了一身病，结果却像没用的牲口一样被赶出家门自生自灭……而这都是因为李牧光……"

原来还有这样一层关系。大约安小男想做的事，是找出破绽并停掉李牧光的投资项目，从而保全那一片老宿舍区。我躲着他的眼睛，继续找着说辞："拆迁的事情对你的影响其实并不大。你现在的收入不低，完全可以给你妈在 H 市城区买一套像样的房子，哪怕就是接到北京来也行，这边的医疗条件更好。如果手头实在紧的话，我还可以替你去跟李牧光谈谈……"

"但我们家的那些邻居呢？"安小男再次打断了我，"我能管我妈，谁来管他们呀？我爸死得早，我妈的身体又不好，自从我们退掉了以前的房子，搬到那片宿舍区，就一直受到邻居们的照顾。记得高考之前我从楼梯上滚下来摔折了腿，还是邻居们用三轮车把我拉到考场的。现在我是不为钱发愁了，但却把他们抛下不管，这道德吗？"

安小男再次说出了"道德"这个字眼，但这一次，质问的对象却变成了他自己。他的手臂横放在桌子上，面前那杯一口没动的咖啡里，泛起了一圈又一圈的涟漪。他的眼眶也空洞地撑大了一圈儿，好像突然坠入黑暗之中的夜盲症患者。这时我的心里已经很清楚，对这个状态的人是没法"讲理"了。或者说，我这种人根本没资格与他理论。

可是李牧光不容我退缩回去。我今天出门之前，还接到了他的电话："等着你的好消息。"然后他又对我说，美国移民局已经开始对他和林琳的婚姻进行核实审查了。于是，我换上了那种饱含感情但实则无赖的口吻："安小男，我对你也不错吧。"

"你对我有恩，这我忘不了。"他简短地说。

"那么我求你为我考虑一次，就权当是你报答我了好不好？"在羞愧和感伤的双重情绪下，我的嗓子居然哽咽了。这到底是真情流露，还是在进行某种夸张的表演呢？我本人也说不清楚。接着，我就把我表妹林琳和李牧光的那场非事实婚姻告诉了安小男。如果李牧光不高兴了，便会把林琳送进监狱，他真有这样的权力，也有这种狠劲儿。讲完之后，我又补充道：

“林琳你还记得吧？这么多年以来，只有一个女孩曾经表示喜欢过你，那就是她。”

安小男半张着嘴，点了点头。

“我知道这是个不情之请，也知道我的要求不那么……道德。”我接着说，“但我实在没办法了。今天这件事提得太突然，我不指望你能现在就答复我，只希望你再做什么事情的时候，还记着有我这么个朋友，好吗？”

说完，我就低下了头，看着自己面前那半杯咖啡里的涟漪。水波一圈又一圈儿地扩大，仿佛地球正在蠕动。在斯皮尔伯格的电影里，这样的波纹总是预兆着什么惊天动地的危险，比如将会蹿出一头恐龙，或者火山快要喷发了。然而很遗憾，时间不知过去了多久，当我恍然地抬起头来，安小男还是我对面那个木然的安小男。我们的世界未曾发生任何改变。

我叹了口气，欠起身来叫服务员结账。但这时，安小男却摆了摆手，示意我继续坐下。他干哑、迟疑地开了口：“有件事我也一直想告诉你，但始终没说……是关于我爸的。”

我疑惑了一下：“我见过他的照片……”

“搬到现在那片宿舍区之前，我们三口人住在当地一家建筑公司的家属院儿里，我爸是那单位的土木工程师。”安小男断断续续地讲了起来，声如锉铁，但音调悠远，“记得十岁以前，家里的日子还是挺好过的，福利好，房子大，更没为钱犯过难。因为有个设计方案受到了省里领导的表扬，我爸很年轻就被提拔成了公司的副总，但没想到厄运从此就来了。以前他只管埋头画图纸，并不过问工程的具体进度，但进了管理层之后，却发现公司的几个领导没有一个不贪的。他们把钢筋的标号降低，用来路不明的劣质水泥代替品牌货，居然连地基的深度也敢改，克扣下来的钱都揣进个人腰包里了。那些人还拉我爸入伙，表示可以把赃款分给他一部分，我爸不敢答应，他们先是笑话他傻，后来还集体排挤他……这也好理解，假如所有人都在贪的话，不贪的那个就破坏了生态，成了众矢之的。为了避开这些人，我爸提出不再参与公司层面的决策，回到原来的岗位上继续画图纸，但那些人仍然没放过他……后来终于出事儿了，他们公司承建的一个会展中心发生了垮塌，砸死了几个工人。事故的原因是使用了不合格的建筑材料，可那几个领导却买通了监察部门，还走了上层关系，硬把责任扣到了我爸头上，说是他的设计方案不合理导致的。我爸被就地免职，还被公安局的人监控了起来，死者的家属也一天到晚上门来闹，说要让他一命还一命，我和我妈连家门也不敢出……”

咖啡杯里的涟漪忽然停了。安小男的身体离开了桌子，直直地靠在了沙发座的椅背上。他闭上了眼睛，我张了张嘴却没发出声音。

漫长的几秒钟之后，安小男重新开始说话：“刚才讲的那些，是我后来才听说的事实。而我记得最清楚的，还是最后一次见到我爸时的情形。当时是晚上，我正趴在客厅的餐桌上做奥数题，看见我爸打开他书房的门走了出来。自从出了那件事，他在几天之内老了十几岁，连头发都白了大半，在日光灯下银光闪闪的。我抬头望望我爸，没敢说话，我爸却破天荒地朝我笑了笑，低头看看作业本，问我学到了哪一课，有什么不明白的东西没有。我就一道题接着一道题地对他讲了起来，他歪着脑袋好像在听。等我讲完了，我爸忽然俯下身子抱住了我，问了我一句和数学题不相干的话。他说：他们那些人怎么能这么没有道德呢？这个问题我根本听不懂，当然没法回答，而我爸说完，就慢慢地走出了家门。他走得弯腰驼背，连头也没有回……二十分钟之后，单位保安敲我们家门，告诉我妈，我爸从十九层办公楼的顶端跳下去了。”

说到这儿，安小男再次闭上了眼，如同正襟危坐地睡觉。无需他再做什么解释，我已经明白了他的意思，甚而可以说终于明白了他这个人。他爸那句关于“道德”的感慨如同天问，在安小男的心里种下了缠扰毕生的魔咒。从此他一直致力于求解那道难题，仿佛一旦解开，父亲就能死得其所。

“刚开始我和我妈一样，恨的只是我爸生前的那些领导和同事。但后来渐渐就变了，我觉得我爸所说的‘他们’并不是那几个具体的人，而是世界上的所有人；我爸讲到的‘道德’也不是一件事情上的对与错，而是笼罩着整个儿地球的神秘理念。但道德究竟是什么呢？它既然那么重要，为什么又会被人轻而易举地忘却和抛弃呢？一看到这个词我就想哭，一说到这个词我的心就会发抖，在我看来，我爸不是死于自杀也不是被人害死的，他是为一个浩浩荡荡的宏大谜团殉葬了……为了解开这个谜，我曾经求助于历史和人文学科，可最后还是失败了。你还记得我写过的那篇文章吗？我在里面说中国人已经没有道德可言了，但那只是在承认失败，是为了让自己认命。其实我不是那么想的，因为那种痛彻骨髓的感觉仍然存在。在没有道德的社会里，怎么会有人为了道德而疼痛呢……”

这时，安小男神态毫无过渡地变得暴烈，他的一只手还在胸口撕扯着，手肘撞到了桌角发出闷响，使得咖啡中的涟漪变成了海浪，热腾腾地泼了出来。接着，安小男便哭了，头两声凄厉如狼嚎，被邻桌的两个女孩惊异地看了一眼之后，就变成了汩汩不息的呜咽。他的眼泪在脸上奔涌着，像个受了天大委屈的孩子。

这人几乎完全失控了。我赶紧掏出张钞票压在杯子底下，走到桌子对面，试图扶着他站起来。我们撕扯挣扎了一会儿，才踉踉跄跄走出了咖啡馆。马路上是明朗的艳阳天，铺天盖地的光线之中，卡车扬起的尘埃像海里的微生物一样漂浮着。一家饭馆里走出了三个同样脚下拌蒜的男人，他们中的那个胖子喝多了，正豪迈地发表演讲，呕吐物就顺着他的嘴汹涌地漫过了胸膛。一个小个子男人被胖子夹在腋下，同病相怜地对我投来一笑。

"怎么有人活得那么容易，有人就活得那么难呢……"安小男已经哭得浑身抽搐了起来，两脚在路面上毫无方向地漫舞着。

我没再和他说话，近乎坚忍地把他架回了"监控室"里，扶到窄小的单人床上躺下。那两个小伙子关切地过来询问，我把他们都推了出去，反手拉上了门，将安小男关在了里面。整理着被他浸湿揉皱的外套往外走时，我突然想，随着这次说客任务的结束，我和安小男的友谊也可以寿终正寝了吧。不管他以后是继续与李牧光为难，还是因为我而隐忍下去，都不是我能够管得了的事情了。我们已经互相摊了牌，他不可能再对我这种混混儿高看一眼，我也无法理解一个幼年丧父之人的创痛。我们从骨子里就不是一条道儿上的人，道不同不相为谋。

但晚上回到家，躺在床上之后，我却还是不由自主地想着安小男这个人。在我看来，他虽然口口声声地宣称着"道德"，然而他是否能对这个词汇做出一个哪怕是个人主观意义上的定义呢？恐怕是做不到的。他敌视李牧光的"道德"和本科时怒斥商教授的"道德"是一码事吗？这两者是否又和他拒绝银行行长的"道德"一脉相承？安小男想必给不出答案。"道德"让他在二十年来备受煎熬，却又在他的脑海中长久地面目模糊。虽然他曾经用他那理科天才的大脑去剖析研究过它，但归根结底不过是被他爸死前的一句感慨蛊惑了、催眠了。按照我惯有的那种嘲讽性的、自以为世事洞明的思路，安小男的生活可以被定义为一场怪诞的黑色喜剧，而我也可以一如既往地从几声苦涩的冷笑中重新获得轻松。

但我没能做到。夜已经深了，窗外的天空静谧、幽深，连风的声音都没有。孩子吃饱了奶，和保姆睡在隔壁，小张正靠着枕头看书，脸色在台灯下分外光洁。在这安详得暄软的氛围里，我却感到了浩大无比的悲怆，仿佛肉体以外的东西都被震成了粉末。

随后的几天，我到一家贵金属商场卖掉了李牧光送的金锁，又将一份还没到期的理财产品赎了出来，然后把那些现金换成了美元。如果安小男真的和李牧光决裂的话，那么我应该提前为林琳做打算。据我所知，美国请律师打官司是很贵的，这点儿钱恐怕还是远远不够，但我能做的似乎也只有这么多了。

然而日子一天接一天地过去，无论中国还是美国都风平浪静，并没有什么突发消息传来。一个多月以后，一直没跟我联系过的李牧光终于打来了电话，他的腔调又恢复了原先的志得意满：

“还是你行，帮了我的大忙了。”

李牧光告诉我，根据多方打探以及安插在公司里的“眼线”的汇报，安小男已经彻底放弃了对他的调查。不仅如此，安小男的工作态度也比以前更加任劳任怨了，每天除了监视仓库，就是坐在电脑前废寝忘食地调试修改那些监控器材的操作程序。随着他从李牧光的心腹大患变回了左膀右臂，量产版的跨国保安系统定型在即，而H市那片厂区的兴建计划也通过了主管部门的审批，只等着半年以后正式开工了。“现在还有一点小小的麻烦，以前那些居民不想搬走，纠集起来静坐示威了几次。但是梅花欢喜漫天雪，冻死苍蝇未足奇，”美国人李牧光居然引用了两句毛主席诗词，“这些小打小闹能成什么气候？在你们国家，政府决定的事情是不能阻挡的，大不了抓几个判几个，推土机就轰隆隆地开过去了。”

接着，他专门提到了我的表妹：林琳已经拿到了婚内绿卡，一年多以后就可以升级为独立绿卡，有资格在美国定居下来。届时他也将信守承诺，和林琳离婚。至于我，他表示已经和H市内的一家文化公司达成协议，拍摄一部宣传他这个“华人企业家”的专题片，并请我担任导演：“费用你可以随便提。”

“另请高明吧，我手头还有俩别的片子没剪完。”我说。

“你挂名也行……我就是想谢谢你。”李牧光故技重施地说，“你要不答应就是看不起我。”

“那不敢，我他妈配看不起谁呀。”我不由自主地衰颓了下去。

与我相反，李牧光的声调陡然高亢了起来：“你也不必跟我打马虎眼，我知道你是怎么想的。你觉得我的钱来得不干净，觉得我这人不那么……道德，对不对？这些我都承认，但我还想向你说明一点，钱来得不干净不等于用得不干净，更不等于以后永远来得不干净。佛教里不是还说放下屠刀立地成佛吗？还有西方那些倍儿光明倍儿灿烂动不动就绷着块儿维护普世价值的国家，不也是从羊吃人从奴隶贸易干起来的吗？所以别纠缠于我以前干了什么，还得看看我以后会干什么。一直以来，我就想找一个合适的项目，把手头的钱投到光明正大的生意里去，我亏过本也被人骗过，现在总算抓住了机会……当然这还得感谢安小男。为了生产监控设备，我已经注册了新公司，等它一旦开始盈利，我就不是从前的我了，我会变成下一个比尔·盖茨、乔布斯和扎克伯格……”

李牧光说得如此诚恳，如此梦幻，仿佛手中握有不容辩驳的信念与真理。

但我的脑子更乱了，同时还感到了累，累得连听人说话都成了一种莫大的负担。我嘟囔了一句："随你大小便吧……反正我是不想掺和你们的事儿了。"说完便挂了电话。

就此，我与安小男和李牧光都断了往来，而他们也不约而同地没再打搅我的生活。随后的一段日子里，我的工作也发生了一些变化。我放弃了"体制内"的身份，从电视台的节目制作中心跳槽到了一家才上线没多久的视频网站。新东家并没有给我提供更高的工资和制作经费，但却不会粗暴地干涉我的拍摄题材。很多过去一直酝酿着的构思终于得以实施，居然在小范围内获得了不错的声誉。与此同时，我的儿子也在茁壮成长，当我在外地拍片子的时候，小张会打开结婚时安小男赠送的那套微缩版的监控设备，让儿子在摄像头前为我表演种种人类奇观：翻身、打哈欠、乱哭乱叫、第一次坐立，第一次尝试爬行，第一次学大人做鬼脸……

在这种时刻，我才会想起那两个曾经的朋友。半年的时间一眨眼便快过去了，H 市的科技园是不是即将正式动工了呢？看来老宿舍区已经无可避免地面临拆迁，而安小男终于没有做出让李牧光担心的举动。他是彻底无能为力了呢，还是被我说服了？我的"恩情"能对他起得了那么大的作用吗？也不知为何，我总是隐隐觉得我们三个的事情还没完，就像人已散曲未终，仍然有一股潜流在我们之间流淌，酝酿着冲出地表的爆发。

虽然早有预感，但那一天终于来临时，还是让人猝不及防。当时是中秋节前后，我正带着剧组在江苏拍摄化工厂排污造成的海鸟灭绝，突然接到了李牧光的电话。这一次，他一句寒暄也没有，劈头就问："安小男去哪儿了？"

我反问他："他不是在你公司上班吗，你问我干吗？"

"他跑了，一个招呼也没打，我让人找了好几天都没找到。"李牧光咬牙切齿地说，"说实话，是不是你把他藏起来的？"

我突然火了："你他妈什么意思？他在的时候你找我，他不见了你还找我？我又不是专业给你擦屁股的。"

"反正我要是出了事儿，你表妹就别想在美国待下去了。"李牧光又骂了句脏话，摔了电话。

我一头雾水，同时心里窝火，但还是从手机电话簿里找出安小男的号码，拨了过去。电话没通，一个电子娘们儿告诉我："您所拨打的电话已停机。"

这之后的两天，我心里一直都是惶惶然的。而到了第三天，小张突然也打了一个电话过来。她还没开口却先呜咽了两嗓子，然后喊叫着让我立刻回家。

我还以为是儿子生了病呢，便道："别怕别怕，有事儿慢慢说。"

"你在外面得罪什么人了？要不就是安小男，他干吗要连累你？"小张说。

我心里咯噔一下："到底怎么了？"

小张顺了几口气，才把事情说清楚。原来就在刚才，有三个东北口音的男人来我们家敲门，声称是网站派来给我送月饼的，没想到小张才一开门，他们就闯进屋里来，不仅把每个房间都逛了一遍，还恶狠狠地问我们"把安小男藏到哪儿了"。这几个男人虽然没有身穿整齐划一的黑西装，但是有的剃着个大光头，有的领口底下露出一根龙或者带鱼的尾巴，看起来很像"道儿上"的人。小张自然被吓得魂不附体，抱着儿子只是摇头。好在小区的物业恰好上来收物业费，他们才一声不吭地走了。

我费了好大口舌让小张放心，又建议把她姐叫到家里住两天，总算把她安抚下来。随后我又给安小男打电话，但仍然是停机。这个时候，我已经猜到了什么，便克服着烦躁又给李牧光打，没想到他的电话也关了，听筒里传出一片忙音。

两个人都找不着了，让我像没头苍蝇飞进了微波炉，沉浸在随时会被烤熟的危机感之中。这一天剩下的时间里，我也无心干活儿了，草草让大家收了工，把自己憋在宾馆里坐一会儿，卧一会儿，又打开电脑到网上溜达一会儿，总之是安生不下来。一晃到了晚上九点多钟，一条已经被转发了两万多次的微博辗转出现在我的页面上，标题像所有热门消息一样耸人听闻：贪官家族转移财产，芭比娃娃惨遭肢解。内容则是一组连环画似的高清照片，图中的男人在大部分时间里侧对着镜头，只露了半张脸；他从货架上搬下了一箱玩具，拿出里面的数十个芭比娃娃，然后粗暴地扭断了她们的脊椎，导致她们的胳膊腿散落一地。从娃娃们的腹腔里，则掏出了一捆一捆的钞票，估摸是大面额的美元，此外居然还有十来根金条……图下配了说明，指出这组照片是在美国洛杉矶的一家仓库里拍到的，照片里的主人公名叫李牧光，身份既是美国人，又是一名东北国企退休领导的儿子。我又放大一张图片看了看，在右下角的角落里，发现了截屏过程中留下的时间标记。照片拍摄在几个月以前，正是李牧光对安小男最为寝食难安、提心吊胆的那个阶段。具体时刻则是中国的黎明、美国的傍晚，仓库里的美国搬运工人已经下班离开，中国电脑屏幕前的安小男又还没有上班。在不是人来人往就是被摄像头严密监控的仓库里，只有这段时间是个空档。

微博是用"天眼"这个网名发出的，一经推送便呈几何级数扩散。网友们除了一如既往地调侃、骂街，还人肉出了李牧光及其家人的各种背景资料，并推理再现了他们利用玩具贸易洗钱的全过程：随着我们国家反腐力度的加强，领导干部的账号已经被严密监控，这使得他们不敢再像过去那样通过金融渠道大摇大摆地转移资产，手里的钱也成了烫手的山芋；比起那些把现金在家里堆积如山、放到发霉的贪官们，李牧光一家的手法倒是独辟蹊径，他们在国内把钱和金条塞进了即将出口的玩具体内，再把这些玩具的批次和箱号告诉李牧光，一旦在美国接了货，剩下的事情就方便了。这么干不光安全隐蔽，而且还省去了被洗钱机构抽头的烦恼呢。

不出所料，安小男终于“出手”了。李牧光费尽心力地要挟我去说服他，只不过把事情往后拖延了不到半年而已。H 市的科技园用地应该还没有正式开工吧？考虑到这桩丑闻的恶劣影响，那个项目八成是会被临时叫停的，老宿舍区从而也避免了拆迁。至于跑到我家去找安小男的那些男人，我倒认为不太可能是李牧光指使的，而是他爸或者哪个气急败坏的叔叔伯伯所为。他们这么做，当然是想用威胁的方法逼迫安小男删掉微博，但这个想法却太幼稚，太不了解今天的互联网了。一条信息只要发出，就会和它的主人毫无关系，它更像是游弋在宇宙中的一颗彗星，到底是在茫茫的时空里销声匿迹，还是天崩地裂地把地球撞出一个大洞，都不是人能够决定的了。

而我随后的一个反应，则是得赶紧去一趟美国。在事情的连锁反应里，林琳是那条被殃及的池鱼，就算救不了她，我也要看她一眼。

8

这几十年以来，最多中国人前往的国家就是美国了。无数有志之士像不远万里前去交配的信天翁一样飞越太平洋，摇身一变成了遍地精英或者遍地土鳖。然而“去美国”这个行为却又存在着一个悖论：最多人去的地方有可能是最难去的地方，甚至要比越狱还难。因为那里不是中国的旅游目的地国家，我申请下来护照之后还得到大使馆面签，结果没聊两句就被“毙”了，原因是我声称前去游览，却说不出几个风景名胜，支支吾吾了半天才憋出了一句“要看湖人队的比赛”。对面那洋人和蔼地告诉我：

“在家看转播吧。”

但我总不能告诉他们，我表妹马上就要坐美国的牢了，我是去试图营救她的。排在我前面的一个老头儿更活该，他被儿子儿媳叫过去看孩子，可提出申请理由的时候不说“我孙子在美国”或者“我孙子是美国人”，而是说：“美国人是我孙子。”这种故意颠倒的语序让精通中文的签证官大为不爽，随便扣了顶

“有移民倾向”的帽子便撵了出来。

老头儿一边往外走一边愤愤地说：“孙子才想当美国人呢。”

经此一拖，时间又过去了一个月。这期间我着急上火，又给安小男、李牧光和林琳轮番打了无数个电话，但却一个人也找不着。我还开车奔波几百里，去了一趟安小男在 H 市的家，可把门拍得山响又在楼道里守了大半天，也没见着半个人影。后来还是一个穿着秋裤出门倒垃圾的邻居告诉我，安小男好像悄悄回来过一趟，连夜把他妈接走了。至于去了哪儿，就没人知道了。

“他是不是欠债了？除了你之外，还有几个东北人来找过他，模样凶得很。”邻居唏嘘道，“这孩子小时候多老实啊，怎么看也不像出格的人……”

我无法解释，便岔开话题又问：“这片儿不拆迁了？”

“你也听说了？拆迁公司都进驻了，但又突然停了。”穿秋裤的大叔说，“为了这事儿，我们还在楼道口放了挂鞭炮呢。”

微博事件正在飞速发酵，不久之后网上有了正式的消息，李牧光他爸已被“双规”并接受调查，而他本人却凭借美国国籍继续逍遥法外；由于中美两国尚未签订引渡条款，流失的国有资产被追回的希望非常渺茫。这条新闻也让人们对那些给外国人当了爹的官员们产生了更大的愤怒。到了那年冬天，事情总算有了转机。我拐弯抹角地联系上了同样定居美国、正在波士顿“中美文化交流中心”供职的前女友郭雨燕，请她把我塞进了一个“文物保护考察团”的名单里。于是再次面对签证官的时候，我的理由就变成了“到你们国家看看我们的宝贝”。

也是有缘，在这个考察团里同行的还有一位故人，正是历史系的商教授。此人与时俱进，最近靠“歪批历史”从电视明星转型成了网络红人，因而轻佻的风格愈演愈烈。自打坐进飞机的头等舱，他就招猫递狗地和空姐打哈哈，唯恐别人认不出他来，浪费了胸前那杆“万宝龙”签字笔。听说我这个过去的学生混成了导演以后，他还屈尊纡贵地莅临了一帘之隔的经济舱，和我探讨了许多 90 后才感兴趣的时新话题，并隐晦地暗示我，可以把范增、余秋雨和他并列在一起，拍摄一套名为“当代大儒”的传记片。

飞机已经升空，我们的屁股下面是浩瀚的太平洋。看着这位在三万英尺高空乱舞的恩师，我蓦然生出了何似在人间的荒谬感。商教授侃得兴起，我忽然打断他问道：

“您还记得安小男吗？”

“记得记得。”商教授热忱地呼应着我，“也是媒体圈儿的对吧？我还看过他对文怀沙做的访谈，问题问得特犀利……你们是不是老管他叫小安子？”

除了外号，没有一样对得上的。我苦笑了一声，没再搭茬。谁想商教授却又反过来问我：“对了，你们那些同学里，是不是还有一个叫李牧光的？”

我瞪大了眼睛：“是啊，您认识他？”

“当然不认识。”商教授摆了摆手，脸上浮现出一丝高深莫测的得意，“前些天突然有网站的‘推手’发过来一条微博，让我转一下，说的好像就是国企领导往海外转移资产什么的。现在这种事还真吸引眼球，我和别的几个大V动了动鼠标，一转眼就成了新闻，听说还在东北那边揪出来一个窝案……又过了一阵才知道那个李牧光以前也是历史系的学生，可我怎么一点儿印象也没有啊？”

“他从来没上过课。”

“怪不得。”商教授又说，“后来他们家的亲戚还找到了我，说要给我十万块钱，让我把帖子撤了。”

“您答应了吗？”

商教授昂了昂下巴，愤慨地说：“这些蠹虫——居然想用一点小钱想收买我，我有那么无耻吗？”

万里奔波到了美国，落地之后的行程倒是非常简单。我们被拉到一个不知名的小博物馆亮了个相，就算完成了出资机构的任务，此后的时间尽可以自由玩耍。商教授在国内当够了华威先生，到了美国却执意“追求内心的宁静”，非要到梭罗隐居过的瓦尔登湖去“度过一个沉思的午后”。他这么一提议，其他几条大尾巴狼纷纷响应，而我则趁机脱了队，先去找郭雨燕。

我的前女友如今住在波士顿郊区的一个小农场里，她每天要开车去“downtown”上班，是她的白人老公接待了我。这个富裕农民长得像个结结实实的肉球儿，大脑袋下面连接着一根名副其实的红脖子。他大概听说了我和郭雨燕以前的关系，对我的态度热情而又存有芥蒂，一再套我的话，还警告我不要对“swift”存有什么念头。可见中国人在美国的名声也不怎么样，几乎成了乱搞男女关系的代名词——就像当年的美国人在中国一样。我被问得泼烦，便用结结巴巴的英文回答他说，我和郭雨燕不仅现在很清白，而且当年也很清白，“连睡都没睡过一觉，就原装出口到你这儿来了”。

那家伙登时放心了，居然还说：“多么遗憾。”

然后他邀请我一起进行他最喜爱的运动：端着双筒猎枪到他的农场里去打土拨鼠。看到那些可爱的啮齿类动物刚一探头就被轰得血肉模糊，我实在是胆寒肝儿颤，而郭雨燕的老公却兴奋得又蹦又跳，简直像个迷恋暴力的呆傻儿童。他还请我喝了地窖里封存了几十年的波本威士忌。

好容易等到门外传来停车的声音，郭雨燕从一辆巨大的凯迪拉克汽车里跳了出来。朱颜辞镜花辞树，她也和我的大多数女性同龄人一样，不可避免地显老了：小狐狸脸上涂着厚重而斑斓的妆，变成了刚遭了三昧真火的狐狸精；一对大胸倒是越发蓬勃，可惜看不出肉的质感，分明是用钢丝撑起来的。

她进门也不看我，径直搂着丈夫响亮地接吻。我则直言不讳地用中文问道："你怎么找了这么个二傻子？"

郭雨燕一翻白眼："你们这帮中国男的又好在哪儿啊——看着倒是一个比一个精，其实成天琢磨的还不是吃亏占便宜那点儿烂事儿？没劲。"

郭雨燕的老公问："你们在说什么呢？"

郭雨燕回答他："他说你可真是一个 tough guy。"

肉球儿鼓着胸脯子说："那当然。"

接下来，她便谈起了我这趟来美国的主要目的。郭雨燕已经在办公室联系了北美地区的几个中国同学会，打听到了林琳现在在哪儿："她已经不在西雅图了，而是搬到了加利福尼亚……听说她遇到了麻烦，正在那儿打官司。"

看来最坏的事情还是发生了，我心里一凛，问："是移民局把她告了吗？"

"那倒没有。移民局的程序不是起诉而是直接遣返。"郭雨燕说，"听洛杉矶的一个同学说，好像是她把她刚结婚没多久的老公告了。"

这个信息让我始料未及。按理说，林琳的绿卡捏在李牧光的手里，只要对方翻脸，她就完全处于被动地位，拿什么和人家打官司啊？难不成李牧光在气急败坏之余，还对林琳使用了家庭暴力吗？这让我更加揪心了。

还好，郭雨燕虽然对我的态度冷嘲热讽，但帮起忙来总算热心。她给了我林琳的新地址，又上网为我订好了机票，并让肉球儿开着他的福特皮卡送我去机场。当天晚上，我就从美国的东海岸飞到了西海岸，又换乘了曾经载着杰克·凯鲁亚克横穿大半个美国的"灰狗"巴士，来到了距离洛杉矶城区几十公里的一个小镇。

此时天已彻底黑了，镇上一片寂静，只有酒吧和中餐馆还灯火通明。我循着落满了阔叶的街道找到了林琳的住处。那是一幢红砖垒砌的二层小楼，楼前像许多美国人家一样，有草坪装点门面。我按了门铃，一个华人老太太开了门，用粤语问我"雷海冰果"。

接着，像有心灵感应一样，林琳便从老太太身后的走廊里走了出来。很没出息，我的眼睛湿了一下，令她的面貌在瞬间变得模糊。当我眨了眨眼，林琳已经站到了我的面前。她竟然没什么变化，还是洋娃娃般的皮肤和又大又黑的眼睛，更让我意外的，是她的脸上一片笑吟吟的，完全看不出身处水深火热之中的样子。

“你现在不是个搞艺术的吗？怎么肚子鼓得跟个腐败干部似的。”这是我表妹在分别多年之后对我说的第一句话。

“你倒驻颜有术，用了什么神奇的化妆品吗？”我说。

“读书读的——人在学校里都不会变老。”林琳说着，便把我领进了她租住的那个小套间。

“我很担心你。”我进门之后说。

“我知道……谢谢你。”林琳低了低头，好像抽了抽鼻子，但旋即又笑了，“你来得倒巧，下个星期我就不在这儿了。”

“去哪儿……”

“伦敦。”她说，“还没来得及告诉你，我已经被帝国理工学院录取了，准备到那儿去读为期六年的自动化专业，拿第二个博士学位。”

我惊讶得几乎跳了起来，简直觉得她是在存心开玩笑。但是再看看屋里，的确有几个大箱子堆放在地板上，外面剩的不过是笔记本电脑和几件日用品。

我扯着嗓子问：“你不是正在打官司吗？”

“官司打完了，我胜诉了。”林琳说，“李牧光答应跟我离婚，还赔给我一笔损失费，支付在英国的学费和生活费富富有余。”

“这到底是怎么回事儿……我的脑子有点儿乱。”

林琳便又笑了，但这一次，她笑得若有所思：“说实话，我也没闹清楚是怎么回事儿。我只知道我重新自由了。”

林琳把她这半年多来所经历的事情告诉了我。在和李牧光结婚之后，他们保持着相安无事的两地分居，只有在移民局例行问话的时候才一起去做做样子。李牧光这个名义上的“丈夫”在美国和中国忙得团团转，也压根儿没工夫去滋扰林琳。但是一个多月以前，突然有其他留学生警告林琳，李牧光可能“出了事儿”，让她加点儿小心，而林琳这个书呆子又不会去上国内的网，她下意识地去查了查自己的银行户头，却发现账号里的钱已经统统被转走了。接着，李牧光醉醺醺地找到了她，宣布要和她离婚，还要向移民局告发她。他还告诉林琳：“要恨就恨你那个流氓假仗义的表哥吧，谁让他和别人一起串通起来搞我——这对他又有什么好处？他他妈的就是嫉妒我。”林琳也听不出个所以然来，但还是被对方那副丧心病狂的样子吓坏了，并且为有可能到来的牢狱之灾忧心忡忡。然而就在这个时候，匪夷所思的事情发生了：一封匿名邮件发到了林琳的信箱里，内容是数十张李牧光和不同肤色女人做爱的艳照。

“那些女人一看就是妓女，他们的样子别提多恶心了。”林琳做了个呕吐状说，“幸亏我不是和这种人真结婚。”

“照片在哪儿呢？”我问。

“我电脑里就有——我是不要再看了。”

我打开林琳的电脑，找到了那组照片。拍摄场所是一间敞亮、整洁的办公室，那里有宽大的写字台、旋转大班椅，还有一圈锃光瓦亮但几乎空空如也的书柜。至于那些蝶乱蜂狂的场面，就和办公室的环境很不搭调了：李牧光或者全身赤裸，或者穿着一件皮质小内裤，或者嘴巴里塞着一只粉红色的小塑料球；他有时趴在桌子上被东欧女人用皮鞭打屁股，有时像狗一样被拉美女人用锁链牵着满地爬，有时被亚裔女人绑在一根钢管上。真没想到这哥们儿在性生活方面有着如此离奇的爱好。而这些照片都是从同一个角度居高临下拍摄的，显然来自于安置在天花板边缘的摄像头。

林琳继续告诉我，她虽然不知道这些照片是谁发来的，但却条件反射地想到了应该怎么利用它们。她雇了一个律师，抢先一步对李牧光提出了离婚诉讼，理由是对方婚内不忠，生活放荡。自然，李牧光也图穷匕见，揭出了他们假结婚的事实，但这时候形势已经发生了逆转：结婚是真是假还需要移民局进一步调查，照片上的淫乱场面却是铁证如山；法院还怀疑他是在为了逃避责任而胡搅蛮缠。而在美国这种极其强调保护妇女利益的国家，即使他在婚前做过财产公证，一旦成为“过失方”也会吃不了兜着走。官司三下五除二就宣判了，林琳得到了大笔赔偿。一旦手头有了钱，因为离婚而失效的绿卡反而是小问题了。

“如果我愿意，可以用那些钱来直接办理投资移民，不过我可不想过得像个暴发户，还是接着上学比较舒服。”稀里糊涂地变成了小富婆的林琳说，“只要有学可上，在美国还是在英国都是无所谓的了。”

“那么李牧光呢，他现在在哪儿？”

“从法院出来就没见过他，好像是藏起来了……听说他的生意出了很大的麻烦，在中国一个什么项目的投资亏了个一干二净，被迫把美国的公司也给卖了。后来，连离婚协议都是由他的委托律师代发的。”

我暗暗舒了一口气。而至于这些反戈一击的照片究竟从何而来，我心里已经有了答案，只不过还有一些技术上的问题需要确认。好在我面前就坐着一位理工科的双料女博士。

我对林琳说："我还是好奇这些照片是怎么拍下来的。照片上的地点应该是李牧光的公司，而大多数写字楼都会装有监控设备，这是没问题的。可李牧光难道是个傻瓜吗？他要是在办公室淫乱，肯定会提前把那些摄像头关掉才对啊。这么大张旗鼓地现场直播，不成了黄色录像的演员了嘛。"

林琳给出了相当专业的解答："监控设备既然可以关掉，也就可以重新打开，而它一旦联网的话，都是能通过电脑来远程控制的——当然，前提是操纵它的人对这套设备的源代码极其熟悉，又通过病毒或者其他黑客手段入侵了李牧光办公室的电脑防火墙。一旦入侵成功，就算李牧光关掉了摄像头，他在这房间里的一举一动都有可能出现在地球上的任何一台电脑屏幕里。这么做的难度当然很高，但在理论上是可行的。"

我点了点头："还有一个问题……通过那封匿名邮件，可以追查到发件人的位置吗？"

"也不容易，但理论上也可行。"林琳说，"一般情况下，只有军方和警察的专业设备才能做到，但如果是精通计算机和互联网技术的高手，也可以用民用电脑进入邮箱的服务器，定位出某一封邮件的发送地址。那些人还常常受雇于大公司，做点儿商业间谍什么的勾当。"

"你在美国的同学里，有这样的人吗？"我问，"我付钱。"

林琳看了我一眼："有倒是有……不过你有必要非得这么做吗？反正我已经离开了李牧光，我这个当事人都没有好奇心了，你又何苦呢？"

我说："这涉及到一个朋友。"

林琳没再说什么，坐在电脑前打开了聊天软件。没过一会儿，她告诉我，联系上了一个每次考试之前都能从教授的电脑里把试题"黑出来"的印度裔同学，对方对这趟活儿的报价不高，只要一千美元。她已经替我把账转了过去。我点点头，走出她的房间，站在草坪上抽了支烟。

美国小镇的天空透亮而悠远，满天星光交替明灭，竟有蠕动之感，这是在国内大多数地方都看不到的。我站在这地球的另一面，怀念着我的朋友安小男。他的工作是在电脑前监视着美国，但却从来没有来过这里；然而他却神出鬼没地改变了周边那些美国人和中国人的生活。做出了这一连串事情，他心里的积郁会减轻一些吗？

戏剧性的是，他报答我、帮助了林琳的手段，其实和当初那位银行行长交给他的任务如出一辙。曾经拒绝过的事情，如今却主动为之。

经由他这个人，我对于身处其中的这个世界的观念，似乎也发生了震撼性的改变。毫无疑问，在那钢铁洪流一般运转的规则之下，我们都是一些孱弱无力的蝼蚁，但通过某种阴差阳错的方式，蝼蚁也能钻过现实厚重的铠甲缝隙，在最嫩的肉上狠狠地咬上一口。

抽完烟，我到小镇边缘的汽车旅馆订了一个房间，然后才步行走回到林琳那里。才一进门，林琳就告诉我，事情搞定了。印度人的活儿干得很漂亮，他在谷歌地图上用箭头标记了发件人的具体地址。我转动着鼠标，把电脑上的地球放大，再放大——亚洲，中国，华北平原和燕山山脉，北京城区，海淀区中关村一带的几所高校……终于，箭头指向了一个叫作挂甲屯的地方。

没想到是挂甲屯，理所应当是挂甲屯。

当天晚上，我提前订好了从洛杉矶回北京的机票，第二天一早，林琳借了房东那辆又老又破的“庞蒂亚克”汽车，从旅店送我去机场。我们兄妹的异国相聚就这么匆匆结束了，而下次再见面，就有可能是在伦敦或者别的什么国家的城市里了。

临别前，我像小时候一样抬起手来，把林琳额头前的刘海胡噜乱了。她的眼圈分明一红。我问她：“你就准备在全世界的学校里混下去吗……也不为以后做一下打算？”

“我是个规划能力特别弱的人。”林琳说，“以后的事情那就以后再说吧。”

然后，我们尽量轻描淡写地告了别。十来个小时之后，我回到了北京。地球的另一面仍然是白天，但由于在飞机上一直都戴着眼罩昏睡，我并不困。上了出租车之后，我让司机把我拉到了挂甲屯。

因为学校周边的特殊生态，这里的住户仍以年轻的闲杂人等为主，街道和房屋也持续着乱七八糟。我循着记忆在窄小的土路上缓缓穿行，与一张张仿佛当年自己的面孔擦肩而过，找到了当初见到安小男的那个小院儿。公共厕所仍在院子的斜对面散发着浓郁的气味，但这一次，安小男却没有攥着一卷飘荡的卫生纸走出来。我走进了院门，正好撞上了那位习惯于穿着睡衣去买菜的女房东，便问她安小男有没有搬回来住。

“没有。”女房东笃定地回答，但又歪了歪脑袋说，“但我前一阵还见过他呢……应该又回到这一片儿了吧。”

电子地图的精确范围大概是几百平方米，也就是说，安小男总会在附近的这几条巷子里窝着。然而即使是在几百平方米之内，大大小小的出租屋也多如牛毛，想要找到他并不容易。我一边乱转，一边安慰自己：就算今天找不着，还有明天和后天，时间多得是。

但刚这么想，路边的一个门脸便吸引了我的注意。土路拐角的街口，开着一家“香辣鸭脖”和一家“黄鸡焖米饭”，鸡鸭之间夹着一幢矮小的小平房，格局分为里外两层，外面是个玻璃柜台，柜台里摆着几台电脑主机和主板、硬盘之类的配件。在学生聚居的地方，这种专修电脑的小店本不稀奇，但柜台后面那个女人的侧影却分外眼熟。我放慢脚步，缓缓地挪动着脚步，认出了安小男他妈。她正面对着一台十四寸黑白电视，不知是在看还是在听。

那么安小男一定是在里屋吧，我看见刚好有一个男人走了进去，说他的车总是被邻居划破了漆，想买一套摄像的玩意儿“抓他个现行”。然后，里屋那杂乱的工作台前便出现了半个背影。的确是安小男。他正弯着腰从地上的纸箱子里往外翻着什么，同时问买主需不需要上门安装。

我心里一热，几乎脱口喊出了他的名字，但随即却又硬生生地止住了自己：我来这里，只不过是想看一看安小男这个人是否还在，看到了，心愿也就了了。我不确定自己是否应该拖泥带水地和他把交情续上——如果李牧光家里的亲戚和手下仍在锲而不舍地寻找着安小男，他们是很可能通过我把他挖出来的。况且，安小男这样的人最好的结局，不正是和所有的朋友“相忘于江湖”吗？

正这么想着，柜台后面的安小男他妈却缓缓地转过了脸来，朝着我和蔼地笑了。我慌了一下，本想回报给她一个笑容，但马上便发现她的目光是全然空洞的。她的眼睛即使还没有接近失明，也是不可能从这么远的地方辨认出我来了吧。那个笑无非是她对街上来来往往的人们的本能反应。

我掉头就走，卷着风离开了挂甲屯。一路上从小跑变成了飞奔，扛着行李来到母校北墙外的那条大宽马路上，这才停下来，扶着电线杆子喘息。而当我重新直起腰来，忽然发现手边的水泥柱上，镶着一张写有“图像采集”字样的蓝色标牌。再往上看过去，一枚三百六十度的摄像头正不动声色地悬在我的头顶。

我盯着它，如同在与苍穹之上的一双眼睛对视。

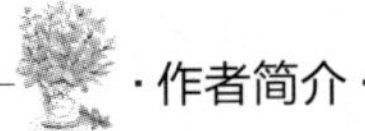

·作者简介·

石一枫，1979年生于北京，1998年就读于北京大学，文学硕士。著有长篇小说《红旗下的果儿》《恋恋北京》等，中短篇小说若干，散见于国内各文学期刊。另有翻译作品《猜火车》。

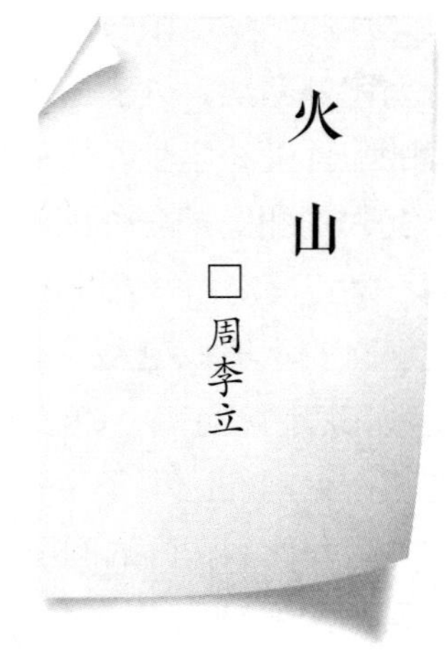

1

早上，在河口湖边，父亲指着对岸被大块冰激凌状的云团笼罩的富士山顶，告诉文亮，那是他们今天要去的地方。

湖边有几家不大的温泉酒店。昨晚，在其中一家的顶层泡温泉，文亮透过落地的玻璃窗，也看见了左前方这座山。他想那只是他们的山，他们的神山。文亮从没去过，但父亲说他自己每年都会来富士山一次。

夜色清淡，玻璃窗因水汽而朦胧。窗外，夜晚的天空与湖面，呈现一致的灰白，像哈尔滨街头出售的那种大烧饼，从中间剖开，豁口如一张饥饿的嘴，在等待甘美的酱肉。这样的想法，让文亮意识到，他如何背弃并伤害了自己的胃。在日本，所有东西仿佛顷刻便会消散，然后，你就再也看不见它们了。那些未加芥末的寿司若有似无的甜味、味噌汤在嘴里长久品咂后出现的一丝海腥味，还有加了冰块的清酒寡淡得如同隔夜的凉水……在日本的这些天，文亮一直试图记住的那些东西，其实也都像它们的味道一样稀薄。

文亮记得昨晚没有被云团遮挡的富士山顶，清晰袒露出它那标志性的白色花边。到早上太阳出来，镶嵌着白色花边的峰顶再也没有从云团中现身。隔着河口湖平静的水面，富士山消失了。它一度出现过，但是它消失了。

是不是这个国家的人都很擅长消失？就像二十年前，文亮的父母来到这里，然后他们也消失了一样。二十年的时间里，文亮只见过父母一次，那是2000年他十二岁的时候——一次失败的见面。

然后是三天前，文亮第二次见到父亲。现在，他已经22岁了。长久的疏远后，他对“父母”两个字的真实含义，不免产生种种怀疑。他知道，其实就连父母他们自己，也跟他有着同样的疑惑，毕竟这么多年，他们再也没有回过县城。

“这是一个火山湖。”父亲说。但他的眼睛并没有看向文亮，像是在躲避着什么。

父亲沿着湖岸向远离文亮的方向慢慢走远。文亮一开始以为父亲只是漫无目的地在漫步，后来他发现，父亲其实是要去乘坐那艘客轮。

文亮赶紧快走几步，跟上父亲。

这是一个陌生的国度，文亮不熟悉这里的一切，从语言、食物到逢人便鞠躬的男人女人们，可能还有一些他并未发现的东西，将在日后的岁月里渐次呈现，对他施以各种意外的折磨。所以，无论他如何不情愿，现在，他也只能这样，紧紧跟着父亲。这个男人比十年前矮了些，也许只是因为文亮比十年前高了些，现在他至少比父亲高一个头。他一直小心翼翼地注视着父亲的一举一动，尽力不让自己再被他抛弃一次。

可是，父亲为什么连去湖边坐小客轮的时候，都没有顺便招呼一下他呢？

父亲站在那艘小客轮旁边，停下来，回头看文亮，像是在等他。这时文亮想起，自己二十二岁了，而其中二十年，他都在独自生活，跟父母身处两个不同的国度，中间隔着一片无望的海洋。但现在，他竟害怕跟父亲走散——这明明是三岁的孩子才会产生的担心，这不是一个身高一米九的成年人应该有的想法。

他放慢脚步，希望父亲现在能跟他说点什么，随便什么。

但父亲什么都没说，就像几天来的情形一样。

这是一次沉默的出游。

2

文亮三天前抵达东京成田机场。飞机上一共有四名空姐，两位是中国国籍。其中一名空姐先是用日语对文亮说话，接着又换成中文。

文亮很想问她，你觉得我是中国人还是日本人？但他最终也只是微笑、点头，用手快速指了指餐车上那一排装着苹果汁的纸盒。他不能用自己也不确定答案的问题，去为难一个陌生女人。他不想用中文回答她，也不想用日文——虽然他并不知道在日语里“苹果汁”应该怎么说。

文亮早就被希望学习日语，但他这几年把本该用来学日语的学费，都花在了别的地方。那些从日本寄来的钱，足够他去做很多事情。而那些事情，可都比学日语有趣多了。

飞机从哈尔滨机场起飞，四个小时后到达东京。

他在哈尔滨生活了三年。临走的时候，他不知道自己还能不能再回来。他很希望回来。这几乎是黄金般的三年，从大一到大三。在一所普通大学读书，最大的好处就是你很容易成为佼佼者——比如文亮就选择让自己成为一个姑娘们喜欢的男孩。这也很容易，因为他有钱。父母在日本多年，除了源源不断地给他寄钱以及各种甜腻的日本点心之外，好像也不知道还能为文亮做些什么了。而姑娘们，其实都很喜欢那些甜腻的东西。

文亮长得好看。他从网络上学会了日本少年的各种潮流装扮，懂得让头发错落着，在脸颊边散开，至少要挡住耳朵。他一度在左耳戴一只元宝形状的耳钉，后来担心被误认为同性恋，便不再戴了。他染过至少五种颜色的头发。在他后背左边肩胛骨的地方，有一处小小的文身——那图案其实并不小，但他长得太高，图案看上去便小了很多。如果有人看见他赤裸的后背，甚至都不会注意到他左肩胛骨处那只海豚。昨晚，文亮和父亲在湖边旅馆的顶层泡温泉，迷蒙的水雾里，父亲也没发现这只海豚。

“没有人文身文海豚的。”萧霄，他那时的女朋友，为此这样嗤笑他。他没理她，认为她并不懂得他的人生。

萧霄给自己文了一只蝴蝶，在右脚踝的外侧。在他们一起文身的过程中，她又后悔起来，因为脚踝的神经太敏感，她不想文了。

“你打算留着一个半片翅膀的蝴蝶吗？”于是轮到文亮嗤笑她了。

他们那天分别趴在文身店里两张并排放置的小床上，侧着脑袋，四目相对，像是同床共枕的男女，如果两张狭窄的文身床中间不存在那道不宽的缝隙的话。天气已经热起来，铺着墨绿色天鹅绒床单的文身床上，留下他们的汗渍，像他们转瞬即逝的爱情。

萧霄流着眼泪，没有哭出声。她说：“就算翅膀长全乎儿了又能咋样？蝴蝶又飞不过大海。”

她平时不这么说话。东北姑娘说话普遍毒辣，像是要与你永世为敌，但那天她的东北腔调却是那么温柔。她选了蝴蝶的图案，这是常见的图案，但她选择它，不是因为它常见，而是因为“蝴蝶飞不过大海”。文亮那时才明白这一切，他将永远失去眼前这个与自己同床不共枕的姑娘。两张小床之间那道缝隙，就像是地图上那道窄得还不及一个巴掌宽的日本海。

他伸出手去，希望拉住她的手。她继续被文身师的工作伤害，开始龇牙咧嘴地咒骂，显出她身为哈尔滨姑娘的本色。她狠狠地在他右手拇指和食指中间的虎口处掐出三道粉红色的指甲印，好像他手上渗出了三点血迹。

文亮的海豚图案比她更早完成。他觉得自己大概是最失败的文身者，因为她一开始喊疼，他就后悔了——他不想要这只海豚了。他不想游过这片深海，从今天的此处，抵达明天的对岸。他也想要一只蝴蝶。他知道，萧霄的蝴蝶，将永远停留在她右脚脚踝那个瘦瘦的地方。它不会消失，不会像墨绿色床单上深黑的汗水印迹那样消失。所以，他希望自己还能见到那只蝴蝶。

3

文亮记忆中最美的味道，是小时候在奶奶家吃的西红柿。西红柿是乡下的奶奶自己种的。只有他的小拳头大小的红果子，从铁丝架上垂下来。底层的总是率先变红，在顶层的果实还是青绿色的时候。夏天，文亮正好可以摘到那些早熟的西红柿。奶奶会用存放在大缸里的井水冲洗它们，直到西红柿也变得如井水一样冰凉。后来，他再也没有吃过那种冰凉的西红柿，因为他和奶奶搬到了县城。

在县城的第一个夜晚，是夏季。文亮没有听见熟悉的蝉鸣，天空始终也没有真正暗沉下来。那些不知何处闪动着的灯光，像乡间坟地里的萤火，在文亮紧闭的眼皮上不安地跳跃。没有苍蝇、蚊子安详飞过，而是晚归人的自行车铃声不时从远到近地传来，每当此时，他便突然睁开一直紧闭以强制自己入睡的眼睛。

奶奶发现文亮还醒着，会替他扇扇子。从乡下带来的扇子，有熟悉的稻草香味。奶奶问文亮，高兴不？

半梦半醒之间，他记得自己先点了头，然后又摇头。点头是因为他觉得应该点头，摇头才是他真正的意思。县城于文亮和奶奶，那时是一个陌生的大世界，而他还没有学会在这个世界的夜晚安稳入睡。

他们的房子，在县城东边，是城里最早修建的商品房，六层楼的第三层。

奶奶说住三楼的人家，都是国宝。可是，国宝是熊猫。文亮想。

房边有河，但河里没有水。后来文亮知道，他以为的“河”不过只是一条城市排水渠。排水渠里，经常出现各种意想不到的垃圾。更怪异的是，垃圾里总会有一只只看不出颜色和质地的旧鞋。那些混迹在污泥脏水中的鞋，是文亮对恐惧的最早认识。那时他夜晚的很多噩梦，似乎都跟那些鞋有关，然后才是腐烂的尸体、残肢断腿或者带血的兵器。

奶奶说，房子其实是文亮的父母买的。他们从日本寄回外汇，奶奶在县城邮局通过复杂的程序，终于让汇款单上的数字变成装在奶奶衣服内兜里的一大摞人民币。奶奶独自完成买房这件事，没有让姑姑帮忙，所以文亮也不知道那到底是多少钱。足够买一套房子了，应该有很多钱。于是，他可以确定，他们很有钱。

不过，既然他们有钱了，又为什么不回来？他想问奶奶。

只是没多久，他就知道了答案。搬入县城的这个秋天，他开始在县城上中学。中学叫河岸中学，就在排水渠的旁边。文亮知道，这是他们从乡下到县城来住的唯一原因——因为他得在县城上中学。他很快发现，中学里有不少同学跟自己一样，父母也在日本。他们被奇怪地统称为“侨胞”。可是，他知道自己出生在乡下，他的父母也出生在同一个乡，也许连奶奶都是。他从来没有去过外国，自然不能被称为“侨胞”。

“你爸妈是日本人了，不能回来了。”这是“侨胞”之间流传的官方答案。

“你爸妈才是日本人！”文亮把这种官方说辞看成是县城少年对乡下少年的侮辱。在东北，在黑龙江，在离哈尔滨几十公里的这座县城，几十年前的那场侵略究竟还没被忘记。但他们并不生气，反而很得意。他们的反应都差不多，一律认真地点头说：“是的，我爸妈也是日本人了。”有时，他们中一些人还说：“我将来也会去日本的。”言下之意，他们最终都会成为“侨胞”的。

文亮大概从那时起，开始意识到一种他无法确定的东西，他不知道将来某一天，自己是否也会离开奶奶，到日本去。他曾经以为这是不可能的事，就像他也曾以为搬出奶奶在乡下的房子是不可能的一样。但现在他一点都不确定了。

他在初一地理课本那张世界地图上，在黑龙江与日本之间，用蓝色圆珠笔画出一道道的线。每一条线都用足了力气，笔迹穿透纸页，日本海因此成为一道道幽深的沟壑。他仔细测量过，在地图上，那是 8 厘米左右的距离。他不知道在现实中，这段距离有多遥远。他的地理成绩并不好，其实他的所有成绩都不好。但他不在乎，因为奶奶也不在乎。他唯一知道的一件事是，那里太远了——所以，他根本没法为那里的事操心。

但在开学三个月后，文亮就飞跃了这段遥远的距离，第一次去了日本。

先是一张机票从日本漂洋过海地来到县城，文亮依靠几名“侨胞”同学的帮助，才弄明白从县城去哈尔滨坐飞机的全部流程。事实上，他是跟另外两名同学一起登上飞往日本的飞机的。他们的目的地，都是东京——哈尔滨飞往日本的飞机的唯一目的地。

在东京机场，文亮见到了他们。文亮认为，那是自己第一次见到父母。可不是吗？他们离开的时候，他刚刚两岁，可是他们——这对陌生的中年夫妻，有着与自己十分相似的眉目，穿着举止却与自己如此不同。

父亲激动地抱住他，从父亲用力的方向来看，文亮怀疑他其实是想把自己高高举起来，仿佛文亮仍然只有两岁。但文亮已经十二岁，并不比父亲矮多少，所以，最终他只是默默承受着父亲黝黑的胳臂施予自己的那股与地心引力相反的力量。

文亮听见父亲说，我们一家人终于“重聚”了。

文亮有种很奇怪的感觉，像是有些委屈，但又不完全是，或者，那只是一种单纯的不认同而已，倒不是因为他们多年来都未曾出现过的残忍事实，而是因为，在他看来的“初”遇，却是他们眼中的“重”聚。他认定，这实在是有些不公平。

4

在河口湖的小客轮上，父亲点了一支烟，也递给文亮一支，仍没说话。文亮犹豫了一下，还是接了过来，然后决定原谅父亲刚刚的行为——他明明去坐船，却没有叫上自己。文亮不希望自己这么敏锐，易受伤害，就像个姑娘。

“山上会很冷的。”父亲说，声音不大。在日本，人们说话的声音都很小。不知道他们怎么吵架。文亮想。

文亮支吾着，随即被自己刚要出口的音量吓了一跳，又调整一下，让声音变得小一些。这天他穿着一件米色细条纹的短袖衬衣，是昨天在东京的原宿新买的，印着“日本制”的标签现在正让他的后脖颈发痒。

“最大号的衬衣”，当时他这样告诉父亲，父亲又用日语跟店员说了些什么。年轻的女店员留着齐耳短发，笑眯眯的，然后小跑着去拿衣服。文亮很想知道，父亲有没有告诉她，他是带着自己的儿子来买衣服的，只是他的儿子不会讲日语。她肯定不能理解这样的事情。

文亮说不冷。他想告诉父亲黑龙江才是真的冷。最冷的，就是刚刚过去的那个冬天，奶奶无疾而终，县城医院给出的解释竟然是“太冷”。这世界上会有老人因为“太冷”死掉！你信吗？他不知道这样的话说出来，父亲会不会生气。奶奶去世，父亲也没有回来。文亮一开始觉得这没什么。毕竟二十年来，他就没想过他们有一天会回来这件事。可是后来，文亮觉得这很有些什么。奶奶毕竟是父亲的妈妈，“妈妈”尽管这个词对文亮来说也很陌生。

“他们不敢回来。”姑姑一直这样告诉文亮。那是一个心怀怨恨的高个子女人，两道浓眉时常拧在一起，只有人民币可以让它们暂时分开。

文亮记得很多次，在他们县城的房子里，晚上躺在床上，姑姑会走进他的卧室，跟他躺在一起，有时她会把一只胳膊搭在他的肚子上，沉甸甸的，像一条巨大的蛇。如果这时文亮醒来，姑姑会小声地跟他说话，她总说：“这是最好的时候，我们是一家人，跟你爹妈没关系，他们胆子小，不敢回来，但是亮子，你一直是我们家人，你看你的眉毛，还有你的个子，真像你爷爷……”

“为什么他们不敢回来？”文亮问姑姑。

“因为他们造了假，他根本就不是那个日本老太太的孩子，如果他们回来，会被揭穿的。”姑姑说。

在文家的户口上，奶奶没有父亲这个儿子，只有一个女儿，文亮的姑姑。文亮在户口上，是姑姑的孩子。因为姑姑一直没结婚，所以在户口上，文亮也是一个没有父亲的私生子。户口这东西，看来完全不值得相信。

去哈尔滨上大学之前，因为报到需要，文亮才第一次见到了奶奶藏起来的户口本。奶奶把户口本藏在米缸里，拿出来的时候上面爬了几只米虫。墨绿色封皮的小本子，上面写着是1990年新办的。1990年是神奇的一年，文亮两岁，父母去了日本。而中国政府在这一年，向日本人民赠送了两只熊猫——文亮很多年后在大学门口旧书摊上的一本过期杂志上，知道了这件事。

奶奶说过，“日本没有户口这事儿。”

文亮觉得这很奇怪，1990年，父母的名字从文家的户口上消失了，但日本没有户口这回事儿，那他们又去了哪里呢？

现在，父亲跟文亮在一起。父亲使劲儿地抽烟，文亮也使劲儿地抽烟，他们把烟灰都弹进父亲随身携带的一个小铁盒里。父亲看上去的确有些冷。而文亮本来觉得，父亲在黑龙江生活了二十多年，应该是不怕冷的。但父亲说过，“大阪倒是从来不冷”。他离开黑龙江太久，在温暖的大阪住了太久，当然不再习惯严寒中的世界。

文亮的父亲和母亲本来一直住在大阪。他们起初一起经营一家中国料理店。奶奶说，他们卖的仍然是炖粉条、拍黄瓜以及糖拌西红柿这种东北菜，一小份一小份地装在日本料理的盘子里——不知道那些西红柿，是否跟奶奶在乡下种出来的味道一样。

后来，中国游客越来越多，他们也挣到更多的钱，尽管那其实也都是中国人的钱。但他们又离婚了，一家中国料理店分成在大阪的两家分店，两人各自经营。“不存在竞争”，父亲这样解释过。

他们离婚的时候，文亮上高一。这件事带给他极大的现实利益：从前是父母一起给他寄钱，打那之后，他一直收到父母各自寄来的两份生活费。

“那一年，带你去北海道，还是冬天，我记得把你冻坏了。”父亲说。文亮不希望他说到那一年的事儿，但父亲对他的记忆不多，仅有的便是那次，把文亮冻坏了的那次。

2000 年，是新千年，文亮记得很清楚。北海道的冬天，像黑龙江一样，一切都被大雪覆盖，可是又有些不一样。北海道的树木纤小、稀薄，在满世界的大雪里，所有东西看上去都奄奄一息。棕黑色的火山石，在公路两边随处可见，像是燃烧过的木炭。路越走越窄，像是永远没有尽头。如果在黑龙江，在这样的大雪中，人们是不应该在山区行车的，除非是当年的游击队，或者赫哲族的猎人。但父亲说，在北海道，一定要在冬天泡温泉。文亮没有泡过温泉，不理解大家一起洗澡这件事有什么神奇之处？但他们坚持，要让他先到北海道泡过温泉之后，再随他们一起回南部的大阪。大阪是他们在日本的家，就像文亮和奶奶在县城排水渠旁边的家一样。

他记得父母带着他，从东京又上了飞机，目的地是北海道。在北海道札幌机场，他们坐上大巴车。山路曲折。戴皮帽的日本司机吞吞吐吐地开车，车走了很久，遇到警戒，他们被告知，道路封住了。为节省汽油，以便支持不知道还将持续多久的路程，司机关了车上的空调。不知道是雾气还是霜雪，让车窗玻璃变得朦胧，像纸窗户一样，文亮把额头靠近玻璃，被玻璃的冰冷惊得叫出声来。他有些胆怯，为自己突然的尖叫感到不好意思。

妈妈坐在文亮旁边，她两手搓着他的脸，朝他脸上哈热气，希望可以让他暖和一些。他感到她的手上硬硬的皮，还有一些开裂后形成的刺——虽然她看上去仍然是一个年轻的女人。于是文亮躲开了她的手。妈妈眼里很快闪过一丝失望。她穿一件浅黄色的羽绒服，让她的脸颊也更加泛黄。“新千年”的几个日文字，用白线绣在右手内侧的袖口处，大概是商标——妈妈对文亮解释过，这几个字是日文里“新千年”的意思。新千年了，他终于见到自己的父母，他想。

“新千年”，文亮用中文、日文分别重复这几个字。妈妈被他的东北乡下口音逗笑了，尽管来日本以前的二十多年里，她也用同样的口音说话。

文亮觉得受到了伤害，不明白他们为什么会在这样的一个地方。满目都看不见人烟，除了黝黑的石头、干枯的树枝，间或出现的冒热气的温泉泉眼，童话中那种孤单的小木屋在很远的地方一闪而过，不知道里面会不会有狼外婆和有毒的浓汤？

这辆大巴车上还有另外十几名乘客，都说着文亮听不懂的日本话。瘦小的日本司机在停车后，开始一口一口喝着保温杯里的水。从文亮的角度，还能看见司机在驾驶座上轮流抖动着的双腿，像是拼命要甩掉鞋子上的什么东西。在大巴车前方和后方还有一些车，都是轿车，但没有人下车，实在太冷。文亮觉得自己是这里唯一不安的一个人——那些日本话里，一定有什么东西，是他们故意不让他知道的。他们肯定共同制造了一个巨大的谎言，而世界上，被这个谎言欺骗的，只有自己一个人。

文亮后来在车上睡着了。他这一天经历了长久的飞行，从哈尔滨到东京，又从东京到北海道的札幌。在地图上看，他的轨迹刚好是一个巨大的表示正确的勾，可是他觉得，这一切明明都是错的。

几天之后，他就回到了哈尔滨，又独自从哈尔滨坐公共汽车回县城。他最终也没有见到北海道的有珠山。因为那是一座活火山，它好像马上要喷发了。他也没有在北海道泡温泉，尽管一路上，被认为是文亮父母的那对夫妻，都以无限神往的神情给他描述着“温泉”这个奇妙的东西。

他们把文亮送上飞往哈尔滨的飞机。文亮很高兴自己终于可以回去了。但在飞机上他想起来，还没见过他们在大阪的家，而奶奶好像很希望知道，他们在大阪住的地方是什么样子的？是不是进门需要脱鞋子，没有椅子凳子所以只能跪坐在地上？临行前奶奶的确如此认真地问过他。

在吃过飞机上分发的日本乌冬面之后，更多的沮丧也随之而来。比如，他还没有给那些同为“侨胞”的同学们带礼物，北海道没有商店，在机场又要赶时间，一切都顾不上。他想大不了以后也不要他们的礼物了，事实上这一点后来他没有做到。他又想起，还没有去东京银座看看。那时他最喜欢的一部日本漫画场景就取自东京银座。

他的书包夹层里，还装着奶奶和姑姑的照片，没来得及交给父母，虽然他觉得可以发邮件，但他又忘记了找他们要一个邮箱地址。他后来在哈尔滨转车的时候，决定把照片寄到日本。他知道他们在大阪的地址，一个叫“岸上路 56 号”的地址。他觉得这个地名很奇怪，邮局的工作人员要求他用拼音把“岸上路 56 号”几个字全部拼写出来，他担心日本的邮局会看不懂拼音，但又不知道这几个字的日文写法。他觉得自己不应该遭遇这些事儿。他一直不知道他们到底有没有收到过那些照片。日本的一切东西，在文亮看来，都很容易消失。

在哈尔滨等公共汽车回县城的这段时间，他在汽车站的卫生间被一个高大的男人从后面推了一把。那时他的身高已经长到一米六七，但很瘦，在学校他有个外号，叫“易推倒”。头撞在卫生间镜子上的瞬间，他看见镜子很可疑地模糊成一片，不知道是陈年的灰尘还是水渍。他本能地把书包往胸前放，心想幸好没有带更多的行李——因为奶奶说，“你父母都会给你买的，什么也不用带。”

但事实上，什么都没买，买什么都来不及。他们一直在坐车，整个过程想来，不过是从机场坐上车，遇上警戒，在临时的抗震棚里冻了一晚，然后又坐车回到机场，就这样。

他想着这些时，那个推了他一把的男人的同伙，顺利地抢走了他的书包。他没有反抗。因为他想，反正里面什么也没有，他父母什么也没给他买。

他把书包被抢的事情告诉了奶奶，但没有告诉父母。他觉得他们反正也不会为他在意的，不是吗，在东京机场，他们让他一个人灰溜溜地回了哈尔滨，而他们的飞机，却是飞往大阪的。

“真的抱歉，太不是时候了。”妈妈在机场送他的时候，这样说。他发现自己几乎跟她一样高。

“火山爆发，谁想得到呢？”她又说，很怨恨的样子。

是的，因为有珠山，一座活火山，可能马上就爆发了，所有人必须离开北海道，至少远离北海道最大的城市札幌。可是文亮的探亲签证时间不够长，他来不及跟父母去大阪。他们权衡再三后，决定他们飞回东京去，然后在东京分开，这都是“为安全考虑”。

“只有东京，才有飞哈尔滨的飞机。”父亲强调着这件事。“下次你再过来。”父亲又说。

文亮觉得自己几乎快被妈妈的话感动了。他想，也许她还是舍不得自己的。他到底是眼前这个女人的儿子。但她现在成了日本人，他自己却是中国人，他会一直是中国人。这个问题，总是在他刚刚要喜欢上这对夫妻的时候出现，让他不得不再次对他们保持距离。

“它什么时候会爆发？”他问他们。他没有好好学过地理课，从来没有听说过那座让他们不得不分开的有珠山。

“谁也说不好，最近一次是三十年前，它总是三十年左右就爆发一次，现在已经有了警报。它每次爆发前，都会有警报。”父亲一口气说完这些，像是在为火山爆发这事儿道歉。

他觉得父亲不需要道歉，火山爆发这样的事儿，又不是他们能决定的。但他不能跟他们一起回大阪去，因为签证的问题。这也是父亲对他解释的。而那些无用的话，比如“真的抱歉”“怎么会这样”“早知道怎么”……都是他妈妈讲的。

“女人总是比较脆弱。”在抗震棚里的夜晚，父亲悄悄对他讲。他后来觉得，这是父亲最像父亲的时候。他们一家三口，在同一个深蓝色的抗震棚里，四周静得像世界末日，所有人都不知道有珠山—— 一座活火山，离他们不到四十公里——会不会在今夜爆发。

他的睡袋在父母中间。没有灯，因为通电已经断掉了。抗震棚里有两盏应急灯，光线一开始很强，后来电力用尽，终于熄灭。他们不能住旅馆，因为有珠山每次爆发之前，都会有前兆性的地震。何况经营旅馆的人也被疏散到更远的地方去了。

他们每人都分到几个可以自行发热的小袋子，是红色的，像满满一袋凝固的血液。拿到手时，袋子很硬，但揉一揉，小袋子发出一些细碎的像泡沫擦过玻璃的声音，里面那些凝固的果冻一样的东西就变软了，像真正的血液。小袋子开始发热，然后越来越烫。这个国家的人很擅长发明这种小东西。

他想把这些小袋子带回去，给奶奶用。奶奶怕冷，总是在半夜起床把滚烫的开水倒进热水袋。但后来，这些小袋子在机场安检的地方被没收了——也许不一定非要没收的，只是文亮不知道怎么用日语跟人家解释。

在冬夜的户外抗震棚，小袋子的微弱暖意其实根本不起作用。这样的温度里，如果在黑龙江，没有人会在户外待上超过半个小时，但他们却得度过一整个夜晚，和几十个陌生人在一起。文亮后来想到这些，觉得其实那个夜晚也没那么冷。

那时父亲说，希望他像个真正的男子汉，因为女人总是比较脆弱的。他说，我会的。他听见父亲的呼吸声，像是低声的抽泣，但他看不见父亲的脸，这里太黑了。他告诉自己不是的，父亲没有哭。

黑暗中，他相信自己这样的话，会让父亲感到放心。那几乎是他能做出的最郑重的表达了——他会的，这是一个承诺。尽管那一年他只有十二岁，在县城河岸中学上初一，地理课还没有讲过日本那一个章节。但他觉得自己可以做出这样的承诺。

在哈尔滨汽车站，文亮的书包被抢走，他想起那个黑暗中的夜晚，自己对父亲的承诺，心里有种轻微的挫败。他的牛仔裤兜里，还有一些人民币、一些日元、几枚日本硬币。有的硬币中间有方形的孔，像中国古代的钱币。但是，他再也没有机会把那些日元和硬币用掉了。

他买了一张回县城的汽车票。在公共汽车的窗玻璃上，他恍惚看见自己的脸上有种酷似父亲的神情，紧张的、受挫的，因长期漂泊而始终惴惴不安的神情。他听见了自己的呼吸声，也像是在抽泣。他不喜欢这样的自己，于是对着黑暗中的车窗玻璃做出了一个凶恶的表情。他的少年时代，大概是从那时开始的。

父亲认为，女人都是脆弱而不可信任的。果然，他们后来离婚了。父亲搬到东京，和一个比妈妈更老的日本女人住在一起。父亲仍然在照顾那个日本女人，就像他曾经照顾妈妈一样。文亮那时在电话中问他，为什么会离婚？父亲沉默了一会儿，说，因为你，你在中国，我们觉得再也见不到你了。

5

现在，文亮当然知道，富士山也是一座火山，这意味着它也会爆发。只是它的爆发周期比有珠山的三十年更长，大约是四百年。而且，它被认为从几百年以前就开始休眠了—— 一座不会爆发的火山。

2000 年，从日本回来后，文亮开始琢磨火山的事儿，通过县城刚刚开业的网吧里那几台 586 电脑。但他没有看到更多有关有珠山的事情，毕竟富士山才是日本最著名的火山，是日本的标志。他始终不明白，父母为什么没有首先带他去富士山——至少富士山不会那么容易爆发。就算富士山不休眠，他们也不会那么凑巧，刚好赶上四百年一次的爆发。而有珠山，每三十年就爆发一次。在他的有生之年，如果运气好活得足够长，有珠山还会爆发两次。

回县城后，他买了很多无用的东西，当成是父母在日本什么都没给他买的一种补偿。木质的飞机模型、昂贵的耐克球鞋、成套日本漫画——外包装的玻璃纸到现在都没有拆……他得花光他们从日本寄回来的钱。他觉得，这才是最好的方式，对他、对他们来说，都是。

也是 2000 年，他申请了 QQ 号，加了二百个陌生的网友，他告诉他们自己是孤儿，父母在日本。竟有网友说，自己的父母还在美国呢。他感到快乐，在网吧浑浊的空气里打发掉整晚的光阴，吃最贵的泡面。

这年期末考试的时候，他去了趟沈阳。临行前，在邮局，他给妈妈小心翼翼地打国际电话，开口只说，妈，我没钱了。他的账户——他从这一年开始有自己的账户了——从此一直收到海外汇款。

在沈阳，他见到了那位号称父母在美国的网友。他们在钢铁厂空荡荡的大门口见面。然后他听她说，其实她的父母就住在这间钢铁厂内建于三十年前的一幢职工楼里。

那是个壮硕的东北姑娘，涂着乌黑的唇彩。她用肥美的手指戳乱他的飞机头。他后来改变了飞机头的发型。他的发质细软，头顶蓬起的那部分头发难以长久固定，除非借助大量喷雾发胶，而那些发胶，来自县城洗头房，充满暧昧、黏稠的女性气息。他不是太喜欢。

沈阳姑娘显然比当时的文亮还要高大一些。她带他去了一间废弃的拆迁房。他们在里面分享了一盒香烟。文亮想起在日本时，见过父亲抽的那种日本烟，烟盒上有七颗小星星的图案。她的唇彩在烟嘴儿上留下一圈乌黑的印迹。他觉得那很是好看。

后来他吻了她，她用胖胳臂费力搂抱他的动作，显得笨拙不堪。他问她，多大年龄了？她一开始说十八岁，后来又改口说十六岁。于是他说自己也是十六岁，比实际年龄多说了三岁。

文亮连夜赶回黑龙江，还来得及参加最后两门课的考试。在通宵的火车软卧车厢中，他盖着气味可疑的被子，右手藏在被子里，经历了生平第一次手淫。

临行前，他给沈阳的胖姑娘买了一套真维斯的最大号衣服，又请她吃了冰激凌。在看着她伸出舌头把麦当劳圆筒冰激凌舔成一座小火山的模样后，他意识到，自己愿意为她花光身上所有的钱。

但是后来他们再也没有见过面，连在QQ上都再没讲过一句话。

只是他依然挥霍，给不同的网友买不同品牌的衣服，请她们——清一色都是比他成熟一些的东北女孩——吃冰激凌，要求她们慢慢地把冰激凌舔成一个火山的形状，并在随即而来的夜晚想念着她们不同颜色和形状的舌头，卖力地手淫。

他不想跟她们发生实际的关系，因为他感到，自己不属于眼前的一切，所以他才能够放心挥霍它们——钱财、大把的时间，还有少年的身体。

珠山在2000年的时候，到底还是爆发了。《新闻联播》在国际简讯里简短地报道了这件事。没有人员伤亡，因为提前三个月便已将方圆一百公里的所有无关人员疏散，包括文亮和他的父母。它的爆发警报距离真正爆发的日期，竟然有三个月。而三个月，足够他们一家做很多的事情了。

火山爆发的实况，被近距离观测的科学家记录下来。文亮在县城家中的电视上，看见了那短暂的壮观一幕，像是有人在挤压一颗饱满的西红柿，黑红色的汁液喷涌，混合着黑色石块，汩汩冒着热烟，也像是手淫的最后时刻，那些蛋白状的东西喷出来的样子。

那些镜头，始终在摇晃。人们的呼喊和惊叫声，也都是日语。几秒钟的实况录像，其实已经够了——文亮知道自己体验过这次真正的火山爆发。

他开始对地理课产生兴趣，甚至知道了日本曾经也是中国大陆的一部分。后来日本四岛渐行渐远，一路往太平洋深处漂去，就像他的父母一样，因为1990年的下岗和天灾，他们再也无法应付母亲和儿子的生活。于是他们一路往远离儿子的方向漂走了。

姑姑说，这都是奶奶的主意。虽然县城早有去日本的传统，但那都是很多年以前的传统了——1990年的时候，该去日本的人都已经去了，而改户口这种事儿，早就没有十年前、二十年前那么容易了。

他们是怎么做到的？文亮问。他知道姑姑会告诉他一切的，只要他问。姑姑跟奶奶有仇，因为奶奶把自己的儿子儿媳都送到了日本，而把她留在身边。姑姑独身一人，是个皮肤黝黑的老姑娘。她认为这一切都是奶奶造成的。“该去日本的人，是我。”她总是这么说。奶奶会说，“他们要男的。”文亮听她们对话，想起自己也是男的，他会去日本吗？

“你奶奶，她竟然还留着那个日本女人的照片。她坚持说你爸爸是那个日本老太婆的儿子，那个老太婆也认了，她不认女儿，只认儿子。”

事情就这么成了。

日本有火山，多危险——他这样劝慰姑姑，一边试图躲开她压在自己肚子上的手臂。

姑姑说你别动。过了一会儿，她又对他呢喃耳语，“你才是火山，还有你奶奶，我被你们俩给毁了。”

他问，为什么？他总是问她为什么，并对她给出的答案时常表现出不解。他知道那时在姑姑心中，他仍然是一个懵懂无知的少年，身体里还没有住进一只贪心的怪兽。

他从未在夜晚在姑姑的拥抱中勃起，也许她由此认定，他仍未长大成人，所以她需要不时地从独居的房子里过来，照顾他，还有奶奶。姑姑的生活被他和奶奶给毁了。而她的哥哥、文亮的父亲、奶奶的儿子，此时正在大洋对岸，另一座温暖的滨海城市里，日式公寓的榻榻米上，七星烟燃烧出的蓝色烟雾里，夜夜安抚另一个脆弱的女人，日本女人。

但姑姑没有再回答。文亮发现她已经睡着了。薄棉的蓝色睡衣有烧烫的熨斗落在湿衣服上发出的那种味道，这种味道在奶奶身上是没有的。文亮猜想，也许这就是女人的味道，也许也是妈妈的味道，如果他对妈妈还有记忆的话。

奶奶认为，姑姑不应该和文亮睡在一起，毕竟文亮已经长大了。但姑姑更不愿意和奶奶睡。她们从 1990 年开始，就没在一张床上睡过觉了。

文亮认为，这是自己的成人时刻。他想从现在起，该是自己来照顾她们的时候了——这两个深怀怨恨，但又都爱他的女人。他在心中暗自对父亲再一次这样承诺。他知道，无论那次有珠山爆发的警报是否打乱了他们的计划，无论父亲的户口是否从奶奶的户口本上迁出，无论那个日本老太太是否接受了父亲作为她在中国东北生下的儿子，无论这两个国家是否在 1990 年共同做出决定中断了这种持续多年的移民行为，无论这个决定是否意味着自己从两岁开始便一直被拒绝给予赴日本的签证……这些复杂的一切，其实都不重要，他们不过都是在为着家人的生活而日复一日地这样活着。

6

小客轮抵达河口湖的对岸。文亮和父亲步行去二百米远的大巴停车场。父亲去买票，文亮一步不离紧跟其后。他们站在售票窗口前的队伍中，父亲开了一句不合时宜的玩笑，“放心，富士山这次不会爆发。”

文亮笑着，他说是啊，怎么我一来就得火山爆发呢？

父亲从手提包里掏出钱夹。日本男人都会带一个手提包，这让他们随时保持两手下垂、手臂紧贴裤线的谨慎姿态，再慌乱的场合也不会让他们改变这种姿势。父亲在日本生活了二十年，他的黑色手提包已经陈旧，跟他身上的衣服、脚上的登山鞋一样，像是穿越了二十年风尘的东西。但父亲却穿了一双白得耀眼的袜子，在裤腿和鞋子间，袜子露出一圈雪白的边，像是戴了一双雪白的脚镣，如果不注意的话，也不会发现。父亲身上还有很多东西，是文亮没能发现的。

在小客轮上，父亲问文亮平时都喜欢做什么？

文亮觉得这个问题很难回答。二十二岁的年轻人，平时喜欢做什么？答案是可以想见的。但提问的人是父亲——尽管他们只见过两次面，这些年连电话都不是太多。那些电话永远只有一个主题——钱。

于是文亮告诉父亲，他没有上完四年大学，因为他本来就不够上大学的资格，“侨胞”的身份倒是帮助他进入了那所不入流的大学。他觉得自己的话里，含着一种不明确的恶意，或者讽刺，他不知道自己是否有意这样说的。他又补充说，其实在大学的时候，他倒也做了些事情，比如看书——他的确看了不少关于地理和历史的书，都在学校门口那个瘸腿老头经营的旧书摊上。除了漫画书，他还从来没买过一本书。

父亲看上去高兴起来，然后说真没想到。他说文家从来没有过喜欢看书的人。而文亮想起那些四处游荡、乘火车漫无目的地逛完整个东北三省的日子，那些被刻意忘记的考试、几乎空白一片的成绩单和两封劝退学籍的信件，还有小旅馆里女孩们酥软的乳房、租来的破汽车里燃烧的手卷烟叶、宿舍里散落一地的啤酒瓶，也许还有卧室墙上层层叠叠、不同版本的世界地图，床底下从未开封的成箱日本漫画，衣柜最里面那个铁盒里的日本 AV 光盘……他真正的成长经历，他是永远也不会告诉父亲的。

父亲说到了文亮的爷爷，那是一个老实得过分的农民。那年日本投降了，所有在东北的日本人都在陆续撤回日本。文亮的爷爷，那年十三岁，有一天领回一个日本女娃——她知道自己的名字，也知道自己父母的名字，但不知道自己的年龄，六岁，也许八岁。她说自己生在日本，但长在中国东北。那一年她的家人带着她慌张撤离。她记得几天前，自己还跟父母在一起，但这天早上，她在高粱地里醒来，发现父母和其他人都消失了。她压倒了一些高粱，地上出现一块小小的平地，跟她的身体形状刚好吻合，是一小块边缘不规则的破损。

“日本人把老人和小孩留下来了，带不走。如果再不走，他们可能就走不了了。”父亲说，“她一直住在你爷爷家，直到 70 年代，才回日本。”

文亮知道这段往事。这是所有事情的起因——姑姑在说这件事的时候这样认定。但他不知道那个日本女人现在怎么样了？她回到日本，是否找到了父母，是否原谅了他们当初把她扔在中国的事儿。他突然觉得，这跟自己现在的问题多像啊。他现在应该原谅他们吗？他们把两岁的他留给奶奶和姑姑，到日本来了。

文亮打断父亲说，“我知道这事儿。姑姑说过的。”他又说，自己还见过那张照片，是复制品——奶奶正是用那张复制的照片，把文亮的父母都送到了日本。奶奶也是帮凶。而奶奶为什么要这样做？文亮不理解。姑姑说是因为生活，他们在国内已经过不下去了，去日本，至少是个出路。县城，很多人都这样干过，不是吗？他们通过简单的程序就改了户口，让每个当初滞留在东北的日本女人，都凭空多出七八个子女。何况，文家还真的收养过日本女人，为什么不这样干呢？只是，他们运气不好，刚去日本，日本移民局就发现了其他人造假的事儿，所以，他们回不来了。

文亮并不相信姑姑的话。他一直想问奶奶，但不忍心，无论如何，奶奶是他唯一的亲人，而现在，他再没机会问奶奶了。也许可以问问父亲。但他不会问的，那会显得他很可怜。尤其在奶奶已经去世、他再次来到日本的时候，像是一个孤儿来投奔一个还没有决定是否要领养自己的人家。这种感觉不太好，他不想让父亲同情自己。

"你爷爷，你还有印象吗？"文亮摇头，他出生那年，爷爷刚好去世。"我想也是，不过你长得跟他很像，我反而不像。"

"你像奶奶。"文亮说，这是显而易见的。

"是的，我像你奶奶，尤其是眉毛，你看，我们是不是都是这样的，三角形的眉毛。"父亲突然不说话了。大概因为他想起没有见上奶奶最后一面，文亮觉得。

"她怎么会冷死呢？"父亲问，同时看着湖水中的一个什么地方，碧蓝色的水面上，有白云投下的黑色影子，被客轮划开，变成一道道黑线，像有无数小鱼在水下游动。

但这里是不会有鱼的，河口湖的水温太高，会把鱼煮熟——文亮想着自己从哪本地理书上看过这样的说法。

"不是冷死，我怎么会让奶奶冷死呢？我们有暖气，有空调，我给奶奶装了空调。"文亮说。

"我知道，你奶奶不是一直身体不错嘛，怎么就一个冬天的事情？"父亲的语气，过于柔弱，大概他已经明白，眼下说这些已经没什么用了。

父亲真的已经尽力了，文亮想，他一直给他和奶奶寄钱，虽然他自己一直不能回中国——在县城，伪造户口、假冒成日本后裔的人太多，中国政府从1990年开始拒绝给这批伪日本后裔发签证。他们回不来了。

"其实，奶奶走得挺平静的。"文亮说。他想起奶奶去世前，没有等来父亲，但她说，文亮，你去日本，一定要去日本。

文亮可以拿到日本签证，"这都得感谢政府开恩，"奶奶去世前这样说，她念着上帝啊，念完又念阿弥陀佛。奶奶信上帝，也信佛。她有一个中国女儿、一个日本儿子。她一直是个平静而开明的老人，可以理解很多事情。

“七十八岁了。”父亲说，他竟然准确说出了奶奶的年龄。

“是的，七十八岁。”文亮说，“丧事很顺利，她跟爷爷葬在一起的。姑姑说她自己将来也会葬在那里。”

父亲轻轻叹气，又指向那团冰激凌一样的白色云团，说，“看，我们离它越来越近了。”

7

这次来看富士山，是文亮要求的。“就跟去中国要爬长城一样。”他去过长城，高中时候一个人去的。不知道父亲有没有去过长城。但他只是不想去北海道而已，他觉得十年前的那次，他们就该去富士山的。

父亲答应了，“我每年都会去一次富士山。”他现在住在东京，离富士山并不远。“虽然今年刚刚去过，但还可以再去一次的，是吧？”他很少拒绝文亮的请求，倒是文亮一直在拒绝他。两年前，文亮已经可以拿到日本签证了，签证政策放宽了许多，只要愿意，他还可以申请长期在日本居住的签证。但他没答应父亲，也没答应母亲，他不想跟他们中的任何一个人一起生活。

他怎么会离开呢？他觉得自己很喜欢哈尔滨。哈尔滨有一百个县城那么大。哈尔滨让他开始思考自己的未来。在大学校园，夏季里总有一种面包发酵的气息。他的身高已经一米九。他交了不少朋友，为他们买各种东西。只有银行账户没钱的时候，他才会想起自己是“侨胞”。他想一直待在哈尔滨，但他没能顺利读完大学。他觉得读大学拿学位这种事儿，对自己来说太困难了些。

他曾经想开一家网吧，为此真的存过一些钱，但后来网络普及，家家户户都装了电脑和网线，网吧成为不合时宜的场所。他的存款，也远不足以让他完成网吧这种需要先期投入的生意。

他倒是认真地跟妈妈说过这件事，希望得到她的支持，在要钱这件事上，妈妈总是比爸爸好说话。何况她一直经营着大阪的饭馆，她比父亲做得更为出色，文亮觉得妈妈能理解在生意中投入与回报间的关系。

但妈妈不认为这是文亮应该考虑的事情，她忧心忡忡地告诉文亮，“儿子，你好好玩儿吧，到长大了，该结婚了，妈妈再给你十万块钱，是人民币，不是日元。”他想起妈妈手上的倒刺。

她又说，“真的，我现在就在为你准备。”那时父母已经离婚，父亲已经搬到东京。妈妈独自经营一家中餐馆。她让他结婚后马上到日本来。“我们总是要团聚的，不过结婚后再来吧，因为你得找个中国姑娘，我不想你娶一个日本女人。”

文亮说，“我不会娶日本女人的。”他那时二十岁，默默盘算着最快还有几年他就可以结婚了，只是他还没有一个可以结婚的女朋友，不过这不是问题的关键。

“你爸爸找了个日本女人，他找了个日本女人。”她重复道。

文亮拿着电话，不知道该说什么，他对父亲、母亲都缺少了解，他们很少说起日本的生活。于是他只是看着自己吹出的几个完美的烟圈。

“倒也不奇怪，他本来就是日本女人的儿子。”妈妈说。

文亮那时并未听出妈妈语气中的情绪。但他想到，妈妈也是日本国籍，所以自己也是日本女人的儿子。他为此沮丧，他不喜欢妈妈提出的“去日本接手中餐馆”的未来。他不想跟他们一样。

他被学校劝退后，想在哈尔滨找一份工作。他辗转换了很多工作，认为最适合自己的，或许是服务员、宾馆门童、服装店导购，因为这些工作让他备受女人们关注。但这些工作都有一个不好的地方，工资太少，他想起妈妈的十万块钱的许诺，决定找个可以结婚的女朋友。

他有了女朋友萧霄，他们在一起一个月的时候，他向她求婚，在哈尔滨市中心五星级酒店的套房里。但她吓坏了。为了安抚她，他说出了十万元的事情，然后又为了解释十万元的事讲了很多自己的身世。“我不会去日本的，就算有了十万。”他信誓旦旦。

但萧霄不这么看，“你爸你妈不会放过你的。”她在哈尔滨长大，是大城市的姑娘，懂得在酒店如何调试出温度合适的洗澡水，用玫瑰花瓣泡澡，“不过，北海道的温泉应该比浴缸舒服。”她沉浸在一层玫瑰花瓣下的身体，正让不大的浴缸兴起层层涟漪。“你会带我去北海道吗？”她问他，一块折成小方块的白毛巾，正被她顶在头顶处，像头上的一只小鸽子。她说完便咕咕笑起来，笑声也像鸽子。

他看着酒店浴室镜子中的那个自己，坚定地说，“我不会去日本的。”他问她，有没有听过九一八那天的警报？他是听过的，在沈阳。“那是什么意思？那是说，我怎么能去日本呢？”他不知道自己为什么要说起九一八，但说完之后他觉得，这真是不错的理由。

“你真是可爱。”萧霄说着，像是长辈看穿了晚辈的谎言。“我们可以打赌。”

“赌什么？”他也认真起来。

“赌——十万块——”她往他身上泼水，他后退着躲开。“天啊，你在干什么？”他冲她喊起来。他知道，她根本就没想跟他打赌。

“胆小鬼。”萧霄接着泼水。

“疯女人。”文亮差点在浴室的地板上滑倒。

“你爸你妈不给你寄钱的时候，就是你去日本的时候。”萧霄平静下来。

文亮退出浴室，觉得萧霄说的没错。如果没有那些汇款的话，他还能做些什么呢？他什么也做不了——萧霄知道，姑姑也知道。因为姑姑也这么说过，“别要他们的钱，我给你钱。”

文亮并不拿姑姑的话当真，他只是笑着，“我不能要你的钱。”姑姑抽烟，也喝酒，她自己还有一些乱七八糟的男朋友，这都增加了她的开销。而她的收入不高，她在一家杂志社当校对，每张钞票都是她用铅笔或钢笔改标点符号、改错别字改出来的。她能攒下多少钱呢？她连奶奶都养不活。

“都给你，不多，但都是你的，文家只有你了，你不能走。”姑姑那时有些昏昏欲睡的样子，不知道她的头脑是否足够清醒。文亮闻到她身上浓烈的烟酒气息。白天的姑姑，是戴深度近视眼镜、一本正经的校对员，而夜晚，校对员取下眼镜，世界朦胧成一片。她可能更喜欢这朦胧中所见的生活，因为这比清晰的白天美好。于是她总是让自己喝醉。文亮抽烟也是姑姑教的。她似乎很享受小时候的文亮缠着她向她讨烟抽的样子。

8

现在，文亮来了日本。他认为，来看一下也没什么大不了，就当完成奶奶的遗愿。“我是替奶奶去看他们。”他这样告诉姑姑。姑姑也和萧霄一样，认为他走了便不会回来。女人们总是缺少安全感，姑姑甚至已经打算回他们乡下的房子去住——她一个人过，或许也不是，因为她说要“守着你爷爷奶奶，你们这些没良心的东西”。姑姑骂道，眉毛拧在一起。

“我真的会回来的。”他说，像在说一个谎言。他不明白自己到底是怎么回事，好像无论怎么说，都像在说一个谎言。文家人这二十年的生活，建立在一个谎言之上。谎言改变了他们的国籍，改变了他们的生活，让他从乡下到县城，再到哈尔滨，让他从吃不上饭的婴儿成为学校里的有钱人——谎言也许是一个好东西。

“够了，我不需要你说这些。”姑姑看上去很焦虑。她半年前安葬了奶奶，那时她也没有这样焦虑。中国女人看上去总是更焦虑一些，因为她们失去了太多的东西，这是文亮来日本之后才明白的事情。姑姑已经很长时间没跟文亮睡在一张床上了，她把文亮也划入文家“没良心”的那一阵营里去了。

在停车场，他们已经买好车票。父亲和文亮又抽了一支烟。文亮在自动售货机上买了两瓶日本茶饮料。

“为什么每年都要来一次富士山？”文亮问父亲。

“我也不知道，富士山好看？”父亲说。

文亮并不理解，他认为这座山从他们现在所在的停车场的位置看过去，只是一座近在眼前的普通的山，但他很快就意识到上山的路是多么曲折漫长。大巴车仍然吞吞吐吐地在盘山路上缓行，与十年前在北海道的感觉很像。只是没有北海道的大雪了，也没有火山爆发的威胁，眼前的一切，逐渐被一点点浓重起来的雾气淹没，富士山显得软弱、暧昧。

父亲说从前富士山不是这样的，垃圾很多，后来日本人自发来山上捡垃圾，现在，这里很干净。

他们爱干净——文亮知道，但他不认为这跟自己有什么关系。他还没有习惯这里的一切，他觉得没必要习惯，他反正是会回去的。可是父亲不这么想，父亲说希望文亮留在这里，“跟我们在一起。”

“我们？和那个日本女人一起？”文亮毫不掩饰对跟父亲一起生活的那个日本女人的敌意。父亲没生气，他说她是一个好人，不过也是受苦人。然后他没再说关于那个女人的更多的事了，父亲说：“何况你不是和她在一起，你是和我在一起。”

“我不会讲日语，我怎么过啊？”他笑起来，觉得自己有些厚颜无耻。他希望父亲能继续给自己的账户汇钱，这是他现在唯一的愿望。但他不能这样告诉父亲。

“你可以先上半年语言学校，然后就可以找工作了。”父亲说，他什么都盘算好了。

“我能做什么工作呢？”

“做什么都行，我和你妈妈，我们那时都是这么过来的。”父亲说。文亮觉得父亲已经看穿了自己。于是没说好，也没说不好。他的确想过留在日本这件事，也想过回哈尔滨这件事，但他无法决定，他觉得任何一种选择都不会容易。他想要第三种选择，更容易一些的，但是父亲没有答应他的另一种选择。

“你奶奶已经去世了，你也二十二岁了。”父亲说着，把拧开了瓶盖的饮料递给文亮。文亮说他得再想想这件事。他喝了一口饮料，是很苦的茶，和中国的康师傅冰红茶完全不一样。他想也许以后都得喝这种很苦的茶了，也许他会习惯的。他已经下意识地系上了安全带，这是日本的规定，必须系上安全带。他觉得安全带这种东西，让自己孤零零的，因为那让他和父亲分开了。他们的距离，本来很远，这些天来，一度近了一些，但现在又远了。

9

富士山只有每年八九月的时候可以登顶，其余时间封山。在文亮和父亲去富士山的六月，樱花已经开过，山路还未完全开放，他们乘坐的大巴车的终点，是半山腰一处叫“五合目”的停车场。

“他们把上富士山的路分成十合目，我们到五合目，已经足够了。”父亲对文亮解释。在这辆上山的大巴车里，文亮很难判断其余的乘客是否都是日本人。他不希望父亲用中文跟自己说话，那让他感到难堪，像是没心没肺的游客，兴致勃勃地到此一游而已，处处被人轻视。他想自己跟那些游客还是不一样的。不是吗，他的父亲是日本人。

于是文亮小声地说话，他说他知道，很多年前就知道，一合目、二合目、三合目……他们用一炷香的行路时间来划分这条山路。他觉得自己似乎在讨好父亲。

父亲果然显出惊喜的样子。文亮没有告诉他，其实他还知道日本的很多事情——一种奇怪的自尊心，让他对此绝口不提。他知道，日本很多男人喜欢小孩子，男孩女孩都可能被猥亵。他也听说，很多中国人，有的是留学生，初到日本会去做背尸体的工作，因为背尸体挣钱多。他相信父亲没有背过尸体，因为他觉得父亲没这胆量，他自己也没这胆量。他怀疑自己和父亲其实很多地方都很像，比如懦弱、被动，却又自尊心极强。父亲笑起来的样子，比不笑更丑，似乎脸上的大部分皮肤，都在颧骨处层层叠叠堆起来看上去很假。文亮突然有些憎恨父亲这样笑起来的样子，于是他下意识转头去看车窗玻璃，想知道自己笑起来的样子是不是也这样令人厌恶。但他只看见窗外那些高大的阔叶林，平缓的山坡，路边不时出现一根不明作用的水泥柱子，仍然看不见富士山顶。那个休眠的火山口，始终躲在巨大的云团里。过了一会儿，大巴车也驶入云团中，连这条盘山路也隐没在了雾气里。外面下起小雨。窗玻璃上凝结出水珠，一颗一颗，很快串成无数条细线，像玻璃上无数道倾斜的裂纹。

一个小时后，他们到达五合目，旅程的终点。

10

富士山上的天气很特别，经常跟山下不同。即使那些晴朗的天气里，富士山上五合目的地方也会下雨。这天，文亮和父亲都没有带伞。他们顶着小雨，快步跑出停车场。

文亮感到失望，在五合目的观景平台上，水雾缭绕升腾，就像开锅的蒸笼。十米之外，什么也看不见。平台不大，边缘有警戒线，防止游客们跌落山下。文亮仰头，原地转了一圈，但看不见富士山那道终年积雪的白色花边。

“富士山就这样，每次来，天气都不一样。我来了这么多次，每次都不一样。”父亲看上去很兴奋。他轻飘飘的黑色防水风衣被风吹得鼓起来，像马上会飞起来。

一阵风猛地刮过，平台上的人们喊起来。从那些惊呼的语气里，文亮判断不出他们到底是为这阵狂风激动还是感到恐惧。他跟着父亲往平台边缘跑去。鞋子轮流踏进积水里，水溅起来。文亮看见父亲雪白的袜边，在灰蒙蒙的世界里，就像两只引路的鸽子，带领他们去往一个可以避风避雨的地方。平台靠近山的一侧，依稀可以看见有一座不高的小楼。

风停了又起，夹着雨丝，落在脸上，文亮下意识地闭上眼睛。但他仍能听见身边纷沓的脚步声，很多人都在往那座小楼跑去。人们彼此呼唤着，为在恶劣的环境中不至于彼此失散。他们刚刚在观景平台上看过一眼朦胧的风景——其实什么都看不见，远处的县城、湖泊、树……黏滞在雾气里，像很快会烟消云散的那些虚幻的东西。

风很快就过去了，雨丝忽大忽小，嘈杂的脚步声、人声似乎也随风而逝，世界重归平静。

文亮睁开眼睛，看见天色转暗，可现在是中午。这古怪的天气。

他没有看见父亲，只有三三两两的游客，莫名激动着，为这意料之外的遭遇。可是，没有他的父亲。他不确定自己是否跟父亲失散了。他回想刚刚大风突起之前，父亲在他前面几步远的地方，然后自己被风刮得睁不开眼睛，又停住了脚步——这一切发生得太快，五秒？或者十秒？十秒钟的时间里，父亲可以走多远呢？但无论父亲去了哪里，为什么又没有叫上他？就像刚刚在湖边乘小客轮的时候一样，父亲自顾自地行动，仿佛文亮根本没有和他一起旅行。

文亮慌乱地走着，他也不知道自己在往哪个方向走。他把能看见的平台上的人影都仔细确认了一遍——很遗憾，都不是他的父亲。他意识到，这样的情况下，他也许不应该这样漫无目的地走，也许最好是待在原地不动。他希望父亲会回来找他。

又一阵风过来，似乎比刚才更猛烈。只有不多的三五个游客还恋恋不舍地留在这。他们努力在风中站直，为拍出一张脸孔被风吹得变形的合影。文亮看着他们，觉得自己实在不适合再待在这里了—— 一个人，顶风冒雨，为什么？

风过去后，地上的积水闪闪发亮，其余的一切都黯沉下来。乌云很厚，像乡下的夜空，湿润又安宁。雾气又浓了些，现在，文亮已经很难看清两米之外的东西了。但他还能听见一些断续的说话声，不过都是日语，他听不懂。他感到很冷，才发现头发和衣服已经湿透。他还是得去那座小楼，趁他还能在浓雾中辨识方向。

于是他又朝那座楼跑去。他知道那不远，只是他现在看不见它。也许父亲就在离他不远的一个地方，只是他也看不见他。也许父亲正在四处找他，可是，他并没有听见父亲喊他的名字。也许他可以喊一声的，然后父亲就会找到他了，可是他张开嘴，却什么也喊不出来，只吞下一些雨水。他从来没有大声喊过“爸爸”两个字。

小楼终于从浓雾中现身。文亮看见，这座楼的一层有三家店面。中间是一家卖旅游纪念品的。左边似乎是邮局，因为橱窗里放着明信片和邮票。右边的商店卖食品饮料，他已经闻到了煮玉米的香味。

他决定一家一家找过去。但进到室内前，他又回头看了看平台，希望能发现父亲穿黑色风衣的身影，但只看见一些色调明亮的冲锋衣，在雾气中若隐若现。为什么父亲偏偏穿了一件黑色风衣呢？

纪念品商店里，已经密密麻麻挤满了人。身高一米九的文亮很容易就发现父亲不在这里。他又去了邮局、食品店，一无所获。他回到纪念品商店，因为他不知道自己还能去什么地方。外面的天色似乎渐渐明亮起来，但雨却下得更大，能听见雨滴打在屋檐的声音。

纪念品商店最里面有卫生间。父亲可能在卫生间里。但文亮进不去，卫生间收费。他在裤兜里摸索了很久，也没能摸出一枚五十块日元的硬币——打开卫生间的自动门，须要一枚硬币。他无端觉得，父亲一定在卫生间里，只是自己现在进不去。五十块钱，日元，换成人民币，只有三块钱。三块钱，足够让文亮束手无策。一分钱难倒英雄汉。文亮想起在中国的日子，那些毫不在意花掉的钱，其实也没能让他真的快乐，但在日本，他身上没有一枚硬币的时候，他确实很不快乐。

也许他一开始就错了。为什么要向他们要钱呢？他其实不需要那些钱。但他回不去了，谁也不能让时间倒回去。现在，他不知道如果没有父亲或母亲给自己寄钱的话，他到底该如何继续生活。可是他已经二十二岁了，如果他没有被学校劝退的话，今年，他应该大学毕业，然后，按照他们多年的计划，他会和一个中国姑娘结婚，婚后到日本来，先学一段时间日语，再在餐馆、加油站、商场、酒店这种地方找一份自食其力的工作，并一辈子干下去。这是他们为他安排的人生，就像奶奶为他们安排的人生一样——冷酷的，没有希望的人生。他们为什么这么冷酷，像这个国家的一切，都那样冷酷。你看，在他们的神山上，如果你没有一枚硬币的话，连卫生间的门都不会向你敞开的。这风风雨雨的时候，没有免费的事情，没有什么事情是不需要付出代价的。可是，他明明已经付出代价了，从两岁的时候开始。那时，他们不能带着他一起来日本，都是因为移民政策。他们在日本和他之间，选择了日本，因为莫名其妙的移民政策。而他，却一直在为父母当初的选择付出代价。

他看着从卫生间走出来的人，心里很希望下一个出来的人会是父亲。也许他应该再回观景平台去，父亲也许会去那里找他。可是，他又意识到，还有更糟糕的事情——他现在需要小便，需要打开这扇收费的卫生间的门。他觉得自己还能忍一会儿，但他不确定这“一会儿”是多久。如果终究不能和父亲会合的话，他应该怎么办？怎么打开卫生间的自动门，怎么下山，怎么买车票，肚子饿了用什么买吃的？他不敢再想。也许他可以趁着有人从卫生间出来的时候溜进去？看上去那不是太难，但他从来没有做过这样的事儿——因为他一直也不缺钱，他从来都是学校最体面的那一个——他不知道自己能不能迅速挤进开门时那个狭小的缝隙。他还担心那会被摄像头录下来，或者触发某个警报器，然后在这里的所有人都会发现他，他们会失望地发现一个中国年轻人竟为了五十块钱做出这样丢脸的事儿来。但他们不会知道——这个中国年轻人其实有一个日本国籍的父亲，而现在，他和父亲失散了，他不会讲一句日语，身上没有一枚硬币，也许二十分钟后下山的大巴车就该发车了——人们只会看到，这个年轻人全身湿漉漉地守在卫生间门口，并试图闯进去。

他看见那扇门的上方，镶有一块手机大小的黑色玻璃，透过玻璃，他还是看不见卫生间里的情形。但他觉得那玻璃后面，似乎有一双眼睛也正在看着自己——也许那就是父亲的眼睛，父亲是否一直躲在门后，眼睁睁看着他的一举一动。这样的猜测让文亮感到恐惧。他知道，那其实意味着自己又被他抛弃了一次。而他每一次见父亲，都会被抛弃一次。他从来也不是一个合格的父亲。2000 年的有珠山，2010 年的富士山，也许还有 1990 年的中国——他再也不会原谅他们了。他也不应该来日本找父亲。他根本作了一个错误的决定。本来他是想找母亲的，他觉得母亲会更好说话。可是母亲的“好说话”是有条件的——他得先读完大学、再结婚。多遗憾，这两件事，他都没做到。也许他还是可以结婚的，找个姑娘并不难。但他不愿意走到那一步，他觉得事情还可以不一样的，他的生活也可以不一样，尽管他从来也没想过自己想要什么样的生活，但他知道自己不想要什么，这可能就足够了。萧霄终究拒绝了他的求婚，她的理由很正确，因为她还年轻，不想结婚。可是他知道她在想什么，她毕竟还是太了解他了，所以她不能把自己交给一个靠父母生活的男人，而且这个男人还极有可能成为一个日本人。他已经习惯了账户里永远有汇款，他不能没有那些钱。他现在明白，这是比他们当初把自己扔在中国更可怕的事儿——他们明明抛弃了他，但他再不能离开他们。

二十年来，文亮都没有像现在这样强烈地想念他们。他甚至想，如果现在父亲能马上出现，他可以不要父亲的钱了，他真正需要的其实并不多，在眼下这样的时候，不过五十块钱就够了，日元，不是吗？只是不要让他这样，一个人在这里，对下一刻将要发生的一切、对自己将要面对的事情，全然无措、一无所知。

一个日本老太太问了他一些什么，但文亮没听懂。他用中文告诉她，他的爸爸也许在里面。但他知道，这没用，她也没听懂。文亮又比画了几个动作，她似乎懂了，但她什么也没说，只是埋头，把小小的身子全躲在浅灰色的风帽帽檐下。她在手中精致的拎包里摸了很久，最后，她递给文亮一枚五十元硬币，笑得眼睛眯了起来。

这是意外的惊喜，文亮喜出望外，他用英文、中文说着感谢，然后抢在日本老太太之前，塞进了硬币，冲进了卫生间。

只是，父亲并不在卫生间里。

11

文亮走出纪念品商店的时候，雨已经停了，一大团乌云正在快速移动，也许太阳很快就会出现了。人们陆陆续续地从商店里走出来。有人已经回到了观景平台上，试图弥补刚才的遗憾。远处，白色的雾气还未完全散去，像稀薄的奶油。但一切似乎都在好起来。

文亮看了看手机，距离下山的大巴车的发车时间还有五分钟。他的手机没什么用，里面还装着中国的 SIM 卡，没有国际漫游——他的账户已经不够开通昂贵的国际漫游了。何况他觉得，在日本，他没什么需要联系的人，也没什么人会联系他。现在，他有点希望手机上会有父亲的未接来电，他只是这么想。那不可能。手机显示，没有信号。几个大大的数字，显示的是时间。他有些恍惚，看那些数字，就像是看着几个不认识的日文。

他下意识地往停车场的方向走。路上，他想起这失败的一天，就像新千年那次失败的北海道之行一样——在他人生最重要的时候，总有意想之外的事情出现。

他走得很慢，因为他再也不需要追赶父亲的步子了。现在，怎么走，往哪个方向走，只是他自己的事儿。不时有人急匆匆地从他身边经过，他在心里嘲笑他们的背影：这些匆忙的背影啊，难道不知道走得再快也没用吗？他们都不会回头看看，看看身后的人有没有跟上。他们都忘掉了背后的东西。

他已经不在人群中寻找父亲的黑色风衣了，他好像已经认定了和父亲失散的事实。他觉得应该坐上大巴车，下山。当时父亲买的是往返车票，这真是有远见的决定。但在山下停车场，他该怎么办？他想不出来——毕竟他很长时间都只会用钱解决问题了。但现在，在日本，他没有钱——他想起自己的书包，还在大巴车上，里面也许还有两张一千日元的纸币，差不多一百块人民币了。在中国，这够他在酒吧喝两杯酒，但现在，他觉得那是很多的钱。他得用这两千日元做很多事情。

他坐上大巴车。车上的乘客不多。还有很多人都没回到车上来，也许有人会坐一个小时后的那班车。但文亮和父亲是计划坐这趟车下山的。父亲没有出现——这也许都不能算是意外了。

文亮把头靠在大巴车的玻璃上。他看见窗外，停车场上，有几只乌鸦。他知道，乌鸦是日本的神鸟。它们永远飞得很低，从不怕人，所以，它们永远飞不过大海，到对岸的大陆去，就像萧霄的蝴蝶文身一样，飞不过大海。那只蝴蝶，是属于他的，会永远留在那里，不会消失。

大巴车快发车前，文亮看见停车场，那些乌鸦飞过的黑色轨迹里，出现了两团白色的阴影，好像有两只白色的乌鸦，在雾气里忽隐忽现，并向大巴车靠近过来。

很快，他辨认出来，那是一个人脚上的白色袜子。他不确定那是不是父亲，在那个孤独的人影终于从雾气中现身以前。毕竟，很多日本人都习惯穿雪白的袜子，但有很大的可能，那就是他的父亲。

文亮没有觉得意外，也不觉得激动，更不想去分辨那人是否穿一件轻飘飘的黑色风衣。文亮不知道父亲刚刚去了哪里，经历了什么，不知道他有没有找过自己，不知道父亲是有意失踪还是无意失散，而文亮现在一点儿也不想知道这些他从来就不曾明白过的事儿。他唯一能确定的一件事，是有珠山爆发后，自己又经历了一次真正的火山爆发。

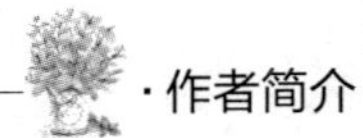

·作者简介·

周李立，女，1984 年生于四川，现居北京。中国作协会员。2008 年开始发表小说。中短篇小说集《欢喜腾》入选 2013 年度“21 世纪文学之星”丛书。获第四届汉语文学女评委奖、第六届“茅台杯”《小说选刊》奖新人奖。

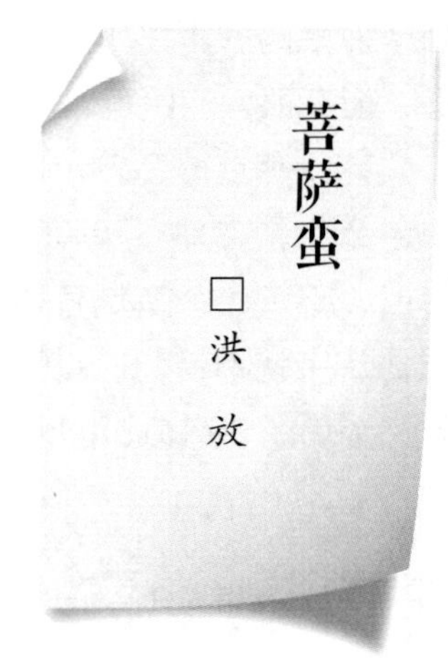

1

滴水寺是青桐西郊的一座小寺。

说它小，一来是它建筑格局小，仅有两间寺屋。其中靠东的一间朝外开着门，进门就是一尊年头久远，身子已经半倾颓的泥塑佛像。佛像前放着张酱黄的蒲团。香案上香炉里也冷清，几只供果早已变了颜色，干瘪得像陈年的瓜干。除了初一、十五，寺里是很少听见木鱼声的。木鱼被放在佛像背面，这是寺里唯一能拿得出去的寺产。另外一间，是从佛像后侧的墙上开门，里面一床一桌，简陋得像被大洪水清洗过似的。寺外离门两丈远，又搭着座小棚子，里面放些简单的炊具。所有这一切，就构成了滴水寺的全部家当。除此外，说滴水寺小，还有一个更重要的原因，是因为这寺近三十年来只有一位僧人释虚明。这虚明说的是外地话，身材矮小、清瘦，年龄约莫在七十岁上下。平日里，他半僧半俗。自己在寺边上种了块地，又时常到寺外去化些粮米。有时，也有些好心的信众来供奉些油和菜蔬。这样，他的日子虽然简单，却也一天一天地过了下来。说他俗，是因为据说他有家有小，逢年过节，甚至还回江南老家团聚，说他僧，那是他头顶上有鲜明的戒疤，这说明他是正式受了戒的。他平日里吃素，很少到寺外走动。寺里也没什么香客。这小寺，就像一枚结在城市边上的叶子，被人遗忘了，任凭春来发青，秋来叶落，都是自来自去。它虽然就坐落在青桐西郊，离城也不到三里地，但知道的人却很少。《青桐寺庙名录》中也只是简略地介绍了几句：滴水寺，处西郊。已荒废。上世纪80年代，释虚明自江南来暂住。

田去非在《青桐寺庙名录》上看到滴水寺的介绍时，还真的不太相信。一是因为他一直就生活在青桐城里，居然从来没听到过滴水寺的名字；二是这寺就处在西郊。这些年来，各地兴佛的事情越来越多。青桐一地，也有大大小小上百座寺庙，被不同程度地修缮、扩大，有的已很有规模。许多寺庙，信众如云。那种繁荣，如同袅袅香火，旺盛升腾。而这座就处在西郊的小寺，为什么就没有兴盛起来呢？他觉得有些意思，放下名录，就对叶颖说："我们去看看吧。"

叶颖问："去哪里？"

"滴水寺。"

这样，田去非就和叶颖一道，从城里出发，开了五分钟车，就到了太公台。书上说滴水寺就在太公台后面，太公台是青桐城一座有传说的地方，说是台，其实只是一座近百米高的悬崖，下面是青桐河。传说当年姜太公在此垂钓，后来成就了功业，这当然不可考。如今，这台上面是党校，围墙将太公台隔在了外面，一般人无法从上面上去；下面又是河，四季有长流水，行动更是不便。于是这太公台真的成了高不可攀，人们都只能远望而不能近登。也正因此，藏在太公台后面的滴水寺，就连带着少有人涉足了。

田去非停了车，问一位正在河里洗衣的大姐到滴水寺怎么走。这大姐望了他一眼，又望望他身后穿着时尚的叶颖，愣了下才指着太公台下的密密的草丛，说："那草丛里有条小路，一直往里。大概半里路就到了。"田去非谢了大姐，拉着叶颖就往草丛那边走。

叶颖皱着眉头，说："田总，怎么突然来了兴致要看寺庙？那边还在吵闹着呢。"

田去非笑笑，说："这叫忙中偷闲。既来之，则安之。"叶颖还是道："那边要是真闹起来了怎么办？"田去非回头看着她，说："那就让他们闹吧，反正我们不在。"

叶颖摇摇头，自从出事以后，这田总越来越让人摸不着头脑了。按理说，死了五个人，这是天大的事情啊，要是换了别的老总，早就炸了脑袋了。可是这田去非倒好，出事头两周，也急着四处化解。等到事情基本定了，面临赔偿和一系列的后续纠纷时，他却冷了下来。他甚至干脆不到公司去露面，即使去，也是匆匆一闪。他给公司上下下了个指令：暂停一切工作。除必要的事故处理人员外，其余全体休息。这就更让全公司的人不理解了，可是田去非向来在公司说一不二，他既然定了，大家也只好执行。现在公司只有十来个行管人员在里面撑着，那些事故中死去的和受伤的工人家属几乎天天到公司来，哭着闹着，就是见不着田去非的面。不过田去非也不是真的不问，他也在考虑解决问题的方法。依他多年来从事企业的经验，他知道这些人虽然是受害者，应该同情和妥善处理；但是，他也知道这些人不是好说话的主儿，他们的条件提得很有些离谱。而且，他们从一出事开始，就拧成了一股绳，你如果摆出想急于解决问题的架势，他们的砝码就会无限地升高。所以冷处理是现阶段的一种有效的策略。

既然是冷处理，田去非必须讨得两个准信。一是政府的态度，他给分管市长高参也汇报了，高参先是不同意，说这样会将事态扩大，说不定会给政府带来影响。他笑着说不会的，我会将影响控制在仁诚集团内部，绝不会影响到政府的声誉和高市长您个人的。高参知道田去非的个性，这人二十多岁就干企业，经历过许多的事，向来以稳健和老谋深算著称。他能打这个包票，那就应该问题不大。不过，高参还是一再叮嘱，在事故处理没有结束之前，仁诚公司的所有建筑项目都不得开工。田去非爽快地答应了。田去非讨的第二个准信是青桐建筑企业界与仁诚公司实力相当的大明建筑的老总胡文化的承诺。田去非亲自找到胡文化，细话没说，直接开口要将仁诚手下目前正在建的除出事的项目外，全部转给大明建筑。胡文化也是个聪明人，两个人只谈了个利润点，就达成了协议。因此，目前仁诚公司虽被停止了建筑资质，但他原来签下的项目，还都在正常运转。唯一的区别是这些项目变成了大明建筑的项目，仁诚将拿一定的干利。

仁诚的许多行管人员，包括叶颖，对田去非做出这个决定也有些反对。田去非说这是万全之策，否则那些项目就只能死在那儿，公司能拖得起？再大的公司，不怕出事，就怕被拖住了。你们没见过壁虎？壁虎在遇到危险时，往往自断其尾，以求逃生。大家一想，也觉得有理。虽然可惜了那些可观的利润，但是想想不需要天天面对死不死活不活的项目，也就释然了。

叶颖原以为田去非将这些项目都给了大明建筑后，会全部心思的用来处理善后。哪承想田去非根本没这意思。他最近的主要工作就是待在别墅里，看书，下棋，或者出去钓鱼。但是，一到晚上，田去非就活了。他几乎请遍了青桐市直的那些头头脑脑们。他说平时没时间，怠慢大家了。这不，企业正好出了点事，被停工了。我们正好有机会好好喝酒，聊天。大家相谈甚欢，往往是到了半夜才回来。也就是在这些饭局中的某一次后，回到别墅，洗了澡，田去非跟叶颖又喝了点干红，然后云雨了一番。完事后，田去非靠在床上抽烟，突然问叶颖："滴水寺在哪呢？"

叶颖说："我哪知道？我又不是青桐人。"

田去非又吸了口烟，说："那是。明天替我找本青桐寺庙的书来，我要好好看看。"

叶颖说："难不成要参佛了？田总不会成了田大师吧？"

"也说不准呢。"田去非意味深长地笑了下。

叶颖第二天就从政府办那边找人搞了本《青桐寺庙名录》，田去非果然找到了滴水寺，就在青桐城西郊。他指着名录地图上的那个标志小寺的黑点子，说："这是个好地方，我们得去看看。"

现在，正是五月梅雨天，难得天放晴。但是，草丛里还是有些雨水挂在茂密的草叶上，小路隐秘，几乎被草丛覆盖。田去非下车时已有准备，他拿了根平时车里备着的铁棍子，一边用铁棍子清理道路，一边对叶颖说："是个好去处吧？就这路，就这太公台下的神秘，也非得亲自来看。"

叶颖说："田总不至于这么简单吧？"

"就这么简单。"田去非转了话题，说："这路看来也是少有人走的。我们算是小寺难得的客人吧？"

"一定是。"叶颖回答道。

两个人走了大概二十分钟，可以看见前面的开阔地了。田去非说："到了。"他紧走几步出了草丛，朝前面一看，一大片的开阔地。左边是太公台，右边是环行而去的青桐河。太公台和青桐河，将这一片开阔地围成了一处独立的风景。他目测了下，这一片地足足有三百亩。地上有树林、竹林，林子里传出鸟儿的鸣叫。田去非叹了口气，说："真是世外桃源哪！好地方。"叶颖抹了下额头的汗水，又拍拍衣服，说："小寺呢？"

田去非朝四周望望，都是树，都是竹子，没见小寺。而抬头看上面，悬崖峭壁，只斜挂着几棵老松。但是，他看脚下，刚才那条小路沿着崖壁往里延伸。他顺着小路的方向，果然就看见了一片灰黑的建筑。那应该就是滴水寺了。他放慢了脚步，边走边看树林里那些盛开的桃花、李花，还有沿着崖壁绽放的那些红的、黄的各种野花。叶颖还凑到花前，闻了闻花香，说这里的花就是不一样，比办公室里那些花香多了，香气也正多了。田去非只是笑，又走了十来分钟，他们就停在滴水寺前了。

寺很小，名字却是有的。一块黑漆的匾额上写着三个苍劲的隶书：滴水寺。只是有些斑驳，挂在门上正中。寺门半掩，没有人声。叶颖问："这就是滴水寺了吧？"

田去非喊道："有人吗？"

没有回答。

他又喊了声，这时从寺里传来一个声音："有呢，在呢。"是江南口音。接着，清瘦矮小的虚明从里面开了半掩的寺门，有些狐疑地望着这一男一女，说："你们是？"

"我们是来烧香的。"田去非说。

"啊啊，施主辛苦了。"虚明马上缩回寺里，迅速地从佛像后摸出三支檀香，到香案前点上，然后又拿出木鱼，站在佛像的左边，看着田去非和叶颖，叩了下去。木鱼声有些浑浊，不过在这小寺里，也算是添了生动。田去非看着蒲团，没有跪下去，而是站着双手合十，念了遍"阿弥陀佛"。虚明又叩了下木鱼，叶颖也依照田去非的样子，站着念了遍。念完后，虚明站在边上，不说话。田去非示意叶颖拿些香火钱。她从包里拿了几张一百的，正要放到香案上，田去非说："将包里都给了。"叶颖犹疑地看着，田去非又说了次："都给了。"她有些不太情愿地将包里的一万块钱全部拿了出来。虚明眯着的眼睛，有些慌张地动了动。他又叩了下木鱼。田去非问："寺里还有僧人吗？"

虚明睁开眼，用眼角的余光看了看香案上那一大沓人民币，心里不住地打战。然后答道："没有其他人，就我一个，我叫虚明。"

"就一个？"田去非又问："平时香火怎么样？"

"几乎没有。寺小，又破，香客少，何况我也懒得去争。"虚明说着摸了摸青皮的头顶，似乎要显示一下他这个半僧半俗的和尚是如何的与世无争。

"我看周边的寺庙香火都旺得很呢。"田去非有些发胖的身子，与虚明瘦小的身体，站在一块，就像一只气球与一根枯枝，反差得有些幽默。叶颖看着，突然觉得在这灰黑的小寺背景下，这两个人就如同来自两个不同的世界，而现在，他们却站在了一起，且慢慢打开一个无法预知的未来。

虚明一只手在木鱼上摩挲，一只手指着佛像，说："我来这滴水寺，本就是无争的。无争，就无所谓那些香火了。"

"也对。"田去非往里走了几步，到了里屋的门边。虚明赶紧上前一步，用身子挡在门边，说："这是小僧的寮房，施主请留步吧。"

田去非说："简陋得很。不过也好。"

寮房确实简陋。叶颖在他们转过身时，也瞟了下。她感到一种特别的清冷，那些冷就像燃烧后的灰烬，冷到了骨子里。

大家就又回到寺外的空地上，梅雨时节，土地松软，地气上升，空气里也弥漫着雨的腥气和地气的黏味，同时又有各种花的清新的香味。田去非耸了耸鼻子，对叶颖说："好地方吧？怎么样？"

"的确是好地方，与世隔绝了，不过我弄不明白，这么个离城近的地方，怎么一直就荒芜着呢？"叶颖这是回到了她的房地产开发的专业眼光上了。这么一大片地，离城近，后有山，前有河，要是能开发出成片的别墅，那多好，比咱们仁诚公司开发的那些什么所谓的没有水的水岸、没有山的山居好多了。她问虚明："这地方一直就这么幽静？没人来？"

"当然有人来。"虚明说："不过，因为上是悬崖，前是河流，因此来得艰难。也没大路，所以僻静。这正合了我的心意。有些年，政府曾要到这儿来扩充党校，结果就因为后面的悬崖太高了，我也反对，就作罢了。"

"太可惜了。"田去非叹道。

虚明问："施主是说这地荒着可惜，还是？"

"我不是叹这地，是叹师父和这小寺呢。"田去非说："我也略懂些风水，这地方多好，是宝地。这些年我虽然没用心学佛，但也偶尔念念佛经，知道这佛事兴盛，也是国家兴盛的一个表现。我看青桐其他的那些寺庙都香火旺得很，这滴水寺也应该兴旺起来的。我就不明白了，虚明师父，这么好的位置，这么好的地方，怎么就……"

虚明挠着头皮，有些为难道："不瞒施主说，我也曾想过办法，将这小寺香火搞得兴旺起来，包括做观音会，初一十五的上香。但没多大作用。主要还是这地方偏，没路，一到发水季节，更是进不来。寺本来就破落，加上没有供奉，便无钱整修，寺便更加破败。如此破败凋零，哪还能请得动香火？日复一日，年复一年，也就……唉！"

叶颖到边上接电话去了，田去非望着虚明，说："这么些年，也没人来投资兴寺？"

"有。但投资太大，都作罢了。去年还有人来，结果走了，到了山居寺，给他们建大殿了。"虚明说，"我来这三十年了，算是维持着小寺没毁。这往后，还不知怎样呢？"

"师父是江南人吧？"田去非突然问。

虚明说："是的，我最初在九华山，下山后就到了这滴水寺。当初来时，这里一片荒草，寺埋在废墟中。我硬是将小寺整理出来，又在悬崖那边找到了滴水寺的匾额。如此，小寺也像个寺了。只是我也老了，将来这寺……”

叶颖过来说：“高市长打电话问事情处理情况，说黄兴旺他们到政府去了。”

“你就说我病了，在省城住院。”田去非接着又对虚明说，“这滴水寺里我看介绍上说，从前也是座有些名头的寺庙，后来发水毁了。要是按照当年的建筑重建，不知需要多少资金，师父算过没有？”

“这个早就算过了。要是建一座大殿，一座寮房，加上内部设施，也就百十万。当然，要是恢复到滴水寺最鼎盛时的规模，那就得三五百万了。我老了，也没能力做这些了。”

虚明望着田去非，心里盘算着这个少有的施主的来路。听刚才那女施主的口气，此人绝非一般。这年头，来寺庙的无非是两种人，一种是那些底层的老百姓，他们祈求的是平安；另一种就是像面前这个施主般的上等人物，他们求的东西就太多了，太玄了，估计连佛祖也无法弄清楚。佛祖要的只是一颗求佛的心，和那些不绝的香火。而这些人要的，包罗万象，为名为利，为忏悔为心安。多着呢！

田去非沿着寺外的空地转了转，随口问虚明这一大片空地有多大面积。虚明说三百来亩。他又问这些地难道一直就这么荒着没人打理？虚明说：“一直没人。从我到滴水寺开始，就一直荒着。除了我在上面种些瓜菜，别无其他。”

“这就怪了。唉！”田去非心里头掠过一丝不易察觉的欣喜，但他没丝毫表露出来。叶颖过来，对他说高市长有些生气，要仁诚公司在半个月之内务必处理好事情。如果再出现上访等情况，将严肃处理。田去非笑了下，说：“严肃处理？怎么严肃啊？我公司都关门了，还严肃什么？别管他。我们今天是来烧香的。”

叶颖疑惑地望着他，这个男人，最近有些不着边际了。

田去非不管这些，只与虚明聊着滴水寺的事，又说到滴水寺的传说，说到当年这前面青桐河的滔滔洪水，说到太公台上的种种传奇。虚明操一口江南话，说得慢，说得也僵硬，显然他不是一个会讲故事的人。倒是田去非，这一刻，尽由着自己的心性，天马行空，将滴水寺的从前说得莲花绽放，又反复地叹惜如今滴水寺的凋敝。末了，田去非和虚明回到寺门前，他又在寺里踱了一圈，出来后对虚明说：“我要投资将滴水寺重修起来。”

“施主您……”虚明有些惊讶。

“就这么定了。”田去非望着同样惊讶的叶颖，说，“请虚明师父马上提供一个重修滴水寺的规划。叶总你先负责下。不，算了，还是我自己来吧。我过两天再来详细谈。规划要高起点，一步到位。三五百万都行。包括修路，修大殿，甚至包括重塑佛像。”

“阿弥陀佛！”虚明灰暗的眼睛里闪着光，犹如佛像前的那一星香火。他矮小清瘦的身子颤抖着，说：“施主是真的要投资重修滴水寺？这以前可是有过一些施主过来，说好了要修，结果让小僧空欢喜一场。佛祖是诳不得的。”

“当然是真的。”田去非抹了下油光光的头发，对叶颖道，“明天就让财务准备五十万，专门用于滴水寺修复的前期工作，不过要从另外的账户上划拨。另外，”他回过头对虚明说，“虚明师父最好到其他的寺庙去问一下，修复工程需要走哪些手续，我好安排来办。要快，不要拖。任何事拖久了，就会出问题的。”

叶颖张着嘴，却没说话。她被田去非的表态给弄蒙了。刚才来时，她只觉得田去非是想找个僻静的地方散散心。哪承想他是来投资寺庙重建的？寺庙重建是好事，但是，仁诚公司眼下正搁在处理事故的节骨眼上，这时候来投资寺庙，传出去不知外界会作何评论。不过，跟着田去非这么些年，她也知道田去非是个目的性很强的一个人，特别是对于投资和项目，他不会无缘无故，也不会真的对佛祖虔诚到投资三五百万来修复一座破落的小寺！那么，他……叶颖正想着，手机又响了。是公司的副总李强。李强说黄兴旺他们又在公司里坐着了，怎么办？叶颖说：“能怎么办？让他们坐呗。”李强说：“那不是事呢，总得有个办法。”叶颖说：“那我问问田总吧。”

田去非听叶颖说了，拿过手机，给李强道：“让他们坐着，不要冲突，到吃饭时间安排吃饭。这样的事情，以后不要老是打电话请示。你是副总，这都处理不好，还能干什么事？”

虚明听着，额头上冒汗，他知道今天滴水寺真是遇上了贵人了。听这口气，还不是一般的贵人。他笑着上前道：“我看施主这面相，就是大富大贵之人。这下好了，佛祖佑我，滴水寺有指望了。阿弥陀佛，施主在上，请受小僧一拜！”说着，也不等田去非说话，就径自地深拜了下去。田去非赶紧上前，想扶，却又迟疑了下，然后说：“起来，起来！我是敬佛的，不是敬你这小寺和你这师父的。别拜了！快起来！”

虚明起来后，田去非看看天，又看看四围的树和竹林，说：“天色也不早了，我们先走。你留个电话吧，好联系。”

虚明说：“没电话。”

田去非怔了下，然后对叶颖道：“明天就让人送部手机来，而且要教会虚明师父怎么使用。费用就挂在公司的账户上。”

虚明更是吃惊了，忙不迭地道谢。田去非和叶颖已经转身走了。虚明一直跟着，一直到先前来时的那条小径上。田去非说："虚明师父回去吧，我们之间不要客气，以后还得经常走动的。"虚明点着头，看着田去非他们进了荒草丛中的小径，身影渐渐地被荒草遮掩了，他才回头，擦擦额头上的汗水，小跑着回到寺里，拿起木鱼，跪在蒲团上，使劲地叩了起来……

2

怪都怪这场梅雨，将仁诚公司工地的脚手架淋得湿滑。在上面操作的两个架子工，突然失去平衡，从已经做到十六层的高处往下掉。两个人一用力，脚手架整个受到震动，竟然慢慢地坼裂开来。这在平时是不可能发生的，但这回却确确实实地发生了。按田去非的说法是，平时脚手架那么牢靠，怎么可能就因为两个架子工的坠落，让整个楼层的架子都开始倒塌呢？但事实就是这样。架子一倒，上面的十几个工人全部落了下来，有的被卡在十五层，有的在十四层，最糟糕的五个工人，掉到了一层。等到一层的工人过来相救时，人已经砸在一层瓦砾和散放的钢筋上，五个人没等到救护车来就没了声息。另外还有六个工人不同程度的受伤，五个死了的工人，政府在处理事故时已经就赔偿问题做了具体安排。而现在的麻烦是六个受伤的工人。经过这快一个月的治疗，六个人性命算是保住了，但五个重伤，只有一个轻伤。政府对伤员的安置只给了一个大的政策，就是必须保证治疗，保证生活，具体的由仁诚公司跟受伤者家属协商。

"政府这是撂挑子嘛！"田去非一听到政府这样的安排，就在公司会议室发了火。他一面觉得今年流年不利，摊上这么件大事故。一面觉得在关键时刻，政府也学会了玩滑头。本来，事故一出，他先是想遮掩过去的。但后来一看死人多了，遮不过去了，就按程序逐级上报。自然，一级一级的追责也就开始了。仁诚公司被停止建筑资质，所有工地停工；五个死亡工人，除工伤保险外，公司每个人又另外赔偿了四十万。这倒不说，无非是钱。工地停了，他转手给了大明建筑。麻烦的是这六个受伤工人，怎么赔，赔多少，似乎没有底线。一开始，他也耐着性子跟家属们谈了两回，结果他发现根本谈不进去。家属们算的账与公司想赔付的金额之间差距太多。这样，他就只好采取回避战术了。仁诚公司不怕拖，再拖，无非是公司没有利润。反正他也遣返了所有工人，公司的开支也降到了最低点，而这些家属们是经不起拖的。堡垒往往从内部攻破，只要有一户家属同意了公司的赔付条件，其余的事情就好办了。不过，这事又过了半个月，六个人的家属居然还真拧成了一股绳，想解，却怎么也解不开了。

解不开，那就继续拖着吧。田去非真的摆出了一副放下来的心态。自从跟叶颖一道去了滴水寺后，他雷厉风行，第三天就让人催着虚明搞来了滴水寺修复的预算。虚明是从山居寺、龙王寺等几座大寺庙那边，讨来了相同修复工程的预算的。一期工程修复一座大殿和一座寮房，外加附属设施，预算是九十二万；二期再添一座大殿，外加两排寮房，同时增加钟楼等，预算是二百一十万。整个工程三百万多一点。叶颖看着预算，问田去非："真要投资？这可是一笔不小的数字呢。"

田去非将手中刚抽了三分之一的烟，按在烟灰缸里。他抬眼望着窗外，六月梅雨中少有的晴天。梅雨季节就是这样，要么就是天天下雨，要么就是明晃晃的晴天。阳光将到处照得通透。那些刚刚被雨水淋透了的土地，那些植物，还有建筑，在雨后的阳光中，都像镜子般亮堂着。这样的天气，田去非喜欢。他有个习惯，心情一好，就抽烟；而他往往抽烟又只抽到三分之一。他收回目光道："我已经定了，别再说了。"

"目前公司正在为事故善后，我们放出的空气是公司没钱了。现在投资搞滴水寺开发，我们怎么向那些受伤者家属交代呢？另外，我们都是商人，开发那么一个小寺，有什么意义？难道真的是为了向佛表示一片虔诚？"叶颖说着有些激动，她做着手势，说："田总，我就真的不明白了。那天在滴水寺，我还以为你只是说说而已。没想到还来真格的了。我觉得这不妥！十分的不妥！"

"不妥？哈哈！"田去非将按在烟灰缸里的烟头又使劲地按了下，说："叶总啊，有什么不妥？事故是仁诚公司出的事故，理赔和善后都是仁诚公司的事情。我现在投资滴水寺，是做善事。我用的资金是永辉公司的。"

永辉公司是田去非去年注册成立的另一家公司，主要做投资业务。它与仁诚公司是两家完全独立的公司，除了法人代表是同一个人外，其他互不相干。这是对外的说法，对内，叶颖清楚，自从永辉公司成立后，田去非将自己在仁诚公司的股份不断地套出，注入到了永辉公司。甚至，永辉公司成了仁诚公司的投资公司。这事情在仁诚公司内部，知道的也就三五个人，具体操作是由叶颖负责的。本来当初成立永辉公司时，田去非有意要让叶颖来做法人，但叶颖没同意。叶颖说："不管我们关系怎么样，我都只是仁诚公司的一个名正言顺的副总。我跟你走在一起，是想帮你做点事。别的，我不需要。"她说得坚决，田去非也就没再坚持。那天在滴水寺，田去非让她准备五十万的启动资金，当时所说的另外的账户，就是指永辉公司的账户。企业做大了，一个企业家拥有多家具有独立法人资格的公司，是常事。田去非说他用的是永辉公司的钱，似乎是在说他并没用仁诚公司的资金。因此，他怎么用，与现在正在处理的事故是没关系的。叶颖觉得其实不是，但她知道田去非的个性。因此她改了口道："就算是投资滴水寺，这个时候，不管是哪个公司的钱，都是不太适合的。当然，这只是我个人的意见，请田总多考虑。"

"我已经考虑好了。"田去非说，"从现在起，你不要再过问仁诚这边的事，给我专门负责滴水寺修复。有些问题，我会亲自出马的。我要在一年之内，让滴水寺变成一座像样的寺庙。"

"田总，你不会是另有所图吧？"叶颖犹豫着还是问了出来。

田去非又是"哈哈"一笑，说："你说我能图什么？别把问题搞复杂了，我的叶总。我只是出钱修座小寺啊，叶总！"

叶颖摇摇头，到仁诚这五年来，她算得上是能够揣摩透田去非性情的一个人。也正因为她揣摩得透，不自觉的，两个人就走近了。叶颖是在省城的一次聚会上认识田去非的。田去非同她的硕士导师很熟。那是一次洽谈项目的酒会，两人一见如故。第二天，她就随田去非到了仁诚。田去非让她做了副总，先是分管技术研发，后来两人关系亲密了后，就负责内务和项目这一块了。这五年来，田去非在企业经营和市场竞争中，也有过许多不为其他人所理解的举措，但都没瞒过她的眼睛。她都看透了，看破了，惹得田去非有时故作生气地说："既生非，何生颖？"她也只是一笑，回说："天生非颖，天意。既是天意，何必较真呢？"只是那以后，她很少再将她看出来的田去非的想法说出来了。她知道在智慧上，要给男人面子；在说得透不透上，一定得给男人以余地。这样，男人都会像教导学生一样地器重你，才会像爱怜孩子一样地疼爱你。不过这一回，她是真正地没法猜透田去非的想法了。仁诚公司正纠缠在事故的处理中，公司其实已全部停止业务，对于滴水寺，应该是无利可图，也不可能有多大的想法可开拓；在看到那一大片空地后，她也曾想是不是田去非有意要用房地产商的眼光来开发这地盘，但随即她就否定了。这块地据她了解，地处僻静，后有山，前有河，交通不便，几乎没有开发的价值。田去非作为一个驰骋商场多年的地产商，他是再清楚不过了。那么，他真的是为着虔诚、为着信佛，要一掷千金，做这件大善事吗？

但不管怎么想，叶颖还是从永辉公司的账户上准备了五十万，用于滴水寺修复工程的前期工作。

虚明大概是待在小寺里时间太久了，对外面的世界十分隔阂。他从山居寺他从前的师弟现在的住持那里，讨到了寺庙修复的工程方案。师弟虚因知道有人要投资修复滴水寺后，先是一笑，接着说："这回该是真的了吧？"虚明又挠着青头皮，有些勉强又显得兴奋道："是真的了，绝对真的，我一看便知道那两个人是真心的。"师弟将手中的佛珠往上提了提，师弟方面大耳，相比之下，虚明简直就是一刚刚从石头里蹦出来的猴子。师弟虚因比他下山迟十年，不过到青桐来也二十年了。二十年内，师弟做了十年的山居寺住持，且是青桐佛教协会的会长，在江淮这一片，师弟也算是个得道的有名望的高僧了。不过虚明一直不太把师弟放在眼里，当年在九华山，师弟的功课并不比他好。后来要不是自己一时糊涂犯了戒律，被师父请出山门，说不定他的地位比虚因还要高。世事无常，佛事也是同样。虚明并不因此而有多大的悔意。这些年来，他寄居在滴水寺，日子简朴，一边参佛，一边也还理着他在尘世欠下的债。每年，他都要悄悄地回江南一趟，没有别的，一是送一点钱，二是看一眼那个给他生了个儿子的女人。当然，除此以外，再无其他。这些事，虚因也知道。毕竟是同门师兄弟，虚因的好就在这，从来不说，也从来不提，更不问。虚因也曾劝虚明到山居寺来，说这里条件好，你年龄也大了，再在滴水寺，怕对身体有影响。虚明谢了师弟的好意，说在滴水寺待惯了，不见那里的一草一木，身上就难受。师弟叹气说："命里如此，也罢！"虚明也曾多次找到师弟，说有人投资修复滴水寺。师弟一开始也是热心，但几次都落了空，便没兴致了。这回也是。不过他没再问，只是命人将图纸和预算交给了虚明。山居寺是大寺，忙，他也没多少时间与虚明较真。虚明拿了图纸，交给田去非派过来的小刘，且当着虚因的面，拿出手机，给田去非打了电话。虚因等他电话打完，看着他的手机说："也想通了？用上了？早就应该这样了。你是说田总？哪个田总？"

虚明眨着眼，说："我也不太清楚。"旁边小刘说了："仁诚公司的老总田去非田总。"

虚因立马来了精神，有些古怪地望着虚明，说："仁诚的田总？我是认识的，都是政协常委。这可是个大企业家。师兄哪，看来这回你和滴水寺是真的遇上贵人了。"

虚明说："但愿吧！"

虚因将虚明拉到旁边的房间，轻声说："这田总是青桐最有钱的企业家之一。这回可要抓紧了。不能再放松。不过，我估计他也投不了多少。听说最近仁诚公司出了事故。他或许是求佛忏悔，表示些心意而已。"

"不管多少，只要投了，能修多少是多少吧！"虚明说。

“那也是。能修多少是多少。能修总比现在这破败着好。”虚因心想，虚明年纪也大了，又不肯到山居寺来。倘若有人捐善款将滴水寺修好了，也算是虚明的晚年有了个好的落脚点。依他想，仁诚公司的田总是大企业家，要是真的想出面来修寺庙，那应该选择像山居寺，至少像龙王寺这样的大寺庙，那样会显出功德来。那田总或许只是偶然见了滴水寺，出于同情，掏几个子儿来修复。只要不是又诳虚明，他觉得总是好事。

田去非接到图纸和预算，很快就同意了，并让叶颖来具体负责。一开始，叶颖觉得这修复寺庙的事，应该很容易。出些钱，请人来按图纸修复得了。可是，还没动工，虚因就打电话给虚明，要他先别急着动工。这修复寺庙也像其他工程一样，要报批的。如果没经批准擅自修复，那是违章建筑，城管不会放过。虚明说没想到世事如此复杂，他只好跟叶颖说了。叶颖让他问明白了到底应该怎样报批。虚明又问虚因，虚因说：“一是佛教协会，这自然没事；二是宗教局；三是城建部门。当然也还有些其他部门，像环保，城管等等。算起来，不盖上十几二十个章是拿不下来的。”虚明心里吃紧，想这事也太复杂了，不就是修复个小寺吗？用得着十几二十个章？可是，虚因既然说了，就说明此事还真的非得如此折腾才行。佛教协会这一块，虚因当会长，他熟；宗教局，还有什么城建局等等，他压根儿都不知道，也没进去过。好在叶颖带着小刘在，小刘很快就拟好了报告。虚明送给虚因，虚因很快就盖了佛教协会的公章。其余的，他对叶颖说：“叶总，我就无能为力了。”叶颖说：“你就别管了，其余的事我们来办。”

叶颖带着小刘到了宗教局。人都熟悉，大家都知道面前这个长得漂亮有气质的女子，是著名的仁诚公司的副总，当然也知道她的私密的身份，客气，客套，但章没盖上，原因是在青桐的寺庙修复规划中，没有滴水寺。详细的解释是：滴水寺多年失修，破败不堪，且与山居寺、龙王寺同处市郊，从寺庙布局和长远规划上，滴水寺都不是要修复和保留的对象。这些年能让它存在着，一是因为它地处太公台下那一大片空地上，不显眼，不碍事，且虚明和尚与世无争，一个人清净度日，宗教局便定了个大致原则：不拆、不修、不扩、不发展。

叶颖也没与具体办事的多费口舌，直接找了一把手杨局长。杨局长说：“这事本来你叶总来了，我们应该办。可是规划早已在了，恐怕还是不能办呢。”叶颖说：“佛教协会都同意了。有人投资，是好事。至于规划，也是可以更改的啊！”杨局长眯着眼打马虎说：“规划可是我动不了的。那是经过政府批准的。这事我真的没办法，叶总，请理解。”

叶颖没法，只好回来。她对宗教局不同意这事，心里倒有些高兴。这下，田去非再也没有理由去做这个无谓的投资了吧？她直接跟田去非说：“宗教局那边说滴水寺不在规划之中。是应该废止的小寺。因此不同意修复。我看，就算了吧？真不行，给点钱，让虚明师父找人简单地修理下，保证小寺能遮蔽风雨就好。”

田去非刚刮了胡子，两腮铁青。他沉默了会，说：“这事我亲自去。”

叶颖没料到田去非这种态度，她原想田去非或许会就此下台阶的；心意尽了，就可以了，何必还去动大工程？但田去非的口气坚决，她更加莫名其妙了。她看着田去非，说：“真的为了做善事，投这么多钱来修寺？”

“当然。”田去非也不多解释，说：“下午我到政府那边去。你请人将图纸和预算审一下。同时，让人将到滴水寺的路扩修一下，能通车为宜。再临时搭个板房屋，水和电也要准备好。”

看来，田去非这回是动真格的了。叶颖点头说：“好，我这就安排。”

下午，田去非先是到公司去了一趟。公司里静悄悄的。办公室里除了几个留守人员外，都是空着。他在办公楼上转了一圈，跟李强交代了些事情，正要上车出门到政府去，猛地从公司大门口拥进一班人来。站在车门边的李强见状马上说：“田总，是黄兴旺他们。快走！”

田去非想将身子钻进车内，可是来不及了。这十几个人已经冲到车子前，黄兴旺举着个牌子，上面用红色的油漆写着：“仁诚公司还我后半生。”这些人还没开口，先就是哭声。男人的哭声低沉压抑，女人的哭声高亢撕裂。李强伸出手挡住正在拉车门的黄兴旺，说：“有话好说，田总还要到政府开会。”

“开会？田总再忙，忙得过我们的下半生？一两个月了，我这是第三次见到田总。仁诚公司当初把我们招来做工人，现在出事了，就这个态度？田总，不管怎么说，你总得见见我们吧？”黄兴旺说着，后面一个披着头发的女人冲上前来，对着车门哭着喊：“田总啊，你不能这么对我们啊，我们家大壮下半辈子就在床上了，你不能不管啊！”

“我们不是不管。不是正在处理嘛！”李强说这话显然有些力不从心。他一边说着，一边看半个身子在车外半个身子在车内的田去非。田去非骂了句：“你这个副总啊！”然后将在车内的半个身子移出来，站在李强的侧面。他必须选择一个好的位置，他怕这些人情绪激动起来动粗。因此，他站在李强的侧面，故意提高了声音说：“闹什么闹？谁说不解决你们的问题了？不是每个人先支付了二十万吗？你们口口声声说是仁诚的工人，怎么就不替仁诚、不替我想想？公司出事了，谁最难过？还不是我？政府批评，公司资质都停止了，所有业务也都停了。公司现在是油罐盐罐都当尽了，实在是没钱了。我们也正在想办法，但是，任何事总得有个时间吧？你们催着，能有什么用？谁最急？我最急啊！你们问问李总，我每天就在跑钱，还不是在想办法为你们考虑？你们呀！你们！”

田去非说着长长地叹了口气，仿佛心中郁结了多少委屈，这一下子面对这群人就吐了出来。

黄兴旺和其他几个人虽然一直是仁诚公司的工人，但毕竟是最底层的普通工人，工作关系本身就是松散的；在仁诚干活这七八年了，真正近距离地见到老总田去非，与老总这样的说话，还是第一回。事故发生后，田去非第一次见受伤工人是在医院里，他心情沉痛，不断地向受伤者和家属道歉；第二次是事故发生半个月后，在病房里，他同受伤者和伤者家属商讨赔偿事宜。那时候，如何赔偿，赔偿多少，正在被外界广泛关注，新闻媒体也在跟进，田去非真诚地向这些人承诺：只要仁诚公司在，只要我田去非在，我不会丢下任何一个伤者的。所有赔偿，将按最高限额进行。请大家无论如何放心，你们是为仁诚受伤的，我田去非管你们管到底。那两次以后，田去非再也没将自己露在这些人面前了。五个死者，花了公司两百多万，那是一了百了，干干净净。而这六个伤者，除了一个轻点外，其余的都还躺在床上，有的后半生就没指望再站起来了，他们提出的赔偿额，最多的已达到一百八十多万。总的算下来，六个人，要赔偿近八百万。这太多了，也不是说他拿不出来，是冲破了他所能承受的上限。他原以为每个人赔偿四五十万即可。现在一下子扩大了好几倍，他不甘心，也不情愿。因此，他得拖，得让这些人失去斗志，失去耐心，那时候再来谈判。他也不觉得自己这想法有多不好，商人嘛，唯利是图。这也是一场博弈，他必须沉住气，何况现在事故处理从政府层面已定性结案了。政府不再施压，他就有时间来从容地与这些人周旋。

只是，他没想到，这会儿被堵在车门口了。

黄兴旺说：“田总，你说在想办法，可是我们没见到什么动静。就这么六个人，你拿个数字，不就得了？仁诚这么大的公司，还在乎我们几个人的赔偿？我记得田总在医院里可说得好，你一定会管我们。就这样管？田总啊。我们至少也还是在仁诚干了多年的老员工吧？今天，无论如何请田总给我们一个答复。”

田去非挥挥手，说：“我答应过管你们，就一定管。但是，你们也得给我们时间，慢慢商量嘛！”

“那不行。我们跟李总再商量有什么用，你田总一句话就否了。今天我们得说清楚。”黄兴旺向后面的人群使了个眼色，大家又一哄而上，又哭又吵，整个院子里充斥着一股说不出来的凄惨与哀戚。田去非皱着眉，李强满头是汗，劝着道："大家别哭了，也别闹了。这样吧，我们到办公室去谈。田总也过去。"说着，他回头对田去非轻声说："田总，您先上去吧，我带他们就来。"

田去非略略迟疑了会便答应了，转身边往办公楼走，边走边说："通知其他几个副总，今天我们好好地商量一下赔偿事宜。"

黄兴旺紧跟了几步，李强说："田总不会走的。我马上通知几个副总来开会。说实话，我也想把事情解决了。我也怕你们了。"

十几分钟后，黄兴旺带着一班人上了五楼会议室，田去非却不在。黄兴旺问："田总呢？"

"没事。一会就来，大家喝茶。"李强让人上了茶，便出去喊田总了。

一杯茶喝得将尽，李强和田去非都没露面。黄兴旺知道他们又被田总给"涮"了。大家伙面对面又哭将起来，特别是那个披着头发叫刘琴的女人哭得更凶，哭着哭着，人便昏了过去。黄兴旺站在走廊上大声喊："出人命了，出人命啦！"

这一喊果真见了效，李强黑着脸从楼上跑下来，急急地问："怎么了？怎么了？"

黄兴旺说："刘琴昏过去了。"

"快打 120！"李强冲着黄兴旺道："就是你们闹！再出人命，可是你们自己的责任了。"黄兴旺一边打着电话，一边说："我们的责任？你们田总怎么跑了？要是再出事，就是你们杀人了。"

"杀人？"李强指挥大家将刘琴抬到楼下，然后苦笑着将这两个字咽下去了。

3

宗教局的章终于盖下来了，叶颖也没再跑。这公事看起来玄乎，有时，你再跑也枉然；有时，你不跑，它自个儿就办成了。滴水寺修复的批准就是这样。叶颖在杨局长那儿吃了闭门羹，但过了不到五天，宗教局那边主动打电话给她，说市里考虑实际情况，同意适当变更青桐寺庙规划，将滴水寺列入了修复范围。叶颖其实清楚，这里面主要是副市长高参起了作用。那天在仁诚公司被堵后，田去非借着到会议室谈判，从后门乘坐叶颖的车离开了。离开后，本来田去非是要去宗教局的。但到了政府大门口，他又让车掉了头。叶颖问："不是要去找杨局长吗？"田去非说："不去了。我回头再想办法。"

晚上，田去非带着叶颖约副市长高参喝茶。九点，高参从一个接待宴席上散场后就直接到了居然天。这居然天是青桐一个在圈子里有影响的地方。规模不大，档次高，实行会员制。它的名字也起得颇有意思，其实是一副对联中下联中的前三个字。整副对联是：人上天然居，居然天上人。每回，田去非到这来看着这牌匾，都觉得有意思，真有意思。回文巧妙，关键是意思好。三个人点了三杯龙井。高参说："最近累得很，看来这个副市长也不能当了。再当，说不定就累倒在革命岗位上了。"

田去非望着高参，这个青桐副市长，也算是个老资格了。一直在青桐工作，从科员干到副局长、乡长、镇书记、财政局长、副市长，经历复杂，阅历丰富。同时也是树大根深，在青桐，虽然高参只是个副市长，可是他的影响力，却远远超过其他领导。高参与田去非的关系，也是非同一般。他们从年轻时就相识，三十多年了，两个人乍一看不远不近，不咸不淡，但内在里却相当的铁，是不折不扣的"战友"。田去非望着高参，道："政府工作是累啊，不像我们搞企业，还能忙中偷闲。何况你是市长，要是像我一样躲着享清净，三天不在电视上露面，不知道外界会传些什么了。还是累好啊！累并快乐着嘛！"

高参将茶杯端起来，抿了一口，说："去非啊，别再跟我贫嘴了。说说，有什么事？"

田去非说："先不急，喝茶。我的仁诚公司也停业了，闲得慌。前一阵子，不断地跟朋友们喝酒。现在，也没兴趣了。可是，总也不能这么耗着吧？"他示意叶颖将滴水寺的项目规划书拿过来，递给高参。高参看了下，问："怎么？修寺庙了？"

"不是我。是我一个朋友有兴趣，想将手中的闲钱捐献出来做些修庙的善事。这不，我正好在家闲着，就替他来做这事了。他选中了滴水寺，就在太公台后面，青桐河前面。但是，我也不知道现在修这寺庙也得办手续，也得盖章；佛协那边同意了，宗教局卡住了。高市长能不能打个招呼？这是善事嘛，难得呢。"田去非这一说，连叶颖也有些吃惊。明明是田去非自己要投资，这会儿却变成了他的一个外地朋友来做善事。这一变，又让她更糊涂了。是不是为了规避外面的议论？还是这田总真的另有打算？

"滴水寺？就是那个破得不能再破的小寺？我去过，这几年分管城建，城郊四周几乎都到了。那地方是一大片空地，可是没什么价值。城市规划的发展方向是向东和向南。那是西北角上，荒地一块。不过……"高参停顿了下，说："城市规划也在不断地变化。海平书记刚来不久，但是，他对城市发展这一块有自己的想法。不过都与我无关了，等他想法变成了规划，我早退了。这……去非啊，你那朋友莫不是……"

"没有的事，就是做点善事。"田去非笑道，想起一个月前与到任才半年的市委书记江海平在省城的见面。那是海平书记的一个老领导引荐的。席间，海平书记谈到青桐的城市规划和发展方向问题，颇有主张，也颇有想法，说明了他虽然来青桐的时间不长，但已做了深入的了解和思考。那一次，田去非只是听众，他带着耳朵细心地倾听，努力地捕捉。这是他的长处，也是他一贯的风格。只是那次会面，他从未对人说起过，包括叶颖。

高参自然不知道这些，只说："那好，我给宗教局那边说说。"正说着，手机响了，是个女人的声音。田去非笑着："有事了吧，那好，我让车送你。啊，想起来了，这滴水寺修复的事，还得过建设局的关，还有城管局，就请高市长一并说了吧！"

"你啊，去非，尽找事。好，我明天就说。"高参边说边往外走。走到门口又回过头来对田去非说："那些伤者赔偿的事要尽快解决。千万不能让他们上访，更不能越级上访。这上访上要是出了事，可是得问责的。"

"知道。知道。放心。"田去非忙不迭地说。

高参说到做到，不出一周，滴水寺的修复手续就全部批下来了。动工之前，田去非又去了一趟滴水寺，特地告诉虚明和尚，这些资金并不是他也更不是仁诚公司投资的，而是外地一个不愿意透露姓名的大老板投资的。他只是受那大老板朋友委托，全权负责和处理此事。他一再叮嘱虚明，在任何时候任何地方，都要统一口径。如果在口风上出了问题，或许这修复的事就会泡汤。

虚明当然不愿意看到即将开始的修复工程泡汤，头点个不停，说："尽管放心。这事从头到尾，我只给虚因师弟说过。其他手续都是你们跑的，我也不知道。何况我一个老头子，与外界没什么交往。"田去非说："这两天见到虚因师父，侧面告诉他滴水寺是外地一个大老板朋友投资重修的。其余的，就不必说了。"

到滴水寺的小径，现在成了一丈宽的砂石路，比原来的路面要高出足足一米，这是为了防止青桐河涨水而设计的。这边寺前的空地上，搭起了一排活动板房。两台挖掘机和一台推土机整装待命。田去非转了一圈，然后对虚明说："我想到太公台上去看看。"虚明说："行，有条小路可以上去。不过不太好走。"田去非说没事，虚明在前带路，他和叶颖跟在后面，从寺后上了一条悬崖上的小路。虚明说这条路是他花了三十年时间一天天地修起来的。先是从石上凿出一尺半宽的石子路，然后再慢慢地一天天地平整。平时，这路上没人行走。他也只是在一个人闷得慌的时候，才上来看看。坐在太公台上，看着下面的青桐河水和河水那边的一马平川，觉得日子就像浮云一般，消逝得没有一丝声息。田去非说："虚明师父还挺有感慨的嘛，不过，一个人老是待在小寺里，是得到高处走走。不到高处，哪能看到风景？哪能眼界开阔呢？"虚明说："田总真是好境界，佛家讲究通透，真正的通透就是站得高看得远，想得开。田总就是这样的人，算是进了大境界了。”田去非回头朝叶颖笑笑，叶颖也笑。

路窄，又陡，好在虚明在前，三个人走了半个小时才到太公台上。这台也就一丈见方，四周都是悬崖。台中心长了棵老松，佝偻着，怕也有几百年了。虚明说：“这太公台几十年内，估计也上不了三五个人。你们算是有幸的了。”田去非望着台下那一大片空地，和那个芝麻点般的小寺，心头禁不住一热。但是他尽量表现得镇静，说：“好风水啊！这滴水寺重修起来，将来这就是一块宝地啊！”

虚明说：“这全靠着田总的投资。佛祖有知，会保佑田总的。”

“不是我，是我的朋友！”田去非又强调了句。

“朋友，对，朋友！”虚明重复着。

滴水寺修复工程开工仪式就在寺前的空地上进行，叶颖去了并代表投资方讲话，但田去非却没出席。青桐佛教协会、宗教局、城建局和城管局都来人了，市里将其列入文化招商项目。仪式后，代表市佛协参加仪式的山居寺住持虚因法师却找到了田去非，问田去非这外地大老板朋友到底想对滴水寺修复投资多少？是真的按照规划来投资？那可是好几百万的事。田去非说应该是的。虚因沉吟了会，就说：“既然是真的，那我倒想请田总做做这位施主的工作，让他来投资山居寺。山居寺正在筹划建设百米大佛，他要投资了，也算是大功德。滴水寺是个小寺，就是修复了，也无多大意义。给他几十万，让滴水寺能像个样子，就行。做功德还是到山居寺这样的大寺为好！”

田去非这回少有的干脆，一下子回绝了虚因的建议。但是，他留了个活口：“我那朋友已认定了滴水寺，且在佛祖前虔诚地许了诺，是不能改变的。这样吧，我给他说说，看看能不能也给山居寺捐献一些。”

虚因说：“那也好。山居寺就等着这笔功德。我这样说，也请田总不要误会。天下寺庙都是佛，没区别。滴水寺修复了，也同样是大功德。”

虚因走后，田去非想这和尚也有意思，都说修行无功利，看来也未必。有了这一段插曲，他更坚信他对外宣称滴水寺的投资是外地朋友所为的正确性了。他没去参加开工仪式，并不代表他不清楚现场情况。小刘已经全程录像，通过电脑直接传给了他。叶颖的讲话不错，她穿的那一套湖蓝色的套装也相当好看。他甚至点了暂停，让画面定格在叶颖身上。这个跟了他五年的女人，越来越有风韵了。他点了支烟，想起刚才虚因的那番话，觉得有些幽默。这时，手机响了。是家中的电话。这电话只可能是一个人的，那就是老婆。老婆现在一心修佛，整日跪在佛像前，口中念念有词。这三四年来，他很少回家，偶尔回去，也说不上三句话就离开。老婆也无所谓，或许她真的是修了佛后看淡了世事。他接了电话，老婆直接问了句听说你在修滴水寺？他说是一个朋友委托的，他只负责联络。老婆说刚才虚因师父找了我，你让你那朋友也给山居寺捐点香火钱吧！田去非想这虚因还真懂得人情世故，工作做到后院里了。马上答说可以，这个没问题。只是多和少的事情。老婆说那就好，我不说了，我要诵经了。放下电话，田去非想，这山居寺的功德无论如何也得捐些了，一来因为虚因是市佛协的会长，二来是因为老婆。这个长年幽居在家中的女人，从来不开口向他提要求，既然提了，那还是得满足她。从内心里，田去非对老婆是有些愧疚的。他与叶颖的关系，老婆知道。他在外面有别墅，老婆也知道。但老婆从来不说，从来不问，更从来不闹。老婆只丢给他一句话：好自为之。然后就进入了她的佛经和香火之中了。

第二天，田去非就让人给山居寺捐了五十万，这回是以他老婆的名义捐的。他没让叶颖来办这事，也没告诉她。叶颖正在滴水寺的工地上忙活。这个叶副总，是个地道的工作狂，工作起来，什么事都忘了。他喜欢她的这种拼劲。仁诚公司虽然是家民营企业，但管理上还是比较规范的。四个副总中，就数叶颖最能干。另外就是现在正在负责事故后续处理的副总李强。想到李强，田去非又有些恼火了。自从上次到公司里遇见几个受伤者家属后，田去非最近一直没到公司去。一应事务，都是电话解决。李强每天至少要跑一趟别墅。这李副总工作态度好，但做事疲沓，主意少。据说黄兴旺联合了其他五个受伤者家属，专门请了律师，要正式起诉仁诚公司，还扬言要到省政府上访。这让田去非感到有些麻烦。这么些年来做企业，他也与不少人打过官司，被别人告过，也告过别人，不论输赢，他只知道一点：打官司是耗费时间耗费精力的，何况这次情况特殊。政府对仁诚建筑事故的处理意见上明确写着：防止事态扩大化，妥善处理善后工作。高参也一再强调，事故处理要稳妥，不能再出现上访，尤其是越级上访等。黄兴旺这一招，想必是有高人在背后指点。不然，几个普普通通的建筑工，能想到这些？他让李强调查一下，是不是有人在给黄兴旺他们支点子？同时要密切注意动态。又问上次研究过的每个受伤者先赔付的二十万是不是到位了？李强说都到位了，但黄兴旺他们说：仁诚公司这是剥萝卜，越是这样，越得打官司，越得上访。否则田总是不会真正管我们后半生的。

唉！田去非叹着气，说：哪是我不想管哪，是没钱了嘛！叹完气，他自己也觉得有些矫情，赶紧收了面孔，吩咐李强密切注意动向，最好能尽快从这六个人的内部来进行瓦解。堡垒嘛，总是从内部攻破的，我们得学会运用战略战术。李强点头说是，其实他心里一直在嘀咕：虽然仁诚公司账户上的钱都被转走了，但你田总还是有钱的。能拿几百万出来修庙，怎么就……

半个月后，李强通过多方努力，甚至运用了一些下三烂的手段，总算查清了黄兴旺他们背后的主使，不是别人，正是青桐司法局的徐无律师。这个人是青桐有名的硬骨头，早年教书，当到中学校长，后来因为一场官司而开始自学法律，居然考了律师证，再后就辞职进了律师事务所，挂靠在司法局名下。现在主要负责法律援助这一块。田去非听了李强的介绍，知道这回真的碰上硬骨头了。这徐无他也认识，同样是政协常委，在常委会上，放炮最多的就是他。黄兴旺他们找到徐无，是算找对了。至少，从徐无的影响力和个性上，田去非就有了压力。他赶紧让李强召集班子成员开会，同时打电话给高参，让他能不能给司法局那边说说话，建议不要让徐无掺和进来。这徐无一掺和，也许就是数百万的资金要进入那些受伤者的口袋了。田去非有些心疼，也不甘心。高参说这事我得考虑考虑，徐无这人整个青桐都知道，认死理。你最好别逼他，慢慢来。田去非说我当然不逼他，我想跟他内部协商，让他退出来。高参说你试试吧，我也让司法局那边暗示下。

班子会议开了一晚上，没有统一的意见。其实也不是没有意见，而是像仁诚这样的民营企业，班子会往往都只是听取意见和告知会，真正做决策和拿主导意见的还是老总。大家再讨论，老总说不行，就是不行；特别是像事故处理这样敏感的事情，一开始大家都沉默。冷场了十来分钟，叶颖先谈了意见，认为可以走司法程序，一味地拖着不是解决问题的正确思路。李强觉得这事关键在黄兴旺这个主要人物身上，是否能从这个人身上来突破？其他两个副总似乎没什么新鲜意见。到了十一点，田去非打着哈欠，做了决定：从黄兴旺开始突破，同时他亲自来负责与徐无沟通。散会后，叶颖说其实最应该研究的是怎样把赔偿额定下来，然后开始赔付。这事既然已经发生了，还是应该早点赔付到位，早点了结为好。田去非拍了拍她的肩膀，说："我的叶总啊，这事不是那么简单的。他们是狮子大开口，你不压压他们，事情是不会了结的。你就别管了，一心一意地给我去修复滴水寺。但是，"他轻声道，"所有建筑的材料都只选择中档偏下的，这我在预算中已经标明了。而且要抢工期，争取在两个月内能将大殿落成。"

"两个月？"叶颖说："太快了吧？另外材料上……"

"就按我说的办。重阳前一定得一期工程结束。滴水寺正式开放。"田去非又打了个哈欠，人胖了，血脂高，嗜睡。

梅雨季节一过，天气炎热了。道路两旁的香樟树，长得更加茂密；各种花缠绕在深街小巷的土墙上，街道上阳光像一层流淌的热膜，躁动着。这期间，田去非带着叶颖到云南转了一圈，回来时，他给高参送了块地道的缅玉，他花了二十万。但对高参只说钱不多，玩玩而已。高参说那我就玩玩，女戴翡翠男戴玉嘛，我就戴戴看。田去非同时给市委书记江海平也买了块玉，是块原玉，没有雕琢。他是从一个在缅甸那边做生意的朋友手里买来的，五十万。叶颖问他为什么要买块原玉，他没说。他心里有小九九，原玉可以再雕琢，拓展空间大。对海平书记，他接触得不多，也不清楚他到底喜欢什么，倘若送了件书记不喜欢的玉器，还不如不送。原玉的好就在这，随意性大，可塑性强。他选了雷阵雨后的夜晚，打听好了海平书记刚刚从外地出差回到青桐，便径直找到书记在外贸宾馆后边的住处。他先是汇报了仁诚近期的情况，重点突出了一边整顿一边正在寻找新的发展项目上，海平书记表示肯定，说出了事故，既是天灾，更是人祸，认识上要到位，整改上要落实；在停止了建筑资质的情况下，也不能等靠要，要开拓新路子，闯出新天地。田去非说谢谢书记的关心。然后又谈到青桐近期的一些事情，特别是下半年要开始的换届。企业家的信息往往更能得到书记的关注，海平书记就详细地问了他对换届的想法，他当然是揣摩着说了一通。最后他说书记刚回来也累，下次再来汇报。同时将包里的原玉拿出来，说从书记的那位老领导口中知道海平书记是个玉石方面的行家，这一块是朋友从缅甸带回的玉石，放在书记这儿，请书记鉴定下。海平书记果真来了精神，拿起玉石，凑近灯光仔细地看，末了，说：“好玉，但尚不能肯定。”他马上道：“那就放这儿吧，书记慢慢鉴定。”说着，便迅速地开门离去。海平书记在后面喊着：“这……田总，这……那慢走！”

与此同时，滴水寺的修复工程正在加紧进行。大殿已建到顶部，按照规划，请了邻县专门修复寺庙的工程队过来，搞屋顶的斗拱建造。寮房建起来了，正用铁红的油漆刷墙壁，因此空气中弥漫着油漆的刺鼻的气味。虚明天天在工地上像个孩子似的跑着，他眼前老是晃荡着建起来的大殿和一排排漂亮的寮房。一直到现在，他都像生活在梦中一样，他无法相信滴水寺真的得到了如此大的一笔功德。三十年了，自己住在这太公台下的破败小寺里，除了木鱼、寺外的树林和竹林，孤寂得像一只土鼠。现在，阳光一下子照过来了，滴水寺正彻底改头换面。也许到年底，它就将成为青桐郊外又一座辉煌庄严的大寺了。那时的滴水寺，该是何等的风光啊。他又想到师弟虚因的山居寺，想到山居寺的盛况，他又站在正修建的大殿前，望着这青桐河与太公台间的一大片空地。这地上的树木因为修复工程的需要，大部分都被砍了。树一砍，地更显空旷。现在修建的大殿在原来小寺前近百米处，本来规划中是在寺前三十米处，但被田总改了。这一改，寺的规模扩大了两三倍。田总改动的规划中，沿着青桐河岸，要建一道围墙；然后在青桐河上建座大桥，大桥一头连着城市外环线，一头连着滴水寺山门。总体来看，工程浩大，气势不凡。虚明越发觉得这田总是个人物，滴水寺碰上了这等好心的施主，真的是佛祖保佑降下甘霖了。他唯一的不满就是这修复工程用的材料，据邻县的工程队说，都是些下档次的，他找到叶颖说这样的材料来做大殿，他有些担心。叶颖说这是田总专门交代的。田总是搞建筑的，懂行。你放心！叶颖嘴上这么说着，心里也有不安。毕竟材料是建筑的重点，倘若大殿建成了，因为材料的原因出了事，那可就不是做功德而是做罪恶了。她为此又向田去非建议了一次，这回田去非笑着给了她另一种说法：这寺庙修了，也不是要它永久。就不定一年两年，就拆了。既然管不了一年两年，何必动用那些上好的材料增加成本呢？她懵着，问怎么会就一年两年？这滴水寺一建成，也许会千秋万代呢？田去非冷冷一笑，说那就等着吧，但现在得按规划做。

叶颖问："你这是不是有什么玄机？"

田去非说："没有。"

叶颖不再问了。事实上，最近一段时间，虽然她被田去非安排专门负责滴水寺的修复，但她更关心的是上次事故的善后处理工作。李强那边倒是有了进展，他跟黄兴旺私下接触了两回。黄兴旺这人也很有心计，第一次是决不松口，第二次有了点缓和。李强给田去非汇报了，田去非说这第三次我要亲自来见见黄兴旺。他让李强安排，找了个僻静地方，请黄兴旺过来坐坐。黄兴旺平时在公司里，只是一个小班组长，难得与公司老总有直接说话的机会。现在老总要出面请他吃饭，他明知道这里面一定有文章，但又拗不过急切的心情与有些虚荣的好奇，还是准时到了。那一晚，田去非特地上了茅台，一开始就声明只喝酒，不谈事。黄兴旺先是有些拘谨，三杯酒下肚，便放开了。酒好喝，他从来没尝过这高档次的酒，喝着就像饮了琼浆玉液一般。田去非也喝，一边喝酒，一边看着黄兴旺的脸由黄到红，再由红到白。三个人喝了两瓶茅台，另外一瓶，临走时田去非让李强塞给了半推半就的黄兴旺。整场酒中，田去非一个字没提事故的事，只是结束时才递给黄兴旺一张清单，让他回去看看，明天就给个答复。第二天大清早，黄兴旺就给李强打电话，说既然田总都这么看得起我，就按田总说的办吧，我保证以后不再带着他们去上访和闹事了。

李强将黄兴旺的承诺汇报给田去非，田去非很满意，按照黄兴旺的正常赔付标准，应该在三十万左右，而他这次给了五十万。这多出的二十万，就是要让黄兴旺从此封口，更别再当那六个人的头儿。没了头，料那五个人也再难有什么作为。田去非的底线是每个人五十万，他是个底线原则很强的人，只有别人改变，而不可能他来改变。黄兴旺的问题算是很顺利地解决了，但律师徐无这边，毫无进展。这徐无果真是铁打的脑袋，任你怎么在外围做工作，他都坚持要给这六个受伤者做法律援助。司法局的任局长很抱歉地给田去非解释，说这人实在没辙，何况再硬逼，他要是将事情报料给媒体，那就被动和麻烦了。田去非谢了任局长做的工作，说如此，就算了吧，让他继续援助吧！我倒要看看这徐铁头，能再铁出什么花招来！

中秋前，滴水寺的大殿基本落成，只剩下装修和内部的请佛工程了。田去非在一个黄昏专门到了修复现场。虚明老远就开始迎接。车子一开上太公台下的砂石路，田去非就看见那耸立在空地中的大殿屋顶了。四方翘起的檐角，向上呈现一个巨大的龙形。虚明身材依然矮小清瘦，但精神比最初见时好了百倍。田去非绕着大殿走了一圈，又看了看新做的一排寮房，点点头对叶颖和虚明说："相当不错。工期赶得也及时，这样看，重阳举行大殿和新请的佛像开光仪式是没问题的。叶总哪，这个要好好谋划一下。佛教界的人，请虚明师父考虑。市里这一块，叶总把握。我不方便直接出面，一切就由你们负责吧！"他停了停，又说："到时一定要搞出大场面来，要请得道高僧来主持。同时要造声势，发动四方信众前来，要让滴水寺的香火越烧越旺！"

虚明合掌感谢道："真谢谢田总了。修复滴水寺之恩，虚明将以涌泉相报。我将在佛前发下大愿，为田总和投资的那位大老板朋友祈福！"

"对我，就不必了。为我那位朋友多祈祈福吧！"田去非接着问虚明，"到时请哪位大师来合适？虚因行吗？"

虚明说："最好到九华山去请一位大师来。至于虚因，这……也行。不过，他可是我的师弟。"

"啊！"田去非望着虚明，心里想这和尚也是挺有心机的，便道，"那就到九华山请吧，过几天，等中秋之后，我们一道上九华。"

虚明赶紧说："好，好！"

从滴水寺回别墅的路上，叶颖说："看来田总真的把这滴水寺当作件大事来做了。真的要去九华山请大师来？"

"当然真的。到时，我们一道过去。"田去非闭着眼睛，说，"不仅是大事，而且是一件大大事！”

叶颖问：“真的？”

“真的！”田去非说，“不出一两年，你就知道了。”

4

中秋前一天，叶颖从滴水寺工地上回到公司。公司里冷冷清清。业务全部转手给大明建筑后，公司里来来往往的事务，都一下子减少了。她在办公室里坐了会，想着往日公司的喧闹，心里有一缕莫名的惆怅。而且更令她感到焦心的是她现在根本摸不着田去非的思想脉络了。田去非自从出事后，好像一下子明白了什么，几乎把全部的精力投放到了滴水寺的修复上。田总说那是件大大事，一两年就能让她明白。那么，到底是什么样的大大事呢？她先前一直怀疑田去非是在打那块空地的主意，但这事连分管城建规划的高参副市长都否定了，那应该不太可能。难道真的就是为了所谓的功德？为了求得一份内心的平安？

思绪太乱，想也想不明白。叶颖索性不想了，下楼，准备回别墅。就在她下到一楼时，一个面色憔悴的女人拦住了她。她一惊，喊了声：“你是谁？干什么？”

这女人“哇”的一声就哭了，哭声嘶哑，一边哭一边望着叶颖，说：“我是刘琴，我丈夫就是受伤的黄胜利。他下半辈子就得瘫在床上了，可是，就二十万,二十万哪！”她哭得身子向下佝偻着，整个人似乎要跪到地上。叶颖忙伸手扶住她，说：“起来，起来！别哭了，别哭了！有话好好说。”

刘琴用袖子擦着泪水，说：“我得找田总。这田总说过要管我们家胜利后半辈子的，怎么现在连人也找不着了呢？”

叶颖说：“田总他忙。有什么事你就跟我说吧！”

刘琴拉住叶颖的手，叶颖感到那手在颤抖。刘琴说：“我们请了徐律师打官司，可是官司要打多少年啊？我们也不是提多高的要求，你们要是真有良心，真负责任，就到我们家去看看。看看，就知道该怎么做了。我们这些小工人，也知道拗不过你们这些老板。但是，总不能就这么拖着不管了吧？”

“管呢，一定管！”叶颖突然心里萌生出个想法，要随刘琴去她家看看。这想法一冒出来，就无比强烈。她马上打电话给小刘，让他准备些礼品，跟她一道去刘琴家。刘琴听说叶颖真要过去，也收了眼泪，有些高兴地道：“那田总也过去吗？”

“他不在青桐。我过去。我是这里的副总，姓叶。”叶颖说完，刘琴马上道：

"叶总，你看了可得在田总面前多说说。我们是真的捱不下去了。"

刘琴住在老街上的老房子里，一个门进去，大通道式的，狭窄，阴暗。在里间的床上，黄胜利躺着，脸色浮肿，眼神呆滞。见了叶颖过来，他倒是很快认出来了，强撑着身子说："叶总来了。我总算看到公司里来人了。"

叶颖上前站在床边，说："我代表公司也代表田总来看看你。马上中秋了，也算是个慰问吧！"

黄胜利说："谢谢公司谢谢田总。我在仁诚干了十几年，到头来瘫在这床上了，不知道田总和叶总你们到底准备怎么赔偿？叶总来了正好，你看看，像我这样下半辈子都不能起来了，就按公司提出来的赔五十万，能行吗？要治疗，还要生活，还有……刘琴她为了服侍我，连班也没法上了。这都得算上。我们家的状况叶总也看见了。我们夫妻两个，上面还有两位老人，下面有正在读书的女儿……叶总，你说这……我们是真的没办法啊。给公司干了一辈子，不指望公司指望谁？"

"是得指望公司。"叶颖说着，心有些疼。她让黄胜利好好休息，又问了问刘琴其他的情况。离开刘琴的家后，她又临时决定带着小刘一道，去了包括黄兴旺在内的其他五个受伤者家里。这五个中，黄兴旺除了一只脚跛了外，其余都正常。另外四个，都跟黄胜利一样，瘫在了床上。而且，她发现这些人的家庭几乎都是一样的贫苦，一样的寒酸，一样地看着让人心凉。她一家一家地跑着，一家一家地听着他们哭诉。她也流泪了，只是泪没流在脸上，而是流在了心里。晚上回到别墅，她问田去非："知道我下午干什么了吗？"

"干什么了？在滴水寺工地上吧？佛像到了？"

"不！是去看了事故中受伤的六位工人。我去了他们家。"

"什么？你……"田去非停了话，望着叶颖，说："你还去了他们家？说什么了？这个时候你去，不是给我……唉！叶颖哪，我怎么说你才好？这事你总得先跟我商量下吧？"他顿了下，突然转过话头："不过也好。去看看也不错。都了解了哪些情况？他们还是坚持，没有松动？"

"我觉得他们是不该松动。以前我也是出于为企业考虑，这回去看了看这些人家，我觉得我们真的不能再拖他们的赔偿了。而且要真心地为着他们下半辈子考虑，不能再……"叶颖还没说完，田去非就接过来："我又不是说不赔偿！只是数额问题嘛！女人嘛，就是看不得泪水听不得诉苦。我难道不想尽快将这事了了？可是那不是十万二十万，而是几百万哪！几百万，我得盖好几幢楼才能赚回来啊！这你不是不清楚！"

“可是滴水寺你就投了那么多。田总，就把对这些受伤工人的赔偿当作做善事吧，这样也心安些。”

“不行！那是两回事。这个不要再说了。”田去非有些生气。叶颖既失望又难过，出了门，甩下一句话：“我去滴水寺那边了。”

田去非也没留。女人的小性子不能由着。他打电话找了几个人，约了场子，喝酒去了。一直到下半夜才回到别墅，叶颖不在。田去非就有些纳闷了，这女人还真认真了？在青桐，叶颖除了这别墅，她能到哪里呢？他马上打她电话，关机。再打，还是关机。他又打电话给滴水寺的虚明。虚明的手机居然是通的。他等了三四分钟，虚明才接了电话，模糊着声音问：“谁呢？”“是我，田去非。叶总下午到滴水寺，回来了吗？”“啊，田总啊，大施主好。叶总晚上没回去，就住在寮房那边的客房里。怎么？您不知道？”田去非说：“那就好。我就是问问。”放下电话，他心头一生闷气，酒劲就上来了。以往每次他酒后发作，都是叶颖给他料理。现在，他只好一个人跑到卫生间，蹲着猛地吐了起来。吐完用冷水洗了脸，回到卧室，一下子倒在床上，感到整个人发虚。这些年搞企业，真的是“赚钱并累着”。别的人不知道，叶颖清楚。要办事就得喝酒，要喝酒就得能撑场子。田去非酒量并不很大，但有拼劲。往往是人前猛喝，人后猛吐。有几次田去非回家，念佛的老婆盯着他的脸，只说：“酒不要喝太多，伤人的。”他觉得老婆这句话说得温暖，不过，酒怎能少喝？多少项目多少事情都是在酒杯中谈成的。比如今天晚上，他和发改委分管基建的副主任在一块喝。他特地找了几个年轻的小姑娘作陪，一场酒，人喝个半死，他得到的信息是仁诚公司被停止的建筑资质将被暂时保着不被吊销。等今年的安全检查过后再重新启用。这是个利好的消息，到启用时，或许正能赶上他计划中的大事情。这事，她叶颖怎么会明白呢？她只会看了人家的泪水就心软。田去非越想越生气，无奈酒劲上来，昏昏沉沉地就睡着了。

田去非再次醒来，是在医院里。叶颖回别墅发现昏倒在床上的田去非，口吐白沫，人已迷糊。她赶紧打120送到医院，幸亏抢救及时，脑中大血管尚无碍。市医院上了最好的药，又请了省立医院的专家来作了会诊，第四天，田去非醒了。他艰难地睁开眼，看到满室的白色，闻到浓烈的药水味和一缕淡淡的檀香味，还有站在病床边的叶颖和虚明师父，他就明白了，他仿佛做了一次长长的梦，在梦里，他看到了许多平日里看不见的影像。他梦见被人带领着，看那些挣扎着的痛苦、贫穷、不幸和苦难的人群，还看到那些从前风光无比现在却在另一个世界苦苦度日的那些“宝贵”们，他看着看着，浑身冰冷，四肢僵硬，两眼发直。再看，就昏了过去。他虚弱地问叶颖：“多长时间了？”

叶颖说："四天了。这几天，虚明师父一直在为你念经祷告。"

"啊，谢谢虚明师父了。"田去非稍稍移了移身子，叶颖上前扶住他。虚明上来说："施主醒了，佛祖保佑，阿弥陀佛！"

"唉！"田去非望着病房里，在床头的小桌子上，还供着一尊菩萨像，旁边正燃着三支香。他问虚明："这是……"虚明说："这是施主家人送过来的。女施主天天在佛祖前打坐，为你祈祷呢！"

叶颖回过头。田去非叹了口气，说："都谢谢你们了。"

田去非生病的事，叶颖全程安排。她考虑再三，没有通知公司里其他人，只告知了另外三位副总，其余全部保密。他昏迷时，副市长高参曾打电话过来，叶颖说田总感冒了，正在休息。但就是这样严格保密，仁诚老总田去非病倒的事还是泄露了出去。田去非刚醒来第三天，刘琴和另外四个事故受伤者家属到了医院，并且找到了病房里。他们一进门，吓了叶颖一跳，她赶紧过来阻止。刘琴说："叶总，我们知道田总病了。我们不是过来闹事的，是来看望田总的。我们多少也都算是仁诚公司员工的家属，老总病了，来看看也是应当。"说着，将手中的鲜花还有其他礼品，递给叶颖。田去非正在朦朦胧胧之间，听见人说话，动了动。叶颖上前说："刘琴他们，也就是黄胜利家属和另外几位家属来看望田总了。"

田去非显然没料到这一着，他望着刘琴和其他人，嘴唇动了动，却没声音。刘琴说："田总别说话了，好好休息。我们就是过来看看。我们不打扰了，您好好休息。"叶颖说："再坐会儿吧。"刘琴说："不了，田总需要休息。"

刘琴他们走后，叶颖对田去非说："这些工人还真是……没想到吧？"

"没想到。"田去非道。

叶颖没再说。田去非躺在病床上，休息为主。有些事你不能说破，让一个人自己慢慢地悟出来，是最好。

一周后，田去非出院了。他做的第一件事，就是亲自上九华山迎请大师来为滴水寺和大佛像开光。叶颖劝他身体刚好，不宜长途奔波。他说正因为经历过了这场劫难，就更应该亲自去九华山。

他带着虚明和叶颖，还有小刘，四个人到了九华，见了虚明在祇园寺的师兄虚与，说明来由。虚与大师说："这真的是大功德，虚明在滴水寺坚持了三十年，总算有大成。"虚明说："这都得感谢面前这位田总田施主。"田去非说："不要感谢我，我也只是做了中间人的事情。"虚明请师兄推荐一位大德高僧去青桐，虚与想了想，说："现在山上人手也紧，很多大师都到各地去弘佛去了，这样吧，你们去请一下后山的开了大师。不过……"虚明问不过什么，虚与说："这开了脾气古怪，性情同常人不一样。他原本一直在后山竹海那边的慈云洞禅修，是头陀修，艰苦清寂。今年因为年事实在太高了，且慈云洞那一块又被政府征了做旅游开发，他便回到山上寺里。你们请他，得极尽虔诚才行。若是有缘，当能请动。若请不动，也是无缘。”

田去非听虚与这么一讲，更加坚定了要去请开了大师的信心。一行人沿山路到了开了所在的后山小寺。虚明问一个正在种菜的小和尚开了大师在否？小和尚手一指，顺着手指的方向，只见一个长发僧人正坐在寺前的一块大青石上，双眼紧闭，神情疏朗。四个人都蹑着脚步，生怕惊动了大师的禅修。夕阳正好照在大师的肩头，如同一盏禅定之灯。四个人看着，倒是大师开口了，大师道：“既来之，则有缘。既有缘，且不言。”

大师声音平静，却异常清澈。但最让田去非感到吃惊的不是这些，而是大师的口音—— 一口地道的青桐话。他上前问大师：“大师俗家难道也是在青桐？我们正是从青桐来的。”大师微睁了双目，说：“我已忘记了。”田去非有些尴尬，好在虚明接过了话头，说：“开了大师，青桐正在修复滴水寺。想必大师也心知。我们想恭请大师前往青桐为滴水寺和佛像开光。不知大师行否？”

“我已久不下山，此事罢了。你们回吧！”开了大师说完即又紧闭双目，复入禅定之境了。

虚明还想说什么，被田去非拉住了。田去非说：“我们且回吧！大师要是与滴水寺有缘，自当去；要是无缘，我们再求也无益。”

虚与听说此事后，劝田去非他们先回青桐。等过两日，再看动静。一行人只好回来。

不想三天后，虚明即接到虚与大师的电话，说开了大师答应到青桐为滴水寺和佛像开光。开了大师能到滴水寺，滴水寺就能成为青桐大寺了。

与此同时，仁诚公司接到了法院送达的起诉书。黄胜利等五名事故受伤者，正式向青桐法院提起了民事诉讼。代理律师正是徐无。诉状上诉讼标的六百一十万。叶颖看到起诉书副本，觉得与她心里所想的赔付额度相差无几。如果说在中秋之前，她对这些受伤者的赔偿还是出于同情并且基本同意田去非的意见的话，那么自从到过黄胜利和其他四位伤者的家中后，她改变了想法。她也找了相关的法律文件，对照进行了测算，她早在一周前就给田去非提供了一个数字：包括黄兴旺在内，应该在六百万到七百万之间，这样才能确实保证这些伤者的下半辈子。田去非说她太天真了，你以为这些伤者真的会一次性赔偿就了事？他们是最难缠的，对付他们，最好的办法就是拖。拖到最后就成了死狗。仁诚公司赔偿的最高额度不能超过三百万。这是底线!

面对起诉书副本，田去非还是坚持着。他怕叶颖心软，专门指派李强来负责这场官司。李强虽然办事能力差些，但贯彻田去非的意图是最为彻底的。而且这人肚子里也还有些鬼点子，与徐无这样的老铁纠缠，他最合适。

重阳节，菊花开。青桐城素来有种菊的传统，家家户户，小街小巷，到处闪烁着菊花的明亮和金黄，飘逸着菊花的倩影和芬芳。滴水寺重修落成及佛像开光典礼如期进行。

这一次，田去非十分高调，请了市里方方面面的领导，包括各部门和佛教界相关人士。电视台扛来了好几台摄像机。更重要的是，在典礼前一周，他即派人利用宣传车、传单、横幅等方式，同时在网络上开展了立体宣传。因此，重阳这一天清晨，太公台下、青桐河边，人山人海。新建成的滴水寺大殿，庄重典雅。大殿正中门上悬挂着省佛教协会会长题写的“大雄宝殿”匾额，殿门分成三扇，分别代表过去、现在和未来。大殿前的空地已经辟成了广场，这广场一直从太公台下延伸到青桐河边。正对着青桐河上的滴水寺大桥的，是一座高四十九米的巨大佛像。这佛像是专门从南京请过来的，田去非为此投资了四十多万。典礼还未开始，滴水寺就已经弥漫着浓烈的香火味了。四方赶来的信众们，在佛像前祈祷，烧香，诵经。

上午九点零九分，刚刚从九华山下来的开了大师，为佛像开光。一时间，广场上数万信众跪地叩拜，整个场面庄严宏大。田去非听着佛乐，看着这宏大的场面，对叶颖说：“这是大功德吧？”叶颖说：“当然是。”田去非不经意地笑了下，说：“还有更大的功德呢！”

叶颖觉得田去非在滴水寺的问题上总是搞得神神秘秘的，她想，或许田去非心里真的有一件大大事，会借滴水寺来完成。那么，这大大事究竟是什么呢?

几乎就在滴水寺和佛像开光典礼的同一时刻，在青桐法院，五名伤者起诉仁诚公司的案件第一次开庭。

李强代表仁诚公司出庭。刘琴代表五位受伤者家属出庭。黄兴旺没有参与诉讼，而且，在决定起诉之前，黄兴旺还真的分别做了五位伤者的工作，建议他们不要起诉了，每个人拿个五六十万再说。

刘琴他们被黄兴旺一说，还真的心里打鼓，差点就放弃了起诉。他们跟徐无律师商量，徐无说现在的法律大趋势是保护弱势群体利益，仁诚公司再大，能大得过法律？田去非再狠，能狠得过法律？徐无给了刘琴他们一个底，根据他的计算，起诉标的上的数额是合法也是正当的，法院原则上应该支持原告。

刘琴他们说，这我们就完全指望徐律师了，我们平头老百姓一个，从小到大，都不知道法庭是个什么样子。我们到了庭上，话都说不圆，哪还能打官司？就靠徐律师了。徐无建议他们再请一个代理人。刘琴说："那得花钱，就不请了。我自己去，我不会说的，就请徐律师说。那田总我们也见过了，虽然在病房里见的，觉得人也不错。他也不至于真的会跟我们这些人死嗑到底。特别是仁诚公司的叶总，人挺好，也挺讲理。我们在法庭上，能过则过吧，只要能够真的管了他们后半辈子，也就知足了。"徐无叹着气说："唉，太善良了。往往，善良的树不一定能结善良的果啊！大家尽力吧！"

田去非似乎并不太关心一审开庭的情况，他天天陪着开了大师，在滴水寺里面转悠。市里很多领导，包括很多朋友，都打电话给他，问他怎么就投资重修滴水寺了。他一再声明真的不是他投资，他是受别人委托负责这个项目的，具体的投资方，是上海的一个大老板，因为种种原因，不方便透露姓名。

他的这种欲盖弥彰，让大家对此更感兴趣。这几天，不断有市领导以休闲和个人的方式，到滴水寺来。只要领导一来，田去非都让虚明将那些香客们疏散了。领导们参观大殿，在佛像前虽然不跪拜，但个个都双手合十，极尽虔诚地立上三分钟。高参副市长也过来了，他是在黄昏的时候一个人过来的。田去非让叶颖开车去接，同时让虚明师父吩咐斋堂准备了一桌素斋。

高参自然也在佛像前合掌参拜了一下，参拜完，田去非陪着他到斋堂吃素斋。素斋师父是专门从外地寺庙请来的，素斋做得相当的地道，且味道正宗。那些素鱼、素鸡、素鸭，乍一看，真的一般，吃到嘴里，也似乎有鱼、鸡、鸭味。高参说："了得，不错。将来滴水寺可以专门搞个素斋馆。"田去非道："市长的意见好哇，是条路子。这寺庙既得修佛，也得经营。否则，就难以兴旺啊！"高参夹着一片素鸡笑道："田总不至于要改行来经营寺庙了吧？"旁边的虚明心头一惊，他只知道田总一直在做修复滴水寺的善事，还真没想过他是不是要来经营寺庙这一着。他看着田去非。田去非将筷子放下，说："我怎么会经营寺庙呢！这寺庙修好了，就是滴水寺的寺产。将来，还要扩大，争取形成一片有声势的佛教丛林。市长放心，我田去非除了搞建筑，别的都不会做，也不可能做了。"虚明放下了心，高参"哈哈"一笑，说："我也只是说说。早晨海平书记问到滴水寺的事，他看到网络上的新闻了，问这寺的修复是否经过了规划和审批。我说是的，他似乎还想说什么，但又没说。去非啊，不知这书记是什么意思啊，这个，我建议你得弄清楚。"田去非脑子里飞速地转了几转，他想起那次在省城酒席上海平书记关于青桐城市规划的设想，他似乎明白了海平书记想给高参说的话。但毕竟那只是书记的想法，没上升到规划的层面。而且，他也不能将海平书记的想法透露给高参。于是，他点点头，说："哪天赶上合适的机会，我去给海平书记汇报。"

素斋刚刚结束，李强打电话过来汇报一审合议庭对于案件的初步判决意见。合议庭几乎全部支持了原告方提出的要求，且在赔付款的赔付时间上作了更加严格的界定。田去非刚刚坐上车，高参就在旁边，他压着声音，说："我知道了。回头再说。"高参问是不是案件一审的事，田去非说是。高参批评道："这个事情我得说你田总了，早赔付了，不就了结了。这事何必要上法庭？另外，就是上法庭，有些工作也得做在前头，不然不就被动了？"田去非说："工作我也做了。关键是徐无那铁头在里面撑着。刚才李强说可能要六百万。高市长，我现在哪有六百万呢？再这样，仁诚公司只好申请破产了。"高参道："六百万？也是不少。不过你田总也别叫穷。我还不知道你田总的家底？"接着高参又给田去非透露了一下，最近省纪委的一个调查组刚到青桐，查的对象传得很多，不少干部都在冒汗。他半真半假道，"去非啊，你别再在那几个伤者身上做文章了！这事我分管，再做下去，说不定……"高参话没说完，田去非已经懂了。他随即道："好，我知道了。我会处理的。"

青桐法院对一审判决迟迟没有宣判。田去非又投资了两百多万，在滴水寺修建了第二座大殿。同时在寺外大门边上修建了一座钟楼，里面供了一尊巨大的铜钟。这些工作大部分都是田去非亲自安排并且现场督建。

叶颖在重阳之后，获得了一个到同济大学学习半年的机会。田去非先是不太同意，但经不过叶颖的一再恳求，也便答应了。不过，他给了叶颖一个条件，那就是学完了还得回到仁诚来。叶颖问他："我不回仁诚能到哪儿呢？"他说："外面天地大得很，你要是真的不回来，我田去非能把你怎样？"叶颖亲了下他的额头，说："我肯定会回来的。放心。"临走时，她又给田去非说了黄胜利他们几个伤者的事，要是法院真的判决了，也就同意了吧，我看着那些伤者心疼。田去非说："这我知道，你尽管去学习。我得空会到上海去看你的。"

叶颖走后，田去非一个人住在别墅里，顿时感到了冷清，夜来多梦，有时竟彻夜难眠。

十一月的一天晚上，酒后，他竟然糊里糊涂地回到了老房子里。老婆依然在念经诵佛，他也没说话，倒在床上就睡。这一夜，他睡得香甜，直到太阳升起，照在窗棂上，他才起来。老婆已将稀饭咸菜摆在桌上，他一边吃一边搜寻老婆的身影。没见到，只听见内室里传来的木鱼声。他想到心如止水这四个字，有些无奈，又有些惭愧，还有些说不出来的感伤。

5

青桐地处江北，四季分明。春天温暖，夏日炎热，秋天清爽，冬天则相对寒冷。特别是进入了农历腊月以后，一场接一场的大雪，将天地间覆盖成了白茫茫一片。滴水寺在这白茫茫之中，仿佛缀在青桐城上的一粒扣子，紧紧地依着太公台和已经结上冰冻的青桐河。田去非近来时常感到莫名的心慌，他也到医院去检查了。医生说主要还是血脂高，要饮食清淡，同时要放宽心态，不急不躁。因此，他便暂时搬到滴水寺寮房来住了。

这寮房陈设简单，一床一桌。他没来住之前，连空调也没安装。他住了一晚上后，实在受不住冷，赶紧让人将空调装了起来。一切安排妥当，他请高参副市长过来喝茶。

晚上，高参过来，一进门，田去非就发现高参的面色不太好。坐定，上了茶，便问道："有事？看你心事很重的。"

高参将茶杯端起来，又放下，再端起，闻了闻茶香，才说："不说了吧，反正都是些烦心的事。这副市长也干不了多久了，我倒巴望着早一点转岗呢。"

"怎么？"其实田去非心里清楚，青桐"两会"在开过年后就将召开，到时政府换届，高参据说不再担任政府副市长，将转岗到人大任副主任。船到码头车到站，这转岗按理说也是正常的。不过，像高参这样一直在一线重要岗位上工作的领导，让他转岗，明地里他是服从组织安排，但心底肯定会有不舍，有烦恼，有抱怨，不过这些都不能说。他只是笑道："高市长啊，也好，我们都奋斗了大半辈子了，也该休息了。你看我这仁诚公司出了事后，我倒乐得自在。现在天天住在滴水寺，听晨钟暮鼓，看云卷云舒，多清净。等你到了人大后，经常过来。这开了大师是个得道高僧，虽然整日不言语，可是他身上就是充满着一种难以说出的定力。他坐在蒲团上诵经，你能感受到强大的气场，裹挟着你，让你不由自主地跟着他，进入那种出离人世的境界。"

高参微微地侧了下头，田去非看见高参也是半头白发了，便道："以前没见白发的，不过比我还是少。"

"以前染了。现在无所谓了。到了人大，就得有些老干部的样子嘛。"高参接着说，"开了大师还在寺里？我们去看看吧。"

田去非喊来虚明，三个人一道到开了大师的禅房。门虚掩着。虚明正要推门，被田去非给制止了。从半开着的门往里看，开了大师一头长发，着青衣，正端坐在床前的蒲团上。他双眼紧闭，面色淡然。

高参说："这……"田去非小声说："大师正在禅修。我们回吧！"

回到寮房，田去非给高参说了这开了大师的相关传闻。说大师到了滴水寺后，滴水寺的上空，经常会出现祥云。现在滴水寺的香客，不仅仅是青桐本地人，还有远从江南过来的朝拜者。这些人大都是开了大师在九华山修行时的追随者。这开了大师从前修的是头陀功，身心并修，了不得。来滴水寺这三个多月，大师几乎从不出门，日日都是端坐蒲团，参禅悟道。

高参说看来真的是大师了，又悄悄问："大师能……找他看过吗？"田去非明白高参的意思，是指请大师看相，便道："这样的高僧大德，应该能看的。但据说从不给人看。只有一回，上周，我到他禅房去。他忽然睁眼看着我，对我说你心有大积郁，要放下，否则日久必伤气。我问他是什么积郁，怎么放下？大师说积郁是你自己的，你自己知道。怎么放下也是你自己的，你自己明白。然后就再也不说了。"

"唉，哪天拣个好日子，我一定得请大师看看。"高参将杯中茶喝尽了，说，"仁诚事故法院还没宣判吧？也别再为难法院了。那个徐无听说要向上级法院申诉，这事闹大了，对谁都不好。适可而止吧！"

"我知道分寸。"田去非没细说。高参临走时，田去非悄悄问他听说上次省纪委调查组过来，青桐有些干部进入了调查名单，最近可能就要陆续浮出水面了。这事你应该没涉及吧？高参说没有。但是，田去非感到高参说这话时，底气有些不足，便说，"如果需要什么，就请说。我们都是三十几年的老兄弟了，该说就说吧！"

高参说："这倒不需要。我已经做了些安排。我还是那句话，把事故后续处理搞妥善了，千万不要出现越级上访或者其他乱子。尤其在这个时候，知道不？"

"知道。"田去非送走高参，回到寮房，一个人静静地想了想，觉得外面关于高参的传言或许是有些来头的。

官场啊！田去非现在有点庆幸自己当年没有走公务员这条路子，而是选择了创办企业。倘若他也像高参那样走上了领导岗位，说不定也……他越想越多，又想到叶颖。叶颖上午刚来电话，说学习班还有一周就结束了。本来她准备立即回青桐，但班上又组织了一个欧洲建筑考察团，她想过去。田去非沉默了会，问："想去？""是的。""不想回来？""这是两回事。考察团在春节前就会回来的。""好吧，你去吧！我马上让人给你打些钱过去。""不必了，我账户上还有。"

叶颖叮嘱他千万要少喝酒，多休息，少操心，多清净。叶颖说："世上有做不完的事，有赚不完的钱。哪能都做？该停的就停了吧，还有后半生呢！"

田去非觉得叶颖这话贴心。他在寮房里想着的时候，感到身子一阵暖。

雪刚停止，阳光刺眼的白。田去非喜欢起早，在滴水寺前的空地上慢慢地走上三圈。他数了下，每走一圈，是五百二十五步，大概是四百来米。走三圈，是一千五百七十五步。他一边走，一边听着脚底下积雪的刺啦啦的声音，那声音清脆、连绵，仿佛从脚底下一下子响到很远的地方。而在青桐河里，河水结冰，冰面上冻结着许多芦苇和枯草。偶尔有些不怕冷的狗獾、野猫，从冰面上悠闲而过。再往前，目光越过外环线，不远处就是大别山余脉。白雪覆盖着山岭，整个山呈现出卧龙之态。

田去非走着，眼神空茫。他听见从寺里传来的木鱼声和诵经声，这是开了大师在做早课。开了大师每天唯一离开寮房的时间就是清晨早课。往往是天刚亮，木鱼声就响起来了，接着是大师清亮醇厚的诵经声。木鱼声一下一下，在清晨显得异样的空旷；而诵经声，则直往人心里钻，虽然听不懂，但是却感到有无穷的穿透力。他有时也停下步子来聆听大师的诵经声，听着听着，整个天地都澄明起来。那些混沌世事，也消失无踪了。

但这样的时刻毕竟太少。可不，早饭刚过，李强就赶过来了。

李强说徐无已正式代表五位受伤者，向上级法院递交了行政诉状，要求青桐法院尽快一审宣判。田去非皱着眉头问："你和徐无接触过吗？"

"接触过。而且还通过他的朋友传过话，没用。"

"啊！"田去非问，"现在你觉得应该怎么办？"

"我总体感觉这事不能拖。要么让法院尽快宣判，要么就……"

"你是说徐无？"

"是的。"

田去非说："这事我得考虑考虑。"他转过身，接着很快又回过来，说，"干脆，你看着办吧！但要把握尺度。"

"好。我知道了。"

因为叶颖不在，公司里很多事情，交代给其他人，田去非不放心。他只好事必躬亲，带着小刘到处跑。阳历年初了，去年因为事故而暂时停止的建筑资质，要重新启动。这里有一整套的手续，也相当麻烦。而且在每一个环节都需要他亲自去打理和疏通。田去非这一段的主要事情就是跑各个相关单位，包括省市直部门，晚上大都在酒桌上拼得昏天黑地。

跑了半个月，酒醉了十来场，仁诚公司的建筑资质不仅被保住了，且从新一年起，开始正式运行。田去非召开了公司二级机构负责人会议，宣布公司正式恢复所有业务。原来转到大明建筑的业务也通过适当的方式转了回来，同时，一些原来审批签了的新项目新工程也得在年后动工。整个仁诚公司大院内，又像以前一样热闹了。

田去非坐在大办公室里，一些二级机构的负责人过来问他，公司是不是投资了滴水寺？外面都这么传说着。他笑着一遍遍解释。他自己都觉得奇怪，怎么就愿意一遍遍地解释呢？从前他对二级机构的负责人，除了训斥，很少有好脸色。

他安顿好公司这边，偶尔也到滴水寺那边去看看。喝喝茶，同虚明师父聊聊天，再看看正在禅修的开了大师。有时，他也到大殿里转转，看看那些从四面八方赶来的香客，看他们虔诚烧香，恭敬拜佛。他喜欢看那些香客们不同的做派和表现。有豪掷千金者，也有从紧身衣袋里掏出皱巴巴的零钱者；有成群结队既看热闹又拜佛的，也有一个人心事重重默默参拜的，无论怎样，都是各怀心思、充满期望的。他想这人世间有了佛也好，至少让许多人有个盼头。

这天，他又走到大殿里，看见虚明师父正在跟一个跪着的女人说话。他踱到边上，示意虚明不要声张。他听见女人说："我是来求菩萨保佑我家那位能好起来，不然，他下半生就得在床上了。"

虚明问："菩萨会知道的。敢问施主是怎么回事？"

女人声音不大，有些悲切，说："是工程上出了事故，就是青桐最大的建筑公司仁诚公司端午节后那次事故，一直到现在也没能赔偿。法院也不能判，师父你说我们这些小老百姓能有什么办法？所以来求菩萨，发发善心，让赔偿尽快定了。"

"没能赔偿？一分钱没赔？"虚明惊讶道。

"也赔了些。但远远不够。仁诚公司只想给五十万，可是哪够呢。就我家那位，瘫在床上后半生，没个百十万能行吗？还不包括我服侍他。苦啊，要不是摊上了事故，谁愿意走到这一步？现在，真的无路可走了。求佛祖保佑！"女人说着，就哭了。

虚明望了眼田去非，田去非向他摆摆手，然后退出了大殿。他一个人回到寮房，沏了壶茶，刚倒到杯里，虚明就过来了。虚明说："田总也看到刚才那女人了吧？说是仁诚公司事故伤者的家属。说得实在凄惨，我都听不下去了。我佛慈悲，可是这样的事，求佛不如求人哪！仁诚公司不会就是施主的公司吧，我以前好像听说过。"

田去非脸一热，支吾着说："啊啊，不是一个公司。她走了？"

“没走。刚才也巧。平时开了大师很少到大殿里去，每天也只是做早课时去一下。刚才他却独自到了大殿，而且竟然被那女人认了出来。”虚明叹道，“这真是奇事！所以我过来喊你一道去看。”

田去非稍稍想了想，说：“那好，我们过去。”

等田去非和虚明到大殿时，那女人已经走了。开了大师正跪在蒲团上，手敲木鱼，口诵佛经。虚明上前问道：“大师，刚才那女施主呢？”

“啊，走了。”大师答道。

“就走了？她说的……是真的？”虚明问。

开了大师停了木鱼，站起来，看着门外，然后说：“是真的。我的命里该有这一回。”

“是指这一念之间的俗世之情？”田去非想起在九华时，大师所说的忘了俗世的话，便主动问道，“这一回之后呢？”

大师捻着长须，说：“一念之后，便再无念。至于这俗世之情，参禅之人亦是世道中人，更应知天理，应人情。只是知而不妄，应而不执。便可。”

田去非听着，心有所动。但他还想问问大师刚才与那女人说了些什么。大师已转身出殿，回寮房去了。虚明摸着青色头皮，说：“开了大师果然悟得透彻。拜佛参禅，无非是求得觉悟。而大彻大悟者，则是普度众生。刚才我在时。他劝那位女施主，说世上凡人，皆有善心。那公司老总只是善心暂时被蒙蔽，且等他吧！给人时间，便得菩提。”

“果然是。”田去非道。

腊月二十，叶颖打电话来说她回到了国内，很快会飞回青桐。田去非很是高兴，说要亲自到机场迎接。就在他准备去省城机场时，公安局蒋政委找到仁诚公司，说要调查些事。田去非与蒋政委都是老朋友了，便说：“能有什么事？事故早就结案了。公司才刚刚重新恢复运作。”蒋政委神情凝重，说：“不是这事。是另外一桩事，你真不知道？”

“我真不知道。我知道什么啊？”田去非看蒋政委的表情，知道说不定真的出了什么事。一瞬间，他脑子里转过几种可能：高参出事了？公司财务上出了问题？公司员工犯案了？或者……他再想不出什么了。到了办公室，便急切地问，“到底什么事？我还得到省城呢。”蒋政委说：“是徐无的事。”

“徐无的事？”田去非一下子明白了，上次他让李强看着办，说不定就办出了什么后果，惹上了公安。果然，蒋政委拿出一摞图片和卷宗，递给他。他翻着看了看，图片上都是徐无受伤的样子，似乎都是刀伤，数量不少，主要集中在背部，看不出轻重。卷宗上写着事情经过，说昨天晚上徐无律师在回家的路上，被三个蒙面青年用刀逼住，没问来由，就在其背部和腿部划了十七刀。并且告知这只是警告，如果再继续组织黄胜利等受伤者与仁诚过不去，下次后果会更加严重。这十七刀分布范围广，都不深，且有意避开了要害部位，说明其意在警告，而非要命。根据徐无提供的情况，公安机关初步认定这是一起有预谋的伤害案件。那三个作案者提到仁诚公司，因此公安才来仁诚了解情况。

田去非看完，心里骂道："这个李强！做事怎么就这么不干净呢？"但脸上却显出十分的惊讶，说，"有这事？不会吧？是不是他们借了仁诚公司来说事？他们可能知道徐无律师正在代理那几个受伤者与仁诚公司打官司，所以就……应该不会的。这个请蒋政委你们好好查查。"

蒋政委说："我们已经作了些调查。并且根据事发地段的录像，找到了其中一位犯罪嫌疑人。据他交代，是仁诚公司副总李强请他们教训徐无的。这事田总应该不知道吧？我们也不太相信，为慎重起见，先过来与田总通个气，再决定下一步的事情。"

这一下，田去非有些心慌了，只是表面仍然镇定着，点了支烟，说："李强？有确切证据？这小子犯浑了，怎么能这么做？蒋政委，你们准备怎么办？"蒋政委让其他两个办案警察退出去，然后关上门，对田去非道："这事真的不太好办。田总一向支持公安工作，我们的电子警务系统要不是田总出资支持，恐怕到现在也还建不起来，这，我们都知道。我过来时，李局还专门打了招呼，说一定要听取田总的意见，好好商量。这事关键就在徐无。这徐无不是个一般的人物，是铁骨头。惹上了他，很难罢休。不过现在也算还有退路。徐无伤得不重。我们初步看了下，是非致残伤。"

田去非略微考虑了下，说："这样吧，你们定个意见，具体的我来落实。"

蒋政委说："我同李局有个初步想法，田总你看看。对三个直接责任人，先刑事拘留，后期再做工作，争取缓刑。至于李强嘛，只要那三个小青年不认，就无事。这一要让李强有所准备，二要通过适当的方式做三个小青年的工作。这个，我们不便出面。"

"这行。我来负责。"田去非说完打开抽屉，从里面拿出张卡，递给蒋政委。蒋政委没说话，接了，放进包里，然后招呼外面两个警察进来，说："根据我的了解，这三个青年伤害徐无，可能是另有原因。提到仁诚公司，也许是想借个大招牌。回去后，我们再好好问问。"又向田去非道，"田总，如果需要，还请多配合。"

"一定。一定！"田去非将蒋政委他们一直送到楼下，上来后，李强已在办公室等着。李强哭丧着脸，田去非低声而威严道："怎么搞的？这样的事都办不好？现在出事了，怎么办？真进去关几天？传出去笑话。从现在起，你哪里也不要去，只在公司待着。不要同任何人谈到徐无的事情。没有我的指示，什么话也不要说。"

李强还想解释，田去非挥了挥手。他嘴唇动了动，退出去了。田去非在后面喊了句："将门关上。"然后立即给李局和高参副市长打电话。李局说的话基本与蒋政委差不多，高参先是批评了他一通，接着说正在开会，会后将给公安那边打个招呼。末了，高参又交代了句：赶紧将事故伤者的问题处理完结了，免得再生枝节。并且道："去非啊，你们这不是同势均力敌的对手在较量，而是同几个弱者在较量。没意思嘛！有人到省纪委调查组反映，说我是你们这事的后台。这多不好！赶快处理了，不就是几百万吗？不行，明年我再从项目上，或者其他方面补你一点。"

"高市长可别这么说。我也是……好，就按市长的意思，我尽快处理完这事。"田去非也感到这五个伤者，就像一团乱麻，越来越紧地缠绕着他。叶颖劝过，虚明师父在滴水寺大殿里也说过，他自己私下里其实也想过。仁诚公司这么多年了，他经手的钱何止上百个六百万？只是这六百万，他不知怎的就觉得应该有这么弯弯绕、绕弯弯一圈才是。那天他看到刘琴在大殿上哭泣，后来听了开了大师的言语，他差点就准备让人送给刘琴两百万了。他也不知道那到底是因为刘琴的哭声，还是因为黄胜利的后半辈子就得瘫在床上？甚至是因为刘琴是开了大师的俗世侄女？或许都是，又或许都不是。现在，又出了徐无的事，刚才高参副市长态度也是明朗且严厉的。他想：或许是到了该解决问题的时候了。

6

春节刚过，青桐三级干部大会上出了插曲——会议正进行时，高参副市长被人喊了出去，接着就再也没回到会场。江海平很快得到省纪委的口头通报：高参因涉嫌严重违纪，已被省纪委正式立案调查。这事虽然没宣布，但是会议没结束，就已经传开了。田去非是政协常委，自然也在会场上。他在高参被叫走时，心里就咯噔了一下。等到大家都议论时，他心往冷水里直钻，冻得慌。他赶紧离开会场，回到公司，一个人坐在办公室里，连续抽了三支烟，心情才算定了下来。

这个时候，他知道他无法再为高参做什么，一切都已徒然。事实上，这事在年前他就有预感，除了沸沸扬扬的传闻之外，正月初一，高参特地也是第一次到了田去非家。叶颖回青桐后待了几天，老家打电话来说她母亲病了，她虽然知道那是母亲因为想她而编的谎言，却不愿意戳穿。田去非心里虽有不舍，也还是劝她回去看看。毕竟人老了，希望女儿回家过个团圆年，也是情理之中。叶颖走后，田去非便回到老房子那边暂住。这样，过年亲戚间走动也方便些。老婆是不管这些的，她的主要时间是在佛像前诵经。田去非回不回来，她实在是无所谓了。

大年夜，田去非将在青桐的同族的几家都召集在一起，在青桐大酒店搞了个豪华包间，四桌人，热热闹闹，一派祥和。他也因此多喝了几杯，子夜一点，又赶到滴水寺撞了新年第一钟。初一早晨就一直睡到快十点。高参在他刚刚起床不到十分钟就过来了。说是拜年，说这些年了，每年都是田总先给我拜年，今年我得先来给田总拜一回年。田去非有些激动，说这哪行，你是市长，我得先去。高参喝着茶，叹了口气。田去非说："大过年的，叹气干吗？"高参说："没什么。只是感到这时光太快了。过去的时光，也都回不来了。"

他看着高参的额头，有些发青，人也显得憔悴。他觉得一定是那些沸沸扬扬的传闻，让高参受不了了。他想再劝两句，高参说："其实也没什么。都过了大半辈子了，人生如梦啊！田总，如果将来我有什么事情，你得照顾好你嫂子和侄子。我可能是……"他赶紧打断了话头，说："大过年的，不说这不吉利的话。走，我陪你到滴水寺去。"高参说："我昨天晚上去过了。开了大师没有见我。其实见与不见都一样。"说罢，高参便要离开，他一个劲地挽留。高参说："我还有另外的事情。记着我说的话。"他看着高参上车，心有怅然。现在想来，高参当时一定是感觉到了什么。风暴来临，作为中心的高参，岂能不知？他这才觉得高参正月初一到他家拜年，也是用心良苦。一个官员，真要被纪委一立案调查，十有八九是出不来的了。台上再威风，到了这个时刻，也只能是望着铁窗，喟然落泪了。

想着，田去非心里生出了许多歉疚。这些年，他也没少在高参身上花钱。或许这些钱，还有他送的玉器古玩，说不定都成了高参违纪的证据，这样看，他就是害了高参了。他想起大年夜去撞钟时，开了大师曾将他单独喊到寮房，对他说了一段意味深长的话。开了大师说："修佛修心，无论出家还是俗世，都是一样。人有善心，无论菩萨还是恶魔，都是一样。春韭生发，地气上升，无非是向阳避阴；积德扬善，弘法悟道，无非是渡人渡己。施主啊，你修了滴水寺，是大功德；但这是外化的功德，重要的是内心。唯愿施主能发菩萨愿，去贪嗔心。若能守正持中，必能贻养后世，福泽身心。"他问大师："如何发菩萨愿？"大师将手指向屋顶的灯盏，他问："灯？"大师说："做一盏灯即可。"

一盏灯即可！田去非这一刻想起大师的话，心头一震。他起身走到窗前，又落雪了。纷纷扬扬的雪花，很快将前面办公楼屋顶覆盖住，一片白。那种白是纯净的，高远的。他看雪，只觉得雪也在看他。而那些雪覆盖了的过往与尘世纷争，却又都了然无痕了。

电话不断，都是打听高参副市长的事。青桐大部分干部和企业家都知道，仁诚公司的田去非田总与高参副市长关系最铁。高参出事，最能知晓内情的应该就是田去非。可他们并不知道，田去非此刻正陷在一个巨大的漩涡里，这漩涡不在表象，而在内心。

田去非接了几个电话，便索性关机了。但电话还是不请自来，这回是办公室电话了。往日悦耳的电话铃声，此刻尖利刺耳，犹如石上磨刀，苦不堪言。他干脆将电话线也拔了。

正月十二，虚明打电话告诉田去非，说开了大师决意要回九华了。田去非问是不是有什么事情？虚明说："没有。大师说他是回去的时候了。"田去非说："既然如此，就让大师回去吧。我来安排。明天我过去送他。"

晚上，田去非请公安的蒋政委和几个具体办案的民警吃饭。那三个小青年一开始进去，死死地咬住，说是仁诚的李强副总找他们的；后来公安动了手，田去非又侧面找人做了这三个人的家属工作，给他们通气说只要守得住嘴，不要胡咬人，事情就好办。否则……这三个人也不是第一次进去了，事情到这份上，他们都懂。于是集体改口，说是因为其他事情心里窝火，恰好在路上看见徐无，就不分青红皂白地将徐无打了一顿。至于提到仁诚，那是因为他们刚刚从仁诚的一个建筑工地上出来。这谎话编得还算圆满，徐无当然不服，可是也找不出什么证据。此案即以普通的寻衅滋事罪来正式结案了。三个青年将面临着一年内的缓刑。至于徐无的医药费及赔偿，都由田去非这边直接打钱让三个青年的家属出面，尽快地给了。

田去非感谢大家的这些关照，酒也自然得多喝。喝着喝着就醉了。醉后又去唱歌、洗脚，等他回到别墅时，已是子夜时分。一觉醒来，已是八点。他赶紧上车往滴水寺赶。等到了滴水寺，只看见虚明师父一个人站在大殿外的空地上，他下车问："大师呢？"虚明说："走了。""走了？""早晨天刚亮，大师就出发了。""那大师怎么走的？我不是说用车送吗？""是虚因他们用车送的。昨天正好虚因过来见大师，便同大师讲好了。另外也考虑田总你忙，所以就没打扰。大师也不让打扰。""这……唉！虚明师父，不管怎么着，是我将开了大师接来的。这离开青桐，我至少得……唉，不说了。"虚明一脸的无辜，说："大师自己主张的，我也不好干预。只是大师临走时留下一偈，嘱我交给施主。"说着，就回屋取了写着偈语的纸条。田去非展开纸条，只见上面写着：

云不遮日，尘不蒙心。
集沙集腋，得自在行。

田去非问虚明：“这是？”虚明解释说：“大师的意思是人心本善，浮尘一时蒙蔽而已。只要坚持修发善念，如同集沙，终能成塔；亦如集腋，终能成裘。如此而已。”

田去非听着，没说话，只是将纸条放进衣袋。又问了问寺里香火情况。虚明这时小声地问道：“听来往的香客说，那高市长出事了？”“这事不要乱说。”田去非心想：都说佛门是清净之地，现在也问起了人世间的是非。不过转念一想，佛门无非是人世间的一种幻象，一种寄托，它不问人世之事，那能问什么呢？

田去非又到开了大师的禅房里坐了会，虚明上了茶，两个人说些寺里的事。虚明说：“如今这滴水寺的香火旺了，一大半是田总的功德，另外也因为开了大师驻锡小寺，不少外地信众都远程赶来。这开了大师一走，寺里不知香火还能不能如此兴旺？”田去非说：“我们修寺，香火旺自然最好。但也不必太在意。这是佛的缘分，强求不得。”虚明说：“田总这一年来修这滴水寺，积了大功德，人也通透了。现在这世间，像田总这样的人太少了。”田去非有些脸红，嘴上却说：“哪里。只是说说而已。我这算不得功德的。”虚明说：“人生功德，其实到处都是。”田去非说：“那倒也是。”出门来，田去非又看了看大殿，还去专门上了炷香。虚明说中餐就在寺里用了吧？田去非想了想，说，也好。

下午，叶颖回来了。这回，她专门从峨眉山那边请了尊佛像，要田去非带回去送给老婆。田去非捧着佛像，说：“这……怕不好吧？”叶颖说：“有什么不好呢。她敬佛，我请尊佛像送她，也是一种缘分吧。”田去非没再说什么，叶颖又问到法院那边一审宣判的事。田去非说快了，已经给法院那边打了招呼，就在这几天就要宣判。叶颖问：“最后的结果出来了吗？”田去非说：“出来了。五个人，赔偿各有不同。最多的一百二十多万。但最少的只有六十万。总的赔偿额是四百七十多万。这里面保险公司要承担每人二十万。其余都由公司来出。”叶颖说：“赔了好。不然这事老是不完结，心里就老有疙瘩。”田去非说：“要不是李强那么一闹，恐怕这事还得拖一阵子。不过也好，了了一桩事情。也免得你老是说我。”叶颖笑道：“我能说你田总什么？我只是同情他们罢了。”

正月十八，虚明打电话告诉田去非：开了大师在九华山圆寂了。田去非握着手机，一时不知说什么好。他心想，这开了大师急着回九华，一定是知道自己大限已至。这是得道之人的悟性。知生死，明天理。他也没感到悲伤，开了大师圆寂，只不过是肉身从这凡俗的尘世里消失而已。像大师这样的高僧大德，早已把一切看透彻了。

他问虚明是否要到九华去祭拜开了大师。虚明说不必了，大师留下嘱咐：圆寂之后，骨灰撒于慈云洞周边山上。不祭拜，不发帖，不留任何遗物。田去非叹了口气，对叶颖说："唉，这'三不'好。"叶颖说："开了大师是一了百了。世上能做到这样的，能有几个？"田去非又拿出开了大师送他的偈，叶颖看了，说："这大师是在点拨你。凡事要从小处做起，积善积德，才能真正快乐。"田去非说："哪有多少真正的快乐啊！"

叶颖掠了下头发，说："这过年几天在家，我想了很多。其中就想到滴水寺。我总在想你为什么坚持要修复这滴水寺呢？"

田去非一愣，望着叶颖，又低头喝了口水，才说："也是缘吧！不过当然也有其他原因。现在不好说。以后你就知道了。"

叶颖问："我怎么不能现在就知道？"

"没必要吧！不说了。"田去非道。

叶颖说："我总觉得这里面有文章。不说也好，我倒要看看这文章到底会怎么写。"

田去非上前想抱叶颖，叶颖躲开了。田去非说："那你就等着看好文章吧！"

"那好。"叶颖又催田去非回家，让他将请来的佛像尽快送回去，又交代说不要提她的名字，就说是从滴水寺里请来的。田去非说："她会感觉得到的。"叶颖笑笑，说："别多想了。我请这尊佛像时，根本没想到许多。只觉得她是个长年念佛的人，这佛像合适她。你尽管送她就是了，别的都不要说。"田去非心想：这女人心真是难以捉摸。他明显地感觉到叶颖自从上海学习回来后，对他的态度有了变化。一是不再像以前那么单纯了。以前她是一门心思地扑在田去非身上，现在却刻意地保留自己的空间；二是她最近不断地提到自己的老婆，不止一次地劝他回家。其实，对于田去非来说，他清楚地知道叶颖和自己，只是命运让他们重合了一段，他们彼此的未来是不可能交合在一起的。但是，他本能和下意识地拒绝着这个日子的到来。开了大师说：云不遮日，尘不蒙心。心如止水，才能真正地澄明和清净吗？

青桐"两会"今年推迟了，往年都是正月底二月初、最迟是二月底召开，今年拖到了三月初了。市里对外宣布的理由是还在准备，其实是因为高参等官员的出事。高参进去后，青桐另外有五名局级干部也进去了，不少企业家包括田去非都曾被纪委喊过去配合调查。许多市级领导整日心事重重，民间流传说：领导现在最怕三件事，一是开会时突然进来陌生人，二是被上级临时通知去参加会议，三是突然失联。有些领导接电话时，总要反复地看号码，生怕那是一条无形的绳索，将他拉了进去。领导们一张皇，像田去非这样的企业家反倒清净了。往年年初，不是开现场会，就是调研，今天市长来，明天书记来，后天部长来，大后天主任来，忙得不亦乐乎。今年没有了，领导们都开始安静下来，迎来送往也明显地少了。很多人都觉得这是青桐官场执行中央“八项规定”的新气象，但像田去非这样经常在政商之间游弋的企业家们都明白：那是一种令人可怕的安静，或许风暴正在到来。

最近一段时间，有时在办公室一个人的时候，田去非会仔细地考虑一下自己这些年与各级官员的来往。甚至，他粗略地计算了一下他送给各级官员的礼品和现金以及各种卡、券等。不算不知道，一算吓一跳，数字大得惊人，有两千万之多。这是像仁诚这样的企业好几年的纯利润总额，就这么不明不白地都送出去了。当然，他更清楚这些送出去的东西给他带来的价值，远远高于两千万这个数字。只是这一切都是见不得阳光的，不像那一张张合同，可以堂而皇之地张贴出来。他想开了大师说集沙集腋，那是指积善之沙积善之腋，倘若要是将这些年送的东西相比，也是一种“集”，只不过这集的是权力、是利益、是不善。想着，他就像知道高参进去后心有愧疚一样，越发地不安和愧疚了。他每天关注着那些干部，特别是领导干部的动向，他还专门到滴水寺，为青桐所有的跟自己有过往来的领导干部们求了一签。虚明解签说：中签。不好不坏。不上不下。不偏不倚。全在人心。他觉得这签还真说的到位，如果说再解得深一些，应该还可以加上一句：不取不予，不贪不惊。

法院一审判决后，叶颖负责，很快就将赔偿款打到了五位伤者的账户上。田去非没有想到的是，刘琴带着其他伤者家属，专门到公司来感谢仁诚公司对他们的关心。她们说得诚恳，田去非心里却五味杂陈，说不出更多的话来。叶颖在刘琴他们走后，向田去非建议设立一个伤残赔偿基金，从公司每年的利润中拿出一定比例，建立专门账户，用于因公伤残人员的医疗及生活补贴。田去非说这是个好主意，不仅仅仁诚公司可以搞，还可以联合全市的建筑企业，来设立一个全市层面的基金。如果真设立了，就由叶颖来负责。叶颖说：“这恐怕不行了。等到基金设立了，我也不知道还在不在青桐呢。”

田去非马上问：“怎么？要走？”

“我也只是说说。”叶颖道。

田去非说：“要走也是正常。我毕竟不能留着你一辈子。只是……”

“放心。我真的只是说说。”叶颖说着，眼神里却飘过一丝忧郁。

田去非自然也看见了叶颖眼中的忧郁，只是不说。他知道他们彼此都在寻找理由，寻找一个能让彼此都能接受而且体面的理由。

日子不尴不尬，仁诚公司的业务，还像往年一样，全面铺开了。到了三月底，青桐“两会”终于召开了。会上田去非见到了不少熟悉的人，也有不少熟悉的人再没见到。会议分组讨论，大家谈得最多的就是高参的案子，当然也有不少人问到他怎么想起来要修滴水寺？他还是一贯的回答：是受上海的一个朋友委托的。大家也都笑笑，不再往下问。会议罢免了高参的副市长职务，同时还罢免了几位人大代表。听着大会工作人员一字一顿地读罢免文件，田去非背上一阵阵冒汗。他抬头望望主席台，又望望四周，一片安静，少有的安静。大家都生怕听丢了一个字，特别是那些人名，此刻听来异常得刺耳。他甚至想看看这会场里有多少人跟自己一样，后背出汗。一定不少吧？他似乎看见那些暗中涌出的汗水，正慢慢地聚集，渐渐地就淹没了整个会场。他赶紧起身，想蹚过这汗水汇成的汪洋，却发现已经深陷其中，动荡不得了。他一使劲，差点从椅子上滑落下来。好在大家都低着头在倾听，他擦了擦额头的汗水，发现心在怦怦地直跳，人有些发慌。他动了动身子，想了想还是起身出了会场。外面正吹过一阵春风，他一下子清醒了过来。他吃了两颗预防心脏病的药丸，然后才进了会场。罢免文件已经念完了。居然也没人议论，整个会场，静得像一只沉默的木鱼。

“两会”开到第三天，在原来的议题上突然增加了一个议题，按照市委书记、市人大常委会主任江海平的指示，请“两会”代表和委员，讨论拟编制的《青桐城市发展规划》。这个规划据说是刚刚在一周前才由江海平书记亲自提出，由市规划局按照书记的原则意见，根据青桐城市发展的现状和未来十年的预期而编制。提供给代表和委员们的只是一个框架性的建议，但对城市扩充的范围作了很明确的界定。田去非一听说要讨论这样的一个规划，心里立马像沸水一般，翻腾起来。其实他一直在等着这一天，等着这样的一个规划。他翻开规划，迅速找到关于城市发展扩充方向的那一章节。他清楚地看到，青桐城市发展，在未来十年内，将主要沿青桐河向西北与东南两个方向延伸。西北重点发展太公台以北青桐河谷地（即滴水寺区域和沿外环线部分）。此区域将重点打造高档商业地产板块，建成宜居宜游宜商的西部新城。他读着这些，狂跳的心简直就要蹦出胸腔，他用手按在胸口。这时坐在边上的市商业局的鲁局长则朝他笑着道："田总啊，你看这，青桐城市向西北扩张，那滴水寺一带，可成了热土了。那寺还能保留吗？还是也拆迁？"

"这个……不知道。这毕竟才是规划。"田去非觉得鲁局长的问话很有道理。滴水寺修复了，是留还是拆？规划上也没明说。这个，估计只有在下一步的详规上才能体现出来了。

关于青桐城市发展的规划讨论十分热烈，总算打破了连续几天的沉闷气氛。代表委员们提出了近百条意见，在会议总结时，江海平书记专门提到了这个规划，他强调说这是适应城市发展提升城市综合能力的需要，规划将在代表委员们的建议的基础之上，再作修改，尽快出台。他还谈到一些具体的规划细节，比如太公台以北区域，他说："沿青桐河谷发展，将会建成一个高质量的城市生活和景观带。滴水寺修复了，我问过有关部门，说经过了正式的规划和审批。这显然是有关部门的失职，是短视的表现。新的规划要明确，滴水寺要迁到西北近山区。要将那一块地腾出来，建成青桐最有品位的高档社区。"田去非有些激动，他仿佛看见滴水寺那一大片空地上，正在崛起一幢幢高楼。而他大半年来所苦心经营的"大事"，就这么不期而至了。

开完会，田去非约叶颖到滴水寺。虚明一见到他，便低沉着脸说："听说滴水寺要拆迁了？是真的？"

田去非问："你怎么知道的？"

"虚因刚才打电话来，说新的城市发展规划上已经写着了。"虚明说，"好端端的寺，才刚刚修复，又得拆迁。这不是折腾吗？田总，我们得向市里反映。"

"不必要了。规划我看过，滴水寺是要拆迁，但不是没有了，而是搬到近山区域，重新建造。这是好事嘛！这次拆迁，是政府行为。不会亏待了滴水寺的。"田去非说，"按照以往的拆迁惯例，新建的寺只会好，不会差。"

叶颖听到这儿，好像猛然明白了些，她问田去非："这不会就是你说的大大事吧？"

"正是。"田去非笑得有些狡黠。

叶颖说："这可真是个大大事。没想到田总的心计这么重。是不是一开始就知道这里会有这么一天？"

"那倒不是。"田去非拉着叶颖避开虚明，说，"去年端午前，你记得我到省城去见海平书记的一位老领导吧？就在那次海平书记也在的酒席上，说到青桐的城市发展。海平书记说他有时也到城市四周去转转，发现青桐城市的规划有问题，起点不高，没有跳出老城的框架。他说城市发展要跳出老城建新城，还重点提到太公台下青桐河边这一大片区域，说那里有一座叫滴水寺的破落小寺，好几百亩地，都长着荒草。这个将来要开发起来，可以建成青桐的高档社区。当时我先以为海平书记也只是说说而已，后来又接触时我有意试探了下，海平书记的态度很坚决，说很快会重修城市发展规划。我知道这是个机会了，于是就……这后面你都知道了。我这也是一场赌博，只是现在看来，我赌赢了。"

"没想到。真没想到。"叶颖说，"我一直以为田总是真心地在做功德呢。没想到这里面还有这么一篇大文章。"

"好文章还在后头呢。"田去非说，"这一块地，下一步政府肯定要来具体商谈。到时我再请虚明师父出面。我的目标是以最低价格，确保能拿到这个地块，然后进行全面开发。不出三年，这里将是青桐最高档的社区，也将是仁诚公司推出的最有影响力的样板工程。想到这些，我觉得这半年多来的心血没有白费。叶颖，我们应该高兴才是。"

叶颖看着滴水寺的大殿，说："值得高兴吗？"

田去非被她这么一问，也蒙了。他反问了句："难道不是高兴的事？"

叶颖摇摇头，说："难怪去年修复时，连材料你都打招呼不要用好的，只用中低档的。那时你就知道将有这么一天。你这心血花得太值了。可是，你听听寺里的木鱼声，还有那些缭绕的香火，你不觉得那些佛、那些菩萨正在看着我们吗？开了大师说尘不蒙心，你这是真正地被灰尘蒙住了心了。"

"这……"田去非一脸通红，他没想到叶颖的情绪会如此激烈。他干脆一甩手，说，"走吧，回去！"

叶颖说："你回去吧，我今天就住在这寺里了。"

田去非一个人铁青着脸回去了。第二天，叶颖便正式递交了辞呈，说不太适合再在仁诚公司干了，她想出去。这些年在仁诚，也累了，她要到处走走，散散心。田去非问："真的决定了？"叶颖说："决定了。"田去非说："就为着滴水寺？"叶颖说："不全是。包括那些事故中的伤者，还有……我没想到你心思如此的缜密，这大半年来，我居然一直生活在一个巨大的阴谋里。我得走了，不过，我得感谢这五年的时光。我不后悔。也请你不要再挽留了。"

"既然如此，那就走吧！"田去非颓然一笑。

叶颖离开时，正赶上一场春雨。田去非没去送她，但他嘱咐财务上往叶颖的卡里打了两百万。他想给叶颖发条短信，说些祝福、感谢和其他的话，但写好后又删了。还是不说的好，正如佛家所说，一切皆缘。缘分尽了，再说又有何益？

倒是叶颖在上飞机前发了条信息过来：记着，我们曾商量好要成立青桐建

筑伤残者基金的。这是我对你最后的愿望了！或许基金成立了，我真的会回来。

田去非眼眶湿润着，这么多年来，他第一次流泪了。

又是梅雨季节，滴水寺拆迁工作正式开始了。经过三轮的谈判，政府最终同意补偿滴水寺四百万元，并且划拨了近山的地皮，用于滴水寺的重建，同时作为对仁诚公司和田去非从中斡旋的激励，将滴水寺区域三百七十亩地皮以低于市场价每亩五万元的价格，交由仁诚公司开发高档精品社区。虚明对这个谈判结果甚是无奈，他对田去非说："其实我最大的愿望是不要折腾了。我都七十多岁的人了，哪还经得过这番腾挪？唉！要是菩萨知道我这苦处，怕也会施舍给我些甘甜的。"

田去非说："新寺的重建，我都安排人来做，你只管监督，也快，最多一年，滴水寺的香火又将重新兴旺起来的。"

虚明不语。他一个人上了寺后的太公台，夕阳西下，将滴水寺照得金黄。想着行将消失的滴水寺，这个他寄居了三十多年的小寺，他不免心伤。他一直坐在太公台上，直到夜色将他吞没。

三个月后，太公台前的空地上，热火朝天。青桐最大的精品高档社区正式动工。与此同时，田去非做了一件他觉得是他今生最重要的事情，在他的倡议下，青桐建筑界联合设立了青桐建筑业伤残扶助基金。他在基金发起会上正式承诺：将把太公台社区开发的所有利润全部捐给基金会。他将基金会成立的消息发给了叶颖，叶颖没回复。他想：或许是换号码了，或许是不愿意回复，甚至是根本没看到，但都无所谓了。他只想告诉她：田去非是个愿意积功德的人。他一直记着开了大师的偈：

云不遮日，尘不蒙心。
集沙集腋，得自在行。

·作者简介·

洪放，1968年生，中国作协会员。现居安徽桐城。曾出版长篇小说《秘书长》等。有作品被《作品与争鸣》等转载。中篇小说《清明》曾获安徽小说大赛金奖。

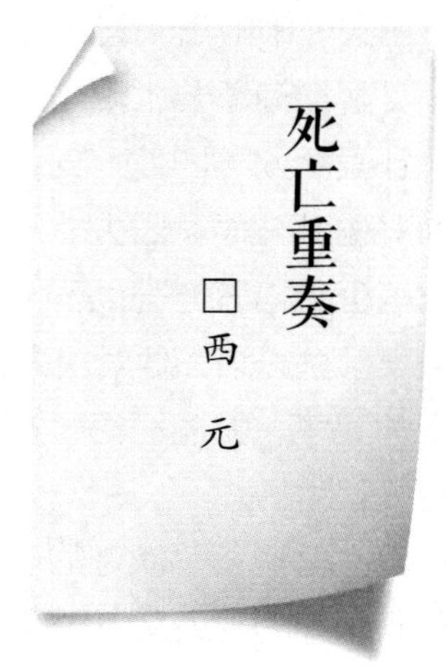

你把苦难强加于我，
我把苦难变成武器……

序章　一个连的高地

在一米的距离上凝视着一颗一百〇五毫米榴弹炮炮弹爆炸，你会看到比太阳还耀眼的光芒，听到巨大以至于无声的轰响。一瞬间，密集的弹片和冲击波像飓风吹过柳枝一样打断你的脊梁骨，撕碎你的肉身，还有你的耳鼓、视网膜、舌头、手指等等你与这个世界产生联系的感觉器官，却没有一丝疼痛。从此，没有时间、空间，周遭一片黑暗和寂静，这就是——死亡。

你一个人站在高高的悬崖上，环顾四周，同生共死的战友，血脉相连的亲人正与你渐行渐远。此时，无人可以交谈、可以倾诉，你只能默默倾听自己的心声。时间无多，每个人都必须从这悬崖上纵身一跃，或激昂，或悲壮，或恐惧，或怯懦。耳边满是呼呼的风声，看着高冷的夜空离你越来越远，而黑沉沉的大地正逼近你的后脑，随时会有重重的一击。在有限的时间里，焦躁达到了顶点，就像在阎王殿前的油锅里一样。煎熬过后，是无边的清凉。在脊背触到大地的那一刻，你突然满心坦然，尽管不知为什么，你发现自己可以安息了。

然后，你的血肉之躯碎裂成无数块，与大地融为一体，四季轮回，共枯共荣。直到有一天，你发现，一个新的你重生了。

十四岁的二斗伢子觉得自己的头，被连长魏大骡子树根一样粗硬的手使劲向下压，一时间只看得见战壕壁上的冻土。接着，大地震撼，白光一闪，整个世界像是被滚烫的开水洗过一般。什么也听不见，来不及害怕，来不及惊慌，二斗伢子浑身麻木，一股黏热的血浆顺着额头，越过眉毛，流进眼睛，流过鼻尖，流进嘴巴。那只手还在头顶，二斗伢子壮着胆子，将其拿下来。它五指张开，保持着使劲用力的姿态，手腕被弹片打断，两根发白发黄的骨头支棱在外面，显得很锋利，几根粗大的血管汩汩地向外冒血，好像它还活着一样。

二斗伢子战战兢兢地侧过头，看见连长的下半身跌坐在手榴弹木箱上，血肉中露出几节又红又白的脊梁骨，肠子像一捆胡乱缠在一起的粗麻绳，摊在腰上，腿上，有一节垂到了雪地上，某个器官似乎还未完全死去，慢慢地，顽强地蠕动着，每动一下，便有一大股血冒出来，一波接着一波，顺着破烂的军裤，流到冻得硬邦邦的地上，渐渐失去热力，结成一层又一层的红冰。连长身后的战壕壁上，挂着密密麻麻的碎肉、牙齿、半块耳朵、几缕头发，还有布头、铜扣子、军衔，啪的一声，一只乒乓球大小的白色眼珠子，从布满血浆的战壕壁上落下来，发出清脆的一声响。

片刻死寂之后，是漫漫无涯的地动山摇。二斗伢子匍匐在战壕底部，像婴儿在摇篮里一样，向前慢慢爬行。不时，有几块冰碴从头顶飞下，打在脸上，有几片血肉不知从哪里落到离眼前几寸远的地方，在严冬里，还冒着热气，抑或有块火红的弹片，掉在身旁薄薄的积雪上，发出嗞嗞啦啦的声音，然后，渐渐变暗，最后变成冷冷的黑色。

到处是尸体，有的冻得硬硬的，有的还很软，二斗伢子是个新兵，刚刚补充到这个高地上，谁也不认识。爬过几条战壕，竟没发现一个活着的人。二斗伢子小心地抬起头，战壕顶上伸出一条腿，垂在半空。他看到一只美式靴子，于是微微探起身，奋力将那条腿拽了下来，一具僵硬的美国人的尸体便轰地落在了身边。二斗伢子将两只靴子扯下来，套在脚上，虽然很大，但很暖和，他感到特别欣慰。战壕的另一头，蜷缩着一个美军俘虏，衣领裹着脸，头埋在膝盖里，一动不动，看不出活着还是死了。二斗伢子顾不上管他，继续向前爬，身下的血水和着泥浆，又黏又滑，自己仿佛一条在淤泥里钻行的泥鳅一样。

又是一片寂静。二斗伢子明白，炮击过后，美军步兵便要冲上高地。但是此时，战壕里已经全是死尸，没有人站起来，没有人端起枪。二斗伢子从一个美军尸体腰带上扯下一枚手雷，握在手里。他站起身，向战壕外面望去，白茫茫的一片，被炮弹炸过的雪地露出一大块、一大块黑色。二斗伢子觉得特别孤单，没有一个战友可以和自己分享此刻的恐惧和悲伤。他捡起一面沾满血水，此时已经冻成铁片一般的红旗，插在弹药箱上，打开手雷的保险拉环，闭上眼睛，等待美国人的军用皮靴踩在眼前的雪地上。

闭目许久，没有一声枪响，也没有皮靴踩在雪地上发出的窸窸窣窣声。二斗伢子困惑地睁开眼，向夜色中望去。美军的坦克正在远去，发动机在空旷的山谷里发出嗵嗵的声音，像是有人在敲一面巨大的皮鼓。二斗伢子筋疲力尽，昏昏欲睡。严寒像一张巨大的棉被，铺天盖地，让人渐渐失去知觉。不知过了多久，二斗伢子从梦中惊醒，万道阳光从高空刺入双眼。他觉得浑身硬邦邦的，像一块磨盘石，无法动弹。高地下的公路上，正经过一支队伍，土黄色的军装，红色的旗子。一个穿着黄军装的男人离开队伍跑上高地，站在雪地上高喊，还有活着的人吗？还有活着的人吗？没有人回答他。二斗伢子想高喊，可是胸腔和嘴却像冻住了一样，发不出一丝声音。此时，他既焦急，又委屈，还有一丝莫名其妙的幸福感。情急之下，他用尽最后的力气，一把抓住旁边的红旗，微微摇动了几下，便什么也记不得了。

魏大骡子

魏大骡子！

到！

你过来！

嘿嘿，团长，什么事？

这表你拿去，从一个打死的美军中校手腕上扒下来的，我戴了几天，还挺准。

有什么任务你直说，这表太金贵，我不要。

操，非得有任务才送你东西吗？

嘿嘿，那好，没事我先走了。

你他妈给我站住！

什么事？

过来！到地图这边来。7号高地看清楚没有？它下边有条公路看清楚没有？美军一个集团军和南朝鲜十来个师被我们围住了，正使出吃奶的劲儿往南逃，这条公路就是他们唯一的活路。九兵团123师正在打穿插，在他们到位之前，你们连必须守住7号高地。

守多长时间？

五天、七天，说不好，123 师什么时候到，你们什么时候可以下来。

人打光了怎么办？

没了多少给你补多少。

我也没了怎么办？

那就再上一个连，只要我活着，年年给你烧纸。

明白了，我这就回连里边去。

大骡子，等等……真想咱俩换一换。

换个屁啊！该谁的就是谁的。团长，你他妈的能不能不哭丧着脸？

连长魏大骡子一看到这个高地，就知道自己怕是活着回不去了。干硬的土地上满是枯草，四面八方吹来严冬的冷风，发出呜呜的鸣叫，显得这世界格外空旷。他想，这是个埋人的好地方，视线开阔，天高地远，死在这里，无牵无挂，就像扔在田头的一块牛粪，来年春天，野花遍地，又是一派生机勃勃。

黑沉沉的乌云在头顶不远处飘过，又湿又冷，冻得耳朵针扎一样痛。魏大骡子用一把美军的十字镐刨战壕。地冻得实了心，一镐下去，只刨出碗口大的一捧土。这让他想起十几岁的时候，给娘刨坟的情景。那年冬天，娘到江边扒鱼皮，一颗冷枪子弹打过来，娘就一头栽进了江面上凿出的冰洞里。等爹去找她的时候，娘已经像冻在江面上的一条破船，任凭镐头刨、铁锹铲、开水烫，也无法将她弄回来。江边厚厚的冰层里充满了细细的气泡，魏大骡子看到冰面上露着一只男人的脚，脚上有只布鞋。他站在这只脚旁边，朝冰面下望去，里面倒悬着一个穿长衫的白胡子老人，瞪大眼睛望着自己。魏大骡子想起来了，这是镇子东头的老秀才，柳公权的楷书写得非常好，日本人几次叫他到镇政府当官，都被他拒绝了。几个月前的某个半夜里，他家院子传来狗叫，有日本人汽车响。从此，人们便再也没见过他，传说是被日本人请到哈尔滨皇宫里当参议员去了。

魏大骡子跟在爹的身后向山里走，找个向阳的坡，把娘埋了。雪有尺把厚，每走一步，又硬又冷的雪壳就会顶到他的裤裆，又是一阵火辣辣的疼。爹越走越累，一言不发，只见得从脸的一侧冒出浓浓的白雾，还有粗重的喘息。过了许久，手和脚尖也冻得失去了知觉，然后是一阵又一阵尖锐的疼痛。再后来，魏大骡子与爹的距离越拉越远，但爹没有回头看他一眼，他也不敢喊爹停一停，因为这样冷的天，谁也不能停下来。两个人默默地走着，命悬一线。走到一个向阳坡时，雪面白得刺眼，像涨了潮的江水一样。山风刮起雪沫子，打在脸上仿佛扒开层皮一样疼。爹指着不远处的两个雪包，道，给爷爷奶奶磕个头。

镐头尖在魏大骡子手中摇摇晃晃，落在冻得硬邦邦的地上，只有一个白点，让他非常绝望。满耳风声，震耳欲聋，他不能乞求别人的帮助。他倔强地一次又一次举起镐头，看着地上出现一个白点，又一个白点，直到越来越多的白点。等地面上勉强出现一个人形的浅浅小坑时，魏大骡子和爹快累瘫了。再挖下去，就没力气走回村子里。爹说，就这样吧，先用雪盖着，开春了再深挖挖。

魏大骡子跟在爹身后向回走，晕晕欲睡。他仿佛看见爹挑着扁担，筐里坐着两岁的妹妹，从山东逃荒到东北。爹对魏大骡子说，死死抓住箩筐绳子，别松手，松手了谁也管不了你。魏大骡子那年才四五岁，他真的不敢松手了，鞋子掉了也不吭一声，不瞅一眼，手磨烂了，淌血了，也不觉得疼。他死死盯着爹干瘦的屁股，脑袋被大人们的胯骨、包裹撞得生疼、发晕，也努力坚持着，唯恐掉了队，落在混乱的逃荒人群里，无依无靠。有一天，他发现筐子里的妹妹不见了。他也不敢问，生怕自己也像她一样，突然就消失了。长大以后，有次听娘说，妹妹是饿死的。两岁大的孩子，既没奶喝，脾胃又细弱，最不好活了。

后来，爹站在一大片土地前，用手抓起一捧大酱一样的泥土，看着浓黑的浆汁从指缝间缓缓冒出，道，这里的地养人，撒下种子就能长出粮食，咱们不走了。直到这时，魏大骡子的小黑手才敢松开箩筐的绳子，小心翼翼地走到这片黑土地里，像走进夏天又温暖又柔和，如丝绸般的湖水里一样。这土又松软，又潮湿，仿佛有油脂，不用说一颗种子，就是一个人在这里活得久了，也一定是高高大大，健健壮壮的。魏大骡子在爹垒的土炕上睡着了，睡得一头一脸的汗，一口气睡了三天三夜，每根骨头都像发了酵的面一样，轻飘飘的，疯狂地吸吮着泥土的气味，嘎嘎有声地生长着。魏大骡子激动得在梦中流泪，庆幸黑土地给予他的一切恩赐，凶年的噩梦渐渐远去，隐隐的生机正在复苏……

王大心

指导员，你来讲两句。

我只讲两句话。第一，大家都是老兵，我看遗书就不必写了。你们存在我那里的遗书都塞了满满一挎包，再写怕是也写不出什么新东西。第二，人在阵地在！这句话的意思就是，无论在什么情况下，我绝不允许一个人逃跑，绝不允许一个人投降！我王大心和大家一样，死亡面前，人人平等。我可以最后一个死，但我不会在大家都死了之后，我一个人还活着。我这样要求九连的每一个人，我也这样要求自己。如果我没做到，每一个看到我的人，都可以第一个枪毙我。

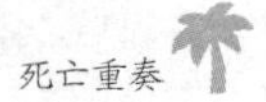

指导员，你别说了，大家有眼睛，看得见，炊事班做的炒面你没多吃一口，缴获的美军肉罐头你没留下一个，现在还穿着单衣，这些话，我们信你的！

第二章　奏鸣·炮击

没有人能拒绝死亡，就像没有人能不恐惧一样。一枚炮弹在你的身边无遮无拦地爆炸了，这是你没想过的事情，因为你第一次遇到它，也可能是最后一次遇到。你辛苦一整天挖出的战壕在一瞬间就变成了圆坑，刚才还活生生的战友被抛上了天，落下来的时候变成了一只手、一只脚或一只器官，你被埋在不那么深的战壕里，黄土下一片黑暗，无法呼吸。那比世上最响的声音还要巨大的炮弹爆炸声像硝酸一样，洗去你所有的记忆，所有的誓言，所有的崇高，所有的忠诚。此刻，你的肉身被震得麻木无力，脑子一片昏昏沉沉，耳朵里满是杂乱无章的鸣叫，所有与性命无关的东西都变成了子虚乌有。你趴在土地上，土地便是你生命的摇篮，你站起来，天空就是死亡的海洋。

极度的窒息，使得绝对的黑暗变成狂躁的浓红。某一块不那么有力的弹片，穿过黄土，轻轻地咬在了你的肉身上。你不敢回头，焦黑的浓雾散尽，你觉得自己被牛头马面牢牢抓住腿脚，身下是一口巨大的铜锅，黄金一般的浓油闪着贪婪的热光，每一个溅起的油花都像是一只渴血的舌头。你挣扎着想远离这口铜锅，但你不能拒绝，你绝望地向翻滚的油水里望去，一张黑色的面孔在油水下面狂笑。它手舞足蹈，兴高采烈，翠绿色的眼珠子里有一颗紫色的瞳仁，那瞳仁兴奋地一张一缩，一股脓血一般的稠黄色液体从眼角流出来，像仁慈的眼泪，又像是饥渴的口水。

黑色的面孔在油水下移动，渐渐游出锅底，升到你的眼前。紫色的瞳仁紧盯着你，仿佛早已把你的心底看穿。面孔上厚厚的嘴唇如同铜锣一样扇动着，发出沉重的嗡嗡声。尽管你听不懂任何一句话，但你却不可思议地一下子就明白了其中的意思。一只毛茸茸的黑色手臂从面孔后面伸出来，细长的手指上长着几寸长的绿色指甲，上面滴滴答答地落着血珠子。那指甲尖上轻轻地夹着一枚碎裂的三角形炮弹片，滚烫烧红，边缘锋利，仿佛刚刚爆炸过后，飞在半空中，被这只黑手捉住一样。细长的手指张开，这只弹片顺着铜锅的边沿滑进油底，拉出一道道如同彩带一样的血迹。两片厚嘴唇瓮声瓮气地说，你若能亲手拾起这枚弹片，就可回世间走一遭，若无胆量，便须在地狱再等上五百年，何去何从，你自己选择。

那只翠绿色的眼珠子看着你，出其不意地眨了一下，发出一声清脆的响声。那一刻，你的心彻底沉静下来，像大海边的礁石一样。你发现，那张黑色的面孔其实并不代表着恐惧，当然也不代表着仁慈，它超越于这之上，当你越过绝对的恐惧这道门槛的时候，你便再也不会害怕面对这张脸。你伸出手，探向翻滚的油锅。你看见躺在锅底的那枚弹片，上面刮痕累累，也许刚刚击碎一块黄土下的石头，也许刚刚打断一根战友的脊梁骨，也许刚刚掀开一颗头颅，边缘翘起的锋口里或许还夹带着黄土、血肉、脑浆等等东西。你下定决心，必须亲手将这枚负载着累累恐惧、仇恨、留恋、宽恕、希望、懊恼、剧痛，以及一切一切人间苦难的弹片，从油锅里捞起来。

手指碰到沸腾的油水的那一刻，你感到的不是钻心的热烫，而是彻骨的寒冷，油水仿佛一瞬间凝固，将你的手指冻在了铜锅里。同时，油水急速下沉，拽着你下落，好似落进了一个没有尽头的隧道。你很惊异，这是你从未体验过的感觉，好像从此脱胎换骨。你本应害怕，却不可思议地有些幸福感，仿佛有人告诉你绝不会有事。速度越来越快，一块白色的东西迎面向你撞过来，转眼间就到了跟前，足以使你粉身碎骨，你想大喊，却叫不出声。突然，你的脑子里一片空白……

坑道底部，堆了厚厚的黄土。每一发炮弹在周围爆炸，便有一层黄土从天而降，哗地一下子铺了满地。一下接一下的颤动，从大地深处传来，使一切生灵越发觉得自己的渺小。突然，万籁俱寂，只有太阳灰白的光线晒在干冷的空气中发出嘎嘎的脆响声。高地下面，传来坦克履带和美军步兵皮靴底子压在雪面上的咔咔声。

战壕里的黄土微微动了一下，接着，又是一片寂静。停歇了片刻，黄土又轻轻动了一下，并鼓出了一个小包。这个小包不断壮大，一些黄土屑从小包的顶部快速滑落。然后，一颗带血的指甲露了出来，再然后，是一根又黑又粗的手指。指甲龟裂乌黑，手指满是伤疤，这只手努力地向上举，仿佛要找什么。后来，整个一只手掌也露了出来，五指如钩，好似如若抓住什么东西，就会像鹰爪抓住一只老鼠那样绝不松开。接着是一只手臂，啪的一声，拍在了战壕壁上，指甲深深嵌进冻硬的黄土中，向下用力，留下了深深的沟壑。许久，这只手臂似乎在积蓄着力量，又似乎在寻找着什么。

猛然间，一个浑身烧伤的战士从黄土下站了起来，军装碎烂，几缕布条在风中飘荡，铺天盖地的沙尘从头上，从身上洒落。他满脸血红，脸颊上几片白肉翻卷着，像一只熟透的白茄子，裂开一道深达颧骨的缝隙。他怒叫着，瞪着垂死挣扎的公牛一般的红眼珠，推开战友的尸体，操起了一挺重机枪……

上官富贵和他的一条线

连长，我得守多大的一块地呀？

富贵，你是个老兵了，这屌事儿还要问我吗？

你还是给我画道线吧，没这道线，我心里就是不踏实，没办法呀！

好，好，好，我用脚尖给你画道线，你这个富贵啊，榆木脑袋。

嘿，嘿，嘿，你画了这道线，我心里就亮堂了。你放心，我不会让鬼子越过去半步，这一亩三分地儿，就交给我了。

二十年前，上官富贵他爹把自家那一亩九分地的地契攥出了血，狠狠心，卖了个女儿，换回了十斗粮，使全家活过了荒年。十六年前，河南大旱，上官富贵他爹饿死在了炕头，枕头下面还压着这张地契。十年前，全村男子与邻村发生了械斗，死伤数百人，就为了能给自家的地里多浇几桶水。八年前，黄河决口，上官富贵家的地成了一片汪洋，颗粒无收，全家九口逃往陕西，但仅他一人活了下来。彼时，上官富贵浑身上下没有一颗粮食，只在裤裆里缝了一张地契。

天空蓝得让人发慌，太阳肆无忌惮地暴晒着大地，让满世界都矮了许多。人世间仿佛静止了，不向前，也不向后，你暂时还站在地上，却能闻到死亡的气息。上官富贵爹佝偻着身子，往一棵瘦瘦的青苗上撒了一股焦黄的尿。裂开很大一条缝的黄土像烤焦了似的，冒出一股青烟，还没一袋烟的工夫，那尿水就蒸发得无影无踪。一排排青苗稀稀疏疏的，黄土地上的裂纹从脚下延伸到天边，仿佛是生了牛皮癣的头皮上癞癞巴巴地长着几缕头发。

爹背着一只木桶，踩了踩地头的界石，对身后的上官富贵说，记住，有地就有命，没地就没命。上官富贵和爹趴在坚硬的土地上，尖利的硬土块刺伤了膝盖，流了血，但两个人都不觉得疼。爹用木勺一口一口给青苗喂水，上官富贵看到那水就像泥鳅一样，钻进土里便无影无踪了，但爹仍然像一条忠心不二的老狗，死心塌地地浇着水。一只瘦得皮包骨样的田鼠咬断了一根青苗，爹发了疯似的跳了起来，举起木棍向它打去。老鼠钻进了土洞，爹跪在土洞前，一下一下把洞掘开，越掘越深，越掘越恨，红了眼似的。掘了几尺深，那只大田鼠护着一窝没睁开眼的粉嫩的小鼠，吱吱叫着。爹用尖头木棍一下子将大田鼠戳穿，甩在地上，又一下接一下地戳去，直到它成了一摊血泥。爹又将小老鼠捉出来，一只一只摔死在地上，又高高抬起腿，一脚接一脚，结结实实地碾上去，使干燥的黄土地上多了几摊血色。

爹蹲在界石上，眯起眼，瞄着地上那条并不存在的交界线。他站起来，用脚把这条线踩了出来，一步一步，认认真真地使这条线清晰起来。交界线那边的地荒着，邻家人放弃了坚持下去的决心，逃荒去了。他们家的地干裂不堪，连杂草都枯死了，像压在坟头的黄纸一样。而界线这边，地上留着一小窝一小窝湿土，每块湿土上颤巍巍地活着一棵青苗，若不是旁边站着两个人，你会觉得这千里赤地上的一抹绿色简直就是神迹。爹的手又黑又裂，像烧火棍子的尖部，关节粗大，皮子皴裂，指甲沟里挤满了泥。这手不知疲倦地抓起一块土疙瘩，使劲捏碎，或者像犁子一样，插进干硬的土壳下面，把一支稗草的长根挖出来。爹手拄着腰，挺着脊背，嘎巴嘎巴地站起来，扛起木桶，说，看，咱们还有救！

上官富贵和爹已经一天没吃东西了，觉得金黄色的天空里隐隐有一层焦黑色，很吓人。爹弯着腰，后背上驮着半桶黄泥水，下巴快要蹭到枯硬的土地，黄泥水不时溅出，打湿了爹的脊梁，又顺着他的鼻尖流到了地上，发出嗞嗞声。爹沉默不语，半桶黄泥水在十里土路上慢慢行进。上官富贵说，爹，我饿。爹说，大家都饿，没死就是福。上官福贵又说，爹你停会儿，我看见你的腿在抖呢。爹说，不能停，停下就再走不动了。这时，一声脆响传来，爹一头摔在了地上。

爹是在自家炕头死的，临死前让娘把地契垫在了头下边。十几个村里人抬着爹，走在焦干的土路上，战战兢兢，有气无力。路边倒着两具黝黑的尸首，鼓鼓胀大的圆肚子，仿佛终于吃上了一顿饱饭。肚子上下，连着两条细胳膊细腿，一点肉也没有，只剩下一层脆硬的黄皮。尸首的嘴唇厚厚的，向外翻，仿佛在笑，两只眼睛突出着，又大又白。只听砰的一声，尸体的肚子破了，飞溅出密集的绿色汁水，迸得送葬的人一身一脸，同时一股浓烈的恶臭袭来，招引来一群哇哇大叫的乌鸦。

村里人草草地挖了个坑，浅浅地埋了爹，坟包底下还露出爹的脚趾。娘哭着求大家再挖一点，但男人们头也不回，匆匆走掉了，谁能知道下一个躺在路边的会不会是自己呢？娘抹了把泪，在爹的脚趾上盖了几把干土，使得坟上又多了个小包。上官富贵和娘往回走，路过自家地时，发现村里人正蹲在地上，一把一把撸下青苗上未成熟的谷粒，不管不顾地往嘴里塞。娘嚎叫着把一个男人推倒在地，那男人歉疚地看了娘一眼，眼睛里闪着乌蓝色的光，爬起来，躲得远一点，又蹲下来，贴着地面，露出长牙，像蝗虫一样啃起青苗。娘有点害怕了，她知道不会过多久，吃人也不是什么新鲜事。娘掉了几滴泪，对上官富贵说，你也在这儿吃吧，往死里吃，娘先回趟家。娘回来的时候，带了地契和一张黄草纸。说也奇怪，这地契就像张降妖符一般，每个吃了青苗、面色青黑的男人一见这东西，都乖乖地咬破手指画了押。有一天，娘说，看来，村子里是待不下去了，咱们也得逃荒。临走时，娘把地契和草纸塞进陶罐子，埋在了老屋门前的院子里。多年以后，吃过上官富贵家青苗，并且经过无数次洪水饥荒还活着的男人们恢复了礼义廉耻，无数倍地偿还了他们欠下的粮债。他们只有一个要求，就是把自己多年前画过的押从草纸上彻底抹去。而此时，这片土地上已经没有地契这种物件了。

肉　搏

无数颗炮弹，像犁子一样，把高地深深地挖了个遍，就像用五指梳理一小块沙地，你觉得这沙地里不可能再有什么生命了，可是，炮击停止的时候，仍然有数不清的战士，像遗落在土里的黄豆粒一样，从雪地下钻出来。

上官富贵晕晕乎乎地坐起来，拍了拍头发里的土，摸了摸浑身上下，没少一个物件。他既不庆幸也不后怕，就像当年他只身逃到陕西的时候，拿到一块当地人给他的饼子，一屁股坐在地头上大嚼起来那样。这一刻，没有眼泪，没有语言，没有笑容，生生死死之类的东西早已经淡了。他像拿起一根锄头一样拿起落在身边的大杆步枪，趴在地上，好似一只精明世故的大马猴子，从容不迫地向冲上来的美军士兵瞄准射击。

一枪一个。上官富贵有些不能理解，这些美国大兵冲锋时干啥还要大喊大叫，还要慌慌张张地胡乱打冲锋枪，这些东西完全没必要嘛！一个经历无数天灾人祸，并且捡了条命回来的河南农民，对这些个东西是很麻木的。每打中一个美国大兵，上官富贵都有种很可惜的感觉，不是因为打死了一条生命，而是觉得那些个大兵长得如此健康强壮，身上的装备如此精良丰富，只用一颗子弹就给报销了，真是有点可惜。上官富贵看到一个美国大兵被打中了脖子，瞬间喷出一股血浆。他捂住脖子，摔倒在地，痛苦地望着天空，浑身扭动着，高声嚎叫，表情异常丰富。身边有人继续向前，他伸出手臂，向别人求救，可无人能帮助他。他绝望地在胸前画着十字，一遍一遍地画，直到最后没了一丝力气，双手猛地垂在地上，死掉了。上官富贵觉得这些身高马大的外国人对死亡的表达真是太夸张了，岂止是夸张，简直就是奢侈。大灾之年，人死了，不过是路边一具破了肚皮的尸首，捡了条命的，就继续赶路。娘死的时候，不过说了句，富贵，娘走不动了，你继续赶路吧。说完，她把半块玉米饼子塞在上官富贵手里，又推了他一把，慢慢躺在土路边，便闭上了眼。像他们这样大哭大叫，又何必呢？

才打了三五发子弹，美国人就冲到了魏大骡子给他画的那道线跟前，眼看就要踏过去。上官富贵这才有点急了，他用和爹一样黑粗、皴裂的长手，握住刺刀，猫起腰，向跑在最前面的那个美国人冲去。美国人蓝眼睛，长胡子，样子很陌生，又很凶神恶煞，他狂叫着外国话，似乎想吓唬眼前这个瘦弱的河南农民。他一手拿着刺刀，另一只手里握着把手枪，枪管对准上官富贵。可是美国人并不知道，这个河南农民的眼睛并没看他，对那只黑洞洞的枪口也很漠然。河南农民不过是低着头，死死盯着那条画在地上的线，心头总是想着爹临死前说过的那句话，有地就有命，没地就没命。而且在这个河南农民眼里，美国人实在是太虚张声势了，他倒要看看，是谁的刺刀先要了对方的命。一颗子弹穿过上官富贵的胳膊，扯开了一缕布条，可他竟然没什么知觉。又是一颗子弹穿过他的肚子，上官富贵低头看了看，觉得自己既然能活着逃到陕西，就一定能再冲上几步。美国人到死也没看清楚，这个瘦得像野狗，衣着破烂得像叫花子一样的人是怎样冲到自己跟前，又是怎样从斜下方，用刺刀戳穿了自己的脖子的。

上官富贵感到一双似乎比自己的腰还粗壮的手臂，从后面把他抱住。他很困惑美国人为什么这么愚笨，把一次生的机会留给了他。因为他觉得此时此刻，美国大兵应该拿起一把工兵铲，照着自己的后脑勺来上一下子才对。在生与死的选择上，难道还有什么可迟疑犹豫的么？上官富贵像一条浑身湿滑的瘦鱼，从美国人手臂中间转了一个身，张开大口，露出焦黄的牙齿，一下子咬在了那只白生生的耳朵上，一口咬下了半截，又一口连根咬下。上官富贵没给美国大兵大喊大叫的机会，略一低头，咬住了他的脖子，嚼碎了皮肉和一条动脉血管，直到鲜血糊住了眼睛，直到美国人不再挣扎，上官富贵才松开了牙齿。

一个没戴钢盔的美国人坐在战友的身上，巨大的双手使劲扼住战友的喉管，眼看战友的面色青紫，渐渐失去抵抗的能力。上官富贵抓起一枚手榴弹，照着那个覆盖着金黄头发的美国人后脑勺砸去，一下子便在那个美丽优雅的头颅上砸出一个深坑。那个美国人没有倒下，双手依然放在战友的喉咙处。上官富贵就一直麻木地用手榴弹向那个红白相间，有些豆腐脑一般的膏状物冒出来的脑壳砸过去，一下，两下，五下，八下，直到这个高大强壮的肉身完全屈服倒下。此刻，上官富贵脑子里浮现的，是爹用木棍戳死咬断青苗的田鼠的画面，谈不上残忍，也谈不上怜悯。上官富贵觉得自己身体里的血也在流尽，他特别疲劳，好像自己走在逃荒的路上，两天三夜没吃过东西，喝了几口雪水，啃过几块树皮，生与死如一缕游丝，进一步是生，退一步是死，看到路边的死尸也不痛不欲生，别人给了他半块饼子也不欣喜若狂。

恻 隐

不知过了多久，美国人撤退了，留下了几十具尸体。上官富贵晃晃悠悠地走在破败不堪的高地上，看到一个美国大兵仰躺在地上，腿断了，睁着眼睛，还活着。他走过去，美国人伸出双手，仿佛是投降，也仿佛是向他求救。上官富贵木然地望着地上的俘虏，仔细打量着美国人的眼睛。良久，上官富贵似乎从这双眼睛里看到一丝软弱，一丝无助，最重要的是看到一丝歉疚，如同当年村子里的男人抢吃他家青苗时的眼神。上官富贵心想，饿慌了的人吃几口你家的粮食，那不是他的错，再怎么说，活人比死人重要。于是，他叹了口气，走上去，小心翼翼地用脚尖将俘虏身边的冲锋枪踢得远一些，弯下腰，拽住他的一只手，用尽力气将他拖进了战壕里。

天黑了，严寒来了。上官富贵一屁股坐在俘虏对面，慢慢闭上眼睛。半夜里，魏大骡子过来推了他一把，发现这个经历过大灾大难九死一生穿着破烂军装的河南农民，死了。

皴黑的手脚

清晨，远处山坳里透出一股橙红色的光，但这光却没带来丝毫温暖，战壕里仿佛是一条冰冻的河床。高地下面，一小队美军士兵用竹竿挑着块白布，没带枪支，小心翼翼地向阵地深处走。魏大骡子向下望了望，用拳头砸了砸冰块一样的脚，吐了口唾沫，道，收尸的，让他们上来吧。他一瘸一拐地沿着坑道转，谁还低着头坐在地上，他就使劲推谁一把，如果那人抬起头，他就大吼，别坐着，小心冻死！如果那人一声不吭，僵硬地翻倒在地上，保持着原来的姿势，他就抹一把泪，道，抬到那边坑道里去吧，放在这儿碍手碍脚。

阵地上的美国士兵发现尸体上的皮靴子、棉手套，还有军大衣、棉帽子都不见了，死去的战友就这么没尊严地穿着衬衣内裤，有的还是赤裸着，躺在冰天雪地里。一个大个子美国人愤怒地向高地顶上伸出一根粗大的中指，吼叫着，法——克——油！魏大骡子伸长脖子望了望，不屑地说道，你们他妈的是饱汉子不知饿汉子饥啊！说完，他也向天空举起胳膊，学着美国人的样子，树起一根中指，大叫道，法——克——油！他不知道这话是什么意思，但肯定这是句骂人话。

愣了一会儿，魏大骡子转身道，趁着这工夫，咱们也把自己人埋了吧，虽然死了，到底还是在土里安生些。活着的人七手八脚把十几具尸体抬到了一处已经没人守卫的战壕里，战壕很浅，几乎被炮弹削平了。大家把魏大骡子找过去，吃不准是应该让尸首坐着埋在土里，还是躺着埋在土里，因为尸首全部是蜷着身体，冻得硬邦邦的。魏大骡子想了想，道，还是躺着吧，人都死了，应该歇息歇息了。这样，冻成一坨的战友们，被四脚朝天地并排摆在了浅浅的坑道里。然后，大家给他们盖上雪与土混合冻成的硬块，慢慢的，坑道被填平，成了一个个黑白相间的小包，只是这些小包上还露出半只脚或半只手。

魏大骡子阴沉沉地望着这些小包，说道，把他们的皮靴还有棉手套扒下来，还穿着单鞋子的，你们套上。大家犹豫着不想动手，魏大骡子看看自己脚上的单鞋子，第一个扒下了一只靴子，套在脚上，咧着嘴道，真他妈暖和！你们怎么还不动手？人活着比什么都重要！你们指望死人来守高地吗？快，动手扒！

活着的人有了皮靴和皮手套，回到了各自的战壕里。一阵阵干硬的寒风吹动着那些孤零零的小包，把一层层未盖严的雪土吹走。渐渐的，一只只脚和一只只手露了出来。这些手脚早已冻得发青发黑，有的已经腐烂，乌黑中透着红色的血肉，有的露出青白的骨头，后脚跟上的厚皮老茧如墙，一下子干裂到了红肉，像大旱时龟裂的田地。有的脚趾又长又弯，关节粗大，扭曲在一起，在长期行军中严重地变了形状。有的五指空握着，似乎生前抓着枪杆或手榴弹……

第三章　咏叹·饥寒

美国人远远地停下来，不再进攻，把高地上的人留给更可怕的敌人。他们缺衣少穿，却把每一次战斗变成一次收获，从对手那里获得物资。美国人看清了这一点，他们在想，高地上的那些人会从严寒里获得什么呢？严寒是绝对的，它只有对生命的否定，而没有一丝一毫给予。

天顶吹来的风像一把扫帚，一遍又一遍地拂动着钢针一样的雪与土，填满一道道裂隙、沟壑、伤痕，无声无息、轻描淡写，仿佛死亡是从未发生过的事一样。一个战士睁着眼，仰靠在战壕边，望着天空。雪粉哗哗地落在他的眼睛上、嘴上，以及裸露的伤口上。起初，雪片被热气消融，聚结在眼珠里，越凝越满，又慢慢流下来，好似泪珠一样。寒风继续吹动，雪土无边无际，任何生命都不能与之争锋。一阵风，又一阵风，雪片不再融化，渐渐将战士的身体覆盖，慢慢变成一个人形雪堆，最后连一个鼓包也不见了。

文书王尽美猛然间从梦中惊醒，脚尖上剧烈的疼痛不见了，感觉又麻木又舒服，仿佛脚尖那里是一片虚空。他艰难地翻了个身，浑身每个关节都仿佛冻住了，嘎巴嘎巴直响。他拼尽力量踹了几脚战壕墙壁，直到一丝一丝刺痛传来，才觉得这个世界真实起来。他知道，疼痛意味着生存，香甜预示着死亡。

手像柴火棒一样，明明想用力弯曲，却一点知觉也没有，好像不是自己的。王尽美把一只手伸到雪壳下面，扒出一只铁皮罐头盒。这牛肉罐头是前几天从美军尸体上找来的，早就吃完了，盒子底部还剩下一层薄薄的油脂。王尽美把口袋里最后一块玉米窝头搓碎，放在罐头盒里，小心地把油脂蹭下来。最后，他得到一颗核桃大小的玉米球。在他把玉米球拿出来时，罐头盒边缘锋利的刃口将手指划出一道很深的口子，可离奇的是，浑身的血液像凝固了一样，竟然一滴也未流出来，自然也感觉不到疼痛。

他饿吗？一点也不。胃就像屠宰过后的牲口内脏，给扔在了冬天里的石板上，冻得结结实实，又酸又苦，还有长久的，迟钝的疼痛，多一点吃食，少一点吃食都没法缓解它。浑身无力，懒懒的不想动弹，周身慢慢被一种甜丝丝的感觉所浸染。死亡可怕吗？无非是无所顾忌地沉浸在这种感觉中，不去管它罢了。高地如果是最后的墓场，也没有什么可痛苦的，只是在它还没有成为墓地之前，就必须待在这里。无处可去，也无家可归，也许过不了多久，就可以安然离去了。

玉米球像一颗蜡油味的药丸，吃下去，就可以多活一会儿，无所谓享受，也无所谓难忍。王尽美久久地打量了它一眼，小心地咬下半块，用牙床努力地嚼碎它，可它像沙子一样，一粒粒地粘在嗓子眼，粘在牙齿上，无法下咽。他又抓起一把雪，塞进嘴里，一时间满嘴麻木，待雪水慢慢融化，又几经用力，终于将这一口又冷又硬的玉米团咽进胃里，于是，腹部又传来一阵又沉又闷的疼痛。

不远处传来咔咔的响声。王尽美困惑地转过头，看到远处埋尸体的战壕里，一条瘦得皮包骨样的野狗正歪着头，咧出焦黄的牙齿，卖力地啃着露在外面的手指和脚掌。他不禁对这条顽强生存的野狗心生敬意，惺惺相惜地看着它。片刻，他抬起枪，瞄准了它。野狗咧着嘴，一边啃着骨头，一边警惕地盯着这边。王尽美的手一直在发抖，准星在野狗的周围乱晃。终于，野狗停了下来，机警地想了想，腰身一扭，瞬间便消失得无影无踪。

王尽美把枪放在一边，努力把背靠在战壕边，漠然地望着风雪中的灰色太阳。它在半空中，仿佛在纱一样的幕布上抖动。时间像把锯子，慢慢地，一下一下锯着骨头。它一动不动，仿佛只有永恒的寒冷。渐渐地，太阳在变暗，变成铜色，又变成铁灰色，最后变成黑色，像黑洞洞的枪口。王尽美闭上眼睛，世界的深处传来一声沉重的巨响。

幽　香

1937 年秋天，刚下过一场薄雨，南京城里潮湿而又阴冷。王尽美十三岁，他蹲在一棵梧桐树下，看着一只蚂蚁把一粒米搬进洞里。梧桐树翘起一片又一片很大的树皮，王尽美把它掰下来，放在鼻尖闻了闻，有股好闻的雨水的味道。接着，这雨水的味道之中又渗透出清淡的花香，好像一支刚从树枝上摘下来的花朵。他扭过头，看见一只小巧的红色皮鞋，一只笋一样的脚踝，然后是白色的绣着大牡丹花的厚旗袍，最后，是一张笑吟吟的脸。一只手伸到王尽美的鼻尖处，有个略带淡紫色且亮晶晶的声音传来道，小美弟弟，咱们走啦。这是一只微微散发着热气的手，周围又冷又静的空气在指尖穿过时，像一池寂静的水被撩动了一样，然后，又是一阵桂花糖的香甜味抚在脸上。王尽美伸出手，发现上面沾了不少泥，就有点自惭形秽。于是，一块叠得方方正正的粉色手绢来到眼前，像一片从天而降的红色枫叶。

秦淮河里的水涨了不少，轻轻地拍在湿淋淋的青石板上，显得又厚又重。天是青灰色的，好像父亲案头那块端溪老水岩砚堂的颜色。空气水蒙蒙的，扑在脸上、头发上，慢慢结成细小的水滴。王尽美仰起头，望着河对岸一排排水迹斑驳的粉墙，一张张黯淡模糊的木窗，有种浓得化不开的惆怅。这惆怅不是害怕，也不沉重，而是一种抑郁，一种可望而不可即的伤感。隔壁家的姐姐走在他一侧，沉迷地看着前方，手臂轻轻摇摆，指尖微微张开，一股又一股泛着羊脂玉一般的亮色，拨开沉重潮湿的空气，向四周围汹涌而出。

一个东西划过空气，落在水里，发出啪的一声响，有点类似于双手轻拍的声音，只是要比这声音强烈巨大一万倍。河水里激起一道苍白色的水柱，一时间满世界都仿佛落到水中一样，到处是水流、水滴、水花，密不透风，令人窒息。一只柔弱的手焦急地拉住王尽美，跑到河边的小巷子里。两人惊魂未定，背靠在湿漉漉的石墙上。隔壁家姐姐的头发上挂着水滴，几缕黑发贴在前额上，喘着气，关切地打量着王尽美。突然，两个人抱在一起，王尽美把头放在姐姐的胸前，感到她浑身发抖，心脏怦怦地跳。她的身体好似很幽深的泉水，又柔和，又清澈，飘着几片绿叶和花瓣，无声无息地流动，千年万年不变。一时间，王尽美特别伤心，觉得此时此刻的一切，正在落入时间的深渊里，一去不返，再也没有了。这凄美的颜色、柔弱的触觉、温婉的味道，还有水色的声音都将跌入到记忆里，世间再难有。姐姐流了泪，泪珠比河里溅出来的水滴更白更亮，还有些淡粉色的光晕，划过脸颊，滴落在王尽美的额头，流过鼻尖，越过嘴唇，滋润进他的嘴里，慢慢化开。

两人相视许久，直到周围人声骚动，才醒转过来。姐姐打开手中的小皮包，拿出一张不大的照片。相片里姐姐站在一座小石桥上，圆圆白白的脸，一只手搭在肩上，一只手里拾着一束梅花，有点害羞地望着远方。王尽美看得呆了，姐姐推了他一把，说，好好留着，照片在，姐姐就在。

上过一个小时的英文课，王尽美和姐姐站在门外。从美国来的神父站在暗红色的木门后，只露出半张脸，抿了抿嘴，道，明天你们就不要来了。姐姐问，您看我们能守住金陵吗？神父漠然道，不知道，主保佑你们，信主的人都将得救。说完，他在胸前画了十字。姐姐也学着他的样子，在胸前画了两下。

王尽美没有画十字，因为他对这个主还没什么感情，他想起了父亲。父亲有一间书房，整整两面墙是黑酸枝做的书架，并且摆满了书。那间屋子有种与众不同的味道，是木头的味道，又夹杂着清凉的香味，有时，案头的青瓷瓶里还会有几枝刚摘下的花朵，比如桂花、茶花、梅花，那房间里就会有好几天淡淡的幽香。

有一天，父亲的案头铺了一大张雪白的纸，纸上放着那块青紫色的石砚。父亲似乎很喜欢它，总将它放在视线之内，也经常用它磨墨。案头很高，王尽美的胸部刚刚与它平齐。这块砚很美，一周是深紫色，砚堂中间是很浓很重的青色，像黎明时的天色一样纯净广阔，而这青色中间，又有一大片淡白色的砚堂，间或一圈一圈的纹路，像水面的波纹。父亲往砚堂中间浇了几滴房檐下收集的雨水，拿出一块油亮的描金老墨，轻轻磨起来。一瞬间，一缕锋利的麝香、冰片味道传来，让人为之心头一震。墨块在砚石上慢慢滑动，像刀刃在猪油上游走一样，寂静无声，不急不躁，又稳如磐石。片刻，那几滴清水渐渐变黑发亮，像油一样稠。父亲又加了几滴雨水，心旷神怡地继续磨。

父亲道，墨是个好东西，写在纸上，几千几万年都不会变，前人叫它万古传真。说完，父亲小心翼翼地找开一只香樟木盒，取出一卷散发着浓郁樟脑味的手卷。父亲微笑着说，你看，这是宋人写的字，一千多年了，墨色还是这么栩栩如生，一笔一画纤毫毕现，仿佛昨天才写完一样。

父亲又道，来，你摸一摸这纸，和我们今天用的宣纸不一样！王尽美伸出手，刚才还在墙角挖蛐蛐，于是，那纸上就留下了一个泥黄色的指头印。王尽美以为父亲会生气，但他竟然开心地笑了笑，指着上面密密麻麻的朱红色印章，道，你知道这是些什么人吗？有皇帝，有大儒，有名臣，还有名将，都是历史上赫赫有名的人物，你小小年纪就在上面留下了痕迹，将来，还不知要费掉那些白胡子考据家们多少心血呢？哈哈。

父亲让王尽美坐在木椅子上，道，柳公权的楷书临得如何了？你来写几笔看看。王尽美战战兢兢地写了几个字，手有些抖。父亲看过，说，别看你的字丑，但用笔还真有些古人的味道，别贪玩，好好写下去吧。

父亲仔细地把王尽美的笔扶正，道，柳公权的字讲究一个骨，这骨可不得了，别看只是这么一笔，可它硬如钢铁，坚不可摧。唐代以来，中华民族世世代代习学楷书，这骨也千古相传，多少人为了它宁愿流血杀头也九死不悔。有骨才有中华，无骨便无中华。

红　夜

一只干硬的大手扯住王尽美的衣领，又一只手将他拦腰拎起，扔上了一辆卡车车厢。那人衣领上尖利的金属领花在王尽美的脸上划出一道浅浅的血痕。车厢板上铺满了鞋底掉下来的干土疙瘩，硌得他半天动弹不得。

小子，你过来，让我看看。

你多大了？

十三岁。

不小了，把这套衣服穿上，给我当勤务兵吧。

我不想当兵，我想回家。

日本人要是进了城，哪里还有家？

可是我父亲还不知道呢！

守住了南京，我让你回家见爹娘。记住，你现在是72军的人了。

王尽美战战兢兢地把一件衣领袖口油乎乎的草黄色军服套在身上，军服的后背处还有一片干涸的血迹和一根钉子大小的洞眼。几个浑身汗臭味的男人粗鲁地坐在他旁边，随着车子摇摇晃晃，简直要把他的身子骨挤碎了。刚才跟他说话的男人一直盯着他看，满脸灰黑，脸颊处有一道伤痕，显得白亮亮的眼珠子特别大。说也奇怪，王尽美刚才还很怕这个男人，怕他手里那把沾着黄泥的盒子枪，现在，他倒发现这男人眼里有种特别的温情，让你不知不觉地就想跟着他走。猛然间，男人对他笑了笑，眨了下眼，红红的厚嘴唇，白白的眼珠子，让人心里很踏实。

黄昏，长江水拍打着石岸，一片血红。王尽美挨着男人坐在刚挖好的战壕里，男人嘴里衔着一根草棍，望着夕阳，脸红彤彤的。

小子，还想跑吗？

……

我知道你想跑，可是，等炮弹落到你身边，炸死几个人，尿了裤子，你就不想跑了。

为什么？

穿上这身黄皮，肩上有了几颗银花，你就会发现，阵地没了，你到哪里都一样，和没了家的狗差不多。

……

想一想，鬼子若是从这里过去了，南京城会是个什么样子？

……

小子，给我记住，我活着，你不许跑，要跑我枪毙你。我死了，你马上跑，但不要进城找你爹娘，要往长江里游，游到对岸去，或许能留条命。

……

王尽美的记忆，停止在了第一发炮弹落在不远处的那一刻。似乎有嚎叫声，似乎有身体断成两截的印象，但都不太清晰。是刺刀刺在大腿上的疼痛把他从无知无觉中唤醒。阵地上到处是尸体，一个日本兵提着刺刀，在每个尸体上戳上一下，如果这个尸体动了，就再往它的腹部、颈部戳上一下、两下、三下，直到这个尸体真的死了。王尽美一动不敢动，尽管大腿剧痛，但他庆幸日本人没有发现他，使得这剧痛简直成了一种喜悦。他眯着眼，看见男人站在不远处，还有几个老兵，由日本兵押着，眼光无神地望着战壕这边。

许久，阵地上每个尸体都被重新杀了一遍，一个日本军官吹了哨子。一小队日本兵押着六个战俘，向城里走。王尽美觉得男人似乎看见了他还活着，并且对他眨了眨眼，像是在向他道别。他突然爬了起来，一瘸一拐地追上了队伍，这下，六个俘虏变成了七个。

日本兵不可理喻地看了他一眼，一挥刺刀，让他站在了队尾。男人转过身，他的一条胳膊给炸断了，他用另一只手给了王尽美一个大耳光，道，我不是让你往对岸游吗？王尽美骄傲地望着男人，说，我要一直跟着你！

路边，有无数个大坑，有人正往坑里填土，里面是一片白花花的尸体。王尽美看见一长溜老百姓被铁丝穿着肩胛骨，有气无力地走在江边，他们前面的江水隐隐已变成浓红色。连王尽美都猜到日本人要干什么，可这些老百姓仍然顺从地向前走，或许他们需要一个谎言以维系侥幸活命的幻想，而日本人适逢其时地给了他们这样的谎言。

俘虏经过中华门时，太阳正在紫金山的山腰，像鸡蛋黄一样浓稠黏软，颤颤巍巍，似乎随时都要破掉，又像一个刚刚剪断脐带的婴儿，浑身是血，脆弱无助。阳光仿佛是某种液体，从山上倾泻下来，把世间的万事万物都染成了血红色，波涛汹涌，响声震天。

王尽美排在俘虏的队尾，走在街中央。街两边的门窗都打开着，像戏台上的包房一样，只是这一回，演员在包房里演戏，看客在舞台上看戏。有个日本兵揪住一个白发长衫老人，把他甩在街边，对着他的后脑来了一枪。一扇木窗被踹开，有个襁褓中的婴儿从二楼扔了下来，那哭泣声像只红嘴的小鸟，只叫了一下，便悄无声息。接着，一个浑身赤裸的少妇与日本兵扭打着冲到窗前，疯狂地抓破了日本兵的脸。那张脸突然扭曲得像河蚌肉，抓住女人的腰，将她从窗子里推出来。砰的一声，女人摔死在青石板铺的路上，血灌满了一道道石缝。有三五个破衣烂衫的男人战战兢兢地低头走在街边，生怕成为被注意的对象。突然，一个情绪激动的日本兵冲过来，先是开枪打倒了几个人，又嫌拉枪栓的速度太慢，干脆用刺刀将那些人刺死在街头。日本兵得到了极大的满足，哈哈大笑，摇摇摆摆地回到了队伍里去。

枪炮声、惨叫声、哈哈大笑声、门窗相撞声、尸体倒地声，细细听去，还有刺刀割破皮肤的声音，血液从高处滴落在青石板上的声音，垂死者呻吟的声音，烈火烧炙房屋的声音，所有人世间很难听到的声音，都在此刻怪诞地一齐响起，扯碎了听众们的神经。

日本兵把刺刀一横，俘虏队伍停了下来。军官拔出手枪，来到王尽美的身后。一支硬硬的枪管点在他的后脑勺上，点了一下，又使劲点了一下。王尽美死死闭着眼睛，等待着一颗子弹撕开他的头盖骨，像勺子一样舀出他的脑浆。谁知，就在他把注意力集中在脑袋上的时候，却又发现两腿之间，以至于大腿以下全都又热又湿。

接着，身后传来哈哈大笑，身边猛然传来枪响，离耳朵如此之近，使得王尽美久久听不见声音。站在旁边的老兵李大个子倒下了，像只装满大米的口袋，既无征兆，又力量巨大，差点把王尽美也带倒在地。他一直闭着眼睛，一声接一声微弱的枪响，穿过嗡嗡作响的耳鼓，传到他的脑子里。不知响了几下，有人使劲推了他一把。王尽美睁开眼，发现日本人每隔一个人开了一枪，现在，只剩下四个俘虏了。

路前方，有二十几个日本兵围成了一圈，兴奋地大叫着，好似看着什么有趣的事情。这情形，有点像赶庙会时，一大群人在看西洋景，也有点像过年时，村子里的小孩们聚在屠户的院子中央，看他杀掉一头白猪。

走了几步路，王尽美听见日本兵围成的圈子里传出女人的哭叫声。那是年轻女人的声音，像隔壁家的姐姐一样。然后，是日本兵一浪高过一浪的叫喊和狂笑声，像是为一个卖力地进行杂耍表演的猴子叫好似的。女人的哭叫变成了喊叫，又变成了尖叫，最后变成了惨叫。后来，就不太像个女人的声音，而像是什么垂死的兽类的声音。

当王尽美走近的时候，嘶叫声戛然而止，兴致勃勃的日本兵一哄而散，像是杂耍演完了，又有点意犹未尽。一个年轻的姐姐仰面躺在泥地里，眼睛像死鱼一样瞪着灰白的天空，撕碎的衣服扔在一边。能看得出，她的身体很白，但由于刚才在地上翻滚，浑身沾满了湿泥。她的两腿之间插着一根烧火棍，一摊暗红色的血慢慢流出来，聚成一洼。

王尽美呆住了。这时，日本军官不耐烦地叫了一声，日本兵又横起了刺刀。于是，剩下的四个人站成了一排。王尽美闭上了眼睛。

第一声枪响了，然后是麻袋落地的声音。第二声，第三声枪响了，又是麻袋落地的声音。王尽美数着，看来，这回日本人不是隔一个开一枪，而是要把四个全都枪毙。一只手枪枪管又一次重重地砸在王尽美的后脑勺上。王尽美听到了手枪扳机撞击的声音，于是，他等着子弹从枪管里飞出来，烧焦他的头发，撞开的脑壳，溅飞他的脑浆，打碎他的脸，彻底结束他的恐惧。但那清脆的声音过后，却什么也没发生，手枪里没子弹了。军官哈哈大笑，拍着王尽美的肩。王尽美回头望了望，后面留了三具尸体。他明白了，杀人是不讲什么规则的。

前面，有一堆尸体叠在一起。日本军官把一颗很冷很重的铁家伙挂在王尽美的后脖领子上，然后重重地推了他一把，用生硬的汉语道，向前走！王尽美听到一个很清晰的金属相撞声，还有火药燃烧的嗤嗤声。他麻木地向前走，等待着那抹去一切的黑暗到来。走过几步，世界似乎更亮了，也更美了，很怪异，有点不可思议，无论什么声响、什么疼痛都没有到来。他又向前走了几步，铁家伙依然撞击着后背，很痛，可世界依然有颜色，有声响。于是，他试着加速跑了几步，周遭依然如常。王尽美下定决心，扔掉后背上的铁家伙，奋力奔跑起来。各种恐怖的景象被抛在后面，也没有鬼怪一样的人来追他，他满心惊喜，两耳是呼呼的风声……

黑　笑

夜半，暗蓝色的天空里挂着一轮血红色的月亮，边沿似乎在凝结着什么浓稠的暗红色汁液，一滴接一滴地从天上滴下来。小巷子里的石板路泛着红光，又湿又滑，一旦跌倒了，就会沾上浑身腐蚀性的黏液，带来剧痛。

王尽美小心翼翼地经过隔壁姐姐家的小院门口，里面有浓绿色的灯光，但悄无声息。月光照耀下的地面是紫色的，靠近门槛的地方，倒着一只小巧的红色皮鞋。王尽美慢慢移动身体，接着看到一只笋白色的脚，然后是光裸的纤细小腿。他慌忙闭上眼，跑向自己家的小院子。

院子里横七竖八地躺着尸体，来不及辨认，到处流动着散发着刺鼻酸味的液体，有一只黑色的猫静静地蹲在窗户上，瞪着红色的眼睛，轻轻地叫了一声。父亲趴在宽大的书桌上，身下边铺了一大张雪白的宣纸，上面流满了鲜红色的血，并且正在慢慢向外洇散，形成一个古怪的形状。那只樟木盒打开着，空空如也，系盒子的金色丝带垂在半空，微微飘动。

此刻，万籁俱寂，王尽美不知该去哪里。他特别害怕，于是就像从前那样，钻进父亲的书桌下面，从一道道木板缝中窥视着外面的世界。头顶上一滴滴血流下来，砸在眼前的砖地上，一些更细小的血珠溅在了他的额上、鼻尖上、眼睛里。

所有的一切，尤其是头顶上父亲的尸体，隔壁家姐姐的尸体，还有院子里各式各样惨死的尸体，都格外清晰，折射着光怪陆离的光线。紫色的月光把院子里老槐树的树枝投射在地上，仿佛一个体态残缺的怪物走进屋子里。王尽美屏住呼吸，胆战心惊地倾听着周围各种细小的声音，有微风正抚过房檐的枯草尖，一张破报纸在门厅里随风翻滚，一只蜘蛛从厨房的角落里慢慢吐丝向下爬，院子里某一具尸体的血似乎还没流净，伤口血管里发出汩汩的声音。

王尽美浑身僵硬，每一根神经都敏锐万分。猛然间，他觉得脸颊上有个毛茸茸的东西轻轻抚了一下。他惊恐地转过眼，有个比黑夜还要浓黑的脸正看着他，离他的鼻尖仅有一寸距离。一双焦黄色的眼珠特别亮，透过琥珀色的晶体，看得见绿色的神经，还有深不见底的瞳孔。突然，一张厚厚的红嘴唇张开，发出类似于打嗝的声音，只是这声音连续不断，特别大，又特别尖利。然后，这张脸开始剧烈地颤动，露出狂笑的神情，又是寒光一闪，有刀刃相碰的声音传来。这回，十三岁的王尽美的记忆彻底中断了……

道　别

砰的一声枪响，掠过苍茫的雪野，与耀眼的太阳光一道，刺入王尽美的脑海里。他睁开眼，看到周围的战友们趴在战壕上，美国人开始冲锋了。他也挣扎着想站起来，发现腰部以下失去了知觉。于是，他让自己坐得更高一点，尽管看不到高地下面，至少可以看到头顶的一大片天空。趁着美国人还没冲到眼前，他从雪地里拾起几粒子弹，又用双手爬了几米，寻了三五颗手榴弹回来，虽然不多，但也足够。等美国人上来了，你用得上的，可能也就是几粒子弹，拳头，还有牙齿，仅此而已，你的身体就是最后一道屏障。

王尽美抬起枪管，对着天空，头安静地靠在战壕墙上。一个美国兵从头顶上越过，他开了一枪，于是这个美国兵重重地摔了下来，轰的一声倒在他身边。美国兵抽搐着，低声呻吟，王尽美扭头看着他，看见他没有爬起来搏斗的意图，便又安静地头靠战壕墙，费力地拉动枪栓，上了一颗子弹。不远处，有个美国兵正和重机枪手扭在一起，王尽美稍稍偏了偏枪口，一发子弹击穿了美国兵的头盔。王尽美喘了口气，拉动枪栓，发现自己的力气越来越小，似乎很难拉得开它了。

打死了第三个美国兵之后，他觉得自己的死期可能到了，因为按照以往的经验，杀死三个敌人之后自己还能完好无损，这是不可思议的。况且，腰部以下没了知觉，意味着这个皮囊也坏掉了，无论如何是活不成了。王尽美打开手榴弹的拉环，套在小手指上，另一只手抬着枪，让枪口对着上方，如果再有一个美国人撞到枪口上，那说明他的运气实在是太糟了。

王尽美出奇的平静，打量着倒在身旁的几具尸体。他发现，他其实并不恨他们。他很熟悉他们的军服，因为美国人的军服和当年保卫南京城的那群男人们穿的军服是一样的，自己也穿过，并认为穿着这身军服的人都是可尊敬，可信赖的人。虽然南京城丢了，但那不是他们的错。更何况，在与日本人的战争的最后几年，他还穿着这样一身军服，和美国人并肩战斗过，那群美国军人真是好样的。可是，让美国人的皮靴踩在这座高地上，这是不可想象的事情，如果那样，身后就是另一座南京城。高地就是一切，也在一切一切之中划出了一道界线，没有什么道理可言。

一个美国兵发现了王尽美，一支刺刀同时刺穿了王尽美的胸膛，他也开了枪。原本也没有疼痛与恐惧，此时，便更加没有。在刺刀尖越过薄薄的布片，拨开汗毛，割开脆弱的皮肉，直抵跳动的心脏的时候，王尽美感到一阵沉闷，喘不过气来。恍惚之间，他看见白色的天空里，有一张巨大的黑脸，突然狂笑起来，笑得风起云涌，山川动摇。但这黑笑一瞬即逝，消失得无影无踪。此刻，王尽美感到突然解脱了。他本来就不相信那个神父说的，主能拯救他。想来想去，还是父亲说的更有道理。父亲曾说，中华民族等待的是天命，是四季轮回，苦难过后，苍生终将获得幸福。

王尽美仰望天空，天际越来越透明。他忽然着急地把手伸到胸膛处，摸出一张泛黄的照片。隔壁家的姐姐依然是十七岁的样子，美丽如初。他多么想回到许多年前，在下雨的小巷子里与姐姐拥抱的那一刻。可是，眼睛是世上最大的幕布，黑暗袭来，一切跌进了没有时间、空间，且永恒静止的深渊。

第四章　华彩·子弹穿过肉身

三辆坦克呈楔形，从高地下的公路驶来，缓缓地转了个大弯，炮口对着高地，然后发动机发出更加沉重的声音，后部冒出浓浓的黑烟，向高地上方开进。锈涩的钢铁履带在冬季干冷的空气中笨重地摩擦撕扯，把干燥的地面压成坚硬的凹坑，突出的铁尖深深抓进泥土中，一条条糨糊状的雪泥从履带缝隙中挤出来。

坦克缓慢停止，炮膛发出嘎嘎声，逐渐上仰，又微微地左右转动瞄准。嗵的一声，三辆坦克齐射，在狭小的高地上掀出三个深坑。上面一片寂静，仿佛不曾有过人一样。停歇片刻，坦克稍稍降低炮口，重新加大马力，向后顿了顿，又重新向高地顶部爬行。一百多名美国军人低腰举枪，跟在坦克后面，死死地盯着高地上的战壕，他们不相信那里的中国人都已经死了。高地忍受着炮弹的犁翻，安静如常，就像一个死去的人的尸体，任凭刺刀在上面戮割。在半腰处，坦克放慢了速度，加剧的坡度，使得它的爬行越来越吃力。此时，高地上有子弹飞过来，一粒粒打在坦克装甲钢板上，发出微弱的火花。与钢板相比，子弹像指甲一样，仅能刮掉了上面的绿漆，便如同泥巴一样掉在雪里，冒出一丝青烟，冷却，仿佛铜做的花瓣，铅做的花蕊。

一个仅穿单裤、赤裸着肮脏上身的身躯，从正面向坦克冲去，像一条鱼，拼命冲过即将合拢的黑色闸门。他腰间两束手榴弹冒着滚滚浓烟，预示着死亡的到来。坦克高射机枪慌忙扫射，十点零五毫米机枪子弹，在一股气浪推动下，砰地冲出枪膛。子弹发红发烫，脱离了白雾，钻进寒冷的空气里。流线型的弹身像鲨鱼鳍，强有力地将空气向两边推，在尾部形成一团真空，使它飞得更快。

子弹的前方，是一块上下晃动的肉色赤裸胸膛，无遮无拦，脆弱无依，仿佛鹰嘴前的鲜肉。转眼间，子弹的尖部撞进松软的皮肉，像插进肥沃土地的犁头。血管、肌肉、骨骼被强大的气流撕开，成了七零八落的碎片，比沙子还要细，四散飞溅，形成一条血色深洞。子弹继续向深处钻，遇到一颗强壮的，跳动的心脏，一股接一股的血流，正从这里被挤压到全身各部。仅一瞬间，红亮的子弹便从一侧心房穿了过去。弹头留下了千钧力量，当它们被锁在铜皮包着的铅丸里时，还只是狰狞的鬼脸，一旦碰见了血肉，便失去了束缚，如同敞开的潘多拉的盒子。它们彻底撕咬扯碎了心脏的筋肉，所到之处，只留下一团粥一样的血浆。

子弹从黑瘦的后背穿出，尾部巨大的真空仿佛强有力的诱惑，使得碗口大的血肉脱离了身躯的约束，发了疯似的涌进了真空地带。这团血肉就像从深海来到海面的鱼，每个细胞都不再承受海水的巨大压强，便在稀薄的空气中炸裂了。躯体的后背上鲜血喷溅，子弹从模糊的血雾中钻出，把死亡的热力留在了躯体里，然后消失得无影无踪。

身躯失掉了向前奔跑的力量，动作僵固着，跌倒在地。接着，响起两声轰天巨响，雪地上留下了大坑，还有散落的雪与土。有关这个躯体的东西被抹得一干二净，没有血迹，没有碎肉，没有牙齿，仿佛这不是一个有温度的血肉生命留下的痕迹。寒风凛冽，世界依然冰冷。

又一个年轻的身躯脱下宝贵的棉衣、棉帽，扔在一边。他拿起两捆手榴弹，对身旁的排长说，如果我活着回来，就重新穿上它，如果回不来，就留给其他的战友穿。

这个半赤裸的消瘦身体从战壕里冲出来。这一回，他没有沿着一条可预测的直线前进，而是如同一只狡猾的野猫，向东窜一下，又向西窜一下，坦克上机枪准星总也瞄不准他的身影。

坦克继续笨重地向前，离高地的前沿战壕越来越近。那个年轻身躯的后背上，溅起一枚巨大的血花。他扑倒在地，无声无息。在履带即将碾过肉身的那一刻，年轻人拉响了手榴弹。片刻之后，那只庞大的钢铁怪物仿佛打了一个饱嗝，浑身一颤，履带掉落下来。接着，又是更巨大的一颤，它肚子里的炮弹被引爆，炮塔像一只风筝，瞬间被拉到空中，翻了几个个，向山下滚落。一个浑身着火的驾驶员，大叫着，从令人窒息的铁屋子里爬出来，挣扎了几下，死在了雪地上。

巨大的惯性仍旧发挥着作用，坦克又向前颠簸了几米，在雪地上留下了两道深深的沟壑。在其中一道沟壑里，是一条压得扁平的土黄色单军裤，嵌进雪地。然后，是一个人形的血肉痕迹，把白雪染红，把黄土染黑。在茫茫雪原上，仿佛一个人趴在那里，看不清面目，辨不清四肢，但你知道那是一个人。

怜　爱

魏大骡子坐在空弹药箱上，一只眼瞎了，扎着绷带，垂着头，久久地盯着地面。他掏出一块巴掌大的玉米饼，用手托着，咬下一大口，又连忙把碎渣倒进嘴里，然后又抓起一把干净的雪，往嘴里塞。还剩下一口的时候，他迟疑了一下，将这小块饼子小心地放回兜里，用手拍了拍。他看了看站在旁边的两个排长，突然大吼起来。

你们怎么能让新兵去炸坦克？你们他妈的是人养的吗？

……

让你们当排长，当班长，不是让你们去当大爷，叫那些狗屁不懂的新兵蛋子去送死。谁规定危险的事来了，连长、排长、班长就可以往一边站了？到了该豁出命的时候，你们要第一个上！副班长没了班长上，班长没了排长上，你们没了，我和指导员上，这个绝不含糊！

……

三排长怎么还不过来？

三排长炸坦克死了。

……

三排一班长代理三排长。

一班长也死了。

……

那二班长代理三排长。

连长，三排现在就剩下兵了。

……

操（抹了把泪），快轮到我了。

……

现在全连还剩下多少人？

上高地时一百五十六人，现在三十八人，其中重伤六人，俘虏一人。

那个美国佬还没死呢？

没死呢，洋人身体壮，抗冻。

把他和重伤员一起照顾着吧，既然还活着，就不能让他死喽。

连长，实在是没有吃的了。

咱们有一口吃的，就得给他一口，你忍心把一个大活人给饿死？

……

高地后面的山间小路上，慢慢走来几十人的小队伍。上了高地，可以看清楚，他们军装整齐，面容干净，神色镇定，每个人的肩上还扛了很重的粮食袋。魏大骡子一瘸一拐地走过去，用独眼一个接一个打量着这些新补充上来的人，眼光恶狠狠的，仿佛要检验一下他们的胆量怎么样。他从队伍头上看到队伍尾巴，发现了一个娃娃。他走上前去，使劲捏了捏娃娃的脸，一言未发，转身回到队伍正前方。

现在，你们最想知道的，就是这个高地还要守多久。说句实话，我也不知

 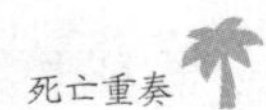

道。123 师一天没到，我们就得守一天，十天没到就守十天，直到翘辫子了为止。所以大家来了，就不要想回去的事。高地还在手里，这就是大家最后的活路，除此之外，我们没有活路！

……

嘿嘿，怎么样，这回大家心里踏实了吗？

……

一排二排各领走一个班，剩下的都给三排。一排长，你那儿还有没有班长？到三排去，把队伍带起来！

……

好了，大家各就各位吧！

对了，队尾那个小不点，你过来！

多大了？

十四岁。

怕死吗？

不怕死。

扯鸡巴蛋，是人就没有不怕死的。一会儿啊，你肯定尿裤子。不过没事，没人笑话你，等鬼子跑了，你的裤子也干了。那时，你就不怕了。

小东西，你们怎么还都穿着单衣服啊？

团长也穿着单衣服呢。

穿单衣服能他妈打仗吗？

我们来的时候，军需股长说你们这边有。

我操！哪天让我看见那个什么屌股长，先崩了他。

小东西，你就留在我这吧，给我当通信员，记住，炮弹来了，你就躲在我屁股后边，哪儿也不许去！明白了没有？

明白了。

你把我这件棉大衣穿上吧，还有这钢盔，美国鬼子身上扒下来的，暖和。

我不穿。我穿了，你穿啥？

你别管我，我到那边埋死人的地方再扒一件回来。实在没有，待会儿打一仗就有了。

独　白

几辆毁掉的坦克扔在雪地里，冒着烟，一股股看不见的火苗从钢铁间的缝隙里钻出来，使光线产生了折射，从这里看过去，一切都在飘动，不太真实。太阳像生的鸡蛋黄浆液，颤颤巍巍，稀稀溜溜的，在发黑的硝烟之中落下去。天空与群山之间，是一线寒冷的冰蓝色，像宝石一样纯净、凝重。渐渐地，天空变淡，变乌，最后彻底无光。

魏大骡子坐在战壕里，穿着件刚从一个死去的美国人身上脱下来的棉大衣，还有一双棉皮靴，感到很舒服。他把大衣的领子竖起来，裹住脖子还有脸，隐隐闻到一股这件衣服旧主人的味道，有点羊膻味，似乎还有点香味，反正不是中国人的味道。他在想，曾穿着这件衣服的可怜家伙，此刻正赤裸着上身，躺在不远处的雪地里呢。唉，这仗打的，真他娘的不像话。伙计，你别生气，反正你也不会觉得冷，忍一个晚上，明天一早，你的战友就把你接回去了。

他把两手插进棉大衣的兜子里，发现里面还有东西。一只口袋里装了半包香烟和一只很漂亮的银壳打火机。另一只口袋里装了只扁铝壶，摇一摇，里面还有液体，肯定是酒。魏大骡子连忙拧开盖子，往嘴里倒了一口。带点松油子味的酒，顺着嗓子流到肚子里，使得胸口一下子暖洋洋的，舌头尖甜甜的。那感觉，真是无法用语言形容，如果非要说点什么，娶十个老婆也不过如此吧。

魏大骡子珍惜地把扁铝壶放回口袋，抽出一支香烟，点上，吸了一口，又咳嗽了几声，愤愤不平地往雪地里吐了一口痰。他端详着烟盒上印的那只骆驼，不知这是个什么古怪的动物，背上还长着两个包，也不知它生活在什么鬼地方，那里好像很热的样子。

内衣兜里还有东西，一个小本本，还有一只铜壳的折叠小圆镜子。黑皮小本本上全是外国文字，看不懂，封面上烫着一个金色的小十字，魏大骡子把它扔在身边的弹药箱里。他又用指甲撬开小圆镜子，发现它一面是镜子，另一面是张照片。两个大人，一男一女，抱着一个初生的婴儿。这婴儿头发很淡，肯定不是黑色的，脸胖嘟嘟的，圆圆的大眼睛，和中国的小孩子不一样。那个女人很好看，很健壮，像头母马一样健壮，肩宽宽的，胸脯鼓鼓，领口和袖子镶着许多带皱褶的花边，看起来很洋气。

那个男的，想必就是现在躺在雪地里的可怜伙计了。打仗的时候没时间认真看他们，现在仔细瞧一瞧，倒也很俊的样子，宽宽的下巴，一缕淡色的头发垂在前额，分明是个年轻的后生。现在呢，嘴大张着，眼睛瞪着，面孔扭曲，满脸盖着雪沫和尘土，炸飞了一条胳膊，肚子上还有个血窟窿，裤腿脏兮兮的，碎成一条一条，比个叫花子还不如。

你说你来这里干什么？你在家里不是过得好好的吗？这里穷乡僻壤，需要你这么个健健康康，白白嫩嫩的小伙儿来送死吗？你们飞机撒的传单我都看过，无非是几个长得妖艳的娘们儿？可你们不明白，我们现在不需要娘们儿，就是需要娘们儿也不需要这样的娘们儿。你们不懂我们，你们不知道我们想要什么，你们以为有了飞机大炮，有了肉罐头，你们就比我们强，就能打垮我们，就能得了我们的心。你们这回可错了，错得不是一点半点。

你问我们想要什么？肉罐头当然好，可是我们吃不惯，吃多了还恶心。我们吃着自己从地里种出来的谷子，嚼着玉米饼子就觉得很好，吃多少也不伤胃。风骚的娘们儿当然好，可她们能养得住吗？她们是我们这些穷苦人家的媳妇吗？你们说要给我们带来好生活，这话我爷爷的爷爷那辈儿人就把耳朵听出茧子喽。英国人往中国卖烟土，八国联军火烧皇家园子，日本小鬼子血洗南京城，哪一次不是嘴上挂着蜜一样的话儿？又哪一次不是刺刀见红，老百姓遭了大罪？别再跟我们说这些了，我们听够了，想吐了。我们自己的地，知道该怎么种，要种也是我们自己种。我们自己的女人，知道该怎么养，要养也是我们自己养，你说是不是这个道理呢？

魏大骡子闭上眼，向天空哈了一口酒气，小声道，所以呢，这一仗你们打不赢。

别问我名字

小东西，你过来，跟我唠会儿磕儿。

来，喝口这个，洋酒，暖和暖和。呵呵，没喝过酒？

……

我来问你，在这里什么最重要？

不让鬼子上来最重要。

屁话！保住你这条小命最重要！粮食、子弹、手榴弹没了，还可以运过来，命没了，可就什么都没了。什么是老兵？能拿一颗子弹换条命的，咱就不用两颗，能拿子弹换的，咱就不用手榴弹换；能拿手榴弹换的，咱就不拿自己的命来换。这才是老兵！这不叫怕死，咱们要活下来，要想方设法活到最后，懂吗？

……

都是爹妈生的，都是血肉之躯，谁他妈愿意死啊？有时我就在想，拼死拼活守这么一个鸟高地，这么一个兔子不拉屎的地方，到底是为什么？一个连的人都他妈打光了，死得比一只老鼠还容易。如果过几十年我这条贱命还在，让我再来找这个高地，都不一定能找得着，这到底值得吗？

……

那你说我为啥？我也没想明白。但你让我投降，这事我不干，刀架在我脖子上我也不干。如果谁想投降，那他就去问问咱们连那些已经死了的人，那些光着身子埋在雪窝子里的人，问问他们干不干？我是连长，他们都没投降，我怎么敢投降？死了之后，我怎么去见他们？

……

所以有时我琢磨啊，不要总想为了什么，不为什么，死和这些东西没什么太大关系。我都这个屌样子了，破衣烂衫像条野狗一样，我有那么怕死么？我用得着讲出个一二三四，才能放心蹬腿儿吗？用不着。我就一个念头，我祖辈上逃荒逃了几代人，饿死冻死没数，今天我魏大骡子不跑了。我站在高地上，那鬼子就别想站在这儿。我倒是要和他们比一比，到底谁的命更硬！

……

小东西，你在听吗？可别闭上眼睛啊！来，再喝一口洋酒。

……

对了，小东西，你叫什么？算了，别说了，反正也记不住。

连长，我发现个事儿。

你说吧。

我发现你从来不问我们的名字，也很少跟我们说话，要么就叫什么不长眼、大脑袋、小东西、穿错鞋……其实我有名字的，我叫……

别说了，我不想听。

为，为什么呀？

这阵地守了七天，像你们这样的新兵补了四茬。今天晚上四五十人上了高地，明天上午一顿轰炸，也就剩下十几个人。有的今晚还是大活人，明早就埋了。刚开始时，我还记着他们的名字，可几茬人一换下来，我就记不住了。其实，我就是能记住，我也不记了，心里不好受啊！

怕吗？

不怕。

所以说呢，你别问我名字，我也不问你名字，省得到时揪心。

……

你别看这雪山雪谷横尸遍地，破破烂烂，要多磕碜，有多磕碜。可是明年春天一来，这坦克周围就会长起一人多高的草，我们这些尸首也都要烂成了浆水，渗进土地。到处开着红红黄黄的野花，谁还会想到这里打过恶仗呢？

……

可我不后悔，坦荡而来，坦荡而去，别人记不记得我，又有什么好挂心的呢？

安　魂

铁钉子，腿还疼吗？

指导员，腿都没了，早不疼了。现在是肚子冷，拔凉拔凉的。

那是饿了，来，我这有炒面，我喂你吃几口。坚持住，123 师一来，咱们就可以撤了。你千万别闭上眼睛啊，一闭上可再难睁开了。

咳，咳，咳。指导员，别往我嘴里填炒面了，像砂纸一样，锯得嗓子疼啊！有热乎的水吗？喝一口也行！

你别忙，我把水壶给你捂一捂，等会儿咱再喝。要不，咱俩先聊天，有话儿说就不犯困了。

对了，铁钉子，我家是山东的，你知道我们那儿什么最好吃不？

饺子，好吃不过饺子。

饺子当然好吃，可是啊，我觉得，葱花油饼比饺子更好吃。我给你讲讲这葱花油饼是怎么烙出来的啊。山东大葱有手腕粗，咬一口，甜的！你把这葱白切成花儿，要切得细细的，你就能闻到那刀刃上面，有股香味辣味。然后呢，往小盆里倒上一碗白面，用滚烫的开水烫一下，叫烫面，这样发出来的面才又松又软！

……

这时，锅烧热了，你放上厚厚一层油，猪大油当然最好，烙出来的饼有肉味。油滚了，你撒上葱花，别耽误时间，一闻到葱花味出来了，马上把白面饼放上面。呵呵，白面饼就像打了气一样，鼓出一个一个小泡，过一会儿，小泡瘪了，破了，面香味就出来了。

……

再过上一会儿，葱花给油炸得金黄金黄的，亮亮的，贴在油饼上。油饼呢，稍稍让它烤煳那么一点点，有点煳巴味，那最香了。

指导员，咱歇会儿，让我先好好咽咽口水，好悬呛着了肺管子。我这皮囊啊，现在像只破灯笼，有阵风就能给吹漏喽。

……

你们干啥呢，这口水咽得稀溜稀溜的？

魏连长来了，正好，你给大家讲一讲黑龙江那块儿有什么好吃的。

哈哈，好啊好啊！我老家啊，有一种大黑猪，头头都壮实，二百来斤吧！

到过年时，杀一头，再接一盆血，把猪大肠洗干净了，做二十斤血肠。接下来呢，再来十斤五花肉，切成大肥肉片子。这些个东西，就能做白肉汆酸菜，外加大蒜拌血肠！猪头呢，放大锅里一烀，整个的，等熟了之后，猪鼻子、猪耳朵、猪舌头，一样一样切好，码盘子里，蘸蒜酱、韭菜花吃。

……

那边冬天下了雪，把门堵得死死的，推都推不开。推不开咱就不推，往热炕头上这么一坐，一洗脸盆炖酸菜，一洗脸盆杀猪菜，再来一盘子猪头肉，就一斤高粱烧，喝得晕头转向的，那他妈日子过的，让我到哈尔滨当皇帝我都不去！

连长，你喝醉了打老婆不？

老婆？我哪来的老婆啊？再说那边的老娘们是好惹的？一个个比男人都他妈壮，火了敢拿菜刀砍你。

哈哈哈！

……

小东西，你家是四川的，你来讲一讲。

我们家那边到了冬天要熏腊肉，就是用泥巴拢成一个窑，把上好的猪肉切成一大条，一大条的，挂在土窑里。有五花肉，有猪排骨，有猪脚、猪尾巴，还有熏鸡鸭什么的。不用普通的木头熏，要用山上的老松枝，最好是那种带了许多松油的。这样熏过的肉，带着股松香味，晾上几个月就可以吃了。

……

用香葱一炒，加上麻椒，厚厚地撒上一层辣子，香得很呢！

……

停会儿，停会儿，我的口水流到地上了。

我的肚子又开始冒酸水了。

听你这一说，我都睡不着觉了。

……

大家别说了，铁钉子走了。

第五章　柔板·夜空下

午夜时分，你睁开眼，望着清冷的夜空，还有压在头顶上密密麻麻的星河。心中有一丝惶恐，仿佛把你从一切人世间的牵绊中剥离出来。你意识到，此时此刻，只有你自己在这里。

茫茫的夜空里吹来大风，像透明的巨鸟，从东飞到西，又从西飞到东。你看不到它的形迹，但能感到它的翅膀扫过大地时，留下的呼啸声。宇宙太大了，而你又太小，在这呼呼的风声中，你像一片刚刚从某本书上撕下来的纸屑，随风飘摇，不知去向。

于是，你翻了个身，俯卧在大地上，闭上眼睛，那种眩晕的感觉略有好转。一丝枯草的潮湿味道飘进鼻孔，从这味道里，你可以辨别出泥土、树根、青草、河水、游鱼、奔马等等世间万事万物，你可以闻到尸体、血腥、凶残的味道，当然，你也能在这土地之下找到仁慈、宽恕、友爱等等人世间可珍贵的一切一切。你发现，在这土地里，所有的东西都可感可知，触手可及，可以作为你依伴的对象，你会恨它，也会爱它，但你须臾不能离开它。你从这里来，也终要回到这里，它就是你，你也就是它。

有一枚生锈的子弹硌到了你的身体，你知道它在那里，但你不想去碰它。冬天离去，春天到来，土地上的万事万物会不停生长，而那枚子弹，会安睡在泥土里，慢慢生出铜锈，流出红色的水，越变越小，最终融化在大地中。但谁又会去想，这枚子弹曾经在某一时刻，以巨大的力量从枪管中飞出，浑身通红，在空气中高速前进，打在岩石上，或打进一个血肉之躯，随后是血肉模糊，扯断了一块筋肉，或撕碎了一个心脏。这枚子弹的弹身上沾满了鲜血，也沾满了仇恨，沾满了人世间的一切苦难。可是，唯有大地可以接纳这枚子弹，可以宽恕它，多年以后，在这枚子弹之上，会长出一朵不那么引人注目的小花。

我们这个民族不是喝风才走到了今天，而是靠吃着从土地里艰难种出来的粮食才幸存了几千年。这块高地上也许永远都不会有块碑，永恒的，只有大地本身，立不住的终将倒下。有一天，你会从这里摘下一朵小花，你会莫名地为这朵花而哭泣，你没有做错，因为这里的确睡着一些可尊敬的亡魂。他们之所以值得我们怀念，是因为他们在这个民族的每一次历史选择面前，没有退缩，没有吝惜自己的生命，而是赴汤蹈火去实现它。他们承载了历史前进当中最最刻骨铭心疼痛的那部分，但他们没有面目，没有声音，也不能为自己辩护，他们一次又一次从土地中站立，又在土地上倒下，你一次又一次看见他们，觉得似曾相识，却一次又一次擦肩而过。他们留下了什么，可是你竟然没有合适的思想，也没有合适的语言去表达。

没有沟通的对话

指导员王大心从衣襟上扯下一块布条，仔细地擦拭枪膛。黑暗中，他伸手到弹药箱里，摸出几粒子弹，用手掌摩挲得发亮发烫，然后压进弹匣。他摸到一本书，巴掌大，黑色的牛皮封面，侧面用红色的液体上了一层薄薄的颜色。他打量封面上烫着的金色十字架，又翻开书页，里面全是洋文，字体非常小，看不懂。但他能发现，做这本书的人一定是怀着很深的感情，而且动足了脑筋，千方百计使得这样一本书显得特别精巧，特别珍贵，即便你不喜欢它的内容，但你肯定也不舍得把它扔掉。

王大心拿起这本书，来到俘虏身边。俘虏坐在坑道里，旁边躺着几个重伤员。他的头深深埋在双腿中，一动不动，不知是死是活。王大心拍了拍他的肩，他困惑而又疲惫地抬起头，像是刚从很沉的睡乡中醒转过来一样。王大心从兜里摸出一团握成球形的玉米饼子，递给俘虏，俘虏瞧了一眼，有那么点抵触，但还是接了过去。王大心又将那本书递了过去，俘虏仔细地打量了他一眼，淡蓝色的眼睛里有种说不出来的陌生感。

这是本什么书？

我的名字叫史密斯，是第一骑兵师三团一营 F 连中士。

……

你的腿怎么样了？

你们在虐待俘虏！我是一个伤员，你们怎么能给伤员吃这东西！你看看，这是什么？你们竟然还在玉米里面掺沙子给我吃！这明明是喂牲口的东西！

……

你是这个地方的指挥官吗？你可真是个凶残的人，你们明明已经没剩下几个战士了，可你还不命令他们投降。你要干什么？你难道要他们都死在这里吗？你没想过他们也有家，也有亲人，也有孩子吗？他们也想活着回去啊！

你别发火嘛，123 师来了之后，你和我们的伤员就可以到后方医院去了。你这腿呀，我看是轻伤，打上石膏板就没事了。你看看你旁边的那几个伤员，哪个都比你重。因为你是俘虏，如果是我们自己人，这点伤怕是还轮不到躺在这儿休息呢！

……

你们简直就是野蛮人！打仗是为了什么？是为了让你们的人民生活得更好。可是你们的人民生活得好吗？你看看，他们吃的什么？穿的什么？美国是个自由民主的国家，我们的人民很幸福，愿意为了保卫这个国家而战斗。我们有很多值得你们学习的地方，你们应该做的是，放下武器，与美国成为朋友，努力让自己的国家更加富强才对啊！

你们有飞机，有坦克，有重机枪，有喷火枪，而我们呢，连个像样的重火力都没有。说句心里话，如果你们没有这些个重武器，根本不是对手。拼刺刀的事儿，咱们不是没见过，你们美国大兵呀，离了好装备，熊得很呢！一个连能不能打仗，要看他们的战士有没有决心，那决心是不是响当当的！没来朝鲜之前，我心里是没底的。毕竟是美国大兵嘛，听说德国人、日本人都不是你们的对手。但跟你们打了几个小仗以后，觉得你们也就是那么回事，你们的战士缺少那种打到底的精神。大喊大叫有用么？张牙舞爪有用么？别看我们的战士破衣烂衫，但你瞧瞧他们咬着牙的眼神，你就知道，他们可都是一根一根很硬的铁钉子呢！

……

两百年前，美国创造了一个文明，这个文明影响了欧洲，使欧洲变成了文明社会。亚洲也一样，你们别无出路，必须接受这个文明才行。这是历史发展的潮流，谁也无法阻挡。我们来这里，并不想屠杀你们的人民，而是带来福音。耶稣牺牲自己，拯救了人类，我们也一样，我们是带着善意来了啊！

哦，对了，你们的肉罐头可真不错！有股辣不是辣，酸不是酸的味道，那里面到底放了什么，这么好吃？你们美国人每天都能吃上这个东西吗？这肉罐头在你那儿算得上是好东西吗？可是我就不明白，天下这么大，有这么多国家，为什么我们要打上一仗，没有道理啊？要是两个穷国之间，或是两个富国之间打一仗吧，这都好理解，因为他们要争吃的，争穿的，吃穿不愁之后呢，还要争更多的东西。可美国这么远，隔了那么大一个大洋子，你们来北朝鲜干什么呀？这里有什么？

……

唉！真是他妈的太不走运了。我是个参加过诺曼底登陆的老兵，仅仅才过去了六年，我突然发现我有点不能理解打仗是怎么回事了。那时，我们横扫欧洲大陆，把德国人的军队打得落花流水，我是多么为我是一名美国士兵而自豪啊！我以为战争就是美国人的胜利，就是正义的胜利，就是历史发展潮流的胜利，一切专制的，与人民为敌的制度都将失败。可是到了这里，我发现我们面对的是另一种遭遇，我们要给你们的你们不理解，而你们想要什么，我们也不知道。我们越是拼命地要给你们，你们就越是拼死地抵抗，而你们越是拼死地抵抗，我们就越是觉得有必要来一次更大的战争，彻底使你们屈服。也许就在这一点上出了问题，因为你们偏偏不愿意屈服。你们倔强得像头驴子，宁可蛮干，也不肯认输。

你们说志愿军搞人海战术，是这样吗？那是你们还不了解我们。来，我来教教你，志愿军是怎么打仗的。你看那边，看到没，只有六个人，就守住了一个小山头，为什么？那六个人形成了一个铁三角，你大炮一炸，他们就躲起来，你们步兵来了，他们再爬上去。下边的那个角最重要，如果有人死了，其他角的人再补上去。这样，很灵活，又很管用。这些看不见的东西，可是我们打了无数次仗才琢磨出来的，怎么实用怎么打。你们看不懂，还说我们搞人海战术，真是笑掉大牙。跟你说，我们人民军队最看重的就是保存实力了。长津湖那一仗，虽然把你们一个集团军打得落花流水，逃了几百公里，可是我们的一个兵团也元气大伤，结果怎么样？那个兵团的司令一句表扬没得到，还狠狠地给骂了。老兄啊，别打输了就气哼哼的，这其中可是有道理的。

……

可是我想，即使这一仗我们美国输掉了，那也不意味着正义就失败了。战争也许根本就解决不了什么，但人民终将选择正义，不信咱们可以打个赌。

现在，我们有了一个新的国家，可真不容易啊！一切都将重新开始，不再有饥饿，不再有逃难，不再有穷人，多好啊！

……

对了，你叫什么？

这本书叫圣经，是记录上帝的儿子耶稣拯救人类的故事。

……

真快，天就要亮了，我得走了！也不知能不能活过今天。我这还有块玉米饼子，就留给你吧！希望你能活下来，找到自己的部队。

说了这么多，简直等于白说，你竟然还是这样虐待我！野蛮人！真他妈是野蛮人！

遗　言

指导员，今天是第几天了？

第六天了。

这个驴日的123师，去他妈哪儿了？爬也爬到这儿了！

魏大骡子，你数没数过，咱们连还剩多少人了？

刚才点了一下，还剩下三十九个，重伤三人，那个鬼子活着呢。

也不知明天能不能补上来新人？

真他妈急啊，这些个人，撑过明天就不错了。你看看这阵地上，美国人扔下的坦克都七八辆啦！这仗打的，熬心！身边人一个一个都没了，还不如让我死了算了。

死？现在这情况，能一死了之倒也是件痛快事儿呢！

对了，王指导员，咱们俩在一起多长时间了？

快五年了，你当班长，我当副班长，你当一排排长，我当二排排长，你当连长，我当副连长，现在又当了指导员。

生生死死过了五年，咱俩这命可够硬的。

那可不是。不过，话可不能说太早，能扛过这一仗，才真的叫命硬呢！

大心，我问你件事，假如我现在逃跑，嘿嘿，你能一枪崩了我不？

你？你要怕死五年前就跑了，还能等到今天？咱俩都是老黄瓜了，贪生怕死这一关，早就过了。

我是说假如，假如我真的跑了，你能开枪不？

我能开枪，我要是不开枪，我就对不起那些已经死了的战友。咱俩为什么是生死兄弟？就是因为咱俩一起顶着子弹向前冲，炸弹扔到了头顶上也不眨眼；就因为咱俩一起从死人堆里爬出来，都没想到要后退！如果有一天，咱们两人中间有一个怕了，逃跑了，还怎么做兄弟啊？我敬你一杯酒，你有脸喝吗？

操！说得可真他妈好。

……

大心，过去恶仗硬仗打过不少，可我从来没想到过死。这回不一样，我估摸，十有八九是过不去了。

不是说了吗？仗还没打完，不要想死的事。

过去，你替我写的遗书还在吗？

临来时，都留在营里面了。

你再替我写一封怎么样？我又想到些个事情，心里有点不踏实。

你就别写了，写了给谁看？你老家不是一个亲人都没了吗？这样，你就在这儿说，对着星星说，对着树说，还可以对着那边的山头说，让他们听见。他们活得年头长，一千年，一万年，还是他们。它们要是记得住，比你写在纸上强多了。

那好吧，我就对着这个高地说他娘的几句。咳，咳，我魏大骡子死在这里，一不为荣华富贵，二不为高官厚禄，三不为因果相报，只为了父老乡亲们从此能过上安稳日子，能吃饱穿暖，能食粮满仓，能子孙满堂，能恩恩爱爱……

大骡子，你别哭啊，来，来，来，继续说。

虽然我魏大骡子这辈子，跟这些个东西一样都没沾上边儿，但我不后悔，只要你们能享上这些福，就跟我也享上福一样。下辈子——，妈的，没下辈子了。没下辈子也没事儿，我埋在这儿，就看得见你们。你们有饱饭吃，我在这里就不饿，你们有衣穿，我在这里就不冷，你们有媳妇搂着，我——，我一个死人，要媳妇也没毬用。你们只要还记得有个魏大骡子死在这儿，我就心满意足了。不过就算我连个名儿也没落下，没关系，我这心，无牵无挂，天地可鉴，日月可鉴，宇宙可鉴！

……

哈哈哈！这下心踏实了，痛快！痛快！

终章　清唱·赴死

一夜饥寒，像黑色的风，把一些脆弱生命的眼帘合上，从此永远留在深夜。

太阳从浓雾中升起，高地被染上了一层厚厚的粉色。战壕上，一支支步枪横放着，枪栓处结了一坨厚冰。散放在雪土中的紫红色子弹，闪烁着刺眼的光芒，光亮如新，仿佛只要压进弹匣，就能在冰冷的空气中拉开一条有力的弧线。一颗一颗手榴弹冻在地上，要使出很大力气，才能将它们掰下来。无人动弹，仿佛这里是很久远以前的某个战场，与现在的你毫无关联。

你在想，死亡是什么颜色？难道它就是一片绝对的黑色吗？如果你闭上眼，突然在你的世界里闪起一片巨大的光亮，你一下子看到了广阔的天空、无边的草原、浩瀚的星空，你发现世界并未中止，依然蓬勃有力地奔涌向前。雪水融化，慢慢打湿你的头发，将你浸泡在肥沃的泥土中。一只翠绿色的螳螂爬上你的额头，它尖利的钳子扒开你刚刚解冻的眼皮，一下子将你的眼珠刺破，然后，用它小小的嘴，吸吮你瞳仁里的汁水。一只蚯蚓无声无息地盘踞在你的脑袋上，从你的耳孔里钻进去，在你糨糊一样的脑壳里蠕动，悄悄将美味的脑浆吸进肚子里。你的身上，长满了茁壮的长秆青草，它们的根扎在你的脸上，你的胸膛，你的肚子，你的大腿上。根越扎越深，最后牢牢地抓住你的骨骼。

夏天来临，这里的野花格外美艳，格外丰茂，你的血肉又养育了这么多生物，你得到了大地的赐予，现在，又还给了它。此时，你能说你在害怕？你能说你无比懊悔？你能说你太过留恋？一切言语都不准确。此时，你把得到的一切都毫无保留地给予了别人，不求回报。你可以说，我曾经从土地里站立起，勇敢地参与了四季轮回，现在，我重归大地。

……

清晨，美军步兵在三辆坦克的带领下，向高地发起了攻击。小东西一直跟在他的连长魏大骡子的身后。小东西叫二斗伢子，其实叫什么已无意义，连长依然叫他小东西。

连长抱起两捆手榴弹，转身对二斗伢子说，你待在这儿，哪也别去，等我回来。二斗伢子微微把头探出战壕，露出半只眼睛。连长硕大的脚掌蹬出大片的黄土，越跑越远。他撅着又硬又大的屁股，左闪一下，右闪一下，像头筋力十足的蛮牛。他将一束手榴弹塞进坦克履带下，一阵浓烟，坦克颤抖着停下来。

连长一个鱼跃，像扎进水里一样跳进战壕。打了几个滚，他爬起来，笑着对二斗伢子说，又他妈捡条命回来！他用嘴扯下一条军装布料，狠狠地将一只断了的胳膊缠起来。二斗伢子向四处张望，高地上活着的人越来越少，重机枪手趴在战壕上，脑袋旁边一大摊血，零星几支枪伸出坑道向高地下面射击，与坦克发动机的轰隆声相比，显得脆弱无力。

魏大骡子又拿起两捆手榴弹，蹲下来，眼睛湿润，对二斗伢子道，小东西，这下我怕是回不来了。我要是回不来，你不要给我逞能，就给我老老实实地趴在这儿，装死也行，好好等着驴日的123师来，听清楚了吗？二斗伢子盯着连长的眼睛，轻轻点点头。

当魏大骡子又一次从战壕里站起来时，二斗伢子看见一辆坦克像黑色的墙一样，立在不远的地方，炮口有洗脸盆大小，抖动着，像面镜子，在这黑色的镜子里，你看得见自己弱小的身躯。一阵绝对的白色从炮口向四面八方蔓延，世界变得异常明亮，又异常黯淡，随后是漫长的死寂无声。接下来，二斗伢子什么也没看见，因为连长在最后一刻，将他的头按在了战壕下面。

连长死了。二斗伢子匍匐在坑道里，向前慢慢地爬，想找点什么。战壕里面积满了血水和泥浆，他像是在春天的浅池塘里游泳一样。爬了好一会儿，浑身血红，却什么也没找到。头顶上枪声逐渐寥落，坦克发动机声嘶力竭的吼叫声也停止了，只有一片又一片硬底皮靴踏在雪壳子上的声音，越来越近。好似蝗虫变成的潮水，慢慢向堤岸涌上来，很快就会漫过坝顶。

沙 雪

躺在雪里，你能听见沿着地面，传来小声的歌唱，很微弱，很柔软，既不伤感，也不激昂。这是谁在唱？还有谁活着？

一片雪花落在弹药箱盖上，大风吹来，它微微颤动了几下，又一次飞起，落到一张苍白的脸上。这张脸和雪一样白，一样冷，眼睛睁着望着天空，眼眶乌黑，深深下陷。雪花滚过冰冷的鼻尖、额头，又一次在风中高高飞起，打了几个空翻，挂在一杆步枪的刺刀刃上。刺刀满是橙红色的铁锈，像石头上生出的苔藓，形状特别，微微隆起。在这铁锈之上，还覆盖着一缕缕干涸的血迹，翘起一层一层硬皮。

又是一阵风吹来，雪花从指着天空的刺刀上飞起，落到一面倒在地上的红色旗子上。这面旗子似乎经过无数磨难，此时已经碎裂成许多条，沾满了血水，冻得像铁片一样。它从前一定是竖在这里的，有一枚弹片拦腰将旗杆打断。它飞上天空，飘扬了片刻，横躺在一只弹药箱上，又零星落上了飞溅过来的沙土。但是已没有活着人将它竖起，只有一些血水，一些雪片飞过来，落在上面。

漫天雪花以雷霆万钧之势，从天空落下。人世间的一切似乎都将被掩埋，一切苦难都将被遗忘。在死亡面前，人似乎有无限多种可能性来逃避它。作为一名老兵，你无数次与死亡擦肩而过，但你明白，尽管人有那么多的可能性，那么多的希望，可是他终将接受死亡，在死亡的怀抱里看到最后的希望。但最后的时刻不是无边的黑暗，而是光明。世界如常，冬天过后，春天就将来临。枪炮无法阻挡四季轮回，就像子弹不能强迫一朵野花不再盛开一样。

英雄们在寒冬大雪中低唱，没有欢笑，没有眼泪，没有悲伤，没有骄傲。他们很坦然，就像终于可以在舞台上谢幕，从此走到幕后小憩一样。

新　生

王大心打光了最后几粒子弹，将步枪狠狠砸在地上，裂成两截。美国军人也许根本就不稀罕这支破旧的步枪，更不会去用它。但这是一支穷惯了的军队，本来就一无所有，从来只从敌人手中夺来武器，还未把武器留给过敌人。王大心的一条腿断了，肚子被弹片打了个豁口，一阵一阵刀绞一样的疼痛。现在，终于不痛了，他想，这下可能真的要见魏大骡子去了。他把最后两枚手榴弹的后盖扭开，将拉环套在小手指上，默默等待着美国人走到自己跟前，然后就跃起身，抱住敌人，与他同归于尽。

这时，远处传来沉重的炮声，公路上有一明一暗的汽车灯火。在黑暗中，王大心看到美国人突然改变了队形，开始无声无息地后退。许久，公路下的坦克也慢慢走远了。天地间一片寂静，仿佛什么都没发生过一样。

……

天快亮了，一队队穿着土黄色军装的队伍从高地下面的公路经过，步伐很快，快得像跑一样。王大心命若游丝，仿佛刚从梦中醒来。他望着下面，感到一阵欣慰，123 师终于过去了。同时，又是一阵极度的想念袭来，他侧过头，看着散布在整个高地上的战友的尸体。他在想，如果自己活下来，又该如何度过一个又一个漫长的日日夜夜？他曾说过，死亡面前人人平等，可整整一个连的老战友，还有那些补充进来的新战友，都毫不犹豫地践行了自己的诺言，而独独自己却活了下来。虽然自己不是因为贪生怕死而活着，但这锥心的疼痛却越来越强烈。他在心里呼喊着战友们的名字，却愈加感到自己的孤独和寂寞。

一个年轻军官脱离了队伍，向高地上面小跑过来。他惊呆了，看着满地的尸体不知所措。好一会儿，他回过神，在雪野里大喊，还有活着的人吗？还有活着的人吗？

王大心看着离他不远的那个自己人，心想，我要求救吗？可是战友们啊，我多么想你们啊！思虑片刻，他默默垂下头，把脸紧紧贴在冰冻的地面上，闭上眼睛，轻轻道，等等我，我找你们来了！一行泪水从眼角滴下，融化了一小块雪土。

不远处，二斗伢子抬起头，可是他的嗓子和身子好像冻住了一下，想喊喊不出，想动动不了。他拼命地伸出手，抓起倒在地上的红色碎烂的旗子，用尽最后的力气，摇了摇。

又过了一会儿，二斗伢子恢复了知觉。他躺在一个人温暖的怀里，那个人急切地看着他，问道，你们是哪个部队的？

二斗伢子摇摇头。

那个人又问，那你们的连长叫什么？

二斗伢子又是摇摇头。

那个人道，小同志，高地上就剩下你一个人了，跟我们走吧！

尾曲　无名

多年以后的一个夏日午后，有个年轻人去采访参加过那场战争的老战士。他进了小院子，在一棵槐树下，坐着个老人，几缕如剑的阳光打在他身上。老人靠着竹椅背，脸仰着，眼睛半闭，嘴唇颤巍巍地合不拢，几滴口水从嘴角流到白背心的襟子上。老人的皮肤像纸一样薄，蚯蚓一样的血管发黑发紫，轻轻抖动，脸上，脖子上布满了褐色的老人斑。看不出老人在看什么，他盯着槐树上的某处角落，也不知他在想什么。这多半是个痴呆的老人，目光散乱，身体羸弱，如同一盏欲灭的油灯。

这是一场异常艰苦的交流，老人的耳朵几乎听不见声音，也说不出连贯的句子。年轻人没有记录下一个完整的地名、人名和时间，只有一个又一个断断续续、如同在梦中的细节。突然，老人放声大哭，浑身剧烈地颤抖，你不能相信这样一个如同枯草般的老皮囊里，还能爆发出如此大的力量。他一个劲儿地说，我对不起他们呀，我连他们叫什么都不知道，我的连长，我的指导员，那么多人啊，都死了！我真该死！我应该找找他们才对呀！

年轻人隐约猜出，老人在讲述着一个没有留下番号的连队。但他有些困惑，因为半个多世纪以后，他似乎无法想象那支无名连。他们是如此壮烈，如此整齐划一地接受了死亡，在今天，要怎样去理解那些无名无姓的人呢？

老人让家人取来一只红色硬壳本子，指着上面的文字，含混不清地说着。突然，从本子中间掉下来一张泛黄的照片。照片上是一个少女，站在小桥上，手握一束梅花，略带羞涩地看着远方。年轻人一时间呆住了，如今，怕是再也见不到如此风韵的女孩子了。他似乎掉进了一个深渊里，隐隐闻到一阵幽香，却一无所获。

老人耗尽了体力，靠在椅背上睡去，一只手垂在扶手上，像风中的树叶。年轻人站起身，恋恋不舍地看了一眼照片上的女孩子，惆怅地转过脸，离去了。

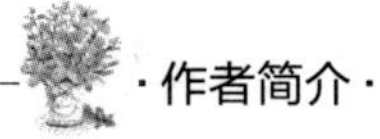

·作者简介·

西元，1976年生，历任排长、干事、教导员，获文学博士学位，现为解放军总装备部《神剑》文学杂志编辑。出版长篇战争历史小说《秦武卒》，获第十二届解放军文艺优秀作品奖，2012～2013年度《解放军文艺》优秀作品奖。

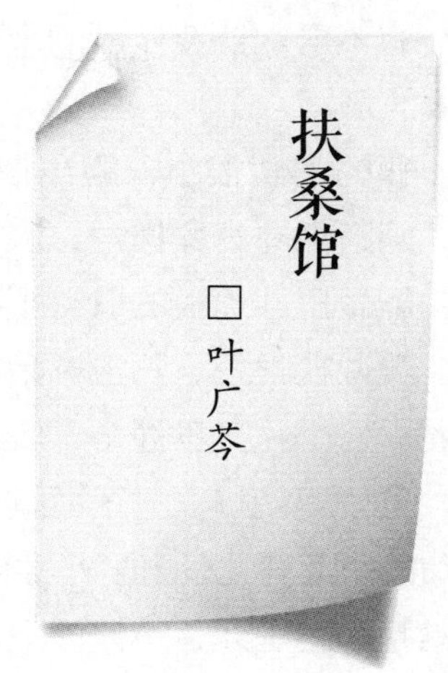

1

狸被我踹了一脚，扁脸抵在地上，屁股撅得老高，嘴里发出呜呜的声响，那块顶着红玫瑰花的蛋糕被压在身底下，成了模糊的一团。

我们哈哈地笑，苏惠抓了一把土撒在狸身上，使狸的面目更加不清爽。苏惠是个安静平和的孩子，不似我，属于“淘得没边儿的”（我妈的评价），苏惠对狸这样做，已经超出了她的行为规范。

狸是杂种，他妈是日本人，带着他妹妹住在横滨。横滨离北京有多远，我们不关注，我们关注的是狸的奇怪长相和傻乎乎的性情，以及他手里常常变换的美食。狸不亏嘴，他爸宠着他，百依百顺，他手里有时是艾窝窝，有时是冰激凌，有时是镶着豆沙的大糖葫芦，甚至还有装在铁盒子里的鱼皮花生，都是我们很向往又很难得到的东西。狸喜欢把这些东西拿到街门外，坐在台阶上，在太阳底下独自慢慢享用，吃得认真又夸张，这是狸之所以没人缘的所在。胡同的孩子家境一般，平日别说奶油蛋糕，就是回民铺子的早点油炸糕，半年也难得吃上一回。我的条件相对优越，知道不能拿着好吃的到外头去显摆，那样会让别人难堪。妈说过，别人吃东西不许在旁边瞅嘴，看人吃东西很掉价，很丢人现眼。但是我知道，看狸吃东西不在“丢人现眼”之列，只要看见狸在台阶上坐着，鬼使神差，我们便会自觉不自觉地凑过去，先是揶揄、调侃，紧接着把他手里的东西打掉，欣赏狸那欲哭无泪的模样。这是我们的恶作剧。小孩子没有不喜欢搞恶作剧的，要不就不是小孩子了，不打架不闹事我们就会精神不爽。

狸的眼睛很小，距离很宽，嘴巴大，牙朝外龇，要哭的时候头一仰嘴一歪，俩眼珠向鼻梁集中，那斗鸡眼的模样不是谁都能做出来的。我们这群人当中，能做出斗鸡眼的只有小四儿。我曾经对着镜子练习斗鸡眼，妈问我在干什么，我说在学狸。妈告诉我不要欺负狸，说狸是个可怜的孩子，身边没有妈妈护着，自个儿又不健全，我们再整治他是伤天害理，是造孽。可是我管不住自己，见了狸就打，见了狸就打。胡同里的孩子都这样，一个群体，总得有个被欺负的小菜碟儿。所谓“小菜碟儿”是北京人饭桌上不值钱的、不上台面的小菜，通常是炒雪里蕻、小酱萝卜一类，谁的筷子头都能往碟里戳，没人在乎。这似乎是习惯，一帮孩子里得找一个“小菜碟儿”才算完整。

狸傻，但是他能准确叫出我们每一个人的名字，这也是我讨厌他的地方，特别是从他那张拢不严的嘴里喊出“王八丫丫”的时候，我总是遏制不住扇他大嘴巴子的冲动。我的小名叫丫丫，我爸常在丫丫前面冠以“王八”二字，我脾气倔而拧，像王八一样。据说王八一旦咬着东西绝不会轻易撒嘴，除非听到驴叫唤。这跟我的性情有所接近，由此我就被划入了王八系列。胡同里的伙伴们也“王八丫丫”“王八丫丫”地叫，谁都有小名，比起兔儿爷、小臭臭、二丫头、蝲蝲蛄，我这个“王八”还是挺有气势的。

别人可以叫，唯独狸不能叫，狸在我们当中是入不了群的另类。狸叫一回“王八丫丫”，我揍他一回，叫一回我揍一回，他为这个挨了我不知多少打。我认为，从另类嘴里叫出的“王八”带有贬低的色彩。其实狸一点儿也没贬低的意思，他对我很崇敬。

狸是一种动物，城里见不着的动物，我们谁也不知道真正的狸是什么模样。我的三哥爱抽外国烟，外国烟的烟盒里装有画片，我们叫洋画儿，十张是一套，凑齐了一套可以去换一盒烟。我的爱好是攒洋画儿，不是为了换烟，是喜欢那些美丽的画面。手里头已经攒了好几套，有法兰西美人的，有欧罗巴洋楼的，有大洋洲花卉的，也有美利坚动物的。动物里头有张狸的图像，白肚尖嘴黑眼圈，毛色棕红像狐狸，比狐狸腿短，腰身肥胖，模样挺滑稽。我管三哥叫老三，随着我爸爸叫，老三很反感，向我妈告状，说我把他烟拆了。妈说，拆就拆了呗，反正你也得抽。

老三说，这只王八把一条烟都拆开啦，烟卷都成干柴火了！

妈说，干了你就别抽，我烦你们哥儿几个抽烟。

老三说妈惯着我，说妈偏心眼儿，说妈不是他亲妈。妈当下脸一吊，说，老三的话说多了。老三再不敢吭声。

妈的确不是老三的亲妈，老三的妈死了，我妈是他的继母。

我把画片拿给爸看，让他确认画上的动物是不是狸。爸说，是狸，很珍贵的动物，山里才有。我问狸平时吃什么。爸说狸吃蚯蚓，吃小虫子，也吃果子，中国人习惯叫果子狸。我说，老唐的傻儿子就是这个东西，叫元宝啊，叫大顺啊，叫什么不好，偏叫个吃虫子的狸，不知老唐怎么挑的。爸说，狸的母亲是日本人，狸是日本人崇尚的动物，叫“他奴 ki”，日本人好多家门口都蹲着一只陶瓷的“他奴 ki”。“他奴 ki”是招财进宝的吉祥物，商家最看重，唐先生岳丈家是有钱人，管外孙叫狸没什么不正常。

“狸”的日语发音轻柔好听，有昵称的感觉，比我的“王八丫丫”可爱多了。我问爸日语“王八”叫什么，爸说叫“卡妹”。我说，“卡妹”比“王八”好听，以后我改名“卡妹丫丫”了。爸笑笑说，还真是。

妈也说这个名字改得好。

可是“卡妹丫丫”在我们家硬是叫不起来，好听归好听，没人认可。

我把狸的画片和信息传递给胡同的伙伴，于是大家知道了狸的来龙去脉。7号的兔儿爷和大芳端详着画片说，跟唐家的狸长得还真有点儿像，特别是那双眼睛。

狸是个记吃不记打的主儿，挨过打没两天又举着块萨其马出现在了门口台阶上。吧唧着嘴，流着哈喇子，一脸点心渣，模样丑陋。我正在胡同里看卖小金鱼儿的。卖金鱼的汉子挑着两个木盆，正拿着纱网子给赵老太太捞小鱼儿，鲜红的鱼儿在水里灵动无比，在网子下钻来绕去，就是捞不上老太太要的那条脑袋上顶黑斑的。我看得心急，学着我们家的猫黄黄儿朝盆里伸进手去，鱼儿们立刻惊恐四散，乱成了一锅粥。卖鱼的急了说，丫头，不带这样的啊！你们家大人哪？

挨了呲嗒有些无趣，远远看见狸出来，就溜达过去，轻声问，狸，吃什么哪？

我的态度和蔼又亲切，像是狸的好友。狸没看出我黄鼠狼给鸡拜年的假模假式，咬着萨其马说，……马……马，大马……

我问他，萨其马好吃吗？

狸笑眯眯地说，王八丫丫。

我蹲在狸对面，做出了扇他的准备。

狸见我对他好，高兴得大鼻涕泡儿都冒出来了，把那块萨其马更使劲地咬了一大块，仰着脑袋肆无忌惮地嚼着，吃相像我们家的狗玛丽。我张开巴掌，正要朝那张幸福无比的扁脸拍过去，狸的爸爸老唐从街门里走出来，老唐见了我说，七格格跟狸玩哪！

胡同的街坊里，只有老唐叫我七格格，我们家在旗，女孩里我是老七，最小，属于垫窝儿的。妈四十多了才生我，说我是拉秧的瓜，没长熟，黄毛小眼，嘴碎手贱，是我们家女孩里最不成功的一个。没人叫我格格，也没人把我当格格，我也没认为自己是什么格格，我没那么娇贵。

老唐叫我七格格那是尊称，是看在我爸爸的份儿上才这么叫的。他管我爸爸叫四爷，有时候叫"先辈"，因为他们都在日本东京帝国大学念过书，都是国家派去的留学生。我爸爸是民国初年回来的，老唐是抗战全面爆发第二年回来的，差着二十年呢。

当着老唐的面，张开的手掌不好立即收回，我说，我正教狸数手指头认数呢！

随机应变，自然得体，我编瞎话的能力相当了得，我妈管我叫"瞎话篓子"，说我一天无数的话语中，能有两成是真的就很让人吃惊了。的确，我思维的想象力、延伸力、组织力、变通力是金家的佼佼者，有时候能把我爸爸那个大学教授哄得一愣一愣的。我说下午后院树上落过一只鹦鹉，雪白的，黄嘴，脚上还戴着金属链子。爸就以为真落过鹦鹉，说八成是南边傅家的那只大白飞过来了。其实呢，是只黑老鸹。老鸹和鹦鹉都是鸟类，我也没胡说，顶多认错了而已，至于黑的、白的，可以忽略不计，干吗那么较真儿？我编瞎话顺嘴而来，脱口而出，脸不变色心不跳，刚说过就忘了，一遍跟一遍不一样，但有时候让我多重复几遍就成了真的，赌咒发誓，煞有介事，地老天荒地再不会更改，甚至成了记忆。这也是为什么金家十几个孩子，只有我后来成了作家的原因。至今我坚信，感受力、创造力和表达力是作家的基本功力，尤其是创造力，缺了这个不行。

老唐看着我的巴掌说，狸认数，不用教，他能从一数到一百呢。

狸一听，马上点着脑袋，晃着身子，一二三四五地数起来，拦也拦不住。

狸姓唐，住在3号。我们家住2号，形成直角，戏楼胡同在这儿窝成了一个长方形的大院，从2号到9号，都在方形的场子内，10号以后就甩出去了，这几个院门的街坊相对就走得近，彼此知根知底儿。老唐的媳妇长得白皙漂亮，梳着大包头，说话细声细语，不似小四儿的妈，一嗓子"小四儿回家吃饭了"，半条胡同都能听见。也不似兔儿爷他妈，一天到晚蓬头垢面的，穿着大裤衩子就敢坐在门墩上抡芭蕉扇。老唐媳妇属于老派人，她嫁给老唐就随着老唐姓，像小四儿的奶奶，官面上称呼是“赵门刘氏”，其实人家娘家姓刘，嫁给了姓赵的。高家老太太是“高门隋氏”，都把夫家的姓顶在头里。老唐的媳妇姓吉田，不叫“唐门吉田氏”而是叫唐和子，她虽然姓吉田，但本人叫和子，户籍簿上记录的是“唐和子”，我们都管她叫“糖盒子”。兔儿爷遗憾地说，可惜老唐姓唐，他要是像日本人一样姓两个字儿，比如“王八”，那么糖盒子就是“王八盒子”了，听着更像日本人。

小四儿说，他爷爷早先在河北乡下见过王八盒子，半自动手枪，日本人造的，大而扁，汉奸用得比较多。兔儿爷说，要是抗日的人使用就得拴上一条红绸子。枪是同一种枪，有了绸子就不可同日而语了。

小四儿说他比较看好“鸡腿撸子”，撸子个小，也是日本造的，能别在腰里，威风有派，不像“王八盒子”，斜挎在屁股后头，一看就是碎催模样。“碎催”是北京话，跟班的意思，小四儿说兔儿爷就是他的碎催。

男孩们都喜欢枪，于是有关王八盒子的讨论延续了一个上午。我们研讨的话题随意性很大，谁也无法控制。

老唐是天津人，在留学期间娶了日本媳妇吉田和子，听说糖盒子她爹是制糖业的大老板。按吉田家的意愿是让老唐入赘，老唐说，如果唐家有哥儿两个，他入赘可以；可是他们唐家只有他一个，他是独子，这个问题就不能考虑了。婚后的糖盒子跟丈夫回到中国，难改日本生活习惯，把3号的房子作了大改造，屋内地面被抬得很高，进屋先上一层台阶，地面铺了草席一样的榻榻米，给人的感觉是进门就脱鞋上炕。窗户又开得很低，坐在屋地上能看见院里跑的猫。屋里的隔断是推拉的，糊着纸，没有床，晚上一家人睡觉就躺在榻榻米上。依我的想象，睡醒了一睁眼，满目是桌子、椅子腿儿，视觉角度变成了耗子，真够别扭的。因为房子多，他们一家住不过来，就租出去一部分，也都是租给日本人，那时候北平正让日本人占领着。3号门口常停着东洋车，下来些宽袍大袖、留着小黑胡子的日本人，日本人管3号叫“扶桑馆”。中国街坊当面也称“扶桑馆”，背后却叫“鬼子馆”，就跟胡同东边的南馆、北馆似的。南北馆是俄国东正教的地盘，住的都是金发碧眼的老毛子，建筑是尖顶子，圆拱门，长条窗户，很是各色。我认为洋人待的地方一般称作“馆”，把这个观点和爸作为学术问题探讨。爸说不一定，中国叫馆的地方也很多，比如朝廷的同文馆，颐和园的听鹂馆，府右街的图书馆，他们大学的资料馆，都和洋人没关系，我的论题不能成立。我说，北京的洋人不少，赵大爷说过，东交民巷一带，洋人多，馆也多，老百姓不待见洋人，把东交民巷改叫“切洋鸡巴巷”。

妈在旁边插嘴，这可不是姑娘家说的话啊！

我说，不是我说的，是赵大爷说的。

妈说，赵大爷说的你也不能学。

我问，为什么？妈说，什么也不为。

3号叫作扶桑馆还有一个原因，唐家正屋墙上挂着个镜框，白纸黑字，写着“扶桑馆”三个字。字写得不怎么样，没有格局，比较率性，有些信马由缰。这块匾，我姑且把它叫匾吧，“文革”的时候还在唐家高高地挂着，没有被触动。爸说，唐家那块“扶桑馆”是个大人物写的，原本是写给老唐的老丈人的，糖盒子来中国，就把它带来了，作为家乡的一个念想。我问，大人物有多大，比地下管道局的局长还大么？我没见过大官，见过最大的官就是管北京下水道的局长。局长派头很大，戴着白手套，把汽车停在马路的窨井口，让手下把井盖掀开，让那些人拿着长竹片往里探。大热天，那些小碎催们整得满头大汗，烂脏腥臭，局长则让人打着黑阳伞很悠闲地坐在旁边喝茶。可见局长是大人物，当官当成这样，那才是值！

爸最终也没告诉我“扶桑馆”是谁写的，他有点儿讳莫如深。

听妈说，以前糖盒子出门，常穿和服，花枝招展，五光十色，发髻绾得很高，脸擦得很白，穿着木屐，嘀嘀嗒嗒，像一只大花蛾子，吸引着胡同集体的眼球，连正在院里打袼褙的赵奶奶也扎着一手糨子跑出来观看。有好事的街坊问糖盒子，后背上背的小包袱里头装的什么？糖盒子听不懂，弯着腰叽里咕噜说了一通日本话，这边自然也听不明白。有“内行”翻译说，小包袱里装的是她们祖上的骨灰，把祖先背在脊梁后头，走哪儿都带着，省得买坟地了。后来经老唐解释才知道，就是一个宽带子，在后腰上绕了两道弯罢了。中国人还是不能理解，穿成这样，累赘不累赘啊！

日本一投降，除了唐家以外，扶桑馆的日本人全撤了，他们走得很匆忙，许多手使的东西堆在街门口，上面写着“自由持取”的白条子。“自由持取”是日本话，用咱们的话说就是“随便拿”。整条胡同的人都来“捡洋落儿”，小四儿家捡了一摞写着“有田烧”的大盘子。“有田烧”是日本有名的瓷窑，就跟中国的景德镇似的，几十年来，那些华丽的瓷器在小四儿家一直充任着盛炒萝卜条、炒疙瘩丝和凉拌黄瓜的功能，尽职尽责。兔儿爷他妈发现“自由持取”最早，推走了一辆自行车。这辆车兔儿爷他爸爸从东城国子监到西城白石桥，上下班都骑它，每天几十公里，风雨无阻，一直骑到解放以后，要不是轮胎配不上，还能骑呢。大芳他们家“持取”了两把理发的推子，嚓嚓嚓，推起头发很快，不夹头发，以致大芳的哥哥由踩着平板小车捡烂纸改行做了理发匠。两把推子改变了一个少年的命运，这样的事儿还真不多。给我们家做饭的老王捡了一个大号带沿的铁锅，生铁的，挺沉，挺深，他到底也没弄明白怎么用这个锅做饭，后来卖给了背着柳条筐沿街收破烂的孙婆子，换了两包洋取灯。洋取灯就是火柴，一包十二盒，相对铁锅来说还比较实用。高老太太是小脚，来得晚，挑了半天，抱回去一个小和尚石雕，原本是个摆设，老太太拿回去没用，放炕上拴孙子，拿根裤腰带，一头系在孙子腰里，一头套在日本和尚脖子上，裤腰带范围之内，是孩子的活动天地。高家几个孩子，都是日本和尚看大的……

2

街坊们这样收获抗战胜利品的时候，我和小四儿等人大部分还在娘的肚子里，所以我们没有机会看到漂亮的穿和服的糖盒子和那些白捡白拿的欢乐场面。我记事的时候已经到新中国成立了。

50 年代初期的糖盒子穿着厚厚的棉袄棉裤，头上包着格子围巾，走路低着脑袋，背上背着狸的小妹妹，一个细眉细眼，动辄便咧嘴哭的小丫头片子。我估计，这小东西长大了也注定是个挨揍的货色，不会有多大出息。我很想看看穿和服的糖盒子，但是她一回也没穿过。可不，日本投降好几年了，哪个日本侨民还敢在北京地面上张扬，他们收敛得比小菜碟儿还小菜碟儿。

原先在崇文门外古玩店上班的老唐两年前改为走街串巷，专门收购旧货的“打小鼓儿的”。这个职业在民国和解放初期很普遍，小鼓儿茶盅盖大小，扁扁的，鲨鱼皮蒙面，攥在左手，右手用一根细竹棍，棍头裹着胶皮，梆梆地敲击，鼓声响亮清脆，在幽深的胡同里能传得很远。人们在家里一听到鼓声就知道收古玩旧货的老唐来了。老唐可以直接进到卖主的家里，在卖主的桌上、炕上审看物品。有时候老唐不等人招呼也进屋，脸上堆着笑，亲切地说，老没见了，怪想您的，这些日子您一准儿找着了不少好东西，让我开开眼。

如果主家正想用钱，就会装作很不经意，顺水推舟地从腕子上撸下镯子，让老唐估成色，论价钱。

还有级别稍次，属于收废品的，敲的是软鼓，嘭嘭嘭，嘭嘭嘭，三下，用特有的沉闷短促嗓音吆喝，“有旧衣裳、旧家具——我买！有旧书本、洋瓶子——我买！”这类人可以进入住家院落，但是绝不能登堂入室，卖家买家都恪守着这个规矩。最次一等是收破烂的，多是上了年纪的妇女，她们来自城郊，早出晚归，跟城里、跟乡村有着千丝万缕的联系。白天，以上午居多，背着大筐沿街叫唤“有破烂儿——我买！”声音拉得很长，像唱歌。婆子们收购的多是破衣裳烂袜子，她们身后的大筐里有洋火，也有鸡蛋、绿豆什么的乡下土产，若是要现钱，她们给出个两毛、三毛顶天了，通常是以物换物。有一回，我妈用老三穿剩的一件拾掇不起来的线衣以及乱七八糟的东西，跟孙婆子给我换了一双农村男孩的靸鞋。鞋当然是新鞋，方口蓝布面，鞋头包着黑土布，用针线密密地缉着，硬邦邦的不跟脚。我说：妈，鞋大着呢，大半个拳头。

妈说，穿穿就不大了，你的脚还长呢。

我说，鞋帮子太硬，硌脚。

妈说，你看人家这针脚缉得多齐整，多细密，乡下人实诚，这双鞋比老三的皮鞋还结实，穿个三五年没问题！

从妈嘴里我知道了“缉”这个词儿，从这双大靸鞋上我了解了“缉”的作用，就是一针顶着一针缝，硬把布片缝成铁皮。我穿着这双用烂线衣换来的新鞋，只半个时辰，后脚跟就磨破了；跳皮筋，一抬腿，鞋就上了房顶。妈让老三把鞋勾下来，给鞋缝了根带子，这双能踢死驴的鞋从此跟定了我，再也无法摆脱。我恨死了收破烂的孙婆子，有时候学孙婆子吆喝“有破烂儿——我买”，学得惟妙惟肖，可以乱真。妈拍着我的屁股说，学什么不好，将来你还真要当收破烂的！

想想看吧，一个城里的小丫丫，穿着一双农村野小子的大靸鞋在胡同里走来走去，自信心受到了何等挫折。不敢对妈表示不满，但是只要一看见孙婆子，我就让小四儿们用绷弓子绷她，把老婆子整得想骂也找不着人，后来干脆不到这条胡同来了。不来就不来，谁稀罕！

胡同的孩子没有上幼儿园一说，用现在的话说是：放野羊一样地散养着。家家都好几个孩子，大的带小的，不宠不惯，我们成长得都很自觉，也很自由。一帮孩子，拽包、跳间、弹球、拍洋画，没有滑梯，没有跷跷板，当然也没有秋千和沙坑，我们只能在胡同大院里玩，跟门口的大槐树较劲，自己跟自己作（zuō），欺负杂种狸就成了我们的主要乐趣。

狸会唱歌，他有音乐天赋，唱得很动听，他唱得最好的是《麻雀教算术》：“七八、七八、七八八，小麻雀要当先生啦，一个一个数过来，七八八,七八八……”歌是他妈教的，用日语演唱。我们听不懂，只能明白“七八八”，一听到“七八八”就过去揍他。

打小鼓儿的老唐生意不错。新中国提倡“劳动光荣”，但是一些过去的显贵们放不下架儿，宅门的哥儿也不想出门挣钱，便典当家私，维持着场面。碍于脸皮和身份，这些人不便经常出入寄卖商店（解放后典当行业改成寄卖商店），走街串巷的老唐就成了受他们欢迎的人物。家里有什么古玩玉器，书画法帖，细软皮货的，都喜欢卖给老唐。老唐出身古玩铺，懂行，不会走眼，给价也公道，又住在附近，做买卖不会太离谱。

打小鼓儿的虽然也属收旧行业，但是视野宽阔，精于鉴定，跟三六九等的人都能搭上话。打小鼓儿的老唐穿着长衫，腋下夹着包袱皮，细高的身材，儒雅模样，很是招人待见。老唐收旧物的包袱皮来自日本，绿地白萱草的图案，颜色鲜亮，跟老唐的灰大褂相搭，很是和谐，这怕也是老唐区别于其他打小鼓儿之处。老唐衣着齐整，戴着呢子礼帽，脚上是锃亮的皮鞋，不像是收旧货的，倒像是学校教书的先生。老唐收旧货有自己的区域，南至东四头条，北至北小街炮局，三天串一个来回，不胡走，不过界，摸着老唐的规律就能逮着他的行踪。旧官宦府邸，殷实宅门是老唐的重点对象。有时候不为收东西，就为进去串串门，聊聊天，联络一下感情，很多意想不到的好东西就是在他联络之中到手的。

他到我们家来，多是在爸下了班，吃完晚饭以后，那时候的爸闲适而轻松，心情一般也很好，想找件什么事儿解解闷儿，这时候老唐来了。老唐进门先打千儿问候，礼数十分周到，像个世家子弟，谦恭得像是后辈对学长的仰慕和尊敬，让爸的心里十分舒坦。爸说，看唐先生这么高兴，一定是发了财了。老唐说，发多大的财在四爷眼里也是个小手指头，四爷祖上进出紫禁城，什么好东西家里没有，什么宝贝没见过啊。

爸让老唐坐，老唐偏着半个屁股坐在茶儿旁边的椅子上，不往八仙桌旁边的太师椅上坐。老唐是个挺懂规矩的人。

胡同的街坊包括我在内，大家都是老唐、老唐地叫，一个沿街打小鼓儿的，值不得另眼相看。但是只有我爸，嘴里一直叫他“唐先生”，当面是唐先生，背后还是唐先生，从来没改过口。爸问老唐最近生意如何，老唐说：干这行不容易，前几年在砖塔胡同有个打鼓儿的被歹人抢了，刚收的吴昌硕四条屏血本无归。现在是没人抢了，但是人们把好东西都抬（藏）起来了，不愿露富。现今这是普遍心态。

爸说，你们这行，三年不开张，开张吃三年，逮着真货就大赚了。

老唐说，四爷说得没错，比起四爷旱涝保收的教员生涯，我这儿还是担着风险。宅门里都是熟人，只能实打实地做买卖，不敢亏人。

妈要去沏茶，老唐从大褂里摸出一个小包来，让妈沏他带来的，说是日本静冈煎茶，这茶四爷可能有日子没尝了。

煎茶沏上来，黄绿颜色，满屋飘香，浓厚的茶味儿之外夹杂着海藻的青气。妈尝了一口，说味道太怪，绿得也不正经。

爸说，这就是玉露了，日本第一茶。

妈说，煎茶怎是这股青涩味儿？爸说，是日本茶特有的味道，他们的茶叶和海带、干鱼在一块儿卖。

妈摇摇头，不能理解。我也不能想象吴裕泰茶庄带卖海带、黄花鱼的荒唐。

爸和老唐喝着煎茶，脸上显出相知极深的表情和以心传心的会意。他们说了许多东京帝大的旧事，说到了帝大校园里的那棵巨大桧树和对门卖串烧的小铺。到最后竟然换了频道，说开了日语，玛斯、玛斯的，让人听着怪诞又好笑。我后来才知道，那些“玛斯”是敬语，爸和老唐两人彼此都敬着呢。

妈说，都是煎茶闹的！

老唐来也不是光喝茶，在适当的时候他打开包袱皮，亮出里边两本磨了边的旧书，对爸说，是日本永井荷风的《江户艺术论》，想必其中的“浮世绘之鉴赏”对教美术的爸有用。爸大概是不便拂逆老唐的美意，人家从收购的旧书里翻出这个特意给你送来，足见心里还想着你，朋友能做到这个份儿上也就够可以了，还能怎么着呢？爸的几个儿子倒是亲生，可谁也没想起给爸淘换一本什么荷风、江户来。

爸给了老唐六块钱，直说书的珍贵和难得，老唐推让了一下把钱收了。老唐走后，妈说，这么两本发黄的书，六块！够半个月的嚼谷了。这样的书，收报纸洋瓶子的论斤约，两分钱一斤。

爸说，心意是不能用钱称的。

话是这么说，那本“江户”被爸撂在书柜顶上，到死也没动过。

我认为，这是老唐做生意的精明之处。

有一天，老唐领着糖盒子上我们家来了。糖盒子破例穿了和服，还擦了薄薄的粉。藏蓝的带小碎花的衣服，散发着樟木箱子的味道。拦腰的铁锈红衣带朴素典雅，配以白布棉袜和木屐，有点儿不食人间烟火的遥远。我追着糖盒子看，很没规矩地跟着他们走进堂屋，站在爸的身后，不顾妈的几次暗示，不想离开。我想看看他们要干什么，如此郑重其事。

糖盒子将一个紫包袱交给妈，说是中元节到了，做了些点心让妈尝尝。依着北京人的习俗，客人送了礼，主家客套一番后会放在一边，表现出不是那么“迫不及待的小家子气”，免得让人看着好像没见过什么似的。妈接过包袱，顺手就要往茶几上放，爸接过来说，咱们得看看都是些什么好东西，唐家“欧枯桑”（夫人）的手艺应该是不错的。

爸当着老唐和他媳妇的面，把包袱皮打开，是一个精致的木头盒子，打开盒盖，里面蒙着一层柔软的绵纸，掀开绵纸看见盒子里站着五个樱花形状的点心，黄蕊粉瓣，娇嫩无比，爸称赞道，真精致！

爸拿了一个，递到我手里，我高兴极了，张嘴要咬，妈说，先别往嘴里填，看够了再吃！

只好把那“樱花”在手里托着。

日本人每年中元和岁暮要给至亲好友送节礼，这些年跟唐家街里街坊地住着，也没见糖盒子做什么“樱花”送过来，这回不知是怎么了，竟然正式隆重，送礼来了。爸是照着日本人习惯，凡是送礼，必得立即开包，当着人面大赞特赞一番，表现出惊喜和稀罕，让送礼者心情舒畅，得到极大满足。

我托着点心出了房门，小狗玛丽立即扑上来，摇着尾巴示好，黄猫也在屋瓦上探着身子喵喵叫唤。我把手举得高高的，玛丽蹦了好几回没够着，我跑进自己屋里，用脚勾上门，一口把“樱花”塞进嘴里。原来就是糖，除了甜，什么味道也没有，能把人甜齁死。

糖盒子的娘家不愧是做糖的。

我后来知道，那天糖盒子是来告别的，她要回到日本去了，那边有她年迈的父母，她是独女，要回去尽孝。女儿她带走，儿子给老唐留下。她来，是拜托我父母多关照老唐，说新中国成立了，将来两国之间来来往往会很方便的。

糖盒子是在一个早晨走的，时间很早，太阳还没照到西屋的屋脊，喇叭花还闭着嘴没有张开。糖盒子走的时候，我的父母特意早起，到门口去送。大院的街坊们都还没开街门，胡同里静悄悄的，泛着一股凉意。分手的时候，爸没有说“撒呦那拉”，“撒呦那拉”我懂，是再见的意思。爸对糖盒子说的是“依待依拉下依”，这是日本人对出门亲人的叮咛，是“等着您回来”的意思。糖盒子不停地鞠躬，泪流满面。

糖盒子用布带兜着小丫头片子，拴在胸前，臂弯挎着包袱走出了大院。老唐提着皮箱子跟在后面，狸大概知道妈妈要走了，紧紧抓着糖盒子的衣襟，一步不落地跟着妈小跑。

老唐要把媳妇送到天津，在塘沽送上到日本横滨的轮船，再自己带着狸回来。

我说，糖盒子到底是走了，这个日本鬼子。我还想说“非我族类必有异心”这样很有水平的话。这句话是从赵大爷那儿才趸来的，想了想，终是没说，在爸跟前说这样文绉绉的话是班门弄斧，费力不讨好。跟妈说可以，能吓唬她，跟爸不行。

爸拍拍我的脑袋说，唐和子的父亲是日本有名的人物，吉田先生在横滨，为中国捐了不少钱，支持辛亥革命。唐先生抗战一爆发就毅然回了中国，不与侵略者共处，是好人哪。

我说，您不是也回来了么？

爸说，我怎能跟唐先生比，我回来是孙中山革了皇上的命，朝廷倒了，旗人的俸禄没了，我不回来一家大小吃什么？充其量我是为了一个家。人家唐先生是反对日本侵略中国，民族的气节在，1938 年坐“皇后”号轮船回了中国，当时那条船上还有郭沫若，一大船的中国留学生都回来了。唐先生带着老婆孩子，把自个儿从日本连根拔了，相当不错的人哪！

我抬头再看，唐家人的身影已经消失在胡同拐弯处。

看不见了。

3

我在家里被认为是个不让人省心的孩子，最大的毛病是“不听话”。让我往东偏往西，让我打狗偏抓鸡。我比较固执，有自个儿的主意，总认为谁的认识也不如我到位，包括我的父母。比如爸让我画素描，我就想，凭什么听你的？齐白石他爸没让他画素描，人家照样是大画家。妈说只要功夫深，铁杵磨成针。我说铁杵永远磨不成针，上铺子里去买针，一分钱十根，省多少工夫！语文课上，老师教古文《愚公移山》，“太行王屋二山，方七百里，高万仞，本在冀州之南，河阳之北。北山愚公者，年且九十……”老师提问，让我回答该文的中心思想。我说，愚公，傻老头，跟教室后头坐着的傻狸一样。傻老头九十了，要挖山，不但自己挖，还要把孩子们都搭进去挖，子子孙孙无穷尽也！以致他的后代不能干别的，只能每天挖山不止，冤不冤哪！要是我，我不干，我这一辈子要干的事情还多着哪。至于山挡路，你搬家呀，大山千百万年就坐落在那儿了，凭什么挖人家，得有个先来后到吧，傻老头从山北搬到山南不就结了？

老师说，你坐下吧。2 分。

狸坐在最后的角落里，听了我的回答使劲鼓掌。他绝听不懂“搬家”的话，只要我站起答问题，他就高兴，就支持。老师让狸注意课堂纪律，说，课堂上不允许有这样的举动，就是旁听生也不允许。老师让苏惠回答，苏惠小嘴叭叭的，响亮地说，愚公移山是一种比喻，它教给了我们一种锲而不舍、齐心合力的精神，我们要发扬这种精神，团结起来，干大事情。

老师说，请坐。5分。

我回答错了么？我认为没有，现实和精神是两码事，精神不能当饭吃，我最反感那些看不见、摸不着的话语，这怕也是我成不了理论家的原因，只能当个写小说的。

心里这个委屈啊，无缘无故又给我妈挣了个不及格，亏不亏啊我。我对学习越发反感！

这样虚幻的话语，狸当然也不明白，他不知道什么是“精神”，也不理解“锲而不舍”是个怎样的物件。狸作为一位旁听生，是他爸爸跟学校反复交涉的结果。学校请示了上级，说只要不影响学生上课，可以来试试看。狸把上学看得很认真，书本文具一样不少，铁铅笔盒上有“木兰从军”的图案，铅笔削得又细又尖，课本折了一个角也要认真展平。旁听了两年，只是一本注音字母的语文和1＋1＝2的算术，从头到尾只认了几个字：“火车、飞机、轮船”。

我想，那个时候我可能进入了叛逆阶段。谁在成长过程中都有过叛逆期，这个时期的孩子最难管教，时刻跟任何人呈对着干的态势。每天玩得花样翻新，跟着一帮高年级的男生到安定门外鬼子坟挖墓。鬼子坟是俄国教会的墓地，坟上都有石雕，我们看哪个雕刻漂亮挖哪个。碰翻了学校门口小贩的凉粉车子，醋蒜芝麻酱洒了一地，香气扑鼻，卖凉粉的抓着我脖领子找到家来要求赔钱。小贩走了，我挨了一顿打。我不服，强调那辆车是独轮的，谁碰上都得翻车。不爱上珠算课，我把珠算老师骗回家去而让全班放假。体育课上，我把铅球推进了厕所茅坑，屎尿溅得上了房顶。把庆祝“六一”儿童节黑板报上所有的少年儿童都添上了胡子和眼镜……离经叛道，全盘恶搞，以致我上学，我妈在家心里打鼓，不知在外头又搞出什么“精彩内容”，诸如屎尿上房之类。在家里我和七哥互不理睬，老七大我二十三，画画儿的，本不是一个档次的人，却天天要在一个饭桌上吃饭。他嫌我说话不靠谱，嗔着我动他的作品（送人了），他说他画一幅工笔“鹩哥”得一个月，还没落款，眨眼就没了！在爸跟前，他点着我的鼻子说，真不知她的这些邪恶想法是从哪里来的！

我说，天生的哪！天生的就是天才。

老七狠狠瞪了我一眼，再不说话。

爸只是笑。

五年级以后，我最大的爱好是看电影，看苏联的，这场看完买下场的票，同一部电影一天看两场，为的是记住那拗口的人名和经典的台词。为看电影要时常逃学，这些都瞒着家里，也瞒着学校。跟老师请假，不是说我姥姥眼睛看不见了，就是说我奶奶摔了，其实二位老者几十年前就入土了，埋在哪儿我都不知道。在老师眼里，我们家的老人特别多，事儿也特别多。老师也不去追究，他懒得理我。

看电影能上瘾，就像现在的网络，成为许多孩子的钟爱，成为许多家长的胆战心惊。几十年后，我半夜提拉着我儿子的耳朵把他从网吧里揪出来的情景，大概和我母亲当年在东四蟾宫电影院门口花几个小时堵截我，有异曲同工之妙。

一个人看电影没劲儿，必须有伴，以便观后研讨。这个伴儿通常是小四儿和大芳。小四儿属于胡同里的问题少年，爹妈管教疏松，思想活跃，跟我一样，天马行空，想到哪儿就说到哪儿，比电影编剧还能编。比如他说，苏联电影，《白痴》里漂亮的女主角娜斯塔爱上了梅斯金公爵却又不跟他结婚，把别人娶她的一捆捆钞票都扔进了火炉里，这是败笔。嫁给想嫁又有钱的公爵是多么好的事儿，好好过日子，夫妻恩爱，生一大堆孩子，煮一大锅片儿汤，电灯底下热热乎乎地围在一块儿吃多幸福，偏偏那么矫情，烧钱玩儿！我说把钱烧了才有看头，让人的心揪着，这正是电影好看的地方。大芳说，要是我，我也不烧钱，把钱烧了，傻 × 呀！

由电影我找到了小说，陀思妥耶夫斯基写的《白痴》比电影更好看。《第十二夜》《攻克柏林》《上尉的女儿》等等，都是那个时候看的，里面的对话，至今记忆犹新，没有忘却。大芳也爱看电影，但是她喜欢国产的，比如《铁道游击队》《沙漠追匪记》《羊城暗哨》《桃花扇》等等。大芳学习极差，脑筋不往书本里头走，光记些电影里的才子佳人，谁谁谁长得好看，谁谁谁穿的衣裳式样不错等等。大芳最喜欢的演员是冯喆，逢有冯喆的片子看十遍也不过瘾。为了骗她能陪我看电影，有时候谎称苏联电影《白夜》里也有冯喆出镜，看过以后她大呼上当。大芳毫不害臊地说，嫁人就要嫁给冯喆这样的美男，清秀舒朗，中国几百年也出不来一个。

小四儿说，照镜子看看你那夜叉模样吧，还嫁冯喆呢，冯喆听了这话得吓得翻俩跟头！

我很自觉，往后缩了缩，我知道，我的长相比大芳还差了一截子。

看电影需要钱，学生场只有周日早场才有，我们等不到周日，而平时没有学生票，电影院的成人票价对我们来说不便宜。更何况我还有小四儿和大芳的负担，他们俩的经济条件很难跟着我这么一场一场地看。小四儿的爸是北京机械厂的工人，大芳的爸是万牲园打扫卫生的。万牲园是老早的叫法，我们上学的时候已经改名动物园，但是大芳她爸还是依着老话儿叫万牲园。

苏惠和兔儿爷基本不参与我们的活动，他们是“三好学生”，逃课看电影对他们来说是大逆不道。但是他们很忠实地为我们保着密，苏惠甚至还为我代做作业，她仿我的字仿得很像。坏学生、好学生拧麻花一样地拧在一起，这就是我们这些“半大猫”的高小生活。

说小四儿是问题少年应该没错，与其说他问题多，不如说他主意多。他每次让我买两张票，我和大芳先进去，然后让大芳拿着两张票出来，他和大芳进去，他再拿着两张票出来，在电影院门口卖掉一张，这样我们仨只买一张就行了。他们俩看哪儿有空位往哪儿坐，让人轰起来再换个地方，电影院全满座的时候不多。

时间长了就显得钱紧，妈给的零花钱有限，不够看两场的，从别处弄不来钱，胡同的孩子都在家吃早点，想从嘴里抠更没门。我们常常处于焦虑状态，为了那些好看的电影。东四电影院在上映苏联彩色舞蹈片《冰上芭蕾》，我们都想看，并非对舞蹈有什么兴趣，主要是听小四儿说芭蕾舞是不穿裤子，光腿光胳膊的舞蹈，大腿一撩连小裤衩都能看到。至于男的，索性连裤衩也不穿……

这样难得的电影能不看吗？一定得看！

我和小四儿、大芳坐在门槛上，为《冰上芭蕾》而纠结。

大芳说，冯喆也在里面跳吗？

小四儿说，那是当然。

大芳遗憾地看着我说，可惜咱们没钱了。

小四儿低声问我，你真的没钱了？

我说，真没了，这个月咱们已经看了九场，我跟老七那个大抠门儿要过两回钱了，跟老三也要过，不能再张嘴了，我妈对我频频要钱开始警惕了。

我们三个蹲在槐树底下很无奈，这棵树前几天被政府用栏杆圈起来了，还钉上了牌子，说是北京名贵树木。我们也不知它名贵在哪儿，每天爬上爬下好几回，它就是比别的树粗点大点罢了。一大拨老鸹从头顶飞过去，能听见翅膀沙沙扇动的声音，它们从野外找食吃回城了。小四儿抬头看了一会儿老鸹，用脚使劲踹了一下栏杆说，操！

狸在他们家台阶上坐着，一遍一遍地唱着“七八、七八、七八八……”单调而凄凉。

西天的晚霞已经落尽，路灯亮起来了，老唐回到大院。老唐大概是累了，动作有些缓慢，灰大褂换了蓝布制服，日本包袱皮还在腋下夹着，鲨鱼皮的小鼓儿依旧在使用。大芳不错眼珠地看着老唐，说才发现老唐长得像冯喆。

小四儿说，冯喆才不会打小鼓儿。冯喆要是打小鼓儿，咱们这条胡同的老娘儿们包括你在内都得疯了，连晚上盖的被卧都得拿出来卖了。

坐在台阶上的狸看见他爹回来，三步两步跑过来，仰着那张扁脸看着老唐，伸手在老唐兜里掏。老唐弯下身摸儿子的脸，发现儿子哭过。其实这时候我们已经不打狸了，我们已经长得人高马大，高小马上毕业了，可狸还是那么小，依旧是坊家胡同小学四年级旁听生。狸不长个儿也不长心眼儿，还是七八岁的样子，谁还好意思欺负一个残疾儿童呢！

看着疲惫的老唐和他儿子，我想起了电影《白夜》涅瓦河边凛冽的风和孤独的女孩纳斯金卡，夜幕下无休止地充满希望的等待……是啊，糖盒子一去不复返，连信也没有，她把老唐爷儿俩彻底扔了，自己当资本家小姐去了，我们都替老唐不平，替没妈的狸难过。秋天的时候，妈建议老唐再娶一个，说，苏惠的妈就很合适，长期单身一人，身边一个懂事的苏惠，她本人脾气好、心肠好、模样好、人缘好，跟老唐很般配。我们也都盼着苏惠妈嫁给老唐，这样扶桑馆的唐家就有了做饭的，狸也不至于每天坐在台阶上啃萨其马等他爸爸。可是老唐没答应，他说，狸的母亲还在，他不能停妻再娶，他娶和子，两人是在神社里宣过誓，跟神打过招呼的，不能轻易反悔。爸嫌妈多事，说，唐先生留学东洋，是帝国大学毕业，哪能看得上给街道工厂锁扣眼的苏惠妈。妈说，他再帝国毕业也得过日子不是！

狸抓着他爸爸的手，一蹿一跳很高兴地往家走。老唐边走边问狸晚上想吃什么。狸说，吃“馎饦”！

我们仨面面相觑，谁也不知道“馎饦”是什么东西，那大概是日本饭。

看着老唐的背影，小四儿说他有办法了，说我们可以找些东西跟老唐换钱，打小鼓儿的老唐手里应该有钱。大芳说这主意不错，她小时候的一条裙子可以跟老唐换，反正也是小了，还有她们家的笊篱，铜的，应该也值不少钱！小四儿说大芳，你以为老唐是收破烂的孙婆子吗？我看，我奶奶的烟袋锅子成，那个嘴儿是翡翠的。

大芳说，你奶奶要抽烟怎么办哪？

小四儿说，让她满世界找去呗，老太太记性差，见天儿找东西，每天就在找东西中过日子。

我让他们都别张罗了，这件事交给我来办。大芳说，得快啊，要不然《冰上芭蕾》就演过去了。

我说，那是当然。

回家让妈也给我做“馎饦”，妈不知“馎饦”是什么饭，爸说，给丫儿做锅炝锅片儿汤！

敢情“馎饦”就是日本儿片汤。爸说，日本山梨县的美食。

4

老三娶妻搬出另过，爸去上班，老七钻在后院自己的屋里画画，妈在忙她自己的事情，偌大四合院进进出出只有我一个人。白天，在这个家里我想干什么就能干什么。

我堂而皇之地进了爸的书房，还记得老唐卖给爸两本“江户”之类的破书，卷边少页的要了六块钱，我爸爸的书卖给他，也应该给不少。书房里的书浩如烟海，神不知鬼不觉地抽一本，沧海一粟，谁要知道才怪！黄猫蹲在南窗台上盯着我使劲看，我才觉得这只猫是这么诡异讨厌，朝它一跺脚，滚！

黄猫喵了一声，伸了个懒腰，掉了屁股又卧下了，窗台上的太阳正好。

我蹲下来，在书架底层右首最后边掏出一本沾满灰尘的旧书，想必这是爸不常用的。爸的书太多了，书架的内里横着躺一排书，外面再竖着站立一排，里边横着的多是极少翻动的，抽出一本不显山不露水，爸发现不了，妈更发现不了。

手里的旧书已发黄，线装，软塌塌的，几乎要散架的模样。书皮上有《二如亭》几个字，翻了几页，根本看不懂，也没有图画，不敢再翻，怕书碎了，这样的书籍卖出去最好，就像老三那件破线衣似的，值不得留恋。把书揣进怀里，掀开竹帘走出北屋，看见妈正在廊下拿着我使剩下的铅笔头，一笔一画地描扫盲课本上的字。妈是个大文盲，没上过一天学，街道上成立了扫盲班，妈参加了，每天晚上去学俩钟头，比我认真。妈见了我说，你怎么这么早就放学了？我还以为你在学校呢。

我说，老师请假了。

妈问老师为什么请假，我说病了呗。妈说，老师病了可你们没病啊。

我说，可也是呢，学校让我们回家自己看书。

妈哦了一声，再没多想。

都是瞎话。

溜进扶桑馆，老唐还没有出门，他的傻儿子狸今天发烧，正在榻榻米上躺着，见我进来，狸高兴得手脚乱动，像只底儿朝天的大蟑螂。狸的头顶上就挂着那块“扶桑馆”的匾，认真看了半天，真看不出那字有什么好，我在大字课上写的毛笔字回回能得好几个红圈，有时候还被贴到教室后头展览，那些课堂练习，哪张都比这个写得好。

唐家的火炉上坐着砂锅，里面沸腾着满满一锅中药，不知是老唐自己喝的还是给狸喝的。屋里东西有些凌乱，狸的袜子扔在窗台上，枕边散落着啃得乱七八糟的米花球，锅里残留着一些面目不清的东西，大概就是日本山梨有名的“馎饦”了。给人的感觉是这个家缺少女人的操持，缺少母亲的细腻。由此更感到了糖盒子的可恶，把男人和孩子扔在中国，自己跑了，一个极不负责任的妈妈！

老唐光着脚站在榻榻米上，对我的造访感到突兀。我从怀里掏出那本《二如亭》，问老唐收不收这个。老唐把书轻轻翻了翻说，……这应该是一套。

我后悔没有再仔细翻找，便顺口说，我们家就这一本，是我妈夹绣花线的。书烂了，嫌搁线笸箩里碍事。

我的瞎话来路之快，连我自己也吃惊。

老唐一边翻书一边说，……是吗？

我说，嗯哪。

老唐把书搁在桌上，搁在那锅宝贝儿“馎饦”旁边，问我，卖书四爷知道？

我坦白说，我爸不知道，这样的破书他有的是，不在乎。

老唐点了点头，哦了一声。停了一会儿问我，你要卖多少？

我说，你看着给，多少是个意思就行，我估摸着卖给收破烂的孙婆子，她连一盒洋火也不会换给我，所以我来找你。

老唐笑笑说，你算计着我给的比一盒洋火多？

我说，你有文化，懂书，自然不会亏了我。

老唐说，四爷才懂书，他在日本专门学的是古典文化学科，搞的是版本学。我是外行……

在老唐的思索间隙，我觉得得对狸说点儿什么，来点儿缓冲。我问狸想不想妈妈，狸手脚停止了舞动，指着墙上的“扶桑馆”说，妈妈！

我问，你妈什么时候回来？

狸说，明天。

……

一本破书，老唐给了我五块钱，五块钱，够我们看十几场电影的，赚大发了！当时我们几个都非常激动，小四儿说，老唐跟你爸爸是朋友，他不好意思给少了，否则会显得不够交情。

大芳说，这事儿你爸要知道了怎么办？

我想起了那个积满尘土的书架说，我爸永远不会知道。

从老唐那儿找到了来钱的办法，于我如同开了一条宽阔的财路，家里小小不言的物件真被我偷偷倒腾出去不少，爸的书柜里摆着七个小陶人，花里胡哨各作姿态，热热闹闹站成一排。挑一个拿出去卖了爸不会知道，他不会天天来数数儿。卖哪个呢？下手的时候还真让我为难，七个小人里只有一个女的，身抱琵琶，美艳惊人，这个太显眼，不能动；背着大口袋，弥勒佛一样的胖子在小人队里也很突出，也不能动；白胡子、白眉毛的老寿星是里边爷爷辈儿的长者，把爷爷卖了不合适；金盔金甲，手持宝塔的武将长相凶恶，单独去卖可能卖不上价。挑来挑去，于是一个戴黑帽子的作了牺牲，拿到老唐那儿换了一块钱。后来金盔金甲也过去做伴了……七个人变成了五个，从原来的挤挤挨挨变得舒展宽敞，很有距离感，各自的艺术魅力得到了充分展示。

没多久，老七的石头印章、书桌上的小摆件、老三扔在家里驯鹰的皮套子、狗玛丽脖子上的小银铃、死了的大姐票戏用过的头面……统统进了扶桑馆。

我拿东西绝对是有挑选，经过深思熟虑的。妈妈的东西我基本不动，妈是个仔细人，你动她一根针她也知道，把她的东西挪个地方她都会跟你计较。相反，爸和老七却是稀里糊涂，老七的石头印章一大盒子，画完了画该用章了也就那么几块，大部分章子都是闲置，少一方他察觉不出。书桌上的摆件有只竹子编的小鸭子，是他的女朋友柳四咪送他的。俩人分手七八年了，柳四咪早嫁了别人，他留着这个摆那儿徒自伤情，不如送到老唐那儿去，也让他断了念想。我们家后院有个小堆房，里面破烂儿多得浩如烟海，老祖母留下的花盆底绣花鞋、老祖官帽上的顶戴花翎、跟人私奔了的二姐扔下的一套套衣裳、早夭的老六留下的一堆玩意儿，破桌子烂板凳、旧隔扇花屏风……蛛网尘封，无人翻动，成了我取之不尽用之不竭的宝藏。

我的生活得到了极大改善，苏联电影已经不能满足我的欲望而改为看戏了，看戏比看电影过瘾。戏有日场和夜场，不敢看夜场，只能看白天的。白天名角少，价钱便宜，最常去的是圆恩寺的人民剧院，坛口的群众剧院和广和剧院。东单的实验剧院和灯市口的北京人艺也是经常光顾的地方。我已经是中学生了，在西城读书，学校古色古香，在故宫西华门和中南海西苑之间，据说是太监李莲英的宅邸。李莲英就住在宫门外头，跟皇上、太后都近，随叫随到。李莲英离皇宫近了，我可是离家远了，从东城到西城，过北新桥穿地安门，我得倒两回车，买月票是必需的，这也是我挑选中学的心计。月票是好东西，有月票，想上哪儿就上哪儿，逃出了妈的掌控，如同给幸福生活插上了驰骋的翅膀，把我舒坦得只想大声喊幸福哇，幸福！我到哪儿去已不需要小四儿和大芳陪伴，那两个人早已成了我的累赘，用历史老师的话总结是“尾大不掉”，汉朝政治的重要问题。我不能像汉景帝似的任着藩镇拖累，那两个大尾巴当断则断。

什么事情都是两方面的，自由的我也有担心，我最怕的事情是老唐把我盗卖家私的事儿告诉我爸爸。虽然是小打 小闹，可是性质有个“盗”在其中。我爸还好说，妈知道了那一顿打是轻不了的，更何况还有一个脸面的因素在其中。

我很关注老唐的动向，有时候看见他和爸站在街门口说话我都紧张，怕他把我出卖了。就算不是有心，不经意说漏了嘴也很麻烦。

让我欣慰的是这样的事一直没有发生，老唐对我的行径守口如瓶。这是老唐做人的厚道之处。

为此我对狸格外的好，下学了常买些果丹皮、花生蘸什么的送给他。狸认为我喜欢他，看见我回家，早早地张着胳膊跑过来，像迎接他爸爸老唐一样地迎接我，嘴里不住地念叨着“……王八……丫儿”。看着狸的那张真挚的扁脸，很多时候我的鼻子会发酸，狸是个孤独少爱的孩子，我们每个人都有理想，有前程，狸的前程又是什么？老唐老去，他将何如？

1960 年以后，打小鼓儿的职业在北京消失，老唐成了废品回收公司的一员，为了照顾狸，他在就近的东门仓废品站上班，所打交道者废铜烂铁、破玻璃烂报纸，收入有限。

5

糖盒子这只日本蛾子飞走了，十几年音信皆无。

困难时期，狸再无零食可吃，每天托着腮帮子在门口枯坐，眼珠随着过往的人转。有人过去拍拍他脑袋，叹口气，更多的人则无视扶桑馆门口这道风景，成了司空见惯。我礼拜天在废品站见过老唐，他拿着一杆钩秤在称废电线，脏乱繁杂的废品中，面如冯喆的他一副心静如水的模样。还是那身蓝布制服，不同的是臂上多了一副套袖，脑袋上多了一顶布帽。老唐每天做饭，一式两份，自己带一份给儿子留一份，天冷的时候拜托苏惠的妈帮忙给儿子热一下。其实很多时候狸就在苏惠家吃，在我们家吃，在胡同里的任何一家吃。赵奶奶胡噜着狸的脑袋伤感地说，被妈扔了的小可怜儿……弃猫儿……命苦哇——

狸的扁脑袋就使劲往赵奶奶怀里扎，真像只弃猫一样。

寒假里的某一天，接到学校联络网的口信，第二天要开返校会。联络网是中学在假期传递信息的一个手段，那时候没有电话，更谈不上网络，学校有事召集靠的是一个接一个的传递，记住你的上家和下家，接到信息传下去就是了。

返校日那天，冒着大风大雪赶到学校。假期工友放假，大礼堂里没火，把我们冻得跺脚流清鼻涕，巴不得快点把我们放了。返校会紧急传达了一个与我们毫无关系的文件《在全国城乡开展社会主义教育运动的通知》，说是要搞“四清”。运动中，各单位要“清思想、清政治、清组织、清经济”，具体到乡下要“清账目、清仓库、清财务、清工分”。我们听得都很游离，无论清哪个，都跟我们不搭界，大家你看我我看你，呈莫名其妙状态。末了，学校将我、大芳和几个同学留下，单独给我们讲话，说我们几个是“基层骨干分子”，是运动的先锋，是党组织依靠的对象。一听这话我很激动，长这么大，头回有人这么夸我，头回成了“急先锋”，就凭我这个瞎话篓子，凭我旷课逃学的口碑，我还真闹不明白自己“先锋”在哪儿。老师鼓励我们积极参加运动，争取早日加入共青团。具体说是给我们一个重要任务，成立剧社，仿照中国评剧院演出的评戏《夺印》，复制出自己演的《夺印》来，参加中学生文艺汇演。

原来是唱戏啊，这个我喜欢。

只要不让我念书，唱一辈子戏都成。

那个寒假，看了好几场《夺印》，过够了戏瘾。看戏不用买票，坐在第一排，凭的是负责剧社的冯老师和剧院的内部关系。冯老师本人是个评戏迷，我估计要是允许教师演出，他早自个儿上台了，哪里还轮得上我们这些傻棒槌现蒸现卖。《夺印》是反映“四清”题材的红戏，说的是小陈庄的印把子掌握在反革命分子陈景宜手中，新来的村支书何文进与其进行了一番较量，把印把子夺了过来的故事。人物很简单，情节也很直接。我被分配的角色是演坏分子老婆烂菜花，给书记送元宵，拉拢干部下水。本来这个角色是分配给大芳的，大芳不干，嫌太丑，自己宁愿去干剧务，轮来轮去才轮到我。我倒是不在乎，演什么都是演。冯老师说，只有角色挑演员，没有演员挑角色的。我长得像坏人，演烂菜花很合适。

回家练习唱段，给妈阐释烂菜花的角色特点，野、坏、骚、烂，爸笑着说，就是个彩旦么！

妈说，你够五毒俱全了，再加上一个“骚”，想出类拔萃吗？不许演！

老七说，这角色挑得很准。老师有眼光！

尽管杂音很多，阻力很大，我还是尽心尽力演好自己的角色，天生的演戏才能让我没费多大劲儿就把烂菜花搞定了。惟妙惟肖，淋漓尽致，入木三分，“刻画准确，拿捏到位”，这是冯老师给我的评价。

狸到我们家来热饭，吃完了不走，要听我唱戏。我托着狸的饭碗，扭着小腰送着胯，站在金鱼缸前唱道：

从东庄到西庄，我到处把您找哇，
找了这么大半天，我才把您找着。
您看我的两只脚都磨起了泡，
我的衣衫都湿透了，我的周身汗水浇。
哎哟哟我的何书记，哎哟哟我的书记哟，
干这么重的活儿您怎么能够吃得消哇？
吃不消呀，吃不消呀，我给您做了一碗元宵。
擦擦汗您就歇一会儿吧，您看看这是一碗
滴溜溜的圆哪，团团转哪，
江米面的，白糖馅儿的，大个元宵啊——

我估计我唱得很精彩，妈端着半盆水站在廊下竟然半天没泼出去，听入神了。狸高兴得又翻了车，倒在地上四脚朝天乱踢腾。含混地说，江米面，白糖馅，大元宵……

妈说，让你念书真是亏了你！

妈是夸我哪！

在学校里我收获了一个艺名——筱烂菜花。这个“筱”不是“大小”的“小”，是“筱白玉霜”的“筱”，他们说我的唱腔里有白派韵味。当然，筱白玉霜很多时候也叫小白玉霜，那又是另外一码事儿了。

在当筱烂菜花的一段时光里，我表现得很积极，努力靠拢组织，热情要求上进，编瞎话等劣迹收敛不少，每天都做好事情，比如扫厕所，给大家打热水，帮大芳熨戏服等。入团申请书写过两份，却如石沉大海，没有动静，也没有任何人关注过我。相反演何支书的，演贫农李有财的相继进入了团组织，每次谢幕他们都留在最后，享受观众的热烈掌声，而我在第一拨就被刷了下去。不是我演得不好，是我的角色没选好，演得越像，人们越把我和烂菜花等同起来，我冤大发了！我找团支书谈话（请注意，不是团支书找我谈话），询问为何团组织老不发展我。支书是高三的大同学，回答也很直接，她说，你们的戏演得是很好，但是组织不能先吸收落后分子烂菜花而让党的代表何支书后捎着。再说，你对“四清”运动的理解还很含糊，人家演李有财的一个月写了三份思想汇报，你呢？

我想起我的语文作业还没有交。

为了表现我对“四清”认识的深度，我在自己的熟悉范围内搜肠刮肚，寻找“四不清干部”，却是没有。我不认识任何“干部”，也不知谁有什么“四不清”问题，我脑子里阶级斗争的弦一次也没有被拨响过。

在一次《夺印》演出的间隙，我看“贫农李有财”正趴在化妆桌前写东西，大概又是思想汇报吧，他总有许多可以汇报的思想。我却一点儿也找不出，脑子里空空的，用妈的话说是“干什么都不走脑子”。因为“不走脑子”，我甚至都不知道什么是思想，就像当年学《愚公移山》似的，来实际的可以，让我空对空谈意义绝对砸锅。“贫农李有财”看我走过来，把字纸用手遮了，不想让我看到。我说，甭遮挡了，你那狗爬的字绝拿不到台面上去，跟我们街坊老唐家那块扶桑馆的匾很有一拼。

“李有财”说他对扶桑馆很有兴趣，听着很日本。我说就是从日本拿回来的。他问为什么挂在中国人屋里。我说因为中国人有日本老婆。我还答应哪天闲了带他去看扶桑馆。

6

天越发地冷了，大槐树上的叶子已经落光，夏日树上垂下的滴里搭拉的“吊死鬼儿”，那些可怕的肉虫子早已不知死哪儿去了。透过繁茂干枯的枝丫，可以看见天上微弱的星光。正是大寒时节。

下晚自习回家，刚走到树底下，就听到了狸的“……七八、七八、七八八……”，歌声一遍遍重复，带着哭腔，在寒风中，在空旷的胡同里显得凄凉悠远。赵奶奶在街门口站着，见我过来，指着坐在台阶上的狸说，唱了一晚上了，任怎么劝也不进屋。老唐到这会儿还不回来，妈不管了，爹也不管了……

我过去对狸说，狸，你爸爸呢？

狸说，江米面儿的白糖馅儿的大元宵。

狸是饿了。

我叫出了小四儿，让他跟着我一块儿去废品站找老唐。小四儿说，这会儿废品站早没人了，找鬼去呀！

我说，老唐就是变了鬼也得找来呀，他儿子搁这儿谁管？

小四儿现在是北京机械厂技校的学生，我们是同龄人，他学级却比我低两级，主要是因为蹲班，光是初一就念了三回。赵奶奶也鼓动我们去找，说街里街坊地住着，大冬天不能让孩子凄惶无靠。

我和小四儿拉着狸到东门仓废品站找他爸爸。在胡同口想给狸买个火烧，谁也没带粮票，十分遗憾。最失望的是狸，眼神就离不开火烧了。卖火烧的娘儿们脸定得平平儿地看着狸一步三回头地离开烧饼炉子，绝不通融。走过墙拐角，小四儿从兜里变出一个刚出炉、冒着热气的火烧给了狸，我知道肯定是来路不正，也不去计较了。

天空上有个弯弯的月牙儿，羞怯怯的，柔弱而凄冷。路面结了冰，走一步滑一步，接近城墙豁口，风变得猛烈起来，右边明清时代留下的仓廒高大威严，在深蓝的天幕下衬出凝重的剪影。东门仓是有皇上那会儿藏粮食的地方，京杭大运河通过漕运运来南边的粮食，就近放在东城的几个粮仓，东门仓附近还有海运仓、北门仓、北新仓等等。海运仓被中医院和解放军招待所占据，北门仓成了街道小工厂，东门仓十几座仓廪分成几块，以百货公司仓库为主，废品站在仓库南边，是低矮土墙圈起的一片空地。

狸冰凉的小手紧紧拽着我，喉咙里还在一阵阵抽泣。我说，狸，咱们不怕。

细想，狸年龄比我还大。

废品站在仓墙的阴影里，虽是破破烂烂一大堆，竟然还有门，门是几块破木头临时钉的，上着锁。狸来过这里，见到废品站，撒开我，使劲拍门，大声喊爸爸。空旷的院里黑洞洞的，除了呜呜的风，没有活动的物件。我要回去，狸又开始哭了，蹲在破门前不肯走开。小四儿隔着门缝朝里头望，跟我说，有门儿！

小四儿说门锁是从里头锁上的，说明院里有人，我们不是白来。说完他三下两下蹬着门板就翻了过去，动作十分轻便利落，即刻里面传出了废铜烂铁的踢里哐啷，他在制造响动。果然，角落的一间小屋灯亮了，半天出来个披着棉大衣的老头，大概是晚上的看守了。我们问老唐哪儿去了。老头说他不管什么老唐，他下午六点来接班，白天的事儿不知道。小四儿问老头接班时见没见到老唐。老头说他不知道谁是老唐，废品站的耗子他倒是能数出一二三四。老头嗔怪小四儿翻墙，说废品站也是国家公司的一级机构，哪能胡乱践踏。小四儿说老头拿着鸡毛当令箭，屎壳郎趴铁轨，愣冲大铆钉。哪天叫几个弟兄来，砸了这鬼地方。老头说，废品站还怕砸？想过砸瘾来这儿是找对了地方。

双方说话都有点儿戗，末了小四儿让老头开门，老头不给开，让小四儿从哪儿进来从哪儿出去。小四儿二话不说，抄起个大铁圈噌地蹿上墙，跳出来，把铁圈拽在门上。老头不得已打开门，骂骂咧咧把废铁捡了回去。

三个人照原路往回走，狸这时候也不哭了，低着脑袋走路。小四儿说，狸，你爸爸玩失踪呢，他真要里通外国上了日本，你就像崇祯皇上一样在胡同的槐树上吊死，以谢国恩。

我说，哪儿跟哪儿啊！

小四儿说，中国街坊照顾了他这么些年，难道他不该谢谢？

我说，小四儿你住嘴！

狸在旁边一言不发。

第二天得到消息，老唐是被单位提走交代问题了，听说是"扶桑馆"的事连带着政治问题。"清组织、清政治、清思想……"老唐得老老实实向组织坦白。

说老唐的背后有一只又大又粗的黑手。

听着都很可怕！

"四清"清到老唐头上了。

在剧社排演时听大芳跟大伙谈论老唐的事，"贫农李有财"说，"社教"针对的就是老唐这样的人，目前阶级斗争仍旧十分尖锐，地富反坏右分子活动仍旧十分猖獗，帝国主义亡我之心不死，我们得随时提高警惕。

"李有财"说着朝我瞄了一眼，这一眼瞄得我浑身一哆嗦。

"何支书"说，老唐虽然算不上领导干部，但他的上属是废品回收公司，他是公司的职工，就凭他走街串巷打小鼓，就凭他屋墙上的"扶桑馆"，就凭他那不见踪影的外国媳妇，问题就很复杂，是该清清的时候了。

大芳附和着说，电影《羊城暗哨》里的冯喆就是卧底，卧得那么自然那么好。老唐这个冯喆也来历不凡，凭他的长相，就是一个卧底的长相。

风起青萍之末，我隐隐约约地感到我就是那起风的源头。没有我对"扶桑馆"的推介，恐怕也没有老唐"夜不归家"的麻烦。进了水的脑子，无遮拦的嘴，我是没事找事啊！

妈常说我没心倒肺，细想想，我确实是没心倒肺，在这方面我甚至不如在台阶上啃萨其马的狸！我在戏台的边幕一个人偷偷掉了半天眼泪。

老唐带出话儿来，让苏惠妈照料几天狸，说他没事儿，两三天就会回来。老唐果然不到一个礼拜就回来了，虽然眼睛乌青，手上有血痕，也没见他说什么，每天照旧上班，照旧带饭，狸照旧在苏惠家热饭……老唐没说为什么被叫去交代，也没说被叫去以后的情况。赵大爷拦住他问，老唐，真没事啦？

老唐说，没事，赵大爷。

赵大爷说，我总是不放心。

老唐笑笑，给赵大爷鞠了一躬。

我心里愧对老唐，有时候对面碰上了，也不敢拿正眼看人家，总想找个机会跟他细细说说这件事情。老唐倒不在乎，照旧跟我说话，照旧叫我七格格。我心里明白，我已经不是他眼里简单的七格格了，我是在暗地里坑他的人。

“文革”时候，我们胡同里抓出了不少“坏人”，34 号的“保安队长”白瘸子、李立子那个美丽的名角妈妈、后罩楼皇家的珍格格，包括苏惠的妈，大芳的爸爸和我的父母，都受到了冲击，这时候的“坏人”比“好人”多。

老唐原本应该是风口浪尖上的人物，此时反倒无人理会了。老唐很忙，社会上到处在破“四旧”，外边不破各家也自己破，免得让造反派查出来招灾惹祸。清出的旧东西大多送了废品收购站，父亲的不少珍贵版本和名人字画全到了东门仓，真正的两分钱一斤，上大秤称！四平板车“旧纸”，卖了一百多块钱，60 年代的一百多块啊！现在想想，只是心痛。

在胡同口见到老唐，可以察觉到他微微地朝你点了一下头，那个细小的动作只有当事者才能心领神会，轻微得别人几乎看不出。在那动辄得咎的年代，老唐在尽力地保护自己，保护别人，每个人都过得谨小慎微，如履薄冰。

1969 年我上山下乡，去了陕北，一走几十年。小四儿技校毕业顺理成章进了工厂，在铸造车间当翻砂工。兔儿爷参了军，到东北边境，听说还当了小排长，是个少尉。苏惠到内蒙古军垦种向日葵，大芳去云南种橡胶…… 一拨小伙伴散了。

我记得离开北京那天是个上午，艳阳高照，天空很蓝，欢送知青上山下乡的锣鼓声响彻整条胡同。我穿着笨拙的新棉袄，胸前戴着大红花，被簇拥着走出家门。户口被注销了，行李已经装上了车，我知道自己再不属于北京，像抡铁饼一样，我被甩出去了，没有回头一说。脸上在笑，心里却往下沉，内里与外表的分裂竟然让人如此不堪，如此纠结。

走出大院最后一次回头，看到狸站在扶桑馆门口依恋的眼神。

听说他的爸爸又进了学习班。

7

白驹过隙，时光倏忽而去，四十年后我们再聚“扶桑馆”。

此“扶桑馆”非彼“扶桑馆”，它是一家日本料理店，开张有几年了，在餐饮业风生水起，很是红火。

聚会的召集人是扶桑馆经理赵俊生，即当年的不良少年小四儿。小四儿电话里叮嘱我一定要到，大芳他们几个先后都办回了北京，只有我一个人还在外地，说见我一次不容易，他们都想我呢。兔儿爷在网上给我发了详细路线图，坐地铁几号线，在哪儿倒几号线，最终在哪个口出来都交代得清清楚楚，把我当成了外地来的，找不着北的大妈。

我提前半个钟头到了“扶桑馆”，内里的装修很日本化，都是单间，进门脱鞋上“炕”，和纸的推拉隔扇和脚下的榻榻米，让我依稀想起了老唐的家。

小四儿迎过来，西装革履，一副经理装扮，胖了，发福了，已经寻不到当年的狡黠和灵动。彼此一个大大的拥抱，展示了我们友谊的地久天长。

小四儿把我领进一间大房，说这是全店最考究的房子，四十八叠面积，可以举办重要聚会，可以和日本横滨大宾馆的“兰间”媲美。大芳和兔儿爷都到了，先是从矮桌后面直起身子，愣愣地看着我，紧接着连滚带爬地扑过来，拉住我的胳膊使劲摇晃。嘴里喊着，几十年了，你到哪儿去了！

眼里都有泪花在闪烁。

百感交集，我们都已面目皆非，走在街上面对面也是路人。大芳肥腱胖硕，银发满头，成了三个孙子的奶奶，一口京腔依然未变，喷出的还是胡同串子语言。她说她早晨先去南馆晨练，跳一通大妈舞，再送孙子上学，而后早市上买菜，午饭后闷一小觉，然后参加评剧班的活动，最后去学校门口等孙子，跟北京所有的老太太一样，日子安详快乐，简单充实。兔儿爷八年前从机关退休，喜欢上了古玩收藏，是潘家园的常客。每日关注的除了玉石字画以外，还有谍战电视剧，有卧底、策反内容的必看，抗日的也看，比如手撕鬼子一类的，不到电视上板不罢休。

小四儿说他二十年前就单干了，倒腾过钢材，卖过医疗器械，干过传销，开过猫狗美容店，折腾过房地产，全赔！

大家都说，只有我还显得年轻。我告诉他们，其实也老了，头发是染的，牙齿是假的，眼睛原本近视，老了正常了，为了装斯文，戴个平光的……刨去假象，是个白发无齿老妪。

大家哈哈大笑，好像一下回到了过去。

小四儿说苏惠没有联系上，她家里人说是在南方某座庙里修行，当居士了。

每个人都惊叹对方的变化，四十年，老了一代人。

我注意到包间的重要位置悬挂着“扶桑馆”的真迹，我们都变化了，只有它还是旧时模样。黑红的镜框，很率性的字，竟然安然无恙。

我问小四儿“扶桑馆”的匾怎么在这里。小四儿说，你猜。

我说，一定和唐家有关。

小四儿说，今天邀你们来，是糖盒子和狸的邀请。糖盒子是“扶桑馆”的股东，日本的说法是代表取缔役，我不过是个打工的。

我们几个面面相觑，有世界真奇妙的感觉。

我说，狸还活着？

小四儿说，我们不也活着？

兔儿爷说，糖盒子，那个操蛋日本娘儿们……还有脸回来？

小四儿说，日本欧巴桑，很随和的一个人。

大芳说，把冯喆一样的老唐闪了一辈子。冯喆“文革”的时候在四川大邑自杀了，老唐最后结局大概也不妙。

小四儿说，你错了，老唐结局很妙，“文革”结束，他被调进出版社当了日语的译审，人家真正是按干部退休的。

大芳说，怪了，连演员冯喆都自杀了，老唐能安然无恙，这也算是奇迹了。

大芳说这话的时候，有意无意地看了我一眼。我的脸立刻窘得通红，连自己也纳闷，几十年的走南闯北，不说是身经百战也是历练无数，脸皮厚得近乎无耻，偏偏在此刻还会脸红……赶紧喝了口茶作为掩饰。

大芳朝我微微一笑。

我扭过脸去装傻。

兔儿爷认为老唐是有背景的人，帝国大学毕业的留学生，日本企业家的乘龙快婿，回国心甘情愿打小鼓儿，收废品，若没有精神支撑，没有组织支持，怕是难以做到。扶桑馆，在沦陷时期应该是搜集敌伪情报的中心。

大芳说兔儿爷是《潜伏》一类电视剧看多了，以后谍战编剧可以请他去作策划，保准异想天开得让人瞠目结舌。

小四儿也说，编电视剧还就得兔儿爷这样的人。

我半天没说话，想着那个儒雅安静的老唐，搜集情报也罢，打小鼓儿也罢，关键他是狸的父亲，自谦、内敛、低调、平和是他人生的基本。他或许有背景，或许没背景，无论有与无，他的学识和修养，他不显山露水的做派都是值得我推崇和尊敬的。

让人惊奇的是老唐还健在，九十六岁高龄了，头脑还清晰。小四儿说，中日友协年年来给他送花，文物部门常请他鉴定东西，出版社日语词典编辑定期来请教问题……虽然坐了轮椅，行动不便了，还是很忙。

正说着，门开了，狸和他的妈妈出现在门口。狸还是过去的小孩子模样，八岁，抑或是九岁，他的病为他留住了童年，我们当中“永葆青春”的应该是他和墙上那块匾。

小四儿朝狸招招手，亲切地叫着“他奴 ki”，小四儿地道的日语，发音柔和亲昵，他不再叫那个小孩子“狸”。

在我眼里，狸还是过去的狸，记吃不记打的狸。

狸清楚地喊出了我们每个人的名字，他的容貌在我们眼里定格，我们的名字在他的心里定格，彼此都还记得。狸拉住了我的手，软软的小手让我想起了东门仓深沉的夜色和那个让人失望的废品站。狸抬起了扁脸目不转睛地看着我，看得我泪水夺眶而出。狸踮起脚将我的泪水抹去，嘴里说，江米面，白糖馅……

眼泪更加汹涌。

糖盒子穿着当年藏蓝底小碎花的和服走过来，樟木箱子的味道依然，看来是有意为之。我们对她都有些冷，让我不解的是岁月为什么丝毫没有改变她的容颜，这个糖盒子几十年保养之好，让人匪夷所思。小四儿看出我们的疑惑，解释说，这位是“他奴 ki ”的妹妹鹤子，唐鹤子。

我们听来还是“糖盒子”。

对面站立的女人就是当年糖盒子胸前用布带兜着的小丫头片子，她与她的母亲酷似得如同一个人，让人不得不承认基因遗传的绝对稳定性。问及唐和子，唐鹤子说她的母亲在 1955 年去世，死前一直惦念她的父亲和哥哥，嘱咐她长大一定回到中国，回到父亲身边，她是唐家的长女，也是唯一健康的孩子，父亲和哥哥狸需要她。

就是说糖盒子回到日本没几年就故去了，中日之间直到 1972 年才恢复邦交，至于民间的正式往来当然更晚。

一段故事，听得人有些心酸。

唐鹤子对我说，我猜您是七格格，我父亲常常提起您，今天他让狸给您带了些东西。

狸把一个绿地白萱草的包袱交给我，里面鼓鼓囊囊不知包了些什么。这个包袱皮似曾相识的熟稔，猛然想起是老唐打小鼓儿时日日夹在腋下的物件，它来自日本，是吉田家的老物。还记得爸教给我，接受日本人送的礼要当面打开给予称赞的教诲，我把绿皮包袱打开来，小四儿、大芳们也围过来看。

灯光下，包袱皮里的物件让我一阵眩晕，许久失神。那些物件之上是一本蓝布面小折子，展开折子，里面墨笔直书——

金家七格格舜铭所存之物：

壹、《二如亭》一册，明版汲古阁校刻，嘉靖年间白棉纸本，白口欧字，此书应一套，此第三册。

壹、竹编黑鸭，高四公分，长六公分，江南民间物件。

壹、日本名窑“九谷烧”七福神中大黑天及毗沙门天二神，均为六公分高。

壹、小银铃，二公分，上有“吉市口张权”字样，系朝外大街吉市口张权银铺打造，四爷屋内小狗脖上物件。

壹、鸡血石“景福阁”随形闲章一枚，高十公分，阔三公分。

壹、面人张果老骑驴，白云观庙会某氏所制，人高五公分，驴长十二公分（已虫蚀，用油纸包裹）。

壹、古冥器陶猪，高三公分，长七公分，猪底有四爷墨笔小注：唐陕西蒲城乔陵出土。

壹、花露水玻璃空瓶，上海“双妹牌”，底圆细颈高十五公分，1943 年前后产品。

壹、“枇杷飞鼠”扇面，工笔，金家七少爷金舜铨作品。

壹、京剧旦角点翠头面，翠羽粘贴“顶花大凤”，长宽各十公分。

壹、驯鹰黄牛皮护臂，长二十五公分，宽二十公分，配以牛鼻紫铜扣环。

壹、民国 1936 年画报，国民党主席胡汉民出殡专辑。

壹、线书《粤寇起事纪实》同治十三年刊，撰者不详。

壹、康熙年官窑，青花山水鸟食罐，高四公分，直径三点五公分。

……

兔儿爷惊呼，前些日子一套明版书在香港拍卖，卖到了一百万，天哪，丫丫你这是发啦！

大芳说，连狗脖子上的铃铛都卖了，你真够可以的！

小四儿说，跟我一样，不是个省油的灯。

我什么也没说，我说不出来了！唐先生，我父亲一直叫您先生，您真是先生，大先生！

视线再次落在“扶桑馆”上，我问唐鹤子，那几个字到底是谁写的？唐鹤子说，孙文，孙中山。

兔儿爷说，其实我早就猜出来了，可惜没有落款。

本小说内容纯属虚构，与历史上真实的扶桑馆无关。——作者

·作者简介·

叶广芩，女，北京人，1968年到陕西，当过护士、记者、编辑，现任西安市文联副主席，一级作家。主要作品有长篇小说《采桑子》《状元媒》等，中篇小说《梦也何曾到谢桥》获第二届鲁迅文学奖。